TERRY PRATCHETT
Voll im Bilde
Alles Sense!

Terry Pratchett, geboren 1948, ist einer der erfolgreichsten Autoren der Gegenwart. Von seinen Scheibenwelt-Romanen wurden weltweit über 25 Millionen Exemplare verkauft, seine Werke in 27 Sprachen übersetzt. Er lebt mit seiner Frau Lyn in der englischen Grafschaft Wiltshire.

Informationen über Terry Pratchett auch unter
www.pratchett-fanclub.de

Terry Pratchett im Goldmann Verlag

Die Romane von der bizarren Scheibenwelt:
Voll im Bilde (41543) · Alles Sense! (41551) · Total verhext (41557) · Einfach göttlich (41566) · Lords und Ladies (42580) · Helle Barden (43048) · Rollende Steine (41589) · Echt zauberhaft (41599) · Mummenschanz (41593) · Hohle Köpfe (41539) · Schweinsgalopp (41631) · Fliegende Fetzen (41625) · Heiße Hüpfer (41646) · Ruhig Blut! (41652) · Der fünfte Elefant (41658) · Die volle Wahrheit (45406) · Der Zeitdieb (gebundene Ausgabe bei Manhattan, 54528) · Der Nachtwächter (gebundene Ausgabe bei Manhattan, 54536)

Zusammen mit Paul Kidby:
Wahre Helden. Ein illustrierter Scheibenwelt-Roman (gebundene Ausgabe bei Manhattan, 54531)

Von der Scheibenwelt außerdem erschienen:
Das Scheibenwelt-Album. Illustriert von Paul Kidby (44422) · Mort. Der Scheibenwelt-Comic. Illustriert von Graham Higgins (gebundene Ausgabe bei Manhattan, 54523)

Zusammen mit Stephen Briggs:
Wachen! Wachen! Der Scheibenwelt-Comic. Illustriert von Graham Higgins (gebundene Ausgabe bei Manhattan, 54533) · Nanny Oggs Kochbuch. Mit Rezepten von Tina Hannan. Illustriert von Paul Kidby (45050) · Die Scheibenwelt von A–Z (43263) · Die Straßen von Ankh-Morpork. Eine Scheibenwelt-Karte (24719) · Der Scheibenwelt-Kalender 2004. Illustriert von Paul Kidby (45514)

Dazu ist erschienen:
David Langford: Terry Pratchetts Scheibenwelt-Quizbuch (44514)

Außerdem sind Johnny-Maxwell-Romane von Terry Pratchett erschienen:
Nur Du kannst die Menschheit retten. Roman (42633) · Nur Du kannst sie verstehen. Roman (42634) · Nur Du hast den Schlüssel. Roman (43817)

Weitere Bücher von Terry Pratchett sind in Vorbereitung.

Terry Pratchett
Voll im Bilde
Alles Sense!

Zwei Romane von der
bizarren Scheibenwelt in einem Band

Ins Deutsche übertragen
von Andreas Brandhorst

GOLDMANN

Die englische Originalausgabe von »Voll im Bilde«
erschien unter dem Titel »Moving Pictures«,
die von »Alles Sense!« unter dem Titel »Reaper Man«,
beide bei Victor Gollancz Ltd., London.

Umwelthinweis:
Alle bedruckten Materialien dieses Taschenbuches
sind chlorfrei und umweltschonend.

4. Auflage
Taschenbuchausgabe 8/2001
Voll im Bilde
Copyright © Terry und Lyn Pratchett 1990
First published by Victor Gollancz Ltd., London
Copyright © der deutschsprachigen Ausgabe 1993 by
Wilhelm Goldmann Verlag, München,
in der Verlagsgruppe Random House GmbH
Alles Sense!
Copyright © Terry und Lyn Pratchett 1991
First published by Victor Gollancz Ltd., London
Copyright © der deutschsprachigen Ausgabe 1994 by
Wilhelm Goldmann Verlag, München,
in der Verlagsgruppe Random House GmbH
Umschlaggestaltung: Design Team München
Umschlagillustration: © Josh Kirby/via Agentur Schlück GmbH
Druck: Elsnerdruck, Berlin
Titelnummer: 45068
Redaktion: Andreas Helweg
VB · Herstellung: Heidrun Nawrot
Made in Germany
ISBN 3-442-45068-3

Voll im Bilde

*Ich möchte all den
wundervollen Leuten danken,
die dieses Buch ermöglichten.
Danke. Danke. Danke...*

Seht nur...

Dies ist der Weltraum. Manchmal wird er auch als letzte Grenze bezeichnet.

(Obwohl es natürlich keine *letzte* Grenze geben kann, denn dahinter befände sich gar nichts, und deshalb wäre eine solche Grenze völlig sinnlos. Nennen wir's also eine *vor*letzte Grenze...)

Vor dem kosmischen Gemälde aus Sternen und Nebeln auf schwarzem Grund hängt ein roter Riese und glüht wie göttlicher Wahnsinn...

Dann zeigt sich das Glühen als Funkeln in einem riesigen Auge, und die Dunkelheit bewegt einen flossenförmigen Fuß, und die Sternenschildkröte Groß-A'Tuin schwimmt durchs Nichts.

Auf ihrem Rücken stehen vier gewaltige Elefanten. Und auf deren Rücken ruht die Scheibenwelt, Spiegel aller Welten. Das Wasser an ihrem Rand schimmert im Licht einer winzigen orbitalen Sonne, während sich die Scheibe majestätisch um die hohen Berge in ihrem eisumhüllten Zentrum dreht.

Sie erscheint fast unwirklich.

Die Wirklichkeit ist nicht digital und funktioniert nicht nach dem Ein-Aus-Prinzip. Sie ist vielmehr analog und stellt etwas Fließendes dar. Anders ausgedrückt: Die Dinge besitzen Wirklichkeit als Eigenschaft so wie, na ja, Gewicht. Um ein Beispiel zu nennen: Gewisse Personen sind wirklicher als andere. Man schätzt, daß es auf jedem beliebigen Planeten nur etwa fünfhundert *wirkliche* Personen gibt –

kein Wunder, daß sie sehr überrascht sind, weil sie sich dauernd über den Weg laufen.

Die Scheibenwelt ist so unwirklich, wie sie nur sein kann. Gleichzeitig hat sie sich gerade genug Wirklichkeit bewahrt, um zu existieren.

Doch sie ist wirklich genug, um wirklich in Schwierigkeiten zu stecken.

Etwa dreißig Meilen drehwärts von Ankh-Morpork donnerte die Brandung an eine windumtoste Landzunge, die nur aus wogendem Seegras und langen Sanddünen zu bestehen schien. Sie erstreckte sich dort, wo das Runde Meer in den Randozean überging.

Den Hügel konnte man über viele Meilen hinweg sehen. Er war nicht besonders hoch und lag wie ein umgedrehtes Boot oder ein gestrandeter Wal zwischen den Dünen. Dort wuchsen nur verkrüppelte Bäume. Der Regen vermied es, an dieser Stelle zu fallen. Zwar gab der Wind den nahen Dünen immer neue Formen, doch auf der Kuppe des Hügels herrschte ewige laute Stille.

Über Jahrhunderte hinweg hatte sich hier nur der Sand verändert.

Bis jetzt.

Eine primitive Hütte aus Treibholz war auf dem langen, bogenförmigen Strand erbaut worden, obgleich das Wort »erbaut« einer Beleidigung aller Architekten primitiver Hütten gleichkam. Wenn man es dem Meer überlassen hätte, einen Haufen aus Treibholz zu bilden, so wäre das Ergebnis vielleicht besser gewesen.

Im Innern der Hütte war gerade ein alter Mann gestorben.

»Oh«, sagte er, öffnete die Augen und blickte sich um. Zum erstenmal seit zehn Jahren konnte er wieder ganz deutlich sehen.

Er schwang nicht seine Beine, sondern die *Erinnerung* daran über den Rand der aus Heidekraut bestehenden Pritsche und stand auf. Anschließend trat er nach draußen, in den diamantklaren Morgen. Interessiert stellte er fest, daß er noch immer den geisterhaften Schatten eines Zeremonienumhangs trug, obwohl er tot war. Der Talar mochte fleckig und an vielen Stellen zerfranst sein, aber es ließ sich noch immer erkennen, daß er einst aus rotem Plüsch mit goldenem Schnurbesatz bestanden hatte. Entweder stirbt die Kleidung ebenfalls und begleitet ihren Träger in den Tod, oder man zieht sich auch im Jenseits an, aus reiner Gewohnheit, dachte er.

Eine weitere Gewohnheit veranlaßte ihn dazu, sich dem Treibholzstapel neben der Hütte zu nähern. Als er nach einigen Stücken greifen wollte, glitten seine Hände hindurch.

Er fluchte.

Dann bemerkte er eine Gestalt, die am Wasser stand und übers Meer starrte. Sie stützte sich auf eine Sense, und der Wind zerrte an ihrem schwarzen Mantel.

Er humpelte ihr entgegen, erinnerte sich plötzlich daran, tot zu sein – und ging mit langen, gemessenen Schritten. Seit Jahrzehnten war er nicht mehr mit langen, gemessenen Schritten gegangen, doch nun fiel es ihm überhaupt nicht schwer. Erstaunlich.

Auf halbem Wege zu der dunklen Gestalt hörte er ihre Stimme.

DECCAN RIBOBE, sagte sie.

»Das bin ich.«

LETZTER HÜTER DER TÜR.

»Nun, ich glaube schon.«

Der Tod zögerte.

ENTWEDER BIST DU ES, ODER DU BIST ES NICHT, sagte er.

Deccan kratzte sich an der Nase. Natürlich, dachte er. Man muß in der Lage sein, sich selbst zu berühren. Sonst fiele man einfach auseinander.

»*Eigentlich* sollte der Hüter von einer Hohepriesterin ins Amt eingeführt werden«, erwiderte er. »Aber schon seit vielen tausend Jahren gibt's keine Hohepriesterinnen mehr. Ich hab alles vom alten Tento gelernt, der hier vor mir lebte. Eines Tages sagte er zu mir: ›Deccan, ich glaube, ich sterbe jetzt. Du mußt meine Nachfolge antreten, denn wenn sich niemand daran erinnert, beginnt alles noch einmal von vorn, und du weißt ja, was das bedeutet.‹ Tja, mir blieb gar nichts anderes übrig. Aber von einer richtigen Amtseinführung kann wohl kaum die Rede sein, wenn du mich fragst.«

Er sah den sandigen Hügel hinauf.

»Es gab nur ihn und mich«, fuhr Deccan fort. »Und dann war nur noch ich hier, um mich an den Heiligen Wald zu erinnern, an Holy Wood. Und jetzt...« Er hob die Hand zum Mund.

»Oh-oh«, stöhnte er.

JA, bestätigte der Tod.

Es wäre falsch zu sagen, daß Panik über Deccan Ribobes Gesicht huschte, denn das lag in diesem Augenblick mehrere Meter entfernt in der Hütte und zeigte ein erstarrtes Grinsen, als hätte es endlich einen komplizierten Witz verstanden. Doch in Deccans Geist keimte Besorgnis und reifte schnell heran.

»Weißt du, die Sache ist die«, sagte er hastig. »Hier kommt nie jemand vorbei, außer den Fischern aus der nächsten Bucht, weißt du, und die bringen nur Fisch und verschwinden sofort wieder, wegen des Aberglaubens, weißt du, und ich konnte doch nicht losziehen, um einen Lehrling zu suchen, weil ich mich um das Feuer kümmern und Beschwörungen singen mußte...«

JA.

»Es ist eine ganz schöne Verantwortung, wenn man Pflichten erfüllt, die niemand anders wahrnehmen kann...«

JA, sagte der Tod.

»Nun, *du* kennst das ja...«

IN DER TAT.

»Ich meine, ich habe mir den einen oder anderen Schiffbrüchigen erhofft, vielleicht auch einen Schatzsucher oder so. Ich hätte sie alles gelehrt, was mich der alte Tento damals gelehrt hat. Ich hätte ihnen die Beschwörungsgesänge beigebracht und vor meinem Tod alles geregelt...«

JA?

»Äh, ich nehme an, es ist nicht möglich, daß ich...«

NEIN.

»Dachte ich mir«, murmelte Deccan niedergeschlagen.

Er sah zu den Wellen, die unermüdlich an den Strand rollten.

»Dort unten gab's eine große Stadt, vor Jahrtausenden«, sagte er. »Ich meine, wo sich jetzt das Meer erstreckt. Wenn's stürmisch ist, kann man hören, wie die alten Glocken läuten, unten am Grund.«

ICH WEISS.

»Wenn abends der Wind wehte, bin ich manchmal nach draußen gegangen, um zu lauschen. Habe mir vorgestellt, wie tief unten im Meer Tote die Glocken läuteten.«

UND JETZT MÜSSEN WIR GEHEN.

»Der alte Tento meinte, im Hügel lauere etwas, das die Leute beeinflußt, ihnen Flausen in den Kopf setzt«, brummte Deccan. Widerstrebend folgte er der schwarzen Gestalt. »Ich hatte nie irgendwelche Flausen im Kopf.«

Weil du Beschwörungen gesungen hast, entgegnete der Tod und schnippte mit den Fingern.

Ein Pferd wandte sich vom spärlichen Dünengras ab und trabte dem Tod entgegen. Deccan nahm verblüfft zur Kenntnis, daß die Hufe Spuren im Sand zurückließen. Er hatte Funken erwartet, oder zumindest geschmolzenen Fels.

»Äh«, begann er. »Kannst du mir sagen, was, äh, jetzt passiert?«

Der Tod verriet es ihm.

»Dachte ich mir«, kommentierte er kummervoll.

Auf dem niedrigen Hügel brannte ein Feuer, aber die Flammen wurden immer kleiner. Einige glühende Holzreste blieben übrig.

Sicher dauerte es nicht mehr lange, bis nur noch Asche daran erinnerte.

. . . .

. . .

. .

.

Die letzte Glut erlosch.

.

. .

. . .

. . . .

Einen Tag lang geschah überhaupt nichts. Dann bewegte sich etwas an der Seite des unheilvollen Hügels: Einige Sandkörner rieselten nach unten, und ein winziges Loch entstand.

Etwas kam daraus hervor. Etwas Unsichtbares. Etwas Fröhliches, Selbstsüchtiges und Wundervolles. Etwas, das ebensowenig Substanz hatte wie eine Idee. Und genau darum handelte es sich: um eine ungebändigte Idee.

Sie war so alt, daß sich ihr Alter mit menschlicher Zeitmessung nicht bestimmen ließ. Von Erinnerungen und Bedürfnissen begleitet kroch sie aus der kleinen Öffnung. Die Idee entsann sich des Lebens in anderen Epochen und anderen Universen. Sie brauchte... Personen.

Sie stieg auf, den Sternen entgegen, veränderte ihre Gestalt und kräuselte sich wie Rauch.

Lichter schimmerten am Horizont.

Die Idee *mochte* Lichter.

Sie beobachtete eine Zeitlang das Funkeln, bevor sie sich streckte und wie ein unsichtbarer Pfeil zur Stadt sauste.

Sie mochte nämlich auch Action...

Und mehrere Wochen verstrichen.

Es heißt, alle Straßen führen nach Ankh-Morpork, der größten Stadt auf der Scheibenwelt.

Nun, man *erzählt* sich zumindest, daß es heißt, alle Straßen führten nach Ankh-Morpork.

Es stimmt nicht. Alle Straßen führen von Ankh-Morpork *fort*, doch ab und zu gehen manche Leute in die falsche Richtung.

Die Dichter gaben schon vor langer Zeit den Versuch auf, Ankh-Morpork zu beschreiben, und die schlaueren unter ihnen bemühen sich nun um Rechtfertigungen. Sie sagen zum Beispiel: Na schön, die Stadt riecht *tatsächlich* nicht sehr angenehm, und sie *hat* zu viele Bewohner, und sie *ist* so, wie die Hölle wäre, wenn man dort alle Feuer löscht und dann lange genug Kühe in ihr einsperrt, die weder Stuhl noch Harn zurückhalten können; aber man muß zugeben, daß sie voller vitalem, pulsierendem, dynamischem *Leben* ist. Das entspricht der Wahrheit, obwohl es die Dichter sagen. Doch jene Leute, die keine Dichter sind, halten dem entgegen: Na und? Matratzen neigen ebenfalls dazu, sehr lebendig zu sein, aber niemand schreibt Oden über sie. Die Bürger verabscheuen es, in der Stadt zu leben. Wenn sie Ankh-Morpork verlassen müssen, um woanders ihrem Beruf nachzugehen, Abenteuer zu suchen oder um, wie in den meisten Fällen, das Ende einer Verjährungsfrist abzuwarten, kehren sie so rasch wie möglich zurück, um mit großem Enthusiasmus erneut das Leben in der Stadt zu hassen. Sie schmücken ihre Karren mit Aufklebern wie: »Ankh-Morpork – verachte die Stadt oder verlaß sie.« Sie nennen sie auch *Die Große Wahooni,* nach der bekannten Frucht.*

Gelegentlich geben Herrscher die Anweisung, Ankh-Morpork mit einem Wehrwall zu umgeben, der angeblich zur Abwehr von Feinden dient. Aber die Stadt fürchtet keine Angreifer, heißt sie sogar willkom-

---

* Die Wahooni wächst nur in gewissen Regionen des heidnischen Wiewunderlands. Sie ist sechs Meter lang, hat Dornen in der Farbe von Ohrenschmalz und riecht wie ein Ameisenbär, der ranzige Ameisen verdaut.

men – vorausgesetzt, sie haben Geld in den Taschen.* Ankh-Morpork hat Überschwemmungen, Brände, Horden, Revolutionen und Drachen überstanden. Manchmal nur durch Zufall, zugegeben, aber das spielt keine Rolle. Wichtig ist nur, daß die Metropole noch immer existiert. Das fröhliche und unheilbar korrupte Wesen der Stadt hat sie vor allem geschützt...

Bis jetzt.

Bumm.

Der Explosion fielen mehrere Fenster, eine Tür und der größte Teil des Kamins zum Opfer.

Mit so etwas rechnete man immer in der Alchimistenstraße. Den Nachbarn waren Explosionen *lieber*, denn sie waren schnell vorüber. Als viel schlimmer empfanden sie jene seltsamen Gerüche, die manchmal durch die Gegend krochen.

Explosionen gehörten zur Szenerie beziehungsweise zu dem, was davon übrig war.

Diese war besonders gut, selbst nach den Maßstäben eines Kenners. In der dichten schwarzen Wolke aus wogendem Qualm glühte ein dunkelrotes Herz, und so etwas sah man nur selten. Die halb geschmolzenen Splitter von Ziegelsteinen schienen diesmal fast flüssig zu sein und beeindruckten das Publikum.

Bumm.

Ein oder zwei Minuten nach der Explosion taumelte eine Gestalt durchs große Loch, das zuvor eine Tür gewesen war. Sie hatte keine Haare mehr, und halb verbrannte Kleidungsfetzen hingen an ihrem Leib.

Der Alchimist wankte zu der kleinen Menge, die sich eingefunden hatte, um das Chaos zu bewundern. Rein zufällig legte er seine rußige

---

* Die berühmte Publikation der Kaufmannsgilde *Willkommen in Ankh-Morpork, Stadt der tausend Überraschungen* enthält jetzt einen ganz neuen Abschnitt unter dem Titel *Du bist also ein barbarischer Eroberer?* Darin wird nicht nur das Nachtleben beschrieben, sondern auch die folkloristischen und sehr günstigen Angebote des Basars. Unter der Rubrik *Nach der Steppe eine Abwechslung* findet der interessierte Leser eine Liste von Restaurants, auf deren Speisekarten auch Eselmilch und Jak-Pudding stehen. Wenn die verwegenen Nomaden später zu ihren kalten Jurten zurückkehren, fragen sie sich häufig, warum sie viel ärmer sind als vorher und weshalb sie folgende Dinge mit sich schleppen: einen schlecht gewebten Teppich, einen Liter ungenießbaren Wein und einen ausgestopften purpurnen Esel mit Strohhut.

Hand auf die Schulter eines Mannes, der Treibe-mich-selbst-in-den-Ruin Schnapper hieß. Er verkaufte Fleischpasteten und heiße Würstchen in Brötchen und zeichnete sich durch die nahezu magische Fähigkeit aus, überall dort zu erscheinen, wo er Geld verdienen konnte.

»Suche nach einem Wort...«, sagte der Alchimist verträumt. »Liegt mir auf der Zunge.«

»Brandblase?« vermutete Schnapper.

Sein Geschäftssinn erholte sich von der Überraschung. »Nach einem solchen Erlebnis...«, fuhr er fort und holte ein Teigstück hervor, in dem so viele organische Abfälle steckten, daß es fast intelligent war. »Nach einem solchen Erlebnis brauchst du eine leckere Fleischpastete im Magen.«

»Neinneinnein«, erwiderte die qualmende Gestalt. »Nicht ›Brandblase‹, nein. Man sagt so etwas nach einer wichtigen Entdeckung. Man läuft auf die Straße und ruft... ein spezielles Wort.« Unter dem Ruß bildeten sich Falten in der Stirn.

Die Zuschauer fanden sich enttäuscht damit ab, daß es bei der einen Explosion bleiben würde. Sie näherten sich dem Alchimisten; diese Sache versprach, ebenso interessant zu werden.

»Ja, das stimmt«, meinte ein älterer Mann und stopfte seine Pfeife. »Man läuft auf die Straße und ruft: ›Feuer! Feuer!‹« Er sah sich triumphierend um.

»Es heißt anders...« ächzte die Gestalt.

»Oder ›Hilfe!‹ oder...«

»Nein, er hat recht«, sagte eine Frau. Sie trug einen Korb mit Fischen auf dem Kopf. »Ein spezielles Wort. Ausländisch.«

»Ja, genau«, bestätigte der Mann neben ihr. »Ein spezielles ausländisches Wort für Leute, die etwas entdeckt haben. Es wurde von einem Ausländer erfunden, während er in der Badewanne lag...«

»Nun...«, brummte der Pfeifenraucher und entzündete den Tabak am schwelenden Hut des Alchimisten. »*Ich* verstehe gar nicht, warum die Leute in dieser Stadt herumlaufen und heidnisches Kauderwelsch schreien, nur weil sie in der Badewanne gelegen haben. Seht ihn euch an. Er hat nicht gebadet. Er *braucht* ein Bad, ja, aber er hat noch keins genommen, das steht fest. Weshalb will er irgend etwas Ausländisches rufen? In unserer Sprache gibt's genug Wörter, wenn jemand etwas rufen möchte.«

»Zum Beispiel?« fragte Treibe-mich-selbst-in-den-Ruin Schnapper. Der Pfeifenraucher zögerte. »Nun... ›Ich habe etwas entdeckt!‹ Oder: ›Hurra!‹«

»Nein, ich dachte dabei an den Burschen in Tsort oder so. Er lag in der Badewanne, hatte plötzlich eine Idee, rannte nach draußen und rief etwas.«

»Was rief er denn?«

»Keine Ahnung. Vielleicht ›Gebt mir ein Handtuch!‹«

»Ich schätze, hier bei uns müßte er ziemlich lange schreien, bis er ein Handtuch bekommt«, sagte Schnapper fröhlich. »Nun, meine Damen und Herren, ich habe einige Würstchen mit Brötchen, die...«

»Heureka«, sagte der rußbedeckte Alchimist. Er schwankte vor und zurück.

»Was ist damit?« fragte Schnapper.

»So heißt das Wort – heureka.« Das schwarze Gesicht zeigte ein besorgtes Grinsen. »Es bedeutet: Ich hab's gefunden.«

»Was hast du gefunden?« fragte der Würstchenverkäufer.

»*Es*. Ich *hatte* es. Okto-Zellulose. Eine erstaunliche Substanz. Hielt sie in der Hand. Und *dann* hielt ich sie zu nahe ans Feuer«, fügte die Gestalt im verwirrten Tonfall eines Mannes hinzu, der an einer mittelschweren Gehirnerschütterung leidet. »Sehr wichtige Sache. Muß es unbedingt aufschreiben. *Laß sie nicht zu heiß werden*. Sehr wichtig. Muß sofort eine sehr wichtige Sache notieren.«

Er eilte ins qualmende Haus zurück.

Schnapper sah ihm nach.

»Ich frage mich, was das alles zu bedeuten hat«, murmelte er. Dann zuckte er mit den Schultern und hob die Stimme. »Fleischpasteten! Heiße Würstchen! In Brötchen! So frisch, daß die Schweine noch gar nicht gemerkt haben, daß ihnen was fehlt!«

Die glitzernde, wirbelnde Idee aus dem Hügel hatte alles beobachtet. Der Alchimist hingegen ahnte nichts von ihr. Er wußte nur, daß er heute ungewöhnlich erfinderisch war.

Jetzt entdeckte sie Schnappers Gedanken.

Sie kannte solche Gedanken und mochte sie sehr. Wer die Leute dazu brachte, für entsetzliche Fleischpasteten zu bezahlen, konnte auch Träume verkaufen.

Die Idee sprang.

Auf einem weit entfernten Hügel strich der Wind über kalte grausche Asche.

Unten am Hang wuchs ein kleiner Wacholderbusch in einem Spalt zwischen zwei Felsen, und dort geriet nun der Sand in Bewegung.

Bumm.

Mörtelstaub rieselte auf den Schreibtisch von Mustrum Ridcully, dem neuen Erzkanzler der Unsichtbaren Universität. Er war gerade damit beschäftigt, eine besonders schwierige Fliege zu binden.

Ridcully blickte aus dem Fenster und sah eine Rauchwolke über einem gewissen Viertel von Morpork.

»*Quääästor!*«

Der Quästor trat einige Sekunden später keuchend ein. Laute Geräusche brachten ihn immer aus der Fassung.

»Es sind die Alchimisten, Herr«, schnaufte er.

»Dies ist schon die dritte Explosion in dieser Woche«, brummte der Erzkanzler. »Dauernd spielen sie mit Sachen herum, die *Bumm* machen können.«

»Ja, Herr«, antwortete der Quästor.

»Was haben sie diesmal angestellt?«

»Ich weiß es nicht, Herr«, erwiderte der Quästor und schnappte nach Luft. »Alchimie hat mich nie sehr interessiert. Sie ist zu ... zu ...«

»Gefährlich«, betonte der Erzkanzler. »Diese Alchimisten sind immer nur damit beschäftigt, irgendwelches Zeug zu mischen und sich zu fragen, ›He, was passiert, wenn wir einen Tropfen von diesem gelben Zeug hinzutun?‹ Und dann laufen sie zwei Wochen lange ohne Augenbrauen herum.«

»Unpraktisch«, warf der Quästor ein. »Ich wollte ›unpraktisch‹ sagen. Sie versuchen, Dinge auf eine schwierige Weise zu bewerkstelligen, obgleich uns dafür ganz normale Magie zur Verfügung steht.«

»Ich dachte, sie wollen die Steine der Weisen räuchern oder so«, entgegnete der Erzkanzler. »Ein Haufen Unsinn, wenn du mich fragst. Wie dem auch sei: Ich gehe jetzt.«

Ridcully trat zur Tür, und der Quästor winkte hastig mit einigen Papieren.

»Bevor du uns verläßt, Herr ...«, stieß er verzweifelt hervor. »Vielleicht könntest du einige Dokumente unterschreiben.«

»Nicht jetzt«, schnappte Ridcully. »Muß zu einem Pferdehändler. Wegen eines Pferds. Was?«

»Was?«

»Genau.« Die Tür schloß sich.

Der Quästor blinzelte und seufzte.

Im Lauf der Jahre hatten viele Erzkanzler die Unsichtbare Universität geleitet. Große, kleine, schlaue, ein wenig verrückte und vollkommen übergeschnappte. Sie kamen und gingen. Sie erfüllten ihre Aufgabe – manche allerdings blieben nicht lange genug im Amt, bis das offizielle Gemälde für den Großen Saal fertig war –, und sie starben. Der oberste Zauberer in einer Welt der Magie hatte etwa die gleiche Lebenserwartung wie ein Pogostock-Tester in einem Minenfeld.

Doch aus der Perspektive des Quästors gesehen spielte das kaum eine Rolle. Der Name mochte sich ab und zu ändern, wichtig war nur, daß es immer einen Erzkanzler *gab*. Und die wichtigste Aufgabe des Erzkanzlers bestand – nach Ansicht des Quästors – darin, Dokumente zu unterzeichnen. Ohne sie zu lesen, wenn sich das vermeiden ließ.

Dieser Erzkanzler war ganz anders. Zuerst einmal: Er hielt sich eher selten in der Unsichtbaren Universität auf, kam meistens nur, um seine schmutzige Kleidung zu wechseln. Und er schrie Leute an, vor allem den Quästor.

Zunächst schien es eine gute Idee gewesen zu sein, jemanden zum Erzkanzler zu wählen, der die Unsichtbare Universität seit vierzig Jahren nicht betreten hatte.

Zwischen den verschiedenen thaumaturgischen Bruderschaften fanden seit einiger Zeit so erbitterte Auseinandersetzungen statt, daß sich die älteren Magier auf einen Kompromiß einigten: Die Universität brauchte einige Monate der Stabilität, damit sie in aller Ruhe neue Intrigen planen konnten. Bei der Suche in den Aufzeichnungen fanden sie den Namen »Ridcully der Braune«. Schon im Alter von nur siebenundzwanzig Jahren war er zu einem Magus der siebten Stufe geworden und hatte die Universität verlassen, weil er sich um den Bauernhof seiner Eltern kümmern wollte.

Der ideale Kandidat.

»Genau der richtige Bursche«, meinten alle. »Neue Besen kehren gut. Ein Zauberer vom Land. Zurück zu den Dingsbums, den *Ursprüngen* der Magie. Ein freundlicher alter Knabe mit Pfeife und humorvoll blickenden Augen. Jemand, der die einzelnen Kräuter voneinander unterscheiden kann, Wälder durchstreift und alle Tiere für Freunde des Menschen hält und so. Schläft vermutlich unter freiem Himmel. Weiß bestimmt, was der Wind flüstert, es sollte uns nicht überraschen. Kennt die Namen aller Bäume, kein Zweifel. Und sicher spricht er auch mit den Vögeln.«

Man schickte einen Kurier. Ridcully der Braune seufzte, fluchte, holte seinen Zauberstab aus dem Gemüsegarten – zusammen mit einigen alten Kleidungsstücken diente er dort als Vogelscheuche – und machte sich auf den Weg.

»Und wenn er irgendwelche Probleme macht...«, fügten die Zauberer in der privaten Welt ihrer Gedanken hinzu. »Es sollte überhaupt nicht schwer sein, jemanden loszuwerden, der mit Bäumen redet.«

Und dann kam Ridcully der Braune, und es stellte sich heraus, daß er tatsächlich mit den Vögeln sprach. Meistens schrie er sie an und benutzte dabei Ausdrücke wie: »Verdammte Flügelbiester!«

Alle Tiere der Erde und der Luft kannten Ridcully den Braunen. Im Bereich des Bauernhofes hatten sie so unangenehme Erfahrungen gesammelt, daß in einem Umkreis von zwanzig Meilen der Anblick eines spitz zulaufenden Huts genügte, um sie zu veranlassen, sofort zu fliehen, sich irgendwo zu verstecken oder – in besonders verzweifelten Fällen – anzugreifen.

Innerhalb von zwölf Stunden nach seiner Ankunft brachte Ridcully folgendes fertig: Er verwandelte die Speisekammer des Dieners in einen Stall für Jagddrachen; er schoß mit seiner schrecklichen Armbrust auf die Raben im alten Kunstturm; er trank ein Dutzend Flaschen Rotwein; um zwei Uhr morgens rollte er aus dem Bett und sang ein Lied mit Wörtern drin, die einige der älteren und vergeßlichen Zauberer in einem Lexikon nachschlagen mußten.

Um fünf stand er auf, um im nächsten Sumpf Enten zu jagen.

Als er zurückkehrte, klagte er darüber, daß es weit und breit keinen Fluß mit Forellen gab. (Im Ankh konnte man nicht angeln; wer dort zu angeln versuchte, mußte Gewichte an den Haken hängen, damit er nach unten sank.)

Und er bestellte Bier zum Frühstück.

Und er erzählte *Witze*.

Andererseits..., dachte der Quästor. Wenigstens mischte er sich nicht in die Verwaltung der Unsichtbaren Universität ein. Ridcully der Braune zeigte kein Interesse daran, irgend etwas zu verwalten. Viel lieber lauschte er dem Bellen von Jagdhunden. Er sah kaum einen Sinn in Dingen, die man nicht mit Pfeilen beziehungsweise Armbrustbolzen erlegen oder mit Ködern und Fallen fangen konnte.

Bier zum Frühstück! Der Quästor schauderte. Normalerweise krochen Zauberer erst gegen Mittag aus dem Bett, und das Frühstück im Großen Saal war eine recht stille Angelegenheit, bei der man nur leises Husten, das Schlurfen der Diener und ein gelegentliches Stöhnen hörte. Leute, die laut Nieren, Blutwurst und Bier verlangten, stellten ein völlig neues Phänomen dar.

Nur der greise Windle Poons reagierte nicht mit Entsetzen auf den gräßlichen neuen Erzkanzler. Windle war hundertdreißig Jahre alt und taub. Er galt als Experte für uralte magische Schriften, doch den aktuellen Ereignissen hinkte er immer etwas hinterher, wenn man ihm nicht alles genau erklärte. Er hatte sich inzwischen an die Vorstellung gewöhnt, daß Ridcully der Braune aus der Provinz kam, aber wahrscheinlich brauchte er noch ein oder zwei Wochen, bis er die allgemeinen Veränderungen zu verstehen begann. Unterdessen versuchte er, höfliche und taktvolle Gespräche mit dem Erzkanzler zu führen, rief sich dabei ins Gedächtnis zurück, was er über die Natur wußte.

Er wählte Bemerkungen wie:

»Ich nehme an, ähm, es ist ganz neu für dich, nicht mehr unter, ähm, freiem Himmel zu schlafen, sondern in einem richtigen, ähm, Bett.« Und: »Diese Dinge hier, ähm, nennt man Messer und Gabel.« Und: »Das, ähm, grüne Zeug auf dem Rührei – handelt es sich vielleicht um, ähm, Petersilie?«

Nun, Ridcully der Braune achtete kaum auf jemanden, wenn er frühstückte, und der taube Poons merkte nie, daß er keine Antworten erhielt. Deshalb kamen sie gut miteinander zurecht.

Der Quästor hatte ganz andere Probleme.

Zum Beispiel die Alchimisten. Man konnte ihnen nicht trauen. Sie nahmen alles viel zu ernst.

Bumm.

Die letzte Explosion. Während der nächsten Tage krachte es nicht mehr. Ruhe kehrte in die Stadt zurück, aber sie sollte sich als trügerisch erweisen.

Der Quästor hielt das Ausbleiben von weiteren Explosionen für einen Hinweis darauf, daß die Alchimisten ihre Experimente aufgegeben hatten. Er irrte sich. Die Stille bedeutete nur, daß sie es jetzt *richtig* anstellten.

Mitternacht. Die Brandung donnerte an den Strand und glühte phosphoreszierend in die Nacht. Doch am Hügel klang das Rauschen so leise wie durch einen mehrlagigen Samtvorhang.

Das Loch im Sand war jetzt recht groß.

Wer dort horchte, hätte vielleicht so etwas wie Applaus gehört.

Noch immer Mitternacht. Der Vollmond kroch über der Dunstglocke von Ankh-Morpork am Himmel entlang, dankbar dafür, daß ihn einige tausend Meilen von der Stadt trennten.

Die Gildenhalle der Alchimisten wirkte neu, und dieser Eindruck täuschte nicht. Sie wurde nie alt. Während der vergangenen zwei Jahre war sie viermal mit Hilfe von Explosionen abgerissen und anschließend wiederaufgebaut worden. Bei der letzten Totalrenovierung verzichtete man darauf, ihr ein Vortrags- und Experimentierzimmer hinzuzufügen, in der Hoffnung, damit eine kluge Entscheidung getroffen zu haben.

An diesem Abend trafen einige vermummte Gestalten ein und betraten verstohlen das Gebäude. Ein oder zwei Minuten später ging hinter einem Fenster im obersten Stock das Licht an und wieder aus.

Nun, nicht ganz.

Etwas geschah dort oben. Es flackerte kurz, gefolgt von jubelnden Stimmen.

Und es erklang ein Geräusch. Nein, kein Krachen, sondern ein seltsames mechanisches Schnurren, wie von einer glücklichen Katze in einer Blechtrommel.

Klickaklickaklickaklicka ... Klick.

Es klickte auch weiterhin, und das Jubeln wiederholte sich mehrmals. Dann sagte jemand:

»Das wär's, Jungs.«

»Das wäre was?« fragte der Patrizier von Ankh-Morpork am nächsten Morgen.

Der Mann vor ihm zitterte voller Furcht.

»Keine Ahnung, Euer Exzellenz«, erwiderte er. »Sie ließen mich nicht ins Zimmer. Ich mußte vor der Tür warten, Euer Exzellenz.«

Seine Finger zuckten nervös. Der Blick des Patriziers schien ihn zu durchbohren. Es war ein Blick, der sowohl durchbohrte als auch schweigende Leute dazu brachte, ihr Schweigen zu beenden – selbst wenn sie glaubten, alles gesagt zu haben.

Nur der Patrizier wußte, wieviele Spione in der Stadt für ihn arbeiteten. Dieser besondere Spitzel war Diener in der Alchimistengilde. Vor einigen Monaten hatte man ihn des arglistigen Herumlungerns bezichtigt und in den Palast des Patriziers gebracht, wo er sich aus freiem Willen dazu bereit erklärte, fortan ein Spion zu sein.*

»Das ist *alles*, Euer Exzellenz«, wimmerte er. »Ich habe nur ein komisches Klicken gehört und eine Art *Flackern* unter der Tür gesehen. Und, äh, jemand sagte, das Tageslicht sei verkehrt.«

»Verkehrt? Wieso?«

»Äh, ich weiß es nicht, Herr. Einfach nur verkehrt. Und sie beschlossen, einen Ort aufzusuchen, wo das Tageslicht besser ist. Äh. Und sie forderten mich auf, ihnen eine Mahlzeit zu holen.«

Der Patrizier gähnte. Er empfand das sonderbare Verhalten von Alchimisten als überaus langweilig.

»Ach, tatsächlich?« fragte er.

»Obwohl sie erst eine Viertelstunde vorher etwas gegessen hatten«, fuhr der Diener und Spion fort.

»Vielleicht haben sie sich mit irgend etwas beschäftigt, das appetitanregend wirkt«, spekulierte der Patrizier.

»Ja, und die Küche war bereits geschlossen, und ich mußte heiße Würstchen in Brötchen kaufen. Von Treibe-mich-selbst-in-den-Ruin Schnapper.«

»Interessant.« Der Patrizier betrachtete die Papiere auf seinem Schreibtisch. »Danke. Du kannst jetzt gehen.«

»Und weißt du was, Euer Exzellenz? Sie haben ihnen geschmeckt. Sie fanden die Würstchen lecker!«

---

* Die Alternative bestand darin, freiwillig in die Skorpiongrube geworfen zu werden.

Es war erstaunlich genug, daß die Alchimisten überhaupt eine Gildenhalle hatten. Zauberer verabscheuten die Zusammenarbeit, aber sie wußten Hierarchien zu schätzen und neigten zu ausgeprägtem Ehrgeiz. Sie *brauchten* Organisation. Was nützte es, ein Magus der siebten Stufe zu sein, wenn man nicht auf sechs andere Stufen hinabsehen und die achte anstreben konnte? Die Zauberer benötigten andere Zauberer, um sie zu hassen und zu beneiden.

Alchimisten hingegen zeichneten sich durch sehr individualistische Einstellungen aus. Sie arbeiteten allein in dunklen Zimmern oder finsteren Kellern und hofften die ganze Zeit über, den großen Durchbruch zu erzielen, indem sie den Stein der Weisen oder das Elixier des Lebens entdeckten. In den meisten Fällen handelte es sich um dünne Männer mit blutunterlaufenen Augen und Bärten, die eigentlich gar keine richtigen Bärte waren, sondern Gruppen einzelner Haare: Sie bildeten Büschel, um sich gegenseitig zu schützen. Darüber hinaus trugen viele von ihnen jenen verträumten und entrückten Gesichtsausdruck, den man bekommt, wenn man zuviel Zeit in der Nähe von kochendem Quecksilber verbringt.

Alchimisten begegneten anderen Alchimisten nicht etwa mit Haß. Oft übersahen sie ihre Kollegen einfach oder hielten sie für Walrosse.

Ihre kleine, oft verspottete Gilde hatte nie versucht, den Status der anderen und viel einflußreicheren Gilden zu erreichen, in denen sich zum Beispiel Diebe, Bettler und Assassinen zusammenschlossen. Statt dessen beschränkten sie sich darauf, den Witwen und Familien verstorbener Alchimisten zu helfen, die zu sorglos mit Kaliumzyanid – auch Zyankali genannt – umgegangen waren oder interessante Pilze destilliert und das Ergebnis ihrer Arbeit getrunken hatten, um anschließend vom Dach zu springen und mit den Feen zu tanzen. Natürlich gab es nicht sehr viele Witwen und Waisen, denn in der Regel fanden Alchimisten nur wenig Zeit für die Pflege zwischenmenschlicher Beziehungen. Wenn sie heirateten, so gab es dafür häufig nur einen Grund: Sie brauchten jemanden, der ihre Schmelztiegel hielt.

Im großen und ganzen hatten die Alchimisten von Ankh-Morpork nichts anderes gelernt, als Gold in weniger Gold zu verwandeln.

Bis jetzt...

Jetzt waren sie so aufgeregt wie Leute, die auf ihrem Bankkonto völlig unerwartet ein Vermögen finden und überlegen, ob sie sich nach dem Grund dafür erkundigen oder das Geld abheben und damit verschwinden sollen.

»Den Zauberern gefällt es bestimmt nicht«, sagte einer von ihnen, ein hagerer, unschlüssiger Mann namens Lully. »Bestimmt nennen sie es Magie. Und ihr wißt, wie sehr sie sich ärgern, wenn jemand magische Kunststücke vollbringt, ohne Zauberer zu sein.«

»Magie hat überhaupt nichts damit zu tun«, erwiderte Thomas Silberfisch, Präsident der Gilde.

»Und die Kobolde?«

»Das ist keine Magie, sondern gewöhnlicher Okkultismus.«

»Und die Salamander?«

»Eine ganz natürliche Sache. Niemand kann Einwände dagegen erheben.«

»Nun, mag sein. Aber sicher *bezeichnen* sie es als Magie. Ihr kennt sie ja.«

Die Alchimisten nickten niedergeschlagen.

»Reaktionäre«, kommentierte Sendivoge, Sekretär der Gilde. »Aufgeblasene Thaumokraten. Was verstehen sie vom Fortschritt? Sie hätten schon vor Jahren so etwas erfinden können, aber *haben* sie es erfunden? Nein! Denkt nur daran, wie sehr wir das Leben der Leute... nun, verbessern können. Die Möglichkeiten sind enorm.«

»Bildung«, schlug Silberfisch vor.

»Geschichte«, meinte Lully.

»Und natürlich Unterhaltung«, sagte Peavie, Schatzmeister der Gilde. Er war ein kleiner, nervöser Mann. Die meisten Alchimisten neigten dazu, sehr nervös zu sein – weil sie nie wußten, welche Überraschungen die blubbernde Masse im Schmelztiegel für sie parat hielt.

»Oh, ja«, murmelte Silberfisch. »Auch etwas Unterhaltung.«

»Einige der großen historischen Dramen«, fuhr Peavie fort. »Stellt es euch vor! Man besorgt sich einige Schauspieler, die es einmal vorführen, und dann können es die Leute so oft sehen, wie sie wollen. Überall auf der Scheibenwelt!« Er überlegte kurz. »Dadurch spart man eine Menge Geld.«

»Aber es muß geschmackvoll sein«, mahnte Silberfisch. »Wir tragen schließlich die Verantwortung dafür. Wir müssen ein gewisses... ihr wißt schon...« Er sucht nach dem richtigen Wort. »Niveau. Wir müssen ein gewisses Niveau gewährleisten.«

»Sie werden es nicht zulassen«, sagte Lully düster. »Die Zauberer, meine ich.«

»Ich habe darüber nachgedacht«, verkündete Silberfisch. »Hier ist das Licht ohnehin schlecht. Darin sind wir uns einig. Wir brauchen einen klaren Himmel, und wir sollten ein ganzes Stück von der Stadt entfernt sein. Ich glaube, ich kenne einen geeigneten Ort.«

»Meine Güte, ich kann es noch immer nicht fassen«, sagte Peavie. »Vor einem Monat war es nur eine verrückte Idee, und jetzt funktioniert es schon. Es ist wie Magie! Allerdings keine *magische* Magie, wenn ihr versteht, was ich meine«, fügte er hastig hinzu.

»Nicht nur Illusion, sondern *echte* Illusion«, erklärte Lully.

»Ich weiß nicht, ob ihr euch das schon überlegt habt, aber...« Peavie zögerte kurz. »Wir könnten damit Geld verdienen. Äh?«

»Darauf kommt es nicht an«, entgegnete Silberfisch.

»Nein«, sagte der Schatzmeister. »Nein, natürlich nicht.« Er blickte zu den anderen.

»Sollen wir es uns noch einmal ansehen?« fragte er schüchtern. »Es macht mir nichts aus, die Kurbel zu drehen. Und, und... Ich bin kaum an diesem Projekt beteiligt gewesen, aber ich habe, äh, das hier mitgebracht.«

Peavie holte eine große Tüte unter seinem Mantel hervor und legte sie auf den Tisch. Sie kippte zur Seite; einige kleine, weiße und seltsam geformte Brocken rutschten daraus hervor.

Die Alchimisten starrten darauf hinab.

»Was ist das?« fragte Lully.

»Nun...«, begann Peavie unsicher. »Wenn man Mais nimmt und es in einen Schmelztiegel tut, zum Beispiel in ein Modell Drei, ja, und wenn man dann Öl hinzufügt, wie man es in der Küche verwendet, und wenn man dann einen Deckel drauflegt und die Körner erhitzt, bis es knallt – nein, es *kracht* nicht, es knallt nur, ohne daß etwas explodiert –, und wenn man dann den Deckel hebt, haben sich die Körner in dieses, äh, Zeug verwandelt...« Er musterte verwirrte, verständnislose Mienen. »Man kann es essen«, sagte er kleinlaut. »Wenn man Butter und Salz hinzugibt, schmeckt's wie salzige Butter.«

Silberfisch streckte eine Hand aus, an der diverse Chemikalien Flecken hinterlassen hatten. Er wählte einen kleinen Brocken, steckte ihn sich in den Mund und kaute vorsichtig.

»Es ist mir ein Rätsel, was mich zu einem derartigen Experiment veranlaßte.« Peavie errötete. »Ich hatte nur so eine Idee. Aus irgendeinem Grund schien es *richtig* zu sein.«

Silberfisch kaute auch weiterhin.

»Schmeckt wie Pappe«, sagte er schließlich.

»Entschuldigung.« Peavie beugte sich vor, um den Rest des Haufens in die Tüte zu schaufeln. Silberfisch legte ihm die Hand auf den Arm.

»Oh, laß nur.« Er griff noch einmal zu. »Die Dinger *haben* ein gewisses Etwas, nicht wahr? Sie scheinen *tatsächlich* richtig zu sein. Wie heißen sie?«

»Ich weiß nicht«, erwiderte Peavie. »Ich nenne sie Knallkörner.«

Silberfisch nahm noch eins. »Komisch, daß man immer mehr essen möchte. Man kriegt nicht genug davon. Knallkörner? Na schön. Nun, meine Herren... Drehen wir die Kurbel noch mal.«

Lully spulte den Film in der Laterna unmagica zurück.

»Du hast eben gesagt, daß du einen geeigneten Ort kennst«, erinnerte er den Präsidenten der Gilde. »Wo wir unser Projekt fortsetzen können, ohne Schwierigkeiten mit den Zauberern befürchten zu müssen?«

Silberfisch stopfte sich Knallkörner in den Mund.

»An der Küste«, antwortete er. »Eine hübsche Landzunge, zu der sich heutzutage kaum jemand verirrt. Dort gibt's nur Wind, Wald, einen Tempel und Dünen.«

»Einen Tempel?« wiederholte Peavie besorgt. »Götter können ausgesprochen *sauer* werden, wenn...«

»Hör mal...«, brummte Silberfisch. »Die Gegend ist schon seit Jahrhunderten verlassen. Dort stören uns weder Götter noch irgendwelche Leute. Nur ödes Land und viel Sonnenschein, weiter nichts. Unsere große Chance, Jungs. Wir dürfen keine Magie anwenden, wir sind außerstande, Blei – oder sonst etwas – in Gold zu verwandeln, und wir können kaum unseren Lebensunterhalt verdienen. Deshalb schlage ich vor: Laßt uns *bewegliche Bilder* herstellen. Laßt uns mit einer neuen Ära beginnen!«

Die Alchimisten lehnten sich zurück, und einige von ihnen lächelten.

»Ja«, sagte Lully.

»Meinetwegen«, pflichtete ihm Peavie bei.

»Auf die beweglichen Bilder.« Sendivoge hob eine Handvoll Knallkörner. »Übrigens: Wie hast du von dem Ort an der Küste erfahren?«

»Oh, ich...« Silberfisch unterbrach sich und runzelte verwirrt die Stirn. »Ich... ich weiß nicht. Kann mich nicht daran erinnern. Wahrscheinlich habe ich irgendwann mal davon gehört und es vergessen. Tja, und dann fiel's mir wieder ein. Ihr wißt ja, wie das ist.«

»Ja«, sagte Lully. »So erging's mir auch mit dem Film. Ich hatte den Eindruck, mich zu erinnern, worauf es dabei ankommt. Das Gedächtnis kann einem seltsame Streiche spielen, nicht wahr?«

»Ja.«

»Und ob.«

»Die Zeit war reif für eine solche Idee.«

»Stimmt.«

»Genau.«

»Das ist die Erklärung.«

Eine von vager Besorgnis geprägte Stille senkte sich auf den Tisch herab – das Geräusch von Gehirnen, die versuchten, konzentriert nachzudenken und herauszufinden, was sie beunruhigte.

Die Luft schien zu glitzern.

»Und wie heißt der Ort?« fragte Lully nach einer Weile.

»Ich habe keine Ahnung, wie er früher hieß.« Silberfisch lehnte sich zurück und zog die Tüte mit den Knallkörnern näher. »Heute heißt er Heiliger Wald oder Holy Wood.«

»Holy Wood«, murmelte Lully. »Klingt... vertraut.«

Wieder folgte nachdenkliche Stille.

Sendevoge beendete sie.

»Also gut«, sagte er fröhlich. »Holy Wood, wir kommen.«

»Ja.« Der Gildenpräsident schüttelte den Kopf, als wollte er auf diese Weise einen unangenehmen Gedanken daraus verscheuchen. »Seltsam. Ich habe das Gefühl, als... als wären wir schon die ganze Zeit über dorthin unterwegs.«

Mehrere tausend Meilen unter Silberfisch glitt die Sternenschildkröte Groß-A'Tuin träge durch eine immerwährende Nacht.

Die Wirklichkeit ist eine Kurve.

Doch das Problem liegt woanders. Das *eigentliche* Problem läßt sich so beschreiben: Es gibt nicht soviel Wirklichkeit, wie es eigentlich geben sollte. Einige besonders mystische Texte in den Archiven der Unsichtbaren Universität...

– sie ist das wichtigste Lehrinstitut für Zauberei auf der ganzen Scheibenwelt, und ihre Bibliothek enthält eine so riesige Menge magischer Bücher, daß sich dadurch Raum und Zeit krümmen –

...weisen darauf hin, daß sich mindestens neun Zehntel der ursprünglich erschaffenen Wirklichkeit außerhalb des Multiversums erstrecken. Doch da das Multiversum per definitionem absolut *alles* enthält, erscheint hier zumindest Verwunderung angebracht.

Außerhalb der Universen befindet sich die rohe, formlose Wirklichkeit, bestehend aus zahllosen Es-könnte-gewesen-sein und Vielleicht-kommt-es-einmal-so und Das-ist-völlig-ausgeschlossen. Gemeint sind wilde Ideen, im Chaos entstanden und vergangen, wie die Elemente im nuklearen Brodeln einer Supernova.

Ab und zu, wenn die Wände der Welten an einer bestimmten Stelle dünn und durchlässig werden, können sie *herein*sickern.

Dann läuft ein Teil der Wirklichkeit aus.

Der Effekt gleicht dem eines Tiefseegeysirs: In seiner Nähe finden sonderbare Geschöpfe genug Wärme und Nahrung, um eine Oase des Lebens zu schaffen – obwohl in einer solchen Umwelt überhaupt kein Leben existieren dürfte.

Die Idee von Holy Wood sickerte mit unschuldigem Enthusiasmus in die Scheibenwelt hinein. Wirklichkeit drang auf die *andere* Seite.

Und wurde entdeckt. Dort draußen warten *Dinge,* die auf winzige Ansammlungen von Wirklichkeit noch schneller reagieren als Haie auf eine Blutspur im Wasser.

Sie sammelten sich.

Ein Sturm toste über die Dünen, doch als er den niedrigen Hügel erreichte, wichen die Wolken zur Seite. Nur einige wenige Regentropfen fielen auf den ausgedörrten Boden, und aus den heulenden Böen wurde eine sanfte Brise.

Sie blies Sand über die Reste eines längst erloschenen Feuers.

Weiter unten am Hang, neben einem Loch, das jetzt für einen Dachs groß genug war, löste sich ein Stein und rollte fort.

Ein Monat rauschte vorüber. Er wollte nicht zuviel Zeit verlieren.

Der Quästor klopfte respektvoll an die Tür des Erzkanzlers und öffnete sie.

Ein Bolzen nagelte seinen Hut ans Holz.

Ridcully ließ die Armbrust sinken und starrte den Besucher finster an.

»Das war verdammt gefährlich, nicht wahr?« knurrte er. »Jemand hätte verletzt werden können. Du zum Beispiel.«

Der Quästor stünde kaum dort, wo er jetzt stand – besser gesagt, wo er vor zehn Sekunden gestanden hatte, als ruhiger, selbstsicherer Mann, der nicht ahnte, daß ihn dicht hinter der Tür ein (wenn auch nur leichter) Herzanfall erwartete –, wenn er unfähig gewesen wäre, sich schnell von unliebsamen Überraschungen zu erholen.

Er zog den Bolzen aus der mit Kreide an die Tür gemalten Zielscheibe und griff nach seinem Hut.

»Mir ist nichts passiert«, sagte er. Keine Stimme konnte so ruhig klingen. »Und das Loch sieht man nur, wenn man genau hinguckt. Warum, äh, schießt du auf die Tür, Herr?«

»Das fragst du noch, Mann? Draußen ist es dunkel, und die verdammten Mauern bestehen aus Stein. Soll ich etwa auf die verdammten Mauern schießen?«

»Äh«, sagte der Quästor. »Äh, die Tür ist fünfhundert Jahre alt«, fügte er mit mildem Tadel hinzu.

»So sieht sie auch aus«, brummte der Erzkanzler. »Ein verdammt großes und schwarzes Ding. Weißt du, was wir hier brauchen, Mann? Weniger Stein und Holz, dafür mehr Fröhlichkeit. Ein paar Jagdbilder. Die eine oder andere Verzierung.«

»Das erledige ich gleich«, log der Quästor und erinnerte sich an das unter den Arm geklemmte Papierbündel. »In der Zwischenzeit könntest du vielleicht diese Dokumente unterzeichnen, Herr...«

»In Ordnung.« Ridcully setzte seinen spitz zulaufenden Hut auf. »Guter Mann. Muß mich jetzt um einen kranken Drachen kümmern. Der arme kleine Kerl hat sein Teeröl schon seit Tagen nicht mehr angerührt.«

»Zwei oder drei Unterschriften würden genügen...«, sagte der Quästor hastig.

Der Erzkanzler winkte ab. »Kann mich nicht mit dem Kram aufhalten. Hier gibt's nicht nur zuviel Stein, sondern auch zuviel verdammtes

Papier. Und...« Er starrte den Quästor an, schien sich an etwas zu erinnern.

»Heute morgen hab ich was Komisches gesehen«, fuhr er fort. »Auf dem Platz war ein Affe. Frech wie Oskar.«

»Oh, ja.« Der Quästor nickte und lächelte. »Du meinst den Bibliothekar.«

»Hält sich ein Tier, wie?«

»Nein, nein, Herr, du hast mich falsch verstanden. Das Tier *ist* der Bibliothekar.«

Ridcully musterte den Quästor, dessen Lächeln daraufhin verblaßte.

»Der Bibliothekar hat die Gestalt eines *Affen*?«

Es dauerte eine Weile, bis der Quästor alles genau erklärt hatte. »Soll das heißen, der Bursche hat sich durch Magie in einen Affen verwandeln lassen?« vergewisserte sich der Erzkanzler.

»Ja. Ein Unfall in der Bibliothek. Eine magische Explosion. Im einen Augenblick war er ein Mensch, im nächsten ein Orang-Utan. Und er mag es nicht, wenn ihn jemand als Tier bezeichnet. Mit ›Affe‹ findet er sich ab, doch das T-Wort...«

»Affen sind doch Tiere, oder?«

»Äh, ja, ich denke schon. Aber der Bibliothekar wird sehr, äh, aggressiv, wenn ihn jemand ›Tier‹ nennt.«

»Zeigt er einem etwa den Hintern?«

Der Quästor schloß die Augen und schauderte. »Nein, Herr. Ich glaube, du meinst Paviane.«

»Ah.« Ridcully dachte darüber nach. »Hier arbeiten doch keine von den Biestern, oder?«

»Nein, Herr. Nur der Bibliothekar, Herr.«

»Ich kann es nicht erlauben«, sagte der Erzkanzler fest. »Ich kann es auf keinen Fall erlauben. Große haarige Tiere, die hier herumschlurfen...« Er atmete tief durch. »Schick ihn fort.«

»O nein! Er ist der beste Bibliothekar, den wir je hatten. Und er leistet enorm viel für sein Geld.«

»Ach? Was bezahlen wir ihm denn?«

»Erdnüsse«, antwortete der Quästor sofort. »Außerdem gibt es sonst niemanden, der sich in der Bibliothek auskennt.«

»Dann sorg dafür, daß er zurückverwandelt wird. Ist doch kein Leben für einen Menschen, ein Tier zu sein.«

»Ein *Affe*, Herr. Und er scheint sich als Orang-Utan recht wohl zu fühlen.«

»Woher willst du das wissen?« fragte der Erzkanzler argwöhnisch.

»Er spricht, wie?«

Der Quästor zögerte. Manchmal verursachte der Bibliothekar gewisse Schwierigkeiten. Alle hatten sich so an ihn gewöhnt, daß kaum jemand an die Zeit zurückdachte, als die Bibliothek *nicht* von einem Affen geleitet wurde, der lange gelbe Zähne und die Kraft von drei sehr kräftigen Männern hatte. Wenn das Ungewöhnliche lange genug andauert, wird es normal. Allerdings: Es fiel schwer, so etwas zu erklären. Der Quästor räusperte sich nervös.

»Er sagt ›ugh‹, Erzkanzler.«

»Und was bedeutet das?«

»Es bedeutet ›ja‹, Herr.«

»Und was für ein Geräusch gibt er von sich, wenn er ›nein‹ sagen will?«

Diese Frage hatte der Quästor befürchtet. »›Ugh‹, Herr«, antwortete er.

»Es klang genauso wie das andere Ugh!«

»Oh, nein. Nein. Ganz bestimmt nicht. Die Betonung ist anders. Ich meine, wenn man es öfter hört...« Der Quästor zuckte mit den Achseln. »Ich schätze, wir haben schließlich gelernt, ihn zu verstehen, Erzkanzler.«

»Nun, wenigstens hält er sich in Form«, sagte Ridcully gehässig. »Im Gegensatz zu dir und den anderen. Als ich heute morgen den Ungemeinschaftsraum betrat, lagen dort überall schnarchende Burschen!«

»Du meinst sicher die älteren Meister«, erwiderte der Quästor. »Ich glaube, sie sind ausgezeichnet in Form.«

»In *Form*? Der Dekan sieht aus, als hätte er ein Bett verschluckt!«

»Nun...« Der Quästor lächelte nachsichtig. »Der Ausdruck ›in Form sein‹ bedeutet doch soviel wie ›gut geeignet für einen bestimmten Zweck‹, und meiner Ansicht nach ist der Körper des Dekans bestens dazu geeignet, den ganzen Tag zu sitzen und üppige Mahlzeiten zu verspeisen.« Der Quästor lächelte erneut.

Ridcully musterte ihn, und sein Blick war so *alt*modisch wie der eines Ammoniten.

»Soll das ein Scherz sein?« fragte er in dem mißtrauischen Tonfall eines Mannes, der selbst dann nicht in der Lage gewesen wäre, die Wörter »Sinn für Humor« zu verstehen, wenn es ihm jemand eine Stunde lang mit Diagrammen erklärt hätte.

»Nur eine schlichte Bemerkung, Herr«, sagte der Quästor vorsichtig.

Der Erzkanzler schüttelte den Kopf. »Ich kann Scherze nicht ausstehen. Ich halte nichts von Burschen, die dauernd versuchen, witzig zu sein. Das kommt davon, wenn man den ganzen Tag in irgendwelchen Zimmern hockt. Nach einem Zanzig-Meilen-Dauerlauf wäre der Dekan ein ganz anderer Mann.«

»Äh, ja«, bestätigte der Quästor. »Er wäre tot.«

»Nein, gesund.«

»Gesund und tot.«

Ridcully rückte verärgert die Papiere auf seinem Schreibtisch zurecht.

»Nachlässige Schlampigkeit«, brummte er. »Davon gibt's hier zuviel. Alles kommt auf den Hund. Die Leute schlafen den ganzen Tag über und verwandeln sich immerzu in Tiere. Während meines Studiums hat niemand auch nur daran *gedacht,* sich in einen Affen zu verwandeln.« Er sah mürrisch auf.

»Was wolltest du?« fragte er.

»Was?« entgegnete der verunsicherte Quästor.

»Du wolltest etwas von mir, nicht wahr? Deshalb bist du gekommen. Weil ich hier der einzige bin, der nicht schnarcht oder am Morgen in Bäumen herumklettert und schnattert«, fügte der Erzkanzler hinzu.

»Äh. Ich glaube, das sind Gibbons, Herr.«

»Was? Was? Kannst du nicht vernünftig reden, Mann?«

Der Quästor straffte die Gestalt. Seiner Meinung nach hatte er es nicht verdient, auf diese Weise behandelt zu werden.

»Nun, *eigentlich* bin ich gekommen, um mit dir über einen der Studenten zu sprechen, Herr«, sagte er kühl.

»Studenten?« wiederholte der Erzkanzler laut.

»Ja, Herr. Du weißt schon... Diese dünnen Leute, meistens sehr blaß. Immerhin ist dies eine *Universität.* Die Studenten gehören dazu, wie Ratten...«

»Wir haben doch Leute, die sich um sie kümmern, oder?«

»Die Lehrer. Ja. Aber manchmal... Nun, vielleicht solltest du dir diese Prüfungsergebnisse ansehen...«

Es war Mitternacht – nicht die gleiche Mitternacht wie vorher, aber eine ähnliche. Der Alte Tom, die stumme Glocke im Turm der Unsichtbaren Universität, hatte gerade zwölfmal lautlos geläutet.

Regenwolken quetschten ihre letzten Tropfen über der Stadt aus. Ankh-Morpork breitete sich unter einigen feuchten Sternen aus, so real und massiv wie ein Ziegelstein.

Ponder Stibbons, thaumaturgischer Student, ließ das Buch sinken und rieb sich die Augen.

»Na schön«, sagte er. »Frag mich. Los. Frag mich alles ab.«

Victor Tugelbend, ebenfalls Student der Zauberei, griff nach seiner zerfledderten Ausgabe des *Nekrotelicomnicon für Studenten, mit praktischen Experimenten* und blätterte darin. Er lag auf Ponders Bett. Besser gesagt: Seine Schulterblätter lagen auf Ponders Bett. Der Rest des Körpers reichte an der Wand nach oben. Diese Haltung ist völlig normal für einen jungen Zauberer, der sich zu entspannen versucht.

»Also gut«, erwiderte er. »Also gut. Bist du soweit? Wie heißt das aus einer fernen Dimension stammende Ungeheuer, dessen Schrei wie ›Schnappdichschnappdichschnappdich‹ klingt?«

»Yob Soddoth«, antwortete Ponder sofort.

»Ja. Welche Methode benutzt das Monstrum Tshup Aklathep, die gräßliche Sternenkröte mit einer Million Jungen, um seine Opfer zu Tode zu foltern?«

»Es... es... Nein, verrat's mir nicht... Es hält sie fest und zeigt ihnen Bilder seiner Kinder, bis die Gehirne der Hilflosen implodieren.«

»Stimmt. Habe mich immer gefragt, wie das möglich ist.« Victor blätterte wieder. »Ich schätze, wenn man zum tausendsten Mal ›Ja, es hat deine Augen‹ gesagt hat, sehnt man sich nach einer Möglichkeit, Selbstmord zu begehen.«

»Du weißt enorm viel, Victor.« Bewunderung erklang in Ponders Stimme. »Ich staune, daß du immer noch Student bist.«

»Äh, ja«, murmelte Victor. »Äh. Habe Pech bei den Prüfungen.«

»Frag mich weiter«, bat Ponder.

Victor öffnete das Buch an einer anderen Stelle.

Einige Sekunden lang herrschte Stille.

Dann: »Wo befindet sich Holy Wood?«

Ponder schloß die Augen und klopfte sich an die Stirn. »Warte... warte... ich hab's gleich...« Die Lider klappten auf. »Was soll das heißen, ›wo befindet sich Holy Wood‹?« entfuhr es ihm. »Ich kann mich nicht daran entsinnen, jemals etwas über Holy Wood gelesen zu haben.«

Victor starrte auf die Seite. Nirgends wurde Holy Wood erwähnt.

»Ich hätte schwören können... Hab' scheinbar irgend etwas durcheinandergebracht«, sagte er verwirrt. »So was passiert, wenn man den ganzen Lehrstoff noch einmal durchkaut.«

»Es ist wirklich sehr anstrengend, nicht wahr? Aber es lohnt sich auch, Zauberer zu sein.«

»Ja«, bestätigte Victor. »Ich kann es gar nicht abwarten.«

Ponder schloß sein Buch.

»Es regnet nicht mehr«, stellte er fest. »Laß uns über die Mauer klettern. Wir haben den einen oder anderen kräftigen Schluck verdient.«

Victor hob den Zeigefinger. »Nur ein Glas. Ich muß nüchtern bleiben. Morgen findet die Abschlußprüfung statt, und dafür brauche ich einen klaren Kopf.«

»Natürlich«, sagte Ponder.

Es ist immer wichtig, vor einer Prüfung nüchtern zu sein. Viele Karrieren als Straßenfeger, Obstpflücker und Gitarrenspieler-an-der-Ecke haben begonnen, weil diese bedeutsame Tatsache unberücksichtigt blieb.

Doch für Victor gab es einen ganz besonderen Grund, um wachsam zu sein.

Ihm durfte kein Fehler unterlaufen, der dafür sorgte, daß er die Abschlußprüfung *bestand.*

Sein verstorbener Onkel hatte ihm ein kleines Vermögen hinterlassen, unter der Voraussetzung, daß er kein Zauberer wurde. Darauf lief es hinaus, obgleich der alte Mann etwas ganz anderes beabsichtigte, als er das Testament verfaßte. Er *dachte,* seinem Neffen einen Anreiz zu geben, damit er beim Studium gute Leistungen erbrachte. Aber Victor Tugelbend war auf seine Art ein intelligenter junger Mann, der sich folgendes überlegte:

Welche Vor- und Nachteile hat ein Zauberer? Nun, man bekommt ein gewisses Prestige, aber man gerät häufig in gefährliche Situationen und riskiert dauernd, von einem anderen Magus umgebracht zu werden. Victor hielt es nicht für erstrebenswert, eine geachtete Leiche zu sein.

Andererseits...

Welche Vor- und Nachteile hat ein *Student* der Zauberei? Es mangelt ihm nicht an Freizeit, und niemand erhebt Einwände, wenn er viel Bier trinkt und unzüchtige Lieder singt. Ihm droht auch nicht die Gefahr, ermordet zu werden, sieht man einmal von den üblichen Risiken in Ankh-Morpork ab. Bei Victor kam ein Erbe hinzu, das ihm ein recht komfortables Leben ermöglichte. Natürlich durfte er sich kein Prestige erhoffen, aber wenigstens lebte er, um das zu wissen.

Aufgrund dieser Erkenntnisse hatte Victor ziemlich viel geistige Energie darauf verwendet, die Klauseln des Testaments zu prüfen und sich mit den überaus komplexen Prüfungsvorschriften der Unsichtbaren Universität zu beschäftigen. Darüber hinaus machte er sich mit den Prüfungsunterlagen der letzten fünfzig Jahre vertraut.

Man mußte mindestens 88 Punkte erzielen, um zu bestehen.

Das Durchfallen war einfach. Jeder Narr konnte *durchfallen*.

Victors Onkel war kein Narr gewesen. Eine der testamentarischen Bedingungen lautete: Wenn Tugelbend jemals weniger als 80 Punkte bekam, trocknete seine Geldquelle ebenso schnell wie Spucke auf einem heißen Ofen.

In gewisser Weise hatte er sein Ziel erreicht. Es gab keinen anderen Studenten, der so hingebungsvoll studierte wie Victor. Es hieß, sein magisches Wissen übertreffe sogar das einiger der besten Zauberer. Stundenlang saß er in der Bibliothek und las Grimoires. Er befaßte sich mit Prüfungstechniken und fand heraus, wie man Antworten die richtige Formulierungsstruktur gab. Er hörte den Vorlesungen so oft zu, daß er sie schließlich auswendig kannte. Das Lehrerkollegium hielt ihn für den klügsten und fleißigsten Schüler seit Jahrzehnten. Und bei jeder Abschlußprüfung schaffte er es mit kompetentem Geschick, 84 Punkte zu erhalten.

Es war unheimlich.

Der Erzkanzler las die letzte Seite.

»Hm«, sagte er schließlich. »Ich verstehe. Du hast Mitleid mit dem Jungen, wie?«

»Ich glaube, dir ist noch nicht ganz klar, worauf ich hinauswill«, erwiderte der Quästor.

»Liegt doch auf der Hand«, brummte Ridcully. »Der Bursche besteht immer nur *fast*.« Er hob ein Blatt. »Wie dem auch sei: Hier steht, daß es ihm vor drei Jahren gelang, die Hürde der Abschlußprüfung zu überwinden. Mit 91 Punkten.«

»Ja, Herr. Aber er erhob Einspruch.«

»Er erhob *Einspruch?* Gegen die bestandene Prüfung?«

»Er meinte, offenbar hätten die Prüfer übersehen, daß er bei Frage sechs die falschen Allotrope fürs Oktiron nannte. Er fügte hinzu, es sei den besseren und würdigeren Studenten gegenüber nicht fair, ihn zum Zauberer zu ernennen, obgleich ihm die notwendige Anzahl von Punkten fehlte. Angeblich wollte er sich nicht für den Rest seines Lebens mit einem schlechten Gewissen belasten. Wie du siehst, bekam er bei den nächsten beiden Abschlußprüfungen nur 82 und 83 Punkte.«

»Warum?«

»Ich glaube, er wollte auf Nummer Sicher gehen.«

Die Finger des Erzkanzlers klopften auf den Schreibtisch.

»Ich kann es nicht erlauben«, sagte er. »Ich kann auf keinen Fall erlauben, daß hier ein *Fast*-Zauberer herumläuft und lacht, weil... weil... Warum sollte er lachen?«

»Das finde ich auch«, schnurrte der Quästor.

»Wir nehmen ihn auf den Arm«, sagte der Erzkanzler fest.

»Tritt«, entgegnete der Quästor. »Wir geben ihm einen Tritt. Ihn auf den Arm zu nehmen... Es würde bedeuten, ihn zu verspotten.«

»Verspotten, ja. Guter Vorschlag. Ich bin einverstanden.«

»Nein, Herr«, sagte der Quästor mit erzwungener Geduld. »*Er* nimmt *uns* auf den Arm, und deshalb geben *wir* ihm einen Tritt.«

»Gut«, ließ sich der Erzkanzler vernehmen. »Schafft einen gewissen Ausgleich.« Der Quästor rollte mit den Augen. »Nun, du möchtest also, daß ich ihm den Marschbefehl gebe, wie?« fuhr Ridcully fort. »Wir setzen den Burschen bei Nacht und Nebel vor die Tür...«

»Nein, Herr. Das können wir nicht machen.«

»Das können wir nicht? Ich dachte, wir geben hier die Anweisungen.«

»Ja, aber man muß sehr vorsichtig sein, wenn es um den jungen Meister Tugelbend geht. Er kennt sich mit den Vorschriften aus, sogar noch besser als einige von uns. Nun, morgen findet wieder eine Abschlußprüfung statt, und wir sollten ihm *diesen* Prüfungsbogen geben.«

Der Erzkanzler nahm das Dokument entgegen, und seine Lippen bewegten sich stumm, als er las.

»Nur eine Frage?«

»Ja. Entweder besteht er, oder er fällt durch. *Diesmal* dürfte es ihm sehr schwer fallen, nur vierundachtzig Prozent zu schaffen.«

Auf eine Weise, die seinen Tutoren zu ihrem großen Verdruß rätselhaft blieb, war Victor Tugelbend nicht nur ein kluger und fleißiger Student, sondern auch die faulste Person in der ganzen Geschichte der Scheibenwelt.

Bei ihm handelte es sich nicht um schlichte, gewöhnliche Faulheit. Schlichte und gewöhnliche Faulheit ist nur das Fehlen von Anstrengung. Dieses Stadium hatte Victor längst hinter sich. Schon vor Jahren hatte er den Pfad normalen Müßiggangs beschritten und sein *Ende* erreicht: Er wandte mehr Mühe für das Vermeiden von Arbeit auf als andere Leute für schweißtreibendes Schuften.

Es war nie sein Wunsch gewesen, Zauberer oder irgend etwas anderes zu werden. Er hatte sich immer nur gewünscht, bis mittags zu schlafen und anschließend auszuruhen. Damals, als er anderen Leuten höchstens bis zur Gürtellinie reichte, stellte man ihm Fragen wie: »Und was möchtest *du* sein, wenn du groß bist?« Woraufhin er antwortete: »Keine Ahnung. Was schlägst du vor?«

Leider fanden sich die Erwachsenen nur für kurze Zeit mit so etwas ab. Es genügte nicht, daß Victor einfach nur Victor war – sie hielten es für erforderlich, daß er etwas anderes wurde.

Er versuchte es. Eine Zeitlang bemühte er sich, Schmied sein zu wollen, weil ihm das interessant und romantisch erschien. Aber die Tätigkeit des Schmieds brachte harte Arbeit und unnachgiebiges Metall mit sich. Daraufhin versuchte er, sich eine Zukunft als Assassine vorzustellen, was ihm verwegen und romantisch erschien. Doch auch dabei ließ sich harte Arbeit kaum vermeiden, und außerdem mußte man ab und zu jemanden umbringen. Der Beruf des Schauspielers lockte mit dramatischer Romantik. Allerdings: Schauspieler mußten staubige Strumpfhosen tragen, in kleinen, muffigen Zimmern übernachten und – zu Victors großem Erstaunen – hart arbeiten.

Er hatte es zugelassen, zur Universität geschickt zu werden – weil die Ablehnung mühsamer gewesen wäre.

Er schmunzelte viel, und oft deutete sein Lächeln auf vage Verwirrung hin. Was in anderen Leuten den Verdacht weckte, daß er etwas intelligenter war als sie. Nun, meistens versuchte er gerade zu verstehen, was sie gesagt hatten.

Ein dünner Schnurrbart zierte seine Oberlippe. Dadurch wirkte er flott – oder so, als hätte er gerade eine Tasse Kakao getrunken. Es hing von der jeweiligen Perspektive ab.

Victor war stolz auf seinen Schnurrbart. Von Zauberern erwartete man, daß sie sich Bärte wachsen ließen, die einen Vergleich mit Stechginstersträuchern nicht zu scheuen brauchten. Die alten Magier schienen imstande zu sein, mit ihren langen Bärten Nährstoffe aus der Luft zu filtern, so wie Wale.

Es war jetzt halb zwei. Victor verließ die Geflickte Trommel, eine Schenke, die großen Wert auf ihren Ruf als schlechteste Taverne in der ganzen Stadt legte. Er schlenderte durch die Nacht. Es hatte immer den Anschein, daß Victor Tugelbend schlenderte – selbst dann, wenn er rannte.

Er war nüchtern und deshalb ziemlich überrascht, als er sich plötzlich auf dem Platz der Gebrochenen Monde wiederfand. Er hatte zur kleinen Gasse hinter der Universität zurückkehren wollen, zu der Mauer, wo einige bewegliche Ziegelsteine den thaumaturgischen Studenten seit Jahrhunderten die Möglichkeit gaben, das abendliche Ausgehverbot zu umgehen beziehungsweise darüber hinwegzuklettern.

Der Weg dorthin führte nicht an diesem Platz vorbei.

Victor drehte sich um, schlenderte einige Schritte in die Richtung, aus der er kam – und blieb erneut stehen. Etwas Ungewöhnliches war hier im Gange.

Normalerweise traf man auf dem Platz der Gebrochenen Monde Geschichtenerzähler, Musikanten oder Makler, die versuchten, Käufer für einige der überschüssigen Wahrzeichen von Ankh-Morpork zu finden, zum Beispiel für den Kunstturm oder die Messingbrücke.

Jetzt waren einige Leute damit beschäftigt, eine Art großes Laken zwischen zwei Pfosten zu spannen.

Victor schlurfte zu ihnen. »Was macht ihr hier?« fragte er freundlich.

»Hier findet bald eine Vorstellung statt.«

»Oh, Theater«, sagte Tugelbend ohne großes Interesse.

Er wandte sich ab und latschte durch die feuchte Dunkelheit. Kurz darauf verharrte er noch einmal, als er in der Finsternis zwischen zwei Gebäuden eine Stimme hörte.

»Hilfe«, sagte sie leise.

Und eine andere Stimme, etwas lauter: »Rück's endlich raus!«

Victor trat näher und spähte in die Schatten.

»Hallo?« fragte er. »Alles in Ordnung?«

Einige Sekunden lang blieb es still, und dann knurrte jemand: »Willst dir unbedingt Ärger einhandeln, Bürschchen, wie?«

Er hat ein Messer, dachte Victor. Er greift mich mit einem Messer an. Das bedeutet: Wenn ich nicht erstochen werden möchte, muß ich weglaufen, wodurch ich viel Kraft verschwende.

Vielleicht hat der Leser falsche Vorstellungen von Victor Tugelbend gewonnen. Vielleicht hält er ihn für dick und schwächlich. Aber das stimmt nicht. Er war zweifellos der athletischste aller Studenten. Er hielt es für viel zu mühsam, zusätzliche Pfunde mit sich herumzuschleppen, und aus diesem Grund achtete er darauf, kein Fett anzusetzen und fit zu bleiben. Außerdem: Wenn man ordentliche Muskeln anstelle von Speck hatte, fiel es wesentlich leichter, sich zu bewegen.

Er beschränkte sich auf einen Rückhandschlag, der den Angreifer nicht nur traf, sondern ihn auch von den Beinen riß.

Im Anschluß daran hielt Victor nach dem Opfer Ausschau, das noch immer in einer Ecke kauerte.

»Ich hoffe, du bist nicht verletzt«, sagte er.

»Bleib so stehen!«

»Oh, ich wollte ohnehin stehenbleiben«, erwiderte Victor.

Die Gestalt löste sich aus den Schatten. Der Mann hatte ein Paket unter den Arm geklemmt und machte eine seltsame Bewegung: Mit

Daumen und Zeigefinger beider Hände bildete er einen Rahmen, durch den seine kleinen, wieselartigen Augen starrten.

Vielleicht wehrt er damit den Bösen Blick ab, dachte Victor. Mit den vielen Symbolen am Mantel sah er aus wie ein Zauberer.

»Faszinierend!« stieß der Mann hervor und spähte durch das von den Fingern geformte Quadrat. »Könntest du den Kopf ein wenig nach links drehen, ja? Großartig! Tja, das mit der Nase ist bedauerlich, aber vielleicht können wir da was dran machen.«

Er kam näher und versuchte, den Arm um Victors Schultern zu legen. »Ein wahres Glück für dich, daß du mir begegnet bist«, behauptete er.

»Tatsächlich?« fragte Tugelbend, der bisher angenommen hatte, daß es genau andersherum sei.

»Ich habe nach jemandem wie dir gesucht.«

»Ach?« Victor zögerte kurz. »Bist du vielleicht gar nicht überfallen worden?«

»Oh, doch. Der Kerl war auf dies hier scharf.« Die Gestalt klopfte an das Paket, und es dröhnte leise, wie ein Gong. »Aber es hätte ihm überhaupt nichts genützt.«

»Völlig wertlos?« vermutete Victor.

»Es hat einen unschätzbaren Wert.«

»Um so besser.«

Der Mann gab den Versuch auf, seinen freien Arm um Victors ziemlich breite Schultern zu legen. Er begnügte sich mit einer davon.

»Aber viele Leute wären sehr enttäuscht gewesen«, sagte er. »Nun, hör mal... Du hast genau die richtige Erscheinung. Und ein gutes Profil. Was hältst du davon, bei den beweglichen Bildern einzusteigen?«

»Äh«, antwortete Victor. »Nein, ich glaube, das ist nichts für mich.«

Der Mann riß die Augen auf.

»Du hast mich doch verstanden, oder?« vergewisserte er sich. »Bewegliche Bilder.«

»Ja.«

»Wenn's um bewegliche Bilder geht, möchten alle dabei sein!«

»Nein, danke«, sagte Victor höflich. »Es ist sicher eine lohnende Aufgabe, Bilder zu bewegen, aber ich bin nicht daran interessiert.«

»Ich spreche von *beweglichen Bildern*!«

»Ja«, entgegnete Victor sanft. »Ich habe es gehört.«

Der Mann schüttelte den Kopf. »Na, das haut mich glatt um. Zum erstenmal seit Wochen treffe ich jemanden, der nicht wild darauf ist, bei den beweglichen Bildern anzufangen. Ich dachte, alle Leute wünschen sich einen Job bei den beweglichen Bildern. Als ich dich sah, dachte ich sofort: Bestimmt ist er ganz versessen auf die beweglichen Bilder.«

»Trotzdem vielen Dank«, sagte Victor. »Ich glaube, es wäre nichts für mich.«

»Nun, ich stehe in deiner Schuld.« Der kleine Mann holte eine Karte hervor. Victor nahm sie entgegen und las:

Thomas Silberfisch

Interessante und lehrreiche Kinematographie
Ein oder zwei Rollen – fast gar nicht explosiv
Holy Wood, 1

»Falls du es dir anders überlegst«, erklärte er. »In Holy Wood kennen mich alle.«

Victor betrachtete die Karte. »Danke«, sagte er unbestimmt. »Äh. Bist du Zauberer?«

Silberfisch starrte ihn an.

»Wie kommst du darauf?« fragte er scharf.

»Du trägst einen Mantel mit magischen Symbolen...«

»Mit *magischen Symbolen*? Sieh mal genau hin, Junge! Dies sind gewiß nicht die lächerlichen Symbole eines absurden und längst überholten Glaubenssystem! Es handelt sich vielmehr um die Merkmale einer aufgeklärten Kunst, deren neue und strahlende Morgendämmerung gerade, äh... dämmert. Magische Symbole!« zischte der kleine Mann voller Verachtung. »Und es ist ein Umhang, kein Mantel«, fügte er hinzu.

Victor beobachtete das Durcheinander aus Sternen, sichelförmigen Monden und anderen Darstellungen. Die Merkmale einer aufgeklärten Kunst, deren neue und strahlende Morgendämmerung gerade dämmerte, wirkten genauso wie die lächerlichen Symbole eines absurden und längst überholten Glaubenssystems, aber dies war vermutlich nicht der geeignete Zeitpunkt, um darauf hinzuweisen.

»Entschuldige«, erwiderte er. »Hab sie nicht genau gesehen.«

»Ich bin Alchimist«, verkündete ein nur teilweise besänftigter Silberfisch.

»Oh, du verwandelst Blei in Gold und so«, sagte Victor.

»Nicht Blei, Junge. *Licht.* Mit Blei funktioniert's nicht. Ich sorge dafür, daß *Licht* zu Gold wird...«

»Im Ernst?« erkundigte sich Victor höflich, als Silberfisch mitten auf dem Platz ein Stativ montierte.

Eine kleiner Menschenauflauf bildete sich. In Ankh-Morpork geschah es häufig, daß sich irgendwo kleine – oder auch große – Menschenaufläufe bildeten. Die Bewohner dieser Stadt gehörten zu den besten Zuschauern im Universum. Sie schauten immer zu, vor allem dann, wenn die Möglichkeit bestand, daß irgend jemand auf eine amüsante Art verletzt wurde.

»Bleib hier und sieh dir die Vorstellung an«, sagte Silberfisch und eilte fort.

Ein Alchimist, dachte Victor. Nun, jeder weiß, daß Alchimisten ein wenig verrückt sind. Das ist ganz normal für sie.

Und er überlegte: Wer möchte seine Zeit damit verbringen, Bilder zu bewegen? Die meisten von ihnen befinden sich doch genau am richtigen Ort.

»Würstchen in Brötchen!« erklang eine Stimme neben dem Studenten. »Kauft sie, solange sie noch heiß sind!«

Victor drehte sich um. »Oh, hallo, Herr Schnapper.«

»Guten Abend, Junge. Dein Magen hätte sicher nichts gegen ein heißes Würstchen einzuwenden, oder?«

Tugelbend blickte auf die glänzenden, röhrenförmigen Objekte in dem Behälter, der an Schnappers Hals hing. Sie dufteten verlockend. Es ging *immer* ein appetitanregender Geruch von ihnen aus. Doch wenn man hineinbiß... Dann stellte man fest, daß Treibe-mich-selbst-in-den-Ruin Schnapper für organische Teile Verwendung fand, von deren Existenz die entsprechenden Tiere überhaupt nichts wußten. Schnapper hatte folgendes herausgefunden: Mit genug gebratenen Zwiebeln und Senf aßen die Leute praktisch *alles*.

»Sonderpreis für Studenten«, flüsterte der Verkäufer in einem verschwörerischen Tonfall. »Nur fünfzehn Cent, und damit treibe ich mich selbst in den Ruin.« Listig hob er den Deckel, und Dampf quoll darunter hervor.

Pikanter Zwiebelduft verrichtete sein heimtückisches Werk.

»Na schön«, sagte Victor. »Gib mir eine.«

Schnapper fischte ein Würstchen aus dem Behälter und schob es ins Brötchen, offenbarte dabei das gleiche Geschick wie ein Frosch, der eine Eintagsfliege fängt.

»Du wirst es nicht bereuen«, versprach er fröhlich.

Victor knabberte an einem Zwiebelring, der keine unmittelbare Gefahr darzustellen schien.

»Was geht da vor?« fragte er und deutete mit dem Daumen zum großen Laken zwischen den beiden Pfosten.

»Eine Art Unterhaltung«, antwortete Schnapper. »Heiße Würstchen! Besonders lecker!« Erneut senkte er die Stimme zu dem für ihn typischen Verschwörerraunen.

»Der letzte Schrei in den anderen Städten, wie ich hörte«, verriet er. »Bilder, die sich bewegen. Die Leute haben sie erst woanders ausprobiert, bevor sie nach Ankh-Morpork kamen.«

Sie beobachteten, wie Silberfisch und einige Assistenten an einem Kasten auf dem Stativ hantierten. Weißes Licht glänzte durch eine runde Öffnung in dem Gebilde und fiel aufs breite Laken. Vom Publikum her ertönte zurückhaltender Applaus.

»Oh«, sagte Victor. »Ich *verstehe*. Das ist alles? Nur ganz gewöhnliches Schattenspiel. Mehr steckt nicht dahinter. Mein Onkel hat's mir gezeigt, als ich noch ein Kind war. Du weißt schon ... Man bewegt die Hand vor dem Licht, und die Schatten formen ein Bild.«

»Oh, ja«, erwiderte Schnapper unsicher. »Wie ›großer Elefant‹ oder ›Seeadler‹. Ich kenne es von meinem Großvater her.«

»Mein Onkel hatte eine Vorliebe für ›mißgestaltetes Kaninchen‹«, berichtete Victor. »Allerdings kam er nicht gut mit dem Schattenspiel zurecht. Es war immer ziemlich peinlich. Wir saßen an der Wand und rieten mit wachsender Verzweiflung Dinge wie ›überraschter Igel‹

oder ›tollwütiges Wiesel‹, und schließlich ging mein Onkel schmollend zu Bett, weil wir nicht erraten hatten, daß die Schemenbilder ›Lord Henry Skipps und seine Mannen gegen die Trolle bei der Schlacht von Pseudopolis‹ bedeuteten. Ich weiß gar nicht, warum Leute Schatten auf einem Laken interessant finden.«

»Angeblich soll's ganz anders sein«, sagte Schnapper. »Vorhin habe ich einem der Männer eine Riesenwurst Mit Extra Viel Senf verkauft, und er meinte: Es läuft alles darauf hinaus, Bilder schnell hintereinander zu zeigen. Man klebt sie zusammen und läßt sie schnell aufeinander folgen. Sehr, sehr schnell, meinte er.«

»Aber nicht zu schnell«, wandte Victor ernst ein. »Wenn sie zu schnell aufeinander folgen, erkennt man die einzelnen Bilder gar nicht mehr.«

»Genau darin besteht das Geheimnis, meinte er«, fuhr Schnapper fort. »Man sieht nicht die einzelnen Bilder, sondern alle zusammen. Oder so.«

»Aber dann wäre alles verschwommen«, sagte Victor. »Hast du ihn nicht danach gefragt?«

»Äh, nein«, gab Schnapper zu. »Ich bekam keine Gelegenheit dazu, weil der Mann fort mußte. Fühlte sich plötzlich seltsam.«

Victor sah nachdenklich auf den Rest seines Würstchens, als er sich auf einmal angestarrt fühlte.

Er senkte den Kopf. Ein Hund saß direkt vor ihm.

Es war ein kleiner und krummbeiniger Hund mit drahtigem Fell, das überwiegend grau zu sein schien, jedoch auch braune, weiße und schwarze Flecken aufwies. Das Tier starrte ihn an.

Nie zuvor hatte jemand einen so durchdringenden Blick auf Victor Tugelbend gerichtet. Darin kamen weder Drohungen noch stummes Flehen zum Ausdruck. Es war nur ein stummes Starren, geprägt von einer alles andere ausschließenden Aufmerksamkeit: Der Hund schien sich jedes Detail zu merken, um den Behörden später eine genaue Beschreibung zu geben.

Als kein Zweifel mehr daran bestehen konnte, daß Victor den Hund bemerkt hatte, richtete das Tier den Blick aufs Würstchen.

Profundes Mitleid erfaßte den Studenten, und er ließ das Würstchen fallen. Der Hund schnappte sofort danach und verschlang es.

Mehr Leute strömten auf den Platz. Treibe-mich-selbst-in-den-

Ruin Schnapper wanderte umher und gewann zahlreiche Kunden unter den Nachtschwärmern, die so betrunken waren, daß Optimismus über Erfahrung siegte. Nun, wer um ein Uhr nachts nach einer mehrstündigen Zechtour etwas zu essen kaufte, mußte ohnehin damit rechnen, am nächsten Morgen ausgiebig zu leiden. Allem Anschein nach vertraten viele von ihnen die Ansicht, daß sich die Mühe lohnen sollte.

Aus dem kleinen Menschenauflauf wurde allmählich ein großer. Einige Meter entfernt erkannte Victor die massige, langgliedrige Gestalt des Trolls Detritus, den alle Studenten gut kannten – er arbeitete häufig dort, wo man Geld dafür bezahlte, irgendwelche Leute hinauszuwerfen. Der Troll sah ihn und versuchte zu zwinkern, indem er beide Augen schloß. Es mangelte Detritus an Begabung, wenn es um komplizierte Dinge ging. Man erzählte sich: Wenn Detritus gut genug schreiben und lesen lernen könnte, um einen Intelligenztest abzulegen, so stellte sich vermutlich heraus, daß der Stuhl, auf dem er saß, intelligenter wäre.

Silberfisch griff nach einem Sprachrohr.

»Meine Damen und Herren«, begann er. »Ihr erlebt jetzt einen Wendepunkt in der Geschichte dieses Jahrhunderts, das unter...« Er ließ das Sprachrohr wieder sinken, und Victor hörte, wie er einem Assistenten zuflüsterte: »Unter welchem Zeichen steht dieses Jahrhundert? Ach, tatsächlich?« Dann hob er den Trichter erneut an die Lippen und fuhr mit sonorer Begeisterung fort: »...das unter dem Zeichen des Flughunds steht! Werdet Zeugen der Geburt von beweglichen Bildern! Ja, genau: Bilder, die sich bewegen! Ohne Magie!«

Er wartete auf Applaus, erntete jedoch nur Stille. Die Zuschauer beobachteten ihn. Beim Publikum von Ankh-Morpork braucht es mehr als ein Ausrufezeichen hinter einem Satz, um es zu Applaus zu veranlassen.

»Sehen und glauben, so heißt es!« Silberfischs Stimme klang jetzt ein wenig entmutigt. »Aber meine Damen und Herren – ihr werdet euren Augen nicht trauen! Was ihr gleich beobachten könnt, ist ein Triumph der Naturwissenschaft! Ein Wunder! Eine Entdeckung, die unsere Welt – das ganze Universum! – verändert!«

»Schlimmer als diese verdammten Würstchen wird's schon nicht werden«, grummelte jemand vor Victors Knie.

»...die Nutzbarmachung natürlicher Mechanismen, um Illusionen zu erzeugen! Illusionen, meine Damen und Herren, für die keine Magie notwendig ist!«

Victors Blick glitt langsam nach unten und fiel auf den kleinen Hund, der sich hingebungsvoll kratzte. Das Tier sah auf und sagte: »Wuff?«

»... enorme Möglichkeiten im Bereich der Bildung! Denkt nur an Kunst und Geschichte! Ich danke euch, meine Damen und Herren! Meine Damen und Herren, bisher habt ihr noch gar nichts gesehen...!«

Erneut legte Silberfisch eine Pause ein und erhoffte sich Applaus.

Jemand in der vordersten Reihe brummte: »Da hast du völlig recht. Bisher haben wir noch nichts gesehen.«

»Ja«, pflichtete ihm eine Frau bei. »Warum bist du nicht endlich still und fängst mit dem Schattenspiel an?«

»Genau!« rief eine andere Frau. »Zeig uns das ›mißgestaltete Kaninchen‹. Meine Kinder finden das am besten.«

Eine Zeitlang beobachtete Victor die Menge, um den Argwohn des Hunds zu zerstreuen. Dann drehte er ruckartig den Kopf und starrte noch einmal nach unten.

Das Tier blickte gelassen zum Publikum und schien dem thaumaturgischen Studenten überhaupt keine Beachtung zu schenken.

Victor stocherte mit einem Finger im Ohr. Wahrscheinlich nur ein sonderbares Echo, dachte er. Das »Wuff« des Hunds hatte nicht nur deshalb seltsam geklungen, weil es sich wie »wuff« anhörte. Die meisten Hunde im Multiversum gaben nie ein *Wuff* von sich, sondern weitaus komplexere Geräusche, zum Beispiel *Wuoufff* oder *Hwwauh*. Nein, wirklich irritierend war, daß dieser Hund gar nicht *gebellt*, sondern »Wuff« *gesagt* hatte.

Tugelbend runzelte verwirrt die Stirn und wandte sich wieder Silberfisch zu, der jetzt vom Podest vor dem Laken herunterkletterte und einem seiner Assistenten zuwinkte. Der Mann nickte und drehte eine Kurbel am Kasten. Etwas knirschte, und dann hörte Victor ein rhythmisches Klicken. Erste vage Schatten tanzten über die Leinwand, und dann...

Zu den letzten Dingen, an die sich der Student erinnerte, gehörte eine Stimme, die vor seinem Knie brummte: »Wäre es dir vielleicht lieber gewesen, wenn ich ›miau‹ gesagt hätte?«

Holy Wood träumt...

Und jetzt war es acht Stunden später.

Ponder Stibbons litt noch immer an den Nachwirkungen diverser »kräftiger Schlucke« und sah schuldbewußt zu dem leeren Platz an seiner Seite. Bisher hatte Victor noch nie eine Abschlußprüfung versäumt. Angeblich mochte er die Herausforderung.

»Bereitet euch darauf vor, das Blatt umzudrehen«, sprach der Aufsichtführende zur Rückwand des Zimmers. In den sechzig Brüsten der sechzig angehenden Zauberer klopften sechzig Herzen noch schneller als vorher. Ponder griff nervös nach seiner Glücksbringer-Schreibfeder.

Der Magier auf dem Podium kippte die Sanduhr. »Ihr könnt beginnen.«

Einige eingebildete Studenten drehten die Prüfungsbögen um, indem sie mit den Fingern schnippten. Ponder haßte sie sofort.

Er streckte die Hand nach seinem Glücksbringer-Tintenfaß aus. Die Finger verfehlten es, und der zitternde Ellenbogen stieß es um. Eine schwarze Welle ergoß sich über das Blatt mit den Fragen.

Panik und Scham stiegen in Ponder auf. Er versuchte, die Tinte mit dem Saum seines Umhangs fortzuwischen, wodurch es ihm gelang, sie gleichmäßig auf dem Pult zu verteilen. Der ausgestopfte Frosch, wichtigster aller Glücksbringer, war fortgespült worden.

Schwarze Tinte tropfte von Ponders Ärmeln, und Verlegenheit glühte in seinem Gesicht, als er flehentlich zum Magier blickte und dann wie beschwörend zum leeren Tisch sah, an dem eigentlich Victor sitzen sollte.

Der Zauberer nickte. Ponder seufzte dankbar, nahm auf der anderen Seite des Gangs Platz und wartete, bis sein Puls nicht mehr raste, bevor er das Blatt ganz vorsichtig umdrehte.

Zehn Sekunden später drehte er es gegen alle Vernunft noch einmal um, falls die Fragen in diesem besonderen Fall auf der Rückseite standen.

Um ihn herum herrschte angespannte Stille, in der neunundfünfzig Gehirne ihre ganze geistige Kraft mobilisierten.

Ponder drehte den Bogen zum dritten Mal.

Ein Versehen? Nein... Das Universitätssiegel fehlte ebensowenig wie die Unterschrift des Erzkanzlers. Vielleicht handelte es sich um einen speziellen Test. Vielleicht beobachtete man ihn, um festzustellen, wie er reagierte...

Verstohlen blickte er nach rechts und links. Die anderen Studenten schienen hart zu arbeiten. Möglicherweise war doch jemandem ein Fehler unterlaufen. Ja. Je mehr Ponder darüber nachdachte, desto logischer erschien es ihm. Der Erzkanzler hat die Papiere unterzeichnet, und als die Schreiber damit begannen, sie zu kopieren, kam einer von ihnen nicht weiter als bis zur ersten und wichtigsten Frage, und dann mußte er sich dringend mit einer anderen Angelegenheit befassen und vergaß die übrigen Fragen, und niemand bemerkte etwas, und der Prüfungsbogen landete auf Victors Pult, und Ponder hatte ihn bekommen, vielleicht göttlicher Wille oder so. Jedenfalls war es eindeutig nicht seine Schuld, und wenn das Schicksal ihm eine solche Chance bot, wäre es da nicht ein Sakrileg, sie nicht zu nutzen.

Erneut las er die Frage: »Wie heißt du?«

Er schrieb die Antwort.

Nach einer Weile nahm er sein Glücksbringer-Lineal und unterstrich sie mehrmals.

Kurze Zeit später, um seinen Eifer zu beweisen, schrieb er darüber: »Die Antwort auf Frage Eins lautet:«.

Nach zehn Minuten fügte er in der Zeile darunter hinzu: »So heiße ich.« Er unterstrich den Hinweis.

Der arme Victor wird es sehr bedauern, ausgerechnet diese Abschlußprüfung verpaßt zu haben, dachte Ponder.

Und: Wo mag der jetzt eigentlich stecken?

Noch gab es keine Straße nach Holy Wood. Wer den Ort erreichen wollte, mußte den Weg nach Quirm nehmen, ihn an einer nicht gekennzeichneten Stelle verlassen und zu den Dünen wandern. Wilder Lavendel und Rosmarin säumten die Böschung. Man hörte nur summende Bienen und das ferne Zwitschern einer Feldlerche, wodurch die Stille noch stiller erschien.

Victor Tugelbend verließ die Straße dort, wo sich Wagenräder und Füße bereits eine breite Schneise durch die Böschung gegraben hatten.

Viele Meilen lagen noch vor ihm. Er stapfte weiter.

Irgendwo in seinem Hinterkopf flüsterte eine Stimme Fragen wie »Wo bin ich?« und »Warum bin ich hier?« Ein anderer Teil von ihm wußte, daß er gar nicht *hier* zu sein brauchte. Er war wie das Opfer eines Hypnotiseurs, das glaubt, nicht in Trance zu sein, und jederzeit erwachen zu können, wenn es den Wunsch dazu verspürt. Auch Victor glaubte, niemandem gehorchen zu müssen, während sich seine Füße von ganz allein bewegten.

Er überlegte, was da mit ihm passierte. Irgend etwas ging vor sich, etwas, das sich vielleicht nie wiederholte – und er wollte daran teilhaben.

Ein ganzes Ende hinter dem Studenten zurück versuchte Treibemich-selbst-in-den-Ruin Schnapper, ein Pferd zu reiten. Er war kein erfahrener Reiter und fiel immer wieder zu Boden – ein Grund dafür, daß er Victor nicht längst überholt hatte. Ein anderer bestand darin, daß er in der Stadt zunächst sein Würstchen-in-Brötchen-Geschäft verkauft hatte, an einen Zwerg, der für wenig Geld zu Schnappers Nachfolger wurde und sich daraufhin für den glücklichsten Bewohner von Ankh-Morpork hielt. Nachdem er selbst eins der Würstchen verspeist hatte, bekam er nie wieder Gelegenheit, unglücklich zu sein.

Irgend etwas rief Treibe-mich-selbst-in-den-Ruin Schnapper, und zwar mit goldener Stimme.

Weit hinter ihm wankte der Troll Detritus durch den Sand. Es läßt sich kaum feststellen, was er dachte; vermutlich gingen ihm ähnliche Gedanken durch den Kopf wie einer heimkehrenden Brieftaube. Er wußte nur, daß er nicht dort war, wo er sein sollte.

Den Abschluß bildete schließlich ein großer Karren, von acht Pferden gezogen und mit Holz für Holy Wood beladen. Der Mann auf dem Kutschbock dachte an nichts, war nur ein wenig verwirrt angesichts eines Zwischenfalls, der sich kurz vor dem Morgengrauen ereignet hatte, als er Ankh-Morpork verlassen wollte. Er erinnerte sich... Im Halbdunkel neben der Straße erklang eine Stimme und rief: »Halt, im Namen der Stadtwache!« Er hielt an, doch es passierte gar nichts, und als er sich umblickte, war weit und breit niemand zu sehen.

Der Karren rumpelte vorbei und zeigte dem Auge des phantasievollen Beobachters die kleine Gestalt des Wunderhunds Gaspode, der es sich hinten zwischen den Holzbalken bequem zu machen versuchte. Auch er reiste nach Holy Wood.

Auch er wußte nicht, was ihn dazu veranlaßte.

Auch er wollte es herausfinden.

In den letzten Jahren des Jahrhunderts des Flughunds hätte niemand geglaubt, daß die Angelegenheiten der Scheibenwelt mit aufmerksamer Ungeduld von Intelligenzen beobachtet wurden, die intelligenter waren als Menschen – oder zumindest viel scheußlicher. Jene Wesen beobachteten das Diesseits mit dem gleichen Interesse, das ein Verhungernder der Alles-was-du-für-einen-Dollar-verdrücken-kannst-Speisekarte vor Hargas Rippenstube entgegenbringt...

Nun, ganz stimmt das nicht. Die meisten Zauberer wären bereit gewesen, es zu glauben, wenn es ihnen jemand erzählt hätte.

Das galt auch für den Bibliothekar.

Frau Marietta Kosmopilit, Quirmstraße 3, Ankh-Morpork, hätte es ebenfalls geglaubt. Allerdings... Sie glaubte an viele Dinge. Sie glaubte, die Welt sei rund. Sie glaubte, eine Knoblauchknolle in der Schublade mit ihrer Unterwäsche hielte Vampire fern. Sie glaubte, in jedem Menschen verberge sich etwas Liebenswertes: Man mußte nur an der richtigen Stelle danach suchen. Und sie glaubte, daß sie jeden Abend drei gräßliche Zwerge beobachteten, wie sie sich auszog.*

Holy Wood!...

...war noch nicht sehr viel. Nur ein Hügel, mit dem Meer auf der einen Seite und Dünen auf der anderen. Es handelte sich um jene Art von reizvoller Gegend, die nur dann reizvoll ist, wenn man sie für kurze Zeit bewundern kann, um anschließend zu einem Ort mit heißen Bädern und kalten Drinks zurückzukehren. Es kommt einer Strafe gleich, dort länger verweilen zu müssen.

Wie dem auch sei: Eine Stadt entstand. Wenn man in diesem Zusammenhang die Bezeichnung »Stadt« verwenden durfte. Hütten wurden gebaut, wo jemand Bauholz abgeladen hatte, und sie wirkten primitiv: Wer sie baute, schien den Hauptteil seiner Zeit wichtigeren Dingen zu widmen. Man konstruierte schlichte Kästen aus Brettern.

Bis auf die Vorderfronten...

Wenn man Holy Wood verstehen wollte, meinte Victor Jahre später, mußte man wissen, was es mit den Gebäuden auf sich hatte.

Man sah einen Kasten im Sand, ausgestattet mit einem spitz zulau-

---

* In diesem Punkt hatte sie recht, wenn auch nur zufällig.

fenden Dach – was jedoch keine Rolle spielte, da es in Holy Wood *nie* regnete. Risse und Fugen in den Wänden waren mit alten Lappen zugestopft. Die Fenster stellten nur Löcher dar, denn es gelang niemandem, Glas über viele Meilen hinweg zu transportieren, ohne daß es unterwegs zerbrach. Von hinten betrachtet erwies sich die Vorderfront als eine große, von Latten gestützte Reklametafel.

Aber wenn man sie von vorn sah... Vorn war sie ein barockes, mit Verzierungen, Schnitzereien und bunten Bildern geschmücktes Architekturkunstwerk. In Ankh-Morpork bemühten sich vernünftige Leute um ein möglichst unauffälliges Erscheinungsbild ihrer Häuser, um keine Aufmerksamkeit zu erregen, und die Dekoration beschränkte sich aufs Innere. In Holy Wood schien man Innen und Außen miteinander zu verwechseln.

Victor wankte benommen über die sogenannte Hauptstraße. Vor einigen Stunden war er zwischen den Dünen erwacht. *Warum?* fragte er sich erneut. Er hatte beschlossen, nach Holy Wood zu wandern, aber warum? Er wußte es nicht, erinnerte sich nur daran, daß Hunderte von guten Gründen für diese Entscheidung gesprochen hatten.

Jetzt fiel ihm keiner mehr ein.

Hinter seiner Stirn gab es ohnehin kaum Platz für Erinnerungen. Victors Gehirn war viel zu sehr damit beschäftigt, ihn auf Hunger und Durst hinzuweisen. Bei einer gründlichen Suche in den Hosentaschen entdeckte er insgesamt sieben Ankh-Morpork-Cents. Damit konnte er nicht einmal einen kleinen Teller Suppe bezahlen, ganz zu schweigen von jener üppigen Mahlzeit, die sein Magen verlangte.

Er brauchte eine gute Mahlzeit. Nach einer guten Mahlzeit konnte er sicher wieder klar denken.

Tugelbend bahnte sich einen Weg durch die Menge. Die meisten Leute schienen Tischler zu sein, aber es gab auch andere, die Korbflaschen oder geheimnisvolle Kisten trugen. Alle schritten eilig vorbei und erweckten den Eindruck, ein besonders wichtiges Ziel zu verfolgen.

Victor bildete die einzige Ausnahme.

Er wandte sich hierhin und dorthin, starrte zu den Gebäuden und fühlte sich wie eine Heuschrecke in einem Ameisenhaufen. Vergeblich hielt er nach etwas Vertrautem Ausschau...

»He, paß doch auf!«

Er prallte wie von einer Wand ab, doch als er das Gleichgewicht wiederfand, war die andere, an dem Zusammenstoß beteiligte Person bereits in der Menge verschwunden. Er blinzelte mehrmals und rannte ihr verzweifelt hinterher.

»Hallo!« rief er. »Tut mir leid! Entschuldige bitte!«

Die junge Frau blieb stehen und wartete ungeduldig auf ihn.

»Nun?« fragte sie scharf.

Sie mochte etwa dreißig Zentimeter kleiner sein als Victor, und ihre Figur blieb Mutmaßungen überlassen, da sie ein langes, weites und ziemlich lächerliches Rüschengewand trug. Es war jedoch nicht annähernd so lächerlich wie die blonde Perücke aus zahllosen Ringellocken. Weißes Make-up überzog ihr Gesicht wie eine dicke Patina und sparte nur die mit schwarzer Wimperntusche und schwarzem Lidschatten geschminkten Augen aus. Die junge Dame ließ sich mit einem Lampenschirm vergleichen, der an ausgeprägtem Schlafmangel litt.

»Nun?« wiederholte sie. »Ich habe keine Zeit! In fünf Minuten wird wieder gedreht!«

»Äh...«

Die Namenlose seufzte. »Nein, sag's nicht. Du bist gerade eingetroffen. Hier ist alles so neu für dich. Du weißt nicht, was du jetzt anfangen sollst. Du hast Hunger und kein Geld. Stimmt's?«

»Ja! Woher *weißt* du das?«

»Alle fangen so an. Und du möchtest einen Job bei den Streifen, habe ich recht?«

»Bei den Streifen?«

Die Augen der jungen Frau rollten in ihren schwarzen Ringen.

»Bei den beweglichen Bildern!«

»Oh...« Ja, *das* ist es, fuhr es ihm durch den Sinn. Bis eben wußte ich es nicht, aber jetzt ist es mir plötzlich klar. Ja. Deshalb bin ich hier. Warum komme ich jetzt erst drauf?

»Ja«, sagte er. »Ja, das möchte ich. Einen Job. Bei den Streifen. Äh, wie geht man dabei vor?«

»*Man* wartet und wartet. Bis *man* entdeckt wird.« Die Frau musterte Victor mit unverhohlener Verachtung. »Wie wär's, wenn du es zunächst als Tischler versuchst? Holy Wood braucht Leute, die Holz zusammennageln.«

Dann wirbelte sie herum und verschwand in der Menge der geschäftig hin und her eilenden Leute.

»Äh, danke!« rief ihr Tugelbend nach. »Danke.« Er hob die Stimme und fügte hinzu: »Ich hoffe, das mit deinen Augen wird bald besser!« Er tastete nach den Münzen in seiner Tasche.

Nun, Tischlerei kam nicht in Frage – das klang nach Arbeit. Er hatte es einmal ausprobiert, und schon nach kurzer Zeit hatten das Holz und er eine Übereinkunft getroffen: Er rührte es nicht mehr an, und es verzichtete darauf, immer wieder zu splittern.

Warten schien hingegen auch auf Dauer gar nicht so schlecht zu sein, doch es erforderte Geld.

Victors Finger berührten einen kleinen, rechteckigen Gegenstand in seiner Tasche. Er zog das Objekt hervor und betrachtete es erstaunt.

Silberfischs Karte.

Die Adresse Holy Wood, 1, bezog sich auf zwei Schuppen hinter einem hohen Zaun. Eine lange Schlange hatte sich vor dem Tor gebildet, bestand aus Trollen, Zwergen und Menschen. Einige Anzeichen deuteten darauf hin, daß sie schon seit einer ganzen Weile vor dem Zaun standen. Einige von ihnen strahlten eine so natürliche Deprimiertheit aus, daß es sich vielleicht um direkte Nachkommen der ersten prähistorischen Schlangensteher handelte.

Am Tor wachte eine große, kräftig gebaute Gestalt und beobachtete die Schlange mit der Selbstgefälligkeit eines Mannes, der – zumindest ein bißchen – Macht ausüben konnte.

»Entschuldige bitte...«, begann Victor.

»Heute morgen stellt Herr Silberfisch niemanden mehr ein«, knurrte der Mann aus dem Mundwinkel. »Verzieh dich.«

»Aber er hat mich hierher eingel...«

»Habe ich nicht gesagt, daß du dich verziehen sollst, Freundchen?«

»Ja, aber...«

Die Tür im Zaun öffnete sich einige Zentimeter weit, und ein blasses Gesicht spähte nach draußen.

»Wir brauchen einen Troll und zwei Menschen«, verkündete es. »Für einen Tag. Das übliche Honorar.« Die Tür schloß sich wieder.

Der Torwächter straffte die Gestalt und wölbte zwei narbige Hände trichterförmig vor dem Mund.

»Also gut, ihr Narren!« donnerte er. »Ihr habt's gehört!« Er blickte an der Schlange entlang, wie ein Viehzüchter, der seine Auswahl traf. »Du, du und du«, brummte er und streckte die Hand aus.

»Entschuldige«, sagte Victor freundlich. »Ich glaube, der Mann dort steht weiter vorn...«

Er wurde zur Seite geschoben, und die drei Glücklichen hasteten zum Zaun. Tugelbend glaubte zu beobachten, wie glitzernde Münzen den Besitzer wechselten. Dann wandte ihm der Torhüter ein zorniges rotes Gesicht zu.

»*Du*«, grollte er. »Ans Ende der Schlange mit dir. Und da bleibst du!«

Victor starrte ihn mit großen Augen an. Er sah zur Tür. Und er sah zu den vielen niedergeschlagen wartenden Leuten.

»Äh, nein«, erwiderte er. »Lieber nicht. Trotzdem herzlichen Dank.«

»Hau ab!«

Victor lächelte, wanderte am Zaun entlang und folgte seinem Verlauf. Die Lattenbarriere endete an einer schmalen Gasse.

Tugelbend suchte im Müll, der in der Gasse herumlag, fand ein Stück Papier und krempelte die Ärmel hoch. Anschließend begann er mit einer sorgfältigen Inspektion des Zauns und entdeckte schon nach kurzer Suche zwei lose Bretter, die er weit genug beiseite schieben konnte, um durch die Lücke zwischen ihnen zu schlüpfen.

Er gelangte auf ein Gelände, wo Bauholz und Stoffballen lagerten. Niemand hielt sich hier auf.

Victor ging los, in eine Aura der Entschlossenheit gehüllt. Soviel hatte er schon gelernt: Wenn man die Ärmel hochgekrempelt hatte, einen Zettel in der Hand hielt und entschlossen wirkte, brauchte man keine unangenehmen Fragen zu befürchten. Mit dieser Erkenntnis brach er auf, um das aus Holz und Leinen bestehende Wunderland der interessanten und lehrreichen Kinematographie zu erforschen.

Er sah Gebäude, auf deren Rückwände man andere Gebäude gemalt hatte. Er sah Bäume, die vorn Bäume waren und hinten nur Streben. Hektische Aktivität herrschte überall, doch soweit Victor das feststellen konnte, schien niemand wirklich etwas zu produzieren.

Ein Mann, der einen langen schwarzen Mantel, einen großen schwarzen Hut und außerdem einen ebenfalls schwarzen, bürstenartigen Schnurrbart trug, war gerade damit beschäftigt, eine junge Frau zu fesseln. Niemand versuchte, ihn daran zu hindern, obwohl sich die Frau zur Wehr setzte. Zwei Personen beobachteten das Geschehen gleichgültig; neben ihnen drehte jemand die Kurbel eines Kastens, der auf einem Stativ ruhte.

Das Opfer streckte wie beschwörend den Arm aus. Lautlos klappte der Mund auf und zu.

Einer der beiden Zuschauer stand auf, kramte in einem Haufen aus Schildern und hielt eins vor den Kasten.

Es war schwarz, und darauf standen weiße Worte: »Nein! Nein!«

Der Mann trat zur Seite, woraufhin die schwarze Gestalt besonders finster dreinblickte und an ihrem Schnurrbart zupfte. Ein zweites Schild wurde vor den Kasten gehalten, diesmal mit der Aufschrift: »Ahar! Meine stolze Schönheit!«

Der andere Zuschauer griff nach einem Sprachrohr.

»Gut, ausgezeichnet«, sagte er. »Fünf Minuten Pause, und dann drehen wir die Kampfszene.«

Der Schurke löste die Fesseln der jungen Frau und ging mit ihr fort. Der Kurbeldreher hörte auf, die Kurbel zu drehen, zündete sich eine Zigarette an und öffnete den Deckel des Kastens.

»Alles mitgekriegt?« fragte er.

Mehrstimmiges Quieken antwortete ihm.

Victor trat näher und tippte dem Mann mit dem Sprachrohr auf die Schulter.

»Ich habe eine wichtige Nachricht für Herrn Silberfisch«, sagte er.

»Er ist in seinem Büro dort drüben«, entgegnete der Mann und deutete mit dem Daumen über die Schulter, ohne sich umzuwenden.

»Danke.«

In der ersten Hütte standen lange Reihen aus kleinen Käfigen in einem diffusen Halbdunkel. Schemenhafte Wesen warfen sich gegen die Gitterstäbe, heulten und kreischten. Victor schloß rasch wieder die Tür.

Hinter der nächsten Pforte sah er Silberfisch, der vor seinem mit Reagenzgläsern und Papierbergen bedeckten Schreibtisch stand. Der kleine Mann kehrte ihm den Rücken zu.

»Leg es dort drüben hin«, sagte er geistesabwesend.

»Ich bin's«, erwiderte Victor.

Silberfisch wandte sich um und blickte den Besucher so an, als sei es allein Victors Schuld, daß er sich nicht erinnerte.

»Ja?«

»Ich komme wegen der Stelle, die du mir angeboten hast«, sagte Tugelbend. »Allerdings bin ich nicht ganz sicher – vielleicht ist es auch eine Rolle.«

»Stelle?« wiederholte Silberfisch. »Rolle? Wovon redest du da? Und wie bist du hereingekommen?«

»Durch die Tür«, erklärte Victor. »Das heißt, erst bin ich durch eine Lücke im Zaun geklettert.«

Vage Besorgnis manifestierte sich in Silberfischs Gesicht. Tugelbend holte die Karte hervor und gab sich alle Mühe, damit auf eine beruhigende Weise zu winken.

»In Ankh-Morpork?« fuhr er fort. »Vor zwei Nächten? Du bist überfallen worden?«

Silberfisch horchte der Stimme seines Gedächtnisses und nickte langsam. »Oh, ja«, murmelte er. »Du hast mir ein wenig geholfen.«

»Und *du* hast mir angeboten, bei den beweglichen Bildern mitzumachen«, betonte Victor. »Vorgestern wollte ich noch nichts davon wissen, aber inzwischen habe ich's mir anders überlegt.« Er lächelte strahlend.

Und er dachte: Er wird versuchen, sich irgendwie rauszuwinden. Jetzt bereut er sein Angebot. Bestimmt schickt er mich zurück zur Schlange.

»Nun, natürlich«, sagte Silberfisch. »Viele junge und talentierte Leute möchten bei den beweglichen Bildern mitarbeiten. Es dauert nicht mehr lange, bis wir auch Ton haben. Ich meine, bist du vielleicht Tischler? Verfügst du über alchimistische Erfahrungen? Hast du jemals Kobolde ausgebildet? Was kannst du mit den Händen anstellen?«

»Nicht viel«, gestand Victor ein.

»Wie steht's mit dem Singen?«

»Oh, ich singe. Ja. In der Badewanne. Aber leider nicht sehr gut.«

»Tanzt du?«

»Nein.«

»Und Schwerter? Weißt du, wie man mit einem Schwert umgeht?«

»Äh, kommt darauf an«, antwortete Victor. Manchmal hatte er eins benutzt, in der Turnhalle, doch er war nie gegen jemanden angetreten, und das aus einem ganz einfachen Grund: Zauberer verabscheuten körperliche Ertüchtigung und verirrten sich nie in die Sporthalle; das einzige andere Universitätsmitglied, das gelegentlich dort auftauchte, war der Bibliothekar, und er interessierte sich nur für die Seile und Ringe. Nun, Victor hatte eine sehr eindrucksvolle Schwertkampftechnik vor dem Spiegel geübt – und dabei immer den Sieg errungen.

»Ich verstehe«, sagte Silberfisch bedrückt. »Du kannst nicht singen. Du kannst nicht tanzen. Und du kannst nicht mit dem Schwert umgehen, es sei denn, es kommt darauf an.«

»Andererseits...«, wandte Victor ein. »Ich habe dir zweimal das Leben gerettet.«

»Zweimal?« fragte Silberfisch verwundert.

»Ja«, bestätigte Tugelbend. Er holte tief Luft und wußte, daß er ein Risiko einging. »In Ankh-Morpork. Und jetzt.«

Stille folgte.

»So etwas halte ich eigentlich nicht für nötig«, meinte Silberfisch schließlich.

»Es tut mir leid.« Victor sprach nun in einem flehentlichen Tonfall. »Ich drohe nicht gern, aber du hast mich aufgefordert, hierher nach Holy Wood zu kommen, und ich bin den ganzen weiten Weg gegangen, und ich habe kein Geld und großen Hunger, und ich wäre mit allem zufrieden, *bitte*!«

Silberfisch musterte ihn skeptisch.

»Selbst damit, Schauspieler zu sein?«

»Was?«

»Ein Schauspieler«, sagte Silberfisch und suchte nach den richtigen Worten. »Schauspieler, äh, tun so, als ob sie gewisse Dinge tun.«

»Ja!«

»Eigentlich schade, ein so intelligenter und gebildeter Junge wie du«, kommentierte Silberfisch. »Was hast du gelernt?«

»Ich studiere, um Za...«, begann Victor und erinnerte sich gerade noch rechtzeitig an Silberfischs Abneigung der Zauberei gegenüber. »...Kanzlist zu werden.«

»Zakanzlist?«

»Ich weiß nicht, ob ich ein guter Schauspieler sein kann«, sagte Victor kleinlaut.

Silberfisch hob überrascht die Brauen. »Oh, du eignest dich bestimmt. Bei den beweglichen Bildern ist es sehr schwer, ein *schlechter* Schauspieler zu sein.«

Er fummelte in der Tasche und entlockte ihr einen Dollar.

»Hier. Das dürfte genügen, um eine Mahlzeit zu bezahlen.«

Silberfisch musterte Victor erneut streng von Kopf bis Fuß.

»Auf was wartest du noch?« fragte er.

»Nun...«, entgegnete Tugelbend. »Ich habe gehofft... Kannst du mir erklären, was los ist?«

»Worauf willst du hinaus?«

»Vorgestern habe ich deinen, äh, *Streifen* gesehen...« Er war stolz darauf, sich an den Fachausdruck zu erinnern. »In der Stadt. Und plötzlich wünschte ich mir nichts sehnlicher, als hier zu sein. Noch nie zuvor in meinem Leben habe ich mir etwas so sehr gewünscht!«

Silberfischs Miene zeigte ein erleichtertes Lächeln.

»Oh, *das* meinst du«, sagte er. »Es ist nur die Magie von Holy Wood. Natürlich keine *Zauberei*«, fügte er hastig hinzu. »Die besteht nur aus Aberglauben und Mumpitz. Nein. Hier handelt es sich um Magie für gewöhnliche Leute. In deinem Kopf *brodelt* es sicher, wenn du an die vielen Möglichkeiten denkst. Bei mir war das genauso.«

»Ja«, erwiderte Victor unsicher. »Und wie funktioniert es?«

In Silberfischs Gesicht schien eine Sonne aufzugehen.

»Du möchtest Bescheid wissen?« stieß er hervor. »Du möchtest wissen, wie es *funktioniert*?«

»Ja, ich...«

»Die meisten Leute enttäuschen mich«, sagte Silberfisch. »Man zeigt ihnen etwas wahrhaft Wundervolles wie zum Beispiel den Bilderkasten, und man hört nur ›Oh‹ und ›Ah‹ von ihnen. Nie fragen sie, wie es funktioniert. Herr Vogel!«

Das letzte Wort schrie er. Einen Moment später öffnete sich eine andere Tür des Schuppens, und ein Mann kam herein.

Um seinen Hals war ein Riemen geschlungen, daran baumelte ein Bilderkasten. Mehrere Werkzeuge hingen am Gürtel. Die Hände wiesen Chemikalienflecken auf, und ihm fehlten Brauen – ein sicheres Merkmal, daß jemand sich häufig in der Nähe von Okto-Zellulose befindet, wie Victor später erfuhr. Darüber hinaus trug der Mann eine Mütze, deren Schirm nach hinten gedreht war.

»Das ist Gaffer Vogel«, stellte Silberfisch vor. »Der Erste Kurbeldreher. Gaffer, das ist Victor. Er wird für uns schauspielern.«

»Ach.« Gaffer starrte Victor so an wie ein Metzger, der einen Rumpf betrachtet. »Tatsächlich?«

»Und er möchte wissen, wie die Dinge funktionieren!« entfuhr es Silberfisch.

Gaffer warf Tugelbend noch einen feindseligen Blick zu.

»Mit Schnüren«, sagte er düster. »Und mit Bindfäden. Ohne meine Schnüre und Bindfäden fiele hier alles auseinander.«

In dem Kasten vor seiner Brust rappelte etwas. Gaffer schlug mit der flachen Hand darauf.

»Gebt Ruhe«, brummte er und nickte Victor zu.

»Sie werden aufsässig, wenn man ihren normalen Tagesablauf durcheinanderbringt«, erläuterte er.

»Was ist in dem Kasten drin?« fragte Tugelbend.

»Das möchtest du gern wissen, wie?« Gaffer zwinkerte Silberfisch zu.

Victor erinnerte sich an die kleinen Geschöpfe in den Käfigen.

»Hört sich an wie gewöhnliche Dämonen«, sagte er vorsichtig.

Gaffer warf ihm einen anerkennenden Blick zu, wie einem Hund, dem gerade ein schwieriges Kunststück gelungen war.

»Ja, das stimmt.«

»Und wie hinderst du sie daran zu fliehen?« erkundigte sich Victor.

Gaffer grinste. »Mit Schnüren und Bindfäden kann man eine Menge bewerkstelligen«, antwortete er.

Treibe-mich-selbst-in-den-Ruin Schnapper gehörte zu den wenigen Personen, die imstande sind, geradeaus zu denken.

Die meisten Leute denken im Zickzack. Sie beginnen zum Beispiel mit folgendem Gedanken: Wie kann ich sehr reich werden? Im Anschluß daran schlagen sie einen recht wechselhaften mentalen Kurs ein, der sie zu dem Gedanken führt: Ich frage mich, was es heute abend zu essen gibt? und Wer könnte mir fünf Dollar leihen?

Schnapper hingegen hatte die einzigartige Fähigkeit, den Gedanken am Ende dieses Vorgangs zu lokalisieren – in diesem Fall: Ich bin jetzt sehr reich –, um dann eine Linie zur ursprünglichen Frage zu ziehen und sich geduldig daran entlangzudenken.

Allerdings klappte es nicht. Irgendwo und irgendwann stieß er immer auf gewisse Schwierigkeiten, unter anderem deshalb, weil sich einige Leute weigerten, die von ihm angebotenen Waren zu kaufen.

Seine Ersparnisse ruhten nun in einem Lederbeutel unter dem Wams. Seit einem Tag hielt er sich in Holy Wood auf und während dieser Zeit hatten sich die erfahrenen Augen des Würstchenverkäufers ein umfassendes Bild von dieser Ansammlung von Baracken gemacht. Hier schien es nirgends Platz für ihn zu geben, außer – und genau dort wollte er hin – ganz oben.

Die sorgfältigen Beobachtungen hatten ihn auf die »interessante und lehrreiche Kinematographie« gebracht. Jetzt stand er auf der anderen Straßenseite und betrachtete die Dinge gründlich.

Er betrachtete die Schlange. Er betrachtete den Mann am Tor. Er traf eine Entscheidung.

Der ehemalige Würstchenverkäufer schlenderte an den Wartenden vorbei. Er war klug. Er *wußte,* daß es ihm nicht an Verstand mangelte. Aber jetzt brauchte er zudem auch Muskeln. Bestimmt gab es hier irgendwo...

»Guten Tag, Herr Schnapper.«

Flacher Kopf, lange Arme, dicke Unterlippe, krächzende Stimme – alles deutete auf den IQ einer Walnuß hin. Es konnte niemand anders sein als...

»Ich bin's, Detritus«, sagte der Troll. »Komisch, wir uns wiedersehen hier, hä?«

Sein Grinsen wirkte wie ein tiefer Riß im tragenden Pfeiler einer Brücke.

»Hallo, Detritus«, erwiderte Schnapper. »Bist du jetzt bei den beweglichen Bildern?«

»Fast«, lautete die verlegene Antwort.

Schnapper musterte ihn nachdenklich. Bei Prügeleien führten die granitenen Fäuste des Trolls für gewöhnlich zum K.O.

»Das finde ich sehr bedauerlich«, sagte er und entnahm seinem Geldbeutel fünf Dollar. »Möchtest du für mich arbeiten?«

Detritus hob respektvoll die Hand zum weit vorgewölbten Brauenwulst.

»Sofort, Herr Schnapper.«

»Dann komm mit.«

Treibe-mich-selbst-in-den-Ruin ging zum Zaun, und der Mann am Tor streckte die Hand aus.

»He, wohin willst du, Bursche?« fragte er.

»Ich bin mit Herrn Silberfisch verabredet«, sagte Schnapper.

»Und weiß er das auch?« erkundigte sich der Wächter. Sein skeptischer Tonfall teilte folgendes mit: Er hätte es nicht einmal dann geglaubt, wenn es am blauen Himmel geschrieben stände.

»Noch nicht«, entgegnete Schnapper.

»Nun, Freundchen, in dem Fall schlage ich dir vor, dich zu verziehen...«

»Detritus?«

»Ja, Herr Schnapper?«

»Schlag diesen Mann.«

»In Ordnung, Herr Schnapper.«

Die Faust des Trolls schwang in einem weiten Bogen herum und verhieß Bewußtlosigkeit. Der Wächter wurde von den Beinen gerissen, zerschmetterte die Tür und blieb sechs Meter entfernt zwischen ihren Resten liegen. Die Wartenden in der Schlange applaudierten.

Schnapper bedachte seinen neuen Assistenten mit einem anerkennenden Blick. Detritus trug nur einen fransigen Lendenschurz, der bedeckte, was es bei einem Troll zu bedecken galt.

»Gut gemacht, Detritus.«

»Danke, Herr Schnapper.«

»Nun, bei Gelegenheit sollten wir dir anständige Kleidung beschaffen«, sagte Treibe-mich-selbst-in-den-Ruin. »Halt jetzt hier am Tor Wache. Und laß niemanden herein.«

»In Ordnung, Herr Schnapper.«

Zwei Minuten später trippelte ein kleiner grauer Hund durch die kurzen und krummen Beine des Trolls, sprang über die zerfetzte Tür hinweg. Detritus unternahm nichts dagegen, denn alle wußten, daß Hunde niemand waren.

»Herr Silberfisch?« fragte Schnapper.

Der Alchimist durchquerte das Studio gerade mit einem Kasten, der frische Filme enthielt. Er zögerte, als er eine dürre Gestalt sah, die sich ihm mit der gleichen Zielstrebigkeit näherte wie ein heimkehrendes Wiesel. Schnappers Gesichtsausdruck wirkte wie etwas Langes, Geschmeidiges und Weißes, das übers Riff gleitet und dorthin schwimmt, wo die Kinder planschen.

»Ja?« erwiderte Silberfisch. »Was willst du? Wie bist du hier hereinge...«

»Ich heiße Schnapper«, sagte der Besucher. »Aber du kannst mich ruhig Ruin nennen.«

Er griff nach Silberfischs Hand, die keinen Widerstand leistete, schüttelte sie wie den Hebel einer Pumpe, während sich seine freie Hand um die Schulter des kleinen Mannes schloß. Es war eine Geste akuter Freundlichkeit – und sie bedeutete auch, daß sich Silberfisch den Arm auskugelte, wenn er zurückwich.

»Du solltest wissen, daß wir alle mächtig beeindruckt sind von dem, was ihr Jungs hier anstellt«, fuhr Schnapper fort.

Silberfisch beobachtete, wie seine Hand Freundschaft mit einer anderen schloß – ihr blieb auch gar nichts anderes übrig –, und er lächelte unsicher.

»Tatsächlich?« kam es zaghaft von seinen Lippen.

»Das alles hier... Schnapper ließ Silberfischs Schulter lange genug los, um auf das hektische Chaos zu deuten, das sie umgab. »...Es ist phantastisch!« behauptete er. »Einfach wunderbar! Und dein letzter Streifen, wie heißt er noch...«

»Im Laden geht's drunter und drüber«, sagte Silberfisch. »Der Dieb schnappt sich die Würstchen, und der Ladenbesitzer verfolgt ihn?«

»Ja«, bestätigte Schnapper. Sein Grinsen erstarrte einige Sekunden lang, bevor es wieder aufrichtig erschien. »Ja, genau. Toll! Ein wahres Kunstwerk! Eine geniale Metapher!«

»Hat uns fast zwanzig Dollar gekostet«, sagte Silberfisch mit schüchternem Stolz. »Und noch einmal vierzig Cents für die Würstchen.«

»Bemerkenswert!« entfuhr es Schnapper. »Und Hunderte haben den Film gesehen, nicht wahr?«

»Tausende«, meinte Silberfisch.

Diesmal gab es keinen passenden Vergleich, um Schnappers Gesichtsausdruck zu beschreiben. Wenn er noch breiter gegrinst hätte, hätten sich die Lippen am Hinterkopf wieder berührt.

»Tausende?« wiederholte er. »Im Ernst? So viele? Und sie alle bezahlen dir, äh...?«

»Oh, derzeit bitten wir nur um Spenden«, erklärte Silberfisch. »Damit wir die Kosten decken können. Immerhin sind wir noch im Versuchsstadium.« Er sah nach unten. »Äh, wenn du jetzt damit aufhören würdest, mir die Hand zu schütteln...«

Schnapper senkte den Blick. »Natürlich!« erwiderte er und ließ los. Ein Muskelkrampf sorgte dafür, daß Silberfischs Hand noch eine Zeitlang in Bewegung blieb.

Treibe-mich-selbst-in-den-Ruin schwieg und schien dabei einer göttlichen Stimme zu lauschen. Schließlich sagte er: »Nun, Thomas – darf ich dich Thomas nennen? –, als ich dein Meisterwerk sah, dachte ich mir: Schnapper, dies ist das Meisterwerk eines extrem kreativen Künstlers...«

»Woher kennst du meinen Vornamen...?«

»...eines extrem kreativen Künstlers, der imstande sein sollte, sich ganz auf die Kunst zu konzentrieren, ohne sich mit den lästigen Details der Verwaltung und so auseinandersetzen zu müssen, stimmt's?«

»Nun, der Papierkram steht mir tatsächlich bis...«

»Ja, genau das dachte ich mir«, sagte Schnapper. »*Und* ich dachte: Schnapper, geh sofort zu ihm und biete ihm deine Hilfe an. Du weißt schon. Verwalten. Das Geschäft führen. Dir die Last des Banalen abnehmen. Du sollst endlich die Möglichkeit bekommen, dich mit den Dingen zu befassen, die dir wirklich am Herzen liegen. Na, was hältst du davon, Tom?«

»Ich, ich, ich, ja, du hast recht, ich bin viel mehr daran interessiert...«

»Genau, genau!« intonierte Schnapper. »Und weißt du was, Tom? Ich nehme dein Angebot an!«

Silberfischs Augen trübten sich.

»Äh«, sagte er.

Schnapper klopfte ihm kumpelhaft auf den Rücken. »Zeig mir den Papierkram. Anschließend kannst du nach draußen gehen und dich ganz den Dingen widmen, denen du dich schon immer widmen wolltest.«

»Äh, ja«, sagte Silberfisch.

Schnapper ergriff den Alchimisten und Produzenten von beweglichen Bildern an beiden Armen.

»Dies ist ein sehr wichtiger Augenblick für mich«, brachte er heiser hervor. »Du ahnst gar nicht, wieviel er mir bedeutet. Um ganz ehrlich zu sein: Noch nie zuvor bin ich so glücklich gewesen. Und das meine ich ernst, Tommy.«

Leises Kichern beendete die ehrfürchtige Stille.

Schnapper drehte sich langsam um. Es stand niemand hinter ihm, abgesehen von einem kleinen grauen Köter, der neben einem Holzstapel hockte. Das Tier spürte die ihm geltende Aufmerksamkeit und neigte den Kopf zur Seite.

»Wuff?« sagte es.

Treibe-mich-selbst-in-den-Ruin Schnapper blickte sich nach einem Gegenstand um, der sich als Wurfgeschoß verwenden ließ, doch dann begriff er, daß er durch ein solches Verhalten aus der Rolle fiel. Er wandte sich wieder dem hilflosen Silberfisch zu.

»Weißt du«, vertraute er ihm an, »ich kann mich wirklich glücklich schätzen, dir begegnet zu sein.« Es war ehrlich gemeint.

Das Mittagessen in einer Taverne kostete Victor Silberfischs Dollar und außerdem zwei Cents. Dafür bekam er einen Teller Suppe. Der Suppenverkäufer erklärte die hohen Preise mit dem Transportproblem – alles mußte aus Ankh-Morpork oder anderen Orten herbeigeschafft werden. In der Nähe von Holy Wood existierten keine Bauernhöfe. Wer begnügte sich damit, irgend etwas anzupflanzen, wenn er bei den beweglichen Bildern arbeiten konnte?

Anschließend meldete sich Tugelbend bei Gaffer, damit die ersten Probeaufnahmen stattfinden konnten.

Dabei ging es nur darum, eine Minute lang ganz still zu stehen, während der Kurbeldreher über den Bilderkasten hinwegstarrte. Schließlich brummte Gaffer: »Gut. Du bist ein Naturtalent, Junge.«

»Aber ich habe doch gar nichts gemacht«, erwiderte Victor. »Ich sollte nur stillstehen.«

»Ja, haargenau richtig«, knurrte Gaffer. »Das brauchen wir: Schauspieler, die wissen, wie man richtig stillsteht. Das Herumgehopse überlassen wir den Leuten vom Theater.«

»Du hast mir noch nicht gesagt, was es mit den Dämonen im Kasten auf sich hat«, erinnerte Victor den Kurbeldreher.

»Damit hat es *dies* auf sich«, antwortete Gaffer und öffnete einige kleine Luken. Mehrere winzige, böse blickende Augen starrten nach draußen.

Gaffer Vogel deutete auf sie und achtete darauf, daß sein Zeigefinger den kleinen Klauen nicht zu nahe kam. »Diese sechs Dämonen spähen durchs Loch vorn im Kasten und malen das, was sie sehen. Es müssen sechs sein, klar? Zwei malen die Bilder, und vier pusten sie trocken. Weil sofort das nächste Bild heranrückt. Wenn ich die Kurbel hier drehe, schiebt sich ein transparenter Streifen weiter.« Er drehte die Kurbel. *Klickaklicka* flüsterte es im Kasten, und die Kobolde schnatterten.

»Und warum malen die Dämonen?« erkundigte sich Victor.

»Weil die Kurbel ebenfalls dieses kleine Rad mit Peitschen dran bewegt. Nur so kann man die Bürschchen dazu bringen, schnell genug zu arbeiten. Der durchschnittliche Kobold ist verdammt faul. Nun, natürlich muß alles gut aufeinander abgestimmt sein. Je schneller man die Kurbel dreht, desto schneller streicht der durchsichtige Streifen vorbei und desto schneller müssen die Dämonen malen. Tja, es kommt auf die richtige Geschwindigkeit an. Eine sehr wichtige Tätigkeit, das Kurbeldrehen.«

»Aber ist es nicht, äh, *grausam*?«

Gaffer wirkte überrascht. »O nein. Eigentlich nicht. Nach jeweils dreißig Minuten habe ich Anspruch auf eine Pause. So verlangen es die Vorschriften der Kurbeldrehergilde.«

Er wanderte über den Strand und näherte sich einem anderen Kasten, dessen rückwärtige Klappe geöffnet war. Diesmal fiel Victors Blick auf einige träge anmutende und wie vorwurfsvoll blinzelnde Eidechsen.

»Wir sind zwar nicht sehr glücklich damit, aber leider haben wir nichts Besseres«, sagte Gaffer. »Nun, der normale Salamander liegt den ganzen Tag über im Wüstensand und nimmt das Sonnenlicht auf. Und wenn man ihn erschreckt, sondert er es wieder ab. Das nennt man Selbstverteidigungsreflex. Stell dir vor, wie der Streifen in Bewegung gerät, wie sich diese Klappe hier schließt und öffnet... Das Salamanderlicht scheint *durch* den Streifen und die Linsen *hier* und auf die Leinwand. Im Grunde genommen ganz einfach.«

»Und wie erschreckst du die Salamander?« fragte Victor.

»Siehst du diese Kurbel?«

»Oh.«

Tugelbend klopfte nachdenklich auf den Bilderkasten.

»Na schön«, sagte er. »Man bekommt viele kleine Bilder. Und sie werden schnell hintereinander gezeigt. Man sollte also nur etwas Verschwommenes sehen, aber das ist nicht der Fall.«

»Ah«, brummte Gaffer, hob den Zeigefinger und hielt ihn an die Nase. »Das Geheimnis der Kurbeldrehergilde. Wird von einer Generation an die nächste überliefert«, fügte er bedeutungsvoll hinzu.

Victor musterte ihn erstaunt. »Ich dachte, es werden erst seit einigen Monaten bewegliche Bilder produziert.«

Gaffer war anständig genug, verlegen zu sein. »Nun, derzeit überliefern wir das Geheimnis *innerhalb* einer Generation«, gab er zu. »Aber es ist nur eine Frage der Zeit, bis wir es auch an die nächste weiterreichen – *rühr das nicht an!*«

Victors Hand zuckte schuldbewußt von einigen Behältern auf dem Tisch zurück.

»Sie enthalten unbemaltes Material.« Gaffer schob die Büchsen vorsichtig beiseite. »Man muß sehr vorsichtig damit sein. Das Zeug darf nicht zu heiß werden, weil es aus Okto-Zellulose besteht, und es verträgt auch kein energisches Klopfen.«

»Was würde dann damit passieren?« fragte Victor und starrte auf die Behälter hinab.

»Wer weiß? Bisher hat niemand lange genug überlebt, um Bericht zu erstatten.« Gaffer sah Victors Gesichtsausdruck und lächelte.

»Mach dir *deshalb* keine Sorgen. Du wirst *vor* dem Bilderkasten stehen.«

»Allerdings weiß ich gar nicht, wie man richtig schauspielert«, sagte Tugelbend.

»Kannst du Anweisungen entgegennehmen und sie ausführen?« fragte Gaffer.

»Was? Oh, ja, ich glaube schon.«

»Mehr ist gar nicht notwendig, Junge. Abgesehen von Muskeln, und die hast du.«

Sie traten in den grellen Sonnenschein und schritten zu Silberfischs Schuppen.

Wo sie eine Überraschung erwartete.

Die beweglichen Bilder lernten gerade Treibe-mich-selbst-in-den-Ruin Schnapper kennen.

»Ich dachte mir...«, begann Schnapper. »Nun, seht es euch an. Etwas in dieser Art.«

Er hob ein Schild.

Krakelige Buchstaben bildeten folgende Worte:

> Und nach dieser Vorschtellunk...
> Besucht Hargas Rippenstube
> Das Beste für den Gurrmäh

»Was bedeutet Gurrmäh?« erkundigte sich Victor.

»Ein ausländischer Fachausdruck«, sagte Schnapper und warf dem jungen Mann einen finsteren Blick zu. Jemand wie Victor Tugelbend mit in dieser Besprechung – das paßte Schnapper *besonders* gut. Er hatte gehofft, allein mit Silberfisch reden zu können. »Für gutes Essen«, erläuterte er.

Silberfisch starrte auf das Schild.

»Was ist damit?« fragte er verwirrt.

Schnapper wählte seine Worte mit besonderer Sorgfalt. »Wäre es nicht eine gute Idee, dieses Schild am Ende jeder Vorstellung zu zeigen.«

»Warum?«

»Weil jemand wie Sham Harga möglicherweise eine Menge, äh, etwas Geld dafür bezahlt«, antwortete Schnapper.

Sie starrten weiter auf das Schild.

»Ich kenne Hargas Essen«, sagte Victor nach einer Weile. »Habe selbst in seiner Rippenstube gegessen. Dort bekommt man nicht das Beste. Nein, nicht das Beste. Das Beste ist besser.« Er überlegte einige Sekunden lang. »Das Beste ist sogar *viel* besser.«

»Spielt keine Rolle«, erwiderte Schnapper scharf. »Darauf kommt es nicht *an*.«

»Aber wenn wir behaupten, in Hargas Rippenstube gäbe es das beste Essen der ganzen Stadt...«, wandte Silberfisch ein. »Was denken dann die Besitzer der anderen Restaurants?«

Schnapper beugte sich über den Tisch vor.

»Sie werden folgendes denken: Warum haben *wir* nicht daran gedacht?«

Er lehnte sich zurück. Silberfisch sah ihn an und versuchte ohne Erfolg, Schnappers Hinweis zu verstehen.

»Könntest du das noch einmal wiederholen?«

»Die anderen Restaurants werden mit der Bitte an uns herantreten, auch für sie zu werben«, betonte Treibe-mich-selbst-in-den-Ruin.

»Oh, ja«, ließ sich Victor vernehmen. »Vermutlich möchten sie, daß wir Schilder zeigen, auf denen geschrieben steht: ›Eigentlich bietet nicht etwa Hargas Rippenstube das Beste für den Gurrmäh, sondern wir‹.«

»Aber, aber...« Silberfisch bemühte sich, nicht den Faden zu verlieren. »Das dürfte Harga kaum gefallen, oder? Wenn er uns bezahlt, weil wir sagen, daß die bei ihm servierten Mahlzeiten besonders lekker sind, und wenn wir dann Geld von anderen Leuten nehmen und behaupten, bei ihnen sei alles viel leckerer... Ich meine, dann wird Harga...«

»Uns noch mehr Geld bezahlen«, beendete Schnapper den Satz. »Um erneut für ihn zu werben, mit noch größeren Schildern.«

Sie starrten ihn an.

»Und du glaubst wirklich, daß das klappt?« vergewisserte sich Silberfisch.

»Ja«, antwortete Schnapper schlicht. »Hast du noch nie einen Straßenhändler gehört? Der ruft nicht: ›Fast frische Orangen, kaum verfault.‹ Statt dessen ruft er: ›Erstklassige Orangen, besonders saftig.‹ So etwas nennt man guten Geschäftssinn.«

Erneut beugte er sich über den Tisch.

»Der euch offenbar fehlt«, sagte er.

»Vielleicht hast du recht«, räumte Silberfisch ein.

»Und mit dem Geld...« – Schnappers Stimme war nun wie ein Brecheisen in den Fugen der Realität –, »...könntest du deine Kunst weiterentwickeln.«

Silberfischs Miene hellte sich auf. »Das stimmt. Vielleicht fänden wir eine Möglichkeit, den Bildern Ton hinzuzufügen...«

Schnapper hörte ihm nicht zu, sondern deutete auf einige andere Schilder, die an der Wand lehnten.

»Was ist das denn da?« fragte er.

»Oh, das war *meine* Idee.« Silberfisch strahlte. »Wir hielten es für, äh, guten Geschäftssinn...« – er genoß dieses Wort wie eine Delikatesse –, »...das Publikum über die neuen beweglichen Bilder zu informieren, die wir demnächst zeigen.«

Schnapper nahm eins der Schilder und betrachtete es kritisch. Die Aufschrift lautete:

Und in der nächsten Woche:
Pelias und Melisande
Eine romantische Tragödie in zwei Rollen.
Danke.

»Oh«, kommentierte Treibe-mich-selbst-in-den-Ruin tonlos.
»Ist was nicht in Ordnung damit?« fragte ein überaus enttäuschter Silberfisch. »Ich meine, steht doch alles drauf, was der Zuschauer wissen muß?«
»Laß mich mal!« Schnapper nahm ein Stück Kreide von Silberfischs Schreibtisch, kritzelte etwas auf die Rückseite des Schilds, das er dann umdrehte.
Jetzt verkündete es:

Götter und Mänschen waren dagegen, aber *SIE*
schärten sich nicht darum!
Pelias und Melisande
Die Geschichte ainer verbohtenen Liebe!
Eine Sage foller Leidenschaft, die Raum und Zeit überschpannt!
Ein Schock für das Pupplikum!
Mit tausend Elefanten!

Victor und Silberfisch lasen das Schild so aufmerksam wie eine in fremder Sprache verfaßte Speisekarte. Es war tatsächlich eine fremde Sprache und – wodurch alles noch schlimmer wurde – gleichzeitig ihre eigene.
»Nun«, sagte Silberfisch schließlich. »Nicht übel... Ich bin mir nicht ganz sicher, ob es dabei um etwas *Verbotenes* geht. Äh. Es ist alles sehr historisch. Ich dachte, es würde lehrreich für die Leute sein, für Kinder und so. Wegen der Bildung. Weißt du, sie sind sich nie begegnet, und deshalb war alles so tragisch. Gewissermaßen, äh, traurig.« Er blickte auf die seltsamen Worte. »Obwohl, obwohl... Das klingt nicht

schlecht. Äh.« Irgend etwas schien ihm Unbehagen zu bereiten. »Allerdings, an Elefanten kann ich mich gar nicht erinnern«, sagte er, und es hörte sich so an, als sei es seine eigene Schuld. »Wir haben einen ganzen Nachmittag gebraucht, um den Streifen zu drehen, und ich war die ganze Zeit dabei, aber Elefanten habe ich keine gesehen. Elefanten wären mir sicher aufgefallen.«

In Schnappers Augen funkelte es. Er wußte nicht, woher die plötzlichen Ideen stammten, doch als er jetzt darüber nachdachte, hatte er eine ziemliche klare Vorstellung davon, was einen Streifen zu einem erfolgreichen Streifen macht. Tausend Elefanten waren ein guter Anfang.

»Keine Elefanten?« fragte er.
»Ich glaube nicht.«
»Vielleicht tanzende junge Frauen?«
»Äh, nein.«
»Was ist mit wilden Verfolgungsjagden und Leuten, die sich mit den Fingerspitzen am Rand einer hohen Klippe festhalten?«
Silberfisch lächelte unsicher. »In einer Szene gibt es einen Balkon.«
»Und? Hält sich jemand mit den Fingerspitzen am Geländer fest?«
»Nein, ich fürchte, das ist nicht der Fall«, antwortete Silberfisch. »Ich glaube, Melisande beugt sich darüber.«
»Ja, aber wird das Publikum den Atem anhalten, weil sie herunterfallen könnte?«
»Ich *hoffe*, daß die Zuschauer Pelias' Rede lesen«, sagte Silberfisch trotzig. »Wir mußten fünf Schilder vollschreiben. In *kleiner* Schrift.«
Schnapper seufzte.
»Ich glaube, du verstehst nicht ganz, was die Leute wollen. Die haben bestimmt keine Lust, lange Monologe in kleiner Schrift zu lesen. Sie wollen Action!«
»Warum denn?« warf Victor ein. »Ich dachte immer, die Leute sehnen sich nach Ruhe.«
»Sie wollen tanzende junge Frauen! Sie wollen Abenteuer! Sie wollen Elefanten! Sie wollen Leute sehen, die von Dächern fallen! Sie wollen Träume! Die Welt ist voll von kleinen Leuten mit großen Träumen!«
»Meinst du Zwerge und Gnome und so?« fragte Victor.
»Nein!«

»Äh, Herr Schnapper...«, begann Silberfisch. »Was bist du eigentlich von Beruf?«

»Ich verkaufe Waren.«

»Hauptsächlich Würstchen«, fügte Victor hinzu.

»*Und* Waren«, sagte Schnapper scharf. »Ich verkaufe nur dann Würstchen, wenn auf dem allgemeinen Warenmarkt Flaute herrscht.«

»Und aufgrund deiner Erfahrungen im Würstchengeschäft glaubst du, bessere bewegliche Bilder als ich produzieren zu können?« erkundigte sich Silberfisch. »*Würstchen* verkaufen kann jeder. Habe ich recht, Victor?«

»Nun...« Tugelbend zögerte. Was Schnappers Würstchen betraf... Wahrscheinlich gab es außer ihm niemanden, der die Leute dazu bringen konnte, ihm Geld dafür zu bezahlen.

»Na bitte«, sagte Silberfisch.

»Weißt du, Herr Schnapper ist sogar imstande, seine Würstchen an die zu verkaufen, die sie schon einmal probiert haben.«

»Stimmt!« Treibe-mich-selbst-in-den-Ruin strahlte.

»Und jemand, der Herr Schnappers Würstchen zweimal verkaufen kann, der bringt alles an den Mann«, sagte Victor.

Der nächste Tag war sonnig und wolkenlos, wie alle Tage in Holy Wood. Schon am frühen Morgen begannen sie mit den Dreharbeiten zu *Die interessanten und seltsamen Abenteuer des Barbaren Cohen*. Schnapper meinte, er hätte den ganzen Abend daran gearbeitet.

Der Titel stammte allerdings von Silberfisch. Zwar hatte ihm Schnapper versichert, daß Cohen der Barbar eine historische Figur darstellte und somit dem Bildungsanspruch genügte, aber der Alchimist sträubte sich hartnäckig gegen *Tal des Blutes!*

Victor bekam einen Gegenstand, der wie eine lederne Tasche aussah, sich jedoch als sein Kostüm herausstellte. Er verschwand hinter einem Felsen, um sich umzuziehen.

Anschließend drückte man ihm ein langes und stumpfes Schwert in die Hand.

Schnapper saß auf einem Klappstuhl. »Nun, ich stelle mir die Szene folgendermaßen vor: Du kämpfst gegen die Trolle, rennst zu dem Pfahl, bindest die junge Frau los, kämpfst gegen die anderen Trolle und läufst dann hinter den Felsen dort drüben. Was meinst du, Tommy?«

Silberfisch holte tief Luft. »Äh, ich...«
»Großartig«, sagte Schnapper. »In Ordnung. Ja, Victor?«
»Du hast Trolle erwähnt. Welche Trolle?«
Die beiden Felsen bewegten sich.
»Unbesorgt sein!« knirschte einer von ihnen. »Alter Galenit dort drüben und ich – wir genau wissen, worauf's ankommt.«
»Trolle!« entfuhr es Victor. Er wich zurück.
»Da hast du recht«, bestätigte Galenit. Er hob eine Keule mit einem Nagel drin.
»Aber, aber...«, stieß Tugelbend hervor.
»Ja?« fragte der andere Troll.
Eigentlich wollte Victor folgendes sagen: Aber ihr seid *Trolle*, schreckliche lebende Felsen, die in Bergen hausen und Reisende mit Keulen verdreschen, die ebenso aussehen wie eure Knüppel, und als von Trollen die Rede war, dachte *ich*, damit seien gewöhnliche Menschen gemeint, die – was weiß ich – grau bemaltes Sackleinen oder so tragen.
Statt dessen sagte er: »Oh, gut. Äh.«
»Du doch nich glauben dumme Geschichten, in denen es heißt, wir Menschen essen«, riet Galenit dem vormaligen thaumaturgischen Studenten. »Alles erstunken und erlogen, jawohl. Wir bestehen doch aus Stein. Warum wir irgendwelche Menschen essen sollten...«
»Fressen«, verbesserte der andere Troll. »Du meinst fressen.«
»Ja. Was uns daran gelegen sein sollte, Menschen zu fressen? Nachher wir müssen die Knochen immer ausspucken. Außerdem haben wir das alles längst hinter uns«, fügte Galenit rasch hinzu. »Was nicht heißen soll, daß wir jemals Menschen gegessen oder gefressen haben.« Er gab Victor einen freundlichen Stoß, der ihm fast eine Rippe brach. »Wir uns hier recht wohl fühlen«, vertraute er ihm an. »Drei Dollar pro Tag, plus einen Dollar Schutzcremegeld, weil wir tagsüber arbeiten.«
»Schutzcreme verhindern, daß wir im Sonnenlicht zu Stein erstarren«, erklärte der erste Troll. »Mit erstarrten Trollen hier kann niemand etwas anfangen.«
»Ja, ermöglicht uns, die Rolle von Trollen zu spielen«, fuhr Galenit fort. »Und hält Leute davon ab, Streichhölzer an uns zu entzünden.«
»Wenn wir jetzt anfangen könnten...«, drängte Silberfisch.
»Warum haben wir nur zwei Trolle?« klagte Schnapper. »Was ist so

heldenhaft daran, gegen zwei Trolle zu kämpfen? Ich habe doch zwanzig verlangt?«

»Mir genügen zwei!« rief Victor.

Silberfisch wandte sich an Schnapper. »Hör mal, ich weiß, daß du es gut meinst, aber die Kosten...«

Ein Streit begann. Der Kurbeldreher Gaffer seufzte und öffnete eine Klappe des Bilderkastens, um die schnatternden Kobolde zu füttern.

Victor stützte sich auf das Schwert.

»Seid ihr schon lange im Geschäft?« fragte er die Trolle.

»Ja«, antwortete Galenit. »Von Anfang an. In *Geisel des Königs* ich einen Troll spielen, der plötzlich erscheinen und Menschen schlagen. Und in *Der Dunkle Wald* ich einen Troll spielen, der plötzlich erscheinen und Menschen schlagen. Und in *Berg der Geheimnisse* ich einen Troll spielen, der plötzlich erscheinen und auf Menschen herumspringen. Zahlt sich nicht aus, auf bestimmte Rollen festgelegt zu sein.«

»Und du?« Victor sah zu dem anderen Troll.

»Oh, Moräne ist Charakterdarsteller«, sagte Galenit. »Der beste weit und breit.«

»Und was für Rollen spielt er?«

»Felsen.«

Victor zog die Brauen hoch.

»Wegen seines kantigen Gesichts«, erläuterte Galenit. »Nicht nur auf Felsen beschränkt. Du solltest sehen, wie er uralten Monolithen spielen. Bestimmt wären du *sehr* erstaunt. Zeig ihm deine Inschrift, Mory.«

»Nein, lieber nicht«, erwiderte Moräne schüchtern.

»Habe daran gedacht, mir anderen Namen für die beweglichen Bilder zuzulegen«, fuhr Galenit fort. »Etwas mit Klasse. Zum Beispiel Flint.« Er warf Victor einen besorgten Blick zu. Victor glaubte zumindest, so etwas wie Besorgnis zu erkennen, obwohl er das Mienenspiel des Trolls kaum zu deuten vermochte: Galenits Gesicht sah aus, als hätte man es mit einem Vorschlaghammer aus einer Felswand herausgehauen. »Was hältst du davon?«

»Äh, hübsch.«

»Klingt *dynamischer* an, nicht wahr?« fragte er zukünftigen Flint.

Victor hörte seine eigene Stimme wie aus weiter Ferne. »Oder Rock. Ja, Rock ist ein guter Name.«

Der Troll starrte ihn groß an, und seine Lippen bewegten sich lautlos, als er das Pseudonym ausprobierte.

»Potzblitz«, sagte er. »Das mir nicht in den Sinn gekommen. Rock gefällt mir. Ich schätzen, mit solchem Namen kann man mehr als drei Dollar pro Tag verlangen.«

»Können wir jetzt endlich anfangen?« rief Schnapper streng. »Vielleicht sind wir in der Lage, uns mehr Trolle zu leisten, wenn dieser Streifen Erfolg hat. Aber er *kann* gar keinen Erfolg haben, wenn wir unser Budget überziehen. Mit anderen Worten: Wir müssen ihn bis heute mittag im Kasten haben. Mory, Galenit...«

»Rock«, sagte Rock.

»Ach? Nun, wie dem auch sei: Ihr erscheint plötzlich und greift Victor an. Alles klar? Wir... *drehen*...«

Der Kurbeldreher drehte die Kurbel des Bilderkastens. Es klickte, und die Kobolde quiekten leise. Victor versuchte, Hilfsbereitschaft und Wachsamkeit zu zeigen.

»Wir drehen«, wiederholte Silberfisch die beiden letzten Worte Schnappers. »Für dich bedeutet das: Die Trolle springen hinter den Felsen hervor, und du setzt dich tapfer zur Wehr.«

»Aber ich weiß doch gar nicht, wie man gegen Trolle kämpft!« jammerte Victor.

»Kein Problem«, entgegnete Galenit, der neuerdings Rock hieß. »Du parieren zuerst, und wir versuchen, nicht dich zu treffen.«

Dem jungen Mann ging ein Licht auf.

»Soll das heißen, man *tut nur so*?« fragte er.

Die Trolle wechselten einen kurzen Blick, der folgendermaßen übersetzt werden kann: *Erstaunlich, daß solche Wesen die Welt regieren.*

»Super«, bestätigte Rock. »Du es erfaßt. Es finden kein *echter* Kampf statt.«

»Wir dürfen nicht dich töten«, sagte Moräne in einem beruhigenden Tonfall.

»Stimmt«, pflichtete ihm Rock bei. »Es uns streng verboten, andere Schauspieler umzubringen.«

»Dann wir kriegen kein Geld mehr«, brummte Moräne verdrießlich.

Hinter dem Spalt im Gefüge der Wirklichkeit hockten *sie* und starrten mit etwas, das hier in Ermangelung eines besseren Wortes als »Augen« bezeichnet werden soll, zu jener Welt, in der es Licht und Wärme gab. Inzwischen hatten sich ziemlich viele von ihnen versammelt.

Einst war es möglich gewesen, zur anderen Seite zu wechseln. Es wäre falsch, darauf hinzuweisen, daß sie sich daran erinnerten, denn ihnen fehlte ein Gedächtnis. Sie konnten froh sein, überhaupt so etwas wie Köpfe zu haben. Aber sie hatten Instinkte und Gefühle.

Sie suchten einen Weg.

Und sie fanden einen.

Beim sechsten Mal klappte es ganz gut. Das größte Problem bestand in dem begeisterten Eifer, mit dem die Trolle von ihren Keulen Gebrauch machten. Sie schlugen Löcher in die Luft und in den Boden, droschen aufeinander ein und trafen sich manchmal selbst. Schließlich versuchte Victor nur noch, mit seinem Schwert auf die vorbeisausenden Knüppel zu zielen.

Schnapper schien damit recht zufrieden zu sein. Im Gegensatz zu Gaffer.

»Sie haben sich zuviel bewegt«, sagte er. »Häufig waren sie gar nicht im Bild.«

»Es hat ein *Kampf* stattgefunden«, erwiderte Silberfisch.

»Ja, aber wenn ich den Bilderkasten hin und her drehe, fallen die Kobolde um«, meinte der Kurbeldreher.

»Ist es nicht möglich, sie irgendwie festzubinden?« schlug Schnapper vor.

Gaffer kratzte sich am Kinn. »Ich könnte ihre Füße am Boden festnageln«, überlegte er laut.

»Nun, belassen wir's dabei«, sagte Silberfisch. »Wir beginnen jetzt mit der Rettungsszene. Wo ist die junge Frau? Ich habe ihr extra gesagt, daß sie pünktlich sein soll. Warum ist sie nicht hier? Warum werden meine Anweisungen dauernd ignoriert?«

Der Kurbeldreher nahm den Zigarettenstummel aus dem Mundwinkel.

»Sie dreht auf der anderen Seite des Hügels *Ein kühner Abenteurer*.«

»Aber der Streifen sollte doch schon gestern fertig sein!« heulte Silberfisch.

»Er ist explodiert«, sagte Gaffer.
»Verdammt!« fluchte der Alchimist. Grummelnd fügte er hinzu: »Na schön, dann nehmen wir uns eben die nächste Kampfszene vor – dabei brauchen wir die junge Dame nicht. Also los. Victor tritt jetzt gegen den schrecklichen Balgrog an.«
»Balgrog?« murmelte Tugelbend skeptisch.
Eine freundliche und sehr schwere Hand klopfte ihm auf die Schulter.
»Ein unheilvolles Ungeheuer«, erklärte Rock. »Besser gesagt: ein grün angestrichener Mory mit an den Rücken geklebten Flügeln. Ich ihm helfe, sich zu bemalen.«
Er wankte fort.
Derzeit schien Victor nicht gebraucht zu werden.
Er rammte das lächerliche Schwert in den Boden, wanderte umher und setzte sich in den Schatten einiger Olivenbäume. Felsen lagen in der Nähe. Er betastete sie vorsichtig; offenbar handelte es sich nicht um Trolle.
Der Boden neigte sich hier nach unten, formte eine Mulde, in der es fast angenehm kühl war, wenn man die Temperatur mit dem Backofen-Standard des Hügels verglich.
Victor spürte sogar einen leichten Luftzug. Als er sich an die Steine lehnte, fühlte er, daß der kalte Luftzug von ihnen kam, vermutlich aus verborgenen Höhlen.

... Weit entfernt, in einem zugigen, von vielen Säulen gesäumten Flur in der Unsichtbaren Universität, ruhte ein Apparat, dem bisher niemand Aufmerksamkeit geschenkt hatte. Er verursachte nun ein Geräusch ...

Dies war also Holy Wood. Auf der Leinwand hatte alles anders ausgesehen. Wenn man bei den beweglichen Bildern mitwirkte, mußte man oft warten, und außerdem wurde dabei der normale Zeitablauf durcheinandergebracht. Dinge geschahen vor den Dingen, nach denen sie passierten. Ungeheuer erwiesen sich als ein grün bemalter Mory, dem man Flügel an den Rücken geklebt hatte. Nichts war echt.
Seltsamerweise empfand Victor das als aufregend.
»Ich habe die Nase voll«, erklang eine Stimme in der Nähe.
Er sah auf. Eine junge Frau schritt den Weg entlang. Anstrengung rötete ihr Gesicht unter dem weißen Make-up, und das Haar bildete

absurde Ringellocken über den Augen. Darüber hinaus trug sie ein Kleid, das zwar die richtige Größe hatte, jedoch für eine zehn Jahre jüngere Person bestimmt zu sein schien. Es war großzügig mit Spitzenbesatz ausgestattet.

Sie war recht attraktiv, wenn auch erst auf den zweiten Blick. Man mußte schon genauer hinsehen, um ihre Schönheit zu erkennen.

»Und weißt du, was sie einem erzählen, wenn man sich beschwert?« fragte sie. Eigentlich waren die Worte gar nicht für Victor bestimmt. Die Unbekannte brauchte nur zwei zum Zuhören bereite Ohren.

»Keine Ahnung«, erwiderte er höflich.

»Dann sagen sie: ›Es gibt genug andere Leute, die auf eine Chance warten, als Schauspieler vor einen Bilderkasten zu treten.‹ Ja, das sagen sie.«

Die junge Frau lehnte sich an einen knorrigen Baum und fächelte sich mit einem Strohhut Luft zu. »Und es ist zu heiß«, klagte sie. »Und jetzt muß ich einen lächerlichen Ein-Roller für Silberfisch drehen, der überhaupt keine Ahnung hat. Und mein Partner ist sicher irgendein Idiot mit Mundgeruch und Stroh im Kopf und mit einer Stirn, die man als Tisch benutzen könnte.«

»Und Trolle«, meinte Victor.

»Oh, bei den *Göttern*! Doch nicht Mory und Galenit?«

»Doch. Allerdings heißt Galenit jetzt Rock.«

»Ich dachte, er wollte sich Flint nennen.«

»Rock gefällt ihm besser.«

Irgendwo hinter den Felsen blökte ein mürrischer Silberfisch, fragte sich und den Rest der Welt, wohin die Leute verschwunden waren, die er brauchte. Die junge Frau rollte mit den Augen.

»Oh, bei den *Göttern!* Und dafür verpasse ich das Mittagessen?«

»Nun, du könntest meine Stirn als Tisch benutzen, um deinen Teller darauf abzustellen«, sagte Victor und erhob sich.

Zufrieden spürte er einen nachdenklichen Blick in seinem Rücken, als er das Schwert aus dem Boden zog. Er holte versuchsweise damit aus, schwang es mit mehr Kraft, als eigentlich nötig war.

»Du bist der Junge von der Straße, nicht wahr?« fragte die Namenlose.

»Ja. Ich habe deinen Rat nicht beherzigt.«

»Meinen Rat?«

»Du hast mir vorgeschlagen, Tischler zu werden.«

»Oh, ja.« Die junge Frau musterte Victor neugierig. »Wie hast du so schnell einen Job gefunden? Die meisten Leute müssen wochenlang warten, bis sie eine Chance bekommen.«

»Man muß es nur richtig anstellen, um eine Chance zu bekommen, sage ich immer«, erwiderte Tugelbend.

»Aber *wie*...«

Victor ging mit hämischer Gelassenheit fort. Die Frau folgte ihm und schmollte.

Silberfisch hob den Kopf. »Ah«, sagte er sarkastisch. »Na bitte. Alle auf ihren Platz. Ausgezeichnet. Dann kann's ja losgehen. Wir drehen jetzt die Szene, in der der Held das an den Pfahl gebundene Opfer findet.« Er wandte sich an Victor. »Damit du Bescheid weißt... Du bindest sie los, zerrst sie fort und kämpfst gegen den Balgrog. Und *du*...« Er deutete auf Victors Begleiterin. »Du, du, du folgst ihm und versuchst, so *gerettet* wie möglich auszusehen, in Ordnung«

»Damit kenne ich mich aus«, seufzte die junge Dame.

»Nein, nein, nein.« Schnapper schlug die Hände vors Gesicht. »Nicht schon wieder!«

»So etwas willst du doch, oder?« fragte Silberfisch. »Kämpfe und Rettungen und dergleichen?«

»Aber das kann nicht alles sein«, stöhnte Schnapper. »Es muß noch mehr geben.«

»Zum Beispiel?« fragte Silberfisch.

»Oh, ich weiß nicht. Klamauk. Trubel, Remmidemmi.«

»Komische Geräusche? Wir haben noch keinen Ton.«

»Jeder dreht Streifen über Leute, die weglaufen, kämpfen und zu Boden fallen«, sagte Schnapper. »Wir müssen uns was Neues einfallen lassen. Ich habe mir deine Streifen angesehen – sie unterscheiden sich kaum voneinander.«

»Würstchen sehen auch alle gleich aus«, erwiderte Silberfisch scharf.

»Die *sollen* gleich aussehen! Das *erwartet* man von ihnen!«

»Und ich gebe dem Publikum, was es von *mir* erwartet«, betonte der Alchimist. »Die Zuschauer wollen das sehen, was sie erwarten: Kämpfe, Verfolgungsjagden...«

»Entschuldige bitte, Herr Silberfisch«, sagte der Kurbeldreher laut, um das Schnattern der Kobolde zu übertönen.

»Ja?« Schnapper drehte sich halb zu ihm um.

»Entschuldige bitte, Herr Schnapper, aber in einer Viertelstunde muß ich die Dämonen füttern.«

Treibe-mich-selbst-in-den-Ruin seufzte.

Später konnte sich Victor nicht genau daran erinnern, was während der nächsten Minuten geschah. Eigentlich kein Wunder: Jene Augenblicke, die das Leben verändern, kommen ganz plötzlich, wie der des eigenen Todes.

Ein weiterer falscher Kampf fand statt, gegen den grün angemalten Mory und etwas, das eine gräßliche Peitsche gewesen wäre, wenn sie sich nicht immer wieder um die Beine des Trolls geschlungen hätte. Als der besiegte Balgrog aus dem Bild schlurfte und versuchte, seine Flügel mit einer Hand festzuhalten, eilte Victor zum Pfahl, schnitt die Fesseln durch, um das Opfer nach rechts zu tragen. Doch plötzlich hörte er...

...ein Flüstern.

Er vernahm keine Worte, sondern ihren reinen Sinn: Der erreichte seine Trommelfelle und wechselte von dort direkt zur Wirbelsäule, ohne einen Zwischenaufenthalt im Gehirn.

Er blickte in die Augen der jungen Frau und fragte sich, ob sie es ebenfalls hörte.

Von woanders her *erklangen* Worte, und sie kamen aus Silberfischs Mund. »Na los, bring sie fort, was starrst du sie so an?« Und der Kurbeldreher: »Die Kobolde werden widerspenstig, wenn sie eine Mahlzeit verpassen.« Und Schnapper, mit einer Stimme, die wie ein geworfenes Messer zischte: »Dreh die Kurbel, dreh die Kurbel!«

Vor Victors Augen legte sich ein Schleier, dahinter tauchten sonderbare Gestalten auf, die sofort wieder verschwanden, als er sie zu erkennen versuchte. Hilflos wie eine Fliege in einem Bernsteintropfen und das Schicksal ebenso in der Hand wie eine Seifenblase das ihre während eines Orkans, beugte er sich zu der jungen Frau hinab und küßte sie.

Jenseits des Rauschens in seinen Ohren ertönten andere Worte.

»Was *macht* er da? Habe ich ihn aufgefordert, das Opfer zu küssen? Niemand hat ihn aufgefordert, das Opfer zu küssen!«

»...und anschließend muß ich den Kasten ausmisten, und glaubt mir, das ist nicht gerade ein Vergnü...«

»*Dreh die Kurbel!*« donnerte Schnapper. »*Dreh die Kurbel!*«

»Warum sieht er sie jetzt *so* an?«

»Donnerwetter!«

»*Wenn du aufhörst, die Kurbel zu drehen, findest du in dieser Stadt nie wieder einen Job!*«

»He, zufälligerweise gehöre ich zur Kurbeldrehergilde...«

»Dreh weiter, dreh weiter!«

Victor kehrte in die Wirklichkeit zurück. Das Flüstern und Raunen verklang, wich dem Grollen der Brandung. Die wirkliche Welt umgab ihn, heiß und hell. Am Himmel hing die Sonne wie im glänzenden Orden für eine Heldentat.

Das Opfer atmete tief durch.

»Äh, oh, es tut mir schrecklich leid«, stammelte Tugelbend und taumelte. »Ich weiß gar nicht, was über mich gekommen ist...«

Schnapper sprang begeistert umher.

»Das ist es, das *ist* es!« heulte er. Und zu Gaffer: »Wie lange brauchst du, um den Film zu kleben?«

»Nun, zuerst muß ich die Kobolde füttern und den Kasten ausmisten und...«

»Na schön, na schön«, keuchte Schnapper. »Dann bleibt mir genug Zeit, um Plakate vorzubereiten.«

»Ich habe bereits welche in Auftrag gegeben«, sagte Silberfisch kühl.

»Oh, natürlich, selbstverständlich«, erwiderte Treibe-mich-selbst-in-den-Ruin aufgeregt. »Kein Zweifel. Wahrscheinlich so was wie: ›Vielleicht interessiert ihr euch für diese neuen beweglichen Bilder.‹«

»Was soll verkehrt daran sein?« fragte Silberfisch. »Das ist immer noch besser als heiße Würstchen!«

»Meine Güte, wenn man Würstchen verkauft, wartet man nicht ab, bis die Leute Würstchen *wollen*. Man geht zu ihnen und sorgt dafür, daß sie hungrig werden. *Und* man macht ordentlich Senf drauf. Genau das hat Victor gerade getan.«

Er legte Silberfisch die eine Hand auf die Schulter und winkte mit der anderen.

»Ich sehe es deutlich vor mir...« Schnapper zögerte. Sonderbare Ideen wirbelten schneller in seinem Kopf herum, als er denken konnte. Endlose Möglichkeiten kamen ihm in den Sinn, und die Aufregung ließ ihn schwindeln.

»*Schwert der Leidenschaft*«, sagte er. »So nennen wir den Film, nicht nach irgendeinem alten Narren, der wahrscheinlich längst das Zeitliche gesegnet hat. *Schwert der Leidenschaft*. Ja. Eine stürmische Saga des, des Begehrens und puren, puren, puren *Dingsbums*, in der ursprünglichen, sengenden Hitze eines gequälten Kontinents! Romantik! Pracht! In drei glühenden Rollen! *Zittert* beim tödlichen Kampf gegen alptraumhafte Ungeheuer! *Schreit* beim Anblick von tausend Elefanten...«

»Es ist nur eine Rolle«, brummte Silberfisch verärgert.

»Heute nachmittag drehen wir noch zwei weitere!« juchzte Schnapper. Die Augen quollen ihm aus den Höhlen. »Mit mehr Kämpfen und mehr Ungeheuern!«

»Und wir haben keine Elefanten«, schnappte Silberfisch.

Rock hob einen zerklüfteten Arm.

»Ja?« fragte der Alchimist.

»Wenn du graue Farbe hast, außerdem auch noch Dinge für Ohren und Rüssel – Mory und ich könnten bestimmt...«

»Noch *nie* hat jemand einen drei Rollen langen Streifen gedreht«, murmelte Gaffer. »Eine schwierige Sache. Ich meine, er wäre fast zehn Minuten lang.« Er wurde noch etwas nachdenklicher. »Nun, wenn wir größere Spulen nehmen...«

Silberfisch fühlte sich in die Enge getrieben.

»Jetzt *hört* mal...«, begann er.

Victor musterte die junge Frau. Niemand beachtete die beiden Schauspieler.

»Äh«, sagte er. »Ich glaube, wir haben uns noch nicht vorgestellt, nicht?«

»Das scheint dich eben kaum gestört zu haben.«

»Normalerweise hätte ich so etwas nie gewagt. Ich muß, äh, verrückt geworden sein. Oder so.«

»Oh, gut. Erwartest du, daß es mir jetzt besser geht?«

»Was hältst du davon, wenn wir uns in den Schatten setzen? Hier ist es ziemlich heißt.«

»In deinen Augen... war *Feuer*.«

»Tatsächlich?«

»Es sah sehr seltsam aus.«

»Ich habe mich auch sehr seltsam *gefühlt*.«

»Ja, ich weiß. Es liegt an diesem Ort. Er beeinflußt uns.« Sie ließen sich auf den Sand sinken. »Weißt du«, fuhr die junge Frau fort, »es gibt hier strenge Vorschriften in bezug auf die Kobolde und so. Man darf sie nicht überanstrengen und was weiß ich. Aber um uns kümmert sich niemand. Selbst die Trolle werden besser behandelt.«

»Weil sie mehr als zwei Meter groß sind und fünfhundert Kilo wiegen, nehme ich an«, sagte Victor.

»Ich heiße Theda Withel, aber meine Freunde nennen mich Ginger.«

»Ich bin Victor Tugelbend. Äh. Und meine Freunde nennen mich Victor.«

»Dies ist dein erster Film, nicht wahr?«

»Woher weißt du das?«

»Du hast den Eindruck erweckt, dich dabei zu vergnügen.«

»Nun, die Schauspielerei ist besser als Arbeit, oder?«

»Vielleicht änderst du deine Meinung, wenn du so lange im Geschäft bist wie ich«, sagte Ginger bitter.

»Seit wann bist du darin?«

»Praktisch von Anfang an. Seit fünf Wochen.«

»Donnerwetter. Es passiert alles so *schnell*.«

»Es ist das Herrlichste, das *jemals* passiert ist«, sagte Ginger kategorisch.

»Vielleicht hast du recht... Äh, ob wir fortgehen dürfen, um etwas zu essen?« fragte Victor.

»Nein«, erwiderte die junge Frau. »Bestimmt rufen sie gleich wieder nach uns.«

Victor nickte. Sein bisheriges Leben hatte er auf eine im großen und ganzen angenehme Weise verbracht, indem er mit lässiger Entschlossenheit seinen eigenen Willen durchsetzte. Er sah nicht ein, warum er damit in Holy Wood aufhören sollte.

»Dann sollen sie rufen«, sagte er. »Ich möchte eine Mahlzeit und ein kühles Getränk. Vielleicht bin ich zu lange in der Sonne gewesen.«

Ginger wirkte unsicher. »Nun, ich kenne da einen Speisesaal, aber...«

»Gut. Zeig mir den Weg.«

»Schauspieler, die einfach fortgehen, könnten gefeuert werden...«

»Was, vor der dritten Rolle?«

»Sie sagen immer: ›Es gibt genug andere Leute, die sofort bereit wären, vor den Bilderkasten zu treten...‹«

»Gut. In dem Fall haben Schnapper und Silberfisch den ganzen Nachmittag Zeit, um zwei andere Personen zu finden, die genauso aussehen wie wir.« Victor schlenderte an Mory vorbei, der im Schatten eines Felsens hockte.

»Wenn uns jemand sucht...«, wandte er sich an den Troll. »Wir gehen essen.«

»Was, jetzt?« fragte Moräne.

»Ja«, bestätigte Tugelbend mit fester Stimme und stapfte weiter.

Er sah, daß sich Schnapper und Silberfisch schon wieder stritten. Ihr Zank wurde ab und zu vom Kurbeldreher unterbrochen; Gaffer sprach im entspannten Tonfall eines Mannes, der weiß, daß er trotzdem seine sechs Dollar pro Tag bekommt.

»Wir bezeichnen es als Epos. Noch in vielen Jahren werden die Leute darüber reden.«

»Ja, noch in vielen Jahren werden sie sagen: Jenes Epos trieb sie in den Ruin.«

»Laß meinen Namen aus dem Spiel. Hör mal, ich kenne jemanden, der uns bunte Holzschnitte zu einem besonders günstigen Preis besorgen kann...«

»Wenn ich einige Schnüre und Bindfäden nehme, den Bilderkasten auf Rädern montiere, so daß er sich drehen läßt...«

»Die Leute werden sagen: He, jener Silberfisch... ein wahrer Künstler, was die beweglichen Bilder betrifft. Und er hatte den Mumm, uns zu zeigen, was wir wirklich sehen wollten. Er erkannte das wahre Dingsbums, die wahren Möglichkeiten des Mediums...«

»Und wenn man den Bilderkasten außerdem an einer langen waagerechten Stange befestigt, um ihn hin und her zu schieben, sind auch Nahaufnahmen möglich...«

»Was? Glaubst du wirklich, daß die Leute so etwas sagen werden?«

»Sicher. Vertrau mir, Tommy.«

»Na schön. In Ordnung. Aber keine Elefanten. Ist das klar? Keine Elefanten.«

»Sieht seltsam aus«, sagte der Erzkanzler. »Einige Elefanten aus Ton... Und das soll eine Maschine sein?«

»Eher eine Art... *Apparat*«, erwiderte der Quästor unsicher. Er klopfte an die Vorrichtung, woraufhin einige tönerne Elefanten hin und her schwangen. »Riktor der Bastler hat ihn konstruiert, glaube ich. Lange vor meiner Zeit.«

Das Ding wirkte wie ein großer, verzierter Topf und reichte einem hochgewachsenen Mann bis an die Schultern. Am Rand hingen acht tönerne Elefanten an kleinen Bronzeketten. Einer begann zu wippen, als der Quästor ihn berührte.

Erzkanzler Ridcully spähte ins Innere des Apparats.

»Viele Hebel und ein Blasebalg«, sagte er verächtlich.

Der Quästor drehte sich um und sah die Wirtschafterin der Unsichtbaren Universität an.

»Nun, Frau Allesweiß, was ist geschehen?« fragte er.

Frau Allesweiß – dick, das Gesicht rosarot, der massige Leib in ein Korsett gequetscht – rückte ihre kupferrote Perücke zurecht und stieß die zierliche Magd an, die wie ein Hochseeschlepper neben ihr wartete.

»Sag es Seiner Exzellenz, Ksandra«, befahl sie.

Ksandra erweckte den Eindruck, alles zutiefst zu bedauern.

»Nun, Herr, bitte, Herr, ich habe Staub gewischt, als...«

»Sie hat Hstaub gewischt«, betonte Frau Allesweiß. Wenn Frau Allesweiß an einem akuten Anfall von Klassenbewußtsein litt, fügte sie dort Hs hinzu, wo Grammatik und Rechtschreibung eigentlich keine Hs vorsahen.

»...und dann gab es plötzlich ein Geräusch von sich...«

»Hes hgab hein Hgeräusch von sich«, sagte Frau Allesweiß. »Deshalb kam Ksandra zu mir, um Bericht zu erstatten. Hbraves Hmädchen.«

»Was für ein Geräusch?« fragte der Quästor möglichst freundlich.

»Bitte, Herr, es klang ungefähr so...« Ksandra verdrehte die Augen. »Wumm... wumm... wumm... wumm... wummwumm-*wumm*WUMM*WUMM* – plib, Herr.«

»Plib«, wiederholte der Quästor ernst.

»Ja, Herr.«

»Hplib«, sagte Frau Allesweiß.

»Und dann hat es nach mir gespuckt, Herr«, fügte Ksandra hinzu.

»Hes hat *gespien*«, korrigierte Frau Allesweiß.

»Offenbar hat einer der Elefanten eine kleine Bleikugel ausgespuckt, Herr«, erklärte der Quästor. »Wobei es, äh, ›plib‹ machte.«

»Beidengöttern«, entgegnete Ridcully. »Unerhört. Ich kann nicht erlauben, daß hier irgendwelche Töpfe Leute anrotzen.«

Frau Allesweiß verzog andeutungsweise das Gesicht.

»Warum hat das Ding eine Bleikugel ausgespuckt?« fragte der Erzkanzler.

»Ich habe keine Ahnung, Herr. Ich dachte, du wüßtest vielleicht einen Grund. Wenn ich mich nicht sehr irre, hat Riktor hier gelehrt, als du Student warst, Herr. Frau Allesweiß ist sehr besorgt.« Bei diesen Worten wies der Tonfall des Quästors auf folgendes hin: Wenn Frau Allesweiß über irgend etwas besorgt war, so wagte es nur ein sehr dummer Erzkanzler, ihr keine Beachtung zu schenken. »Sie möchte nicht, daß ihre Mitarbeiter von, äh, Magie gestört werden.«

Ridcully pochte mit den Fingerknöcheln an die Vorrichtung. »Meinst du etwa den alten ›Numeri‹ Riktor?«

»Ja, Erzkanzler.«

»War total bekloppt. Dachte immer, man könnte alles messen. Nicht nur Längen und Gewichte und so, sondern alles. ›Wenn es existiert‹, sagte er, ›so kann man es messen.‹« Ridcullys Augen glitten erinnerungsvoll in die Ferne. »Baute dauernd komische Dinge. Hielt es für möglich, selbst Wahrheit, Träume, Schönheit und was weiß ich zu messen. Dies ist also eins von Riktors Spielzeugen, wie? Frage mich, was es mißt...«

»Hich glaube...«, begann Frau Allesweiß. »*Hich* glaube, man sollte es an einem sicheren Ort lagern, falls du nichts hdagegen hast.«

»Ja, ja, ja, natürlich«, pflichtete ihr der Quästor hastig bei. Das Personal der Unsichtbaren Universität neigte dazu, bei jeder Kleinigkeit zu kündigen.

»Wirf das Dingsbums weg«, sagte Ridcully.

Entsetzen zeigte sich in den Zügen des Quästors. »O nein, Herr. Wir werfen *nie* etwas weg. Außerdem: Wahrscheinlich ist der Apparat sehr wertvoll.«

»Hm«, antwortete der Erzkanzler. »Wertvoll?«

»Vermutlich handelt es sich um ein historisches Artefakt, Herr.«

»Dann bringt es in mein Arbeitszimmer. Habe ja schon darauf hingewiesen, daß hier die eine oder andere Dekoration notwendig ist, nicht wahr? So, ich bin jetzt mit einem Mann verabredet, der Greife dressiert. Schönen Tag noch, meine Damen...«

»Äh, Erzkanzler, wenn du eben diese Papiere unterzeichnen könntest...«, begann der Quästor, doch die Tür schloß sich bereits hinter Ridcully.

Niemand fragte Ksandra, welcher Elefant die Bleikugel gespuckt hatte. Niemand erkundigte sich danach, in welche *Richtung* sie gespuckt worden war. Mit solchen Auskünften hätten Ridcully und der Quästor ohnehin nichts anfangen können.

Am Nachmittag trugen zwei Diener den einzigen funktionierenden Resographen* des Multiversums ins Arbeitszimmer des Erzkanzlers.

In Holy Wood gab es ein charakteristisches Geräusch. Es wurde von Nägeln verursacht, die man in Bretter hämmerte.

Für die Stadt begann eine kritische Phase. Über Nacht entstanden neue Häuser, neue Straßen und neue *Viertel*. Und gelegentlich verschwanden sie auch wieder, in jenen Bereichen, wo hastig angelernte alchimistische Lehrlinge vergeblich versuchten, die ebenso komplizierte wie gefährliche Produktion von Okto-Zellulose zu meistern. Es spielte kaum eine Rolle. Meistens hatte sich der Rauch noch nicht ganz verzogen, als die Hämmer schon wieder hämmerten.

Holy Wood schien durch Zellteilung zu wachsen. Man brauchte nur: einen jungen Burschen, dessen Hände nicht zitterten und der alchimistische Symbole verstand; einen Kurbeldreher; mindestens sechs Dämonen; und viel Sonnenschein. Oh, und einige Leute. Doch davon gab's genug. Wenn man nicht imstande war, Kobolde zu züchten, Chemikalien zu mischen oder eine Kurbel zu drehen... Nun, dann konnte man die Zügel von Pferden halten oder auf Tischen tanzen und interessant dreinschauen, während man hoffte. Oder man hämmerte Nägel ins Holz. Immer mehr baufällig anmutende Gebäude säumten den uralten Hügel, und schon nach kurzer Zeit ließ die erbarmungslose Sonne den Lack von den Brettern platzen. Ständig herrschte ein hoher Bedarf an Hütten und Schuppen.

Holy Woods Ruf hallte durch das Land. Jeden Tag trafen neue Leute ein. Sie kamen nicht, um Stallknechte, Kellnerinnen oder Wir-liefern-ein-schlüsselfertiges-Haus-in-zwei-Stunden-Tischler zu werden. Nein, sie kamen wegen der beweglichen Bilder.

---

* Wörtlich übersetzt: »Ding-Schreiber«. Der Resograph dient dazu, Verzerrungen im Raum-Zeit-Gefüge zu entdecken und zu messen.

Was sie im Innersten trieb, blieb für sie selbst ein Rätsel.

Tief in seinem Herzen wußte Treibe-mich-selbst-in-den-Ruin Schnapper allerdings etwas anderes: Wo sich zwei oder mehr Personen treffen, gibt es immer jemanden, der versucht, ihnen ein verdächtig wirkendes Würstchen zu verkaufen.

Schnapper war jetzt in einem anderen Geschäft tätig, und dadurch entstand eine Marktlücke im gastronomischen Sektor. Andere Leute versuchten, sie zu füllen.

Zu ihnen gehörte der Klatschianer Nodar Borgel. Sein großer und lauter Schuppen konnte nicht als »Restaurant« bezeichnet werden – es handelte sich vielmehr um eine Fütterungsanlage. Am einen Ende standen geradezu riesige Terrinen, und Tische beanspruchten den Rest des Platzes. An den Tischen saßen...

Victor riß verblüfft die Augen auf.

... Trolle, Menschen und Zwerge. Und mehrere Gnomen und auch einige Elfen. Und viele andere Geschöpfe, von denen Tugelbend hoffte, daß es verkleidete oder angemalte Trolle waren – wenn nicht, konnte das für alle ziemlichen Ärger bedeuten. Und jeder aß, niemand dachte auch nur daran, jemand anders zu fressen.

»Man nimmt einen Teller, stellt sich an und bezahlt«, sagte Ginger. »Man nennt so etwas Selbstbediener.«

»Man bezahlt, bevor man gegessen hat? Und wenn's nicht schmeckt?«

Ginger nickte ernst. »Genau deshalb muß man vorher bezahlen.«

Victor zuckte mit den Schultern und beugte sich zum Zwerg hinterm Tresen hinab. »Ich möchte gern...«

»Eintopf«, knurrte der Zwerg.

»Und was für eine Art von Eintopf?«

»Es gibt nur einen Eintopf, und deshalb heißt er *Ein*topf, klar?« schnappte der Zwerg.

»Ich meine, was ist drin?« erkundigte sich Victor.

»Wenn du danach fragst, bist du nicht hungrig genug«, antwortete Ginger. »Zweimal Eintopf, Fruntkin.«

Victor beobachtete das graubraune Zeug, das auf seinen Teller strömte. Geheimnisvolle Strudel brachten seltsame Brocken an die Oberfläche, dort schwammen sie einige Sekunden lang, bevor sie wieder versanken, hoffentlich für immer.

Borgel teilte Schnappers Einstellungen in Hinsicht auf die Kochkunst.

»Eintopf oder nichts, Bursche.« Der Koch grinste höhnisch. »Kostet nur einen halben Dollar. Spottbillig.«

Victor trennte sich widerstrebend von dem Geld und sah sich nach Ginger um.

»Hier drüben.« Die junge Frau nahm an einem der langen Tische Platz. »Hallo, Donnerfuß. Hallo, Brekzie, wie geht's? Das ist Vic. Neu hier. Hallo, Schleicher, hab dich glatt übersehen.«

Victor zwängte sich zwischen Ginger und einen Troll, der in ein Kettenhemd gehüllt zu sein schien. Doch wie sich herausstellte, war es nur ein Holy-Wood-Kettenhemd: silbergrau bemalte und nicht besonders geschickt zusammengeknüpfte Schnüre.

Ginger unterhielt sich mit einem zehn Zentimeter kleinen Gnom und einem Zwerg, der die Hälfte eines Bärenkostüms trug. Victor schwieg und fühlte sich ein wenig einsam.

Schließlich nickte ihm der Troll zu, starrte auf seinen Teller und schnitt eine Grimasse.

»Und fo waf foll Bimfftein fein«, lispelte er. »Fie machen fich keine Mühe, die Lava davon abzukratzen. Und den Fand man überhaupt fmecken nicht.«

Victors Blick wanderte zum Teller des Trolls.

»Ich wußte gar nicht, daß Trolle Stein essen«, sagte er bevor es ihm gelang, Lippen und Zunge unter Kontrolle zu bringen.

»Warum dich daf wundern?«

»Äh, du bestehst doch aus Stein, oder?«

»Ja. Und du auf Fleiff. Und waf du effen?«

Victor starrte auf seinen eigenen Teller. »Gute Frage«, erwiderte er.

»Vic dreht einen Streifen für Silberfisch«, verkündete Ginger. »Und es sollen drei Rollen werden.«

Interessiertes Murmeln erklang.

Victor schob etwas Gelbes und Schwabbeliges an den Tellerrand.

»Bei euren Aufnahmen«, begann er nachdenklich. »Hattet ihr jemals das, äh, Gefühl, von irgend etwas ... beeinflußt zu werden?« Tugelbend zögerte. Mehrere Blicke hingen an seinen Lippen. »Hattet ihr jemals den Eindruck, euch auf eine sehr überraschende Art und Weise zu verhalten? Ich kann es leider nicht besser ausdrücken.«

Die anderen entspannten sich.

»Daf fein einfach nur Holy Wood«, entgegnete der lispelnde Troll. »Ef liegen an der überall herumffwappenden Kreativität.«

»Du hattest einen schlimmen kreativen Anfall«, meinte Ginger.

»Es passiert dauernd«, sagte der Zwerg. »So ist das eben in Holy Wood. Letzte Woche haben die Jungs und ich an *Zwergengeschichten* gearbeitet, und plötzlich begannen wir zu singen. Einfach so. Von einem Augenblick zum anderen fiel uns das Lied ein. Was soll man davon halten?«

»Wie heißt das Lied?« fragte Ginger.

»Keine Ahnung. Wir nannten es ›Haiho‹. So lautete der Text. Haihihaiho. Haihihaiho.«

»Klingt wie ein typiffef Fwergenlied«, brummte der Troll.

Sie kehrten erst nach zwei Uhr nachmittags zum Drehort zurück. Der Kurbeldreher hatte die hintere Klappe des Bilderkasten geöffnet und reinigte den Boden mit einer kleinen Schaufel.

Schnapper schlief auf seinem Klappstuhl, das Gesicht unter einem Taschentuch verborgen. Doch Silberfisch war hellwach.

»Wo seid ihr gewesen?« rief er.

»Ich hatte Hunger«, sagte Victor.

»Und du wirst auch *weiterhin* Hunger haben, mein Junge. Weil...« Schnapper hob einen Zipfel des Taschentuchs.

»Laßt uns anfangen«, murmelte er.

»Aber wir können uns doch nicht von Schauspielern vorschreiben lassen, wann...«

»Zuerst beenden wir den Film«, sagte Schnapper. »*Anschließend* kannst du ihn entlassen.«

»Ja, genau!« Silberfisch richtete einen drohenden Zeigefinger auf Victor und Ginger. »In dieser Stadt werdet ihr nie wieder arbeiten!«

Irgendwie brachten sie den Nachmittag hinter sich. Schnapper ließ ein Pferd holen und verfluchte den Kurbeldreher, weil der Bilderkasten noch immer nicht gedreht werden konnte. Die Dämonen beschwerten sich mit lautem Schnattern. Schließlich stellten sie den Kasten so auf, daß die runde Öffnung darin auf den Kopf des Pferds zielte, und Victor bewegte sich im Sattel auf und ab. Für den Film sei das gut genug, meinte Schnapper.

Am Abend bezahlte ein mürrischer Silberfisch den beiden Schauspielern jeweils zwei Dollar und schickte sie fort.

»Bestimmt erzählt er den anderen Alchimisten davon«, sagte Ginger niedergeschlagen. »Sie halten zusammen wie Pech und Schwefel.«

»Wir bekommen nur zwei Dollar pro Tag und die Trolle drei«, stellte Victor fest. »Warum?«

»Weil es nur wenige Trolle gibt, die bei den beweglichen Bildern mitmachen wollen«, erklärte Ginger. »Ein guter Kurbeldreher verdient sogar sechs oder sieben Dollar am Tag. Schauspieler sind nicht annähernd so wichtig.« Sie drehte den Kopf und warf ihrem Begleiter einen finsteren Blick zu.

»Ich konnte mich nicht beklagen«, fuhr sie fort. »Man hat mir keine besonderen Rollen angeboten, aber ich konnte mich nicht beklagen. Ich hatte immer Arbeit. Man hielt mich für zuverlässig. Ich war dabei, den Grundstein für eine Karriere zu legen...«

»In Holy Wood ist es gar nicht möglich, den Grundstein für eine Karriere zu legen«, sagte Victor. »Ebensogut könnte man versuchen, ein Haus in einem Sumpf zu bauen. Hier ist alles nur unwirklich!«

»Es gefiel mir! Und jetzt hast du alles verdorben! Vielleicht muß ich in mein entsetzliches Dorf zurück, von dem du wahrscheinlich nie etwas gehört hast! Um dort Kühe zu melken! Herzlichen Dank! Ich verspreche dir, an dich zu denken – immer dann, wenn ich den Hintern einer verdammten Kuh sehe!«

Ginger stürmte fort und ließ Victor bei den Trollen zurück. Nach einer Weile räusperte sich Rock.

»Weißt du schon, wo du bleiben?« fragte er.

Victor sah kummervoll nach oben. »Nein, ich fürchte nicht.«

»Man aber immer wissen sollen, wo man bleiben«, sagte Mory.

»Ich übernachte am Strand«, murmelte Tugelbend. »Immerhin ist es warm genug. Kann bestimmt nicht schaden, mich ordentlich auszuschlafen. Bis dann.«

Er verließ den Drehort.

Die Sonne ging unter, und vom Meer her wehte ein leichter Wind, der ein wenig Abkühlung brachte. An den dunkler werdenden Hängen des Hügels erstrahlten nun Lichter. Holy Wood kam erst nachts zur Ruhe. Wenn man bei der Arbeit auf Tageslicht angewiesen ist, nutzt man es bis zum Letzten aus.

Eigentlich war es recht angenehm am Strand. Nur selten verirrte sich jemand hierher. Das Treibholz, brüchig und von Salz verkrustet, eignete sich nicht für den Bau von Hütten. Es bildete eine lange, weiße Linie entlang des Wassers.

Victor sammelte genug für ein Lagerfeuer, legte sich hin und betrachtete die Brandung.

Auf der nächsten Düne, verborgen hinter einem Büschel aus vertrocknetem Gras, lag der Wunderhund Gaspode und betrachtete nachdenklich den jungen Mann.

Zwei Stunden nach Mitternacht.

Es dehnte sich aus, glitt fröhlich über den Hügel und goß seinen Glanz in die Welt.

Holy Wood träumt...

Holy Wood träumt für alle.

Ginger Withel schlief in der heißen Dunkelheit einer Hütte. Sie träumte von roten Teppichen und jubelnden Massen. Und von einem Gitter. In ihrem Traum kehrte sie immer wieder zu einem Gitter zurück, durch das warme Luft wehte und ihren Rock aufplusterte...

In der nicht viel kühleren Dunkelheit einer nur etwas besser ausgestatteten Hütte schlief Silberfisch. Er träumte ebenfalls von jubelnden Mengen und jemandem, der ihm einen Preis für die besten jemals gedrehten beweglichen Bidler verlieh: eine große Statue.

Zwischen den Dünen hockten Rock und Moräne. Sie schliefen nicht, sondern dösten nur, denn Trolle sind von Natur aus nachtaktive Geschöpfe – das Schlafen in der Dunkelheit stand im krassen Gegensatz zu äonenalten Instinkten. Sie träumten von Bergen.

Am Strand, unter den Sternen, träumte Victor von stampfenden Hufen, wehenden Mänteln, Piratenschiffen, Fechtkämpfen und Kronleuchtern...

Auf der nächsten Düne schlief der Wunderhund Gaspode und hielt ein Auge geöffnet, während er von Wölfen träumte.

Treibe-mich-selbst-in-den-Ruin Schnapper träumte nicht, weil er nicht schlief.

Es war ein langer Ritt nach Ankh-Morpork gewesen, und normalerweise zog er es vor, Pferde zu verkaufen, anstatt auf ihnen zu reiten, aber jetzt hatte er endlich die Stadt erreicht.

Jene Unwetter, die Holy Wood mieden, ließen Ankh-Morpork nicht aus: Es regnete in Strömen. Dadurch wurde das Nachtleben der Stadt nicht weniger lebendig, nur feuchter.

In Ankh-Morpork konnte man alles kaufen, selbst mitten in der Nacht. Schnapper brachte eine ziemlich lange Einkaufsliste mit. Plakate mußten gemalt werden, und er brauchte alle möglichen Sachen. Die meisten von ihnen hingen mit Ideen zusammen, die ihm unterwegs eingefallen waren, und er mußte sie nun ebenso behutsam wie schnell anderen Leuten erklären.

Der Regen bildete einen massiven Vorhang, als er schließlich ins graue Licht der Morgendämmerung wankte. Bäche flossen in den Rinnsteinen. Von den Dächern spuckten abscheuliche Steinfiguren zielsicher auf Passanten. Allerdings: Um fünf Uhr morgens waren auf den Straßen nicht mehr ganz so viele Leute unterwegs.

Schnapper atmete tief durch. *Echte* Luft. Man mußte lange suchen, um Luft zu finden, die echter war als jene in Ankh-Morpork. Wer sie atmete, wußte sofort, daß sie über Jahrtausende hinweg Myriaden von Lungen gefüllt hatte.

Zum erstenmal seit Tagen meinte Schnapper, klar zu denken. Das war seltsam an Holy Wood: Solange man sich im Bereich des Hügels aufhielt, hielt man alles für völlig normal. Aber wenn man aus einer gewissen Entfernung zurückblickte, zerplatzte alles wie eine hübsche Seifenblase. Sonderbar: Man konnte fast meinen, daß der Hügel *Veränderungen* hervorrief, daß die beweglichen Bilder Gewöhnliches in, nun, Ungewöhnliches verwandelten.

Nun, Holy Wood war Holy Wood, und Ankh-Morpork war Ankh-Morpork. Treibe-mich-selbst-in-den-Ruin Schnapper zweifelte nicht daran, daß der allgemeine Lebensstil in Ankh-Morpork eine sichere Barriere darstellte, an der das Sonderbare von Holy Wood wirkungslos abprallte.

Er platschte durch die Pfützen und lauschte dem Regen.

Nach einer Weile offenbarte ihm das Klopfen der Regentropfen einen Rhythmus.

Komisch. Da hatte man sein ganzes Leben in einer Stadt verbracht und mußte sie erst verlassen, um nach der Rückkehr herauszufinden, daß die Tropfen in einem bestimmten Rhythmus von den Dachrinnen fielen: DUMdi-dum-dum, dumdi-dumdi-DUM-DUM...

Einige Minuten später traten Feldwebel Colon und Korporal Nobbs von der Nachtwache unter einen Torbogen, rauchten dort eine Zigarette und zeigten das für Angehörige der Nachtwache charakteristische Verhalten: Sie versuchten, es warm und trocken zu haben, ohne in irgendwelche Schwierigkeiten zu geraten.

Nur sie sahen den Irren, der durch die Pfützen tanzte, sich mehrmals um die eigene Achse drehte, an einem Abflußrohr pirouettierte, fröhlich die Hacken aneinanderklopfte und hinter einer Ecke verschwand.

Feldwebel Colon reichte seinem Kollegen den nassen Zigarettenstummel.

»War das nicht Treibe-mich-selbst-in-den-Ruin Schnapper?« fragte er schließlich.

»Ja«, bestätigte Nobby.

»Schien glücklich zu sein, oder?«

»Ist vermutlich übergeschnappt«, spekulierte Nobbs. »So im Regen zu singen...«

Wumm... wumm.

Der Erzkanzler brachte gerade sein Drachenzuchtbuch auf den neuesten Stand und genehmigte sich einen Schlaftrunk vor dem Kamin. Jetzt sah er auf.

Wumm... wumm... wumm...

»Beidengöttern!« brummte er und schritt zu dem großen Topf. Das Ding zitterte von einer Seite zur anderen, als bebte das ganze Gebäude.

Ridcully beobachtete es fasziniert.

Wumm... wumm*wummwummWUMM*.

Der Apparat verharrte und verstummte.

»Seltsam«, murmelte der Erzkanzler. »Um nicht zu sagen: sonderbar.«

Plib.

Auf der anderen Seite des Zimmers zersplitterte die Karaffe mit dem Brandy.

Ridcully der Braune holte tief Luft.

»*Quäää*stor!«

Sandfliegen weckten Victor. Es war bereits recht warm – ein neuer sonniger Tag begann.

Er watete ins seichte Wasser, um sich zu waschen und die Benommenheit des Schlafs abzustreifen.

Mal sehen..., dachte Tugelbend. Er hatte noch die zwei Dollar Honorar von gestern, außerdem einige Cents. Was ihm die Möglichkeit gab, eine Zeitlang in Holy Wood zu bleiben – vorausgesetzt, er schlief am Strand. Borgels Eintopf war zwar alles andere als schmackhaft, dafür aber billig... Victor runzelte die Stirn. Wenn er dort aß, ließen sich peinliche Begegnungen mit Ginger wohl kaum vermeiden.

Er trat noch einen Schritt vor. Und verlor den Boden unter den Füßen.

Er war noch nie zuvor im Meer geschwommen. Halb ertrunken kehrte er an die Oberfläche zurück und trat verzweifelt Wasser. Die Entfernung zum Strand betrug nur wenige Meter.

Victor kam wieder zu Atem und kraulte in aller Ruhe, bis sich die Wellen hinter ihm brachen. Das Wasser war kristallklar, und er sah, wie sich der Grund abrupt – er tauchte kurz auf, um Luft zu holen – in ein mattes Blau hinabneigte. Jenseits der Schwärme aus glitzernden Fischen beobachtete er die vagen Konturen von grauweißen, rechteckigen Felsen auf dem Sand.

Er tauchte erneut, drang so weit nach unten vor, daß es in seinen Ohren dröhnte. Ein großer Hummer winkte ihm mit langen Fühlern zu, glitt von einem Stein und verschwand in der Tiefe.

Wenige Sekunden später durchstieß Victors Kopf die Wasseroberfläche, und mit kräftigen Schwimmzügen hielt er aufs Ufer zu.

Nun, wenn er keinen neuen Job bei den beweglichen Bildern fand... Ein Fischer brauchte hier gewiß nicht zu verhungern, das stand fest.

Ein Strandgutsammler mußte ebenfalls nicht befürchten, arbeitslos zu werden. Vor den Dünen hatte sich genug vom Wind getrocknetes Feuerholz angesammelt, um die Kamine von Ankh-Morpork für viele Jahre mit Nachschub zu versorgen. In Holy Wood züngelten Flammen nur unter Kochtöpfen oder in Lagerfeuern.

In Lagerfeuern... Als Victor den Strand erreichte, bemerkte er eine Stelle, an der das Treibholz nicht nur herumlag, sondern einen geordneten Haufen bildete. Etwas weiter entfernt formten Steine eine Feuerstelle.

Sand bedeckte sie zum größten Teil. Vielleicht hatte hier jemand anders gelebt und auf seine Chance bei den beweglichen Bildern gewartet. Als Victor genauer hinah... Die Holzstücke hinter den Steinen erweckten den Eindruck, als seien sie sorgfältig aufeinandergestapelt worden. Wenn man sie vom Meer aus beobachtete, mochte es den Anschein haben, daß einige Balken zu einer Art Tor angeordnet waren.

Vielleicht wohnen hier noch immer Leute, überlegte Victor hoffnungsvoll. Vielleicht haben sie etwas zu trinken.

Es war tatsächlich noch jemand an diesem Ort, der brauchte aber schon seit Monaten nichts mehr zu trinken.

Acht Uhr morgens. Donnerndes Klopfen weckte Bezam Planter, dem das *Odium* gehörte, eins der vielen Kinos, die in Ankh-Morpork wie Pilze aus dem Boden schossen.

Er hatte eine schlechte Nacht hinter sich. Die Bürger der Stadt liebten das Neue. Das Problem war nur: Sie liebten es nicht lange genug. Eine Woche lang gingen die Geschäfte des *Odium* sehr gut. In der nächsten reichten die Einnahmen gerade noch aus, um die Kosten zu decken, und nun stand die Pleite unmittelbar bevor. Das Publikum während der Spätvorstellung am vergangenen Abend hatte aus einem tauben Zwerg und einem Orang-Utan bestanden, der auch noch seine eigenen Erdnüsse mitbrachte. Bezam brauchte den zusätzlichen Profit aus dem Verkauf von Erdnüssen und Knallkörnern. Deshalb stand es mit seiner Stimmung derzeit nicht zum besten.

Er öffnete die Tür und starrte mürrisch nach draußen.

»Wir haben geschlossen«, sagte er. »Die Frühvorstellung beginnt um zwei. Komm später wieder. Alle Plätze für den gleichen Preis.«

Er warf die Tür zu. Sie prallte von Schnappers Stiefel ab und traf Bezam an der Nase.

»Ich bin wegen der Erstaufführung von *Schwert der Leidenschaft* hier«, verkündete Schnapper.

»Erstaufführung? Was für eine Erstaufführung?«

»Davon wollte ich gerade erzählen«, erwiderte Treibe-mich-selbst-in-den-Ruin.

»Bei uns findet überhaupt keine Erstaufführung statt. Ich weiß nichts von irgendwelchen Schwertern der Leidenschaft. Hier läuft *Die interessante*...«

»Herr Schnapper beschlossen, daß du *Schwert der Leidenschaft* zeigen«, grollte eine andere Stimme.

Der ehemalige Würstchenverkäufer lehnte sich an den Türrahmen. Hinter ihm ragte ein Felsen auf, der aussah, als hätte ihn jemand dreißig Jahre lang mit Stahlkugeln beschmissen.

In der Mitte entstanden Falten, als sich der Monolith vorbeugte. Bezam erkannte Detritus. Jeder kannte Detritus. Einen solchen Troll vergaß man nicht.

»Aber ich habe noch *nie* etwas von einem Streifen gehört, der ...« Treibe-mich-selbst-in-den-Ruin Schnapper holte einen röhrenförmigen Gegenstand unter dem Mantel hervor und lächelte.

»Hier sind Plakate«, sagte er und zog eine dicke weiße Rolle aus dem Behälter.

»Herr Schnapper mir erlauben, draußen einige an Wand zu kleben«, meinte Detritus stolz.

Bezam entrollte ein Plakat und sah Farben, die ihm Tränen in die Augen trieben. Das Bild zeigte eine schmollende Ginger, die eine zu knappe Bluse trug; Victor warf sie sich gerade über die eine Schulter, während er mit der anderen Hand gegen diverse Ungeheuer kämpfte. Im Hintergrund spien Vulkane Feuer und brannten Städte nieder, während Drachen an einem feurigen Himmel flogen.

»Der Streifen, den man nicht verbiehten konnte!« las Bezam verblüfft. »Ein ahtemberaubendes Abentoier im Aufbruch eines jungen Kontinnänts! Ein Mann und eine Frau im Schtrudel einer Welt des Wahnsinns!! In den HAUPTROLLEN: ** Delores De Syn ** als Die Frau und ** Victor Maraschino ** als Cohen der Bahrbahr!!! AUFREGUNG! ABENTEUER!! ELEFANTEN!!! Bald in diesem Theater!!!!«

Bezam Planter las die Worte noch einmal.

»Wer ist ** Delores De Syn **?« fragte er argwöhnisch.

»Einer der beiden *Stars*«, betonte Schnapper. »Deshalb die Sternchen.« Er beugte sich etwas näher und fügte mit dem üblichen verschwörerischen Flüstern hinzu:»Es heißt, sie sei die Tochter eines klatschzianischen Piraten und seiner ebenso ungestümen wie leidenschaftlichen Gefangenen. Und Victor... Nun, er ist der Sohn eines, eines vagabundierenden Zauberers und einer kühnen Zigeunerin, die, äh, Flamenco tanzt.«

»Potzblitz!« entfuhr es Bezam beeindruckt, obwohl er eigentlich gar nicht beeindruckt sein wollte. Schnapper klopfte sich in Gedanken auf die Schulter. Er war überzeugt, ziemlich gute Arbeit geleistet zu haben – der Text auf den Plakaten begeisterte selbst ihn.

»Die erste Vorstellung sollte in etwa einer Stunde beginnen«, sagte er.

»So früh am Morgen?« An diesem Tag hatte Bezam *Die interessante Kunst der Töpferei* zeigen wollen und bereits befürchtet, daß ein solcher Titel nur wenige Zuschauer anlockte. Schnappers Vorschlag klang viel besser.

»Ja«, antwortete Treibe-mich-selbst-in-den-Ruin. »Weil viele Leute den Streifen sehen wollen.«

»Oh, ich weiß nicht«, murmelte Bezam skeptisch. »In der letzten Zeit hatten wir nur noch selten einen vollen Saal.«

»Das wird sich bald ändern«, versprach Schnapper. »Vertrau mir. Habe ich dich jemals belogen?«

Bezam kratzte sich am Kopf. »Nun, im vergangenen Monat hast du mir ein Würstchen verkauft und behauptet...«

»Es war eine rhetorische Frage«, sagte Schnapper.

»Ja, genau«, bestätigte Detritus.

Bezam ließ die Schultern hängen. »Nun, mit rhetorischen Fragen kenne ich mich nicht aus.«

»Na bitte.« Treibe-mich-selbst-in-den-Ruin grinste wie ein Halloween-Kürbis. »Du brauchst nur die Tür aufzuschließen, um zu hören, wie's in der Kasse klingelt.«

Bezam rang sich ein »Oh, gut« ab.

Schnapper legte ihm freundlich den Arm um die Schultern. »Und nun...«, sagte er. »Sprechen wir über meinen Anteil.«

»Über deinen Anteil?«

»Möchtest du eine Zigarre?« fragte Schnapper.

Victor schlenderte Holy Woods namenlose Hauptstraße entlang. Unter seinen Fingernägeln saß immer noch Sand.

Er wußte nicht, ob er es richtig gemacht hatte.

Vermutlich war der alte Mann nur ein Strandgutsammler gewesen und eines Abends eingeschlafen, ohne am nächsten Morgen zu erwachen. Obwohl... Normalerweise trugen Strandgutsammler keine Umhänge aus rotem Plüsch mit goldenem Schnurbesatz. Victor hatte keine Ahnung, wie lange die Leiche am Strand gelegen hatte. Er erinnerte sich an ihren Anblick: Trockenheit und Salz hatten den Leichnam so gut konserviert, daß er eher wie ein Lebender aussah, der dem Tod nahe war.

Die Hütte deutete darauf hin, daß dieser besondere Strandgutsammler ganz besonderes Strandgut gesammelt hatte.

Tugelbend fragte sich, ob er jemandem vom Tod des alten Mannes erzählen sollte, aber wahrscheinlich gab es in Holy Wood niemanden, der sich dafür interessierte. Die einzige Person, die an Leben oder Tod des alten Mannes Interesse hatte, war der alte Mann selbst, und der wußte schon Bescheid.

Victor hielt es für angebracht, die Leiche zu begraben, und als letzte Ruhestätte wählte er die dem Land zugewandte Seite der Hütte.

Vor Borgels Eingang zögerte er kurz und entschied dann, das Risiko einzugehen und hier zu frühstücken. Außerdem: Er wollte sich irgendwo hinsetzen, um das Buch zu lesen.

Wer rechnete schon damit, so etwas am Strand zu finden, in einer aus Treibholz errichteten Hütte, noch dazu in der Hand eines Toten?

Auf dem Umschlag stand: *Das Buch des Films.*

Die erste Seite zeigte weitere Wörter, die aus mit großer Sorgfalt gemalten Buchstaben zusammengesetzt waren und verrieten, daß dem Schreiber die Rechtschreibung recht schwer gefallen war: »Dies isset die Chronik der Wächter des unheilvolligen Hügels ParaMountain, kopiehrt fon mir, Deccan, weil das alte Eksemplar auseinanderfällt.«

Victor blätterte vorsichtig. Die einzelnen Tagebucheintragungen wiesen große Ähnlichkeiten auf. Es fehlten Datumsangaben, doch das spielte keine Rolle, weil sich die Ereignisse der einzelnen Tage kaum voneinander unterschieden.

Bin aufgeschtanden und zur Toilette gegangen. Habe ein Feuer entzühndet und die erste Vorschtellung angekündigt. Frühschtück. Noch ein Feuer. Wanderung auf dem Hühgel. Beschwörungsgesang für die Abendvorschtellung. Abendessen. Litanei der Schpätvorschtellung. Toilette. Bett.

Bin aufgeschtanden und zur Toilette gegangen, Habe ein Feuer entzühndet und die Frühvorschtellung gesprochen. Frühschtück. Der Fischer Crullet fon der Jausserbucht hat mir zwei prächtige Sehbarsche gebracht. Holz gesammelt. Die Abendvorschtellung angekündigt.

Noch ein Feuer. Aufräumen. Abendessen. Die Schpätvorschtelung gesungen. Bett. Um Mitternacht aufgeschtanden, um zur Toilette zu gehen und das Feuer zu überprüfen, aber es waret nicht nötig, Holz nachzulegen.

Aus den Augenwinkeln sah Victor eine Kellnerin.
»Ich möchte ein gekochtes Ei«, sagte er.
»Wir haben Eintopf. Fisch-Eintopf.«
Tugelbend hob den Kopf und blickte in Gingers blitzende Augen.
»Ich wußte nicht, daß du hier Kellnerin bist.«
Die junge Frau begann demonstrativ damit, den Salzstreuer abzustauben. »Bis gestern wußte ich es ebenfalls nicht«, erwiderte sie. »Ich kann mich glücklich schätzen, daß Borgels Morgenmädchen eine Rolle im neuen Streifen der Ungebundenen Alchimisten bekam, nicht wahr?« Sie zuckte mit den Achseln. »Vielleicht habe ich noch mehr Glück. Vielleicht darf ich auch die Nachmittagsschicht übernehmen.«
»Hör mal, ich wollte nicht...«
»Fisch-Eintopf. Ja oder nein. Drei Kunden heute morgen haben erst ›ja‹ und dann ›nein!‹ gesagt.«
»In Ordnung: ja. He, du wirst es mir nicht glauben, ich habe dieses Buch gefunden, in den Händen eines...«
»Ich darf keine Zeit vergeuden, indem ich mit den Kunden schwatze«, sagte Ginger scharf. »Dies ist zwar kaum der beste Job in Holy Wood, aber ich möchte ihn nicht verlieren. Also einmal Fisch-Eintopf, oder?«
»Oh, ja. Entschuldige.«
Victor konzentrierte sich wieder auf das Buch und blätterte weiter darin. Frühere Eintragungen stammten von Tento, der wie Deccan dreimal am Tag gesungen, angekündigt oder beschworen hatte. Manchmal schrieb auch er von Leuten, die ihm Fische brachten, und er erwähnte ebenfalls die Toilette, wenn auch nicht ganz so häufig wie Deccan. Vor ihm war Meggelin Wächter des unheilvollen Hügels gewesen. Mehrere Personen hatten am Strand gelebt, einst sogar eine ganze Gruppe. Noch frühere Berichte erschienen offizieller, obgleich sich das nur schwer feststellen ließ. Offenbar waren sie in einer Art Code verfaßt und bestanden aus kleinen, komplizierten Bildern...
Vor Tugelbend knallte ein Teller mit Ursuppe auf den Tisch.

»Äh«, sagte er, »wann machst du Feierabend...«

»Nie«, erwiderte Ginger.

»Nun, weißt du vielleicht, wo...«

»Nein.«

Victor starrte in die trübe Brühe. Borgel ging von folgendem Prinzip aus: Wenn man es im Wasser fand, war es ein Fisch. Etwas Purpurnes schwamm in der Flüssigkeit, und es hatte mindestens zehn Beine. Tugelbend verspeiste es trotzdem. Immerhin kostete ihn das Ding dreißig Cents.

Anschließend stand er auf und ging in Richtung Tür. Ginger stand am Tresen und wandte ihm mit großer Entschlossenheit den Rücken zu. Ihre schwingende Botschaft lautete: Ganz gleich, was du auch anstellst, um meine Aufmerksamkeit zu wecken – ich sehe nichts davon, weil ich dir auch weiterhin den Rücken zukehren werde. Victor seufzte stumm und trat nach draußen, um sich einen neuen Job zu suchen.

Er hatte noch nie in seinem Leben richtig gearbeitet. Seiner Ansicht nach war Arbeit etwas, das nur anderen Leuten passierte.

Bezam Planter rückte den Bauchladen seiner Frau zurecht.

»Na schön«, sagte er. »Hast du alles?«

»Die Knallkörner sind ganz weich«, antwortete Frau Planter. »Und die heißen Würstchen werden sicher bald kalt.«

»Da drinnen ist es dunkel, Teuerste. Bestimmt merkt niemand was.«

Bezam zupfte am Halsriemen und wich zurück.

»Gut«, brummte er. »Nun, du weißt Bescheid. Nach der Hälfte der Vorstellung hebe ich das Schild mit der Aufschrift: ›Jetzt möchtet ihr sicher ein kühles, erfrischendes Getränk und eine Tüte mit Knallkörnern.‹ Und dann kommst du durch die Tür dort drüben und gehst durch den Mittelgang.«

»Warum fügst du dem Schild nicht die Worte ›Zu unserem heutigen Angebot gehören auch kühle, erfrischende Würstchen‹ hinzu?« schlug Frau Planter vor.

»Und du solltest damit aufhören, die Zuschauer mit einer Fackel zu ihren Plätzen zu führen«, entgegnete Bezam. »Dauernd fängt irgend etwas Feuer.«

»Wie soll ich sonst im Dunkeln sehen?« klagte seine Gattin.

»Ja, ich weiß. Aber gestern abend mußte ich dem Zwerg das Eintrittsgeld zurückgeben. Du weißt ja, wie empfindlich Zwerge reagieren, wenn es um ihre Bärte geht. Nun, Teuerste, was hältst du davon, wenn ich dir einen Salamander gebe? Natürlich im Käfig. Sie haben den ganzen Tag über auf dem Dach gelegen und müßten eigentlich genug Licht gespeichert haben.«

Das hatten sie tatsächlich. Die Eidechsen lagen in ihren kleinen Käfigen, und gelegentlich gleißten ihre Schuppenleiber. Bezam wählte sechs der reifsten aus, kehrte anschließend zum Vorführzimmer zurück und schob die Salamander in den Projektionskasten. Er rollte Schnappers Film auf eine Spule und spähte in die Finsternis.

Nach kurzem, unsicherem Zögern beschloß er, einen Blick nach draußen zu werfen.

Er schlurfte zur Tür und gähnte.

Er streckte die Hand aus und schob den Riegel beiseite.

Er bückte sich, streckte erneut die Hand aus und löste den unteren Riegel.

Er zog die Tür auf.

»Nun gut«, brummte er. »Mal sehen, wie viele...«

Er erwachte im Vorführraum, und Frau Planter fächelte ihm Luft zu.

»Was ist passiert?« flüsterte Bezam und versuchte, die Erinnerung an Hunderte von trampelnden Füßen aus seinen Gedanken zu verbannen.

»Ein volles Haus!« erwiderte Frau Planter. »Und draußen wartet eine lange Schlange! Reicht die ganze Straße hinunter! Sicher liegt es an den abscheulichen Plakaten!«

Bezam stand langsam auf und straffte entschlossen die Schultern.

»Sei still, Frau!« rief er. »Geh in die Küche und knall noch mehr Körner. Und hilf mir dann, neue Schilder zu malen. Wenn sich die Leute für die Fünf-Cent-Plätze anstellen, bezahlen sie vielleicht auch zehn Cent!«

Er rollte die Ärmel hoch und griff nach der Kurbel.

Ganz vorn saß der Bibliothekar mit einer Tüte Erdnüsse im Schoß. Nach einigen Sekunden kaute er nicht mehr und starrte, starrte, starrte mit offenem Mund auf die flackernden Bilder.

»Möchtest du, daß ich die Zügel deines Pferds halte, Herr? Verehrte Dame?«

»Nein!«

Bis zum Mittag verdiente Victor zwei Cent. Es gab genug Leute, die jemanden brauchten, der die Zügel ihrer Pferde hielt, aber aus irgendeinem unerfindlichen Grund entschieden sie sich für andere Zügelhalter.

Schließlich näherte sich ihm ein kleiner, verschrumpelter Mann, der vier Rösser hinter sich her zog. Victor hatte ihn stundenlang beobachtet und sich verblüfft gefragt, wieso sich jemand bereit fand, jenem verhutzelten Homunkulus ein Pferd anzuvertrauen. Doch der kleine Mann konnte sich nicht über einen Mangel an Kunden beklagen, wohingegen Tugelbends breite Schultern, attraktives Profil und ehrlich-offenes Lächeln einen Nachteil im Geschäft des Zügelhaltens darzustellen schienen.

»Du versuchst es zum erstenmal, nicht wahr?« fragte der Wicht.

»Ja«, gestand Victor ein.

»Hm, dachte ich mir. Wartest auf deine große Chance bei den beweglichen Bildern, nicht wahr?« Ein ermutigendes Lächeln folgte der Frage.

»Nein, die hatte ich schon«, erwiderte Victor.

»Warum bist du dann hier?«

Victor zuckte mit den Schultern. »Ich hab alles verpatzt.«

»Ach, tatsächlich? Ja, Herr, danke, Herr, mögen dich die Götter segnen, Herr, selbstverständlich, Herr«, sagte der kleine Mann und nahm weitere Zügel entgegen.

»Brauchst du vielleicht einen Assistenten?« fragte Victor sehnsüchtig.

Bezam Planter starrte auf den Berg aus Münzen. Treibe-mich-selbst-in-den-Ruin Schnapper bewegte die Hände, und dadurch verkleinerte sich der Berg etwas. Trotzdem: In wachem Zustand hatte Bezam noch nie so viele Münzen auf einem Haufen gesehen.

»Und wir zeigen ihn jede Viertelstunde!« staunte er. »Ich mußte jemanden einstellen, der die Kurbel dreht. Ich weiß gar nicht, was ich mit all dem Geld machen soll...«

Schnapper klopfte ihm auf die Schulter.

»Kauf dir ein größeres Kino«, schlug er vor.

»Ich habe darüber nachgedacht«, sagte Bezam. »Ja. Ein Gebäude mit hübschen Säulen am Eingang. Und meine Tochter Kalliope spielt Orgel: Mit musikalischer Begleitung sind die beweglichen Bilder vielleicht noch besser. Und Blattgold. Und schnörkelige Dinge...«
Seine Augen trübten sich.
Es hatte ein anderes Bewußtsein gefunden.
Holy Wood träumt.
... ein Palast, wie der berühmte Rhoxie in Klatsch, oder der herrlichste Tempel, der jemals existiert hat, mit Sklavinnen, die Knallkörner und Erdnüsse verkaufen, und der stolze Eigentümer Bezam Planter schreitet darin umher, trägt eine rote Samtjacke mit goldenen Kordeln...
»Hm?« flüsterte er, als Schweiß auf seiner Stirn perlte.
»Ich sagte, ich gehe jetzt«, wiederholte Schnapper. »Weitere bewegliche Bilder warten darauf, gedreht zu werden.«
»Ja, und zwar mit dem jungen Mann«, erwiderte Bezam. »Meint meine Frau. Sie sagt, die ganze Stadt spricht von ihm. Mehrere Frauen fielen fast in Ohnmacht, als es in seinen Augen glühte. Meine Frau hat ihn sich fünfmal angesehen«, fügte er mit plötzlichem Argwohn hinzu. »Und die junge Frau... Donnerwetter!«
»Keine Sorge«, sagte Schnapper und lächelte zufrieden. »Ich habe sie unter Ver...«
Jäher Zweifel huschte über sein Gesicht.
»Bis später«, verabschiedete er sich hastig und eilte nach draußen.
Bezam blieb allein zurück, und sein Blick wanderte durchs düstere, spinnwebenverhangene Innere des *Odium*. Überschäumende Phantasie stattete die dunklen Ecken mit Topfpflanzen, goldenen Schnörkelsäulen und dicken Engelchen aus. Erdnußhülsen und Knallkörner knirschten unter seinen Stiefeln. Muß hier alles reinigen lassen, dachte er. Für die nächste Vorstellung. Ich schätze, der Affe steht wieder ganz vorn in der Schlange.
Dann bemerkte er das Plakat von *Schwert der Leidenschaft*. Erstaunlich. In dem Film erschienen keine Elefanten oder Vulkane, und die Ungeheuer waren nur Trolle mit angeklebten Dingen, aber jene Nahaufnahme... Nun, alle Männer hatten geseufzt, und dann seufzten alle Frauen, und... Es war wie Magie. Bezam grinste, als er die gemalten Darstellungen von Victor und Ginger betrachtete.

Ich frage mich, womit sie jetzt beschäftigt sind, überlegte er. Wahrscheinlich essen sie Kaviar von goldenen Tellern und sitzen auf weichen Samtkissen. Ja, zweifellos...

»Tja, Junge, in diesem Geschäft sitzt man nicht auf Samtkissen, wenn du verstehst, was ich meine«, sagte der kleine Mann.
»Ich fürchte, ich weiß nicht genau, worauf es beim Zügelhalten ankommt«, gestand Victor ein.
»Oh, das ist kein leichter Job, das Halten von Zügeln«, erwiderte der Mann. »Man muß kriechen und respektvoll-ehrfürchtig sein, und hinzu kommt eine *kleine* Prise Unverschämtheit. Die Leute wollen nicht einfach nur jemanden, der sich um ihre Pferde kümmert. Sie wollen jemanden mit Zügelhalten-*Erfahrung*.«
»Tatsächlich?«
»Sie wollen eine interessante Begegnung mit jemandem, der ihnen auf eine unterwürfig-schlagfertige Weise zu Diensten ist«, erklärte der verhutzelte Mann. »Es geht ihnen nicht nur ums Zügelhalten.«
In Victor reifte eine Erkenntnis heran.
»Es ist Schauspielerei?« fragte er.
Der verschrumpelte Wicht klopfte sich an die Seite seiner erdbeerförmigen Nase.
»Du hast es erfaßt!« bestätigte er.

Fackeln brannten in Holy Wood, und Victor bahnte sich einen Weg durch die Menge auf der Hauptstraße. Die Türen aller Schenken, Tavernen und Läden waren weit geöffnet. Wogen von Menschen und anderen Wesen schwappten zwischen ihnen hin und her. Tugelbend sprang auf und ab, um in dem Ozean aus Gesichtern Ausschau zu halten.
Er fühlte sich allein und verlassen. Er hatte Hunger. Er wollte mit jemandem sprechen, doch von ihr fehlte jede Spur.
»Victor!«
Er drehte sich um. Rock hielt wie eine Lawine auf ihn zu.
»Victor, mein Freund!« Eine Faust so groß und hart wie ein Grundstein klopfte ihm freundlich auf die Schulter.
»Oh, hallo«, sagte Tugelbend. »Äh. Wie läuft's, Rock?«
»Großartig! Großartig! Drehen *Gefährliche Gefahren im Tal der Trolle* morgen.«

»Das freut mich für dich«, behauptete Victor.

»Du mir Glück bringen!« donnerte Rock. »Rock! Was für ein Name! Komm, wir trinken was!«

Victor nahm die Einladung an. Eigentlich blieb ihm gar keine Wahl, denn Rock ergriff seinen Arm, pflügte wie ein Eisbrecher durch die Menge und zerrte den jungen Mann zur nächsten Tür.

Blaues Licht fiel dort auf ein Schild. Die meisten Morporkianer konnten Trollisch lesen, denn es handelte sich um keine sehr schwere Sprache. Kantige Runen bildeten folgende Worte: *Der blaue Lias.*

Eine Troll-Bar.

Drinnen stammte das einzige Licht von den Schmelzöfen hinter der granitenen Theke. In dem matten Glühen musizierten drei Trolle, und Victor vermutete, daß sie irgendwelche Schlaginstrumente verwendeten. Er konnte keine Einzelheiten erkennen, doch der Dezibel-Pegel erreichte ein solches Ausmaß, das der Lärm zu einer massiven Kraft wurde. Seine Augen vibrierten. Die Decke verbarg sich hinter dichten Rauchschwaden.

»Was möchtest du?« brüllte Rock.

»Ich muß doch kein geschmolzenes Metall trinken, oder?« erwiderte Victor unsicher. Er schrie aus vollem Halse, um sich verständlich zu machen.

»Wir hier haben alle möglichen Getränke für Menschen!« rief die Troll-Frau hinter der Theke. Sie erinnerte Victor eine Spur an jene Statuen, die Höhlenbewohner vor Jahrtausenden gemeißelt hatten, um Fruchtbarkeitsgöttinnen darzustellen, doch der Eindruck eines Vorgebirges überwog. »Wir hier sehr kosmopolitisch!«

»Dann möchte ich ein Bier!«

»Für mich Schwefelblumen onderocks, Rubin!« fügte Rock hinzu.

Victors Augen gewöhnten sich allmählich ans Halbdunkel, und der Lärm hatte seine Trommelfelle gnädigerweise betäubt. Er nutzte die Gelegenheit, sich in der Bar umzusehen.

Dutzende von Trollen saßen an langen Tischen, und hier und dort leisteten ihnen Zwerge Gesellschaft, was Victor sehr erstaunlich fand: Normalerweise bekämpften sich Zwerge und Trolle wie... nun, wie Zwerge und Trolle. In den Bergen vollzog sich zwischen ihnen eine Art immerwährende Vendetta. Eins stand fest: Holy Wood veränderte alles.

»Darf ich dich etwas fragen?« rief Tugelbend in Rocks spitz zulaufendes Ohr.

»Klar!« Rock stellte seinen Becher ab. Er enthielt einen purpurnen Papierschirm, der langsam verkohlte.

»Hast du Ginger gesehen? Du weißt schon? Ginger?«

»Sie bei Borgel arbeiten!«

»Nur am Morgen! Ich komme von dort! Wohin geht sie, wenn sie nicht arbeitet?«

»Wer wissen, wohin jemand gehen?«

Die Combo im Qualm verstummte plötzlich. Ein Troll griff nach einem kleinen Stein und klopfte vorsichtig damit, erzeugte einen langsamen Rhythmus, der wie Rauch an den Wänden haftete. Und daraus erschien Rubin, wie eine Galeone aus dem Nebel. Sie hatte sich eine lächerliche Federboa um den Hals geschlungen.

Sie wirkte wie Kontinentalverschiebung mit Kurven.

Sie begann zu singen.

Die Trolle erhoben sich und schwiegen. Nach einer Weile hörte Victor leises Schluchzen. Tränen rollten über Rocks Wangen.

»Was singt sie?« flüsterte er.

Rock beugte sich zu ihm herab.

»Ein altes Volkslied der Trolle«, antwortete er. »Über Bernstein und Jaspis. Sie waren...« Er zögerte und gestikulierte vage. »Freunde. Gute Freunde?«

»Ich glaube, ich weiß, was du meinst«, erwiderte Victor.

»Eines Tages bringen Bernstein das Essen ihres Trolls in Höhle und finden ihn...« Rock winkte erneut, mit beiden Händen, und diesmal konnte kein Zweifel daran bestehen, was die Geste bedeutete. »...und finden ihn mit anderer Troll-Frau. Deshalb sie nach Hause gehen, holen Keule, kehren zurück und erschlägt ihn, rumms, rumms, rumms. War ihr Troll und tun ihr unrecht. Sehr romantisches Lied.«

Victor starrte auf die Bühne. Rubin wankte herunter und glitt an den Gästen vorbei wie ein wandelnder Berg. Sicher wiegt sie mindestens zwei Tonnen, fuhr es Tugelbend durch den Kopf. Wenn sie sich auf mein Knie setzt, muß man mich anschließend wie einen Teppich vom Boden rollen.

»Was hat sie dem Troll gesagt?« erkundigte er sich, als Gelächter durch den Raum dröhnte.

Rock kratzte sich an der Nase. »Ein Wortspiel. Schwer zu übersetzen: ›Ist dies das legendäre Zepter des Magmas, einst König der Berge, Zerschmetterer von Tausenden, ja, sogar von Zehntausenden, Fürst des Goldenen Flusses, Regent der Brücken, Herrscher von dunklen Orten und Sieger über viele Feinde...‹« – Rock holte tief Luft –, »›... in deiner Hose, oder du nur froh, mich zu sehen?‹«

Victor runzelte die Stirn.

»Das verstehe ich nicht«, murmelte er verwirrt.

»Vielleicht ich falsch übersetzen«, entgegnete Rock und trank einen Schluck flüssigen Schwefel. »Ich gehört, daß Ungebundene Alchimisten demnächst...«

»Dieser Ort ist sehr seltsam, Rock«, sagte Victor plötzlich. »Spürst du das auch?«

»Was sein seltsam?«

»Alles scheint zu... zu *sprudeln*. Niemand verhält sich normal. Hast du gewußt, daß es hier einst eine große Stadt gab? Wo sich jetzt das Meer befindet. Eine große Stadt. Und sie ist einfach verschwunden!«

Rock rieb sich nachdenklich die Nase – sie sah aus wie der erste Versuch eines Neandertalers, eine Axt herzustellen.

»Und wie sich die Leute aufführen...!« fuhr Victor fort. »Als wären sie selbst und ihre Wünsche wichtiger als alles andere!«

»Ich mich fragen...«, begann Rock.

»Ja?« Victor wartete.

»Ich mich fragen, ob ich sollen meine Nase verkleinern lassen«, sagte Rock. »Mein Vetter Brekzie kennt da einen Steinmetz. Ihm die Ohren in Ordnung bringen. Was du meinst?«

Victor starrte ins Leere.

»Ich meinen, einerseits ist sie zu groß, aber andererseits es sein eindeutig typische Trollnase, nicht wahr? Ich meinen, vielleicht ich nach der Behandlung besser aussehen, doch in bewegliche Bilder es für Leute wie uns darauf ankommen, möglichst trollartig zu wirken, oder? Zum Beispiel Mory. Er mit Zement nachhelfen, und jetzt er ein Gesicht, dem man nicht im Dunkeln begegnen wollen. Was glaubst du? Ich großen Wert auf deine Meinung legen, weil du ein Mensch mit Ideen.«

Er schenkte Victor ein strahlendes Siliziumlächeln.

»Es ist eine großartige Nase, Rock«, erwiderte Tugelbend schließlich. »Mit dir dahinter könnte sie es weit bringen.«

Rocks Lächeln wurde zu einem breiten Grinsen, und er trank noch einen Schluck Schwefel. Er zog einen kleinen Sektquirl aus dem Becher und leckte Amethyste davon ab.

»Du glaubst wirklich...«, begann er und unterbrach sich, als er den leeren Stuhl an seiner Seite bemerkte. Victor hatte die Troll-Bar verlassen.

»Ich weiß nichts von niemandem«, sagte der Zügelhalter und blickte verstohlen zum riesigen Detritus auf.

Schnapper kaute an seiner Zigarre. Trotz der neuen Kutsche war die Reise von Ankh-Morpork nach Holy Wood ziemlich anstrengend gewesen, und außerdem hatte er eine Mahlzeit versäumt.

»Großer Bursche, ein bißchen dümmlich, dünner Schnurrbart«, sagte er. »Er hat für dich gearbeitet, nicht wahr?«

Der Verhutzelte seufzte. »Er hat ohnehin nicht das Zeug zu einem guten Zügelhalter«, entgegnete er. »Läßt sich die Arbeit über den Kopf wachsen. Er ist fortgegangen, um etwas zu essen.«

Victor saß in einer dunklen Gasse, lehnte mit dem Rücken an einer Mauer und versuchte, konzentriert nachzudenken.

Er erinnerte sich daran, als Junge einmal zu lange in der Sonne gewesen zu sein. Anschließend hatte er sich so gefühlt wie jetzt.

Etwas plumpste neben seinen Füßen in den Sand.

Jemand hatte einen Hut vor ihm auf den Boden geworfen. Victor betrachtete ihn verdutzt.

Dann begann jemand damit, Harmonika zu spielen, und zwar nicht besonders gut. Die meisten Töne waren falsch, und selbst die richtigen klangen verkehrt. Irgendwo versteckte sich eine Melodie, so wie sich in jedem Hamburger eine Kleinigkeit Fleisch erwarten läßt.

Victor seufzte, zog zwei kleine Münzen aus der Tasche und warf sie in den Hut.

»Ja, ja«, sagte er. »Wirklich gut. Und nun... Bitte geh weg.«

Er bemerkte einen sonderbaren Geruch. Er ließ sich nur schwer definieren, weckte Assoziationen an den sehr alten und feuchten Läufer eines Kinderhorts.

Tugelbend sah auf.

»Wuff und Wuff«, sagte der Wunderhund Gaspode.

Borgels Fütterungsanlage hatte entschieden, an diesem Abend mit Salat zu experimentieren. Der nächste Salat produzierende Bauernhof war dreißig weite Meilen entfernt.

»Was ist das hier?« fragte ein Troll und hielt ein schlaffes, braunes Etwas in die Luft.

Fruntkun, der Koch, riet aufs Geratewohl.

»Sellerie?« Er beugte sich etwas näher. »Ja, Sellerie.«

»Ist *braun*.«

»Genau, genau«, sagte Fruntkin. »Reifer Sellerie muß braun sein. Ja, die braune Farbe zeigt Reife.«

»Das Zeug sollte *grün* sein.«

»Oh, nein«, widersprach Fruntkin. »Du meinst Tomaten.«

»Und diese schmierige Masse hier?« fragte ein Mann in der Schlange.

Der Zwerg richtete sich zu seiner vollen Größe auf.

»Das«, sagte er würdevoll, »ist Majonähse. Habe sie selbst zubereitet. Mit Hilfe eines *Buches*«, fügte er stolz hinzu.

»Ja, das kann ich mir denken«, brummte der Mann. »Ich schätze, auf Öl, Eier und Essig hast du verzichtet, wie?«

»Speßialiteh dölla mäson«, meinte Fruntkin.

»Mag sein«, erwiderte der Mann. »Allerdings greift deine Spezialität gerade meinen Kopfsalat an.«

Der verärgerte Zwerg hob den Schöpflöffel.

»Hör mal...«, begann er.

»Schon gut, schon gut.« Der Mann winkte ab. »Kein Problem. Die Schnecken haben einen Verteidigungsgürtel gebildet.«

Im Bereich der Tür gab es Unruhe, Detritus wankte herein, gefolgt von Treibe-mich-selbst-in-den-Ruin Schnapper.

Der Troll schob mehrere Wartende beiseite und starrte auf Fruntkin hinab.

»Herr Schnapper mit dir reden möchten«, grollte er und streckte die Hand über den Tresen hinweg. Er packte den Zwerg am fleckigen Hemd, hob ihn hoch und hielt die zappelnde Gestalt vor den ehemaligen Würstchenverkäufer.

»Hast du Victor Tugelbend gesehen?« fragte Schnapper. »Oder eine junge Dame namens Ginger?«

Fruntkin setzte zu einem Fluch an, überlegte es sich dann aber anders.

»Der junge Mann war vor einer halben Stunde hier«, quiekte er. »Und Ginger arbeitet morgens als Kellnerin bei uns. Weiß nicht, was sie in ihrer Freizeit macht.«

»Wo ist Victor *jetzt*?« fragte Treibe-mich-selbst-in-den-Ruin. Er holte einen Beutel hervor, in dem es klimperte. Fruntkins Augen gerieten in Bewegung, wie eine Kompaßnadel, die sich in eine Magnetversammlung verirrt hat.

»Keine Ahnung, Herr Schnapper«, antwortete er. »Offenbar suchte er nach der jungen Frau. Und er ging einfach wieder nach draußen, als er sie nicht fand.«

»Na schön«, brummte Ruin. »Wenn du ihn noch einmal siehst... Sag ihm, daß ich ihn zu einem Star machen werde. In Ordnung?«

»Zu einem Star«, wiederholte der Zwerg sofort und nickte.

Schnapper öffnete den Beutel und entnahm ihm eine Zehn-Dollar-Münze.

»Ich möchte jetzt das Abendessen für später bestellen«, fügte er hinzu.

»Abendessen, ja«, brachte Fruntkin mit vibrierender Stimme hervor.

»Ein Steak mit Garnelen wäre nicht schlecht«, fuhr Schnapper fort. »Und mit *frischem* Gemüse, natürlich verschiedene Sorten. Und als Nachtisch *frische* Erdbeeren mit Schlagsahne.«

Fruntkin starrte ihn groß an.

»Äh...«, sagte er.

Detritus gab dem Zwerg einen Stoß, so daß er hin und her baumelte.

»Und für *mich*«, donnerte der Troll. »Gut verwitterten Basalt, dazu ein Gehäufe von zerstückelte Sandstein-Konglomerate, klar?«

»Äh, ja«, bestätigte Fruntkin.

»Setz ihn ab, Detritus«, forderte Schnapper den Troll auf. »Ganz *sanft*. Sicher möchte er nicht noch länger in der Luft hängen.« Er drehte den Kopf und musterte faszinierte Gesichter.

»Denkt daran«, wandte er sich an aufmerksame Zuhörer. »Ich suche Victor Tugelbend und möchte einen Star aus ihm machen. Sagt ihm das, wenn er euch über den Weg läuft. Oh, und noch etwas, Fruntkin. Das Steak bitte blutig.«

Er schritt zur Tür.

Kurz darauf erklangen Dutzende von Stimmen gleichzeitig.

»Victor soll zu einem Star werden? Warum denn?«

»Ich wußte gar nicht, daß man Leute zu Staren machen kann. Ich dachte immer, die fliegen in der Luft herum...«

»Ich glaube, Schnapper plant eine *Verwandlung*. Er will Victor in einen Star *verwandeln*.«

»Und wie verwandelt man jemanden in einen Star?«

»Keine Ahnung. Vielleicht soll Victor zusammengepreßt werden, und er wird geteert und gefedert.«

»Meine Güte!«

»Schrecklich, nicht wahr? Und das übernimmt vermutlich der Troll...«

Victor beobachtete den Hund.

Er kann unmöglich gesprochen haben, dachte er. *Hunde sprechen nicht. Meine Phantasie spielt mir einen Streich. Schon wieder.*

»Ich frage mich, wie du heißt«, murmelte er und streichelte den Kopf des Tiers.

»Gaspode«, sagte Gaspode.

Victors Hand erstarrte auf dem schmutzigen Fell.

»Zwei Cents«, klagte das Geschöpf. »Außer mir gibt es keinen verdammten anderen Hund, der eine Harmonika spielen kann, und du wirfst nur zwei lausige Cents in den Hut.«

Es muß die Sonne sein, überlegte Victor. *Ich habe keinen Hut getragen. Gleich wache ich auf und spüre einen kalten Umschlag an der Stirn.*

»Nun, du hast nicht besonders gut gespielt«, erwiderte er und spürte, wie sich seine Lippen zu einem irren Lächeln verzogen. »Man konnte gar keine Melodie erkennen.«

»Man soll auch gar keine verdammte Melodie erkennen«, sagte Gaspode. Mit einem Ruck sank er auf den Boden, hob das Hinterbein und kratzte sich hingebungsvoll am Ohr. »Immerhin bin ich ein *Hund*. Von einem verdammten Menschen erwartet man, daß er verdammt erstaunt ist, wenn ich der verdammten Harmonika auch nur einen verdammten Ton entlocken kann.«

Wie soll ich es sagen? dachte Victor. *Sagt man einfach: Entschuldige, du scheinst sehr talen... Nein, wahrscheinlich nicht.*

»Äh«, sagte er. *He, du kannst ziemlich gut sprechen, dafür daß du ein Hu... Nein.*

»Flöhe«, erklärte Gaspode, als er Ohr und Bein wechselte. »Eine wahre Plage.«

»Oh.«

»Und dann diese Trolle. Kann sie nicht ausstehen. Riechen schlecht. Wenn man versucht, sie zu beißen, spuckt man plötzlich Zähne, noch dazu die eigenen. Ich finde so etwas unnatürlich.«

Da wir gerade bei natürlichen und unnatürlichen Dingen sind: Mir fällt auf, daß du...

»Ein blöder Ort, dieser Ort«, fuhr Gaspode fort.

Du bist ein sprechender Hund.

»Du fragst dich vermutlich, wieso ich sprechen kann?« Zum zweiten Mal bedachte Gaspode Victor mit einem durchdringenden Blick.

»Daran habe ich überhaupt nicht gedacht«, behauptete Tugelbend.

»Ich auch nicht«, sagte Gaspode. »Bis vor einigen Wochen. Jahrelang kam mir kein einziges Wort über die Lippen. Habe in der großen Stadt für einen Burschen gearbeitet. Kunststücke und so. Einen Ball auf der Schnauze balancieren. Auf den Hinterbeinen trippeln. Durch Ringe springen. Nachher mit einem Hut im Maul herumlaufen. Du weißt schon. Showbusineß. Dann streichelt mir eine Frau über den Kopf und sagt: ›Oh, was für ein lieber kleiner Hund, sieht aus, als könnte er jedes Wort verstehen.‹ Und ich denke: ›Ho, ho, na klar verstehe ich jedes Wort, Verehrteste, ist doch gar nicht schwer.‹ Und dann merke ich, daß ich die Worte höre, und daß sie aus meinem eigenen Mund kommen. Tja, ich schnappe mir den Hut, nehme die Pfoten in die Pfoten und verschwinde, während die Menschen noch verblüfft die Augen verdrehen.«

»Warum?« erkundigte sich Victor.

Gaspode verdrehte jetzt selbst die Augen. »Was glaubst du wohl, was für ein Leben einen sprechenden Hund erwartet, hm? Ich hätte mein verdammtes Maul halten sollen.«

»Aber du sprichst mit *mir*«, stellte Tugelbend fest.

Gaspode musterte ihn listig.

»Ja, aber wenn du irgend jemandem was verrätst...« Eine bedeutungsvolle Pause folgte. »Wie dem auch sei: Du bist in Ordnung. Ich hab's sofort gespürt.«

»Worauf willst du hinaus?« fragte Victor.

»Du glaubst, kaum mehr die Kontrolle über dich selbst zu haben, nicht wahr?« entgegnete der Hund. »Du hast das Gefühl, etwas anderes bestimmt dein Denken, oder?«

»Meine Güte!«

»Was meinst du mit *gehetzt*?« fragte Victor.

»Du hast das typische Erscheinungsbild. Viele werden gerufen, aber nur wenige auserwählt. Etwas in der Art.«

»Was für ein *Erscheinungsbild*?«

»Du siehst aus, als hätte dich etwas hierhergeholt, ohne daß du den Grund dafür kennst.« Gaspode kratzte sich erneut am Ohr. »Übrigens: Ich habe dich als Cohen der Barbar gesehen.«

»Äh... und was hältst du davon?«

»Nun, solange der alte Cohen nichts davon erfährt, dürfte alles in Ordnung sein.«

»Ich habe gefragt: *Wann* war er hier?« rief Schnapper. Rubin stand wieder auf der kleinen Bühne und sang mit schmalziger Stimme. Es klang wie ein Schiff, das durch dichten Nebel glitt und in großen Schwierigkeiten war.

»GrooOOowwonnigghrhhooOOo...«*

»Er gerade erst gegangen!« brüllte Rock. »Und jetzt ich Lied anhören, klar?«

»...OowwoowgrhhffrghooOOo...«**

Treibe-mich-selbst-in-den-Ruin stieß Detritus an, der sich langsam aufrichtete und mit offenem Mund zur Bühne starrte.

Bisher war das Leben des alten Trolls recht einfach gewesen: Leute bezahlten ihm Geld, damit er andere Leute schlug.

Jetzt kam es zu ersten Komplikationen: Rubin hatte ihm gerade zugewinkert.

---

* UNTERTITEL: Und schon fieder ferliebe ich mich.« (Wörtlich übersetzt: »Wieder spüre ich, wie mir jemand einen Stein auf den Kopf schlägt, und ich genieße dieses Gefühl, denn der Stein stammt von Chondrodit, dem Troll-Gott der Liebe.«) Hinweis. Chondrodit darf nicht mit Gigalit verwechselt werden, jenem Troll-Gott, der Trollen Weisheit gibt, indem er sie mit einem Stein auf den Kopf schlägt. Auch nicht mit dem Troll-Gott Silikarus, der Trollen Glück bringt, indem er ihnen Steine auf den Kopf schmettert. Ebensowenig mit dem legendären Helden Monolith, der den Göttern das Geheimnis der Steine stahl.

** UNTERTITEL: »Farum laufe ich jetzt blau an?«

Seltsame und völlig ungewohnte Gefühle regten sich im schneller klopfenden Herzen des Trolls.

»...groooOOOooohoofooOOoo...«*

»Komm endlich«, zischte Schnapper.

Detritus erhob sich und warf noch einen letzten, sehnsüchtigen Blick zur Bühne.

»...ooOOOgooOOmoo. OOhhhooo.«**

Rubin hauchte ihm einen Kuß zu, und Detritus' Gesicht bekam plötzlich die Farbe von frisch geschnittenem Granat.

Gaspode führte Victor aus der Gasse und ins dunkle Hinterland der Stadt. Sträucher und Sandgras wuchsen dort.

»Mit diesem Ort stimmt was nicht«, murmelte der Hund.

»Er ist *anders*«, sagte Victor. »Was meinst du mit ›stimmt was nicht‹?«

Gaspode schien spucken zu wollen.

»Nimm mich«, fuhr er fort, ohne auf die Frage seines Begleiters zu achten. »Ich bin ein Hund. Habe immer nur daran gedacht, irgendwelchen Dingen nachzujagen. Und natürlich an Sex. Doch plötzlich träume ich. In *Farbe*. Ich war *baff*. Und erschrocken. Zum erstenmal in meinem Leben sah ich Farbe. Du hast viel gelesen, und daher weißt du sicher: Hunde sehen alles in Schwarzweiß. Aber Rot ist verdammt schockierend, kannst du mir glauben. Man hält seine Mahlzeit für einen weißen Knochen mit etwas Grau dran, und dann stellt sich heraus, daß man jahrelang gräßliches rotes und purpurnes Zeug verspeist hat.«

»Was für Träume?« fragte Victor.

»Sie sind verdammt peinlich«, grummelte Gaspode. »In einem wurde eine Brücke fortgespült, und ich mußte losrennen und eine Warnung bellen. In einem anderen steht ein Haus in Flammen, und ich rette die Kinder. Und dann haben sich Kinder in Höhlen verirrt, und ich finde sie und führe die Rettungsgruppe zu ihnen... Verdammt, ich *hasse* Kinder. Seit einiger Zeit kann ich nicht mehr die Augen schließen, ohne davon zu träumen, Leute zu retten, Leute zu warnen,

---

* UNTERTITEL: »Fie soll ich mich jetzt ferhalten?«
** UNTERTITEL: »...Ich kann einfach nicht anders. Hallo, Großer.«

Verbrechern das Handwerk zu legen und was weiß ich. Ich meine, ich bin sieben Jahre alt. Ich habe Flöhe, ich bin räudig. Warum muß ich unbedingt ein Held sein, wenn ich schlafe!«

»Donnerwetter«, kommentierte Victor. »Das Leben ist interessant, wenn man es aus der Perspektive einer anderen Person, äh, eines Hunds sieht.«

Gaspode blickte aus verkrusteten gelben Augen gen Himmel.

»Wohin gehen wir?« erkundigte sich Tugelbend nach einer Weile.

»Ich stelle dir einige andere Bewohner von Holy Wood vor«, erwiderte Gaspode. »Und sie werden dir beweisen, daß hier etwas *Unheimliches* geschieht.«

»Oben auf dem Hügel? Ich wußte gar nicht, daß oben auf dem Hügel Leute wohnen.«

»Es sind keine Leute«, entgegnete der Hund geheimnisvoll.

Ein kleines Feuer brannte auf der Kuppe des Holy-Wood-Hügels. Victor hatte es angezündet. Weil es ihn beruhigte. Weil es der menschlichen Verhaltensweise entsprach, Feuer anzuzünden.

Er hielt es für notwendig, sich daran zu erinnern, ein Mensch zu sein und nicht den Verstand verloren zu haben.

Es erstaunte ihn kaum mehr, mit einem Hund zu sprechen. Menschen sprachen oft mit Hunden, besser gesagt: *zu* ihnen. Das galt auch für Katzen. Und sogar für Kaninchen. Aber ein Gespräch mit Maus und Ente verdiente durchaus die Bezeichnung »sonderbar«.

»Glaubst du etwa, *wir* haben's uns gewünscht, reden zu können?« fragte das Kaninchen. »Im einen Augenblick denkst du, du bist ein ganz normales, zufriedenes Kaninchen, und im nächsten – *zack!* Kaninchen wollen glücklich sein. Und glückliche Kaninchen wollen Gras und Sex. Sie belasten sich nicht mit Fragen wie: ›Ist das alles? Gibt es da nicht noch etwas im Leben?‹«

»Ja, aber wenigstens ißt du Gras«, warf Gaspode ein. »Und Gras beklagt sich nicht. Wenn man Hunger hat, will man kein verdammtes ethisches Rätsel auf seinem Teller liegen haben.«

»Du hast Probleme...«, jammerte die Katze. »*Ich* esse seitdem nur noch Fisch. Man legt die Pfote auf sein Futter und hört, wie es ›Hilfe!‹ ruft – da steckt man doch in einem echten Dilemma.«

Stille folgte. Alle sahen Victor an. Auch die Maus. Und die Ente. Die

Ente wirkte besonders aggressiv – vielleicht hatte sie von Entenbraten gehört.

»Ja«, sagte die Maus. »Nimm mich, zum Beispiel. *Er* dort...« – sie deutete auf den großen Kater –, »...jagt mich durch die Küche. Ich laufe hin und her, quieke, gerate in Panik... Plötzlich brodelt es in meinem Kopf, und ich sehe die Bratpfanne – verstehst du? Bis eben wußte ich gar nicht, was eine Bratpfanne ist, und jetzt halte ich den Griff in der Hand, und *er* kommt um die Ecke... *Doing.* Er taumelt und fragt: ›Wer hat mich geschlagen?‹ Und ich antworte: ›Ich.‹ Und uns wird klar, daß wir sprechen.«

»Und richtig denken«, betonte der Kater. Er war groß und schwarz, mit weißen Pfoten und Ohren wie Zielscheiben, dazu das narbige Gesicht einer Katze, die bereits acht Leben in vollen Zügen genossen hat.

»So ist es«, bestätigte die Maus.

»Sag ihm, was anschließend geschah«, wandte sich Gaspode an den Kater.

»Wir kamen hierher.«

»Von Ankh-Morpork?« fragte Victor.

»Ja.«

»Das sind dreißig Meilen!«

»Stimmt. Und glaub mir: Als Katze ist es nicht so leicht, per Anhalter zu fahren.«

»Siehst du?« knurrte Gaspode. »Es passiert dauernd. Viele Wesen zieht es nach Holy Wood. Sie kommen hierher und ahnen nicht einmal, was sie dazu bewegt. Sie wissen nur, daß es wichtig ist, hier zu sein. Und sie verhalten sich ganz anders als sonst. Ich hab's beobachtet. Etwas Unheimliches geht vor.«

Die Ente schnatterte. Irgendwo versteckten sich Worte in dem lauten Quaken, aber Victor verstand sie nicht: Schnabel und Kehlkopf schienen sich gegenseitig im Weg zu sein, und deshalb drangen nur zerstückelte Silben an Tugelbends Ohren.

Die anderen Tiere hörten voller Mitgefühl zu.

»Was ist los, Ente?« fragte das Kaninchen.

Gaspode übersetzte. »Sie meint, es sei wie mit dem Vogelzug. Das Gefühl, aufbrechen zu müssen.«

»Ach?« erwiderte das Kaninchen. »Nun, ich brauchte keinen weiten

Weg zurückzulegen. Hab schon immer hier im Bereich der Dünen gelebt.« Es seufzte. »Drei zufriedene Jahre und vier gräßliche Tage lang.«

Dem jungen Mann fiel etwas ein. »Dann hast du den Alten gekannt, der am Strand gewohnt hat?«

»Oh, ja. Der Alte. Kam häufig hierher.«

»Was hatte es mit ihm auf sich?« fragte Victor.

»Hör mal, Freundchen, bis vor vier Tagen bestand mein Vokabular aus zwei Verben und einem Substantiv. Wer oder was soll der Alte für mich gewesen sein? Wahrscheinlich habe ich ihn für einen Felsen mit Armen und Beinen gehalten.«

Victor dachte an das Buch in seiner Tasche. Beschwörungen und Feuer. Was bedeutete das alles?

»Ich weiß nicht, was hier vor sich geht«, sagte er. »Aber ich möchte es herausfinden. Nun, habt ihr Namen? Es bereitet mir Unbehagen, mit jemandem zu reden, dessen Namen ich nicht kenne.«

Gaspode hob die Schnauze. »Nur ich. Weil ich ein Hund bin. Trage den Namen des berühmten Gaspode.«

»Ein Kind hat mich einmal Mieze genannt«, ließ sich der Kater nachdenklich vernehmen.

»Ich dachte, ihr hättet vielleicht Namen in eurer eigenen Sprache«, fügte Victor hinzu. »Etwa ›Mächtige Pfote‹ oder, oder ›Flinker Jäger‹. Etwas in dieser Art.«

Er lächelte ermutigend.

Die Geschöpfe musterten ihn verwirrt.

»Er liest Bücher«, erläuterte Gaspode und kratzte sich energisch, bevor er fortfuhr: »Weißt du, normalerweise kümmern sich Tiere nicht um Namen und dergleichen. Ich meine, wir wissen, wer wir sind.«

»Obwohl...«, sagte die Maus. »›Flinker Jäger‹ gefällt mir.«

»Ich glaube, ein solcher Name eignet sich mehr für eine Katze.« Victor spürte, wie ihm der Schweiß ausbrach. »Mäuse heißen anders, zum Beispiel... Quieki.«

»Quieki?« wiederholte die Maus kühl.

Das Kaninchen grinste.

»Und, und ich habe vermutet, daß man Kaninchen ›Niedlicher Hüpfer‹ nennt.« Tugelbend suchte mit wachsender Verzweiflung nach den richtigen Worten. »Oder, oder ›Kuschelweich‹.«

Das Grinsen des Kaninchens gefror. Seine Ohren zuckten.

»Jetzt hör mal gut zu, Bürschchen...«, begann es.

»Wißt ihr...«, sagte Gaspode fröhlich, um das Gespräch in eine neue Richtung zu lenken. »Ich kenne da eine Legende, in der es heißt, die ersten beiden Menschen hätten allen Tieren Namen gegeben. Gibt einem zu denken, nicht wahr?«

Victor holte das Buch hervor, um über seine Verlegenheit hinwegzutäuschen. Beschwörungsgesänge und Feuer anzünden. Dreimal pro Tag.

»Der alte Mann...«, begann er.

»Was findest du an ihm so wichtig?« fragte das Kaninchen. »Er stapfte nur ein paarmal am Tag den Hügel hoch, um komische Geräusche von sich zu geben. Man konnte die Dingsbums danach stellen.« Eine kurze Pause. »He, er kam immer zur gleichen Zeit. Viele Male am Tag.«

»Dreimal. Drei Rituale. Beziehungsweise Vorstellungen, wie beim Theater.« Victors Zeigefinger strich über eine Seite.

»Wir können nicht bis drei zählen«, entgegnete das Kaninchen verdrießlich. »Bei uns heißt es eins – und viele. Viele Male.« Das Tier starrte Tugelbend an. »*Kuschelweich*«, flüsterte es zornig.

»Und es gab Leute, die brachten ihm Fische«, sagte Victor. »Bestimmt mußten sie viele Meilen weit reisen – immerhin gibt es keine anderen Orte in der Nähe. Ja, gewisse Leute segelten meilenweit übers Meer, um dem Alten Fische zu bringen. Obwohl es hier in der Bucht davon *wimmelt*. Ich bin getaucht und habe sie gesehen. Massenhaft Fische. Und geradezu riesige Hummer.«

»Wie hast du sie genannt?« fragte Kuschelweich. Offenbar neigte das Kaninchen dazu, nachtragend zu sein. »Vielleicht Hartrücken? Oder Beiß-dich-in-den-Finger?«

»Eins möchte ich klarstellen«, quiekte die Maus. »Zu Hause bin ich eine erstklassige Maus gewesen. Alle anderen Mäuse hatte großen Respekt vor mir. Ich verlange einen ordentlichen Namen. Wer mich Quieki nennt...« Sie sah zu Victor auf. »Wer mich Quieki nennt, riskiert einen bratpfannenförmigen Kopf. Habe ich mich deutlich genug ausgedrückt?«

Die Ente schnatterte fast eine Minute lang.

»Ja, schon gut, sei endlich still«, knurrte Gaspode. »Nun, die Ente meint, es gehört alles dazu. Menschen und Trolle, die hierherkommen. Tiere, die plötzlich sprechen können. Die Ente meint, dahinter steckt etwas, das sich hier befindet.«

»Woher will die Ente so etwas wissen?« fragte Victor.

»He, Freundchen«, antwortete das Kaninchen, »wenn *du* imstande bist, übers Meer zu fliegen und auch nur den richtigen *Kontinent* wiederzufinden – dann bist du *vielleicht* berechtigt, an der Weisheit von Enten zu zweifeln.«

»Oh«, erwiderte Victor. »Meinst du mysteriöse animalische Sinne?«

Die Tiere starrten ihn an.

»Wie dem auch sei...«, sagte Gaspode. »Es muß aufhören. Für euch Menschen ist das Denken und Sprechen in Ordnung. Ihr seid daran gewöhnt. Bei uns liegt der Fall anders. Ich meine, jemand sollte der Sache auf den Grund gehen...«

Die Blicke blieben auf Victor gerichtet.

»Nun«, brachte Tugelbend unsicher hervor, »vielleicht kann uns das Buch helfen. Die frühen Berichte sind in einer uralten, mir unbekannten Sprache verfaßt. Ich...« Er zögerte. Zauberer waren in Holy Wood nicht willkommen. Wahrscheinlich ist es keine gute Idee, die Unsichtbare Universität und mein dortiges Studium zu erwähnen, dachte Victor. Er wählte seine Worte mit großer Sorgfalt, als er fortfuhr: »Vielleicht kenne ich jemanden in Ankh-Morpork, der jene Zeichen und Symbole entziffern kann. Er ist ebenfalls ein Tier. Ein Affe.«

»Mit mysteriösen animalischen Sinnen ausgestattet?« fragte Gaspode.

Victor nickte. »Davon hat er jede Menge.«

»Nun, wenn das so ist...«, sagte das Kaninchen.

»Pscht«, zischte Gaspode. »Es kommt jemand.«

Unten am Hügel leuchtete eine Fackel und kletterte langsam über den Hang. Die Ente schlug mit den Flügeln, startete und flog fort. Die anderen sausten ebenfalls davon. Nur der Hund blieb in aller Ruhe sitzen.

»Willst du dich nicht verstecken?« flüsterte Victor.

Gaspode zog eine Braue hoch.

»Wuff?«

Die Fackel wanderte im Zickzack an Büschen und Sträuchern vorbei, wirkte wie ein zu groß geratenes Glühwürmchen. Manchmal verharrte sie einige Sekunden lang, um dann eine völlig neue Richtung einzuschlagen. Ihr Licht war sehr hell.

»Wer ist es?« fragte Victor.

Gaspode schnüffelte. »Ein Mensch«, antwortete er. »Eine Frau. Benutzt ein billiges Parfüm.« Die Hundeschnauze bewegte sich. »Es heißt *Spielzeug der Leidenschaft*.« Er schnupperte weiter. »Trägt saubere Kleidung, gerade gewaschen, nicht gestärkt. Alte Schuhe. Viel Make-up. Sie hat in Borgels Laden gegessen, und zwar...« Gaspode rümpfte die Nase. »Eintopf. Eine kleine Portion.«

»Weißt du auch, wie groß sie ist?« erkundigte sich Victor spöttisch.

»Sie riecht nach eins sechsundfünfzig, vielleicht auch eins siebenundfünfzig.«

»Oh, ich *bitte* dich!«

»Geh eine Meile auf diesen Pfoten und nenn mich *dann* einen Lügner.«

Victor schob mit den Füßen Sand über das kleine Feuer und schlenderte den Hang hinab.

Die Fackel bewegte sich nicht mehr hin und her, als er sich ihr näherte. Tugelbend sah eine Frau: Ihre linke Hand hielt einen leichten Umhang geschlossen, während sie mit der anderen die Fackel gen Himmel streckte. Dann verschwand das Licht so plötzlich, daß es flimmernde blaue und purpurne Punkte auf Victors Netzhaut hinterließ. Als sie sich verflüchtigten, zeichnete sich ein kleiner dunkler Schatten vor der nächtlichen Finsternis ab.

»Was machst du...?« fragte der Schemen. »Was mache ich... Warum bist du... Wo...« Dann faßte sich die Frau, legte einen anderen geistigen Gang ein und fügte in einem viel vertrauteren Tonfall hinzu: »Wie kommst *du* hierher?«

»Ginger?« erwiderte Victor.

»Ja?«

Tugelbend zögerte. Was sagte man unter solchen Umständen?

»Äh...«, begann er. »Abends ist es hier recht hübsch, findest du nicht?«

Ginger starrte zu Gaspode.

»Das ist doch der Köter, der sich dauernd beim Studio herumtreibt, oder?« fragte sie. »Ich kann kleine Hunde nicht ausstehen.«

»Bell, bell«, antwortete Gaspode. Ginger starrte noch etwas länger, und Victor konnte fast ihre Gedanken lesen: Er hat ›Bell, bell‹ gesagt, und solche Geräusche *erwartet* man von Hunden, oder?

»Katzen sind mir viel lieber«, fuhr sie unsicher fort.

Und ganz leise: »Ach, tatsächlich? Und du wäschst dich mit deiner eigenen Spucke, was?«

»*Wie* bitte?«

Victor wich zurück und hob wie abwehrend die Hände. »Sieh mich nicht so an! Mich trifft keine Schuld!«

»Nein?« kam es scharf von Gingers Lippen. »Willst du etwa behaupten, daß der Hund gesprochen hat?«

»Wer, ich?« meinte Gaspode.

Ginger erstarrte. Langsam drehte sie den Kopf und blickte zum Hund, der sich gelassen am Ohr kratzte.

»Wuff?« sagte er.

»Der Hund hat gesprochen...«, begann Ginger und richtete einen zitternden Zeigefinger auf ihn.

»Ich weiß«, entgegnete Victor. »Das bedeutet, er mag dich.« Er sah an der jungen Frau vorbei. Eine weitere Fackel wurde über den Hügelhang getragen.

»Hast du jemanden mitgebracht?« fragte er.

»Ich?« Ginger wandte sich um.

Das Knacken trockener Zweige begleitete den flackernden Fackelschein, und Schnapper trat aus der Nacht. Detritus folgte ihm wie ein besonders furchterregender Schatten.

»Ah-*ha*«, sagte er. »Haben wir die Turteltauben überrascht, wie?«

Victors Stirn warf sich in Falten. »Die was?«

»Die *was*?« wiederholte Ginger mit etwas mehr Nachdruck.

»Habe überall nach euch beiden gesucht«, verkündete Schnapper. »Jemand sah euch auf dem Weg hierher. Sehr romantisch. Vielleicht kann man was daraus machen. Sähe auf einem Plakat sicher nicht schlecht aus. In Ordnung.« Er schlang die Arme um Victors und Gingers Schultern. »Kommt mit.«

»Wohin?« fragte Tugelbend. »Weshalb?«

»Morgen früh drehen wir«, erwiderte Treibe-mich-selbst-in-den-Ruin.

»Herr Silberfisch sagte doch, daß ich nie wieder in dieser Stadt arbeite...«

Schnapper setzte zu einer Antwort an und zögerte kurz. »Oh. Ja. Aber ich gebe dir noch eine Chance.« Er sprach jetzt ganz langsam. »Ja. Eine Chance. Immerhin seid ihr jung. Und eigensinnig. Bin selbst einmal jung gewesen. Schnapper, dachte ich, gib ihnen noch eine Chance, auch wenn du dich damit selbst in den Ruin treibst. Natürlich müßt ihr euch mit weniger Honorar zufriedengeben. Ein Dollar pro Tag. Nun, was haltet ihr davon?«

Victor sah die jähe Hoffnung in Gingers Gesicht.

Sein Mund klappte auf.

»Fünfzehn Dollar«, sagte eine Stimme. Sie gehörte nicht ihm.

Der Mund schloß sich wieder.

»Was?« fragte Schnapper.

Der Mund klappte auf.

»Fünfzehn Dollar pro Tag, für die erste Woche. Fünfzehn Dollar oder gar nichts.«

Der Mund schloß sich wieder und Victor rollte mit den Augen.

Schnapper überlegte.

»Das gefällt mir!« sagte er schließlich. »Jemand, der gern feilscht! Na schön. Drei Dollar.«

»Fünfzehn.«

»Fünf. Mein letztes Angebot, Junge. Hier gibt es Tausende von Leuten, die sofort bereit wären, es anzunehmen.«

»Nenn mir zwei.«

Schnapper sah zu Detritus, dessen geistesabwesender Blick in die Ferne reichte, während er voller Sehnsucht an Rubin dachte. Dann starrte er Ginger an.

»Also gut. Zehn. Weil ich euch *mag*. Aber ich treibe mich damit selbst in den Ruin.«

»Abgemacht.«

Schnapper streckte die Hand aus. Victor ergriff sie erst, nachdem er mißtrauisch auf seine eigene hinabgespäht hatte.

»Und jetzt laßt uns zurückkehren«, sagte Schnapper. »Muß eine Menge organisieren.«

Er stapfte fort. Victor und Ginger folgten ihm langsam; es fiel ihnen schwer zu verstehen, was gerade passiert war.

»Bist du übergeschnappt?« zischte die junge Frau. »Forderungen zu stellen! Wir hätten die Chance verlieren können!«

»Ich habe überhaupt nichts gesagt«, verteidigte sich Tugelbend. »Ich dachte, du...«

»So ein Unsinn!«

Ihre Blicke trafen sich.

Sie sahen nach unten.

»Bell, bell«, kommentierte der Wunderhund Gaspode.

Schnapper drehte sich um.

»Habt ihr das ebenfalls gehört?« fragte er.

»Oh, es ist nur... dieser Hund hier«, sagte Victor hastig. »Er heißt Gaspode. So wie der berühmte Gaspode.«

»Man hat ihn gut dressiert«, fügte Ginger boshaft hinzu. »Er beherrscht Kunststücke.«

»Ein Hund, der Kunststücke beherrscht?« Schnapper bückte sich und patschte auf Gaspodes kugelrunden Kopf.

»Knurr, knurr.«

»Du wärst erstaunt von dem, was er kann«, sagte Victor.

»Ja, erstaunt«, betonte Ginger.

»Aber er ist häßlich«, murmelte Schnapper und sah nachdenklich auf den Hund hinab. Genausogut hätte er versuchen können, einen Tausendfüßler zu einem In-den-Hintern-treten-Wettkampf herauszufordern – Gaspode war imstande, so durchdringend zu starren, daß sogar sein Spiegelbild den Blick abwandte.

Treibe-mich-selbst-in-den-Ruin schien eine Idee in Gedanken hin und her zu drehen. »Wie dem auch sei... Bringt ihn morgen früh mit. Die Leute lachen gern.«

»Oh, ja, er ist zum Lachen«, sagte Victor. »Zum Schreien.«

Als sie weitergingen, hörte Tugelbend eine leise Stimme hinter sich. »Das zahle ich dir heim. Übrigens: Du schuldest mir einen Dollar.«

»Warum?«

»Agentenhonorar«, erklärte der Wunderhund Gaspode.

Über Holy Wood strahlten die Sterne. Es handelte sich um große Kugeln aus Wasserstoff, auf Millionen von Grad erhitzt – sie waren so heiß, daß sie nicht einmal brennen konnten. Viele von ihnen würden sich aufblähen, bevor sie starben, um anschließend zu schrumpfen und sich in winzige, verdrießliche Zwerge zu verwandeln, denen nur noch sentimentale Astronomen Interesse entgegenbrachten. Doch bis das geschah, glühten sie aufgrund einer Metamorphose, von der Alchimisten nicht einmal zu träumen wagten: Sie nahmen langweilige Elemente und erzeugten aus ihnen pures Licht.

Über Ankh-Morpork regnete es.

Die alten Zauberer drängten sich an der Elefanten-Vase zusammen. Ridcully hatte die Anweisung erteilt, sie in den Flur zurückzubringen.

»Ich erinnere mich an Riktor«, sagte der Dekan. »Dürrer Bursche. Engstirnig. Aber nicht dumm, nein, nicht dumm.«

»Häh, häh, ich entsinne mich an seinen Mäusezähler«, ließ sich Windle Poons vernehmen, der in einem uralten Rollstuhl saß. »Hat Mäuse gezählt.«

»Der Topf ist ziemlich...«, begann der Quästor. Er unterbrach sich. »Was soll das heißen, er hat Mäuse gezählt? Wurden sie von einer Art Förderband hineingetragen oder so?«

»O nein. Man zog das Ding nur auf, weißt du, und dann summte und klickte es, und es zählte alle Mäuse im Gebäude, ähm, und dann zeigte es kleine Räder mit Zahlen drauf.«

»Warum?«

»Ähm? Keine Ahnung. Vielleicht hielt es Riktor aus irgendeinem Grund für wichtig, Mäuse zu zählen.«

Der Quästor zuckte mit den Schultern. »Dieses Gefäß...«, sagte er und beugte sich vor. »Es ist eine alte Ming-Vase.«

Er richtete einen erwartungsvollen Blick auf die Zauberer.

»Warum heißt sie Ming?« fragte der Erzkanzler neugierig.

Der Quästor klopfte an den Gegenstand, und prompt erklang ein leises *Ming*.

»Und *Ming*-Vasen bespucken Leute mit kleinen Bleikugeln, nicht wahr?« erkundigte sich Ridcully.

»Nein, Herr. Nicht immer, Herr. Das mit den Bleikugeln gehört zur Funktionsweise des Apparats. Welchem Zweck auch immer er dient.«

...Wumm...

»He, das Ding hat gewackelt«, stellte der Dekan fest.

...Wum... wumm...

Die Zauberer starrten sich an, und Panik ergriff ihre Gesichter.

»Was ist los, was ist los?« fragte Windle Poons. »Warum sagt mir niemand, was, ähm, los ist?«

...Wumm... wumm...

»Vielleicht sollten wir weglaufen«, schlug der Dekan vor.
»Wohin?« erklang die bebende Stimme des Quästors.
...WummWUMM...
»Ich bin ein alter Mann, und ich *verlange,* daß mir jemand sagt, was...«
Stille.
»Duckt euch!« rief der Erzkanzler.
Plib.
Ein kleiner Steinsplitter löste sich von der Säule hinter Ridcully.
Er hob den Kopf.
»Beidengöttern, das war verdammt kna...«
Plib.
Die zweite Kugel riß ihm die Spitze vom Hut.
Mehrere Minuten verstrichen, während die Zauberer zitternd auf dem Boden lagen. Nach einer Weile fragte der Dekan: »Glaubt ihr, es ist jetzt vorbei?«
Der Erzkanzler hob den Kopf. Sein normalerweise rotes Gesicht glühte nun.
»*Quääästor!«*
»Herr?«
»Man hat auf uns *geschossen!«*

Victor drehte sich auf die andere Seite.
»Wzstf«, sagte er.
»Es sein sechs Uhr, und Herr Schnapper sagen: Raus aus den Federn«, grollte Detritus. Er griff nach der Decke und zog sie vom Bett.
»Sechs Uhr?« stöhnte Victor. »Ich soll mitten in der Nacht aufstehen?«
»Ein arbeitsreicher Tag erwarten uns, meinen Herr Schnapper«, sagte der Troll. »Herr Schnapper meinen auch, du um halb sieben am Drehort eintreffen sollen. Du werden pünktlich sein.«
Victor zog sich die Hose an.
»Sicher erwartet mich ein köstliches Frühstück, nicht wahr?« fragte er mit unüberhörbarem Sarkasmus.
»Herr Schnapper haben etwas vorbereiten lassen, meinen Herr Schnapper«, erwiderte Detritus.
Etwas schnaufte unter dem Bett. Gaspode kroch darunter hervor,

schüttelte ein Kilo Staub aus dem Fell und kratzte sich zum erstenmal an diesem Tag.

»Wa...«, begann er. Dann sah er den Troll. »Bell, bell«, korrigierte er sich.

»Oh, ein kleiner Hund«, stellte Detritus fest. »Ich mag kleine Hunde.«

»Wuff.«

»Grr«, antwortete der Troll, aber es gelang ihm nicht ganz, das normale Maß an trollischer Gemeinheit zum Ausdruck zu bringen. Seine Gedanken kehrten immer wieder zu Rubin zurück, wie sie eine Federboa und mehrere Dutzend Quadratmeter roten Samt trug.

Gaspode kratzte sich energischer am Ohr.

»Wuff«, sagte er leise. »In einem drohenden Tonfall«, fügte er hinzu, nachdem Detritus gegangen war.

Es befanden sich bereits viele Personen am Hang des Hügels, als Victor den Drehort erreichte. Mehrere Zelte waren aufgeschlagen worden. Jemand hielt die Zügel eines Kamels. Im Schatten eines Dornbusches schnatterten Kobolde in Käfigen.

Schnapper und Silberfisch standen in der Mitte des allgemeinen Durcheinanders und stritten sich. Treibe-mich-selbst-in-den-Ruin legte dem Alchimisten den Arm um die Schultern.

»Da bahnt sich was an«, ertönte eine Stimme in Höhe von Victors Knien. »Ich schätze, jemand wird übers Ohr gehauen.«

»Du steigst dadurch eine Sprosse höher, Tom!« sagte Schnapper. »Ich meine, wie viele Leute in Holy Wood tragen den Titel ›Vizepräsident der Geschäftsleitung‹?«

»Ja, aber es ist meine Firma!« jammerte Silberfisch.

»Genau, genau«, bestätigte Schnapper. »Wenn jemand den Titel ›Vizepräsident der Geschäftsleitung‹ trägt, so bedeutet das: Ihm gehört die Firma.«

»Tatsächlich?«

»Habe ich dich jemals belogen?«

Silberfisch runzelte die Stirn. »Nun, gestern hast du gesagt...«

»Ich meine es *metaphorisch*«, fügte Schnapper hastig hinzu.

»Oh. Nun, wenn du es metaphorisch meinst... Nein, ich glaube, du hast mich nicht belogen!«

»Na bitte. Und jetzt... Wo ist der Maler?« Schnapper drehte sich um, und erweckte dadurch den Anschein, als habe er Silberfisch einfach abgeschaltet.

Jemand mit einem Aktendeckel unter dem Arm eilte herbei.

»Ja, Herr Schnapper?«

Treibe-mich-selbst-in-den-Ruin holte einen Zettel hervor.

»Die Plakate müssen bis heute abend fertig sein, klar?« warnte er. »Hier. So heißt der Film.«

»*Schatten der Würste*«, las der Maler. Seine Stirn legte sich in Falten. »Ich nehme an, es geht dabei um gastronomische Spezialitäten, nicht wahr?«

Schnapper hörte ihm nicht zu. Er trat auf Tugelbend zu.

»Oh, Victor!« rief er. »Teuerster!«

»Es hat ihn erwischt«, sagte Gaspode leise. »Vermutlich sogar noch schlimmer als alle anderen.«

»Was hat ihn erwischt?« flüsterte Victor. »Und woher willst du das wissen?«

»Ich entdecke Symptome bei ihm, die deiner Aufmerksamkeit entgehen«, erwiderte der Hund. »Außerdem: Er benimmt sich wie ein Idiot.«

»Ich bin ja *so* froh, dich zu sehen!« sagte Schnapper begeistert. Seine Augen flackerten.

Er legte den Arm um Victors Schulter, führte und zerrte ihn zu den Zelten.

»Wir drehen heute einen großartigen Streifen!« gab er bekannt.

»Oh, gut«, entgegnete Victor unsicher.

»Du spielst den Anführer der Räuber«, erläuterte Schnapper. »Aber du bist auch ein netter Kerl, freundlich zu Frauen und so weiter, tja, und du überfällst ein Dorf und trägst eine Sklavin fort, doch dann siehst du ihr in die Augen, ja, und du verliebst dich in sie, und dann greifen Hunderte von Männern auf Elefanten an...«

»Kamele«, sagte ein dünner junger Mann hinter Treibe-mich-selbst-in-den-Ruin. »Es sind Kamele.«

»Ich habe Elefanten bestellt!«

»Und du bekommst Kamele.«

»Kamele, Elefanten.« Schnapper winkte ab. »Wir sprechen hier von *exotischen* Dingen, nicht wahr? Und...«

»Und wir haben nur eins«, sagte der Assistent.

»Ein was?«

»Kamel«, antwortete der junge Mann. »Wir konnten nur ein Kamel auftreiben.«

»Aber wir haben Dutzende von Männern mit Bettlaken auf den Köpfen, und jeder braucht ein Kamel!« Schnapper ruderte mit den Armen. »*Jeder!*«

»Wir haben nur ein Kamel, weil es in Holy Wood nur ein Kamel gibt«, sagte der Assistent. »Und es steht uns nur deshalb zur Verfügung, weil ein Bursche aus Klatsch den ganzen weiten Weg hierher darauf geritten ist. Auf dem Kamel.«

»Du hättest uns irgendwie mehr Kamele besorgen sollen!« schnappte Schnapper.

»Herr Silberfisch hat's verboten.«

Treibe-mich-selbst-in-den-Ruin knurrte.

»Vielleicht sieht's nach mehr als nur einem Kamel aus, wenn es dauernd in Bewegung ist«, sagte der Assistent zuversichtlich.

»Wie wär's, wenn das Kamel am Bilderkasten vorbeiläuft, und dann hält der Kurbeldreher die Kurbel an, und dann führen wir das Kamel zurück, und dann setzen wir einen anderen Reiter drauf, und dann dreht der Kurbeldreher wieder die Kurbel«, meinte Victor in einem Atemzug. »Könnte doch klappen?«

Schnapper starrte ihn mit offenem Mund an.

»Ich wußte es!« teilte er dem Himmel mit. »Der Junge ist ein Genie! Auf diese Weise bekommen wir hundert Kamele zum Preis von einem.«

»Es bedeutet allerdings, daß die Räuber hintereinander reiten«, wandte der Assistent ein. »Unter einem, äh, massierten Angriff stelle ich mir eigentlich etwas anderes vor.«

»Ja, ja, schon gut«, brummte Schnapper. »Ich weiß. Wir halten einfach ein Schild vor dem Kasten, auf dem der Anführer sagt...« Er überlegte kurz. »›Folgt mir, Bwanas. Wir reiten hintereinander, um den verhaßten Feind zu täuschen.‹ Damit ist das Problem gelöst.«

Er sah Victor an. »Kennst du übrigens meinen Neffen Soll? Aufgeweckter Bursche. Hätte fast die höhere Schule besucht und so. Habe ihn gestern mitgebracht. Er ist Vizepräsident der Produktion von beweglichen Bildern.«

Soll und Victor nickten sich zu.
»Ich halte ›Bwanas‹ nicht für den richtigen Ausdruck, Onkel«, sagte Soll.
»Es ist ein klatschianisches Wort, oder?« fragte Schnapper.
»Nun, ja, aber es stammt aus dem falschen Bereich von Klatsch. Vielleicht wäre ›Efendis‹ besser...«
»Wenn's nur ausländisch klingt«, meinte Schnapper und hielt die Angelegenheit damit für erledigt. Er klopfte Victor auf den Rücken. »Also los, Junge, zieh dein Kostüm an.« Er lachte leise. »Hundert Kamele! Das nenne ich eine Idee!«
»Entschuldige bitte, Herr Schnapper«, sagte der Maler voller Unbehagen. Er hatte die ganze Zeit über in der Nähe gestanden. »Diese Stelle hier verstehe ich nicht...«
Treibe-mich-selbst-in-den-Ruin zog ihm den Zettel aus der Hand. »Welche Stelle?« fragte er scharf.
»Wo du eine gewisse Delores De Syn beschreibst...«
»Ist doch klar. Wir wollen die exotische, reizvolle und doch ferne Romantik des von Pyramiden übersäten Lands Klatsch beschwören, nicht wahr, und deshalb benutzen wir natürlich das Symbol eines geheimnisvollen und rätselhaften Kontinents, kapiert? Muß ich denn dauernd alles erklären?«
»Ich dachte nur...«, begann der Maler.
»Du sollst nicht denken, sondern Plakate malen!«
Der Maler blickte auf den Zettel. »›Sie hat das Gesicht einer Spink‹«, las er.
»Genau«, bestätigte Schnapper. »Genau!«
»Heißt es nicht Sphinx?«
»Nun hör sich einer diesen Dummkopf an!« Treibe-mich-selbst-in-den-Ruin sprach wieder Richtung Himmel. »Sie sieht nicht aus wie *zwei* davon! Eine Spink, zwei Spinks. Fang jetzt an. Morgen früh müssen die Plakate an den Mauern von Ankh-Morpork kleben.«
Der Maler warf Victor jenen schmerzerfüllten Blick zu, der Tugelbend nicht unbekannt war. Wer sich häufig in Schnappers Nähe aufhielt, trug früher oder später diesen gequälten Gesichtsausdruck.
»Wie du willst«, stöhnte der Maler.
»An die Arbeit.« Schnapper wandte sich an Victor.
»Warum bist du noch nicht umgezogen?« fragte er.

Tugelbend verschwand sofort in einem Zelt. Eine kleine alte Frau* – sie hatte die Gestalt eines runden Weißbrots – half ihm in ein Kostüm, das offenbar aus stümperhaft schwarz gefärbten Laken bestand. Andererseits: Wenn man den gegenwärtigen Zustand der Unterkünfte in Holy Wood berücksichtigte, so handelte es sich vermutlich um ganz gewöhnliche Laken, die man von irgendeinem Bett gezogen hatte. Anschließend reichte ihm die Frau ein krummes Schwert.

»Warum ist es krumm?« erkundigte sich Victor.

»Ich glaube, es soll krumm sein«, lautete die skeptische Antwort.

»Ich dachte immer, die Klingen von Schwertern müßten gerade sein«, sagte Victor. Draußen ertönte Schnappers Stimme – Treibe-mich-selbst-in-den-Ruin fragte den Himmel, warum alle anderen Leute so dumm waren.

»Vielleicht sind sie erst gerade und werden durch häufigen Gebrauch krumm«, spekulierte die alte Frau und patschte ihm auf die Hand. »Bei vielen Dingen ist das der Fall.«

Sie lächelte strahlend. »Wenn du jetzt fertig bist... Ich sollte mich besser um die junge Dame kümmern. Vielleicht haben sich gräßliche Zwerge in ihrer Nähe versteckt und beobachten heimlich, wie sie sich umzieht.«

Sie watschelte hinaus. Im Zelt nebenan klirrte es, und eine verärgerte Ginger rief unverständliche Worte.

Victor holte versuchsweise mit dem Schwert aus.

Gaspode sah ihm zu und neigte den Kopf zur Seite.

»Wen sollst du darstellen?« fragte der Hund schließlich.

»Den Anführer von Räubern in der Wüste«, erwiderte Tugelbend.

»Romantisch und schneidig.«

»Schneidig? Sollst du was schneiden?«

»Keine Ahnung. Vielleicht hat man mir deshalb das Schwert gegeben. Hör mal, Gaspode: Vorhin hast du gesagt, es hätte Schnapper erwischt. Wie meinst du das?«

Der Hund knabberte an einer Pfote.

»Sieh dir seine Augen an. Sie sind noch schlimmer als deine.«

---

* Frau Marietta Kosmopilit, vormals Näherin in Ankh-Morpork, bis Träume sie nach Holy Wood führten, wo man ihr Geschick im Umgang mit der Nadel sehr zu schätzen wußte. Einst hatte sie gelegentlich Socken gestopft, doch nun strickte sie Kettenhemden für Trolle und konnte im Handumdrehen eine Haremshose anfertigen.

»Noch schlimmer als meine? Ist mit meinen Augen irgend etwas nicht in Ordnung?«

Detritus' massiger Kopf erschien im Eingang. »Herr Schnapper sagen, er dich jetzt brauchen.«

»Augen?« murmelte Victor. »Mit meinen Augen stimmt was nicht?«

»Wuff.«

»Herr Schnapper sagen...«, begann Detritus.

»Schon gut, schon gut! Ich komme!«

Victor ging nach draußen, und gleichzeitig trat Ginger aus dem anderen Zelt. Ein oder zwei Sekunden lang starrte er sie groß an, dann hielt er die Hand vor die Augen.

»Oh, entschuldige bitte«, brachte er hervor. »Ich warte drinnen, bis du angezogen bist.«

»Ich *bin* angezogen.«

»Herr Schnapper sagt...«, grollte Detritus hinter ihnen.

»Komm.« Ginger griff nach Victors Arm. »Gehen wir.«

»Aber du... dein...« Tugelbend blinzelte durch die Finger auf den Boden, was ihm kaum über seine Verlegenheit hinweghalf. »Du hast einen Nabel in deinem Diamanten«, sagte er hilflos.

»Daran habe ich mich gewöhnt«, entgegnete Ginger. Sie räkelte sich, um sich zu vergewissern, daß alles richtig saß. »Allerdings... Die beiden Kochtopfdeckel bereiten mir noch einige Probleme. Das zeigt einem, wie sehr die armen Haremfrauen leiden.«

»Und es macht dir nichts aus, daß dich andere Leute so sehen?« fragte Victor verblüfft.

»Warum sollte es mir etwas ausmachen? Wir sind hier bei den beweglichen Bildern! Dies ist nicht die *Wirklichkeit*. Und außerdem: Du wärst schockiert, was manche Mädchen für weniger als zehn Dollar pro Tag tun müssen.«

»Neun«, sagte Gaspode hinter Victors Füßen.

»Also gut, Leute, kommt her!« rief Schnapper durch ein Sprachrohr. »Die Söhne der Wüste bitte dort drüben hin. Was die Sklavinnen betrifft... Wo sind die Sklavinnen? Oh, gut. Kurbeldreher?«

»Ich habe noch nie so viele Personen bei den Dreharbeiten eines Streifens gesehen«, hauchte Ginger. »Der kostet sicher mehr als hundert Dollar!«

Victor betrachtete die Söhne der Wüste. Sie ließen sich folgendermaßen beschreiben: Offenbar hatte Schnapper Borgels Schuppen besucht und die erstbesten zwanzig hungrigen Gäste engagiert, die in unmittelbarer Nähe der Tür saßen oder standen, wobei ihre Eignung überhaupt keine Rolle spielte. Es gab trollische Söhne der Wüste – Rock erkannte Tugelbend und winkte ihm zu –, zwergische Söhne der Wüste und, ganz hinten, einen kleinen, haarigen und sich hingebungsvoll kratzenden Sohn der Wüste. Sie alle trugen Schnappers Vorstellung von angemessenem Räuber-in-der-Wüste-Kopfschmuck – beim letzten Wüstensohn reichte er bis zu den Pfoten.

»... greifst du sie, bist hingerissen von ihrer Schönheit und wirfst sie über deinen Knauf.« Schnappers Stimme bahnte sich einen Weg in Victors Bewußtsein.

Verzweifelt bat er sein Gedächtnis, die Anweisungen noch einmal zu wiederholen.

»Über meinen was?« fragte er.

»Über den Knauf«, raunte ihm Ginger dazu. »Das ist ein Teil des Sattels.«

»Oh.«

»Und dann reitest du in die Nacht, gefolgt von den übrigen Söhnen der Wüste, und ihr singt ein Wüstenräuberlied...«

»Das kann niemand hören«, warf Soll ein. »Aber wenn sie den Mund öffnen und schließen, entsteht eine gewisse, du weißt schon, Atmosphäre.«

»Aber es ist nicht Nacht«, wandte Ginger ein. »Es ist hellichter Tag.«

Schnapper starrte sie an.

Sein Mund klappte auf.

Sein Mund klappte wieder zu.

»Soll!« rief er.

»Des Nachts können wir nicht *drehen*, Onkel«, sagte der Neffe hastig. »Weil die Kobolde im Dunkeln nichts *sehen*. Ich schlage vor, wir zeigen ein Schild mit der Aufschrift: ›Nacht‹. Dann wissen die Zuschauer...«

»Wo bleibt da die Magie der beweglichen Bilder?« heulte Schnapper. »Sie bleibt auf der Strecke!«

»Entschuldige.« Victor trat vor. »Es ist doch unwichtig, wann wir

drehen, oder? Ich meine, die Kobolde können bestimmt einen schwarzen Himmel mit Sternen dran malen.«
Kurze Stille folgte. Schnapper sah zu Gaffer.
»Können sie das?«
»Nee«, erwiderte der Kurbeldreher. »Es ist schon schwer genug, sie dazu zu bringen, sichtbare Dinge zu malen. Von unsichtbaren ganz zu schweigen.«
Schnapper rieb sich die Nase.
»Ich bin zu Verhandlungen bereit.«
Gaffer zuckte mit den Achseln. »Das hat wohl kaum einen Zweck. Was sollen die kleinen Dämonen mit Geld anfangen? Sie würden es nur essen. Wenn wir sie auffordern, etwas zu malen, das gar nicht existiert... Sie geraten völlig durcheinander.«
»Vielleicht leuchtet ein sehr heller Vollmond am Himmel«, sagte Ginger.
»Gute Idee«, lobte Schnapper. »Wir zeigen ein Schild, auf dem Victor zur Sklavin sagt: ›Heute nacht ist der Mond sehr hell, nicht wahr, Bwana?‹«
»Etwas in der Art«, entgegnete Soll diplomatisch.

Mittag. Holy Wood glänzte unter der Sonne, wie ein nach Sekt schmeckendes, halbausgelutschtes Weingummi. Der Kurbeldreher Gaffer drehte die Kurbel. Komparsen eilten begeistert hin und her. Schnapper nutzte jede Gelegenheit, um jemanden anzuschreien. Und kinematographische Geschichte fand statt: Drei Zwerge, vier Menschen, zwei Trolle und ein Hund ritten auf dem gleichen Kamel und schrien entsetzt, weil es nicht stehenblieb.
Schließlich stellte man Victor dem Tier vor. Es musterte ihn unter langen Wimpern hinweg. Als es sich hinkniete, erweckte es den Eindruck eines Kamels, das nach einem langen Morgen mit der Geduld fast am Ende war. Bisher hatte es schon drei Leute getreten.
»Wie heißt es?« fragte Tugelbend argwöhnisch.
»Dreimal verfluchtes Mistvieh«, antwortete der vor kurzer Zeit ernannte Vizepräsident für die Verwaltung von Kamelen.
»Das klingt nicht wie ein Name.«
»Oh, das ist genau der richtige Name für dieses Kamel«, versicherte der Vizepräsident.

»Es gibt nichts daran auszusetzen, Mistvieh zu heißen«, knurrte es hinter ihm. »Mich hat man häufig Mistvieh genannt, ebenso meinen Vater, du blöder, Nachthemd tragender Hampelmann.«

Der Vizepräsident lächelte nervös und drehte sich um. Als er niemanden sah, senkte er langsam den Blick.

»Wuff«, sagte Gaspode und wedelte mit etwas, das fast ein Schwanz gewesen wäre.

»Jemand hat etwas gesagt«, meinte der Vizepräsident unsicher. »Hast du doch auch gehört, nicht?«

»Nein«, log Victor. In der Hoffnung, daß dieses Kamel zu den speziellen Holy-Wood-Tieren gehörte, beugte er sich zu den Ohren vor und flüsterte: »Weißt du, ich bin ein Freund.«

Dreimal verfluchtes Mistvieh wackelte mit dem Ohr.*

»Wie reitet man da drauf?« fragte Victor.

»Wenn's nach vorn gehen soll, flucht man und schlägt mit einem Stock zu. Und wenn man möchte, daß es stehenbleibt... – dann flucht man und schlägt noch fester.«

»Und wie bringt man es dazu, sich umzudrehen?«

»Oh, nun, in einem solchen Fall steigst du besser ab und ziehst ordentlich an den Zügeln.«

»Seid ihr soweit?« rief Schnapper ins Sprachrohr. »Victor, du reitest zum Zelt, springst vom Kamel herunter, kämpfst gegen die großen Eunuchen, stürmst ins Zelt, trägst die Sklavin nach draußen, steigst wieder auf und reitest fort. Alles klar? Schaffst du das?«

»Welche großen Eunuchen meinst du?« fragte Victor, als sich das Kamel nach oben hin entfaltete.

Einer der großen Eunuchen hob verlegen die Hand.

»Ich, Mory.«

»Oh, hallo, Mory.«

»Hallo, Vic.«

»Und ich, Rock«, sagte der zweite große Eunuch.

»Hallo, Rock.«

»Hallo, Vic.«

»Auf die Plätze!« rief Schnapper. »Und nun... Was ist denn, Rock?«

---

* Kamele sind viel zu intelligent, um ihre Intelligenz zu zeigen.

»Äh, ich mich gerade fragen... Was mich in dieser Szene motivieren?«

»Was dich motiviert?«

»Ja«, bestätigte Rock. »Äh. Ich muß wissen darüber Bescheid. Über meine Motivation, äh.«

»Wie wär's hiermit: Wenn du die Sache vermasselst, wirst du gefeuert.«

Der Troll grinste. »In Ordnung, Herr Schnapper.«

»Also gut.« Treibe-mich-selbst-in-den-Ruin holte tief Luft. »Achtung, es geht los. Und... *Aufnahme!*«

Dreimal verfluchtes Mistvieh drehte sich unbeholfen und schien dabei die Beine in vier verschiedene Richtungen zu strecken. Dann begann es mit einem komplizierten Trab.

Die Kobolde im Bilderkasten malten mit erzwungenem Fleiß.

Die Luft glitzerte...

Und Victor erwachte. Er glaubte, langsam aus einer rosaroten Wolke aufzusteigen – oder aus einem wundervollen Traum, dessen Bilder sich im Tageslicht verflüchtigen, obwohl man versucht, sie festzuhalten. Bei solchen Gelegenheiten hat man das schreckliche Gefühl, etwas Herrliches zu verlieren, und man weiß: Ganz gleich, was der neue Tag bringt – es kann nicht annähernd so gut sein wie der Traum.

Tugelbend blinzelte. Die Bilder verblaßten. Er spürte dumpfen Schmerz in den Muskeln, als hätte er sich sehr angestrengt.

»Was ist passiert?« murmelte er.

Er sah nach unten.

»Donnerwetter!« entfuhr es ihm. Ein kaum verhüllter Hintern lag dort, wo sich eben noch der Hals eines Kamels erstreckt hatte. Dieser Anblick brachte eine deutliche Verbesserung.

»Warum liege ich auf einem Kamel?« fragte Ginger eisig.

»Keine Ahnung. Wolltest du nicht schon immer mal auf einem Kamel liegen?«

Sie rutschte vom Hals des dreimal verfluchten Mistviehs und versuchte, ihr spärliches Kostüm zurechtzurücken.

Etwa zu diesem Zeitpunkt wurden sich sowohl Ginger als auch Victor der Zuschauer bewußt.

Das waren: Schnapper; sein Neffe; der Kurbeldreher; die Komparsen; verschiedene Vizepräsidenten sowie anderen Leute, die überall dort erschienen, wo man gerade bewegliche Bilder dreht*; und der Wunderhund Gaspode.

Alle starrten sie mit offenem Mund an. Bis auf Gaspode, der leise kicherte.

Der Kurbeldreher drehte die Kurbel noch immer. Dann blickte er sie an, als sei ihre Existenz etwas völlig Neues für ihn. Er ließ die Hand sinken.

Schnapper schien aus einer tiefen Trance zu erwachen.

»*Meine* Güte«, hauchte er. »Ist das zu fassen?«

»*Magie*«, kam es von Solls Lippen. »Echte *Magie*.«

Schnapper gab dem Kurbeldreher einen Stoß in die Rippen.

»Hast du alles im Kasten?«

»Im Kasten?« fragten Ginger und Victor synchron.

Dann bemerkte Tugelbend den im Sand hockenden Mory. An seinem Arm fehlte ein Stück; Rock behandelte die Wunde mit Kelle und Zement. Der Troll sah Victors Gesichtsausdruck und lächelte schief.

»Du dich für Cohen den Barbar halten, wie?«

»Ja«, fügte Rock hinzu. »Kein Anlaß, ihn so zu nennen, wie du ihn genannt hast. Und wenn du wollen das Schwert weiterhin so wild schwingen, verlangen wir einen zusätzlichen Dollar pro Tag – als Schmerzensgeld.«

Die Klinge von Victors Schwert wies mehrere tiefe Dellen auf. Die Ursache dafür war ihm ein Rätsel.

»Hört mal...«, sagte er verzweifelt. »Ich verstehe das nicht. Ich habe nie irgend jemanden irgendwie genannt. Und, und wann drehen wir die Szene?«

»Eben sitze ich noch im Zelt, und plötzlich atme ich Kamelgestank«, beklagte sich Ginger. »Ist es zuviel verlangt, wenn ich um eine Erklärung bitte?«

Niemand beachtete sie.

»*Warum* haben wir noch keine Möglichkeit, den beweglichen Bildern Ton hinzuzufügen?« stieß Schnapper hervor. »Der Dialog war verdammt gut. Ich habe kein Wort davon verstanden, aber es hat nach einem verdammt guten Dialog geklungen.«

---

* Einige von ihnen hielten Klemmbretter in der Hand.

»Papageien«, erwiderte der Kurbeldreher. »Die grünen Biester aus dem Wiewunderland. Erstaunliche Vögel. Können es mit jedem Elefanten aufnehmen, wenn's ums Gedächtnis geht. Zwei Dutzend von ihnen in verschiedenen Größen, und man hat ein ganzes Orchester...«

Schnapper und Gaffer besprachen die technischen Einzelheiten.

Victor stieg ab, duckte sich unter dem Hals des Kamels hinweg und trat zu Ginger.

»Es war wie beim letztenmal«, sagte er aufgeregt. »Nur noch stärker. Wie eine Art Traum. Der Kurbeldreher drehte die Kurbel, und daraufhin begann der Traum.«

»Ja, aber was ist eigentlich *geschehen*?« fragte Ginger.

»Victor reiten mit Kamel zum Zelt«, erzählte Rock. »Er abspringen, stürmen wie Irrer heran, heben das krumme Schwert...«

»...springen auf Felsen und lachen...«, warf Moräne ein.

»Ja, und sagen zu Mory: ›Jetzt bist du dran, du niederträchtiger Schwarzer Wächter.‹ Und dann hauen ihm Stück aus Arm. Und dann schneiden Loch ins Zelt...«

»Gute Arbeit mit Schwert«, sagte Mory anerkennend. »Bißchen protzig, aber sonst nicht übel.«

»Ich weiß doch gar nicht, *wie*...« begann Victor.

»...und Ginger liegen ganz schlimmlich da«, fuhr Rock fort. »Und du heben sie hoch, und sie sagen...«

»Schlimmlich?« wiederholte Ginger.

»*Sinnlich*«, übersetzte Victor. »Ich glaube, er meint sinnlich.«

»Und sie sagen: ›Na so was, der Dieb von... von...‹« Rock zögerte. »Ich glaube, Ginger sagen ›Pack das‹.«

»Backdatt«, korrigierte Mory und rieb sich den Arm.

»Ja, und dann sie sagen: ›Du bist in großer Gefahr, denn mein Vater hat geschworen, dich zu töten.‹ Und Victor sagen: ›Oh, liebliche Rose, ich kann nun aller Welt zeigen, wer ich wirklich bin: der Schatten der Wüste...‹«

»Was *heißt* sinnlich?« erkundigte sich Ginger mißtrauisch.

»Und Victor sagen: ›Komm, flieg mit mir zu meiner Kasba‹, oder so. Und dann er geben ihr ein, einen... äh, Menschen machen es mit ihren Lippen...«

»Ich habe gepfiffen?« fragte Victor ohne große Hoffnung.

»Nein«, widersprach Rock. »Etwas anderes. Klingen wie ein Korken, den man aus Flasche ziehen.«

»Er meint einen Kuß«, stellte Ginger kühl fest.

»Ja, genau«, entgegnete Rock. »Nun, mit menschlichen Küssen kennen ich mich nicht besonders gut aus, aber er ziemlich lange dauern. Er war sehr, ihr wißt schon, küssig.«

»Ich dachte schon, daß ein Eimer mit kaltem Wasser nötig wird«, kommentierte eine leise Hundestimme in Victors Rücken. Er trat nach hinten, verfehlte jedoch das Ziel.

»Und dann Victor wieder auf dem Kamel und ziehen Ginger hoch, und Herr Schnapper rufen: ›Halt, halt, was geht hier vor, warum sagt mir niemand, was hier vorgeht!‹« sagte Rock. Er sah Tugelbend an. »Und dann du fragen: ›Was ist passiert?‹«

»Habe schon lange niemanden mehr gesehen, der Schwert so gut schwingen«, ließ sich Mory vernehmen.

»Oh«, ächzte Victor. »Äh. Danke.«

»Und dann die Rufe«, fügte Mory hinzu. »›Ha!‹ und ›Hab dich, du Hund!‹ Sehr professionell.«

»Ich verstehe.« Victor tastete nach Gingers Arm.

»Wir müssen miteinander reden«, flüsterte er. »Unter vier Augen. Hinter dem Zelt.«

»Wenn du glaubst, daß ich mit dir irgendwohin gehe, wo ich *allein* mit dir bin...«

Eine schwere Hand legte sich auf Victors Schulter. Er drehte sich um und sah Detritus, der ihn wie eine wandelnde Sonnenfinsternis in den Schatten stellte.

»Herr Schnapper nicht möchten, daß jemand fortgehen«, grollte er. »Herr Schnapper meinen, alle müssen hierbleiben.«

»Du kannst einem wirklich auf den Geist gehen«, brummte Victor. Detritus schenkte ihm ein funkelndes Lächeln.*

»Herr Schnapper mir anbieten, *Vizepräsident* zu werden«, verkündete er stolz.

»Und für was sollst du zuständig sein?« erkundigte sich Victor.

»Für Vizepräsidenten.«

Der Wunderhund Gaspode gab ein leises Knurren von sich. Das

---

* Troll-Zähne bestehen aus Diamanten.

Kamel hatte bisher gelangweilt den Himmel begutachtet, drehte sich jetzt um, trat mit den Hinterbeinen zu und traf Detritus am Allerwertesten. Der Troll heulte überrascht auf. Gaspodes Miene zeigte zufriedene Unschuld.

»Komm«, sagte Victor zu Ginger. »Während Detritus mit dem Kamel beschäftigt ist.«

Sie traten hinters Zelt und setzten sich dort in den Schatten.

»Eins möchte ich klarstellen«, sagte Ginger kühl. »Ich habe mich noch nie bemüht, sinnlich auszusehen.«

»Wäre vielleicht einen Versuch wert«, erwiderte Victor geistesabwesend.

»Was?«

»Entschuldige. Irgend etwas bringt uns dazu, diese Dinge zu tun. Ich weiß gar nicht, wie man mit einem Schwert umgeht. Habe immer nur damit herumgefuchtelt. Und du? Was hast du dabei empfunden?«

»Stell dir vor, du hörst, wie jemand etwas sagt – und plötzlich wird dir klar, daß du mit offenen Augen geträumt hast.«

»Unser eigenes Leben scheint an die Seite zu treten, um für etwas anderes Platz zu machen.«

Sie dachten darüber nach.

»Glaubst du, es gibt einen Zusammenhang mit Holy Wood?« fragte Ginger.

Victor nickte. Dann machte er einen Hechtsprung seitwärts und landete auf Gaspode, der sie beobachtet hatte.

»Jaul«, sagte Gaspode.

»Jetzt hör mal *gut* zu«, zischte ihm Victor ins Ohr. »Keine Andeutungen mehr. Was hast du mitgekriegt? Ich erwarte eine klare Antwort. Sonst stehst du auf dem Speisezettel von Detritus – mit Senf.«

Der Hund wand sich unter seinem Griff.

»Oder wir legen dir einen Maulkorb an«, drohte Ginger.

»Ich bin nicht gefährlich!« jammerte Gaspode und kratzte mit den Pfoten im Sand.

»Ein sprechender Hund erscheint mir sogar *sehr* gefährlich«, entgegnete Victor.

»Geradezu entsetzlich«, fügte Ginger hinzu. »Man weiß nie, was er sagen könnte.«

»Da seht ihr's, da seht ihr's«, stöhnte Gaspode. »Man gerät nur in

Schwierigkeiten, wenn man anderen Leuten zeigt, daß man sprechen kann. So etwas sollte einem Hund einfach nicht passieren.«

»Aber es *ist* passiert«, betonte Victor. »Und dich erwartet ein noch viel schlimmeres Schicksal, wenn du nicht endlich auspackst.«

»Schon gut, schon gut«, brummte Gaspode. »Ihr laßt mir ja keine Wahl.«

Tugelbend entspannte sich. Der Hund hob den Kopf und schüttelte Sand aus dem Fell.

»Ihr könnt es ohnehin nicht verstehen«, knurrte er. »Ein anderer Hund wäre dazu in der Lage, aber ihr nicht. Es geht dabei um Spezies-Erfahrung. Wie das Küssen. *Ihr* wißt, was es damit auf sich hat, aber mir bleibt es ein Rätsel. Küssen liegt außerhalb des Erfahrungshorizonts von Hunden.« Gaspode sah Victors warnenden Blick und fuhr hastig fort: »Es ist so als... als gehört ihr hierher.« Er beobachtete seine beiden Zuhörer einige Sekunden lang. »Na bitte, na bitte. Ich *wußte*, daß ihr es nicht versteht. Denkt dabei an eine Art... *Revier*. Bei euch deuten alle Anzeichen darauf hin, daß ihr genau dort seid, wo ihr sein sollt. Fast alle anderen sind fremd hier, aber ihr nicht. Äh. Zum Beispiel... Vielleicht ist euch aufgefallen, daß Hunde bellen, wenn ihr einen fremden Ort besucht. Nun, wir können nicht nur gut riechen, sondern spüren auch, wenn, äh, Ort und Person nicht zueinander passen. Wie Menschen, die nervös werden, wenn sie ein schief hängendes Bild sehen. Es ist so ähnlich, und wir fühlen es ganz deutlich. Ich habe den Eindruck, daß es für euch nichts anderes gibt, nur noch Holy Wood.« Gaspode musterte die beiden Menschen und kratzte sich emsig am Ohr.

»Verdammt«, sagte er dann. »Das Problem ist: Ich könnte es auf Hundisch erklären, aber das versteht ihr ja nicht.«

»Klingt alles ein bißchen mystisch«, kommentierte Ginger.

»Du meintest, mit meinen Augen stimmt was nicht«, erinnerte sich Victor.

»Ja. Hast du sie dir angesehen?« Gaspode nickte Ginger zu. »Dir stelle ich die gleiche Frage.«

»Sei nicht dumm«, erwiderte Victor. »Wie sollen wir unsere eigenen Augen ansehen?«

Der Hund zuckte mit den Hundeschultern. »Seht sie euch gegenseitig an«, schlug er vor.

Reflexartig wandten sie sich einander zu.

Lange, verblüffte Stille folgte. Gaspode nutzte sie, um laut an einen Zeltpflock zu urinieren.

Schließlich sagte Victor: »Donnerwetter.«

Und Ginger: »Sehen meine genauso aus?«

»Ja. Tut es weh?«

»Das fragst du *mich*?«

»Jetzt wißt ihr Bescheid«, meinte Gaspode. »Und beobachtet Schnapper, wenn ihr ihm das nächste Mal begegnet. Seht ihn euch *genau* an.«

Victor rieb sich die Augen, die nun zu tränen begannen. »Es ist so, als... Holy Wood hat uns hierhergerufen, nimmt irgendwie Einfluß auf uns und, und...«

»Und hat uns *ausgezeichnet*«, sagte Ginger bitter. »Anders läßt es sich nicht ausdrücken.«

»Eigentlich wirkt es recht anziehend«, entgegnete Victor galant. »Gibt unseren Augen ein hübsches Funkeln.«

Ein Schatten fiel auf den Sand.

»Ah, hier seid ihr«, sagte Schnapper. Als Victor und Ginger aufstanden, schlang Treibe-mich-selbst-in-den-Ruin die Arme um ihre Schultern. »Ach, ihr jungen Leute«, fuhr er schelmisch fort. »Verschwindet dauernd, um irgendwo allein zu sein. Großartig. Toll. Sehr romantisch. Aber wir müssen einen Streifen drehen, und viele Leute stehen tatenlos herum, weil sie auf euch warten. Kommt jetzt.«

»Seht ihr, was ich meine?« fragte Gaspode leise.

Wenn man wußte, wonach man suchen mußte, konnte man es gar nicht übersehen.

Genau in der Mitte von Schnappers Pupillen glitzerten winzige goldene Sterne.

Im Herzen des großen dunklen Kontinents Klatsch kündigte schwüle Luft den Monsun an.

Ochsenfrösche quakten im Schilf am langsam dahinfließenden braunen Strom*. Krokodile dösten im Schlamm.

Die Natur hielt den Atem an.

---

* Takt und Anstand lassen es leider nicht zu, ihr Quaken zu übersetzen.

Aus Azhural N'choates Taubenschlag ertönte plötzlich lautes Gurren. Der Viehhändler stemmte sich aus dem Schaukelstuhl auf der Veranda, um den Grund für die Aufregung herauszufinden.

In den Pferchen hinter der Hütte lagen einige müde, gähnende und wiederkäuende exotische Sonderangebote. Sie sahen überrascht auf, als N'choate mit einem Satz die Verandatreppe hinuntersprang und heranstürmte.

Azhural rannte an den Zebras vorbei und eilte zu seinem Assistenten M'Bu, der in alle Ruhe die Strauße ausmistete.

»Wie viele...« Er unterbrach sich und schnaufte hingebungsvoll.

Der zwölfjährige M'Bu ließ die Schaufel sinken und klopfte ihm auf den Rücken.

N'choate versuchte es erneut. »Wie viele...«

»Hast du's wieder übertrieben, Boß?« fragte M'Bu besorgt.

»Wie viele Elefanten haben wir?«

»Ich bin eben bei ihnen gewesen«, sagte M'Bu. »Es sind insgesamt drei.«

»Bist du sicher?«

»Ja, Boß«, antwortete M'Bu ruhig. »Bei Elefanten ist es ziemlich einfach, ganz sicher zu sein.«

Azhural ging in die Hocke, nahm einen Stock und kratzte Zahlen in den roten Sand.

»Der alte Muluccai verfügt sicher über ein halbes Dutzend«, murmelte er. »Und Tazikel hat für gewöhnlich zwanzig oder so, und die Leute im Delta haben meistens...«

»Braucht jemand Elefanten, Boß?«

»...fünfzehn, und dann das Holzfällerlager, dort gibt's vielleicht zwei Dutzend...«

»Braucht jemand *viele* Elefanten, Boß?«

»...außerdem war die Rede von einer Herde in T'etse, eigentlich kein Problem, und dann die Täler, drüben bei...«

M'Bu lehnte sich an den Zaun und wartete.

»Etwa zweihundert, mehr oder weniger.« Azhural warf den Stock beiseite. »Nicht annähernd genug.«

»Bei Elefanten ist ein Mehr-oder-weniger ausgeschlossen, Boß«, sagte M'Bu mit fester Stimme. Die Erfahrung lehrte ihn, daß einem beim Zählen von Elefanten kein Fehler unterlaufen konnte. Ein Mann mochte nicht genau wissen, wie viele Frauen er hatte, aber bei Elefanten sah die Sache ganz anders aus. Entweder hatte man einen, oder man hatte ihn nicht.

»Unser Vertreter in Klatsch hat eine Bestellung über ...« – Azhural schluckte –, »... tausend Elefanten entgegengenommen. Tausend! Sofort! Barzahlung bei Lieferung!«

Der Zettel rutschte aus Azhurals Fingern. »Wir sollen sie zu einem Ort namens Ankh-Morpork bringen«, sagte er niedergeschlagen und seufzte. »Schade.«

M'Bu rieb sich das Kinn und sah zu den Wolken über dem F'twangi-Berg auf. Es würde nicht mehr lange dauern, bis der Regen prasselnd auf die trockenen Steppen trommelte.

Nach einer Weile bückte er sich und griff nach dem Stock.

»Was machst du da?« fragte Azhural.

»Ich zeichne eine Karte, Boß«, antwortete M'Bu.

Der Viehhändler schüttelte den Kopf. »Laß nur, Junge. Ich schätze, uns trennen dreitausend Meilen von Ankh. Es ist nur ein schöner Traum, weiter nichts. Zu viele Meilen und zuwenig Elefanten.«

»Wir könnten den Weg über die Ebene nehmen«, sagte M'Bu. »Da gibt es genug Elefanten. Wir schicken Kuriere voraus. Und unterwegs fangen wir noch weitere Elefanten, kein Problem. Auf der Ebene wimmelt es von verdammten Elefanten.«

»Nein, wir müssen an der Küste entlang.« Azhural malte eine lange gewölbte Linie in den Sand. »Wegen des Dschungels *hier* ...« Er klopfte auf den ausgedörrten Boden. »... und *hier*.« Er klopfte erneut, diesmal auf den Kopf einer verblüfften Heuschrecke, die das Pochen mit dem Beginn des Regens verwechselt hatte. »Es gibt keine Straßen im Dschungel.«

M'Bu nahm den Stock und zog eine gerade Linie mitten durch den imaginären Urwald.

»Wo tausend Elefanten marschieren, braucht man keine Straßen, Boß.«

Azhural dachte darüber nach. Nach einigen Sekunden griff er nach dem Stock und fügte dem Dschungel einige Zacken hinzu.

»Aber dort liegen die Berge der Sonne«, stellte er fest. »Sind sehr hoch. Mit vielen Schluchten. Und ohne Brücken.«

M'Bu nahm den Stock, deutete auf den Dschungel und lächelte.

»Ich weiß, wo es erstklassiges Bauholz von gerade gefällten Bäumen gibt, Boß.«

»Tatsächlich? Na schön, Junge, aber wie gelangen wir ins Gebirge?«

»Zufälligerweise sind tausend sehr starke Elefanten dorthin unterwegs, Boß.«

M'Bu lächelte wieder – bei seinem Stamm war es üblich, die Zähne so zu schleifen, daß sie spitz zuliefen* – und reichte den Stock zurück.

Azhurals Mund klappte langsam auf.

»Bei den sieben Monden von Nasreem«, hauchte er. »Wir könnten es schaffen. Wenn wir diese Richtung einschlagen, sind's nur dreizehn- oder vierzehnhundert Meilen. Vielleicht sogar noch weniger. Meine Güte, wir könnten es schaffen.«

»Ja, Boß.«

»Weißt du, mein ganzes Leben lang wollte ich etwas Großartiges leisten«, fuhr Azhural fort. »Etwas, das wirklich die Bezeichnung *großartig* verdient. Ich meine, ein Strauß hier, eine Giraffe dort – später erinnert sich kaum jemand daran, oder?« Er starrte zum Horizont, über dem sich von Purpur bis Dunkelgrau alle möglichen Farben mischten. »Wir *könnten* es schaffen, nicht wahr?«

»Klar, Boß.«

»Über die Berge der Sonne hinweg!«

»Ja, Boß.«

Ein aufmerksamer Beobachter konnte weiße Flecken über der Mischung aus Purpur und Grau erkennen.

»Es sind ziemlich hohe Berge«, sagte Azhural mit leichtem Zweifel.

»Berg rauf, Berg runter«, erwiderte M'Bu schlicht.

»Stimmt«, pflichtete ihm Azhural bei. »Ich meine, im *Durchschnitt* ist alles flach.«

Erneut blickte er zu den Bergen.

»Tausend Elefanten«, murmelte er. »Weißt du was, Junge? Als man die Pyramide des Königs Leonid von Ephebe baute... Hundert Elefanten zogen die Karren mit den Steinen. Und am Bau des Rhoxie-Palastes in der Stadt Klatsch, so wird überliefert, waren zweihundert Elefanten beteiligt.«

---

* Aus keinem besonderen religiösen Grund. Die Angehörigen des Stammes wollten nur eine besondere Wirkung erzielen, wenn sie lächelten.

Donner grollte in der Ferne.

»Tausend Elefanten«, wiederholte Azhural. »Tausend Elefanten. Wozu braucht jemand tausend Elefanten?«

Den Rest des Tages verbrachte Victor in einer seltsamen Trance. Er ritt und kämpfte, und die Zeit schien wieder in Unordnung zu geraten. Es fiel ihm noch immer schwer, dieses Phänomen zu verstehen. Offenbar konnte das Material geschnitten und so zusammengeklebt werden, daß alles in der richtigen Reihenfolge geschah. Trotzdem gab es unerklärliche zeitliche Lücken. Tugelbend sah, wie einer der Maler ein Schild malte, auf dem stand: »In des Königes Palaste, eine Stunde später.«

Eine Stunde war verschwunden, einfach so. Natürlich wußte Victor, daß ihm niemand sechzig Minuten seines Lebens gestohlen hatte. In Büchern passierte so etwas dauernd. Und auch auf der Bühne des Theaters. Einmal hatte er eine Gruppe von wandernden Schauspielern beobachtet, und wie durch Magie wechselte die Szene von »Ein Schlachtfeld in Tsort« zu »Die ephebianische Festung in der gleichen Nacht«. Es wurde einfach nur der Vorhang herabgelassen; anschließend polterte es leise dahinter, und dumpfe Stimmen fluchten.

Doch in diesem Fall war alles anders. Zehn Minuten nach einer bestimmten Aufnahme drehte man eine Szene, die am Tag zuvor stattfand und an einem ganz anderen Ort. Der Grund: Schnapper hatte die Zelte für beide Szenen gemietet und wollte nicht mehr bezahlen als unbedingt notwendig. Man mußte versuchten, nur noch ans Jetzt zu denken, und das fiel Victor schwer, weil er gleichzeitig auf jenes sonderbare Gefühl wartete...

Es wiederholte sich nicht. Nach einer weiteren halbherzigen Kampfszene meinte Schnapper, der Streifen sei fertig.

»Drehen wir kein Ende?« fragte Ginger.

»Das haben wir doch heute morgen gemacht«, antwortete Soll.

»Oh.«

Die Kobolde schnatterten, als Gaffer die hintere Klappe des Bilderkastens öffnete. Sie setzten sich auf die Kante, ließen ihre Beine über den Rand baumeln und reichten eine winzige Zigarette von Hand zu Hand. Die Komparsen standen in einer langen Schlange und warteten auf ihr Honorar. Das Kamel trat den Vizepräsidenten für die Verwaltung von Kamelen. Die Kurbeldreher entnahmen ihren Kästen große Spulen und gingen fort, um sich der geheimnisvollen Kurbeldreher-Kunst des Schneidens und Klebens zu widmen. Frau Kosmopilit, Vizepräsidentin der Garderobe, sammelte die Kostüme ein und wakkelte fort, vermutlich mit der Absicht, die Betten wieder damit zu beziehen.

Einige Hektar der mit Buschwerk bewachsenen Landschaft hörten auf, die Dünen des Großen Nef zu sein und verwandelten sich in einige ganz gewöhnliche Hektar aus mit Buschwerk bewachsener Landschaft zurück. Victor gewann den Eindruck, von einer ähnlichen Metamorphose erfaßt zu werden.

Die Beschwörer der kinematographischen Magie brachen nacheinander auf, lachten, scherzten und kamen überein, sich später bei Borgel zu treffen.

Ginger und Victor blieben in einem immer größer werdenden Kreis aus Leere zurück.

»So habe ich mich damals gefühlt, als der Zirkus weiterzog«, sagte die junge Frau.

»Schnapper meinte, morgen wird ein neuer Film gedreht«, erwiderte Victor. »Ich bin sicher, er improvisiert sie die ganze Zeit über. Wie dem auch sei: Wir bekommen zehn Dollar pro Tag. Minus einen für Gaspode«, fügte er gewissenhaft hinzu, sah Ginger an und grinste dümmlich. »Kopf hoch. Du bist bei den beweglichen Bildern. Und du wolltest doch immer bei den beweglichen Bildern sein, oder?«

»Unsinn. Bis vor zwei Monaten wußte ich überhaupt nichts von den beweglichen Bildern – weil es gar keine gab.«

Sie schlenderten zu der Stadt aus Hütten und Schuppen.

»Was wolltest du werden, als du noch nichts von den beweglichen Bildern wußtest?« fragte Victor nach einer Weile.

Ginger zuckte mit den Achseln. »Was weiß ich. Ich hatte nur keine Lust, Kühe zu melken.«

Victor dachte an sein Zuhause und versuchte, sich an Kühe melkende junge Frauen zu erinnern. »Schien mir immer eine interessante Arbeit zu sein, das Melken«, sagte er unbestimmt. »Butterblumen. Und viel frische Luft.«

»Es ist kalt, und meistens regnet's, und wenn man fast fertig ist, stoßen die blöden Kühe den Eimer um. Erzähl mir bloß nichts vom

Melken. Oder vom Hüten von Schafen und Gänsen. Ich habe unseren Bauernhof gehaßt.«

»Oh.«

»Außerdem sollte ich mit fünfzehn meinen Vetter heiraten.«

»Ist das erlaubt?«

»Ja, natürlich. In meiner Heimat heiraten alle Mädchen ihre Vettern.«

»Warum?« fragte Victor.

»Um nicht dauernd zu überlegen, wie sie den Samstagabend verbringen sollen, nehme ich an.«

»Oh.«

»Was wolltest *du* werden?« Es gelang Ginger, die ganze Verachtung eines Satzes in nur zwei Buchstaben zu konzentrieren.

»Nichts«, antwortete Victor. »Ich meine, alles scheint irgendwie interessant zu sein – bis man sich näher damit befaßt. Dann stellt es sich nur als Arbeit heraus. Ich schätze, selbst Leute wie Cohen der Barbar wachen morgens mit dem Gedanken auf: ›O *nein*, schon wieder muß ich den ganzen Tag lang in irgendwelche Tempel stürmen und mit kostbaren Edelsteinen geschmückte Throne zerstampfen.‹«

»Er zerstampft Throne?« fragte Ginger. Widerstrebendes Interesse erklang in ihrer Stimme.

»So steht es in den Geschichten.«

»Warum?«

»Keine Ahnung. Vermutlich ist es sein Job.«

Ginger griff nach einer Handvoll Sand. Er rieselte zwischen ihren Fingern hindurch, und kleine weiße Muschelschalen blieben hängen.

»Ich war zehn Jahre alt, als der Zirkus in unser Dorf kam«, sagte sie. »Ein Mädchen trat auf. Trug eine mit Pailletten besetzte Strumpfhose. Es balancierte auf einem Seil, machte sogar Saltos. *Ich* durfte nicht einmal auf einen Baum klettern, aber jenes Mädchen bekam Applaus. Daraufhin entschied ich mich.«

»Ah«, kommentierte Victor, der sich bemühte, nicht den Faden zu verlieren. »Du hast entschieden, jemand Besonderes zu werden.«

»Quatsch. Ich entschied, noch mehr zu werden als nur jemand Besonderes.«

Ginger warf die Muschelschalen in Richtung der untergehenden

Sonne und lachte. »Ich werde die berühmteste Person der ganzen Welt; alle verlieben sich in mich; und ich lebe ewig.«

»Es kann nie schaden, sich Ziele zu setzen«, sagte Victor diplomatisch. »Gibt dem Leben einen Sinn.«

»Weißt du, worin die größte aller Tragödien besteht?« fragte Ginger und achtete überhaupt nicht auf ihren Begleiter. »Viele Leute finden nie heraus, was sie wollen oder worin sie gut sind. Söhne werden Schmiede, weil ihre Väter Schmiede sind. Denk doch mal an alle diese Leute, die das Zeug zu erstklassigen Flötenspielern haben, aber niemals ein Instrument in die Hand bekommen und sich damit begnügen, ihr Leben lang den Acker zu pflügen. Alle diese Leute, die niemals ihre Talente entdecken. Vielleicht werden sie sogar in der falschen *Zeit* geboren – in einer Epoche, in der es gar nicht möglich ist, ihre besonderen Begabungen zu entfalten.«

Ginger holte tief Luft. »Denk doch nur mal an die Leute, die niemals erfahren, was sie hätten sein können. Alle diese *vergeudeten Chancen*. Nun, Holy Wood ist *meine* Chance, mehr zu werden als ich bin, verstehst du?«

Victor verstand kein Wort. »Ja«, log er. Magie für einfache Leute, so hatte es Silberfisch genannt. Ein Mann drehte eine Kurbel, und alles veränderte sich.

»Es ist eine Chance für *uns alle*«, fuhr Ginger fort. »Für Leute, die keine Zauberer, Könige oder Helden sind. Holy Wood ist wie ein riesiger Topf mit blubbernder Erbsensuppe, nur, daß in diesem Fall ganz andere Ingredienzen darin schwimmen. Plötzlich bieten sich uns völlig *neue* Möglichkeiten. Wußtest du, daß Theater keine Frauen als Schauspieler zulassen? In Holy Wood existieren keine derartigen Beschränkungen. Trolle brauchen sich hier nicht damit zu begnügen, dauernd Keulen zu schwingen. Und die Kurbeldreher ... Womit haben sie sich beschäftigt, bevor sie Kurbeln drehten?«

Ginger deutete zu der Stelle des Horizonts, wo sich Ankh-Morpork durch einen matten Lichtschein offenbarte.

»Inzwischen versucht man, den beweglichen Bildern Ton hinzuzufügen«, sagte sie. »Irgendwo dort draußen sind Leute, die ausgezeichnete, äh, bewegliche *Ton*bilder produzieren werden. Vielleicht wissen sie noch nichts davon, aber sie sind irgendwo dort draußen. Ich spüre es. Ja, sie sind dort draußen.«

Ein goldener Glanz ging von ihren Augen aus. Vielleicht liegt es nur am Sonnenuntergang, dachte Victor. Oder...

»Holy Wood hilft Hunderten von Personen herauszufinden, was sie wirklich sein möchten«, sagte Ginger. »Und Tausende bekommen Gelegenheit, für einen Moment sich selbst zu vergessen. Die ganze Welt wird aus den Angeln gehoben!«

»Ja«, bestätigte Victor. »Und genau das beunruhigt mich. Weil wir nur die Werkzeuge dabei sind. Du glaubst, wir benutzen Holy Wood, aber in Wirklichkeit werden wir von Holy Wood benutzt. Wir alle.«

»Wie? Warum?«

»Ich weiß es nicht, aber...«

»Die Zauberei, zum Beispiel«, sagte Ginger, und Empörung vibrierte in ihrer Stimme. »Hat sie uns jemals geholfen?«

»Ich glaube, sie hält die Welt zusammen...«, begann Victor.

»Oh, die Zauberer sind gut, wenn es darum geht, magische Flammen entstehen zu lassen, aber hat uns ihre Magie jemals mit Brot versorgt?« Ginger war nicht in der Stimmung, jemandem zuzuhören.

»Nicht für sehr lange«, erwiderte Victor hilflos.

»Was soll das heißen?«

»Etwas *Wirkliches* wie ein Laib Brot enthält viel... nun, ich glaube, man nennt es Energie?« erklärte Tugelbend. »Man braucht enorm viel Kraft, um soviel Energie zu beschwören. Nur ein sehr begabter Zauberer ist imstande, Brot zu schaffen, das in dieser Welt länger als nur für einen *kleinen* Sekundenbruchteil existiert. Aber eigentlich hat die Magie ganz andere Aufgaben, weißt du«, fügte er rasch hinzu. »Weil diese Welt...«

»Wen kümmert's?« fragte Ginger. »Holy Wood erfüllt die Träume gewöhnlicher Leute. Leinwandmagie.«

»Was ist los mit dir? Gestern abend...«

»Das war gestern abend«, sagte die junge Frau ungeduldig. »Verstehst du denn nicht? Wir können etwas erreichen. Wir können etwas werden. Weil es Holy Wood gibt. Die Welt liegt...«

»Im Meer«, murmelte Victor.

Ginger winkte verärgert. »Zu unseren Füßen«, berichtigte sie. »Sie liegt zu unseren Füßen. Ich meine...«

»Ich weiß, was du meinst. Aber ich denke dabei ans Meer. Und an die Hummer darin.« *Und an die versunkene Stadt*, dachte er.

»*Quääästor!*«

In meinem Alter sollte ich nicht mehr so schnell laufen, dachte der Quästor, als er durch den langen Flur zum Arbeitszimmer des Erzkanzlers hastete. Warum interessiert er sich so sehr für das blöde Ding? Verdammter Topf!

»Bin unterwegs, Herr«, flötete er.

Uralte Dokumente lagen auf Ridcullys Schreibtisch.

Wenn ein Zauberer starb, so verstaute man seine Papiere in einem entlegenen Bereich der Bibliothek. Zahllose Regale erstreckten sich in die dunkle Ferne, gefüllt mit langsam vermodernden Schriftrollen, die von geheimnisvollen Käfern und Trockenfäule wimmelten. Die Zauberer wiesen immer wieder darauf hin, daß dort wahre Schätze für Forscher lagerten, aber aus irgendeinem Grund fand nie jemand die Zeit, die Kostbarkeiten zu erforschen.

Der Quästor ärgerte sich darüber, daß er selbst in dem Zeug herumkramen mußte. Er hatte vergeblich nach dem Bibliothekar gesucht – seit einigen Tagen schien der Affe ständig mit anderen Dingen beschäftigt zu sein.

»Ich glaube, das ist alles, Erzkanzler«, sagte er und kippte eine Lawine aus staubigem Papier auf den Schreibtisch. Ridcully schlug nach einigen Motten.

»Papier, Papier, Papier«, brummte er. »Wieviele verdammte Dokumente enthält der verdammte Haufen?«

»Äh... dreiundzwanzigtausendachthundertdreizehn, Erzkanzler«, antwortete der Quästor. »Er hat darüber Buch geführt.«

»Sieh dir das hier an«, sagte Ridcully. »›Sternenzähler‹... ›Rückzähler für Weltuntergangsreligionen‹... ›Sumpfmeter‹... Sumpfmeter! Der Bursche war verrückt!«

»Er legte großen Wert auf Ordnung«, entgegnete der Quästor.

»Das meine ich ja.«

»Ist es, äh, wirklich wichtig, Erzkanzler?« fragte der Quästor vorsichtig.

»Das Ding hat mit Bleikugeln auf mich geschossen«, betonte Ridcully. »Zweimal!«

»Ich bin sicher, es, äh, steckte keine Absicht dahinter...«

»Ich will feststellen, wie er es gebaut hat, Mann! Denk nur an die Möglichkeiten eines sportlichen Einsatzes!«

Der Quästor versuchte, daran zu denken.

»Vermutlich hat Riktor nicht beabsichtigt, eine, äh, Waffe zu konstruieren«, sagte er schließlich.

»Es ist mir völlig gleich, was er *beabsichtigt* hat! Wo befindet sich das Ding jetzt?«

»Ich habe einige Diener beauftragt, die Vorrichtung mit Sandsäcken zu umgeben.«

»Gute Idee. Der Topf ist gef...«

...Wumm... wumm...

Das – gedämpfte – Geräusch kam vom Flur. Die beiden Zauberer wechselten einen bedeutungsvollen Blick.

...Wumm... wummWUMM.

Der Quästor hielt den Atem an.

Plib.

Plib.

Plib.

Der Erzkanzler blickte zur Sanduhr auf dem Kaminsims. »Das passiert jetzt alle fünf Minuten.«

»Und es sind jeweils drei Schüsse«, sagte der Quästor. »Ich muß noch mehr Sandsäcke bestellen.«

Er blätterte in den Unterlagen. Ein Wort fiel ihm auf.

Wirklichkeit.

Er betrachtete die kleine, säuberliche Handschrift – Riktor schien darauf geachtet zu haben, daß jeder Buchstabe möglichst wenig Platz beanspruchte. Jemand hatte ihm einmal gesagt, daß Leute, die auf eine solche Weise schrieben, häufig an analer Retention litten. Der Quästor wußte nicht, was das bedeutete, und er hoffte, es auch nie herauszufinden.

Ein anderes Wort lautete »Messung«. Sein Blick glitt nach oben zum unterstrichenen Titel: *Hinweise für die objektive Messung der Wirklichkeit.*

Darüber zeigte sich ein Diagramm. Der Quästor riß die Augen auf.

»Hast du was gefunden?« fragte der Erzkanzler, ohne den Kopf zu heben.

Der Quästor schob sich das Dokument in den Ärmel.

»Nein«, log er.

Unten donnerte die Brandung an den Strand. (Und unter der Wasseroberfläche wanderten Hummer über versunkene Straßen...)

Victor warf noch ein Stück Treibholz ins Feuer. Die Salzkrusten färbten die Flammen blau.

»Ich verstehe sie nicht«, sagte er. »Gestern war sie völlig normal, und heute ist ihr alles zu Kopf gestiegen.«

»Blödes Weibsstück!« kommentierte Gaspode in mitfühlendem Tonfall.

»Oh, soweit würde ich nicht gehen«, murmelte Victor. »Sie ist nur so... unnahbar.«

»Läßt dich nicht ran, wie?«

»So wirkt sich die Intelligenz auf das Liebesleben aus«, meinte Nennt-mich-nicht-Kuschelweich. »Normale Kaninchen haben keine derartigen Probleme. Kurzes Kennenlernen, und dann geht's zur Sache.«

»Vielleicht follteft du ihr eine Mauf fenken«, schlug die Katze vor. »Anwefende natürlich aufgenommen«, fügte sie schuldbewußt hinzu und mied Auf-keinen-Fall-Quiekis Blick.

»Daß ich jetzt intelligent bin, hat mir auch keine Vorteile gebracht«, sagte Kuschelweich bitter. »Vor einer Woche war alles in bester Ordnung. Plötzlich verspüre ich den Wunsch, Gespräche zu führen, aber die anderen Kaninchen starren einen nur an und rümpfen die Nase. Man kommt sich wie ein Idiot vor.«

Halb ersticktes Quaken erklang.

Gaspode übersetzte. »Die Ente möchte wissen, ob du irgend etwas in Hinsicht auf das Buch unternommen hast.«

»Während der Mittagspause habe ich einen Blick hineingeworfen«, antwortete Victor.

Diesmal hörte sich das Quaken verärgert an.

»Die Ente sagt: Ja, aber was hast du *unternommen*?« dolmetschte Gaspode.

»Hört mal, ich kann nicht einfach so nach Ankh-Morpork zurückkehren«, schnappte Victor. »Die Stadt ist dreißig Meilen entfernt. Für die Reise dorthin sind Stunden nötig. Und wir drehen von morgens bis abends.«

»Bitte um einen freien Tag«, riet ihm Kuschelweich.

»In Holy Wood bittet niemand um einen freien Tag!« entgegnete

Tugelbend. »Ich bin schon einmal entlassen worden, herzlichen Dank.«

»Und man hat dich wieder eingestellt, und du bekommst jetzt mehr Geld. Komisch, nicht wahr?« – kratzte sich am Ohr. »Sag Schnapper, dein Vertrag sieht einen freien Tag vor.«

»Ich habe überhaupt keinen Vertrag. Das *weißt* du doch. Man arbeitet und wird bezahlt. So einfach ist das.«

»Ja«, brummte der Hund. »Ja. Ja? Ein mündlicher Vertrag. Du hast recht, es ist ganz einfach. Oh, ich *liebe* einfache Dinge.«

Als sich die Nacht ihrem Ende entgegenneigte, stand ein unsicherer Detritus vor der Hintertür des Blauen Lias. Seltsame Gefühle hatten ihn den ganzen Tag über geplagt. Wenn er die Augen schloß, sah er immer wieder eine hügelartige Gestalt.

Schließlich reifte eine Erkenntnis in ihm.

Er hatte sich verliebt.

Der Troll erinnerte sich daran, in Ankh-Morpork Leute für Geld geschlagen zu haben. Er erinnerte sich an ein freud- und freundeloses Leben. An ein Leben in Einsamkeit. Er hatte sich bereits damit abgefunden, den Rest seiner Tage als verbitterter Junggeselle zu verbringen, doch nun gab ihm Holy Wood eine einzigartige Chance.

Detritus entsann sich auch an seine strenge Erziehung und den väterlichen Rat: Wenn man eine Frau sah, die einem gefiel, so stürmte man nicht einfach auf sie zu. Nein, man mußte Anstand bewahren und die Tradition beachten.

Er war zum Strand gegangen, um dort einen Stein zu suchen. Natürlich nicht irgendeinen Stein. Schließlich entdeckte er ein vom Meer geglättetes Exemplar, mit Adern aus rosarotem und weißem Quarz. Frauen mochten so etwas.

Jetzt wartete er darauf, daß Rubin die Arbeit beendete.

Er überlegte, was er ihr sagen sollte. Niemand hatte ihm beigebracht, was er zu *sagen* hatte. Unglücklicherweise war Detritus nicht so redselig wie die Trolle Rock und Moräne. Bisher hatte er Sprache nie wirklich dringend benötigt. Mutlos scharrte er im Sand. Welche Möglichkeiten hatte er bei einer so schönen und intelligenten Frau?

Er hörte schwere Schritte, und dann öffnete sich die Tür. Das Objekt seiner Begierde trat in die Nacht und atmete tief durch. Bei Detritus erzielte das eine Wirkung wie ein Eiswürfel, der den Nacken eines Menschen hinunterruscht.

Detritus starrte erschrocken auf seinen Stein. Im Vergleich zu Rubins Masse erschien er geradezu winzig. Aber vielleicht spielte die Größe keine Rolle; vielleicht ging es in erster Linie darum, was man mit dem Stein anstellte.

Jetzt kam der entscheidende Augenblick. Es hieß, das erste Mal sei unvergeßlich...

Detritus holte weit aus und traf Rubin genau zwischen den Augen. Und dann ging alles schief.

Die *Tradition* verlangte folgendes: Wenn die Frau ihre Benommenheit abstreifte, und wenn der Stein ihren Ansprüchen genügte – dann sollte sie allen Vorschlägen des betreffenden Trolls zugänglich sein. Als besonders attraktiv galt das Angebot, einen Menschen in romantischem Kerzenschein zu verzehren, obwohl die Trolle inzwischen von derart unzivilisiertem Verhalten Abstand genommen hatten – es sei denn, es bestand keine Gefahr, dabei erwischt zu werden.

Die Frau sollte *nicht* die Augen zusammenkneifen und dem Steinwerfer eine so heftige Backpfeife verpassen, daß ihm die Ohren klingelten.

»Du dummer Troll!« rief Rubin, während Detritus im Kreis taumelte. »Was du dir dabei gedacht haben? Du mich halten für Unschuld vom Berge? Warum du es nicht richtig machen?«

»Aber, aber«, erwiderte Detritus. Rubins Zorn entsetzte ihn. »Ich nicht in der Lage, deinen Vater um Erlaubnis zu bitten, dich zu schlagen. Ich nicht wissen, wo er wohnen...«

Rubin straffte würdevoll ihre Gestalt.

»Der altmodische Kram jetzt sehr unkultiviert sein«, schniefte sie. »So etwas nicht mehr modern. Ich kein Interesse an einem Troll, der nicht mit der Zeit gehen. Stein auf dem Kopf sein sentimental...«, fuhr Rubin fort, und ein Teil der Gewißheit tropfte aus ihrer Stimme. »Aber Diamanten die besten Freunde einer Frau.« Sie zögerte – aus irgendeinem Grund kam ihr das falsch vor.

Detritus runzelte verwirrt die granitene Stirn.

»Was?« fragte er. »Du möchten, daß ich mir die Zähne ausschlagen?«

»Nun, vielleicht Diamanten nicht richtig«, räumte Rubin ein. »Aber jetzt alles modern. Heute Frauen verlangen mehr als nur Stein auf dem Kopf.«

Detritus' Miene erhellte sich. »Vielleicht zwei?« hoffte er.

»Nein«, erwiderte Rubin streng. »Eine moderne Frau wollen umworben werden. Du müssen...« Sie zögerte erneut.

Sie war sich nicht ganz sicher, auf welche Weise moderne Frauen umworben werden wollten. Andererseits: Rubin hatte inzwischen einige Wochen in Holy Wood verbracht, und daher wußte sie, daß dieser Ort *Veränderungen* bewirkte. Sie begegnete hier einer Art weiblichen Freimaurerei, die über alle Spezies-Grenzen hinausging – und sie lernte schnell. Rubin hatte mit verständnisvollen menschlichen Frauen gesprochen. Und mit Zwergen. Selbst Zwerge verstanden es besser als Trolle, jemanden den Hof zu machen.* Und Menschen bewiesen in diesem Zusammenhang *erstaunliche* Phantasie.

Eine Trollin hingegen durfte nur erwarten, mit einem Stein auf den Kopf geschlagen zu werden. Anschließend verbrachte sie den Rest ihres Lebens damit, zu gehorchen und das zu kochen, was der Mann in die Höhle zerrte.

Nun, Rubins Ansicht nach durften sich die Veränderungen nicht nur auf Holy Wood beschränken. Sie hatte einen Beschluß gefaßt: Wenn sie nach Hause zurückkehrte, wollte sie in den Troll-Bergen für den größten Aufruhr seit der letzten Kontinentalverschiebung sorgen. Inzwischen würde sie damit beginnen, erst mal ihr eigenes Leben neu zu ordnen.

Rubin gestikulierte vage.

»Du müssen, äh, vor dem Fenster der Frau singen. Und, und du ihr *Oograah* geben.«

»Oograah?«

»Ja. Hübsches *Oograah*.«**

Detritus kratzte sich am Kopf.

»Warum?« fragte er.

Panik huschte über Rubins Gesicht. Sie hatte ebenfalls keine Ah-

---

* Alle Zwerge tragen Bärte und Kleidung aus vielen verschiedenen Schichten. Wenn sie einen Ehepartner suchen, so müssen sie zunächst auf subtile, taktvolle Weise herausfinden, welches Geschlecht der/die ausgewählte Kandidat(in) hat.

** Trolle kennen fünftausendvierhundert Wörter für Steine und eins für Pflanzen. Oograah kann alles bedeuten, von Moos bis hin zu Mammutbäumen. Trolle stehen auf folgendem Standpunkt: Wenn man's nicht essen kann, ist es nicht der Rede wert.

nung, warum es so wichtig sein sollte, einer Frau ungenießbare Vegetation zu geben. Doch es widerstrebte ihr, diese Wissenslücke einzugestehen.

»Seltsam, daß du es nicht wissen«, erwiderte sie.

Ihr Sarkasmus entging Detritus. Wie so vieles andere auch.

»Na schön«, brummte er. »Ich nicht so unkultiviert wie du glaubst«, fügte er hinzu. »Ich modärn sein. Nur abwarten!«

Gehämmere lag in der Luft. Gebäude wuchsen von der namenlosen Hauptstraße aus zu den Dünen. Niemandem gehört das Land in Holy Wood – wenn nichts darauf stand, wurde einfach darauf gebaut.

Schnapper verfügte jetzt über zwei Büros. In einem beschimpfte er die Leute, und das andere direkt davor benutzten die Leute, um sich gegenseitig zu beschimpfen. Soll beschimpfte die Kurbeldreher. Die Kurbeldreher beschimpften die Alchimisten. Überall kletterten die Kobolde herum, ertranken in Kaffeebechern und beschimpften sich. Zwei zu Versuchszwecken herbeigeschaffte grüne Papageien beschimpften sich. Schauspieler in seltsamen Kostümen kamen herein und schimpften. Silberfisch schimpfte, weil er nicht verstand, warum sein Schreibtisch jetzt im Vorzimmer stand – obwohl ihm das Studio gehörte.

Gaspode saß phlegmatisch neben der Tür des ersten Büros. Während der letzten fünf Minuten hatte er folgendes bekommen: einen halbherzigen Tritt, einen weichen Keks und einen Klaps auf den Kopf. Damit glaubte er, ganz gut dran zu sein.

Er versuchte, allen Gesprächen gleichzeitig zuzuhören, denn sie erwiesen sich als sehr lehrreich. Zum Beispiel: Einige Schimpfer kamen mit Beuteln, die Geld enthielten...

»*Wie* bitte?«

Die laute, verblüffte Stimme erklang im zweiten Büro. Gaspode stellte ein Ohr vor.

»Ich, äh, möchte einen freien Tag, Herr Schnapper«, sagte Victor.

»Einen *freien* Tag? Du willst nicht arbeiten?«

»Nur einen Tag, Herr Schnapper.«

»Glaubst du etwa, ich bezahle die Leute dafür, daß sie sich einen Tag freinehmen? Ich bin doch nicht Krösus! Wir erzielen hier kaum

Gewinn. Alles *kostet* soviel. Warum setzt du mir nicht gleich eine Armbrust an den Kopf?«

Gaspode beobachtete die Beutel vor Soll, der fleißig damit beschäftigt war, Münzen aufeinanderzustapeln. Der Hund zog zynisch eine Braue hoch.

Kurze Stille folgte. O nein, dachte Gaspode. Der Idiot vergißt seinen Text.

»Ich verlange kein Geld dafür, Herr Schnapper.«

Gaspode entspannte sich.

»Du verlangst kein Geld dafür?«

»Nein, Herr Schnapper.«

»Aber vermutlich möchtest du einen Job, wenn du zurückkehrst?« fragte Treibe-mich-selbst-in-den-Ruin ironisch.

Neuerliche Anspannung erfaßte Gaspode. Er hatte lange mit Victor geübt.

»Nun, eigentlich schon, Herr Schnapper. Aber ich wollte mich auch bei den Ungebundenen Alchimisten umhören. Um zu sehen, was die anzubieten haben.«

Es gab ein Geräusch, das sich genau so anhörte, als stieße die Rückenlehne eines Stuhls gegen die Wand dahinter. Gaspode grinste schadenfroh.

Ein weiterer Geldbeutel wurde vor Soll auf den Tisch gelegt.

»Die *Ungebundenen Alchimisten!*«

»Offenbar bereitet man dort die ersten beweglichen Tonbilder vor, Herr Schnapper«, sagte Victor ruhig.

»Aber es sind Amateure! *Und* Gauner!«

Gaspode runzelte die Stirn. Jetzt begann die Phase, in der Victor improvisieren mußte.

»Nun, da bin ich ja erleichtert, Herr Schnapper.«

»Wieso?«

»Dann sind die Ungebundenen Alchimisten wenigstens keine *professionellen* Gauner.«

Gaspode nickte. Nicht übel, nicht übel.

Schritte, die um einen Schreibtisch eilten. Einige Sekunden später ertönte Schnappers Stimme: Sie klang so, als schmierte er Victor gerade die Jahresproduktion eines Imkers um den Bart.

»Victor! Vic! Bin ich nicht immer wie ein Onkel für dich gewesen?«

Nun, ja, dachte Gaspode. Er ist hier für viele Leute wie ein Onkel. Weil sie seine Neffen sind.

Er hörte nicht weiter zu, und dafür gab es zwei Gründe. Erstens: Sicher bekam Victor seinen freien Tag, und wahrscheinlich sogar bezahlt. Zweitens: Jemand führte einen anderen Hund herein.

Er war groß und prächtig und hatte glänzendes Fell.

Gaspode erkannte einen reinrassigen Jagdhund aus den Spitzhornbergen. Als das Tier neben ihm Platz nahm, war es, als lege eine schnittige Rennjacht im Hafen neben einem schmutzigen Kohlenfrachter an.

»Das ist also Onkels neueste Idee, wie?« fragte Soll. »Wie heißt er?«

»Laddie«, sagte jener Mann, der die Leine hielt.

»Wieviel?«

»Sechzig Dollar.«

»Für einen *Hund*? Meine Güte, wir sollten selbst lieber Hunde züchten, das lohnt sich.«

»Er ist gut dressiert und sehr intelligent. Genau das, wonach Herr Schnapper sucht.«

»Na schön. Binde ihn dort fest. Und wenn der andere Köter Probleme verursacht, gib ihm einfach einen Tritt.«

Gaspode beobachtete den Hund nachdenklich. Als Laddie nicht mehr Gegenstand der allgemeinen Aufmerksamkeit war, schob er sich näher an ihn heran, musterte ihn von Kopf bis Fuß und flüsterte aus dem Schnauzenwinkel:

»Weshalb bist du hier?«

Der Neuankömmling blickte ihn mit eleganter Verwirrung an.

»Ich meine, gehörst du jemandem oder so?« erkundigte sich Gaspode.

Der Hund winselte leise.

Gaspode versuchte es mit Einfach-Hundisch – diese Sprache bestand zum größten Teil aus Schnaufen und leisem Wimmern.

»Hallo?« fragte er. *»Verstehen du mir?«*

Laddies Schwanz zuckte unsicher.

»Das Futter ist ziemlich übel hier«, verkündete Gaspode.

Der Hund hob würdevoll den Kopf.

»Was dies für ein Ort?« erwiderte er.

»*Wir sind hier in Holy Wood*«, sagte Gaspode im Plauderton. »*Ich bin Gaspode. Du kennst den Namen sicher. Wie der berühmte Gaspode. Frag nur, wenn du irgend etwas wissen möchtest...*«

»*Diese vielen Zweibeiner. Äh... Was dies für ein Ort?*«

Gaspode zog die Brauen hoch.

In diesem Augenblick öffnete sich die Tür von Schnappers Büro. Victor trat ins Vorzimmer und hustete am Ende einer Zigarre.

Treibe-mich-selbst-in-den-Ruin folgte ihm. »Großartig, großartig. Wußte ja, daß wir uns einig werden. Vergeude das Ding nicht, Junge. Kosten einen Dollar pro Stück. Oh, wie ich sehe, hast du deinen kleinen Hund mitgebracht.«

»Wuff«, sagte Gaspode verärgert.

Das andere Tier bellte kurz und richtete sich auf. Es gelang ihm, mit jedem Haar Wachsamkeit zum Ausdruck zu bringen.

»Ah«, meinte Schnapper. »Und unser Wunderhund ist eingetroffen.«

Gaspodes kümmerlicher Schwanz zuckte ein- oder zweimal.

Dann ahnte er die Wahrheit.

Er starrte den größeren Hund an, öffnete den Mund, um etwas zu sagen... Und faßte sich gerade noch rechtzeitig. Er brachte ein zaghaftes »*Bell?*« hervor.

»Ich hatte die Idee, als ich deinen Hund bemerkte«, fuhr Schnapper fort. »Dachte mir: He, die Leute mögen Hunde. Ich mag sie ja auch. Ein positives Symbol, der Hund. Rettet Leben, des Menschen bester Freund und so weiter.«

Victor sah den Zorn in Gaspodes Augen.

»Mein Hund ist *sehr* gescheit«, sagte er.

»Oh, *natürlich* hältst du ihn für gescheit«, räumte Schnapper ein. »Aber sieh dir die beiden an. Hier haben wir ein aufmerksames, hübsches Tier, und dort hockt ein von Flöhen zerfressener Staubwedel. Man kann sie gar nicht miteinander vergleichen, oder?«

Der Wunderhund bellte erneut.

»*Was dies für ein Ort? Braver Laddie!*«

Gaspode rollte mit den Augen.

»Siehst du, was ich meine?« fragte Schnapper. »Man gebe ihm den richtigen Namen. Man richte ihn ab. Und schon ist ein Star geboren.«

Er klopfte Victor erneut auf den Rücken. »Hat mich gefreut, mit dir zu reden, ja, hat mich sehr gefreut, bin jederzeit für dich da, wenn du mich nicht zu oft besuchst, und jetzt geh, *Soll!*«

»Ja, Onkel?«

Victor war plötzlich allein in einem Zimmer mit zwei Hunden und vielen Leuten. Er nahm die Zigarre aus dem Mund, spuckte aufs glühende Ende und ließ das Ding hinter einer Topfpflanze verschwinden.

»Ein Star ist geboren«, meinte unten eine leise, spöttische Stimme.

»*Was er gesagt? Was dies für ein Ort?*«

»Starr mich nicht so an«, sagte Victor. »Ich habe da nichts mit zu tun.«

»Was hat das zu bedeuten?« fragte Gaspode. »Sind hier plötzlich alle ausgeklinkt oder was?«

»*Braver Laddie.*«

»Komm.« Victor winkte. »Ich muß in fünf Minuten am Drehort sein.«

Gaspode folgte ihm und murmelte vor sich hin. Victor hörte ein gelegentliches »flohzerfressen« und »des Menschen bester Freund« und »verdammter Wunderverdammterhund«. Schließlich ertrug er es nicht mehr.

»Du bist nur neidisch.«

»Neidisch auf einen zu groß geratenen Welpen mit einem einstelligen Intelligenzquotienten?« höhnte Gaspode.

»*Und* mit einem glänzenden Fell, einer kalten Nase und einem Stammbaum so lang wie, wie, wie mein Arm«, hielt ihm Victor entgegen.

»Stammbaum? *Stammbaum?* Was haben denn Stammbäume damit zu tun? Es ist nichts weiter als Fortpflanzung. Auch ich hatte einen Vater. Und zwei Großväter. Und vier Urgroßväter. Und viele von ihnen waren unter Umständen der gleiche Hund. Erzähl mir bloß nichts von Stammbäumen.«

Gaspode verharrte kurz und hob das Bein an einer der Latten, die das Schild mit der Aufschrift »Studios des Flughund-Jahrhunderts« trugen.

Thomas Silberfisch hatte mit großer Verwunderung darauf reagiert. Als er am Morgen eintraf, war das von ihm selbst gemalte Schild »interessante und lehrreiche Filme« verschwunden, und seinen Platz nahm diese große Reklametafel ein. Er saß nun im Vorzimmer, stützte das Kinn auf beide Hände und versuchte sich einzureden, daß seine eigene Idee dahintersteckte.

»Holy Wood hat *mich* gerufen«, knurrte Gaspode voller Selbstmitleid. »Ich habe einen weiten Weg zurückgelegt, und dann wählt man dieses große haarige Ding aus. Wahrscheinlich arbeitet es für einen gefüllten Napf pro Tag.«

»Nun, vielleicht bist du nicht hierhergerufen worden, um ein Wunderhund zu sein«, erwiderte Victor. »Vielleicht hat Holy Wood andere Pläne mit dir.«

Das ist doch lächerlich, dachte er. Warum reden wir so seltsam daher? Ein Ort kann doch keine Absichten haben. Ein Ort kann niemanden rufen... Nun, sieht man von Heimweh und dergleichen ab. Aber es dürfte wohl kaum möglich sein, Heimweh nach einem Ort zu haben, an dem man noch nie gewesen ist. Vor uns hat sich seit Jahrtausenden niemand mehr hier aufgehalten.

Gaspode starrte eine Bretterwand an und schniefte.

»Hast du Schnapper alles so gesagt, wie wir es besprochen haben?« fragte er.

»Ja. Er war geradezu schockiert, als ich die Ungebundenen Alchimisten erwähnte.«

Gaspode kicherte leise.

»Hast du ihn auch darauf hingewiesen, daß ein mündlicher Vertrag nicht das Papier wert ist, auf dem er nicht geschrieben steht?«

»Ja. Angeblich verstand er nicht, was ich damit meinte. Aber er gab mir eine Zigarre. Und er versprach, mich und Ginger für die Reise nach Ankh-Morpork zu bezahlen. Offenbar plant er neue und besonders großartige Bilder.«

»Worum geht's dabei?« erkundigte sich Gaspode argwöhnisch.

»Keine Ahnung.«

»Hör mal...«, sagte der Hund. »Schnapper verdient ein Vermögen. Ich habe das Geld gezählt. Auf Solls Schreibtisch lagen fünftausendzweihundertdreiundsiebzig Dollar und zweiundfünfzig Cents. *Du* hast dafür gearbeitet. Und Ginger.«

»Donnerwetter!«

»Vielleicht wäre es angebracht, wenn du einige neue Wörter lernst«, fuhr Gaspode fort. »Glaubst du, dazu imstande zu sein?«

»Ich hoffe es.«

»Beteiligung an den Brut-to-ein-nah-men«, betonte Gaspode. »Na? Kannst du das im Gedächtnis behalten?«

»Beteiligung an den Brut-to-ein-nah-men«, wiederholte Victor.

»Braver Junge.«

»Was hat es damit auf sich?«

»Oh, das brauchst du nicht zu wissen«, antwortete Gaspode. »Du sagst einfach, daß du darauf bestehst. Bei der richtigen Gelegenheit.«

»Und wann bietet sich die richtige Gelegenheit?« fragte Victor.

Gaspode lächelte grimmig. »Wenn Schnapper ißt und gerade den Mund voll hat.«

In Holy Wood ging es so hektisch zu wie in einem Ameisenhaufen. Auf der dem Meer zugewandten Seite drehten die Tannenstudios *Der dritte Gnom*. In den Mikrolithstudios arbeiteten fast nur Zwerge, und ihr derzeitiges Projekt hieß *Die Goldgräber von 1457*. Es war auch eine Fortsetzung mit dem Titel *Der Goldrausch* geplant. Die neu gegründete Firma »Bauch & Blähungen« setzte einen Streifen namens *Das große Putenschenkelfressen* in Szene. Und bei Borgel war's gerammelt voll.

»Ich weiß den Titel nicht, aber es geht dabei um jemanden, der zu einem Zauberer will«, sagte ein Mann. Er trug die Hälfte eines Löwen-Kostüms und stand in der Schlange vor dem Tresen. »Folgt offenbar einer kranken gelben Kröte.«

»In Holy Wood gibt's keine Zauberer.«

»Oh, mit diesem scheint alles in Ordnung zu sein. Kennt sich kaum mit Magie aus.«

»Welche Zauberer kennen sich schon mit Magie aus?«

Ton! Darin bestand das Problem. Überall in Holy Wood bemühten sich Alchimisten darum, die Lösung zu finden: Sie schrien Papageien an, richteten flehentliche Bitten an Hirtenstare und befahlen geheimnisvollen Flaschen, Geräusche aufzubewahren, bis es Zeit wurde, sie wieder freizugeben. Dem gelegentlichen Donnern explodierender Okto-Zellulose gesellte sich erschöpftes Schluchzen oder schmerzerfülltes Heulen hinzu, wenn zornige Papageien unvorsichtige Daumen mit Nüssen verwechselten.

Die grünen Vögel aus dem Wiewunderland leisteten nicht das, was man von ihnen erwartete. Zwar prägten sie sich tatsächlich alles ein, was sie hörten, und sie konnten es auch wiederholen. Aber es gab keine Möglichkeit, sie auszuschalten, und außerdem improvisierten sie Bemerkungen, die – wie Schnapper vermutete – von boshaften Kurbeldrehern stammten. Nicht selten geschah es, daß romantische Dialoge von einem lauten »Huieh! Heeeh! Zeigunsdenschlüpfer!« unterbrochen wurden, und Treibe-mich-selbst-in-den-Ruin hatte – noch – nicht die Absicht, solche Streifen zu drehen.

Ton! Wer den beweglichen Bildern als erster Ton hinzufügte, würde Holy Wood beherrschen, so hieß es. Viele Leute sahen sich die Filme an, aber das Publikum war auch wankelmütig und launisch. Farbe verursachte keine Schwierigkeiten. Bei Farbe ging es nur darum, Kobolde zu züchten, die schnell genug malen konnten. Der Ton hingegen forderte eine völlig neue Technik.

In der Zwischenzeit begnügte man sich mit dem einen oder anderen Notbehelf. Die Zwerge verzichteten darauf, zwischen den einzelnen Szenen Dialoge auf Schildern zu zeigen. Sie erfanden Untertitel, was gut funktionierte, solange es die Schauspieler vermieden, zu weit vorzutreten und die Buchstaben umzustoßen.

In Ermangelung von Ton mußte das Auge von den Bildern gefesselt werden. Dazu brauchte man großartige Kulissen. In Holy Wood hämmerte es praktisch immer, aber jetzt wurde das Klopfen und Pochen noch lauter und emsiger...

Die Städte der Welt entstanden an den Hängen des Hügels.

Bei den Ungebundenen Alchimisten begann man mit einer aus Holz und Kanevas bestehenden Nachbildung der Großen Pyramide von Tsort, im Maßstab eins zu zehn. Bald führten Ankh-Morpork-Straßen durch die Landschaft aus Sand und Buschwerk. Paläste aus Pseudopolis ragten auf, Schlösser aus den mittwärtigen Regionen. In einigen Fällen waren die Straßen hinten an die Paläste gemalt: Nur buntes Leinen trennte Bauern und Prinzen voneinander.

Victor verbrachte den Rest des Morgens damit, einen kurzen Streifen zu drehen. Erneut rettete er Ginger vor einem gräßlichen Ungeheuer – dem verkleideten Mory –, doch die junge Frau sprach kaum mit ihm, nicht einmal nach dem obligatorischen Kuß. Tugelbend wartete diesmal vergeblich auf die spezielle Magie von Holy Wood, und er war froh, als er den Drehort schließlich verlassen konnte.

Er wanderte umher und beobachtete den Wunderhund Laddie auf dem Übungsplatz.

Wie ein Pfeil schoß die anmutige, vierbeinige Gestalt über Hindernisse hinweg und biß den Dresseur in einen gut gepolsterten Arm. Kein Zweifel: Die Natur hatte diesen Hund für die beweglichen Bilder geschaffen. Er bellte sogar fotogen.

»Und weißt du, was er sagt?« erklang eine verdrießliche Stimme neben Victor. Gaspode war das personifizierte krummbeinige Elend.

»Nein. Was denn?«

»*Ich Laddie. Ich brav. Braver Laddie*«, sagte Gaspode. »Man könnte kotzen.«

»Ja, aber bist du imstande, über eine hundertachtzig Zentimeter hohe Hürde zu springen?« fragte Victor.

»Das ist sehr intelligent, nicht wahr?« entgegnete Gaspode. »Ich weiche Hindernissen *aus*... was geschieht jetzt?«

»Ich glaube, Laddie bekommt eine Mahlzeit.«

»Ach, so etwas nennt man heute Mahlzeit?«

Victor beobachtete, wie Gaspode zum Napf schlenderte und hineinsah. Laddie warf ihm einen kurzen Blick zu. Gaspode bellte leise. Laddie winselte. Gaspode bellte erneut.

Eine Zeitlang jaulten die beiden Hunde.

Dann kehrte Gaspode zurück und nahm neben Victor Platz.

»Paß auf«, sagte er.

Laddie schnappte nach dem Napf und drehte ihn um.

»Abscheuliches Zeug«, kommentierte Gaspode. »Röhrenförmige Dinger und Innereien. Ich würd's keinem Hund zum Fraß vorsetzen, und ich *bin* ein Hund.«

»Du hast ihn dazu veranlaßt, sein Essen auf den Boden zu kippen?« vergewisserte sich Victor entsetzt.

»Oh, er ist sehr gehorsam«, sagte Gaspode selbstgefällig.

»Wie *gemein* von dir!«

»Ganz im Gegenteil. Außerdem habe ich ihm den einen oder anderen Rat gegeben.«

Laddie wandte sich an die Personen in seiner Nähe und bellte gebieterisch. Victor hörte ihre Stimmen.

»*Der Hund nicht essen*«, sagte Detritus. »*Der Hund hungrig werden.*«

»*Glaubst du? Herr Schnapper meinte, er sei mehr wert als wir alle zusammen!*«

»*Vielleicht er an anderes gewöhnt. Ich meinen, er vornehmer Hund. Der Inhalt des Napfs, äh, das Dingsbums auf dem Boden – bißchen eklig, nicht wahr?*«

»*Es handelte sich um Hunde-Nahrung! Für Hunde sollte so etwas lecker sein!*«

»*Ja, aber es auch Wunderhund-Nahrung ist? Womit man Wunderhunde füttern?*«

»*Na schön, na schön. Detritus, geh zu Borgel. Stell fest, was er auf der Karte hat. Das Zeug, das auf den Tellern seiner Gäste landet, kommt natürlich nicht in Frage.*«

»*Das dort sein jenes Zeug.*«

»*Eben.*«

Fünf Minuten später kehrte Detritus mit fast fünf Kilo Filetsteak zurück und legte das Fleisch in den Napf. Die Dresseure beobachteten den Hund erwartungsvoll.

Laddie sah zu Gaspode, der fast unmerklich nickte.

Das Tier preßte die Pfote aufs eine Ende des dicken Steaks, bohrte die Zähne ins andere und riß ein Stück davon ab. Dann lief er über den Platz und ließ den Fleischbrocken respektvoll vor Gaspode fallen, der ihn skeptisch betrachtete.

»Nun, ich weiß nicht«, sagte er. »Hältst du das für zehn Prozent, Victor?«

»Du nimmst ihm von seiner *Mahlzeit* Prozente ab?«

Saftiges, weiches Fleisch dämpfte Gaspodes Stimme. »Ich schätze, zehn Prozent sind sehr fair. Ja, sehr fair, wenn man die Umstände berücksichtigt.«

»Meine Güte, du hast es faustdick hinter den Ohren«, sagte Victor mit einer Mischung aus Bewunderung und Abscheu.

»Es zahlt sich aus«, erwiderte Gaspode undeutlich. Er verschlang den Rest. »Was machen wir jetzt?«

»Ich sollte früh zu Bett gehen«, antwortete Victor nachdenklich. »Morgen müssen wir zeitig aus den Federn, um nach Ankh-Morpork zu reiten.«

»Hast du irgendwelche Fortschritte im Hinsicht auf das Buch erzielt?«

»Nein.«

»Zeig's mir.«

»Kannst du lesen?«

»Weiß nicht. Hab's nie versucht.«

Victor sah sich um – niemand schenkte ihnen Beachtung. Typisch. Wenn sich die Kurbel des Bilderkastens nicht mehr drehte, verloren die Schauspieler ganz plötzlich an Bedeutung. Tugelbend hatte das Gefühl, dann von einem Augenblick zum anderen praktisch unsichtbar zu werden.

Er setzte sich auf einen Holzstapel, öffnete das Buch an irgendeiner Stelle und hielt es vor Gaspodes kritisch blickende Augen.

»Es stehen überall Zeichen auf dem Papier«, sagte der Hund nach einer Weile.

Victor seufzte. »Das ist die Schrift«, erklärte er.

Gaspode sah genauer hin. »Und sie besteht aus vielen kleinen Bildern?«

»So schrieb man früher. Die Leute malten winzige Bilder, die bestimmte Gedanken bedeuteten.«

»Bedeutet das... Wenn sich ein Bild häufig wiederholt, so stellt es einen wichtigen Gedanken dar?«

»Was? Nun, ja. Ich glaube schon.«

»Wie der Tote.«

Victor zögerte verwirrt.

»Der Tote am Strand?«

»Nein. Der Tote im Buch. Siehst du? Hier ist überall ein toter Mann abgebildet.«

Victor warf Gaspode einen überraschten Blick zu und drehte das Buch.

»Wo? Ich kann nirgends irgendwelche Toten erkennen.«

Der Hund schnaufte.

»Hier auf der ganzen Seite«, sagte er. »Sieht aus wie die Gräber in uralten Tempeln und so. Du weißt schon: Dort liegen Statuen auf dicken Steinplatten, mit gekreuzten Armen und langen Schwertern. Tote Adlige.«

»Meine Güte! Du hast recht! Man könnte diese Darstellung tatsächlich für einen Toten halten...«

»Und was die übrigen Zeichen betrifft...«, fuhr Gaspode weise fort.

»Vermutlich schildern sie das Leben des Verstorbenen. Eine Lobpreisung nach der anderen. Ehrentitel wie ›Der-Tausende-erschlug‹. Du kennst das ja. Wahrscheinlich hat er den Priestern 'ne Menge Geld hinterlassen, damit sie dauernd Gebete sprechen, Kerzen anzünden, Ziegen opfern und was weiß ich. Das war damals üblich. Tja, die Burschen verbringen ihr ganzes Leben damit, zu saufen und herumzuhuren, und wenn der Schnitter damit beginnt, seine Sense zu schärfen, werden sie plötzlich ganz fromm und bezahlen den Priestern viel Geld, damit sie ihre Seelen möglichst schnell reinwaschen und den Göttern erzählen, wie anständig sie immerzu gewesen sind.«

»Gaspode?« fragte Victor ruhig.

»Ja?«

»Du warst ein dressierter Hund. Woher weißt du das alles?«

»Ich bin nicht nur niedlich, sondern auch intelligent.«

»Du bist alles andere als niedlich, Gaspode.«

Der kleine Hund zuckte mit den Schultern. »Wie dem auch sei: Ich habe immer gut zugehört und alles beobachtet. Ein Hund kann erstaunlich viel hören und sehen. Damals wußte ich natürlich nicht, was das alles bedeutet, aber mittlerweile habe ich es begriffen.«

Victor blickte wieder auf die Seiten. Wenn man die Augen halb schloß... Ja, dann schienen mehrere der kleinen Bilder die Statue eines Ritters zu zeigen, dessen Hände auf einem Schwert ruhten.

»Vielleicht ist damit gar kein Mann *gemeint*«, sagte er. »Piktographische Schrift hat ihre Tücken. Es geht dabei um den Zusammenhang.« Er zog die Schubladen seines Gedächtnisses auf, kramte darin nach den Erinnerungen an jene Bücher, die er in der Unsichtbaren Universität gelesen hatte. »Zum Beispiel: In der achatenen Schriftsprache gewinnen die Zeichen für ›Frau‹ und ›Sklavin‹ eine ganz neue Bedeutung, wenn sie nebeneinander stehen. Dann ist von ›Gattin‹ die Rede.«

Tugelbend konzentrierte sich auf die Seite. Der Tote – oder der Schlafende oder der Auf-ein-Schwert-gestützt-Stehende; die Gestalt war so stilisiert, daß man kaum sicher sein konnte – erschien häufig neben einem anderen Bild. Victors Zeigefinger folgte den Piktogrammen.

»Vielleicht ist das Mann-Symbol nur Teil eines Wortes«, fuhr er fort. »Siehst du hier? Es zeigt sich immer rechts neben diesem Bild, das eine Art... Tür oder so darzustellen scheint. Möglicherweise heißt das Wort...« Victor überlegte. »Tür-Mann.«

Er neigte das Buch ein wenig zur Seite.

»Ein alter König?« spekulierte Gaspode. »Oder... ›Der Mann mit dem Schwert ist gefangen.‹ Oder: ›Achtung, hinter der Tür steht ein Mann, der ein Schwert trägt.‹ Könnte alles bedeuten.«

Victor starrte auf das Buch hinab. »Komisch«, murmelte er. »Er wirkt nicht direkt tot. Nur leblos. Wartet er darauf, zum Leben erweckt zu werden? Jemand, der mit einem Schwert wartet?«

Tugelbend betrachtete das winzige Bild. Die Gesichtszüge blieben undeutlich, aber trotzdem erweckte die Gestalt einen vertrauten Eindruck.

»Weißt du...«, sagte Victor langsam. »Er sieht fast so aus wie mein Onkel Osric...«

Klickaklickaklicka. Klick.

Die Spule drehte sich nicht mehr. Donnernder Applaus toste los. Hunderte von Füßen stampften über Hunderte von leeren Knallkörnertüten hinweg.

In der vordersten Reihe des *Odium* starrte der Bibliothekar auf die nun weiße Leinwand. Zum vierten Mal an diesem Nachmittag hatte er *Schatten der Wüste* gesehen, ohne sich von seinem Sitz zu heben – einen dreihundert Pfund schweren Orang-Utan brachten die Leute nicht dazu, zwischen den Vorstellungen ins Foyer zu verschwinden. Vor ihm bildeten Erdnußschalen und zerknüllte Tüten einen mittelgroßen Haufen.

Der Bibliothekar fand großen Gefallen an den beweglichen Bildern. Sie berührten etwas in seiner Seele. Er hatte sogar damit begonnen, eine Geschichte zu schreiben, die sich seiner Meinung nach bestens dazu eignete, verfilmt zu werden.[*] Ganz gleich, wem er das Manuskript gab: Alle lobten es, manchmal ohne es vorher zu lesen.

Doch etwas an diesem Streifen bereitete ihm Unbehagen. Viermal hatte er ihn nun gesehen, ohne daß die Unruhe nachließ.

Er stemmte sich aus den drei Sitzen, die seine massige Gestalt

---

[*] Es ging dabei um einen jungen Affen, der allein in einer großen Stadt aufwächst und die Sprache der Menschen lernt.

beanspruchte, wankte durch den Mittelgang und betrat das kleine Zimmer, in dem Bezam den Film zurückspulte.

Bezam sah auf, als sich die Tür öffnete.

»Verschwinde aus...«, begann er. Er unterbrach sich und grinste verzweifelt. »Hallo, mein Herr. Toller Streifen, nicht wahr? Wir zeigen ihn gleich noch einmal und... *Was machst du da he was fällt dir ein?*«

Der Bibliothekar riß die große Rolle vom Projektor, löste den Streifen davon und hielt ihn vor die Lampe. Bezam war so dumm, danach zu greifen – eine ledrige Faust traf ihn an der Brust. Eine Sekunde später fand er sich auf dem Boden wieder, und von Kobolden bemalte Okto-Zellulose ringelte auf ihn herab.

Entsetzt beobachtete er, wie der große, grunzende Affe eine bestimmte Stelle des Streifens in beiden Händen hielt und sie schnitt, indem er zweimal zubiß. Dann half ihm der Bibliothekar auf die Beine, klopfte Bezam den Staub von der Kleidung, gab ihm einen Klaps auf den Rücken, drückte ihm den Rest in die hilflosen Arme und schlurfte mit einigen gestohlenen, nun nicht mehr beweglichen Bildern fort.

Der Kinobesitzer starrte ihm fassungslos nach.

»Ich will dich hier nie wieder sehen!« rief er, als er den Affen außer Hörweite wußte.

Dann blickte er auf die beiden getrennten Enden hinab.

Unterbrechungen bei den Vorstellungen waren keineswegs ungewöhnlich. Bezam hatte viele hektische Minuten damit verbracht, in fieberhafter Eile zu schneiden und zu kleben, während das Publikum fröhlich brüllte und besonders temperamentvolle Zuschauer Erdnüsse, Messer sowie große Streitäxte in Richtung Leinwand warfen.

Vorsichtig trat er über das kinematographische Durcheinander zu seinen Füßen hinweg, griff nach Schere und Leim. Kurz darauf seufzte er erleichtert, als er die Enden ins Licht hielt. Wenigstens war keine interessante Szene zusammen mit dem Bibliothekar verschwunden. Seltsam, Bezam hatte erwartet, daß der Affe einen Teil wählte, in dem ein Kampf stattfand oder Delores De Syn eindeutig zuviel Brust präsentierte. Statt dessen galt sein Interesse einer Sequenz, in der die Söhne der Wüste ihre Bergfestung verließen und hintereinander ritten, auf identischen Kamelen.

»Weiß gar nicht, was er damit will«, brummte Bezam und nahm den Deckel vom Leimtopf. »Dort sind doch nur Felsen zu sehen.«

Victor und Gaspode verharrten zwischen den Dünen am Strand.

»Da drüben steht die aus Treibholz errichtete Hütte«, sagte Tugelbend und streckte den Arm aus. »Und wenn du genau hinsiehst, erkennst du eine Art Straße, die direkt zum Hügel führt. Doch auf dieser Seite des Hangs gibt es nur einige alte Bäume.«

Gaspode blickte zur Bucht von Holy Wood.

»Sie ist rund«, stellte er fest. »Komisch.«

»Finde ich auch.«

»Ich habe einmal von einer Stadt gehört, in der es so lasterhaft zuging, daß die Götter sie in eine Pfütze aus geschmolzenem Glas verwandelten«, bemerkte Gaspode ganz nebenbei. »Nur eine Person beobachtete, wie es geschah, und sie verwandelte sich ebenfalls: tagsüber in eine Salzsäule, und des Nachts in einen Pfefferstreuer.«

»Donnerwetter. Was haben die Leute in der Stadt angestellt?«

»Keine Ahnung. Wahrscheinlich nicht viel. Der geringste Anlaß genügt, um Götter zu erzürnen.«

»Ich brav! Braver Laddie!«

Der Hund jagte über die Dünen, wie ein Komet aus goldenen und orangefarbenen Haaren. Einige Meter vor Gaspode leitete er das Bremsmanöver ein, rutschte, sprang dann aufgeregt umher und bellte.

»Er ist entkommen und möchte, daß ich mit ihm spiele«, erklärte Gaspode niedergeschlagen. »Lächerlich, nicht wahr? *Fall tot um, Laddie.«*

Sofort rollte sich Laddie auf den Rücken und streckte alle vier Beine gen Himmel.

»Siehst du?« brummte Gaspode. »Er versteht mich, jedes Wort.«

»Er mag dich«, vermutete Victor.

»Hm.« Gaspode schniefte. »Wie sollen es Hunde jemals zu etwas bringen, wenn sie umherhüpfen und Menschen verehren, nur weil sie ihr Essen von ihnen bekommen? He, was will er denn jetzt?«

Laddie ließ ein Aststück vor Gaspode fallen und musterte ihn hoffnungsvoll.

»Er möchte, daß du den Stock wirfst«, sagte Victor.

»Warum?«

»Damit er ihn zurückbringen kann.«

Tugelbend griff nach dem Stock, holte aus und warf ihn. Laddie stürmte begeistert über den Strand. »Ich verstehe nicht, wie es möglich sein kann, daß wir von Wölfen abstammen«, knurrte Gaspode. »Ich meine, der durchschnittliche Wolf ist ein schlauer Bursche, oder? Steckt voller listiger Gerissenheit und so. Wir sprechen hier von grauen Pfoten in weiter Tundra, um es ganz deutlich zu sagen.«

Er sah sehnsüchtig zu den fernen Bergen. »Und plötzlich, ein paar Generationen später, haben wir hier Hansi, das Hündchen, komplett ausgestattet mit kalter Schnauze, glänzendem Fell und Heringsgehirn.«

»Und wir haben dich«, fügte Victor hinzu. Laddie erzeugte einen kleinen Sandsturm, als er zurückkam und ihm den feuchten Stock brachte. Tugelbend hob ihn auf und warf erneut. Laddie raste wieder los und bellte enthusiastisch.

»Nun, ja«, gestand Gaspode ein, folgte Victor und wackelte auf krummen Beinen. »Aber ich komme allein zurecht. In dieser Welt wird man von Hunden gefressen, wenn man nicht aufpaßt. Ich meine, glaubst du, der Narr dort könnte in Ankh-Morpork auch nur fünf Minuten lang überleben? Der setzt eine Pfote in die falsche Gasse – und er wäre drei Paar pelzbesetzte Handschuhe und Knusprig Gebraten Nummer 27 im nächsten rund um die Uhr geöffneten klatschianischen Schnellimbiß.«

Zum dritten Mal warf Victor den Stock.

»Was hat es eigentlich mit dem berühmten Gaspode auf sich, dessen Namen du trägst?« erkundigte er sich.

»Du hast nie von ihm gehört?«

»Nein.«

»Er war berühmt.«

»Ein Hund?«

»Ja. Lebte vor langer, langer Zeit. Es gab da einen alten Burschen in Ankh. Gehörte zu einer Sekte, die ihre Toten begräbt. Tja, irgendwann kratzte er ab, und man buddelte ihn ein, und er hatte einen Hund...«

»Der Gaspode hieß?«

»Ja, und der Hund war sein einziger Freund. Legte sich aufs Grab des Toten und jaulte wochenlang. Knurrte jeden an, der sich in die Nähe wagte. Und dann starb er.«

Victor holte gerade mit dem Stock aus und zögerte.

»Das ist sehr traurig«, sagte er und warf. Laddie sauste einmal mehr davon und verschwand im Gebüsch am Hügel.

»Ja«, bestätigte Gaspode. »Angeblich zeigt es die unschuldige, ewige Liebe eines Hunds seinem Herrchen gegenüber.« Die letzten Worte spuckte er wie Asche aus.

»Bist du anderer Ansicht?«

»Allerdings«, erwiderte Gaspode. »Ich glaube, jeder verdammte Hund bleibt auf einem Grab hocken und jault, wenn sein Schwanz unter dem verdammten Grabstein eingeklemmt ist.«

In der Ferne erklang energisches Bellen.

»Keine Sorge«, sagte Gaspode. »Bestimmt hat er einen bedrohlichen Felsen oder so etwas gefunden.«

Der bedrohliche Felsen hieß Ginger.

Ein Orang-Utan wankte zielstrebig durch die labyrinthene Bibliothek der Unsichtbaren Universität, brachte eine Treppe hinter sich und erreichte jenen Bereich, in dem sich die Hochsicherheitsregale erstreckten.

Fast alle in der Bibliothek lagernden Werke waren aufgrund ihrer magischen Natur gefährlicher als normale Bücher. Die meisten von ihnen mußten angekettet werden, damit sie nicht umherflatterten.

Doch die unteren Sektionen...

Dort bewahrte man die *wilden* Bücher auf, die wegen ihres Verhaltens oder Inhalts ein ganzes Regal für sich erforderten, in schweren Fällen sogar ein ganzes *Zimmer*. Es handelte sich um Bücher mit ausgeprägten kannibalischen Tendenzen: Wenn man sie in der Nähe von schwächeren Artgenossen unterbrachte, waren sie am nächsten Morgen viel dicker und erweckten den Anschein, zufrieden zu grinsen. Dabei waren das Bücher, deren Inhaltsverzeichnisse genügen, um das ungeschützte Gehirn in grauen Käse zu verwandeln: nicht Bücher über Magie, sondern magische Bücher.

Viele Leute verbinden völlig falsche Vorstellungen mit Magie. Sie reden von mystischen Schwingungen, kosmischem Gleichgewicht und Einhörnern – mit echter Magie hat so etwas ebensowenig zu tun wie ein Kasperletheater mit der Royal Shakespeare Company.

Echte Magie ist die Hand am Griff der Kettensäge, der Funken im

Pulverfaß, der Raum-Zeit-Tunnel, der im Plasmaherzen einer Sonne endet, ein Flammenschwert, *das bis zum Griff brennt.* Wer mit Fackeln in einer Teergrube jongliert, geht weniger Risiken ein als jemand, der mit echter Magie herumspielt. Eher kann man sich vor tausend heranstürmenden Elefanten auf den Boden legen...

Nun, das behaupten zumindest die Zauberer. Und aus diesem Grund verlangen sie so hohe Gebühren für ihre magischen Dienste.

Doch hier, in den dunklen Korridoren, war es sinnlos, sich hinter Amuletten, mit Sternsymbolen geschmückten Umhängen und spitzen Hüten zu verbergen. Hier unten hatte man es entweder, oder man hatte es nicht. Und wenn man es nicht hatte, dann hatte es einen.

Geräusche ertönten hinter den mit dicken Riegeln gesicherten Türen, als der Bibliothekar an ihnen vorbeischlurfte. Gelegentlich warf sich etwas Schweres so heftig gegen ein Portal, daß die Angeln erzitterten.

Manchmal knisterte, knackte und knarrte es in der Finsternis.

Der Affe zögerte vor einem torbogenartigen Zugang. Die Tür darin bestand nicht aus Holz, sondern aus Granit; sie war so ausbalanciert, daß sie sich von außen leicht öffnen ließ und gleichzeitig hohen Druck an der Innenseite aushielt.

Nach einigen Sekunden griff der Orang-Utan in eine kleine Wandnische, holte eine eiserne Maske mit getöntem Glasvisier daraus hervor, setzte sie auf und nahm dann zwei Handschuhe: Stahlfacetten hafteten am Leder, um zusätzlichen Schutz zu gewähren. Anschließend schloß sich die rechte Pranke des Bibliothekars um den Stil einer Fackel. Er entzündete die mit Öl getränkten Lappen in einer der Kohlenpfannen im Flur.

Ganz hinter in der Nische ruhte ein Messingschlüssel.

Er tastete danach und holte tief Luft.

Alle Bücher der Macht zeichneten sich durch ein für sie charakteristisches Wesen aus. Das *Oktav* war schroff und gebieterisch. Das *Lachsalven-Grimoire* neigte zu tödlichen Streichen. *Die Freuden des tantrischen Sex* mußten in Eiswasser aufbewahrt werden. Der Bibliothekar kannte sie alle, und er wußte auch, worauf es bei dem Umgang mit ihnen ankam.

Hier lag der Fall anders. Für gewöhnlich sah man nur Kopien aus elfter oder zwölfter Hand, und um Gefährlichkeit im Verhältnis zum

Original zu beschreiben, könnte man das Gemälde einer Explosion mit einer, nun, Explosion vergleichen. Dieses spezielle Buch hingegen hatte das pure, graphitgraue Unheil seines Inhalts vollständig absorbiert.

Der Titel war über dem Zugang ins Gestein gemeißelt, damit ihn niemand – ob Mensch oder Affe – vergaß.

NEKROTELICOMNICON.

Der Orang-Utan schob den Schlüssel ins Schloß und betete zu den Göttern.

»Ugh«, sagte er inbrünstig. »Ugh.«

Die Tür schwang auf.

Im dunklen Zimmer klirrte eine Kette.

»Sie atmet noch«, sagte Victor. Laddie sprang herum und bellte sich heiser.

»Vielleicht solltest du ihre Bluse aufknöpfen«, schlug Gaspode vor. »War nur eine Idee«, fügte er hinzu. »Brauchst mich nicht gleich so anzustarren. Ich bin ein Hund – was weiß ich schon?«

»Es scheint alles in Ordnung mit ihr zu sein, aber... Sieh dir ihre Hände an.« Victor runzelte die Stirn. »Meine Güte, was hat sie *gemacht*?«

»Sie hat versucht, die Tür dort zu öffnen«, antwortete Gaspode.

»Welche Tür?«

»*Die* da.«

Ein Teil des Hügels war beiseite gerutscht, und dicke Mauersteine ragten aus dem Sand. Die Stümpfe alter Säulen wirkten wie vergeblich mit Fluor behandelte Zähne.

Zwischen zwei von ihnen wölbte sich ein Tor, dreimal so hoch wie Victor groß. Darin befanden sich zwei hellgraue Türhälften aus Stein – oder aus Holz, das im Lauf vieler Jahre so hart wie Stein geworden war. Eine stand einen Spaltbreit offen. Der Sand davor verhinderte, daß sie noch weiter aufschwang, und darin beobachtete Tugelbend tiefe Furchen. Ginger hatte sie offenbar mit bloßen Händen gegraben.

»Und das in dieser Hitze – wie dumm«, sagte Victor leise. Er sah vom Portal zum Meer, richtete den Blick dann auf Gaspode.

Laddie lief näher und bellte vor dem Spalt zwischen den beiden Türhälften.

»Was ist in ihn gefahren?« fragte Victor, dem plötzlich unheimlich zumute war. »Sein Fell sträubt sich. Jedes einzelne Haar steht ab. Warnen ihn mysteriöse animalische Sinne vor drohendem Verderben?«

»Ich glaube, er ist schlicht und einfach ausgerastet«, erwiderte Gaspode. »*Sei still, Laddie!*«

Der andere Hund jaulte, wich von der Tür zurück, verlor das Gleichgewicht im losen Sand und rollte den Hang hinab. Unten sprang er auf und bellte erneut. Es war nicht das Bellen eines dummen Köters, eher das Bellen eines gut dressierten Jagdhunds, der gerade eine Katze in den Baum getrieben hatte.

Victor beugte sich vor und berührte das Portal.

Es fühlte sich kalt an, trotz der allgegenwärtigen Hitze von Holy Wood. Darüber hinaus spürte Tugelbend eine leichte Vibration.

Er strich mit den Fingerkuppen über die Tür, und sie berührten rauhe Stellen. Eine Inschrift, über Jahrhunderte hinweg vom Strand abgerieben?

»Ein solches Portal...«, sagte Gaspode hinter Victor. »Ein solches Portal, wenn du meine Meinung hören willst, ein solches Portal, ein solches Portal...« Er holte tief Luft. »Ein solches Portal ist *kein* gutes Zeichen.«

»Kein gutes Zeichen?« wiederholte Victor.

»Nein.«

»Was dann?«

»Keine Ahnung. Warum willst du alles so genau wissen? Genügt es dir nicht, daß diese Tür kein gutes Zeichen ist? Muß sie auch noch etwas anderes sein?«

»Sie sieht wichtig aus«, murmelte Tugelbend. »Irgendwie tempelartig. Warum wollte Ginger sie öffnen?«

»Sand und Felsen, die plötzlich wegrutschen. Geheimnisvolle Türen, die darunter zum Vorschein kommen.« Gaspode schüttelte den Kopf. »Jede Menge ungute Zeichen. Laß uns von hier verschwinden und in aller Ruhe darüber nachdenken – an einem möglichst weit entfernten Ort.«

Ginger stöhnte. Victor ging neben ihr in die Hocke.

»Was hat sie gesagt?«

»Keine Ahnung«, entgegnete Gaspode.

»Klang wie ›Ich möchte all Hain sein‹.«
»Übergeschnappt.« Gaspode hob eine Pfote und klopfte sich damit an die Schläfe. »Zuviel Sonne, schätze ich.«
»Vielleicht hast du recht. Eins steht fest: Ihre Stirn ist ziemlich heiß.« Victor hob Ginger vorsichtig hoch und taumelte ein wenig unter ihrem Gewicht.
»Los«, brachte er hervor. »Gehen wir zur Stadt zurück. Es wird bald dunkel.« Er sah zu den verkümmerten Bäumen. Der Torbogen mit dem Portal befand sich in einer Art Mulde, und vermutlich sammelte sich hier am Morgen soviel Tau, um den Pflanzen so etwas wie angefeuchtete Trockenheit zu gewähren.
»Dieser Ort kommt mir bekannt vor«, sagte Victor. »Hier haben wir unseren ersten Film gedreht, Ginger und ich.«
»Sehr romantisch«, kommentierte Gaspode. Er eilte davon, Laddie folgte ihm und sprang glücklich um ihn herum. »Wenn was Schreckliches aus jener Tür dort herauskriecht, kannst du es ›unser Ungeheuer‹ nennen.«
»He, warte!«
»Beeil dich.«
»Warum möchte Ginger ›all Hain‹ sein? Was *bedeutet* ›all Hain‹?«
»Keine Ahnung...«
Als sie fort waren, kehrte Stille in die Mulde zurück.
Wenig später ging die Sonne unter. Ihre letzten Lichtstrahlen krochen übers Portal und verwandelten die Kratzer in ein Relief. Mit ein wenig Phantasie konnte man die Darstellung eines Mannes erkennen.
Eines Mannes, der ein Schwert trug.
Es raschelte kaum hörbar, als Sand rieselte, Korn für Korn. Bis um Mitternacht schwang die eine Türhälfte um weitere zwei Millimeter auf.
Holy Wood träumte.
Holy Wood träumte vom Erwachen.

Rubin schüttete Wasser ins Feuer unter den Bottichen und stellte Sitzbänke auf Tische – der »Blaue Lias« war im Begriff zu schließen. Sie beugte sich vor, um die letzte Lampe auszublasen, doch dann zögerte sie und blickte noch einmal in den Spiegel.
Bestimmt wartete Detritus vor der Hintertür, so wie jede Nacht.

Vor einigen Stunden hatte er an der Theke gesessen und stumm gegrinst. Allem Anschein nach plante er etwas.

Rubin hatte eine junge Frau, die bei den beweglichen Bildern arbeitete, um Rat gefragt, und als Ergebnis trug sie nun nicht mehr nur eine Federboa, sondern auch einen Hut mit breiter Krempe und Oograah-Dingen – Menschen bezeichneten sie als Kirschen. Sie hoffte, damit eine atemberaubende Wirkung zu erzielen.

Es gab jedoch ein Problem: Detritus war ein sehr, nun, trollischer Troll. Während Millionen von Jahren hatten sich Troll-Frauen zu Troll-Männern hingezogen gefühlt, die aussahen wie ein Monolith mit einem Apfel drauf. Rubins verräterische Instinkte schickten Botschaften durch ihr Rückgrat und beharrten darauf, daß sie lange Reißzähne und O-Beine außerordentlich attraktiv finden sollte.

Trolle wie Rock und Mory erwiesen sich als weitaus moderner und konnten sogar mit Messer und Gabel umgehen, aber Detritus strahlte etwas Beruhigendes aus. Vielleicht lag es daran, daß seine Fingerknöchel den Boden auf eine so dynamische Weise berührten. Außerdem zweifelte Rubin kaum daran, daß sie intelligenter war als er. Ihm haftete eine Art dumme Unaufhaltsamkeit an, die sie faszinierend fand – ebenfalls rein instinktiv – Intelligenz gehörte bei Trollen nicht zu den Eigenschaften, die fürs Überleben notwendig sind.

Darüber hinaus mußte Rubin zugeben: Ganz gleich, was sie mit Federboas und hübschen Hüten zu erreichen versuchte – sie konnte nicht darüber hinwegtäuschen, daß sie auf die 140 zuging und etwa vierhundert Pfund Übergewicht hatte.

Wenn er doch nur endlich lernte, wie man einer Frau *richtig* den Hof machte...

Wenn er sich doch endlich einen Ruck gegeben hätte...

Rubin überlegte, ob sie mit ein wenig Make-up nachhelfen sollte.

Sie seufzte, blies die letzte Lampe aus, öffnete die Tür und trat in ein wirres Durcheinander aus Wurzeln.

Ein riesiger Baum reichte durch die ganze Gasse. Detritus mußte ihn viele Meilen weit gezogen haben. Die wenigen übriggebliebenen Äste hatten mehrere Fensterscheiben zertrümmert oder zeigten wie anklagend zum dunklen Himmel.

Der Troll hockte stolz auf dem Stamm: die Arme weit ausgebreitet, ein fröhliches Wassermelonen-Grinsen im Gesicht.

»Tra-lah!« verkündete er.

Rubin seufzte erneut. Als Troll war es nicht leicht, romantisch zu sein.

Der Bibliothekar zwang das erste Blatt beiseite und kettete es fest. Das Buch versuchte, ihn zu beißen.

Es verdankte seine bösartige, hinterhältige Natur dem Inhalt.

Zwischen den beiden Buchdeckeln steckte verbotenes Wissen.

Nun, nicht wirklich *verbotenes* Wissen. Niemand hätte es gewagt, jenes Wissen zu verbieten. Außerdem: Um es zu verbieten, müßte man zunächst in Erfahrung bringen, worum es sich handelte, und das wäre dann ebenfalls verboten. Wie dem auch sei... Es handelte sich um Informationen, die man am liebsten aus seinem Gedächtnis verbannt hätte, sobald sie dort einen Platz fanden.*

In Legenden hieß es: Jeder Mensch, der nur einige wenige Zeilen des Originals las, würde den Verstand verlieren und als Irrer sterben.

Das stimmte sicher.

Legenden behaupteten auch, das Buch enthielte Illustrationen, die selbst bei einem geistig besonders starken Mann dafür sorgten, daß ihm das Gehirn aus den Ohren tropfte.

Was ebenfalls der Wahrheit entsprach.

Des weiteren berichteten die Legenden: Wenn ein Mann das *Nekrotelicomnicon* öffnete, so mußte er damit rechnen, daß sich die Haut von seiner Hand löste und den Arm hinaufkroch.

Niemand wußte, ob tatsächlich eine solche Gefahr bestand, aber es klang schlimm genug, um wahr zu sein. Und deshalb hatte niemand ein Experiment riskiert.

Legenden erzählten viel übers *Nekrotelicomnicon,* doch sie schwie-

---

* Das *Nekrotelicomnicon* wurde von einem klatschianischen Nekromanten verfaßt, den die Welt unter dem Namen Achmed der Verrückte kannte, obgleich er es vorzog, Achmed-ich-habe-nur-diese-Kopfschmerzen genannt zu werden. Es heißt, Achmed schrieb das Buch, nachdem er zuviel von dem seltsamen, dickflüssigen klatschianischen Kaffee getrunken hatte, durch den man nicht nur nüchtern wird, sondern der einen *auf die andere Seite* der Nüchternheit bringt. Dadurch sieht man das Universum in seiner ganzen schrecklichen Realität, ohne den Nebel der Selbsttäuschung, mit dem sich intelligente Wesen umgeben, um nicht den Verstand zu verlieren. Über das frühere Leben Achmeds ist nur wenig bekannt, denn unmittelbar nach seinem Tod zerfiel die Seite »Über den Verfasser« zu Asche. Die Rubrik »Andere Bücher vom gleichen Autor« teilt uns jedoch folgendes mit: Vor dem *Nekrotelicomnicon* hat Achmed-ich-habe-nur-diese-Kopfschmerzen ein Werk mit dem Titel »Humorvolle Geschichten über Katzen« publiziert, was eine Menge erklärt.

gen sich über Orang-Utans aus, die das Buch einfach in Stücke reißen und es verspeisen konnten. Der Bibliothekar sah es sich nicht zum erstenmal an, und die schlimmsten Konsequenzen, die sich bisher für ihn ergeben hatten, waren leichte Migräne und ein Ekzem. Trotzdem hielt er es für besser, kein Risiko einzugehen. Er rückte das Visier der Maske zurecht und strich mit einem von schwarzem Leder geschützten Finger übers Stichwortverzeichnis. Die Buchstaben zitterten und versuchten, nach ihm zu schnappen.

Gelegentlich hielt er das Stück vom Streifen ins flackernde Licht der Fackel.

Wind und Sand hatten die in den Fels gemeißelten Zeichen abgeschliffen und geglättet, doch einige von ihnen ließen sich noch immer recht deutlich erkennen. Die Symbole weckten vage Erinnerungen in dem Affen.

Er fand den gesuchten Hinweis, und es folgte ein kurzer Kampf mit dem Buch. Als er die Fackel drohend an den Umschlag hielt, gab das *Nekrotelicomnicon* schließlich nach. Der Bibliothekar blätterte vorsichtig.

Er beugte sich näher.

Guter alter Achmed-ich-habe-nur-diese-Kopfschmerzen...

»...und in dem Hügel, so hieß es, wurde eine Tür der Welt gefunden, und Leute aus der Stadt berichteten, was es dort zu sehen gab. Sie ahnten nichts vom Entsetzen, das zwischen den Universen lauert...«

Die Fingerspitze des Bibliothekars glitt von rechts nach links über die Bilder und wanderte dann zum nächsten Abschnitt.

»Die *Anderen* fanden das Tor von Holy Wood und suchten die Welt heim, und in einer Nacht breiteten sich alle Arten von Wahnsinn aus, und Chaos herrschte, und die Stadt versank im Meer, und alles wurde eins mit den Fischen und Hummern, bis auf jene, die rechtzeitig flohen...«

Der Orang-Utan schürzte die Lippen und las den letzten Teil der Seite.

»...ein Goldener Krieger, der den dämonischen Feind verjagte und die Welt rettete, sprach: Wo das Tor ist, da bin auch ich; Holy Wood hat mich geboren, um zu wachen über die Wilde Idee. Und die Leute fragten: Wie können wir für immer zerstören das Tor? Und er antwortete: Das ist unmöglich, denn es handelt sich nicht um ein Ding, aber ich werde für euch am Tore Wache halten. Aber siehe, die Leute waren nicht von gestern, und sie fürchteten das Heilmittel mehr als die Krankheit, und sie fragten: Was verlangst du von uns, um Wache zu halten am Tore? Und der Goldene Krieger wuchs, bis er so groß wurde wie ein Baum, und er sprach: Nur eure Erinnerungen, damit ich nicht schlafe. Dreimal am Tage sollt ihr euch an Holy Wood erinnern. Anderenfalls kommt Unheil über die Städte der Welt, und ihr werdet sehen, wie die größte von ihnen in Flammen aufgeht. Mit diesen Worten nahm der Goldene Mann sein goldenes Schwert und trat in den Hügel, um dort am Tor zu wachen für immer.

Und die Leute murmelten: Komisch, er sieht genauso aus wie mein Onkel Osbert...«

Der Bibliothekar blätterte weiter.

»...Aber einige von ihnen, Mensch und Tier, wurden berührt von der Magie Holy Woods. Wie ein alter Fluch setzt sie sich durch die Generationen fort, bis die Priester vergessen und der Goldene schläft. Wehe der Welt...«

Der Affe schloß das Buch, daß dabei wie ein Maul zuschnappte.

Es war keine ungewöhnliche Legende. Der Bibliothekar hatte sie schon einmal gelesen – wenigstens einen großen Teil davon –, in nicht annähernd so gefährlichen Büchern. Auf der Sto-Ebene erzählte man sich verschiedene Versionen davon. Einst, in grauer Vorzeit, hatte es eine große Stadt gegeben, noch größer als Ankh-Morpork, wenn das überhaupt möglich war. Und ihre Bewohner hatten *etwas* angestellt, sich nicht nur gegen die Menschheit oder die Götter versündigt, sondern gegen das ureigene Wesen des Universums – ein so schreckliches Verbrechen, daß die Stadt während einer stürmischen Nacht im Meer versank. Nur wenige Personen überlebten und brachten den Barbaren der weniger hoch entwickelten Scheibenweltregionen die Segnungen der Zivilisation, zum Beispiel Wucher und Makramee.

Kaum jemand nahm die Geschichte ernst. Sie war nur einer der Wenn-du-nicht-damit-aufhörst-wirst-du-blind-Mythen, die zum Erbe jeder Kultur gehörten. Selbst wenn man lange suchte und überall Ausschau hielt: Man konnte nirgends eine Stadt finden, die es in Hinsicht auf Lasterhaftigkeit mit Ankh-Morpork aufnehmen konnte, und bisher schien es ihr mit großem Erfolg gelungen zu sein, übernatürliche Strafe zu vermeiden. Andererseits... Vielleicht war die Metropole längst bestraft worden – ohne daß ihre Bewohner etwas davon gemerkt hatten.

Die Legenden nannten nie Namen und Ort der versunkenen Stadt. Sie beschränkten sich auf folgende Angaben: Jene Katastrophe fand vor langer, langer Zeit und weit, weit entfernt statt.

Niemand wußte, wo sich die namenlose Stadt befand und ob sie jemals existiert hatte.

Der Bibliothekar starrte noch einmal auf die Symbole.

Sie waren sehr vertraut und zeigten sich überall in den Ruinen von Holy Wood.

Azhural stand auf einem niedrigen Hügel und beobachtete, wie sich das Meer von Elefanten bewegte. Hier und dort wackelten mit Vorräten und Proviant beladene Wagen zwischen den staubigen grauen Leibern, wie ruderlose Boote. Eine Quadratmeile der Steppe verwandelte sich in eine schlammige Suhle, in der kein Gras mehr wuchs. Allerdings... Der Geruch deutete darauf hin, daß dieses Gebiet nach dem nächsten Regen zum fruchtbarsten und grünsten der ganzen Scheibenwelt werden würde.

Der Viehhändler hob den Saum seines Umhangs und betupfte sich die Augen.

Dreihundertdreiundsechzig Elefanten! Wer hätte das gedacht?

Überall dröhnte lautes Trompeten. Die Jagdgruppen waren bereits vorausgeeilt, um weitere Elefanten zu fangen. M'Bu zweifelte nicht daran, daß es ihnen schon bald gelang, die tausend Exemplare zusammenzubringen, und Hoffnung hinderte Azhural daran, ihm zu widersprechen.

Seltsam. Jahrelang hatte er M'Bu nur für eine Art wandelndes Lächeln gehalten, für einen freundlichen Jungen, der gut mit Schaufel und Bürste umgehen konnte. Nicht für jemanden, hinter dessen Stirn bemerkenswerte Ideen wohnten.

Und dann... Plötzlich wollte jemand tausend Elefanten, und der Junge hob den Kopf, und in seinen Augen funkelte es, und man *sah*, daß unter dem Lächeln ein Dickhäuter-Experte darauf wartete, sich der Herausforderung zu stellen. Komisch. Ein Leben lang kannte man jemanden, ohne zu ahnen, daß er dazu ausersehen war, tausend Elefanten um die ganze Scheibenwelt zu treiben.

Azhural hatte keine Söhne und war entschlossen, alles seinem Assistenten zu hinterlassen. Sein derzeitiges Vermögen bestand aus dreihundertdreiundsechzig Elefanten sowie, äh, einem weit überzogenen Konto. Aber darauf kam es nicht an – allein der gute Wille zählte.

M'Bu lief über den Pfad, ein Klemmbrett unter dem Arm.

»Wir sind soweit, Boß«, sagte er. »Du brauchst nur den Befehl zu geben.«

Azhural straffte sich. Er blickte über die weite Ebene, starrte zu den Affenbrotbäumen und beobachtete die purpurnen Berge. O ja. Die Berge. Unbehagen regte sich in ihm, sobald er an die Berge dachte. Er hatte M'Bu darauf angesprochen, und der Junge erwiderte: »Wir überqueren die Brücken, wenn wir sie erreichen, Boß.« Als Azhural behutsam darauf hinwies, daß gar keine Brücken existierten, sah ihm M'Bu in die Augen und sagte mit fester Stimme: »Zuerst bauen wir die Brücken, und dann überqueren wir sie.«

Weit jenseits der Berge erstreckte sich das Runde Meer, und dort gab es sonderbare Orte mit sonderbaren Namen: Ankh-Morpork und Holy Wood.

Der Wind wehte über die Steppe und trug selbst hier seine flüsternde Stimme mit sich. Azhural hob seinen Stab.

»Es sind tausendfünfhundert Meilen bis nach Ankh-Morpork«, sagte er. »Wir haben dreihundertdreiundsechzig Elefanten und fünfzig Karren mit Futter. Der Monsun beginnt bald, und wir tragen... wir tragen... gewisse Dinge, wie Glas, nur dunkler... dunkles Glas vor den Augen...« Der Viehhändler unterbrach sich verwirrt und überlegte, was seine Worte bedeuten mochten.

Die Luft schien zu glitzern.

M'Bu warf ihm einen erwartungsvollen Blick zu.

Azhural zuckte mit den Schultern. »Also los.«

Der Junge wölbte die Hände trichterförmig vor dem Mund. Er hatte viele Stunden damit verbracht, die Marschordnung zu planen.

»Blaue Abteilung unter Onkel N'Gru – *vorwärts!*« rief er. »Gelbe Abteilung unter Tante Googool – *vorwärts!* Grüne Abteilung unter Vetter zweiten Grades !Kck! – *vorwärts...*«

Eine Stunde später war die Steppe vor dem niedrigen Hügel leer – abgesehen von einer Milliarde Fliegen und einem einzelnen Mistkäfer, der sein Glück nicht fassen konnte.

Etwas machte »Plop« auf dem roten Staub und schuf einen kleinen Krater.

Weitere Tropfen fielen.

Ein Blitz spaltete den Stamm eines nahen Affenbrotbaums.

Es begann zu regnen.

Schmerz prickelte in Victors Rücken. Im Drehbuch schien es eine gute Idee zu sein, junge Frauen zu tragen und in Sicherheit zu bringen, doch nach den ersten hundert Metern stellten sich gewisse Nachteile heraus.

»Hast du eine Ahnung, wo Ginger wohnt?« fragte Tugelbend.

»Hoffentlich in der Nähe...?«

»Ich weiß es nicht«, erwiderte Gaspode.

»Sie erwähnte ein Zimmer über einem Wäscheladen«, schnaufte Victor.

»Es gibt nur einen, in der Gasse neben Borgels Freßstube«, sagte der Hund.

Gaspode und Laddie gingen voraus und erklommen die wacklige Außentreppe einer großen, wackligen Hütte. Vielleicht rochen sie Gingers Quartier. Victor verzichtete auf die Frage, ob sie es mit Hilfe von mysteriösen animalischen Sinnen fanden.

Er versuchte, so leise wie möglich zu sein, als er die Hintertreppe hochstieg. Vage Erinnerungen teilten ihm mit, daß an solchen Orten oft Gewöhnliche oder Sehr Mißtrauische Hauswirtinnen spukten, und er glaubte, bereits genug Probleme zu haben.

Mit Gingers Fuß stieß er die Tür auf.

Es war ein kleines Zimmer mit niedriger Decke, und die Einrichtung bestand aus den traurigen, schmucklosen Möbeln, wie man sie in allen möblierten Zimmern des Multiversums fand. Diesen Eindruck vermittelte der erste Blick. Der zweite enthüllte, daß Gingers Zimmer mit... Ginger eingerichtet war.

Ganz offensichtlich hatte sie nie ein Plakat weggeworfen, nicht einmal die der ersten Filme, auf denen ihr Name »eine junge Frau« lautete. Sie klebten an den Wänden. Wohin Tugelbend auch sah: Aus jeder Ecke starrten ihn Delores De Syn und Victor Maraschino an.

Auf der einen Seite des kleinen Raums stand ein Spiegel, davor zwei halb heruntergebrannte Kerzen.

Victor legte Ginger vorsichtig aufs schmale Bett und sah sich um. Sein sechster, siebter und achter Sinn gerieten in Aufruhr – an diesem Ort lauerte Magie.

»Es ist wie ein Tempel«, sagte er. »Ein Tempel, den sie sich selbst gewidmet hat.«

»Mir gruselt's hier«, ließ sich Gaspode vernehmen.

Victor schauerte. Es war ihm immer wieder gelungen, nicht mit spitzem Hut und Zauberstab belohnt zu werden, aber er hatte sich thaumaturgische Instinkte erworben. Vor seinem inneren Auge entstand das Bild einer versunkenen Stadt: Kraken schwammen verstohlen durch finstere Türen, und Hummer patrouillierten auf den Straßen.

»Das Schicksal mag es nicht, wenn Leute mehr Platz für sich beanspruchen, als ihnen zusteht. Es ist allgemein bekannt.«

Ich werde die berühmteste Person auf der ganzen Welt, dachte Victor. *Das hatte sie gesagt.* Er schüttelte den Kopf.

»Nein«, erwiderte er laut. »Ihr gefallen nur die Plakate. Es ist ganz normale Eitelkeit.«

Es klang kaum glaubhaft, nicht einmal für seine eigenen Ohren. In diesem Zimmer vibrierte...

Was? Noch nie zuvor hatte er so etwas gespürt. Eine Art Energie, ja. Etwas, das wie spöttisch an seiner Wahrnehmung kratzte. Nicht direkt Magie. Zumindest nicht jene Magie, die er kannte. Aber etwas, das ihr ähnelte und doch anders war. Der gleiche Unterschied wie zwischen Zucker und Salz: die gleiche Beschaffenheit, die gleiche Farbe, doch...

Ehrgeiz wuchs nicht auf dem Nährboden der Magie. Er mochte eine enorme Kraft entfalten, nur zeichnete er sich gewiß nicht durch eine magische Natur aus. Oder?

Magie war nicht schwer. Das ganze barocke Gebäude der Zauberei diente dazu, diese Tatsache zu verbergen. Wer ein Mindestmaß an Intelligenz und genug Durchhaltevermögen hatte, konnte Magie beschwören. Die Zauberer versuchten, mit spitzen Hüten und komplizierten Ritualen darüber hinwegzutäuschen – um ihr Monopol zu schützen.

Schwierig wurde es erst, wenn man Magie benutzte und gleichzeitig überleben wollte.

Man vergleiche die Menschheit mit einem Kornfeld und die Magie mit Dünger, der dafür sorgt, daß alles besser und höher wächst. Ein gedüngtes Kornfeld ist sofort zu erkennen. Was bedeutet: Magie weckt Aufmerksamkeit. *Insbesondere die der Götter und von ... Dingen außerhalb der Welt*, dachte Victor. Wer Magie benutzte, ohne auf die damit verbundenen Risiken zu achten, nahm meistens ein böses Ende.

An einem entsetzlichen Ort.

Erneut entsann sich Tugelbend an das Gespräch mit Ginger. *Ich werde die berühmteste Person der ganzen Welt.* Vielleicht handelte es sich dabei um eine völlig neue Art von Ehrgeiz. Er galt nicht etwa Gold, Macht, Land oder den vielen anderen Dingen, die Menschen für erstrebenswert hielten. Er bezog sich vielmehr auf die eigene Person: Man wollte so groß sein, wie es möglich war. Etwas Ideelles löste das Materielle ab.

Einmal mehr schüttelte Victor den Kopf. Er stand hier in dem schlichten Zimmer eines schlichten Hauses, in einer Stadt, die ungefähr so wirklich war wie, wie die hier gedrehten beweglichen Bilder. Derartige Gedanken eigneten sich nicht für einen solchen Ort.

Man durfte nie vergessen, daß es für die Wirklichkeit in Holy Wood gar keinen Platz gab.

Tugelbend blickte wieder zu den Plakaten. Man bekommt nur eine Chance, flüsterte ihm die gemalte Ginger zu. Das Leben dauerte etwa siebzig Jahre, und wenn man Glück hat, bekommt man eine Chance. Denk an all die guten Skiläufer, die in der Wüste geboren werden. Denk an all die genialen Schmiede, die zur Welt kamen, als noch niemand das Pferd erfunden hatte. Denk an die vielen Talente, die für immer schlafen. Denk an die vielen ungenutzten Chancen.

Ich kann von Glück sagen, in dieser Zeit zu leben, überlegte Victor kummervoll.

Ginger drehte sich im Schlaf auf die andere Seite. Inzwischen atmete sie wieder regelmäßig.

»Komm«, brummte Gaspode. »Es gehört sich nicht, daß du allein im Budduah einer Dame bist.«

»Ich bin nicht allein«, widersprach Victor. »Sie ist bei mir.«

»Eben«, knurrte Gaspode.

»Wuff«, fügte Laddie loyal hinzu.

»Weißt du...«, begann Victor und folgte den Hunden über die Treppe, »ich glaube, hier stimmt was nicht. Irgend etwas geht vor sich, aber ich habe keine Ahnung, um was es sich handelt. Warum hat Ginger versucht, das Portal zu öffnen?«

»Wahrscheinlich steht sie mit dunklen Mächten im Bunde«, vermutete Gaspode.

Victor achtete nicht darauf. »Die Stadt und der Hügel und das alte Buch und so... Bestimmt ergäbe alles einen Sinn, wenn mir der Zusammenhang klar wäre.«

Er trat in den frühen Abend, ins Licht und in den Lärm von Holy Wood.

»Morgen kehren wir zu der Tür zurück und lösen das Rätsel«, beschloß Victor.

»Nein«, entgegnete Gaspode. »Morgen wollten wir nach Ankh-Morpork, erinnerst du dich?«

»Wir?« wiederholte Victor. »Ich wußte gar nicht, daß du mich und Ginger begleiten willst.«

»Laddie kommt ebenfalls mit«, sagte Gaspode. »Ich...«

Braver Laddie!«

»Ja, ja, ich hab's von den Dresseuren gehört. Nun, wenn Laddie mitkommt... Ich kann ihn nicht allein lassen. Muß auf ihn aufpassen und so. Damit er keine Dummheiten anstellt.«

Victor gähnte. »Nun, ich gehe zu Bett. Wir müssen sicher früh aufbrechen.«

Gaspode sah unschuldig durch die nächste Gasse. Irgendwo öffnete sich eine Tür, und das Gelächter von Betrunkenen erklang.

»Nun, ich vertrete mir noch ein wenig die Beine, bevor ich mich aufs Ohr lege«, sagte er. »Zeige Laddie...«

»Braver Laddie!«

»...die Sehenswürdigkeiten und so.«

Victor blickte skeptisch auf den Hund hinab.

»Führ ihn nicht zu lange herum«, mahnte er. »Sonst machen sich die Leute Sorgen um ihn.«

»Schon gut, schon gut«, erwiderte Gaspode. »Nacht.«

Er setzt sich und beobachtete, wie Victor fortging.

»Möchte mal erleben, daß jemand wegen *mir* besorgt ist«, knurrte er leise. Er drehte den Kopf, und Laddie nahm sofort Haltung an.

»Na schön, Kumpel«, sagte er. »Wird Zeit, daß du was lernst. Lektion Eins: Wie bekommt man in Kneipen was zu trinken, ohne dafür bezahlen zu müssen?« Gaspode lächelte ein breites Hundelächeln. »Kannst froh sein, daß du mir begegnet bist.«

Zwei Hunde taumelten über die mitternächtliche Straße.
»Wir schind zwei kleine Lämmer«, heulte Gaspode. »Und wir haben unsch verirrt...«
»*Wuff! Wuff! Wuff!*«
»Wir sind zwei kleine verirrte Lä-ämah, und wir... und wir...« Gaspode sank auf den Boden und kratzte sich am Ohr. Besser gesagt: Er kratzte sich dort, wo er das Ohr vermutete. Das Bein wackelte unsicher in der Luft. Laddie warf ihm einen mitfühlenden Blick zu.

Ein erstaunlich erfolgreicher Abend lag hinter ihnen. Gaspode hat eine eigene Methode, um Leute zu veranlassen, ihm einen Drink zu spendieren: Er starrte sie so lange an, bis sie seinen durchdringenden Blick nicht mehr ertrugen und ihm Bier in einen Napf schütteten. Diese Taktik erforderte viel Zeit, aber früher oder später führte sie zum gewünschten Ergebnis. Laddie hingegen...

Laddie rückte sich mit Kunststücken in den Mittelpunkt der allgemeinen Aufmerksamkeit. Er trank aus Flaschen. Er bellte die richtige Anzahl von Fingern, die man ihm zeigte. Nun, dazu war auch Gaspode imstande, aber er hatte nie in Erwägung gezogen, daß man eine Belohnung dafür einstreichen konnte.

Laddie erspähte junge Frauen, die von hoffenden Verehrern ausgeführt wurden. Er legte ihnen den Kopf auf den Schoß und blickte so seelenvoll zu ihnen auf, daß ihm der Verehrer Bier und goldfischförmige Kekse besorgte, um seine Begleiterin zu beeindrucken. Gaspode hatte so etwas nie fertiggebracht, und dafür gab es zwei Gründe. Erstens: Er war zu klein, um den Kopf auf einen normal hohen Schoß zu legen. Zweitens: Wenn er es trotzdem versuchte, war die Folge immer ein entsetzter Schrei.

Er hatte unter einem Tisch gesessen und das Geschehen mit verwirrter Mißbilligung beobachtet. Nach einer Weile beobachtete er es mit angetrunkener verwirrter Mißbilligung, denn Laddie war immer sehr großzügig, wenn es darum ging, sein Bier mit ihm zu teilen.

Schließlich setzte man sie beide auf die Straße, und Gaspode traf eine Entscheidung: Er wollte Laddie erklären, was es mit Hundewürde auf sich hatte.

»Man darf nich' dauernd mit dem Schwanz wl... wehll... wedeln, wenn man esch mit Menschen zu tun hat«, sagte er mühsam. »Damit verrätscht du die, die, die ganze Hundeheit. Wir können nie die Fescheln der Abhängigkeit vom Menschen abschtreifen, scholange Hunde wie du froh schind, irgendwelche Leute zu schehen. Esch hat mich mit Abscheu erfüllt schu beobachten, wie du dich auf den Rücken gelegt und toter Hund geschpielt hascht, jawohl.«

»Wuff.«

»Du bischt ein Diener der menschlichen Imperialischten«, sagte Gaspode streng.

Laddie preßte sich die Pfoten aufs Maul.

Gaspode versuchte aufzustehen, stolperte über seine eigenen Beine und nahm wieder Platz. Schließlich rollten ihm zwei große Tränen übers Fell.

»Ich hatte natürlich nie eine Schankse«, fuhr er fort und erhob sich erneut. Diesmal gelang es ihm stehenzubleiben. »Ich meine, denk nur daran, welchen Schtart ich im Leben hatte. Man hat mich in den Flusch geworfen, in 'nem Sack. Ja, in einem Sack. Der kleine schüsche Welpe öffnet die Augen, um die Wunder der Welt zu beschtaunen, und wasch schieht er? Er schieht dasch Innere eines verdammten Schacks.« Die Tränen tropften ihm von der Schnauze. »Zwei Wochen lang habe ich den Ziegelschtein für meine Mutter gehalten.«

»Wuff«, kommentierte Laddie mit verständnislosem Mitleid.

»Habe Glück gehabt, weil man mich in den Ankh warf«, meinte Gaspode. Das Sprechen fiel ihm jetzt etwas leichter. »In jedem anderen Fluß wäre ich ertrunken und hätte mich im Hundehimmel wiedergefunden. Nach der Begegnung mit dem großen schwarzen Hund, der im Augenblick desch, des Todes erscheint und sagt: He, deine Zeit ist abgelfn. Abgelaufen.«

Gaspode starrte ins Nichts. »Aber im Ankh geht nichts unter«, brummte er nachdenklich. »Is' ein sehr zäher Fluß, der Ankh.«

»Wuff.«

»Ein Hundeleben«, sagte Gaspode. »Das meine ich natürlich im übertragenen Sinne.«

»Wuff.«

Müde blickte er in das ebenso wachsame wie dumme Gesicht seines Artgenossen.

»Du hast kein verdammtes Wort verschtanden, oder?« knurrte er.
»*Wuff!*« antwortete Laddie und jaulte leise.
»Mann, hast du ein Schwein«, seufzte Gaspode.
Am anderen Ende der Gasse erklang das Geräusch von Schritten, und jemand rief: »Das ist er! Hierher, Laddie! Hierher! Bei Fuß!«
Gaspode hörte Erleichterung in der Stimme.
»Einer der Dresseure«, zischte er. »Du brauchst ihm nicht zu gehorchen.«
»*Braver Laddie! Braver Laddie!*« bellte Laddie und lief den Männern entgegen. Unterwegs verlor er nur ein- oder zweimal das Gleichgewicht und taumelte.
»Wir haben dich überall gesucht!« entfuhr es einem Mann. Er hob einen Stock.
»Schlag ihn nicht!« stieß der andere Dresseur hervor. »Damit ruinierst du alles.« Er sah in die Gasse und begegnete Gaspodes Blick.
»Den Köter kenne ich. Treibt sich überall herum. Es läuft mir kalt über den Rücken, wenn ich ihn sehe.«
»Verscheuch ihn.«
Der Dresseur bückte sich und griff nach einem Stein. Als er wieder aufsah, war die Gasse leer. Ob betrunken oder nüchtern – Gaspode verfügte über ausgezeichnete Reflexe, wenn es die Umstände erforderten.
»Genau das meine ich.« Der Mann starrte in die Finsternis. »Als ob er Gedanken lesen kann oder so.«
»Es ist nur ein Köter«, sagte der andere Dresseur. »Eine verlauste Promenadenmischung, weiter nichts. Komm jetzt. Laß uns Laddie an die Leine nehmen und zurückkehren, bevor Herr Schnapper was merkt.«
Die beiden Männer führten Laddie zu den Studios des Flughund-Jahrhunderts und legten ihn in seinem Zwinger an die Kette. Wahrscheinlich fand er keinen großen Gefallen daran, doch in dieser Hinsicht konnte man nicht ganz sicher sein: Der Platz in Laddies Verstand – wenn dieser Ausdruck überhaupt angemessen war – wurde zum größten Teil von Verpflichtungen beansprucht, und im Rest regten sich nur vage emotionale Schatten.
Er zog versuchsweise an der Kette und legte sich dann auf den Boden, um die weiteren Entwicklungen abzuwarten.

Einige Minuten später erklang eine heisere Stimme am Zaun. »Vielleicht sollte ich dir einen Knochen mit einer Feile drin schicken, aber ich fürchte, du frißt das Ding einfach.«

Laddie hob den Kopf.

»*Braver Laddie! Braver Gaspode!*«

»Pscht! Pscht! Man hätte dir wenigstens die Möglichkeit geben müssen, mit deinem Anwalt zu reden. Jemanden anzuketten... Das verstößt gegen die Menschenrechte.«

»*Wuff!*«

»Wie dem auch sei: Ich hab's ihnen heimgezahlt. Bin dem einen Mann bis nach Hause gefolgt, um ihm einen Denkzettel zu verpassen. Der Inhalt meiner Blase befindet sich jetzt vor seiner Tür.«

»*Wuff!*«

Gaspode seufzte und watschelte fort. Manchmal fragte er sich tief in seinem Herzen, ob es nicht doch ganz nett wäre, jemandem zu *gehören*. Er dachte nicht an Ketten oder Leinen, sondern eher an das Band der Freundschaft. Er stellte sich vor, so sehr an jemandem zu hängen, daß er ihm die Pantoffel brachte und sich auf seinem Grab vor Kummer verzehrte.

Laddie mochte so etwas. Wenn man in diesem Zusammenhang von »mögen« sprechen konnte – es schien bei ihm in den Knochen zu stecken, vielleicht sogar noch tiefer. Gaspode überlegte, ob derartige Verhaltensweisen die wahre Hundenatur widerspiegelten. Ein leises, dumpfes Knurren entrang sich seiner Kehle. Nein, unmöglich. Bei der wahren Hundenatur ging es nicht um Pantoffeln und trauriges Jaulen auf Gräbern. Wahre Hundenatur verlangte von einem Hund, hart, unabhängig und gemein zu sein.

Ja.

Gaspode hatte gehört, daß die Angehörigen verschiedener Hunderassen gemeinsame Nachkommen zeugen konnten, und das schloß Wölfe mit ein. Woraus folgte: In jedem Hund verbarg sich ein Wolf. Man konnte Wölfe in Hunde verwandeln, aber niemand schaffte es, den Wolf aus einem Hund zu vertreiben. Dieser Gedanke spendete ihm Trost, wenn Leute nach ihm traten und ihn die Flöhe noch häufiger bissen als sonst.

Gaspode fragte sich, wie man bei der Paarung mit einem Wolf vorging – und was *nachher* passierte.

Nun, das spielte keine Rolle. Wichtig war nur, daß wahre Hunde nicht vor Freude umhersprangen, wenn irgend jemand lobende Worte an sie richtete.

Ja.

Gaspode knurrte einen Müllhaufen an. »Wag es bloß nicht, mir zu widersprechen«, zischte er.

Ein Teil des Haufens bewegte sich. Ein Katzengesicht erschien, mit einem verstorbenen Fisch im Mund. Als Gaspode – um der Tradition willen – halbherzig bellen wollte, ließ die Katze den Fisch fallen und sprach zu ihm.

»Hallo.«

Gaspode entspannte sich. »Oh, hallo. Ich wollte dich nicht beleidigen. Hatte keine Ahnung, daß du es bist.«

»Ich haffe Fiff«, erklärte die Katze. »Aber wenigftenf redet er nicht.«

Ein anderer Teil des Müllhaufens geriet in Bewegung, und die Maus kam zum Vorschein.

»Was macht ihr hier?« erkundigte sich Gaspode. »Habt ihr nicht gesagt, auf dem Hügel sei es sicherer?«

»Jetft nicht mehr«, erwiderte die Katze. »Dort wird ef immer unheimlicher.«

Gaspode runzelte die Stirn. »Du bist eine Katze«, stellte er fest. »Ich dachte immer, Katzen lieben das Unheimliche.«

»Mag fein. Aber fie lieben keine goldenen Funken, die einem überf Fell kniftern. Und fie lieben auch keinen Boden, der dauernd fittert. Ebensowenig wie fonderbare Ftimmen, die im eigenen Kopf flüftern. Auf dem Hügel ift ef jetzt nicht mehr nur unheimlich, fondern gefpenftiff.«

»Deshalb haben wir ihn alle verlassen«, fügte Quieki hinzu. »Kuschelweich und die Ente haben sich in den Dünen versteckt...«

Eine andere Katze sprang vom Zaun und landete in der Nähe. Sie war groß und rötlichgelb, und ihr fehlte die Holy-Wood-Intelligenz. Erstaunt starrte sie zur Maus, die überhaupt keine Anzeichen von Furcht offenbarte.

Quieki stieß Katze an. »Sorg dafür, daß sie verschwindet.«

Katze – beziehungsweise Kater – sah zum Neuankömmling. »Hau ab. He, haft du nicht gehört? Du follft verfwinden. Ach, ef ift allef fo *demütigend*.«

»Nicht nur für dich«, sagte Gaspode, als die andere Katze fortschlenderte und dabei den Kopf schüttelte. »Wenn einige der Hunde in dieser Stadt beobachten, daß ich mit einer Katze plaudere... Dann ist mein Gossenruf dahin.«

»Wir haben unf überlegt...« Der Kater warf Quieki einen nervösen Blick zu. »Wir haben unf überlegt... Vielleicht, äh, follten wir unf fu erkennen geben um, um, um...«

»Um ins Geschäft mit den Streifen einzusteigen«, sagte die Maus. »Na, was hältst du davon?«

»Ihr beide?« vergewisserte sich Gaspode verblüfft. »Ihr wollt zu den beweglichen Bildern?« Als Quieki und der Kater nickten: »Das ist doch absurd. Wer würde gutes Geld bezahlen, um zu sehen, wie Katzen Mäuse jagen? Selbst an Hunden ist das Publikum nur interessiert, wenn sie irgendwelchen Menschen zu Diensten sind. Eine Katze, die einer Maus nachjagt... Niemand schert sich darum. Glaubt mir. Ich weiß Bescheid.«

»Dann wird's Zeit, daß die Menschen endlich alles in Ordnung bringen«, entgegnete Quieki scharf. »Damit wir nach Hause gehen können. Der Junge *unternimmt* überhaupt nichts.«

»Er ift nutzlof«, betonte Katze.

»Er hat sich verliebt«, sagte Gaspode. »Komplizierte Sache.«

»Ja, ich weif«, behauptete Katze voller Mitgefühl. »Leut fmeiffen dauernd alte Ftiefel und fo nach einem.«

»Alte Stiefel?« wiederholte die Maus.

»*Mir* paffiert daf dauernd, wenn ich verliebt bin«, antwortete der Kater und seufzte.

»Bei Menschen ist das anders«, sagte Gaspode ungewiß. »Menschen bewerfen sich nicht mit alten Stiefeln, und meistens verzichten sie auch darauf, einen Eimer mit kaltem Wasser aus dem Fenster zu schütten. Sie verwenden, äh, Blumen. Und sie streiten sich.«

Die Tiere musterten sich niedergeschlagen.

»Ich habe Victor und Ginger beobachtet«, meinte Quieki. »Sie hält ihn für einen Idioten.«

»Das gehört dazu«, erwiderte Gaspode. »Man nennt es Romantik.«

Katze zuckte mit den Schultern. »Mir find Ftiefel lieber. Bei Ftiefeln weif man, woran man ift.«

Der glitzernde Geist von Holy Wood strömte hinaus in die Welt und war vom Rinnsal zur Flutwelle angeschwollen. Er blubberte in den Adern von Menschen, Tieren und anderen Wesen. Er war zugegen, wenn Kurbeldreher die Kurbeln von Bilderkästen drehten. Wenn die Tischler Nägel ins Holz hämmerten, so arbeiteten sie für Holy Wood. Holy Wood befand sich in Borgels Eintopf, im Sand, in der Luft.

Holy Wood wuchs.

Und reifte heran...

Treibe-mich-selbst-in-den-Ruin Schnapper – oder T.M.S.I.D.R., wie er sich gern nennen ließ – setzte sich im Bett auf und starrte in die Dunkelheit.

Vor seinem inneren Auge brannte eine Stadt.

Er streckte die Hand zum Nachtschränkchen aus, tastete nach den Streichhölzern, entzündete die Kerze und nahm einen Stift.

Kein Papier da. Obwohl er immer wieder darauf bestand, daß ständig Papier neben dem Bett bereitliegen mußte. Für den Fall, daß er mit einer Idee erwachte. Die besten Ideen kamen einem immer im Schlaf.

Wenigstens hatte er einen Stift.

Schnapper kritzelte hastig aufs Laken.

Ein Mann und eine Frau im Feuer der Leidenschaft, in einer vom Bürgerkrieg heimgesuchten Stadt!

Der Stift kratzte und kleckste übers grobe Leinen.

Ja! Genau! Hervorragend!

Er würde es ihnen allen zeigen! Gipspyramiden und Paläste aus Pappe – ha! *Dies* hier stellte alles in den Schatten. Wenn die Geschichte von Holy Wood geschrieben wurde, so sollte kein Zweifel bestehen. T.M.S.I.D.R. Schnapper hatte den besten Streifen aller Zeiten gedreht.

Trolle! Kämpfe! Romantik! Männer mit dünnen Schnurrbärten! Söldner! Und eine Frau, die sich verzweifelt bemüht... Schnapper zögerte kurz. Irgend etwas zu bewahren, das sie liebt, diesen Punkt klären wir später. In einer verrückt gewordenen Welt!

Der Stift eilte weiter, kritzelte mit unermüdlichem Eifer.

Bruder gegen Bruder! Frauen in Reifröcken verteilen Ohrfeigen! Eine mächtige Dynastie, nun dem Untergang geweiht!

Eine große Stadt in Flammen! Am Rand notierte Schnapper: Nicht in Flammen der Leidenschaft. Echtes Feuer!

Und...

Er biß sich auf die Lippe.
Ja. Darauf hatte er gewartet! *Ja!*
Tausend Elefanten!
(Später meinte Soll Schnapper: »Hör mal, Onkel, der Bürgerkrieg von Ankh-Morpork – eine großartige Idee. Kein Problem. Ein bedeutendes historisches Ereignis. Überhaupt kein Problem. Allerdings haben die Historiker nie von irgendwelchen Elefanten berichtet.«
»Damals ging's drunter und drüber«, verteidigte sich Treibe-mich-selbst-in-den-Ruin. »Bei solchen Gelegenheiten wird das eine oder andere übersehen.«
»Bei tausend Elefanten scheint mir das kaum möglich zu sein.«
»Wer leitet dieses Studio?«
»Ich meine nur...«
»Jetzt *hör* mal«, sagte Schnapper. »Vielleicht gab es damals keine tausend Elefanten. Aber *wir* zeigen tausend Elefanten, weil durch tausend Elefanten alles viel echter aussieht, klar?«)

Das Laken füllte sich allmählich mit aufgeregter Handschrift. Treibe-mich-selbst-in-den-Ruin erreichte das Ende und fuhr am hölzernen Rahmen des Bettes fort.

Bei den Göttern – das war es! Keine banalen Schwertduelle. Keine Rettungen vor irgendwelchen Ungeheuern. Keine identischen Kamele, die hintereinander ritten. Diesmal benötigten sie alle Kurbeldreher Holy Woods!

Schnapper lehnte sich zurück und schnaufte in erschöpfter Ekstase. Er sah es ganz deutlich. Der Streifen war praktisch schon im Kasten.

Jetzt mußte er sich nur noch den Titel einfallen lassen. Etwas mit einem guten Klang. Ein Titel – er kratzte sich mit dem Stift am Kinn –, der sofort darauf hinwies, daß die Angelegenheiten von gewöhnlichen Menschen Spreu in den wilden Stürmen der Geschichte gleichkamen. Stürme, ja. Gute Metaphorik. Donner. Blitze. Regen. Wind.

Wind. Genau!

Schnapper nahm den oberen Teil des Lakens und schrieb mit großer Sorgfalt:

VOM WINDE WEGGEWEHT.

Victor lag in seinem schmalen Bett und wälzte sich immer wieder von einer Seite auf die andere. Er konnte nicht schlafen. Durch sein dösendes Bewußtsein wanderten Bilder und zeigten ihm Streitwagenrennen, Piratenschiffe und Dinge, die er nicht kannte. Und mitten in diesem Durcheinander sah er ein *Geschöpf*, ein riesiges Wesen, das einen hohen Turm erkletterte und der Welt mit einem herausfordernden Grinsen trotzte. Ein Schrei erklang...

Tugelbend richtete sich in Schweiß gebadet auf.

Nach einigen Sekunden schwang er die Beine aus dem Bett und trat zum Fenster.

Über den Lichtern der Stadt ragte der Hügel von Holy Wood ins erste matte Licht der Morgendämmerung hinauf. Ein weiterer sonniger Tag kündigte sich an.

Holy-Wood-Träume strömten in unsichtbaren, goldenen Wellen durch die Straßen.

Etwas begleitete sie.

Etwas, das *nie* träumte. Etwas, das nie schlief.

Ginger stand auf und blickte ebenfalls zum Hügel. Es muß allerdings bezweifelt werden, ob sie ihn überhaupt sah. Die junge Frau bewegte sich wie eine Blinde in dem ihr vertrauten Zimmer, ging zur Tür und die Treppe hinunter, schritt durch die sterbende Nacht.

Ein kleiner Hund, eine Katze und eine Maus beobachteten Ginger, als sie stumm durch die Gasse eilte. Offenbar wollte sie zum Hügel.

»Habt ihr die *Augen* gesehen?« fragte Gaspode.

»Fie glühen«, erwiderte der Kater. »Meine Güte!«

»Sie geht zum Hügel«, sagte Gaspode. »Das gefällt mir nicht.«

»Und wenn schon«, erwiderte Quieki. »Sie ist dauernd dort. Jede Nacht stapft sie hin, streicht ziellos herum und wirkt dabei überaus dramatisch.«

»Was?«

»Jede Nacht. Wir dachten, es hängt mit der Romantik und so zusammen.«

»Aber wenn man beobachtet, wie sie sich bewegt...«, stieß Gaspode verzweifelt hervor. »Dann weiß man sofort, daß etwas nicht stimmt. Sie *taumelt* und erweckt den Anschein, von einer inneren Stimme oder so angetrieben zu werden.«

»Oh, ich weiß nicht«, entgegnete Quieki. »Wenn du mich fragst: Wer beim Gehen nur zwei Beine benutzt, taumelt immer.«

»Ein Blick in ihr Gesicht genügt. Dann wird einem klar, daß etwas nicht in Ordnung ist!«

»Nun, sie gehört zu den Menschen«, meinte die Maus. »Bei den Menschen ist nie alles in Ordnung.«

Gaspode dachte darüber nach, was er jetzt tun konnte. Viel Auswahl hatte er nicht. Die naheliegendste Maßnahme bestand darin, Victor aufzusuchen und ihn hierherzubringen. Er entschied sich dagegen, weil es zu sehr wie Laddies dummes Verhalten aussah: Wenn du als tapferer, intelligenter Hund mit einem Rätsel konfrontiert wirst – fällt dir nichts Besseres ein, als einen Menschen zu rufen, um es zu lösen?

Er lief los und schnappte nach dem Saum des Nachthemds. Die Schlafwandlerin setzte den Weg fort und zerrte den Hund hinter sich her. Katze lachte, und nach Gaspodes Ansicht klang es zu sarkastisch.

»Wird Zeit aufzuwachen«, knurrte er und löste die Zähne aus dem dünnen Stoff. Gingers Beine blieben in Bewegung.

»Na bitte«, schnurrte Katze. »Man gebe ihnen eine Hand mit vier Fingern und einem Daumen. Und fon glauben fie, etwaf Befonderef zu fein.«

»Ich werde ihr folgen«, beschloß Gaspode. »Eine junge Frau, die des Nachts allein unterwegs ist... Ihr könnte etwas zustoßen.«

»Typiff für Hunde«, wandte sich Katze an Quieki. »Wollen fich dauernd bei den Zweibeinern einfmeicheln. Beftimmt dauert ef nicht mehr lange, bif er ein mit Diamanten befetztef Halfband und einen Napf mit feinem Namen drauf bekommt.«

»Wenn du unbedingt einen Teil deines Fells verlieren willst – ich bin gern zu Diensten.« Gaspode fletschte seine kariösen Zähne.

»Daf brauche ich mir nicht gefallen zu laffen«, sagte der Kater und hob stolz den Kopf. »Komm, Quieki. Laf unf einen Müllhaufen fuchen. Hier gibt ef zuviel *Dreck*.«

Gaspode starrte den beiden Tieren nach.

»Mieze!« rief er.

Dann zockelte er durch die Gasse, behielt Ginger im Auge und haßte sich dafür. Wenn ich ein Wolf wäre, dachte er, und tief in meinem Innern *bin* ich ein Wolf, ja, dann würde ich nun den Rachen öffnen und, und... Ich meine, dann hätte die junge Frau da vorn nur noch eine Lebenserwartung von wenigen Sekunden. Ich *könnte* angreifen. Natürlich. Ich könnte *jederzeit* angreifen. Ich will es nur nicht. Und eins steht fest: Es liegt mir fern, auf sie aufzupassen. Victor würde mich bestimmt bitten, sie vor irgendwelchen Gefahren zu bewahren, aber ich lasse mir von Menschen keine Anweisungen geben. Wäre ja noch schöner. Wehe dem Menschen, der versucht, mir Anweisungen zu erteilen. Müßte mit einer zerfleischten Kehle rechnen, jawohl.

Aber wenn ihr was passiert... Wahrscheinlich verzehrt er sich tagelang vor Kummer und vergißt, mich zu füttern. Was nicht heißen soll, daß Hunde wie ich Menschen brauchen, die ihnen Nahrung besorgen. Ich könnte ein Rentier reißen, indem ich ihm auf den Rücken springe und den Hals durchbeiße. Schwierig wird's nur, wenn man anschließend nach einem Teller sucht, der für eine solche Mahlzeit groß genug ist.

Ginger ging ziemlich schnell. Gaspodes Zunge baumelte aus dem Maul, als er versuchte, mit ihr Schritt zu halten. Hinter seiner Stirn pochte dumpfer Schmerz.

Er riskierte einige verstohlene Blicke nach rechts und links, um festzustellen, ob ihn andere Hunde beobachteten. Wenn mir jemand zusieht... Ich könnte den Anschein erwecken, sie zu verfolgen. Wie Beute. Ja. Das stimmt auch. Ich folge ihr nicht, sondern *verfolge* sie. Das Problem war nur: Gaspode neigte zu Kurzatmigkeit, und er keuchte nun immer lauter. Warum mußte seine Beute so *schnell* gehen?

Ginger kletterte am Hang des Hügels empor.

Gaspode überlegte, ob er laut bellen sollte. Wenn ihn später jemand nach dem Grund dafür fragte, konnte er immer behaupten, es sei ihm nur darum gegangen, die junge Frau zu erschrecken. Allerdings hatte er gerade genug Luft, um drohend zu schnaufen.

Ginger erreichte die Mulde zwischen den Bäumen.

Gaspode wankte näher, richtete sich auf und klappte den Mund auf, um eine Warnung zu winseln – fast hätte er sich an seiner eigenen Zunge verschluckt.

Das Portal stand jetzt einige Zentimeter weiter offen. Sand rieselte beiseite.

Und Stimmen flüsterten. Sie raunten keine Worte, sondern ihren *Inhalt*, die eigentliche Essenz von Bedeutung. Wie bettelnde Moskitos summten sie in Gaspodes rundem Kopf, flehten und lockten und...

...er war der berühmteste Hund auf der ganzen Welt. Die Knoten verschwanden aus seinem Fell, und fransige Stellen glätteten sich,

gewannen einen goldenen Glanz. Er spürte, wie die Zähne länger wurden, wie sich die vielen schwarzen Flecken an ihnen auflösten. Teller erschienen vor ihm, nicht gefüllt mit Innereien, aus denen normalerweise seine Mahlzeiten bestanden, sondern mit dunkelrotem Steak. Ein mit seinem Namen gekennzeichneter Napf enthielt frisches, klares Wasser, nein, leckeres Bier. Verführerischer Duft wies ihn darauf hin, daß mehrere elegante Hündinnen darauf warteten, ihn näher kennenzulernen – nachdem er gegessen und getrunken hatte. Tausende von Menschen hielten ihn für wundervoll. Er trug ein glitzerndes Halsband und...

Nein, das konnte nicht richtig sein. Kein Halsband. Früher oder später tauchten piepsende Spielzeuge auf, wenn man es versäumte, bei Halsbändern die Grenze zu ziehen.

Die Bilder zerstoben in einem Funkenregen der Verwirrung, und...

... das Rudel lief durch den Wald, vorbei an Bäumen, die ein weißes Schneegewand trugen. Es folgte ihm, die Rachen weit aufgerissen. Lange Beine fraßen den Weg. Die fliehenden Menschen auf dem Schlitten hatten überhaupt keine Chance. Einer wurde von einem hungrigen dunklen Schatten zu Boden gerissen. Das Opfer schrie, als Gaspode und die anderen Wölfe...

Nein, auch das war nicht richtig. Man verspeiste keine Menschen. Bei den Göttern, sie gingen einem auf die Nerven, aber deshalb füllte man sich nicht den Magen mit ihnen.

Widersprüchliche Instinkte schickten sich an, im schizophrenen Hundegeist einen mentalen Kurzschluß zu bewirken.

Die Stimmen gaben ihre Attacke voller Abscheu auf und wandten sich Ginger zu, die versuchte, mehr Sand beiseite zu räumen.

Einer von Gaspodes Flöhen biß fester zu als jemals zuvor – wahrscheinlich träumte er davon, der größte Floh auf der ganzen Welt zu sein. Aus einem Reflex heraus hob der Hund das Bein, um sich zu kratzen, und kehrte dadurch in die Wirklichkeit zurück.

Gaspode blinzelte.

»Oh, verdammt«, jaulte er.

Deshalb verhalten sich die Menschen so seltsam, dachte er. Ich frage mich, was Ginger träumt...

Seine Nackenhaare richteten sich auf.

Hier brauchte man keine mysteriösen animalischen Sinne. Ganz normale Sinne genügten völlig, um ihm Entsetzen zu vermitteln. Jenseits der Tür lauerte etwas Schreckliches.

Und Ginger bemühte sich, es zu befreien.

Er mußte sie wecken.

Beißen kam eigentlich nicht in Frage – der Zustand seiner Zähne ließ seit einiger Zeit zu wünschen übrig. Darüber hinaus bezweifelte er, ob lautes Bellen etwas nützte. Damit blieb nur eine Alternative...

Der Sand bewegte sich gespenstisch unter Gaspodes Pfoten; vielleicht träumte er von großen Felsen. Sequoia-Phantasien umhüllten die dürren Bäume in der Senke. Selbst die Luft veränderte sich, kräuselte sich und träumte von... von Dingen, die nur für Luft eine Rolle spielen.

Gaspode trat auf Ginger zu und preßte ihr die Schnauze ans Bein.

Das Multiversum kennt viele schreckliche Methoden, um jemanden zu wecken: das Geräusch des Mobs, der die Eingangstür aufbricht; die heulenden Sirenen von Feuerwehrwagen; die Erkenntnis, daß heute jener Montag beginnt, der am Freitag so herrlich weit entfernt zu sein schien. Auf der langen Liste schrecklicher Weckmethoden steht eine kalte Hundenase nicht an erster Stelle, aber sie zeichnet sich durch eine spezielle Schrecklichkeit aus, die Kenner des Gräßlichen und Hundehalter zu fürchten gelernt haben. Es fühlt sich an, als drücke einem jemand ein auftauendes Leberstück liebevoll ans Bein.

Ginger zwinkerte, und das Glühen in ihren Augen verblaßte. Sie sah nach unten. Das Grauen in ihrem Gesicht verwandelte sich erst in Erstaunen, doch als sie Gaspode erkannte, metamorphierte es wieder zu profundem Entsetzen.

»Hallo«, sagte Gaspode in einem schmeichlerischen Tonfall.

Die junge Frau wich zurück und streckte wie abwehrend die Hände aus. Sand rieselte durch die Lücken zwischen den Fingern. Sie starrte überrascht darauf hinab, blickte dann zu Gaspode.

»Bei den Göttern, es ist *furchtbar*«, brachte sie hervor. »Was geht hier *vor*? Warum bin ich *hier*?« Erneut gerieten ihre Hände in Bewegung, zuckten zum Mund. »O nein«, hauchte sie. »Nicht schon wieder!«

Ginger sah zu Gaspode, sah zum Portal, drehte sich um, hob das Nachthemd auf und eilte durch den Morgendunst davon.

Der Hund folgte ihr hastig. Er spürte gestaltlosen Zorn in der Luft und trachtete danach, sich innerhalb möglichst kurzer Zeit möglichst weit von der Tür zu entfernen.

Bestimmt wartet dort was Fürchterliches, dachte er. Vermutlich mit Tentakeln ausgestattet, die einem das Gesicht vom Kopf reißen können. Ich meine, wenn's um geheimnisvolle Türen in Hügeln geht... Ist doch logisch, daß sich dahinter nichts Erfreuliches verbirgt. Unheilvolle Wesen, die kein Mensch wasweißich, und ich bin ein Hund, und ich möchte ebenfalls nicht wasweißich. Aber Ginger...

Gaspode kehrte grummelnd zur Hütten- und Schuppen-Stadt zurück.

Am Hügel zitterte das Portal, und der Spalt zwischen den beiden Türhälften wuchs um den Bruchteil eines Zentimeters.

Holy Wood war lange vor Victor wach. Von den Studios des Flughund-Jahrhunderts ging lautes Hämmern aus, und Dutzende von Karren mit Bauholz bildeten eine lange Schlange vor dem Tor. Tugelbend bahnte sich mühsam einen Weg durch die Tischler und Stukkateure. Arbeiter liefen hin und her, trugen zu einem allgemeinen Durcheinander bei, in dessen Zentrum sich Silberfisch und T.M.S.I.D.R. Schnapper stritten.

Victor erreichte sie, als Silberfisch verblüfft hervorbrachte: »Die ganze Stadt?«

»Die Teile am Rand lassen wir weg«, erwiderte Schnapper. »Wichtig ist nur die Mitte: der Palast des Patriziers, die Universität, alle Gildenhäuser und so weiter. Was eben eine richtige Stadt ausmacht. Verstanden? Diesmal müssen wir es *richtig* anfangen!«

Sein Gesicht war rot angelaufen. Hinter ihm stand Detritus und hielt mit der rechten Pranke ein Bett über den Kopf – er wirkte wie ein Kellner mit einem Tablett. Schnapper zupfte am Laken, und Victor bemerkte krakelige Schrift. Nicht nur am ehemals weißen Laken, sondern auch am hölzernen Rahmen.

»Aber die Kosten...«, wandte Silberfisch ein.

»Irgendwie treiben wir das Geld auf«, sagte Schnapper ruhig.

Der Alchimist hätte nicht erschrockener sein können, wenn ihm T.M.S.I.D.R. in einem Kleid über den Weg gelaufen wäre. Er versuchte, sich wieder zu fassen.

»Nun, wenn du *entschlossen* bist, Ruin...«

»Das bin ich!«

»Nun, ich meine, wenn man sich's genau überlegt... Vielleicht können wir die Kosten auf mehrere Filme verteilen. Und wenn wir die Stadt anschließend, äh, verpachten...«

»Wovon redest du da?« zischte Schnapper. »Wir bauchen sie für *Vom Winde weggeweht*!«

»Ja, ja, natürlich«, versicherte ihm Silberfisch in einem beschwichtigenden Tonfall. »Und nachher...«

»Nachher? Es gibt kein Nachher! Hast du nicht das Drehbuch gelesen? Detritus, zeig ihm das Drehbuch!«

Der Troll senkte gehorsam das Bett.

»Das ist dein *Bett*, Ruin.«

»Drehbuch, Bett, wo ist da der Unterschied? Lies die Stelle dort, direkt über der schnörkelförmigen Schnitzerei...«

Stille folgte, während Silberfisch las. Die Stille dauerte eine Weile. Wenn es ums Lesen ging, war Silberfisch an Zahlenkolonnen gewöhnt, die unten mit Summen endeten.

Schließlich sagte er: »Du willst alles... niederbrennen?«

»So verlangt es die Geschichte«, brummte Schnapper selbstgefällig. »Mir bleibt gar keine Wahl. Die Stadt wurde während des Bürgerkriegs niedergebrannt. So steht's in den Geschichtsbüchern.«

Silberfisch straffte sich. »Mag sein«, entgegnete er steif. »Aber ich bin nicht dazu verpflichtet, so etwas zu finanzieren. Es ist alles viel zu übertrieben.«

»Ich bezahle irgendwie dafür«, sagte Schnapper gelassen.

»Mit einem Wort: un-möglich.«

»Das sind zwei Wörter.«

»Ein solches Projekt kommt nicht in Frage, jedenfalls nicht für mich«, fuhr Silberfisch fort, ohne auf Schnappers Einwand zu achten. »Ich habe versucht, die Dinge aus deiner Perspektive zu sehen, nicht wahr? Aber du nimmst die beweglichen Bilder, um sie in, in *Träume* zu verwandeln. Das war nie meine Absicht! Auf meine Unterstützung mußt du verzichten!«

»Na *schön*.« Schnapper sah zum Troll.

»Herr Silberfisch wollte gerade gehen«, sagte er. Detritus nickte, packte Silberfisch am Kragen und hob ihn langsam hoch.

Das Gesicht des kleinen Mannes wurde kalkweiß. »Du kannst mich nicht so einfach loswerden«, behauptete er.

»Willst du wetten?«

»Kein Alchimist in Holy Wood wäre bereit, für dich zu arbeiten! Wir nehmen die Kurbeldreher mit! Und dann bist du erledigt!«

»Glaubst du? Nach diesem Film gibt es niemanden in Holy Wood, der mich *nicht* um einen Job bittet! Detritus, wirf den Blödmann raus!«

»In Ordnung, Herr Schnapper«, grollte der Troll und schloß die Pranke noch fester um Silberfischs Kragen.

»Damit ist die Sache noch nicht erledigt, du, du gemeiner, hinterhältiger Größenwahnsinniger!«

Schnapper ließ die Zigarre sinken.

»Für dich immer noch *Herr* Größenwahnsinnig«, sagte er.

Er schob sich die Zigarre wieder zwischen die Lippen und nickte dem Troll zu, der Silberfisch daraufhin auch am Bein ergriff.

»Wenn du es wagst, mir auch nur ein Haar zu krümmen...«, begann der Alchimist. »Dann findest du nie wieder Arbeit in dieser Stadt!«

»Ich bereits Arbeit haben«, erwiderte Detritus ruhig und trug Silberfisch zum Tor. »Ich Vizepräsident, zuständig für das Hinauswerfen von Leuten, die Herr Schnapper nicht mögen.«

»Dann mußt du dir bald einen Assistenten beschaffen«, knurrte Silberfisch.

»Ich haben Neffen, der sich für Karriere als Rausschmeißers interessieren«, sagte Detritus. »Einen schönen Tag noch.«

»Prächtig.« Schnapper rieb sich die Hände. »Soll!«

Soll trat hinter einem auf Böcken ruhenden Tisch mit Bauplänen hervor. Er nahm einen Stift aus dem Mund.

»Ja, Onkel?«

»Wie lange dauert's?«

»Etwa vier Tage, Onkel.«

»Ausgeschlossen. Stell mehr Leute ein. Ich möchte, daß morgen alles fertig ist, klar?«

»Aber, Onkel...«

»Oder du wirst gefeuert«, fügte Schnapper hinzu. Soll riß erschrocken die Augen auf.

»Ich bin dein Neffe, Onkel«, protestierte er. »Du kannst keine Neffen feuern.«

Schnapper sah sich um und schien Victor erst jetzt zu bemerken.
»Ah, Victor. Dir fehlen nie die richtigen Worte, stimmt's? Kann ich Neffen entlassen?«
»Äh.« Tugelbend überlegte. »Ich glaube nicht. Ich schätze, man muß sie verleugnen oder so. Vielleicht auch enterben. Aber...«
»Genau! – sagte Schnapper. »Genau! Wußte ja, daß du dich damit auskennst. Verleugnen und enterben. Hast du gehört, Soll?«
»Ja, Onkel«, antwortete Soll niedergeschlagen. »Ich gehe jetzt und besorge uns noch mehr Tischler, einverstanden?«
»Genau.« Soll warf Victor einen entsetzten Blick zu, bevor er forthastete. Schnapper wandte sich an einige Kurbeldreher, und Anweisungen strömten aus ihm hervor, wie Wasser aus einem Springbrunnen.
»Ich vermute, heute morgen reist niemand nach Ankh-Morpork, oder?« erklang eine Stimme vor Victors Knien.
»Nun, Schnapper ist heute sehr, äh, energisch«, sagte Tugelbend. »Scheint gar nicht mehr er selbst zu sein.«
Gaspode kratzte sich am Ohr. »Ich wollte dich auf irgend etwas hinweisen... Hm, was war's? Ah, ja. Deine Freundin steht mit dunklen Mächten im Bunde. Jene Nacht, in der wir sie auf dem Hügel sahen – wahrscheinlich wollte sie mit dem Bösen Zwiesprache halten. Na, was hältst du davon?«
Er grinste, stolz auf das Geschick, mit dem er dieses Thema angeschnitten hatte.
»Oh, gut«, kommentierte Victor geistesabwesend. Schnapper verhielt sich noch seltsamer als sonst. Sein Gebaren wirkte selbst dann sonderbar, wenn man die üblichen Maßstäbe von Holy Wood anlegte.
»Ja«, sagte Gaspode ein wenig enttäuscht. »Treibt sich des Nachts mit unheimlichen und okkulten Intelligenzen von der *Anderen* Seite herum, würde mich gar nicht wundern.«
»Freut mich für sie«, murmelte Victor. Normalerweise brannte man in Holy Wood keine Kulissen nieder. Man verwendete sie auch bei den nächsten Filmen, mit neuer Bemalung. Tugelbend spürte, wie ihn die Neugier übermannte.
»... Tausende von Darstellern«, sagte Schnapper gerade. »Es ist mir völlig gleich, wo ihr sie auftreibt. Wenn's sein muß, stellen wir alle Bewohner von Holy Wood ein, klar? Und ich möchte...«
»Ihr helft ihnen bei dem teuflischen Plan, sich die ganze Welt unter

den Nagel zu reißen, wenn ich die Sache richtig sehe«, fuhr Gaspode fort.

»Tatsächlich?« fragte Victor. Schnapper sprach jetzt mit zwei alchimistischen Lehrlingen. *Wie* bitte? Ein *zwanzig* Rollen langer Film? Niemand wagte es, von mehr als fünf zu träumen!

»Ja, sie gräbt im Sand, um das Verderben aus seinem tiefen Schlaf zu wecken, damit es die Welt verheeren kann und so«, sagte Gaspode.

»Bitte sei endlich still«, erwiderte Victor gereizt. »Ich versuche zu verstehen, worüber Schnapper mit den Leuten redet.«

»Entschuldige bitte«, brummte Gaspode. »Wollte nur die Welt retten. Beschwer dich nicht bei mir, wenn *schreckliche* Wesen aus grauer Vorzeit unter deinem Bett liegen und dir mit Tentakeln zuwinken.«

»Was soll das heißen?«

»Oh, nichts. Nichts.«

Schnapper blickte auf, sah Victors neugieriges Gesicht und winkte.

»He, Junge! Komm her! Hab ich eine Rolle für dich!«

»Hast du eine?« fragte Tugelbend und schob sich an einigen Personen vorbei.

»Das habe ich gesagt, nicht wahr?«

»Nein, du hast gefragt, ob...«, begann Victor und gab es dann auf.

»Wo ist Ginger?« erkundigte sich Schnapper. »Wieder spät dran?«

»*Wahrscheinlich schläft sie noch tief und fest*«, knurrte eine verdrießliche und vollkommen ignorierte Stimme, die ihren Ursprung dicht über dem Boden hatte, in einem Meer aus Flöhen. »*Ist sicher sehr anstrengend, mit dunklen Mächten im Bunde zu stehen...*«

»Soll, laß Ginger von jemandem holen.«

»Ja, Onkel.«

»*...kann man etwas anderes von Leuten erwarten, die Katzen mögen? Sind zu allem fähig, solche Leute...*«

»Und das Drehbuch muß vom Bett abgeschrieben werden.«

»Ja, Onkel.«

»*...aber hören sie auf mich? Nein. Wenn ich ein glänzendes Fell hätte und herumspringen und fröhlich bellen würde... Solchen Hunden hört man zu...*«

Schnapper öffnete den Mund, klappte ihn wieder zu und runzelte die Stirn.

»Wer brabbelt da?«

»...*habe vermutlich die Welt für sie gerettet und verdiene eine Medaille, zumindest ein saftiges Steak, aber nein, o nein, nicht für dich Gaspode, dir schenkt man überhaupt keine Beachtung, obwohl du*...«

Die Stimme verklang. Kurbeldreher, Tischler und diverse Assistenten traten beiseite, gaben den Blick frei auf einen kleinen, krummbeinigen grauen Hund, der wie gleichgültig zu Schnapper aufsah.

»Bell?« sagte er unschuldig.

Ereignisse fanden in Holy Wood immer ziemlich plötzlich statt, doch die Vorbereitungen für *Vom Winde weggeweht* flogen mit der Geschwindigkeit eines Kometen voran. Die Dreharbeiten zu den übrigen Streifen des Flughund-Jahrhunderts wurden unterbrochen, und viele andere kinematographische Projekte in der Stadt erlitten ein ähnliches Schicksal. Der Grund: Schnapper stellte alle verfügbaren Schauspieler und Kurbeldreher ein, bezahlte ihnen das Doppelte des üblichen Honorars.

Eine Art Ankh-Morpork nahm zwischen den Dünen Gestalt an. Soll meinte, es wäre billiger gewesen, den Zorn der Zauberer zu riskieren, in der echten Stadt zu drehen und anschließend jemandem ein paar Dollar dafür zu bezahlen, die Metropole am Ankh in Brand zu stecken.

Schnapper weigerte sich, diesen Standpunkt zu teilen.

»Ganz abgesehen von den damit verbundenen Schwierigkeiten...«, sagte er. »Es sähe nicht echt aus.«

»Aber ich meine die *richtige* Stadt Ankh-Morpork, Onkel«, betonte Soll. »Es *muß* echt aussehen. Wie kann es *nicht* echt aussehen?«

»Weißt du, eigentlich wirkt Ankh-Morpork nicht besonders authentisch«, erwiderte Schnapper nachdenklich.

»Natürlich wirkt die verdammte Stadt authentisch!« entfuhr es Soll. Das Band der Verwandtschaft war nun so sehr gespannt, daß es zu zerreißen drohte. »Sie existiert! Ich meine, sie existiert *wirklich*! Sie kann gar nicht authentischer sein! Sie hat soviel Authentizität, wie es nur möglich ist!«

Schnapper nahm die Zigarre aus dem Mund.

»Nein«, widersprach er. »Wart's ab.«

Ginger traf gegen Mittag ein und war so blaß, daß es nicht einmal Schnapper über sich brachte, sie anzuschreien. Die junge Frau warf Gaspode finstere Blicke zu, und er hielt sich klugerweise von ihr fern.

Schnapper hatte ohnehin keine Zeit für Ginger. Er saß in seinem Büro und erklärte *den Plot*.

Im großen und ganzen war er ganz einfach und wies die bereits vertraute Struktur auf: junger Mann lernt junge Frau kennen, junge Frau trifft einen anderen jungen Mann, junger Mann verliert junge Frau und so weiter. Es gab nur einen wichtigen Unterschied: Diesmal spielte sich alles vor dem Hintergrund eines Bürgerkriegs ab.

Der Anlaß des Bürgerkriegs von Ankh-Morpork (3. Gruni 432, 20.32 Uhr – 4. Gruni 432, 10.45 Uhr) hat bei den Historikern häufig zu hitzigen Debatten geführt. Die beiden wichtigsten Theorien lauten: 1.) Das gemeine Volk hatte die Nase voll davon, hohe Steuern an einen besonders dummen und unangenehmen König zu bezahlen. Es entschied, sich von dem längst überholten Konzept der Monarchie zu trennen und es durch eine andere Regierungsform zu ersetzen, die dazu führte, daß einige despotische Fürsten ebenfalls hohe Steuern eintrieben. Aber wenigstens behaupteten sie nicht, in göttlichem Auftrag zu handeln, wodurch sich alle viel besser fühlten; und 2.) In einer Taverne spielten mehrere Männer Leg-Herrn-Zwiebel-rein, und einer von ihnen hatte mehr als die übliche Anzahl von Assen im Ärmel, und daraufhin wurden Messer rausgeholt, und jemand erstach jemand anders, und Pfeile flogen, und jemand schwang sich am Kronleuchter hin und her, und eine achtlos geschleuderte Axt traf jemanden auf der Straße, und dann verständigte man die Wache, und jemand entzündete ein Feuer in der aus sehr trockenem Holz bestehenden Schenke, und jemand schlug ziemlich viele Leute mit einem Tisch, und dann verloren alle die Geduld und begannen zu kämpfen.

Wie dem auch sei: Es kam zu einem Bürgerkrieg, wie ihn jede hochentwickelte Zivilisation in ihrer Geschichte benötigt...*

»So wie ich das sehe...«, sagte Schnapper. »Wir haben da eine junge, adlige Frau, die ganz allein in einem großen Haus wohnt, ja, und ihr junger Mann bricht auf, um für die Rebellen zu kämpfen, weißt du, und dann sie lernt sie jemand anders kennen, tja, und dann passiert's...«

»Ein Unfall, oder wie?« vermutete Victor.

---

* Unter anderem gibt er Brüdern einen besseren Vorwand, gegeneinander zu kämpfen. Die Überlebenden brauchen sich später nicht mit dem Hinweis darauf herauszureden, was »seine Frau bei Tante Veras Begräbnis über unsere Mama gesagt hat«.

»Er meint, sie verlieben sich«, erklärte Ginger kühl.

»Ja, genau.« Schnapper nickte. »So was in der Art. Sie stehen in einem mit Menschen überfüllten Zimmer, und ihre Blicke begegnen sich, und die junge Dame ist ganz allein auf der weiten Welt, abgesehen von ihren Dienern, und, mal sehen, sie hat einen Hund...«

»Laddie?« fragte Ginger.

»Ja. Und natürlich versucht sie alles, um das Bergwerk der Familie vor dem Ruin zu bewahren, damit meine ich nicht mich, und deshalb spricht sie mit ihnen beiden, mit den Männern, nicht mit dem Hund, und dann kommt einer von ihnen im Krieg ums Leben, und der andere läßt sie sitzen, aber das macht ihr kaum was aus, weil sie nicht so leicht verzagt.« Schnapper lehnte sich zurück. »Na, was haltet ihr davon?«

Die übrigen Anwesenden wechselten von Unbehagen geprägte Blicke.

Nervöse Stille herrschte.

»Klingt großartig, Onkel«, sagte Soll, der sich an diesem Tag keine zusätzlichen Schwierigkeiten einhandeln wollte.

»In technischer Hinsicht eine Herausforderung«, kommentierte Gaffer.

Die anderen pflichteten ihm erleichtert bei.

»Ich weiß nicht...«, murmelte Victor.

Mehrere Blicke klebten an ihm fest – in etwa so wie die von Zuschauern an einer Löwengrube, wo gerade der erste verurteilte Verbrecher durchs eiserne Tor gestoßen wird. »Ist das etwa alles?« fuhr Tugelbend fort. »Es klingt nicht sehr kompliziert für einen so langen Film. Leute, die sich verlieben, während ein Bürgerkrieg stattfindet... Das reicht höchstens für ein paar Minuten, wenn wir die Szenen nicht zu knapp drehen.«

Wieder folgte Stille. Mehrere Personen hielten den Atem an. Zwei neben Victor sitzende Männer rutschten diskret zur Seite. Schnapper starrte ihn an.

Unter Victors Stuhl flüsterte eine fast unhörbare Stimme.

»*Oh, natürlich, für Laddie gibt es immer eine Rolle. Möchte wissen, was so toll und einzigartig an ihm ist. Ich habe alles, was er hat, vielleicht sogar noch mehr...*«

Schnapper starrte Victor weiter an.

»Du hast recht«, sagte er schließlich. »Er hat recht. Victor hat recht. Warum ist das sonst niemandem aufgefallen?«

»Ich wollte diesen Punkt gerade ansprechen, Onkel«, stieß Soll hastig hervor. »Wir müssen noch einige Dinge hinzufügen.«

Schnapper winkte mit der Zigarre. »Bei den Dreharbeiten fällt uns sicher was ein, kein Problem. Zum Beispiel... zum Beispiel... Wie wär's mit einem Streitwagenrennen? Das Publikum mag Streitwagenrennen. So was ist spannend. Fällt er heraus? Lösen sich gleich die Räder? Ja. Ein Streitwagenrennen.«

»Ich, äh, habe über den Bürgerkrieg gelesen«, sagte Soll vorsichtig. »Nirgends wurde erwähnt...«

»Daß *keine* Streitwagenrennen stattfanden, oder?« Schnappers Tonfall ließ sich mit Rasierschaum vergleichen, in dem sich die scharfe Klinge verbarg. Soll ließ die Schultern hängen.

»Wenn du es so ausdrückst, Onkel...«, erwiderte er. »Ja, da hast du recht.«

»Und...« Schnapper überlegte. »Vielleicht sollten wir außerdem einen... großen Hai zeigen?« Dieser Vorschlag schien auch ihn selbst zu überraschen.

Soll sah hoffnungsvoll zu Victor.

»Ich bin fast sicher, daß während des Bürgerkriegs keine Haie gekämpft haben«, meinte Tugelbend.

»Glaubst du?«

»Das wäre bestimmt jemandem aufgefallen«, fügte Victor hinzu.

»Außerdem hätten sie damit rechnen müssen, von den Elefanten zertrampelt zu werden«, murmelte Soll.

»Ja.« Schnapper seufzte traurig. »War nur so eine Idee. Weiß gar nicht, wie ich darauf gekommen bin.«

Eine Zeitlang starrte er ins Leere, schüttelte dann den Kopf.

Ein Hai, dachte Victor. Unsere Gedanken schwimmen glücklich wie kleine Goldfische umher, und dann *bewegt* sich das Wasser plötzlich, und von draußen kommt ein großer Hai. Und übernimmt das Denken.

»Du weißt einfach nicht, wie man sich benimmt«, sagte Victor zu Gaspode, als sie allein waren. »Die ganze Zeit über habe ich dich unter meinem Stuhl grummeln hören.«

»Vielleicht weiß ich nicht, wie man sich benimmt, aber wenigstens bin ich keine junge Frau, die es gräßlichen Kreaturen der Nacht ermöglichen will, in unsere Welt zu gelangen«, erwiderte der Hund.

»Natürlich nicht.« Victor zögerte kurz. »Wie meinst du das?«

»Aha! *Jetzt* hört er zu! Deine Freundin...«

»Sie ist nicht meine Freundin!«

»Deine *Fast*-Freundin«, verbesserte sich Gaspode, »wandert jede Nacht zum Hügel und bemüht sich, das Portal zu öffnen. Gestern, nachdem du gegangen warst, hat sie's wieder versucht. Ich habe sie gesehen. *Und* ich habe sie daran gehindert, ihre Absichten zu verwirklichen«, fügte er trotzig hinzu. »Was nicht heißen soll, daß ich dafür Anerkennung erwarte. Nun, hinter der Tür steckt was Schauderhaftes, und Ginger versucht, es zu befreien. Kein Wunder, daß sie morgens immer zu spät kommt und sehr müde ist. Immerhin verbringt sie die ganze Nacht damit, am Hügel zu graben.«

»Woher willst du wissen, daß hinter dem Portal gräßliche Wesen lauern?« fragte Victor beunruhigt.

»Laß es mich folgendermaßen ausdrücken«, antwortete Gaspode. »Wenn *etwas* in einer Höhle versteckt wird, hinter einer großen und sehr stabil wirkenden Tür, so soll es abends sicher nicht herauskommen, um das Geschirr zu spülen, oder? Natürlich behaupte ich nicht, daß Ginger Bescheid weiß«, fuhr der Hund freundlich fort. »Vermutlich haben diese entsetzlichen Geschöpfe ihr schwaches, Katzen liebendes Bewußtsein unter Kontrolle gebracht, wodurch sie zu einem willenloses Werkzeug des Unheils wird.«

»Manchmal redest du einen Haufen Unsinn«, sagte Victor, aber es klang nicht sehr überzeugt.

»Frag sie«, entgegnete Gaspode selbstgefällig.

»Das habe ich vor!«

»In Ordnung!«

Und wie? überlegte Victor, als sie durch den Sonnenschein schlenderten. Entschuldige bitte, Ginger, mein Hund hat mir erzählt... Nein. Wie wär's mit: He, Ginger, wie ich hörte, bist du des Nachts unterwegs, um... Nein. He, Ginj, wie kommt's, daß mein Hund... Nein.

Vielleicht sollte er einfach ein Gespräch mit ihr beginnen und abwarten, bis sie abscheuliche Wesenheiten von jenseits der Leere erwähnte.

Doch er konnte nicht sofort über Schreckliches im allgemeinen und Entsetzliches im besonderen plaudern. Weil eine heftige Auseinandersetzung stattfand.

Es ging dabei um die dritte Hauptrolle in *Vom Winde weggeweht*. Victor war natürlich der kühne und auch gefährliche Held, und für die Protagonistin kam nur Ginger in Frage. Doch der zweite wichtige Mann im Film – der Langweilige und Pflichtbewußte – verursachte gewisse Schwierigkeiten.

Victor hatte noch nie jemanden gesehen, der zornig mit dem Fuß stampfte. Er glaubte, daß so etwas nur in Büchern geschah. Jetzt beobachtete er Ginger dabei.

»Weil ich dadurch wie eine Närrin aussehe!« sagte sie gerade.

Soll fühlte sich inzwischen wie ein Blitzableiter an einem stürmischen Tag. Er gestikulierte verzweifelt.

»Aber er ist ideal für die Rolle!« erwiderte er. »Wir brauchen dafür jemanden mit einem festen Charakter...«

»Fest? *Fest?*« rief Ginger. »Natürlich ist er fest. Er besteht aus *Stein!* Vielleicht trägt er ein Kettenhemd und einen angeklebten Schnurrbart, aber er bleibt ein Troll!«

Rock ragte monolithisch neben den beiden Streitenden auf und räusperte sich laut.

»Entschuldigung«, grollte er. »Ich hoffen, wir nicht werden jetzt elementalistisch.«

Daraufhin ruderte Ginger mit den Armen. »Ich *mag* Trolle«, entgegnete sie. »Als Trolle. Aber es ist doch absurd, romantische Szenen mit jemandem zu drehen, der ein, ein, ein felsiges Gesicht hat.«

»Moment mal«, knirschte Rock. Seine Stimme wurde lauter und schriller, schien wie der Arm eines Werfers auszuholen. »Du wollen sagen damit, alles in Ordnung sein, wenn Trolle gezeigt werden, die mit Keulen auf Leute einschlagen – aber es nicht in Ordnung sein, Trolle zu zeigen, die ebenso gefühlvoll sind wie schwabbelige Menschen?«

»Nein, das will sie ganz und gar nicht sagen«, versicherte Soll hastig. »Sie...«

»Wenn man mich schneiden, so bluten ich, oder?« fragte Rock. Es klang fast wie ein Zitat.

»Nein«, widersprach Soll. »Aber...«

»Nun, ich *würde* bluten. Wenn Blut ich hätte. Dann kein Zweifel daran bestehen, daß rote Flüssigkeit aus tiefer Schnittwunde strömen.«

»Und noch etwas.« Ein Zwerg klopfte Soll ans Knie. »Im Drehbuch heißt es, ihr gehört ein Bergwerk, in dem fröhliche, lachende und singende Zwerge arbeiten, stimmt's?«

»Oh, ja«, bestätigte Soll, erleichtert darüber, vom Troll-Problem abgelenkt zu werden.

»Ist das nicht ein bißchen klischeehaft?« erkundigte sich der Zwerg. »Ich meine, es läuft doch auf Zwerge = Grubenarbeiter hinaus. Und ich sehe nicht ein, warum wir immer wieder die gleiche Rolle spielen müssen.«

»Aber die meisten Zwerge *sind* Grubenarbeiter«, sagte Soll.

»Nun, ja, doch sie freuen sich nicht darüber«, erwiderte ein anderer Zwerg. »Und sie singen nicht die ganze Zeit über.«

»In der Tat«, pflichtete ihm ein dritter Zwerg bei. »Aus Sicherheitsgründen. Wenn man unten laut singt, könnten die verdammten Stollen einstürzen.«

»*Außerdem* gibt es in der Nähe von Ankh-Morpork keine Bergwerke«, sagte ein Zwerg, vielleicht der erste – es ließ sich kaum feststellen, da sie für Soll alle gleich aussahen. »Das ist allgemein bekannt. Die Stadt steht auf Lehm. Die anderen Zwerge würden uns auslachen, wenn sie sähen, daß wir in der Nähe von Ankh-Morpork nach Bodenschätzen graben.«

»Ich nicht der Ansicht, mein Gesicht verdienen Bezeichnung ›felsig‹«, dröhnte Rocks Stimme. Manchmal brauchte er etwas länger, um über bestimmte Dinge nachzudenken. »Es vielleicht zerklüftet sein, aber nicht felsig.«

»Eins verstehen wir nicht«, brummte ein Zwerg. »Warum werden die Menschen immer groß in Szene gesetzt, während wir nur die kleinen Rollen bekommen?«

Soll lachte nervös, wie jemand, der sich in die Enge getrieben fühlt und versucht, mit einem Witz für bessere Stimung zu sorgen.

»Oh«, kommentierte er. »Es liegt daran, daß ihr ...«

»*Ja?*« fragten die Zwerge wie aus einem Mund.

»Äh.« Soll hielt es für angebracht, rasch das Thema zu wechseln. »Wißt ihr, ich glaube, es läuft alles auf folgendes hinaus: Ginger will auf keinen Fall das große Haus und die Mine verlieren, und deshalb...«

»Können wir bald weitermachen?« fragte Gaffer. »In einer Stunde muß ich die Kobolde ausmisten.«

»Felsiges Gesicht«, sagte Rock verdrießlich. »Gar nicht wissen, warum ich so etwas mir gefallen lassen.«

»Man verliert keine Minen«, betonte ein Zwerg. »Weil man sie nicht mit sich herumträgt. Minen sind ziemlich groß. Man kann sie sich nicht in die Tasche stecken.«

»Vielleicht enthält sie überhaupt nichts mehr, was den Abbau lohnt«, spekulierte Soll mit der Ungeduld eines Mannes, der eigentlich lieber ganz woanders wäre. »Wie dem auch sei: Die Protagonistin...«

»Nun, in dem Fall gibt man sie auf«, sagte ein anderer Zwerg. Sein Tonfall wies darauf hin, daß den Zuhörern eine längere Erklärung drohte. »Man packt seine Ausrüstung zusammen, bricht auf und treibt einen neuen Schacht in den Boden, in unmittelbarer Nähe des Hauptflözes, um...«

»Wobei es Verwerfungen und Schichtstufen zu berücksichtigen gilt«, fügte ein anderer Zwerg hinzu.

»Natürlich auch Krustenverschiebungen und dergleichen.«

»Ja. Und dann...«

»In dem Fall muß alles zusätzlich abgestützt werden.«

»Völlig klar. Und dann...«

»Was sein ›felsig‹ an meinem Gesicht?« fragte Rock, ohne daß jemand auf ihn achtete.

»RUHE!« rief Soll. »Seid endlich STILL! Wer jetzt nicht still ist, findet nie wieder einen Job in dieser Stadt! Verstanden? Habe ich mich KLAR genug ausgedrückt? Na schön.« Er hüstelte und sagte in normaler Lautstärke: »Nun gut. Ich möchte darauf hinweisen, daß wir einen atemberaubenden, spannenden und romantischen Streifen drehen, in dem es um eine Frau geht, die...« Er blickte auf sein Klemmbrett und fuhr tapfer fort: »Die alles zu bewahren versucht, was ihr am Herzen liegt, während die ganze Welt durchdreht. Und ich will jetzt keine Einwände mehr hören.«

Ein Zwerg hob zaghaft die Hand.

»Entschuldigung?«

»Ja?« fragte Soll.

»Herr Schnappers Streifen... Warum findet die Handlung immer vor dem Hintergrund einer verrückt gewordenen Welt statt?«
Soll kniff die Augen zusammen. »Weil Herr Schnapper ein guter Beobachter ist«, antwortete er.

Schnapper behielt recht. Die neue Stadt kam einem destillierten Ankh-Morpork gleich. Schmale Gassen waren noch schmaler, hohe Gebäude noch höher, abscheuliche Steinfiguren noch abscheulicher, spitze Dächer noch spitzer. Der zur Unsichtbaren Universität gehörende Kunstturm wirkte noch baufälliger und schien den Himmel zu berühren, obgleich er nicht annähernd so groß war wie das Original. Die Universität wies noch mehr barocke Stützpfeiler auf, der Palast des Patriziers mehr Säulen. Überall eilten Tischler und Zimmerleute umher, und als sie ihre Arbeit beendeten, hätte man die wirkliche Stadt Ankh-Morpork für eine armselige Kopie ihrer selbst halten können. Allerdings: Die echten Gebäude in der echten Metropole bestanden nicht aus bemaltem Leinen an Holzgerüsten, und ihnen fehlte auch der sorgfältig aufgetragene Dreck. Die Häuser in Ankh-Morpork mußten von ganz allein schmutzig werden.

Man führte Ginger zu einem der Umkleidezelte, bevor Victor Gelegenheit fand, mit ihr zu sprechen, und dann war es zu spät, weil die Dreharbeiten begannen.
In den Studios des Flughund-Jahrhunderts vertrat man den Standpunkt, daß die Herstellung eines Films nur zehn Prozent der Zeit in Anspruch nehmen durfte, die man brauchte, um ihn sich anzusehen. Doch bei *Vom Winde weggeweht* lag der Fall anders. Schlachten fanden statt. Es gab viele Nachtszenen, und die Kobolde malten im Schein von Fackeln. Zwerge gruben fröhlich in einem Bergwerk, das bis vor kurzer Zeit noch gar nicht existiert hatte: Falsche Goldbrocken in der Größe von Eiern steckten dort in Gipswänden. Soll verlangte von ihnen, die Lippen zu bewegen, und deshalb sangen sie eine gewagte Version des Haihihaiho-Lieds, das sich bei den Zwergen Holy Woods großer Beliebtheit erfreute.
Vielleicht ahnte zumindest Soll, wie alles zusammenpaßte, doch Victor verlor schon bald die Übersicht. Aus Erfahrung wußte er: Es hatte nie einen Sinn zu versuchen, dem sogenannten Plot zu folgen.

Was den chronologischen Ablauf betraf, sprang Soll diesmal nicht nur von vorn nach hinten und umgekehrt, sondern auch von der Seite zur Mitte. Es war alles äußerst verwirrend, genau wie im richtigen Leben.

Wenn Victor eine Chance bekam, mit Ginger zu reden, fühlte er sich von zwei Kurbeldrehern und den übrigen Darstellern beobachtet, die darauf warteten, vor den einen oder anderen Bilderkasten zu treten.

»Also gut«, verkündete Soll nach einer Weile. »Jetzt drehen wir die Szene kurz vor dem Ende. Victor begegnet Ginger nach allem, was sie hinter sich haben, und auf dem Schild sagt er...« Schnappers Neffe blickte auf das große schwarze Rechteck, das man ihm reichte. »Ja, er sagt: »Oh, Teuerste, jetzt gäbe ich alles für eine Portion von Hargas... Schweinerippen... mit... leckerer... Currysoße...«

Soll wurde langsamer und langsamer und verstummte schließlich. Als er Luft holte, klang es nach einem auftauchenden Wal.

»*Wer* hat DIES geschrieben?«

Einer der Maler hob unsicher die Hand.

»Die Anweisung stammt von Herrn Schnapper«, verteidigte er sich.

Soll nahm sich den Haufen aus Schildern vor, die einen großen Teil des Dialogs darstellten. Er preßte die Lippen zusammen und nickte jemandem zu, der ein Klemmbrett trug. »Lauf zum Büro und bitte meinen Onkel hierher, falls er etwas Zeit erübrigen kann.«

Er wählte ein anderes Schild und las: »»Natürlich vermisse ich das alte Bergwerk, aber wenn ich eine wirklich schmackhafte Mahlzeit möchte, so kommt nur Hargas... Rippenstube... für... mich... in... Frage.‹ Ich *verstehe*.«

Er griff nach einem weiteren schwarzen Rechteck. »Ah. Ich sehe hier einen verwundeten Soldaten der Königstreuen, und seine letzten Worte lauten: ›Oh, wie sehr sehne ich mich nach dem Hau-dir-für-einen-Dollar-den-Bauch-voll-Riesenteller in... Hargas... Rippenstube...‹ Ich fasse es nicht!«

»Ich finde es sehr rührend«, sagte Schnapper hinter Soll. »In den Kinos bleibt bestimmt kein Auge trocken.«

»Onkel...«

Schnapper hob die Hände. »Ich habe versprochen, irgendwie das Geld zusammenzubringen. Und außerdem liefert Sham Harga das Essen für die Grillparty-Szene.«

»Du wolltest das Drehbuch nicht verändern!«

»Ich habe es auch nicht verändert«, erwiderte Schnapper ruhig. »Wie kannst du *darin* irgendeine Art von Veränderung erkennen? Ich hab's nur etwas aufpoliert, hier und dort. Jetzt ist es noch besser als vorher. *Und* Hargas Alles-was-du-für-einen-Dollar-verdrücken-kannst-Spezialität hat noch niemanden enttäuscht.«

»Die Handlung des Streifens spielt vor vielen Jahrhunderten!« entfuhr es Soll.

»Nu-hun...« Schnapper überlegte. »Vielleicht könnte jemand sagen: ›Ich frage mich, ob man in einigen Jahrhunderten in Hargas Rippenstube noch immer so gut essen kann...‹«

»Dann sind die beweglichen Bilder also keine beweglichen Bilder mehr, sondern nur noch Geschäft!«

»Ich hoffe es«, erwiderte Schnapper. »Andernfalls müßten wir mit ziemlichen Schwierigkeiten rechnen.«

»Jetzt hör mal...«, begann Soll drohend.

Ginger drehte sich zu Victor um.

»Laß uns irgendwohin gehen und miteinander reden«, schlug sie leise vor. »Ohne deinen Hund«, fügte sie lauter hinzu. »Ich will auf *keinen* Fall, daß uns dein Hund begleitet.«

»Du möchtest mit *mir* sprechen?« vergewisserte sich Victor.

»In letzter Zeit hatten wir kaum Gelegenheit dazu, oder?«

»Ja. Stimmt. Gaspode, *sitz*. Braver Hund.« Victor stellte zufrieden fest, wie Gaspodes Gesicht sich empört verzerrte.

Hinter ihnen entfaltete sich der übliche Holy-Wood-Streit mit neuem Enthusiasmus: Soll und T.M.S.I.D.R. standen so dicht voreinander, daß sich fast ihre Nasen berührten. Ein Kreis aus interessierten und amüsierten Zuschauern umgab sie.

»*So etwas brauche ich mir nicht bieten zu lassen! Ich kann jederzeit kündigen!*«

»*Nein, ausgeschlossen! Du bist mein Neffe! Und du kannst nicht einfach aufhören, mein Neffe zu sein...!*«

Ginger und Victor nahmen auf der Treppe einer aus Leinwand und Latten bestehenden Villa Platz. Ebensogut hätten sie völlig allein sein können: Niemand schenkte ihnen Beachtung, solange der Schnapper-Streit für gute Unterhaltung sorgte.

»Äh«, sagte Ginger. Ihre Finger versuchten, Knoten zu bilden. Victor bemerkte gebrochene und gesplitterte Nägel.

»Äh«, wiederholte sie. Ihr Gesicht zeigte Kummer und war blaß unter dem Make-up. *Sie ist nicht schön*, dachte Tugelbend, aber es fiel ihm schwer, seinen Gedanken zu glauben.

»Ich, äh, weiß nicht, wie ich es erklären soll... Hat jemand, äh, gesehen, daß ich im Schlaf umhergewandert bin?«

»Meinst du deine nächtlichen Ausflüge zum Hügel?« fragte Victor.

Gingers Kopf zuckte wie der einer Schlange herum.

»Du weißt davon?« schnappte sie. »Wieso weißt du davon? Hast du mir etwa nachspioniert?« Da war sie wieder, die alte Ginger – ausgestattet mit Feuer, Gift und jener Art von Aggressivität, die aus Paranoia wächst.

»Laddie fand dich gestern nachmittag.« Victor lehnte sich zurück. »Du hast geschlafen.«

»*Tags*über?«

»Ja.«

Ginger hob die Hände zum Mund. »Dann ist es noch schlimmer, als ich befürchtet habe«, hauchte sie. »Es *wird* immer schlimmer! Erinnerst du dich an unsere erste Begegnung am Hügel? Kurz bevor Schnapper uns fand und dachte, wir schmusen miteinander...« Sie errötete. »Nun, ich wußte nicht einmal, wie ich dorthingekommen bin!«

»Und gestern nacht bist du noch mal zurückgekehrt«, sagte Victor.

»Das hat dir der Hund erzählt, nicht wahr?« erwiderte Ginger mürrisch.

»Ja. Tut mir leid.«

»Es geschieht jetzt jede Nacht«, stöhnte Ginger. »Ich weiß es, weil... Wenn ich wieder im Bett bin, liegt überall Sand, und meine Fingernägel sind eingerissen! Jede Nacht gehe ich zum Hügel – und ich weiß überhaupt nicht, was mich dazu bringt!«

»Du versuchst, das Portal zu öffnen«, erläuterte Victor. »Die große Tür. An jener Stelle, wo ein Teil des Hügels beiseite gerutscht ist und...«

»Ja, ich kenne sie. Aber *warum*?«

»Nun, ich habe da die eine oder andere Vermutung«, sagte Tugelbend vorsichtig.

»Heraus damit!«

»Äh, nun, hast du jemals von einem *Genius loci* gehört?«

»Nein.« Ginger runzelte die Stirn. »Hört sich ziemlich schlau an!«
»Es handelt sich um die Seele eines Ortes. Sie kann sehr stark sein. Und sie kann noch viel stärker werden, durch Verehrung, Liebe oder Haß – wenn sie solche Empfindungen lange genug empfängt. Vielleicht hat sie auch die Möglichkeit, Menschen zu rufen. Und Tiere. Ich meine, hier in Holy Wood ist alles anders, oder? Die Leute verhalten sich seltsam. Normalerweise sind Götter, Geld oder Vieh wichtig, aber hier besteht die wichtigste Sache darin, wichtig zu sein.«

Victor hatte jetzt die volle Aufmerksamkeit der jungen Frau. »Ja?« entgegnete sie ermutigend. »Bisher hört es so nicht so schlimm an!«

»Das Schlimme kommt erst noch.«

»Oh.«

Victor schluckte. Sein Gehirn blubberte wie einer von Hargas Eintöpfen. Vage Erinnerungen stiegen darin auf und sanken wieder nach unten. Er entsann sich an alte, vertrocknete Lehrer in alten, muffigen Zimmern, an langweilige Dinge, die er von ihnen gehört hatte – und die nun eine völlig neue Bedeutung gewannen. Mühsam versuchte er, die undeutlichen Bilder vor seinem inneren Auge festzuhalten.

»Ich bin...«, krächzte Tugelbend. Er räusperte sich. »Ich bin mir nicht sicher, ob es stimmt«, brachte er hervor. »*Es* hat unsere Welt von *woanders* erreicht. So was kann passieren. Hast du von Ideen gehört, deren Zeit reif ist?«

»Ja.«

»Nun, es gibt zahme und harmlose. Und es gibt auch andere. Leidenschaftliche und dynamische Ideen, die nicht warten, bis sie an der Reihe sind. Wilde Ideen. Geflohene Ideen. Und das Problem ist: Wenn sich solche Ideen einen Weg hierher bahnen, so hinterlassen sie ein Loch...«

Er bemerkte Gingers freundlichen und völlig verständnislosen Gesichtsausdruck. Analogien schwammen Fettaugen gleich an der Oberfläche der mentalen Suppe. Man stelle sich vor, wie alle Welten, die jemals existiert haben, zusammengepreßt werden, wie bei einem Sandwich... einem Kartenspiel... einem Buch... einem gefalteten Blatt Papier... Unter gewissen Umständen sind *Dinge* nicht mehr an die einzelnen Schichten gebunden, sondern können von einer zur anderen wechseln. Wenn man ein Tor zwischen den Welten öffnet, so drohen schreckliche Gefahren, zum Beispiel...

Zum Beispiel...
Zum Beispiel...
Zum Beispiel was?

Es stieg in Victors Gedächtnis auf, wie die überraschende Entdeckung eines Tentakelstücks, nachdem man gerade beschlossen hatte, die Paella zu essen.

»Vielleicht versucht auch noch etwas anderes, auf dem gleichen Weg in unsere Welt zu gelangen«, fuhr er fort. »In dem, äh, Nichts zwischen dem Irgendwo lauern Geschöpfe, die ich dir lieber nicht beschreiben möchte.«

»Das genügt mir als Beschreibung«, sagte Ginger mit zitternder Stimme.

»Und sie sind, äh, ganz versessen darauf, einen Platz in der Wirklichkeit zu finden, und vielleicht setzen sie sich mit dir in Verbindung, wenn du schläfst, und...« Victor gab auf. Er konnte das Entsetzen in Gingers Zügen nicht länger ertragen.

»Vielleicht irre ich mich auch«, fügte er hastig hinzu.

»Du mußt mich daran hindern, das Portal zu öffnen«, flüsterte die junge Frau. »Vielleicht gehöre ich zu *ihnen*.«

»Oh, das bezweifle ich«, sagte Tugelbend sofort. »Für gewöhnlich verfügen *sie* über mehr als nur zwei Arme.«

»Ich habe Reißnägel auf den Boden gelegt«, verriet ihm Ginger. »Um aufzuwachen.«

Victor schauderte. »Hat's geklappt?«

»Nein. Am nächsten Morgen waren alle wieder in der Schachtel. Offenbar habe ich sie eingesammelt.«

Tugelbend schürzte die Lippen. »Das ist vielleicht ein gutes Zeichen.«

»Warum?«

»Wenn dich irgendwelche, äh, richtig scheußlichen Wesenheiten rufen... Vermutlich wäre es ihnen egal, was mit deinen Füßen passiert.«

»Urgh.«

»Du hast nicht zufällig eine Ahnung, was dahinterstecken könnte, oder?« fragte Victor.

»Nein! Aber ich habe immer den gleichen Traum.« Ginger kniff die Augen zusammen. »He, woher weißt du das alles?«

»Och, äh... Ein Zauberer hat mir mal davon erzählt«, antwortete Victor.
»Bist du vielleicht selbst ein Zauberer?«
»Ich? Nein. Natürlich nicht. In Holy Wood gibt's keine Zauberer. Du hast gerade einen Traum erwähnt...«
»Oh, er ist zu seltsam, um irgend etwas zu bedeuten. Ich hatte ihn schon als Kind. Er beginnt mit einem Berg, aber von einem richtigen Berg kann eigentlich nicht die Rede sein, weil...«
Ein massiger Schatten fiel auf die beiden.
»Der junge Herr Schnapper meinen, es Zeit, Dreharbeiten fortzusetzen«, grollte Detritus.
»Begleitest du mich heute abend in mein Zimmer?« flüsterte Ginger. »Bitte! Um mich zu wecken, wenn ich wieder schlafwandle?«
»Nun, äh, ja, aber möglicherweise hat deine Hauswirtin was dagegen...«, erwiderte Victor.
»Oh, Frau Kosmopilit ist sehr großzügig und tolerant«, sagte Ginger.
»Tatsächlich?«
»Wahrscheinlich glaubt sie einfach, daß du mit mir ins Bett gehen willst.«
»Ah«, murmelte Victor verlegen. »Na, dann ist ja alles in Ordnung.«
»Der junge Herr Schnapper nicht warten gern«, warnte Detritus.
»Ach, sei still«, zischte Ginger. Sie stand auf und klopfte sich Staub von der Kleidung. Der Troll blinzelte – für gewöhnlich forderte ihn niemand auf, still zu sein. Einige Sorgenfalten bildeten sich in seiner niedrigen Stirn. Er wandte sich an Victor und hoffte, bei ihm mehr Erfolg zu haben.
»Der junge Herr Schnapper meinen...«
»Ach, verschwinde«, sagte Tugelbend scharf und folgte Ginger.
Detritus stand allein vor der Treppe und verdrehte die Augen, als er sich bemühte, konzentriert nachzudenken.
Es geschah ab und zu, daß er von Leuten Bemerkungen wie »Sei still« oder »Verschwinde« hörte, aber dabei vernahm er immer das Zittern von Verzweiflung und Ohnmacht in ihren Stimmen. Meistens antwortete er mit einem selbstsicheren »Har, har« und schlug die Betreffenden. Niemand hatte jemals so mit ihm gesprochen, als gebe seine Existenz nicht den geringsten Anlaß, beunruhigt zu sein. Der

Troll ließ die breiten Schultern hängen. Vielleicht übte Rubin einen schlechten Einfluß auf ihn aus.

Soll sah den Malern zu, die neue Dialog-Schilder vorbereiteten. Er hob den Kopf, als sich Victor und Ginger näherten.

»Alles klar«, sagte er. »Auf die Plätze. Wir drehen jetzt die Ballsaal-Szene.« Er wirkte sehr zufrieden mit sich selbst.

»Ist mit dem Text alles klar?« fragte Victor.

»*Kein* Problem«, antwortete Soll stolz. Er blickte zur Sonne. »Wir haben viel Zeit verloren. Vergeuden wir nicht noch mehr.«

»Erstaunlich, daß du dich T.M.S.I.D.R. gegenüber durchgesetzt hast«, meinte Victor.

»Ich hatte die besseren Argumente«, entgegnete Soll würdevoll. »Wahrscheinlich sitzt er in seinem Büro und schmollt. Sind alle soweit? Ausgezeichnet. Dann können wir nun...«

Der Maler zupfte an seinem Ärmel.

»Victor spricht jetzt nicht mehr von Hargas Rippenstube, und dadurch entsteht eine, äh, Lücke im Dialog. Womit sollen wir sie füllen?«

»Stör mich jetzt nicht!«

»Wenn du irgendeine Idee hast...«

Soll löste die Hand von seinem Ärmel. »Es ist mir völlig schnurz, was Victor während dieser Szene sagt«, brummte er und schritt zum Drehort.

Der Maler blieb allein zurück und griff nach dem Pinsel. Seine Lippen bewegten sich, formten lautlose Worte.

»Hmm«, murmelte er schließlich. »Nicht übel.«

Banana N'Vectif, schlauester aller Jäger auf den großen gelben Ebenen von Klatsch, hielt den Atem an, als er die Zange nahm und das letzte Teil an der richtigen Stelle befestigte. Regen trommelte aufs Dach seiner Hütte.

Fertig. Eine perfekte Vorrichtung.

Zum erstenmal hatte er so etwas konstruiert, doch tief in seinem Innern wußte er, daß es *richtig* war.

Er hatte alles gefangen, von Zebras bis hin zu Thargas, ohne Ruhm dadurch zu erwerben. Aber gestern, als er in N'Kouf gewesen war, um einige Felle zu verkaufen... Bei jener Gelegenheit hörte er, wie ein Händler sagte: Wenn es jemals einem Mann gelang, eine bessere Mausefalle zu bauen – dann würde die ganze Welt an seine Tür klopfen. Während der folgenden Nacht lag er wach und dachte darüber nach. Als der Morgen dämmerte, stand er auf, nahm einen Stock, kratzte Diagramme in die Erde von der Hütte und begann mit der Arbeit. In N'Kouf hatte er sich einige der herkömmlichen Mausefallen angesehen und wußte daher, daß es ihnen an Perfektion mangelte. Weil sie nicht von Jägern gebaut worden waren.

Er griff nun nach einem Zweig und schob ihn vorsichtig in den Mechanismus hinein.

Das Ding schnappte zu.

Ja, perfekt.

Alles klar. Jetzt brauchte er das Ergebnis seiner Bemühungen nur noch zur Stadt tragen und es dem Händler zu zeigen, um festzustellen...

Das Prasseln des Regens wurde lauter. Es klang fast so, als...

Als Banana wieder zu sich kam, lag er in den Trümmern seiner Hütte, und um ihn herum erstreckte sich eine etwa achthundert Meter breite Schneise zertretenen Schlammes.

Benommen beobachtete er die Reste seines Heims. Er betrachtete die braune Narbe in der Erde von Horizont zu Horizont. Er betrachtete die Staubwolke, die sich darüber erstreckte.

Dann sah er nach unten. Die verbesserte Mausefalle hatte jetzt nur noch zweidimensionale Ausdehnung und lag zerquetscht in der Mulde eines großen Fußabdrucks.

»Ich wußte nicht, daß sie *so* gut war«, sagte er.

Nach den Geschichtsbüchern zu urteilen fand die entscheidende Schlacht des Bürgerkriegs von Ankh-Morpork zwischen einigen vollkommen erschöpften Männern in einem Sumpf statt, und zwar im Nebel des frühen Morgens. Zwar behauptete die eine Seite, den Sieg errungen zu haben, aber eigentlich endete der Kampf mit dem Punktestand Menschen 0 und Raben 1000, was bei den meisten Schlachten der Fall ist.

Diesmal gab es keine Meinungsverschiedenheiten zwischen den Schnappers. Beide vertraten folgende Ansicht: Wenn sie damals zuständig gewesen wären, hätte sich Ankh-Morpork nicht mit einem so armseligen Krieg begnügen müssen. Sie hielten es für unerhört, daß ein so wichtiger Wendepunkt in der städtischen Geschichte ohne den Einsatz von vielen tausend Soldaten, Kamelen, Schützengräben, Wehrwällen, Katapulten, Pferden und wehenden Fahnen erfolgt war.

»Und außerdem in einem verdammten Nebel«, sagte Gaffer. »Wie soll man die Szene da richtig ausleuchten.«

Er schirmte sich die Augen ab und betrachtete das ausgewählte Schlachtfeld. Diese Szene erforderte elf Kurbeldreher, die alles aus verschiedenen Blickwinkeln aufnahmen. Nacheinander zeigten sie mit dem Daumen nach oben.

Gaffer klopfte auf den vor ihm stehenden Bilderkasten.

»Seid ihr soweit, Jungs?« fragte er.

Mehrstimmiges Quieken antwortete ihm.

»Gut. Wenn ihr alles richtig malt, bekommt ihr eine leckere Eidechse zum Tee.«

Mit der einen Hand griff er nach der Kurbel, und mit der anderen hob er ein Sprachrohr.

»Alles klar, Herr Schnapper!« rief er.

T.M.S.I.D.R. nickte und wollte das Zeichen geben, aber Soll hielt ihn plötzlich am Arm fest und beobachtete die Reiter.

»Einen Augenblick«, sagte er ruhig und wölbte die Hände trichterförmig vor dem Mund. »He, du da! Der fünfzehnte Ritter! Ja, du! Würdest du bitte dein Banner entrollen? Danke. Melde dich bei Frau Kosmopilit und besorg dir ein anderes. Herzlichen Dank.«

Soll wandte sich an seinen Onkel und zog die Brauen hoch.

»Es... es ist ein Wappen«, sagte Schnapper hastig.

»Gekreuzte Rippchen auf Kopfsalat?« fragte Soll.

»Tja, die alten Ritter wußten, was schmeckt...«

»Der Spruch gefällt mir«, fuhr Soll fort. »›Und nach dem Kampf treffen sich die tapferen Ritter in Hargas Rippenstube beim Mampf.‹ Schade, daß wir keinen Ton haben. Ich hätte gern den Schlachtruf gehört.«

»Du bist mein Fleisch und Blut«, sagte Schnapper und schüttelte den Kopf. »Wie kannst du mir so etwas antun?«

»Weil ich dein Fleisch und Blut bin«, erwiderte Soll.

Schnappers Miene erhellte sich. Wenn man's so sah, schien es weniger schlimm zu sein.

Dies ist Holy Wood. Um die Zeit rasch verstreichen zu lassen, filmt man einfach die dahinrasenden Zeiger einer Uhr...

In der Unsichtbaren Universität zählte der Resograph bereits sieben Plibs pro Minute.

Gegen Ende des Nachmittags wurde Ankh-Morpork niedergebrannt.

Während ihrer langen Geschichte war die echte Stadt mehrmals in Flammen aufgegangen, und die Gründe hießen: Rache, Leichtsinn und Boshaftigkeit. Manchmal ging es auch nur um Versicherungsprämien. Die meisten großen Steingebäude überstanden die Brände ohne nennenswerte Schäden. Viele Bürger* glaubten, ein ordentliches Feuer einmal in hundert Jahren oder so sei wichtig für die Gesundheit der Metropole, da es die Anzahl von Ratten, Kakerlaken, Flöhen und Leuten, die sich keine Häuser aus Stein leisten konnten, in vertretbaren Grenzen hielt.

Das berühmte *Feuer* während des Bürgerkriegs war nur deshalb erwähnenswert, weil es von beiden Seiten *zur gleichen Zeit* gelegt wurde – um zu vermeiden, daß Ankh-Morpork in die Hände des Feindes fiel.

Abgesehen davon konnte es kaum sehr beeindruckend gewesen sein. In jenem Sommer führte der Ankh Hochwasser, und ein großer Teil der Stadt war schlicht und einfach zu naß, um richtig zu brennen.

Jetzt sah es viel besser aus.

Flammen züngelten gen Himmel. Holy Wood sorgte dafür, daß *alles* brannte, denn der einzige Unterschied zwischen Gebäuden aus Stein und Holz bestand darin, was aufs Leinen gemalt war. Die zweidimensionale Unsichtbare Universität brannte, ebenso der Palast des Patriziers beziehungsweise seine Fassade. Funkenstiebende Glut fraß sich am maßstabgetreuen Modell des Kunstturms empor.

Schnapper beobachtete das Geschehen sorgenvoll.

Nach einer Weile fragte der hinter ihm stehende Soll: »Wartest du auf etwas, Onkel?«

»Hmm? Oh, nein. Ich hoffe nur, daß Gaffer seinen Bilderkasten auf den Turm richtet. Ist ein sehr wichtiges und symbolisches Wahrzeichen, der Turm.«

---

* Zumindest jene, die in Steingebäuden wohnten.

»In der Tat«, bestätigte Soll. »Sehr wichtig, ja. So wichtig, daß ich heute mittag einige Jungs hinübergeschickt habe. Um sicher zu sein, daß alles in Ordnung ist.«

»Ach?« erwiderte Schnapper schuldbewußt.

»Und weißt du, was sie dort entdeckten? An der Außenseite festgenagelte Feuerwerkskörper. Ja, jede Menge Feuerwerkskörper mit Zündschnüren. Wir können von Glück sagen, daß sie rechtzeitig gefunden wurden. Wenn die Dinger explodiert wären, hätten sie die ganze Sache *ruiniert*. Eine Szene, die wir aus offensichtlichen Gründen nicht noch einmal drehen können. Und weißt du was?« fügte Soll hinzu. »Man teilte mir folgendes mit: Die Anordnung der Feuerwerkskörper deutete darauf hin, daß sie Worte bilden sollten.«

»Welche Worte?«

»Kam mir gar nicht in den Sinn, danach zu fragen«, behauptete der Neffe. »Nein, das kam mir nicht in den Sinn.«

Er schob die Hände in die Taschen und pfiff leise. Schließlich drehte er den Kopf und sah seinen Onkel an.

»›Die heißesten Rippchen in der ganzen Stadt‹«, murmelte er. »Ich *bitte* dich!«

Schnapper verzog das Gesicht. »Die Zuschauer hätten bestimmt gelacht.«

»Hör mal, Onkel, das muß endlich aufhören«, sagte Soll. »Keine Werbung mehr, einverstanden?«

»Ja, meinetwegen.«

»Versprochen?«

Schnapper nickte. »Wie du willst.«

»Das genügt mir nicht, Onkel.«

Treibe-mich-selbst-in-den-Ruin seufzte. »Hiermit verspreche ich hoch und heilig, daß ich nicht mehr versuchen werde, in diesem Film für Hargas Rippenstube zu werben. Ich bin dein Onkel. Ich gehöre zur *Familie*. Genügt dir *das*?«

»Ja. Gut.«

Nach der vollkommenen und totalen Zerstörung von Ankh-Morpork harkte man einen Teil der glühenden Asche zusammen, und es fand ein Grillfest statt, um das Ende der Dreharbeiten zu feiern.

Das samtene Tuch der Nacht stülpte sich über den Papageienkäfig namens Holy Wood. In warmen Nächten wie dieser gibt es viele Leute, die privaten Dingen nachgehen.

Ein junges Paar, das Hand in Hand zwischen den Dünen wanderte, erschrak fast zu Tode, als ein riesiger Troll hinter den Felsen hervorsprang, beide Arme hob und aus vollem Hals brüllte: »Aaaargh!«

Einige Sekunden später: »Haben euch gehörigen Schrecken eingejagt, oder?«

Der blasse junge Mann und seine bleiche Begleiterin nickten.

»Mir fallen Stein vom Herzen!« sagte der Troll. Er klopfte seinen beiden Testobjekten auf den Kopf, trieb ihre Füße dadurch einige Zentimeter tief in den Sand. »Danke. Vielen Dank. Wünschen noch angenehmen Abend«, fügte Detritus kummervoll hinzu.

Er beobachtete, wie das Pärchen Hand in Hand fortrannte – und brach in Tränen aus.

T.M.S.I.D.R. Schnapper stand in einem Schuppen und sah nachdenklich zu, wie Gaffer die Szenen zusammenklebte. Der Kurbeldreher freute sich darüber, denn bisher hatte Schnapper überhaupt kein Interesse daran gezeigt, auf welche Weise Aufnahmen zu einem Streifen wurden. Vielleicht ging er aus diesem Grund etwas großzügiger als sonst mit Gildengeheimnissen um, die man von einer Generation an die gleiche Generation weitergab.

»Warum sind die kleinen Bilder alle gleich?« fragte Schnapper, als Gaffer den Streifen auf die Spule rollte. »Mir scheint, damit wird Geld verschwendet.«

»Sie sind nicht alle gleich«, erwiderte der Kurbeldreher. »Jedes unterscheidet sich ein wenig vom nächsten. Das Publikum sieht viele kleine Bilder mit geringfügigen Unterschieden, und zwar schnell hintereinander, und dadurch wird den Augen die Illusion von Bewegung vermittelt.«

Schnapper nahm die Zigarre aus dem Mund. »Soll das heißen, es ist alles nur ein Trick?« fragte er verwundert.

»Ja, genau.« Gaffer lachte leise und griff nach dem Leimtopf.

Schnapper war fasziniert.

»Ich dachte immer, es sei eine besondere Art von Magie.« Ein Hauch Enttäuschung erklang in seiner Stimme. »Aber in Wirklichkeit geht es nur darum, den Augen einen Streich zu spielen?«

»In gewisser Weise. Nun, das Publikum sieht keine einzelnen Bilder, sondern viele von ihnen, und zwar fast gleichzeitig, verstehst du?«

»Bis ›sieht‹ konnte ich dir folgen.«

»Jedes Bild leistet seinen eigenen kleinen Beitrag zum allgemeinen *Effekt*. Die Leuten sehen keine voneinander unabhängigen Bilder, sondern nur ihre Wirkung, hervorgerufen von *vielen* Bildern, die *schnell* aufeinander folgen.«

»Im Ernst?« Schnapper überlegte. »Das ist interessant. Sehr interessant.« Er schnippte Asche von der Zigarre. Einer der Kobolde fing sie auf und stopfte sie sich in den Mund.

»Was passiert, wenn nur ein Bild im ganzen Streifen... anders ist«, erkundigte sich Ruin.

»Komisch, daß du mir diese Frage stellst«, sagte Gaffer. »So was ist neulich geschehen, als wir *Jenseits des Tals der Trolle* klebten. Durch ein Versehen fügte einer der Lehrlinge dem Streifen ein Bild von *Der Goldrausch* hinzu – am nächsten Morgen dachten wir dauernd an Gold, ohne den Grund dafür zu ahnen. Tja, das Bild schien direkt in unseren Köpfen gelandet zu sein, ohne den Umweg über die Augen. Ich habe dem Jungen natürlich eine Abreibung verpaßt, aber wir wären nie dahintergekommen, wenn ich den Streifen nicht genau untersucht hätte.«

Der Kurbeldreher nahm den Leimpinsel und klebte mehrere Bilder zusammen. Nach einer Weile merkte er, daß es hinter ihm sehr still geworden war.

»Alles in Ordnung, Herr Schnapper?«

»Hm? Oh.« Tiefe Falten der Nachdenklichkeit furchten Ruins Stirn. »Nur ein Bild hatte so eine Wirkung?«

»Ja. Fühlst du dich nicht gut?«

»Oh, ich fühle mich bestens. Habe mich in meinem ganzen Leben nie besser gefühlt.«

Schnapper rieb sich die Hände. »Laß uns miteinander reden, von Mann zu Mann«, fuhr er fort. »Weißt du...« Er legte eine freundliche Hand auf Gaffers Schulter. »Ich glaube, dies könnte dein *Glückstag* sein.«

In einer nahen Gasse hockte Gaspode und brummte.

»Ha! Sitz, hat er gesagt. Gibt mir *Befehle*. Damit seine Freundin in ihrem Zimmer nicht die Gesellschaft eines kleinen, stinkenden Hunds ertragen muß. Und deshalb sitze ich hier, des Menschen bester Freund, im Regen. Wenn's regnen würde. Nun, es regnet nich', aber wenn's regnen würde, wäre ich längst klatschnaß. Vielleicht sollte ich einfach weggehen. Geschähe ihm ganz recht. Ich könnte es. Klar könnte ich's. Jederzeit. Ich brauche hier nicht zu warten. Hoffentlich glaubt niemand, daß ich hier sitze, weil man mich dazu aufgefordert hat. Käme mir nie in den Sinn, irgendeinem Menschen zu gehorchen. Ich warte hier nur, weil *ich* es will. Ja.«

Er jaulte eine Zeitlang und schlurfte dann in eine dunkle Ecke, wo weniger Gefahr bestand, von jemandem gesehen zu werden.

In Gingers Zimmer stand Victor mit dem Gesicht zur Wand. Es war ihm alles sehr peinlich. Zum Beispiel... auf der Treppe hatte er Frau Kosmopilit gesehen, die nicht nur breit grinste, sondern auch eine komplizierte, ellenbogenintensive Geste vollführte. Solche Gesten, fand Tugelbend, sollten nette alte Damen eigentlich gar nicht kennen.

Es klirrte und raschelte gelegentlich, als sich Ginger darauf vorbereitete, unter die Bettdecke zu kriechen.

»Sie ist sehr nett«, sagte die junge Frau. »Gestern erzählte sie mir, daß sie vier Ehemänner hatte.«

»Und wo hat sie die Knochen versteckt?« fragte Victor.

»Ich weiß gar nicht, was du meinst«, schniefte Ginger. »Übrigens: Du kannst dich jetzt umdrehen. Ich liege im Bett.«

Tugelbend atmete erleichtert auf und wandte sich um. Ginger hatte die Decke bis zum Hals hochgezogen und hielt sie wie einen Schild, an dem die Waffen des Feindes abprallen sollten.

»Bitte versprich mir etwas«, sagte sie. »Ganz gleich, was auch geschieht – du wirst die Situation nicht ausnutzen.«

Victor seufzte. »Ich verspreche es.«

»Ich muß an meine Karriere denken, weißt du.«

»Ja, ich verstehe.«

Er nahm neben der Lampe Platz und holte das Buch hervor.

»Ich will nicht undankbar sein oder so«, fuhr Ginger fort.

Victor blätterte, starrte auf die vergilbten Seiten und suchte nach jener Stelle, an der er die Lektüre unterbrochen hatte. Offenbar haben viele Leute ihr Leben am Hügel von Holy Wood verbracht, dachte er. Um ein Feuer in Gang zu halten und um dreimal am Tag zu singen oder zu beschwören. Warum? Und wer ist der Wächter mit dem Schwert?

»Was liest du da?« fragte Ginger nch einer Weile.

»Ein altes Buch, das ich gefunden habe«, erwiderte Victor. »Darin geht es um Holy Wood.«

»Oh.«

»Versuch jetzt zu schlafen«, sagte Tugelbend und neigte das Buch, um die kritzelige Schrift im Lampenlicht zu lesen.

Er hörte, wie Ginger gähnte.

»Habe ich dir alle Einzelheiten des Traums geschildert?« fragte sie.

»Ich glaube nicht.« Victor hoffte, daß seine Stimme sowohl höflich als auch entmutigend klang.

»Er beginnt immer mit dem Berg...«

»Wenn du redest, kannst du nicht schlafen...«

»...und Sterne leuchten dort, über dem Berg, meine ich, und einer von ihnen sinkt herab, aber es ist gar kein Stern, sondern eine Frau, die eine Fackel über den Kopf hält...«

Victor blätterte langsam zum Anfang des Buches.

»Ja?« sagte er gedehnt.

»Und sie spricht zu mir, aber ich kann nicht alles verstehen. Sie fordert mich auf, jemanden oder etwas zu wecken, und dann erstrahlen viele Lichter, und ich höre Gebrüll, wie von einem Tiger oder so. Und dann wache ich auf.«

Victors Zeigefinger folgte den Konturen des Berges unter den Sternen.

»Es ist nur ein Traum«, sagte er. »Wahrscheinlich bedeutet er überhaupt nichts.«

Der Hügel von Holy Wood hatte natürlich keine spitze Kuppe. Aber vielleicht war das einmal der Fall, damals, als es dort eine Stadt gab, wo sich jetzt die Bucht erstreckt, dachte Victor. Meine Güte, etwas muß diesen Ort wirklich *gehaßt* haben.

»Kommt sonst noch etwas im Traum vor?« fragte er wie beiläufig.

Als er keine Antwort bekam, trat er auf leisen Sohlen zum Bett.

Ginger schlief.

Er kehrte zu seinem Stuhl zurück, der so aussah, als könnte er innerhalb einer halben Stunde sehr unbequem werden. Als er den Docht der Öllampe heruntertrehte, krochen die Schatten näher.

Etwas im Hügel. Etwas, das Gefahr bedeuten konnte.

Doch die unmittelbare Gefahr bestand darin, daß er wie Ginger einschlief.

Victor saß besorgt im Dunkeln und fragte sich, wie man eine Schlafwandlerin weckte. Angeblich sollte so etwas riskant sein. Er erinnerte sich vage an Geschichten über Leute, die davon geträumt hatten, hingerichtet zu werden – als sie jemand an der Schulter berührte, fiel ihnen der Kopf ab. Diese Geschichten berichteten allerdings nicht, auf welche Weise man von den Träumen der Toten erfahren hatte. Vielleicht kehrten die Geister nachher zurück und standen am Fußende des Bettes, um sich zu beschweren.

Der Stuhl knackte unter Tugelbend, als er sein Gewicht verlagerte. Nun, wenn er das eine Bein *so* ausstreckte und aufs Bett stützte... Dann konnte Ginger nicht an ihm vorbei, ohne daß er wach wurde – falls er tatsächlich einnickte.

Komisch. Victor hatte sie wochenlang in die Arme geschlossen und vor irgendwelchen Ungeheuern namens Mory gerettet. Zum Schluß küßte er sie immer und ritt der untergehenden Sonne entgegen, um den Rest seines Lebens glücklich – und vermutlich auch in Ekstase – mit Ginger zu verbringen. Wer die Streifen gesehen hatte, hielt es sicher nicht für möglich, daß er die Nacht damit verbrachte, auf einem wackligen Stuhl in ihrem Zimmer zu sitzen. Selbst er konnte es kaum glauben. Für so etwas war in den beweglichen Bildern kein Platz. Bei den beweglichen Bildern ging es immer um Leidenschaft in einer verrückt gewordenen Welt. Wenn dies ein Streifen gewesen wäre, säße Victor bestimmt nicht auf einem harten Stuhl, sondern... Nun, jedenfalls säße er nicht auf einem harten Stuhl, soviel stand fest.

Der Quästor schloß die Tür seines Arbeitszimmers hinter sich ab. Ihm blieb gar keine Wahl. Der Erzkanzler vertrat die Ansicht, höfliches Anklopfen sei reine Zeitverschwendung, zumindest sofern es ihn selbst betraf.

Wenigstens schien dieser schreckliche Mann das Interesse am sogenannten Resographen verloren zu haben. Der Quästor hatte einen gräßlichen Tag hinter sich: Er mußte die üblichen Verwaltungsaufgaben wahrnehmen, was ihm diesmal sehr schwer fiel – weil er wußte, daß Riktors Dokument in seinem Zimmer versteckt war.

Er zog es nun unter dem Teppich hervor, entzündete die Lampe und begann zu lesen.

Er hätte bereitwillig zugegeben, daß er sich mit mechanischen Dingen nicht besonders gut auskannte. Schon nach kurzer Zeit verlor er das Interesse an den Beschreibungen in Hinsicht auf Drehzapfen, Oktiron-Pendel und in Blasebälgen komprimierte Luft.

Statt dessen konzentrierte er sich auf eine Stelle, wo es hieß: »Wenn Verzerrungen im Gefüge der Wirklichkeit Wellen verursachen, die von ihrem Zentrum ausgehen, so neigt sich das Pendel zur Seite und komprimiert die Luft in einem Blasebalg, was dazu führt, daß der kleine Elefant in unmittelbarer Nähe des Epizentrums eine Bleikugel in einen Becher spuckt. Ursprung und Ausmaß der Wirklichkeitsverzerrung lassen sich feststellen, wenn...«

...Wumm... wumm...

Der Quästor hörte es selbst hier. Inzwischen waren noch mehr Sandsäcke herbeigeschafft worden, und niemand wagte sich in die Nähe des entsetzlichen Apparats. Er las weiter.

»...man Anzahl und Geschwindigkeit...«

...Wumm... *wumm*WUMM*WUMM*.

»...der gespuckten Kugeln berücksichtigt. Bei besonders schlimmen Störungen der Wirklichkeit muß damit gerechnet werden, daß der Resograph...«

Plib.

»...mehr als zwei Kugeln...«

Plib.

»...etwa fünfzehn Zentimeter weit wirft...«

Plib.

»...und zwar...«

Plib.

»...im...«

Plib.

»...Verlauf...«

Plib.

»...eines...«

Plib.

»...Monats.«

Plib.

Gaspode erwachte, richtete sich sofort auf und hoffte, wachsam zu wirken.

Jemand rief, aber auf eine höfliche, zurückhaltende Weise – als wünschte sich der Betreffende nur dann Hilfe, wenn er dadurch niemandem zur Last fiel.

Der Hund lief die Treppe hoch und stellte fest, daß die Tür einen Spaltbreit offenstand. Mit dem Kopf schob er sie noch etwas weiter auf.

Victor lag am Boden, an einen Stuhl gefesselt. Gaspode setzte sich und beobachtete ihn, für den Fall, daß er etwas Interessantes anstellte.

»Ist alles in Ordnung?« fragte er nach einer Weile.

»Sitz nicht einfach so da, Idiot!« erwiderte Victor. »Binde mich los!«

»Ich mag ein Idiot sein, aber ich bin nicht gefesselt«, sagte Gaspode ruhig. »Ginger hat dich überwältigt, wie?«

»Mir sind für einige Sekunden die Augen zugefallen«, murmelte Victor.

»Für einige Sekunden?« wiederholte Gaspode. »Allem Anschein nach hatte Ginger genug Zeit, um aufzustehen, ein Laken zu zerreißen und dich an den Stuhl zu binden.«

»Ja, schon gut, schon gut. Kannst du mich irgendwie befreien? Wenn du die Fesseln durchbeißt...«

»Mit diesen Zähnen?« entgegnete Gaspode skeptisch. »Ausgeschlossen. Aber ich könnte jemanden holen.« Er grinste.

»Äh, ich weiß nicht, ob das eine gute Idee ist...«

»Keine Sorge. Bin gleich wieder da.« Gaspode verließ das Zimmer.

»Ich meine, wie soll ich erklären...«, begann Victor, aber der Hund trippelte bereits die Treppe hinunter, schlendert über Hinterhöfe und durch Gassen. Hinter den Studios des Flughund-Jahrhunderts näherte er sich dem hohen Zaun. Eine Kette klirrte leise.

»Laddie?« flüsterte Gaspode heiser.

Fröhliches Bellen erklang.

»Braver Laddie!«

»Ja«, sagte Gaspode. »Ja.« Er seufzte. Hatte *er* sich je so dumm benommen wie Laddie? dachte er. Und: Nun, wenn ich einmal so blöd gewesen bin – wenigstens wußte ich nichts davon.

»Ich brav. Braver Laddie.«

»Ja, natürlich, in Ordnung. Und jetzt sei still.« Gaspode zwängte seinen arthritischen Leib durch eine Lücke im Zaun. Auf der anderen Seite leckte ihm Laddie das Gesicht.

»Ich bin zu alt für solche Sachen«, brummte er und sah sich im Zwinger um.

»Eine Kette mit einer Schlinge, die sich zusammenzieht«, stellte er fest. »Eine verdammte Würgekette. Zerr nicht so daran, du verdammter Narr. Zurück. *Zurück*. Ja, gut.«

Gaspode schob eine Pfote unter die Schlinge und löste sie von Laddies Hals.

»Na bitte«, brummte er zufrieden. »Wenn das alle Hunde könnten, wären wir die Herren der Welt.«

Laddie nahm Haltung an und ließ die Zunge aus dem Maul baumeln. Es fehlte nicht viel, und er hätte wie ein gehorsamer Soldat salutiert.

Gaspode quetschte sich erneut durch die Lücke im Zaun und wartete. Er hörte Schritte, doch sie kamen nicht näher, sondern entfernten sich.

»Nein!« zischte Gaspode. »Folge *mir*!«

Pfoten pochten, etwas rauschte. Laddie setzte über den hohen Zaun hinweg und landete perfekt auf allen vier Beinen.

Gaspodes Zunge entrollte sich aus der Kehle.

»Braver Laddie«, sagte er. »Braver Laddie.«

Victor setzte sich auf und hob die Hand zum Kopf.

»Hat'ne ziemliche Beule gegeben, als der Stuhl umkippte«, ächzte er.

Laddie starrte ihn an und hielt die Reste des Lakens im Maul.

»Worauf wartet er?« fragte Tugelbend.

»Vielleicht solltest du ihm sagen, daß er brav ist«, schlug Gaspode vor und seufzte.

»Möchte er mit Fleisch oder Süßigkeiten belohnt werden?«

Gaspode schüttelte den Kopf. »Es genügt, wenn du ihn lobst. Hunde wünschen sich nichts mehr, als von Menschen gelobt zu werden.«

»Ach? Na schön. Braver Laddie.«

Laddie sprang glücklich umher, und Gaspode fluchte leise.

»Entschuldige«, knurrte er. »Es ist mitleiderregend, nicht wahr?«

»Such Giñger, braver Laddie«, sagte Victor.

»Das kann *ich* auch übernehmen«, bot sich Gaspode verzweifelt an, als Laddie an der Tür schnüffelte. »Wir kennen ihr Ziel. Es ist nicht nötig, nach ihr zu su...«

Laddie sauste elegant nach draußen, verharrte am Ende der Treppe und bellte ein aufgeregtes Folgt-mir-Bellen.

»Eine Schande für die Hundeheit«, murmelte Gaspode.

Über Holy Wood schienen die Sterne immer heller zu leuchten. Nun, die Luft war natürlich klarer als in Ankh-Morpork, und es gab keinen Rauch, aber... Die Sterne machten auch den Eindruck, größer und näher zu sein, als forme der Himmel hier eine Art Linse.

Laddie jagte über die Dünen und legte gelegentlich eine Pause ein, damit Victor zu ihm aufschließen konnte. Gaspode folgte weiter hinten, schwankte hin und her und schnaufte.

Die Spur führte zur Mulde am Hügel, doch dort war niemand.

Das Portal stand jetzt etwa dreißig Zentimeter weit offen. Die Fußabdrücke am Sand vermittelten folgende Botschaft: Ganz gleich, was hinter der Tür lauerte oder nicht – Ginger befand sich nun im Innern des Hügels.

Victor beobachtete den Eingang.

Laddie saß davor und richtete einen hoffnungsvollen Blick auf Tugelbend.

»Er wartet«, sagte Gaspode.

»Worauf?« erkundigte sich Victor voller Unbehagen.

Gaspode stöhnte. »Was glaubst du?«

»Oh. Ja. Das hast du *gut gemacht,* Laddie.«

Laddie bellte und versuchte, einen Purzelbaum zu schlagen.

»Und jetzt?« fragte Victor. »Sollen wir Ginger ins Innere des Hügels folgen?«

»Vielleicht«, antwortete Gaspode unbestimmt.

»Äh. Aber vielleicht wäre es besser, hier draußen zu bleiben, bis sie zurückkehrt. Weißt du, was die Dunkelheit betrifft... Konnte mich nie mit ihr anfreunden. Mit der Dunkelheit, meine ich. Ich meine, mit der Nacht und so, das finde ich soweit alles in Ordnung, aber stockfinstere Finsternis...«

»Ich schätze, Cohen der Barbar fürchtet sich nicht vor der Dunkelheit«, sagte Gaspode.

»Nun, ja...«

»Ebensowenig wie der Schwarze Schatten der Wüste.«

»Mag sein, aber...«

»Und Wiewunderland-Jim, der berühmte Balgrog-Jäger – er verspeist die Dunkelheit praktisch zum Frühstück«, fuhr Gaspode fort.

»Ja, aber ich bin Victor«, wandte Victor ein.

»Erzähl das den Leuten, die vor den Kinos Schlange stehen, um dich als Leinwandhelden zu bestaunen«, erwiderte Gaspode. Er kratzte nach einem an Schlaflosigkeit leidenden Floh, der sich einen späten Imbiß genehmigte. »Schade, daß kein Kurbeldreher mit seinem Bilderkasten in der Nähe ist«, sagte er fröhlich. »Wir könnten jetzt eine tolle Komödie drehen: *Der Held, der die Dunkelheit scheute.* Wäre sicher noch lustiger als *Das große Putenschenkelfressen* oder *Eine Nacht in der Arena.* Man stelle sich vor, wie das Publikum vor lauter Lachen vergißt, Knallkörner in sich rein zu stopfen...«

»Schon gut, schon gut«, entgegnete Victor. »Ich gehe ein Stück weit hinein.« Er richtete einen verzweifelten Blick auf die ausgetrockneten Bäume in der Mulde. »Und vorher besorge ich uns eine Fackel«, fügte er hinzu.

Er hatte mit Spinnen und modriger Feuchtigkeit gerechnet, vielleicht auch mit Schlangen oder noch schlimmeren Geschöpfen...

Statt dessen trat er in einen trockenen Gang, der ungefähr so hoch wie breit war und mit leichtem Gefälle nach unten führte. Die Luft roch salzig, was darauf hindeutete, daß der Gang irgendwo eine Verbindung zum Meer hatte.

Victor machte einige Schritte, dann blieb er stehen.

»Moment mal«, sagte er. »Wenn die Fackel plötzlich ausgeht... Wir könnten uns verirren.«

»Unmöglich«, widersprach Gaspode. »Ich bin ein Hund. Und Hunde können gut riechen.«

»Potzblitz. Macht mich richtig neidisch.«

Victor wagte sich noch etwas weiter vor. An den Wänden zeigten sich größere Versionen der quadratischen Ideogramme, die er aus dem Buch kannte.

»Weißt du...« Tugelbend zögerte erneut und berührte eins der Symbole. »Ich glaube, es handelt sich gar nicht in dem Sinne um eine Schriftsprache. Es sieht eher nach...«

»Du suchst dauernd nach Vorwänden, um stehenzubleiben«, sagte Gaspode hinter ihm.

Victors Fuß stieß an einen Gegenstand, der daraufhin durch die Dunkelheit davonkullerte.

»Was war das?« flüsterte er nervös.

Gaspode verschwand schnüffelnd in der Finsternis. Kurz darauf kehrte er zurück.

»Keine Sorge«, meldete er.

»Ach?«

»Nur ein Schädel.«

»Und wem gehört er?«

»Das hat er mir nicht gesagt«, antwortete Gaspode.

»Sei still!«

Etwas knirschte unter Victors Sandale.

»Und *das*...«, begann der Hund.

»Ich will's gar nicht wissen!«

»Eine Muschel«, verkündete Gaspode.

Tugelbend spähte in die Dunkelheit des Gangs vor sich. Die Flamme der improvisierten Fackel zitterte im Luftzug, und in der Ferne erklang ein rhythmisches Geräusch. Entweder brüllte dort eine Bestie, oder das dumpfe Donnern stammte von der Brandung. Victor zog die zweite Möglichkeit vor.

»Etwas muß Ginger hergerufen haben«, sagte er. »In ihren Träumen. Etwas, das befreit werden möchte. Ich fürchte, es könnte ihr etwas zustoßen.«

»Such dir lieber eine andere Freundin«, meinte Gaspode. »Glaub mir, es hat keinen Sinn, sich mit Frauen einzulassen, die das Werkzeug von Kreaturen jenseits der Leere sind. Man weiß nie, neben wem oder was man am nächsten Morgen erwacht.«

»Gaspode!«

»Wart's nur ab.«

Die Fackel ging aus.

Victor schwang sie hastig hin und her, in einem letzten Versuch, ihr noch etwas Feuer – und damit Licht – zu entlocken. Einige Funken stoben und erloschen. Es war einfach nicht mehr genug von der Fackel übrig.

Die Dunkelheit umflutete sie, und einer solchen Dunkelheit begegnete Victor nun zum erstenmal. Ganz gleich, wie sehr man in sie hineinstarrte – die Augen gewöhnten sich nicht daran. Nun, es gab schließlich nichts, an das sie sich gewöhnen konnten. Dies war die Mutter der Dunkelheit, eine absolute Finsternis, die Schwärze unter der Erde – eine Dunkelheit, die fast Substanz gewann und wie kalter Samt wirkte.

»Ist ziemlich dunkel«, knurrte Gaspode.

Mir bricht gerade der kalte Schweiß aus, dachte Victor. Ich habe mich immer gefragt, wie es sich anfühlt. Jetzt weiß ich Bescheid.

»Er schob sich langsam zur Seite, bis seine Schulter an die Wand stieß.

»Wir sollten jetzt besser umkehren«, sagte er und hoffte, daß seine Stimme gelassen klang. »Wer weiß, was sich vor uns befindet... Schluchten oder so. Wir holen mehr Fackeln und mehr Leute, und anschließend setzen wir die Suche nach Ginger fort.«

Irgendwo im Tunnel machte es *Wummpf*.

Unmittelbar darauf erstrahlte so grelles Licht, daß es den Schatten von Victors Augäpfeln an die hintere Seite des Kopfs projizierte. Nach einigen Sekunden ließ der Glanz etwas nach, doch es blieb fast schmerzhaft hell. Laddie winselte leise.

»Na bitte«, sagte Gaspode heiser. »Jetzt haben wir Licht genug. Alles in Ordnung?«

»Und wo kommt das Licht her?«

»Woher soll ich das wissen?«

Victor trat langsam vor, dicht gefolgt von seinem eigenen Schatten.

Nach etwa hundert Metern mündete der Tunnel in einen Raum, der einst eine natürliche Höhle gewesen sein mochte. Das Licht gleißte aus einer runden Öffnung hoch oben in der gegenüberliegenden Wand, und es reichte aus, um alle Einzelheiten zu erkennen.

Die Kaverne war noch größer als der Große Saal der Unsichtbaren Universität. Irgendwann mußte sie sogar noch eindrucksvoller gewesen sein. Victor sah barocke Goldverzierungen neben den Stalaktiten an der Decke. Aus einem breiten Loch im Boden wuchs eine Treppe, breit genug für ein Regiment. Unten donnerte es in regelmäßigen Abständen, und der jetzt deutlicher wahrnehmbare Salzgeruch legte die Vermutung nahe, daß der Ozean einen Weg zum unteren Teil des Hügels gefunden hatte. Die Luft war feucht und kühl.

»Eine Art Tempel?« spekulierte Victor.

Gaspode beschnüffelte die Vorhänge an der einen Seite des Eingangs. Als er sie berührte, verwandelten sie sich in einen Haufen Schleim.

»Bäh!« stieß er hervor. »Hier ist alles vergammelt!« Ein vielbeiniges Etwas hastete über den Boden und verschwand im Treppenloch.

Victor streckte die Hand vorsichtig nach einem dicken roten Seil aus, das zwischen zwei mit Blattgold verzierten Pfählen hing. Es löste sich auf.

Die breite Treppe reichte bis zu der runden, torbogenartigen Öffnung empor. Tugelbend erklomm eine Stufe nach der anderen, stieg über matschige Algen und Treibholz hinweg, das eine besonders hohe Flut bis hierher getragen hatte.

Durch den Torbogen gelangte er in eine zweite riesige Höhle, die wie ein Amphitheater anmutete. Lange Sitzreihen erstreckten sich nach unten, und dort sah Victor...

Eine Wand?

Sie schimmerte wie Quecksilber. Wenn man ein rechteckiges Becken in der Größe eines Hauses mit Quecksilber füllte und es auf die Seite stellte, ohne daß etwas herausfloß – dann bot es einen derartigen Anblick.

Allerdings hätte es keinen so boshaften Eindruck erweckt.

Das Gebilde war flach und leer, aber Victor fühlte sich plötzlich wie durch eine Lupe beobachtet.

Laddie jaulte.

Dann begriff Tugelbend den Grund für seine Unruhe.

Es handelte sich nicht um eine Wand. Wände standen mit anderen Wänden in Verbindung. Dieses Etwas hingegen schwebte mitten in der Luft, wogte und kräuselte sich – wie ein Spiegelbild ohne Spiegel.

Das Licht hatte seinen Ursprung irgendwo auf der anderen Seite. Victor bemerkte einen hellen Fleck, der sich im Schatten am fernen Ende des Saals bewegte.

Er ging durch den geneigten Mittelgang zwischen den Sitzreihen, und die beiden Hunde folgten ihm: mit angelegten Ohren, die Schwänze zwischen den Beinen. Unterwegs wateten sie durch etwas, das einst ein Teppich gewesen sein mochte; unter ihren Schritten verwandelte er sich zu einer schlammigen Masse.

Nach einigen Metern sagte Gaspode: »Ich weiß nicht, ob es dir aufgefallen ist, aber einige...«

»Ich weiß«, erwiderte Victor grimmig.

»... der Plätze sind noch immer...«

»Ich weiß.«

»... besetzt.«

»Ich *weiß*.«

Die Reste von Zuschauern hockten auf den Sitzen und starrten zur silberweißen Wand – als sähen sie sich einen Streifen an.

Victor hatte das sonderbare Objekt jetzt fast erreicht. Es glänzte über ihm, ein Rechteck mit Länge und Breite, doch ohne Tiefe.

Direkt davor, fast darunter, führte eine schmale Treppe in eine runde, mit Schutt gefüllte Grube. Er erkletterte den Haufen und blickte dorthin, wo das Licht erstrahlte.

Ginger. Sie hatte den einen Arm gehoben, und die entsprechende Hand hielt eine wie Phosphor brennende Fackel.

Neben ihr, auf einer Steinplatte, lag ein Riese. Beziehungsweise etwas, das wie ein Riese aussah. Vielleicht war es nur eine Rüstung mit einem Schwert drauf, umgeben von Sand und Staub.

»Es ist die Gestalt aus dem Buch!« hauchte Victor. »Bei den Göttern, was hat Ginger vor?«

»Ich glaube nicht, daß *sie* etwas vorhat«, erwiderte Gaspode. »Aber die Kreaturen von jenseits der Leere...«

Ginger drehte sich halb um. Sie lächelte.

Hinter der Steinplatte erkannte Tugelbend eine große rostige Scheibe. Sie hing an einer richtigen Kette von der Decke herab und versuchte nicht, der Gravitation auf eine ähnlich beunruhigende Weise zu trotzen wie das quecksilberartige Ding.

»Na schön«, sagte Victor. »Ich sollte sie wecken, wenn sie schlafwandelt, nicht wahr? *Ginger!*«

Seine Stimme prallte von den Wänden ab, rief Echos hervor, die durch Höhlen und Tunnel donnerten – *inger, nger, ger...* Irgendwo fiel ein schwerer Stein zu Boden.

»Nicht so laut!« warnte Gaspode. »Sonst stürzt hier alles ein!«

»Ginger!« zischte Victor. »Ich bin's!«

Sie wandte sich um und blickte zu ihm hin. Oder durch ihn durch. Oder in ihn hinein.

»Victor«, erwiderte sie freundlich. »Geh fort. Geh weit weg. Andernfalls wird uns allen großes Unheil widerfahren.«

»»Andernfalls wird uns allen großes Unheil widerfahren««, grummelte Gaspode. »Eine derartige Ausdrucksweise ist *kein* gutes Zeichen.«

»Du bist gar nicht du selbst«, sagte Victor und hoffte, daß er unrecht hatte. »Ich sollte dich daran hindern, diesen Ort aufzusuchen. Komm, geh mit mir zurück.«

Er versuchte, auf dem Schutthaufen noch etwas höher zu klettern...

...und unter ihm gab etwas nach. Etwas gurgelte. Etwas rumpelte. Etwas schepperte. Und dann erklang ein zaghafter Ton, das winzige Fragment einer Melodie, hallte wie zögernd durch die Kaverne. Victor zog den Fuß hastig zurück und trat auf eine andere Stelle des festen Halt verheißenden Vorsprungs. Doch sie sank wie die erste nach unten und erzeugte einen weiteren Ton.

Es knirschte nun, und Tugelbend senkte erschrocken den Kopf, als sich der Boden unter seinen Füßen in Bewegung setzte und langsam nach oben glitt. Um ihn herum heulte und plärrte es, und ein uralter Mechanismus ratterte und rasselte. Er ruderte mit den Armen, um das Gleichgewicht zu wahren, berührte dabei einen korrodierten Hebel, der erst einen neuerlichen Akkord auslöste und dann abbrach. Laddie winselte. Ginger ließ ihre Fackel fallen und hielt sich die Ohren zu.

Ein großes Stück Mauerwerk senkte sich nach und nach aus der Decke und schmetterte auf die Sitze herab. Es hagelte kleine und große Steine. Ein grollender Kontrapunkt zum allgemeinen Gedröhn wies auf folgendes hin: Die Geräusche schickten sich an, der ganzen Höhle eine neue Form zu geben.

Aus dem Gurgeln wurde ein ersticktes Röcheln, das mit einem letzten Schnaufen endete. Mehrere leichte Erschütterungen und ein enttäuscht klingendes Knacken verrieten: Der prähistorische Apparat, den Victor unabsichtlich ins mechanische Leben zurückgerufen hatte, starb durch Rost und einen ausgeprägten Mangel an Öl.

Die Stille kroch in den Saal zurück.

Tugelbend verließ die Musikgrube, die nun gar keine Grube mehr war, sondern über das Niveau des Bodens hinausragte. Er lief zu Ginger. Die junge Frau kniete und schluchzte.

»Komm!« drängte Victor. »Verschwinden wir von hier.«

»Wo bin ich? Was ist geschehen?«

»Was geschehen ist? Ich habe nicht die geringste Ahnung.«

Die Fackel lag im Staub. Es ging jetzt kein aktinisches Licht mehr von ihr aus – sie war nur noch ein fast vollständig verkohltes Stück Treibholz. Victor griff danach und winkte damit, bis eine kleine gelbe Flamme auflöderte.

»Gaspode?« rief er.

»Ja.«

»Du gehst mit Laddie voraus.«

»Oh, herzlichen Dank.«

Ginger klammerte sich an Tugelbend fest, als sie durch den Mittelgang wankten. Obwohl Entsetzen im ehemaligen thaumaturgischen Studenten keimte, mußte er zugeben, daß ihm die körperliche Nähe der jungen Frau keineswegs unangenehm war. Er blickte nach rechts und links, beobachtete die Gestalten auf den Sitzen und schauderte.

»Man könnte meinen, daß sie sich bewegliche Bilder angesehen haben«, sagte er.

»Ja«, bestätigte der vor ihm laufende Gaspode. »Eine Komödie.«

»Wie kommst du darauf?«

»Sie grinsen alle.«

»Gaspode!«

»Nun, man muß die Dinge auch von der positiven Seite betrachten, oder?« spottete der Hund. »Soll man etwa den Mut verlieren, nur weil man sich in einer unheilvollen Gruft aufhält, in Gesellschaft einer Katzenliebhaberin und einer Fackel, die praktisch von einer Sekunde zur anderen ausgehen könnte?«

»Lauf schneller! Lauf schneller!«

Sie sprangen und stürzten die breite Treppe hinunter, rutschten unten auf Algen aus und hasteten zu der Tunnelöffnung, die frische Luft und herrliches Tageslicht versprach. Victor verbrannte sich die Hand am Fackelrest und ließ ihn fallen. Im Gang erwartete er keine Probleme. Wenn sie dicht an einer Wand blieben und keine Dummheiten anstellten, blieb ihnen gar nichts anderes übrig, als den Ausgang zu finden. Vermutlich hatte draußen bereits die Morgendämmerung eingesetzt, was bedeutete: Es konnte nicht mehr lange dauern, bis sie die Dunkelheit hinter sich hätten.

Victor straffte sich und fühlte sich plötzlich sehr heldenhaft. Es war nicht nötig gewesen, gegen Ungeheuer zu kämpfen – wenn hier jemals irgendwelche Monstren auf Opfer gelauert hatten, waren seitdem wohl

Jahrhunderte vergangen. Gewisse unheimliche Aspekte ließen sich nicht leugnen, doch letztendlich lief alles auf, nun, Archäologie hinaus. Eigentlich war's gar nicht so schlimm, dachte Tugelbend und glaubte das Abenteuer überstanden zu haben.

Weiter vorn bellte Laddie.

»Was sagt er?« fragte Victor.

»Er hat gerade festgestellt, daß der Tunnel blockiert ist«, übersetzte Gaspode.

»Was?!«

»Ich nehme an, das haben wir deinem Orgelkonzert zu verdanken.«

»Vollkommen blockiert?«

Vollkommen. Victor schob sich über den Haufen. Einige Steinplatten in der Decke hatten nachgegeben, und ihnen waren mehrere Tonnen Geröll in die Tiefe gefolgt. Der junge Mann zerrte an einigen Brocken, löste dadurch jedoch nur eine weitere kleine Lawine aus.

»Vielleicht gibt es einen anderen Weg nach draußen«, hoffte er. »Vielleicht könnt ihr Hunde...«

»Schlag dir das aus dem Kopf, Teuerster«, erwiderte Gaspode. »Wie dem auch sei: Der einzige andere Gang führt die breite Treppe hinunter. Bis zum Meer. Dort tauchst du und hoffst, daß die Luft in deinen Lungen reicht.«

Laddie bellte.

»Ich meine nicht *dich*«, betonte Gaspode. »Nein, an dich habe ich dabei nicht gedacht. Wenn ich dir einen guten Rat geben darf: Melde dich nie freiwillig für etwas.«

Victor grub noch immer zwischen den Felsen und Steinen.

»Ich weiß nicht...«, murmelte er nach einer Weile. »Mir scheint, ich sehe dort mattes Licht. Was meinst du?«

Gaspode kletterte übers Geröll.

»Möglich, möglich«, räumte der Hund widerstrebend ein. »Allem Anschein nach haben sich einige Platten verkantet, und dadurch ist da eine Lücke.«

»Groß genug für etwas Kleines, um hindurchzukriechen?« kam es in einem ermutigenden Tonfall von Victors Lippen.

»Mit dieser Frage habe ich gerechnet«, brummte Gaspode.

Victor hörte kratzende Pfoten, dann eine gedämpfte Stimme: »Hier wird's etwas breiter... Ist noch immer verdammt eng... Mannomann...«

Stille.

Victor beugte sich besorgt vor. »Gaspode?«

»Alles klar. Ich bin auf der anderen Seite. Und ich sehe das Portal.«

»Gut!«

Tugelbend spürte einen Luftzug, und erneut begann etwas zu kratzen. Vorsichtig streckte er die Hand aus und ertastete einen energisch grabenden, haarigen Körper.

»Laddie versucht, dir zu folgen!«

»Er ist zu groß. Bestimmt bleibt er irgendwo stecken!«

Der Hund knurrte vor Anstrengung. Hinterbeine traten, und kleine Steine flogen Victor entgegen. Schließlich bellte Laddie triumphierend.

»Nun, er ist ein bißchen schlanker als ich«, sagte Gaspode nach einer Weile.

»Lauft los und holt Hilfe«, forderte Victor die beiden Hunde auf. »Wir bleiben hier. Äh.«

Er hörte, wie sie in der Ferne verschwanden. Laddies leises Bellen deutete endlich darauf hin, daß sie den Tunnel verlassen hatten.

Victor lehnte sich zurück.

»Jetzt brauchen wir nur noch zu warten«, sagte er.

»Wir sind im Hügel, nicht wahr?« ertönte Gingers Stimme in der Dunkelheit.

»Ja.«

»Wie sind wir hierhergekommen?«

»Ich bin dir gefolgt.«

»Du solltest mich *wecken*.«

»Ja, aber du hast mich gefesselt.«

»Unsinn!«

»Du hast mich gefesselt«, wiederholte Victor. »Und dann bist du zum Hügel gegangen und hast die Tür geöffnet und dann bist du mit einer Fackel bis zu jenem... äh, Ort gewandert. Wer weiß, was du angestellt hättest, wenn du nicht rechtzeitig wach geworden wärst.«

Kurze Stille.

»Im Ernst?« fragte Ginger unsicher. »Das alles ist wirklich geschehen?«

»Ja.«

»Ich erinere mich überhaupt nicht daran!«

»Das *glaube* ich dir. Was jedoch nichts an den Tatsachen ändert.«

»Was... was war das für ein Ort?«

Victor streckte die Beine in der Finsternis und versuchte, es sich gemütlicher zu machen.

»Keine Ahnung«, antwortete er. »Zuerst hielt ich ihn für einen Tempel. Offenbar haben dort Leute gesessen und sich bewegliche Bilder angesehen.«

»Aber alles schien uralt zu sein!«

»Jahrtausende alt!«

»Irgend ewas geht hier nicht mit rechten Dingen zu«, sagte Ginger in dem behutsamen Tonfall einer Person, die sich bemüht, ruhig zu bleiben, obwohl ein Wahnsinniger mit einem Hackbeil durch die Tür stürmt. »Die Alchimisten fanden erst vor wenigen Monaten heraus, wie man Okto-Zellulose herstellt.«

»Ja. Gibt einem zu denken, nicht wahr?«

Victor tastete nach Gingers Hand. Die junge Frau saß stocksteif und zuckte zusammen, als er sie berührte.

»Hier sind wir sicher«, fügte Tugelbend hinzu. »Gaspode kehrt bestimmt bald mit Hilfe zurück. Sei unbesorgt.«

Er versuchte, sich nicht den Ozean vorzustellen, dessen Wellen unten über die letzten Stufen der breiten Treppe spülten. Er versuchte, sich nicht an vielbeinige Dinge zu denken, die über einen in der Finsternis verborgenen Boden huschten. Und nicht an Kraken, die stumm vor der lebenden Leinwand umherkrochen. Er versuchte, die Zuschauer zu vergessen, die reglos in der Dunkelheit saßen, während die Jahrhunderte verstrichen. Vielleicht warteten sie noch immer darauf, daß jemand kam, um ihnen Knallkörner und heiße Würstchen zu verkaufen.

Das ganze Leben ist so, als sähe man sich bewegliche Bilder an, dachte Victor. Aber man betritt den Saal zehn Minuten nach Beginn der Vorstellung und niemand verrät einem, worum's geht. Man muß die Handlung ganz allein herausfinden.

Außerdem bekommt man *nie* Gelegenheit, nach dem Ende auf seinem Platz zu bleiben und sich die nächste Vorstellung anzusehen.

Im Flur der Unsichtbaren Universität flackerte Kerzenlicht.

Der Quästor hielt sich nicht für sehr tapfer. Er kämpfte in erster Linie mit Zahlen, und der Umstand, daß er dabei häufige Siege errang, hatte ihn in der Universitätshierarchie weit nach oben gebracht – Zauberei spielte in diesem Zusammenhang nur eine untergeordnete Rolle. Doch jetzt mußte er sich mit etwas Magischem befassen.

...Wumm... wummm... wumm*wumm*wummWUMM*Wumm*.

Er ging hinter einer Säule in Deckung und zählte elf Bleikugeln. Kleine Sandfontänen spritzten aus den Säcken. Das Ganze wiederholte sich in Abständen von zwei Minuten.

Der Quästor lief zu den Sandsäcken und zerrte an ihnen.

Die Wirklichkeit war nicht überall gleich. Jeder Zauberer wußte das. An keinem Ort auf der Scheibenwelt zeichnete sie sich durch eine stabile Dichte aus, und an einigen Stellen neigte sie dazu, sehr dünn zu sein – deshalb *funktionierte* die Magie. Riktors Apparat maß *Veränderungen* in der Wirklichkeit und gab Aufschluß darüber, wo das Wirkliche zum Unwirklichen wurde. Und wenn sich irgendwo genug Unwirklichkeit ansammelte, um ein Loch zu bilden...

Aber dazu wäre enorm viel Magie nötig, dachte der Quästor, als er einige Säcke beiseite schob. Und soviel magische Energie könnte wohl kaum unserer Aufmerksamkeit entgehen, oder? Sie müßte so auffällig sein wie... nun, wie eine Menge Magie.

Ich schätze, inzwischen sind etwa fünfzig Sekunden vergangen, fügte er in Gedanken hinzu.

Er starrte zu der Vase in ihrem Bunker.

Oh.

Er hatte gehofft, sich zu irren.

Alle Kugeln waren in die gleiche Richtung gespuckt worden. Ein halbes Dutzend Säcke wies viele Löcher auf. Und Numeri Riktor hat geglaubt, daß zwei Kugeln in einem Monat auf ein gefährliches Ausmaß an Unwirklichkeit hindeuten...

Der Quästor zog in Gedanken eine Linie, die von dem Topf ausging und durch die beschädigten Sandsäcke bis zum Ende des Flurs reichte.

...Wumm... wumm...

Er duckte sich unwillkürlich – und ließ den angehaltenen Atem wieder entweichen. Ihm drohte keine Gefahr. Alle Kugeln sausten aus dem Maul des kleinen Elefanten auf der anderen Seite.

...Wumm... wumm...

Die Vase erzitterte heftig, als der geheimnisvolle Mechanismus darin in Bewegung geriet. Der Quästor beugte sich etwas näher und vernahm ein deutliches Zischen, wie von zusammengepreßter Luft...

Der Elefant spuckte elf Kugeln, und sie bohrten sich tief in die Sandsäcke hinein.

Dem allseits bekannten Rückstoßprinzip gehorchend kippte der Topf ruckartig nach hinten. Er stieß nicht gegen einen Sack, sondern an den Kopf des Zauberers.

Ming-ng-ng.

Der Quästor blinzelte. Er taumelte einen Schritt zurück. Er fiel hin.

Die von Holy Wood ausgehenden Störungen der Wirklichkeit reckten etliche dünne, nichtsdestoweniger unwirkliche Ausläufer bis nach Ankh-Morpork. Einer davon erwischte den Quästor, und der sah zwei kleine Vögel, die mit einem fröhlichen »Piep-piep-piep« sein Haupt umschwirrten. Dann verlor er das Bewußtsein.

Gaspode lag im Sand und keuchte. Laddie sprang um ihn herum und bellte aufgeregt.

»Die Entfernung zum Portal ist jetzt groß genug«, brachte er hervor, stand auf und schüttelte sich.

Laddie bellte und wirkte unglaublich fotogen.

»Na schön«, seufzte Gaspode. »Wie wär's, wenn wir erst einmal frühstücken, anschließend den versäumten Schlaf nachholen und...«

Laddie bellte erneut.

Gaspode seufzte noch einmal.

»Nun gut«, sagte er. »Wie du willst. Aber erwarte bloß keinen Dank dafür.«

Laddie raste los. Gaspode beschränkte sich auf ein wesentlich langsameres Schlendern und war sehr überrascht, als der andere Hund zurückkehrte, ihn sanft am Genick packte und dann wieder lossprang.

»Das wagst du nur, weil ich so klein bin«, klagte Gaspode, als er von einer Seite zur anderen schwang. »Nein, nicht dorthin! So früh am Morgen können wir mit Menschen nichts anfangen. Wir brauchen Trolle. Sind noch immer auf den Beinen, die Trolle. Echte Experten, was das Graben betrifft. Die nächste Gasse rechts, zum Blauen Lias und... Oh, *Mist*.«

Ihm fiel plötzlich ein, daß er sprechen mußte.
In aller Öffentlichkeit.
Dauernd achtet man darauf, seine verbalen Fähigkeiten sorgfältig zu verbergen, und plötzlich – zack! – muß man sprechen, dachte Gaspode. Wenn ich die Klappe halte, hocken Victor und Fräulein Ichmag-Katzen so lange im blockierten Tunnel, bis sie aussehen wie die Typen im Saal mit der Leinwand. Laddie setzt mich bestimmt vor jemandem ab und jault erwartungsvoll, und ich muß dann alles *erklären*. Und den Rest meines Lebens verbringe ich als eine Art Abnormität, die man in einen Käfig steckt und zur Schau stellt.

Nach einigen Sekunden jaulte er erwartungsvoll.

Das Knirschen und Grollen der vielen Stimmung verklang.

»Das Laddie«, sagte jemand. »Was er wollen?«

Gaspode taumelte zum nächsten Troll und zupfte höflich an einem rostigen Kettenhemdstreifen.

»Tschuldigung«, knurrte er.

»Verdammt intelligenter Hund«, meinte ein anderer Troll und gab Gaspode einen achtlosen Tritt. »Ich ihn gestern in Streifen gesehen. Kann sich stellen tot und bis fünf zählen.«

»Dann er erkennen zwei Zahlen mehr als du.« Allgemeines Gelächter erklang.*

»Du dich irren«, behauptete der erste Troll. »Seid still. Ich glaube, er uns etwas mitteilen will.«

»Tschuldigung...«

»Seht nur, wie er herumspringen und bellen.«

»Entschuldigung...«

»Du hast recht. Ich ihn ebenfalls in Filmen gesehen. Er zeigen Leute, wo finden verirrte Kinder in Höhlen...«

»Ent*schul*digung...«

Ein Troll runzelte die Stirn. »Um Kinder zu essen?«

»Nein. Um sie nach draußen zu bringen.«

»Für ein Grillfest?«

»Ent*schul*digung...«

Der nächste Fuß traf Gaspode an der Seite seines kugelförmigen Kopfs.

---

* Nach den Maßstäben der Trolle entsprach diese Bemerkung einem Bonmot von Oscar Wilde in Hochform.

»Ob er wieder Kinder in Höhlen gefunden hat? Laufen immer wieder zur Tür und zu uns. Sehr kluger Hund.«

»Wir ihm folgen könnten«, schlug der erste Troll vor.

»Gute Idee. Seit meinem letzten Imbiß viel Zeit vergangen.«

»Hör mal, es nicht *erlaubt*, in Holy Wood Leute zu essen. Es bringen uns in Verruf! Darüber hinaus du damit rechnen müssen von Liga-gegen-Diffamierung-der-Siliziumpersonen durch Mangel gedreht zu werden.«

»Aber erst nach leckerer Mahlzeit.«

»ENTSCHULDIGUNG...«

»Du nur an deinen Bauch denken. Was sein mit Troll-Renomeh? Los, finden wir verirrte Kinder.«

»Und selbst wenn wir nicht sie entdecken – dann wir essen Hund, ja?«

Die Bar leerte sich. Zurück blieben nur Rauchwolken, Kessel mit geschmolzenen Troll-Getränken, Rubin – sie kratzte erstarrte Lava von den Bechern – sowie ein kleiner, müder und flohzerfressener Hund.

Der kleine, müde und flohzerfressene Hund dachte über einen kleinen Unterschied nach. Zum einen, wie ein Wunderhund auszusehen und sich entsprechend zu verhalten – zum anderen ein Wunderhund zu sein.

Er sagte: »Mist.«

Als Kind hatte sich Victor vor Tigern gefürchtet. Wenn ihn andere Leute darauf hinwiesen, daß der nächste Tiger mindestens dreitausend Meilen entfernt war, so fragte er: »Liegt ein Meer zwischen ihm und uns?« Und dann meinten die Leute: »Nein, aber...« Und der Knabe sagte: »Dann ist es nur eine Frage der Entfernung.«

In Hinsicht auf die Dunkelheit dachte er ähnlich. Alle schrecklichen Orte waren durch das Wesen der Finsternis miteinander verbunden. Dunkelheit lauerte überall, die ganze Zeit über, wartete nur darauf, daß jemand das Licht löschte. So wie die Kerkerdimensionen darauf warteten, daß die Realität überschnappte.

Victor klammerte sich an Ginger fest.

»Das ist nicht nötig«, sagte sie. »Ich habe mich jetzt wieder fest im Griff.«

»Oh, gut«, kommentierte er unsicher.

»Übrigens: Das gilt auch für dich. Du hast mich ebenfalls fest im Griff.«

Victor entspannte sich.

»Frierst du?« fragte Ginger.

»Ein wenig. Es ist ziemlich kalt hier unten.«

»Höre ich da deine Zähne klappern?«

»Wessen sonst? Nein«, fügte er hastig hinzu, »denk nicht darüber nach.«

»Weißt du...«, sagte Ginger nach einer Weile. »Ich erinnere mich gar nicht daran, dich gefesselt zu haben. Und ich bin nie besonders geschickt gewesen, wenn's um Knoten geht.«

»In diesem Fall gab es an den Knoten nichts auszusetzen«, erwiderte Victor.

»Ich entsinne mich nur an den Traum. Eine Stimme flüsterte und verlangte von mir den... Schlafenden zu wecken?«

Victor dachte an die Rüstung auf der Steinplatte.

»Du hast neben der Gestalt gestanden«, sagte er. »Wie sah sie aus?«

Ginger zögerte. »Keine Ahnung. Ich kenne sie nur aus dem Traum. Und im Traum erschien sie mir wie... wie mein Onkel Oswald.«

Ein mehr als zwei Meter langes Schwert... Wenn jemand damit zuschlug, wer wollte den Hieb parieren? Diese Klinge schnitt durch *alles*. Aus irgendeinem Grund fiel es Victor schwer, sich einen Onkel Oswald vorzustellen, der ein solches Schwert schwang.

»Warum erschien dir die Gestalt wie dein Onkel Oswald?« fragte er.

»Weil mein Onkel Oswald ebenso reglos dalag. Nun, ich habe ihn nur einmal gesehen. Bei seiner Beerdigung.«

Victor öffnete den Mund. Und klappte ihn wieder zu, als er undeutliche Stimmen in der Ferne hörte. Einige Steine bewegten sich. Und dann trillerte es in der Nähe: »Hallo, kleine Kinder. Hierher, kleine Kinder.«

»Das ist Rock!« entfuhr es Ginger.

»Die Stimme würde ich überall wiedererkennen«, sagte Victor.

»He, Rock! Ich bin's, Victor.«

Besorgtes Schweigen folgte. Dann grollte Rock: »Das mein Freund Victor!«

»Es bedeuten, wir ihn nicht können essen?«

»Niemand essen meinen Freund Victor! Wir ihn graben aus, und zwar dalli!«

Etwas knirschte, und ein anderer Troll klagte: »Dies sollen Kalkstein sein? Schmecken überhaupt nicht.«

Scharren und Kratzen. Kurz darauf ertönte eine dritte Stimme: »Warum wir ihn nicht können essen? Niemand etwas merken. Nur er.«

»Du unzivilisierter Troll«, tadelte Rock. »Was du glauben? Wenn du essen Leute, alle lachen dich aus und sagen: ›Er sein sehr unterentwikkelter Troll und nicht wissen, wie man benimmt sich in feiner Gesellschaft.‹ Dann du nicht mehr bekommen drei Dollar pro Tag und müssen zurück in Berge.«

Victor lachte und hoffte, daß es amüsiert klang.

»Sie sind sehr lustig, nicht wahr?« wandte er sich an Ginger.

»Und ob«, entgegnete die junge Frau nicht ganz sicher.

»Das Gerede darüber, Leute zu essen, ist natürlich nur Draufgängertum und gespielte Tapferkeit. Sie verspeisen praktisch nie jemanden. Mach dir deshalb keine Sorgen.«

»Oh, ich bin nicht besorgt. Hingegen beunruhigt es mich, daß ich dauernd im Schlaf umherwandere, ohne den Grund dafür zu kennen. Nach deinen Schilderungen zu urteilen habe ich versucht, den Schlafenden zu wecken. Ein schrecklicher Gedanke. Da nimmt etwas Einfluß auf mich.«

Es krachte, als Felsen beiseite geschoben wurden.

»Seltsam«, überlegte Victor laut. »Wenn jemand besessen ist, so schert sich das, äh, die Besessenheit verursachende Ding nicht darum, was mit dem Körper geschieht, den es, äh, übernommen hat. Und andere Körper sind ihm ebenfalls gleich. Ich meine, du hast die Reißnägel eingesammelt. Und du hast mich festgebunden, anstatt mir den Schädel einzuschlagen oder so.«

Er tastete nach Gingers Hand.

»Die Gestalt auf der Steinplatte...«, fügte er hinzu.

»Was ist damit?«

»Ich habe sie schon einmal gesehen. In dem alten Buch. Es enthält viele Bilder davon. Es scheint sehr wichtig zu sein, daß der Schlafende hinter dem Portal bleibt. Ich glaube, darauf weisen die Piktogramme hin. Tür – Mann. Der Mann hinter der Tür. Der Gefangene. Priester oder was weiß ich haben Feuer entzündet und dreimal am Tag gesungen, und der Grund dafür...«

Ein großer Stein neben Tugelbends Kopf rutschte fort, und ein trübes Tageslicht glitt durch die Öffnung. Dem matten Glanz folgte Laddie. Er versuchte, Victors Gesicht zu belecken und gleichzeitig zu bellen.

»Ja, ja, gut gemacht, Laddie«, sagte Victor und trachtete danach, einen sicheren Abstand zu dem enthusiastischen Hund zu wahren. »Brav. Braver Laddie.«

»Ich brav! Braver Laddie!«

Durch das laute Bellen fielen mehrere scharfkantige Steinsplitter von der Decke herab.

»Aha!« dröhnte Rock. Einige andere Trollköpfe zeigten sich hinter ihm, als Victor und Ginger durch das Loch spähten.

»Sie keine kleinen Kinder«, murmelte jener unzivilisierte Troll, der sich nicht mit den Geboten der feinen Gesellschaft auskannte. »Scheinen zäh zu sein.«

»Ich es noch einmal wiederholen«, erwiderte Rock in einem drohenden Tonfall. »Wir nicht essen Leute. Bringen uns nur in Schwierigkeiten.«

»Und wenn wir begnügen uns mit einem Bein? Dann wissen alle, daß wir Rücksicht...«

Rock hob einen mindestens fünfhundert Kilo schweren Felsen, hielt ihn nachdenklich in beiden Händen und schlug dann so heftig zu, daß der große Granitbrocken splitterte.

Anschließend blickte er auf den am Boden liegenden Artgenossen hinab. »Es sein Trolle wie du, die uns bringen in Verruf. Wie können wir einnehmen uns zustehenden Platz in Gemeinschaft intelligenter Wesen, wenn unterentwickelte Trolle wie du nur immer denken mit ihrem Magen?«

Er streckte eine Pranke durchs Loch und zog Victor heraus.

»Danke, Rock. Äh, Ginger ist ebenfalls da drin.«

Rock gab ihm einen freundschaftlichen Stoß, der Victor fast einige Rippen gebrochen hätte.

»Ich verstehe«, erwiderte der Troll. »Und sie tragen hübsches Neglidschseh aus Seide. Ihr abgelegenen Ort gefunden für Doktorspielchen, wie? Und die Scheibenwelt sich für euch gedreht haben, was? Mit läutenden Glocken?« Die anderen Trolle grinsten.

»Nun, äh, wenn man genauer darüber nachdenkt...«, begann Tugelbend.

»Das stimmt nicht!« sagte Ginger scharf, als Rock ihr durchs Loch half. »Wir...«

»Doch, es ist die Wahrheit.« Victor gab ihr hastige Zeichen, benutzte dabei Hände und Augenbrauen. »Es läßt sich nicht leugnen. Du hast vollkommen recht, Rock!«

»Ja«, grollte einer der übrigen Trolle. »Ich sie gesehen habe in Filmen. Er dauernd sie küssen und forttragen.«

»*Hört* mal...«, zischte Ginger.

»Und jetzt sollten wir verschwinden von hier ganz schnell«, schlug Rock vor. »Die Decke mir nicht erscheinen sehr stabil. Könnte jederzeit einstürzen.«

Victor blickte nach oben. Einige große Steinblöcke knirschten leise.

»Ja«, bestätigte er, griff nach dem Arm der protestierenden Ginger und zog sie mit sich durch den Tunnel. Die Trolle hoben ihren unterentwickelten Gefährten hoch und folgten den beiden Menschen.

»Das war *gemein* von dir«, warf Ginger ihm vor. »Jetzt glaubt er...«

»Sei still!« schnappte Victor. »Was sollte ich ihm denn sagen, hm? Ich meine, wie würdest du unseren Aufenthalt an diesem Ort erklären? Möchtest du, daß alle Leute es erfahren?«

Ginger zögerte.

»Na schön«, entgegnete sie schließlich. »Aber du hättest dir etwas anderes einfallen lassen können. Warum hast du nicht behauptet, daß wir Höhlen erforschen oder, oder nach Fossilien suchen wollten...?«

»Ja, natürlich. Mitten in der Nacht und mit dir in einem Neglidscheh. Übrigens: Was *ist* ein Neglidscheh?«

»Er meinte Negligé«, antwortete Ginger.

»Komm, laß uns jetzt zur Stadt zurückkehren. Nachher habe ich vielleicht noch Zeit genug, ein oder zwei Stunden zu schlafen.«

»Was meinst du mit ›nachher‹?«

»Wir müssen den Jungs einen großen Drink spendieren...«

Im Hügel rumpelte es dumpf. Eine dichte Staubwolke wogte nach draußen und umhüllte die Trolle wie mit einem Schleier – im Tunnel hatte die Decke nachgegeben.

»Das wär's«, sagte Victor. »Es ist vorbei. Kannst du das der Schlafwandlerin in dir mitteilen? Es hat jetzt keinen Sinn mehr zu versuchen, die große Kaverne zu erreichen. Es führt kein Weg mehr dorthin. Es ist vorbei«, wiederholte er. »Den Göttern sei Dank.«

Es gibt sie in jeder Stadt, eine solche Bar. In ihr herrscht ständiges Dämmerlicht. Die Gäste sprechen zwar, aber in erster Linie mit sich selbst, und sie hören niemandem zu. Sie reden mit dem Schmerz in ihrem Innern. Es ist eine Bar für die Hoffnungslosen, Unglücklichen und all jene Leute, die man von der Rennstrecke des Lebens an die Boxen gewunken hat.

Dort geht das Geschäft immer recht gut.

An diesem Morgen saßen die Trauernden an der Theke, jeder von ihnen in seiner eigenen Wolke aus Trübsal und Niedergeschlagenheit, jeder von ihnen überzeugt, daß niemand sonst auf der ganzen Scheibenwelt so schlimm dran war.

»Ich hab's *erfunden*«, sagte Silberfisch verdrießlich. »Um die Bildung zu fördern und den geistigen Horizont der Leute zu erweitern. Nie hatte ich dabei ein, ein, ein *Spektakel* im Sinn. Mit tausend Elefanten!« fügte er hinzu und verzog das Gesicht.

»Ja«, grollte Detritus. »Sie gar nicht wissen, was sie will. Ich ihre Wünsche erfüllen, und dann sie sagen: Es nicht richtig; du ein Troll ohne Feingefühl; du nicht verstehen, was eine Frau wollen. Und sie sagen: Frauen möchten klebrige Dinge essen, in Schachtel mit Schleife drum. Ich mache Schachtel mit Schleife drum, und sie öffnen, und sie schreien, und sie sagen: Ich nicht gemeint habe Pferd mit abgezogener Haut. Ach, sie nicht wissen, was sie wollen.«

»Ja«, ertönte eine Stimme unter Silberfischs Stuhl. »Geschähe ihnen ganz recht, wenn ich zu den Wölfen ginge.«

»Ich meine, man nehme nur den *Vom-Winde-weggeweht*-Streifen«, brummte Silberfisch. »Hat gar nichts mit der Wirklichkeit zu tun. Nein, die Wirklichkeit ist völlig anders beschaffen. Alles Lügen. Wer will von beweglichen Bildern belogen werden?«

»Ja«, knirschte Detritus. »Wie sie sagen: Frauen wollen Musik unter Fenster. Ich spielen Musik unter Fenster, und alle Leute erwachen und aus Häusern schreien. Du schlechter Troll, sie rufen. Warum du Felsen aneinanderklopfen in der Nacht? Und Frau nicht einmal erwachen.«

»Ja«, sagte Silberfisch.

»Ja«, sagte Detritus.

»Ja«, sagte die Stimme unter dem Stuhl.

Der Wirt war von Natur aus ein fröhlicher Mann. Es fiel nicht schwer, fröhlich zu sein, wenn er Gäste als Blitzableiter für das zufällig in der Nähe niederdonnernde Elend hatte. Er verzichtete auf Bemerkungen wie »Sieh die Sache von der positiven Seite«, denn es gab gar keine. Er versuchte auch nicht mehr, jemanden mit »Kopf hoch, vielleicht kommt es gar nicht dazu« aufzumuntern, denn meistens war es bereits dazu gekommen. Man erwartete von ihm nur, leere Gläser zu füllen.

An diesem Morgen fühlte er sich etwas verwirrt. Es schien noch jemand zugegen zu sein, abgesehen von dem Gast, der unterm Stuhl sprach. Der Wirt hatte den Eindruck, daß er eine weitere Person bediente, Geld von ihr entgegennahm und sogar mit ihr sprach. Aber er hielt vergeblich nach ihr Ausschau. Er wußte gar nicht, was er sah und mit wem er sich unterhielt.

Erneut schlenderte er zum einen Ende der Theke.

Ein Glas glitt auf ihn zu.

Noch einmal, sagte jemand, der sich im Schatten verbarg.

»Äh«, erwiderte der Wirt. »Ja. Natürlich. Was darf's sein?«

Irgend etwas.

Der Wirt schenkte Rum nach, und das Glas verschwand.

Er wollte etwas sagen und suchte nach den richtigen Worten. Aus irgendeinem Grund regte sich Furcht in ihm.

»Du bist neu hier, nicht wahr?« brachte er schließlich hervor.

Ich bin wegen der Atmosphäre gekommen. Dasselbe noch einmal.

»Arbeitest in Holy Wood, oder?« fragte der Wirt. Er füllte das Glas, und daraufhin verschwand es wieder.

Bald. Dasselbe noch einmal.

Der Wirt zögerte. Tief in seinem Innern meinte er es immer gut.

»Glaubst du nicht, daß du langsam genug hast?« erkundigte er sich.

Ich weiss ganz genau, wann ich genug habe.

»Das sagen alle.«

Ich weiss, wann jeder genug hat.

Die Stimme klang irgendwie seltsam. Der Wirt wußte nicht genau, ob er sie mit den Ohren hörte. »Oh. Nun. Äh. Dasselbe noch einmal?«

Nein. Morgen habe ich viel zu tun. Behalt den Rest.

Einige Münzen erschienen auf dem Tresen. Sie waren eiskalt, und die meisten von ihnen trugen eine dicke, grüne Patina.

»Oh, äh...« begann der Wirt.

Die Tür öffnete und schloß sich. Trotz des warmen Morgens wehte kühle Luft herein.

Der Wirt nahm einen Lappen, wischte damit geistesabwesend über die Theke und mied die Münzen.

»Man begegnet seltsamen Burschen, wenn man in einer Bar arbeitet«, murmelte er.

Direkt neben ihm sagte jemand: Das habe ich ganz vergessen. Eine Tüte mit Erdnüssen, bitte.

Schnee glitzerte an den randwärtigen Ausläufern der Spitzhornberge. Jenes große Gebirge reicht über die ganze Scheibenwelt, beschreibt am Runden Meer einen weiten Bogen und bildet dort eine natürliche Barriere, die Klatsch von den weiten Sto-Ebenen trennt.

Das riesige Massiv war die Heimat von vagabundierenden Gletschern, umherstreifenden Lawinen und stillen, schneebedeckten Hängen.

Und von Yetis. Die Yetis sind Trolle, die in besonders hohen Bergen leben, und sie haben keine Ahnung, daß es nicht mehr in Mode ist, Leute zu essen. Sie stehen auf folgendem Standpunkt: Wenn es sich bewegt, so fülle man sich den Magen damit; und wenn es sich nicht bewegt, so wartet man, bis es sich von der Stelle rührt – um es dann zu verschlingen.

Schon seit Stunden lauschten sie den Geräuschen. Echos hallten zwischen den eisverkrusteten Gipfeln hin und her, bis sie zu einem beständigen dumpfen Donnern wurden.

»Mein Vetter erwähnen große graue Tiere«, sagte einer der Yetis und bohrte mit der Klaue in einem hohlen Zahn. »Elefanten.«

»Größer als wir?« fragte ein anderer Yeti.

»Fast größer als wir«, lautete die Antwort. »Jede Menge Elefanten, mein Vetter meinen. Mehr als er zählen können.«

Der zweite Yeti schnüffelte und überlegte.

»Nun«, brummte er mürrisch, »dein Vetter können nur bis eins zählen.«

»Er sprach von vielen eins, mein Vetter. Große graue Elefanten. Alle zusammengebunden. Alle klettern nach oben. Groß und langsam. Mit Oograah beladen.«

»Hm.«

Der erste Yeti deutete über den weiten weißen Hang.

»Guter Schnee heute. Sehr tief. Darin kann nichts laufen schnell, oder? Wir uns legen in Schnee. Die Elefanten uns sehen erst, wenn sie direkt vor uns sind, und wir springen auf und rufen ›Aargh!‹. Und dann beginnen die Mahlzeit.« Er winkte mit einer großen Pranke. »Sehr schwer, die Elefanten, mein Vetter sagen. Sein bestimmt nicht schnell, verlaß dich drauf.«

Der andere Yeti zuckte mit den Schultern.

»In Ordnung«, knurrte er, während in der Ferne furchterfülltes Trompeten erklang.

Sie legten sich in den Schnee, und durch ihr weißes Fell wirkten sie wie zwei harmlose Haufen. Diese Jagdmethode hatte immer wieder funktioniert. Über Tausende von Jahren hinweg war das Wissen um sie von Yeti zu Yeti weitergereicht worden – eine Tradition, die sich nun ihrem Ende entgegenneigte.

Sie warteten.

Das Brüllen wurde lauter, als sich die Herde näherte.

Der erste Yeti dachte lange über etwas nach, und schließlich fragte er langsam: »Was bekommen man... ja, was bekommen man, wenn... wenn man einen Berg mit einem Elefanten kreuzen?«

Er erhielt nie eine Antwort.

Die Yetis hatten recht.

Fünfhundert Schlitten, auf ihnen jeweils zwei in Panik trompetende Elefanten festgebunden, rasten mit etwa hundert Stundenkilometern auf die Anhöhe zu, hinter der die Yetis lagen. Man sah die Yetis tatsächlich erst, wenn man darüber hinweg war. Und dann war man schön über ihnen.

Victor schlief nur zwei Stunden, aber trotzdem fühlte er sich ausgeruht und bemerkenswert zuversichtlich.

Es war vorbei. Von jetzt an konnte alles nur besser werden. In der vergangenen Nacht – beziehungsweise am frühen Morgen – hatte Ginger recht freundlich mit ihm gesprochen, und was auch immer im

Hügel lauerte: Es mußte dort auch weiterhin lauern, ohne eine Möglichkeit, nach draußen zu gelangen.

So was passiert manchmal, dachte Tugelbend, als er Wasser in ein rissiges Becken goß und sich wusch. Ein böser König oder Zauberer wird begraben, und der Geist des Toten schleicht umher und versucht dauernd, irgend etwas Unheilvolles anzustellen. Ja, so was kommt immer wieder vor. Aber jetzt liegen mindestens eine Million Tonnen Felsen in dem Tunnel – selbst ein sehr kräftiger Geist braucht genau eine Ewigkeit, um sich bis zum Portal durchzugraben.

Victors Gedächtnis erinnerte ihn an die gräßliche lebende Leinwand, doch sie erschien ihm nun nicht mehr ganz so abscheulich. Es war dunkel gewesen, und er entsann sich an bewegliche Schemen in der Finsternis, an seine eigene Nervosität – kein Wunder, daß ihm seine Augen Streiche gespielt hatten. Selbst den Skeletten der Zuschauer fehlte es nun an der Kraft, Entsetzen auszustrahlen. Victor wußte von Stammesoberhäuptern, die man zusammen mit ganzen Heeren aus Berittenen bestattete, damit ihre Seelen im Jenseits ein neues Leben beginnen konnten. Vielleicht war so etwas auch hier geschehen. Ja, im kalten Licht des Tages besehen, wirkte alles weniger grauenhaft.

Und genau darum handelte es sich – um kaltes Licht.

Sonderbares Licht füllte das Zimmer. Wenn man es an einem Wintermorgen sah, so *wußte* man sofort, daß draußen Schnee lag. Es war Licht ohne Schatten.

Victor trat ans Fenster und blickte in mattes silbergraues Glühen.

Holy Wood existierte nicht mehr.

Die Bilder der vergangenen Nacht waren ihm schlagartig wieder präsent – so wie die Dunkelheit, wenn plötzlich das Licht ausgeht.

Immer mit der Ruhe, dachte Victor und kämpfte gegen die in ihm empordrängende Panik an. Es ist nur Nebel. Früher oder später mußte es hier mal Nebel geben, so nah am Meer. Und er scheint zu glühen, weil die Sonne aufgegangen ist. Nebel hat nichts Geheimnisvolles an sich. Besteht nur aus winzigen Wassertropfen, die in der Luft schweben. Mehr steckt *nicht* dahinter.

Er streifte sich Kleidung über, riß die Tür auf und stolperte fast über Gaspode, der lang ausgestreckt auf der Schwelle lag, wie eine besonders schmutzige Fußmatte.

Der kleine Hund stemmte sich mit den Vorderbeinen hoch, richtete den Blick der gelben Augen auf Victor und brummte: »Eins möchte ich klarstellen. Ich liege nicht etwa wegen dem Treuer-Hund-schützt-sein-Herrchen-Unsinn vor deiner Tür. Es ist nur, als ich hierher zurückkehrte...«

»Sei still, Gaspode.«

Tugelbend öffnete die zweite, nach draußen führende Tür. Nebel wallte herein. Er schien nur auf diese Gelegenheit gewartet zu haben, um das Innere des Hauses zu erforschen.

»Nebel ist einfach Nebel«, sagte Victor laut. »Komm. Wir wollten heute nach Ankh-Morpork, weißt du noch?«

»Mein Kopf«, stöhnte Gaspode. »Mein Kopf fühlt sich an wie der untere Teil eines Katzenkorbs.«

»Du kannst in der Kutsche schlafen. Da fällt mir ein: *Ich* kann ebenfalls in der Kutsche schlafen.«

Victor trat einige Schritte weit ins silbrige Glühen – und verirrte sich fast sofort. Hier und dort sah er die vagen Konturen von Gebäuden in der naßkalten grauen Luft.

»Gaspode?« fragte er unsicher. Nebel ist Nebel, wiederholte er in Gedanken. Aber er vermittelt den Eindruck von Enge. Wenn er sich jetzt plötzlich auflösen würde... Vielleicht sähe ich dann viele Leute, die mich beobachten. Von draußen. Was natürlich lächerlich ist, denn ich *bin* draußen, und wenn man sich draußen aufhält, kann man nicht von draußen beobachtet werden, oder? Außerdem flackert hier was.

»Du möchtest sicher, daß ich dir den Weg zeige, wie?« ertönte eine selbstgefällige Stimme neben seinem Knie.

»Es ist ziemlich still, nicht wahr?« erwiderte Victor wie beiläufig. »Ich schätze, der Nebel dämpft alle Geräusche.«

»Oder schauderhaft-gräßliche Wesen sind aus dem Meer gekrochen und haben alle Sterblichen umgebracht, bis auf uns«, sagte Gaspode im Plauderton.

»Sei still!«

Etwas zeichnete sich im hellen Grau ab. Als es näher kam, wurde es kleiner, und die imaginären Tentakel und Fühler verwandelten sich in die mehr oder weniger normalen Arme und Beine von Soll Schnapper.

»Victor?« fragte er nervös.

»Soll?«

Der Neffe seufzte erleichtert. »Kann in diesem Nebel überhaupt nichts sehen. Wir dachten schon, du hättest dich verirrt. Komm jetzt. Es ist fast Mittag. Wir sind mehr oder weniger zum Aufbruch bereit.«

»Ich bin soweit.«

»Gut.« Kleine Tropfen glitzerten in Solls Haar und an seiner Kleidung. »Äh«, sagte er. »Wo sind wir eigentlich?«

Victor drehte sich um. Seine Unterkunft hatte sich *hinter* ihm befunden.

»Der Nebel verändert alles, nicht wahr?« fragte Soll kummervoll. »Äh, glaubst du, dein kleiner Hund findet den Weg zum Studio? Er scheint recht intelligent zu sein.«

»Knurr, knurr«, kommentierte Gaspode. Er setzte sich und machte Männchen, eine Geste, deren Sarkasmus Victor nicht entging.

»Man könnte glauben, er versteht jedes Wort«, meinte Soll.

Gaspode bellte, und nach einigen Sekunden bekam er eine gebellte Antwort.

»Oh, das ist Laddie«, stellte Ruins Neffe fest. »Was für ein gescheiter Hund!«

Gaspode wirkte mit sich selbst zufrieden.

»Tja, Laddie steht natürlich auf einem ganz anderen Blatt«, fuhr Soll fort, als sie in die Richtung gingen, aus der das aufgeregte Bellen kam. »Er könnte deinem Hund bestimmt den einen oder anderen Trick beibringen.«

Victor wagte es nicht, nach unten zu sehen.

Mehrmals schritten sie durch falsche Gassen, aber schließlich fanden sie das Tor des Flughund-Jahrhunderts. Dort begegneten sie weiteren Personen: Offenbar waren die Studios das Ziel vieler Wanderer, die nicht wußten, wohin sie sich sonst wenden sollten.

Vor Schnappers Büro stand eine Kutsche. Treibe-mich-selbst-in-den-Ruin stand daneben und stampfte mit den Füßen.

»Beeilt euch«, sagte er. »Gaffer ist schon mit dem Streifen unterwegs. Na los, steigt ein.«

»Wäre es nicht besser zu warten, bis wir die Umgebung etwas deutlicher erkennen können?« fragte Victor.

»Warum denn?« erwiderte Schnapper. »Es gibt ja nur die eine Straße nach Ankh-Morpork. Außerdem wird die dicke Suppe sicher dünner, wenn wir uns von der Küste entfernen. Ich verstehe gar nicht, warum ihr alle so unruhig seid. Nebel ist Nebel.«

»Genau meine Meinung«, sagte Victor, als er in der Kutsche Platz nahm.

»Zum Glück haben wir die Dreharbeiten an *Vom Winde weggeweht* gestern beendet«, fügte Schnapper hinzu. »Wahrscheinlich steckt irgend etwas Jahreszeitliches dahinter. Kein Grund, besorgt zu sein.«

»Das hast du schon einmal gesagt«, erinnerte ihn Soll. »An diesem Morgen hab ich's mindestens fünfmal von dir gehört.«

Ginger hockte steif auf ihrem Sitz, und Laddie lag darunter. Victor schob sich etwas näher an sie heran.

»Hast du geschlafen?« flüsterte er.

»Nur ein oder zwei Stunden, glaube ich«, antwortete die junge Frau. »Und es ist nichts passiert. Ich hatte keinen Traum oder so.«

Tugelbend entspannte sich.

»Dann haben wir es wirklich überstanden. Ich war mir nicht so sicher.«

»Und der Nebel?« erkundigte sich Ginger.

»Bitte?« entgegnete Victor schuldbewußt.

»Was verursacht den *Nebel*?«

»Nun...«, begann Victor. »Wenn kühle Luft über warmen Boden streicht, dann kondensiert die in ihr enthaltene Feuchtigkeit und...«

»Du weißt, was ich meine! Es ist kein normaler Nebel! Er... er wogt hin und her. Und... und man kann fast Stimmen hören.«

»Man kann nicht *fast* Stimmen hören«, sagte Victor im Tonfall der Vernunft und hoffte, daß es ihm gelang, sich selbst zu überzeugen. »Entweder hört man sie, oder man hört sie nicht. Wir sind beide müde. Das ist alles. Wir haben hart gearbeitet und, äh, kaum geschlafen. Kein Wunder, daß wir glauben, fast Dinge zu hören und zu sehen.«

»Oh, du siehst also fast Dinge, wie?« erwiderte Ginger triumphierend. »Und sprich nicht dauernd so ruhig und vernünftig mit mir. Ich hasse Leute, die ruhig und vernünftig mit mir sprechen.«

»Haben die beiden Turteltauben einen Krach?«

Victor und Ginger erstarrten. Schnapper kletterte herein und warf ihnen einen aufmunternden Blick zu. Soll folgte ihm, und der Kutscher schloß die Tür.

»Auf halbem Wege nach Ankh-Morpork halten wir an, um etwas zu essen«, sagte Ruin, als sich das Gefährt mit einem Ruck in Bewegung setzte. Er zögerte und schnüffelte argwöhnisch.

»Was riecht hier so?«

»Ich glaube, mein Hund liegt unter deinem Sitz«, sagte Victor.

»Leidet er an einer Krankheit?« fragte Schnapper.

»Nein, ich fürchte, es ist ganz normal für ihn.«

»Was hältst du von der Idee, ihn mal zu baden?«

Niemand vernahm Gaspodes leises Brummen: »Was hältst du von der Idee, daß ich dir die Füße abbeiße, hm?«

Unterdessen verdichtete sich der Nebel über Holy Wood...

Die Plakate für *Vom Winde weggeweht* hingen schon seit einigen Tagen an den Mauern von Ankh-Morpork, und das allgemeine Interesse an dem Streifen erreichte seinen Höhepunkt.

Diesmal blieb nicht einmal die Unsichtbare Universität davon verschont. Der Bibliothekar hatte ein Bild an die Wand seines stinkenden, mit vielen Büchern ausgestatteten Nestes geklebt, das er als sein Heim* bezeichnete, und einige andere waren insgeheim bei den Zauberern im Umlauf.

Es handelte sich um ein wahres Kunstwerk. Victor hielt Ginger in den Armen, vor dem Hintergrund einer brennenden Stadt. Die junge Frau zeigte nicht nur alles, was sie hatte, sondern auch noch etwas mehr.

Die Wirkung ging weit über das hinaus, was sich Schnapper erhoffen konnte. Im Ungemeinschaftsraum wurde das Plakat von einer Hand zur anderen gereicht, so vorsichtig, als drohe eine Explosion.

»Diese junge Dame hat es, das steht fest«, sagte der Professor für unbestimmte Studien. Er war einer der dicksten Zauberer und trug so üppige Fettpolster mit sich herum, daß er wie ein wandelnder, zweibeiniger Sessel wirkte. Wer ihn beobachtete, rechnete unwillkürlich damit, daß Roßhaar aus abgescheuerten Stellen quoll. In seiner Nähe spürte man den Wunsch, sich zurückzulehnen und die Füße auf einen Hocker zu legen.

»Was meinst du mit ›es‹?« fragte ein anderer Zauberer.

»Oh, du *weißt* schon. Es. Umpf. Das alte He-*heh*.«

Seine Kollegen sahen ihn höflich an und schienen auf die Pointe zu warten.

---

* Er nannte es »Ugh«, was übersetzt vermutlich »Heim« bedeutete.

»Meine Güte, muß ich mich denn *noch* deutlicher ausdrücken?« stieß der Professor hervor.

»Er meint sexuelle Ausstrahlungskraft«, erklärte der Dozent für neue Runen und lächelte fröhlich. »Die Verlockung großer, fester Brüste und weicher, pulsierender Schenkel, außerdem die verbotenen Früchte der Leidenschaft...«

Zwei Zauberer rückten diskret ihre Stühle von ihm fort.

»Oh, *Sex*«, sagte der Pentagramm-Dekan und unterbrach den Dozenten für neue Runen bei einem hingebungsvollen Seufzer. »Davon gibt's heutzutage zuviel, wenn ihr meine Meinung hören wollt.«

»Oh, ich weiß nicht«, erwiderte der Dozent für neue Runen. Sein sehnsüchtiger Blick schweifte in die Ferne.

Die Stimmen weckten Windle Poons, der in seinem Rollstuhl am Kamin geschlafen hatte. Im Ungemeinschaftsraum brannte immer ein Feuer, ob Sommer oder Winter.

»Wasnlos?« fragte er.

Der Dekan beugte sich zu einem Ohr hinab.

»Ich habe gerade gesagt, daß wir von Sex keine Ahnung hatten, als wir jung waren!« rief er.

»Wie wahr, wie wahr«, erwiderte Poons. Er starrte nachdenklich in die Flammen. »Weißt du noch, ob wir, ähm, mehr darüber herausgefunden haben?«

Kurze Stille folgte.

»*Ich* bin der Ansicht, daß diese junge Frau eine ausgezeichnete Figur hat«, sagte der Dozent für neue Runen trotzig.

»Ihre weiblichen Attribute genügen, um mehreren jungen Frauen eine ausgezeichnete Figur zu geben«, fügte der Dekan hinzu.

Windle Poons betrachtete das Plakat aus zusammengekniffenen Augen.

»Und der junge Bursche?«

»Welcher Bursche?« fragten die Zauberer wie aus einem Mund.

»In der Mitte des Bilds«, sagte Poons. »Hält die Frau in den Armen.«

Die Magier sahen genauer hin. »Ach, er«, brummte der Professor und winkte ab.

»Kommt mir irgendwie, ähm, bekannt vor«, murmelte Windle Poons.

»Mein lieber Poons...«, begann der Dekan und zwinkerte den

anderen zu. »Ich hoffe, du hast dich nicht fortgeschlichen, um dir bewegliche Bilder anzusehen. Es gehört sich nicht für Zauberer, gewöhnlicher Unterhaltung zu frönen. Der Erzkanzler wäre sicher sehr ungehalten.«

»Wie bitte?« Poons wölbte eine Hand hinterm Ohr.

»Er macht tatsächlich einen vertrauten Eindruck«, sagte der Dekan und starrte auf das Plakat.

Der Dozent für neue Runen neigte den Kopf zur Seite.

»Es ist der junge Victor, oder?«

»Häh?« machte Poons.

»Vielleicht hast du recht«, sagte der Professor für unbestimmte Studien. »Hatte ebenfalls so einen dünnen Schnurrbart.«

»Wer?« fragte Poons.

»Aber er war Student«, ließ sich der Dekan vernehmen. »Und er hätte Zauberer werden können. Warum sollte er fortgehen, um mit jungen Frauen zu schmusen?«

»Es ist *ein* Victor, aber nicht *unser* Victor«, stellte der Professor fest. »Hier steht's geschrieben. Er heißt Victor Maraschino.«

»Oh, das bedeutet überhaupt nichts«, sagte der Dozent für neue Runen hochtrabend. »Bei den beweglichen Bildern haben alle seltsam klingende Namen. Zum Beispiel Delores De Syn und Blanche Hinreißend und Rock Kliff und so weiter...« Er sah stummen Tadel in den Gesichtern der anderen Zauberer und fügte hastig hinzu: »Das habe ich gehört. Vom Pförtner. Geht abends immer ins Kino.«

»Wovon redet ihr da?« Poons winkte mit seinem Spazierstock.

»Das gilt auch für den Koch«, sagte der Professor. »Und für die anderen Angestellten in der Küche. Versucht mal, nach neun Uhr auch nur ein Schinkenbrötchen zu bekommen.«

»Praktisch alle sehen sich die beweglichen Bilder an«, meinte der Dozent. »Wir bilden die einzige Ausnahme.«

Einer der Zauberer spähte zum unteren Bereich des Plakats.

»Hier heißt es: ›Eine Sahga der Leidenschaft und breiten Träppen in Ankh-Morporks thurbolenter Geschichte!‹«

»Ah, es handelt sich also um historische bewegliche Bilder?« fragte der Dozent.

»Und es heißt: ›Eine ehpische Liebesgeschichte, die verblüffet Götter und Menschen!‹«

»Ach? Es mangelt auch nicht an Religiösem.«

»*Und* es heißt: ›Mit 1000 Elefanten!‹«

»Oh. Tierwelt. Ist immer sehr lehrreich, die Tierwelt.« Der Professor wandte sich erwartungsvoll an den Dekan, und die anderen Magier folgten seinem Beispiel.

Der Dozent räusperte sich. »Mir scheint, niemand kann Einwände erheben, wenn sich Zauberer wie wir ein kinematographisches Werk von historischem, religiösem und, äh, tierweltlichem Interesse ansehen.«

»Ihr kennt die strengen Vorschriften der Universität«, sagte der Dekan ohne besonderen Nachdruck.

»Natürlich kennen wir sie«, bestätigte der Dozent. »Sind sehr streng, die strengen Vorschriften. Und für die Studenten bestimmt. Ich verstehe durchaus, warum den Studenten nicht erlaubt sein sollte, sich so etwas anzusehen. Vermutlich würden sie pfeifen und Dinge an die Leinwand werfen. Aber ehrwürdige Zauberer wie wir müssen die Möglichkeit bekommen, populäre Phänomene zu untersuchen, oder?«

Poons winkte erneut mit dem Spazierstock.

»Ich will wissen, worüber ihr redet, ähm!« keifte er.

»Wir sehen nicht ein, warum es für ehrwürdige Zauberer wie uns verboten sein sollte, sich bewegliche Bilder anzusehen!« rief der Professor.

»Das finde ich auch«, erwiderte Poons. »Jeder findet Gefallen an hübschen jungen Frauen.«

»Niemand hat hübsche junge Frauen erwähnt«, sagte der Professor. »Wir sind weitaus mehr an der Untersuchung von populären Phänomenen interessiert.«

»So nennt man das heute?« Windle Poons gackerte.

»Wenn die Leute sehen, wie Zauberer durchs Tor schlendern, um ein ganz gewöhnliches Kino zu besuchen, so verlieren sie jeden Respekt vor uns«, mahnte der Dekan. »Das ist nicht einmal richtige, ordentliche Magie. Besteht nur aus Tricks und so.«

»Wißt ihr...«, sagte einer der anderen Zauberer. »Ich habe mich immer gefragt, was es mit den beweglichen Bildern auf sich hat. Eine Art Marionettentheater? Leute auf der Bühne? Schattenspiel?«

»Na bitte«, brummte der Professor. »Wir sollen weise sein, aber wie ist das möglich, wenn wir nicht *Bescheid* wissen?«

Alle Blicke wanderten zum Dekan, der nach den richtigen Worten suchte.

»Wer interessiert sich schon für junge Frauen, die in Strumpfhosen umherhüpfen?« fragte er verzweifelt.

Ponder Stibbons, ehemals besorgter thaumaturgischer Student und nun glücklichster Zauberer in der Universitätsgeschichte, bummelte zu der Mauerstelle, wo lockere Ziegelsteine selbst dem ungeübten Kletterer Gelegenheit geben, auf die andere Seite zu gelangen. In seinem Kopf war nur Platz für sehr angenehme Gedanken. Sie betrafen Bier, einen Kinobesuch, anschließend vielleicht ein leckeres Curry-Gericht in einem klatschianischen Restaurant, um den Abend abzurunden, und dann...

Plötzlich sah er sich mit der zweitschlimmsten Überraschung seines Lebens konfrontiert.

Sie waren *alle* da. Alle alten Zauberer. Sogar der Dekan. Und der greise Poons in seinem Rollstuhl. Sie standen im Schatten und beobachteten ihn streng. Paranoia explodierte wie ein dunkles Feuerwerk in der Mülltonne von Ponders Geist. *Sie haben auf mich gewartet!*

Er verharrte abrupt.

Der Dekan sprach.

»Oh, oh, oh, äh, ah, ähm, ähm«, begann er. Nach einigen Sekunden brachte er seine Zunge unter Kontrolle. »*Oh*. Wer ist da? Wer ist da? Zeig dich, und zwar sofort!«

Ponder zögerte. Er traf eine Entscheidung. Er wirbelte um die eigene Achse und rannte.

Nach einer Weile sagte der Dozent für neue Runen: »Das war der junge Stibbons, nicht wahr? Ist er weg?«

»Ich glaube schon.«

»Vielleicht redet er mit jemandem. Über uns.«

»Das glaube ich nicht«, sagte der Dekan.

»Glaubst du, er hat gesehen, wo die Ziegelsteine in der Mauer fehlen?«

»Nein. Ich habe vor den Löchern gestanden.«

»Also los. Worauf warten wir noch?«

»Hört mal...«, murmelte der Dekan. »Laßt uns vernünftig sein und...«

»Sei still, alter Knabe. Und halt diesen Stein.«

»Na schön. Aber wie wollt ihr den Rollstuhl über die Mauer schaffen, wenn ich fragen darf?«

Die Zauberer betrachteten Poons Rollstuhl.

Manche Rollstühle sind leicht und so konstruiert, daß sie es ihren Benutzern gestatten, sich in der modernen Gesellschaft unabhängig zu bewegen. Im Vergleich mit der von Poons bewohnten Vorrichtung waren sie wie Gazellen neben einem Nilpferd. Windle Poons legte nicht den geringsten Wert auf Unabhängigkeit in der modernen Gesellschaft; er zog es vor, geschoben zu werden und seine Wünsche von anderen Leuten erfüllen zu lassen.

Das Ding war breit und lang. Gesteuert wurde es mit Hilfe eines kleinen Rads ganz vorn und einer langen gußeisernen Stange. Gußeisen bildete überhaupt den primären Bestandteil dieses Rollstuhls. Barocke Verzierungen aus Eisen schmückten ein Gestell, das aus zusammengeschweißten eisernen Abflußrohren hergestellt zu sein schien, und zwei massive Stahlscheiben bildeten die Hinterräder. Hier und dort ragten seltsame Hebel auf, deren Zweck nur Poons kannte. Innerhalb weniger Stunden konnte ein großes Verdeck aus Ölzeug nach vorn geschoben werden, um den Passagier vor Regen und Hagel zu schützen, vermutlich auch vor Meteoriten und einstürzenden Gebäuden. Am vorderen Griff waren mehrere Tröten, Hupen, Sirenen und Pfeifen angebracht, und Poons benutzte sie, um seinen Kurs durch die Korridore und Flure der Unsichtbaren Universität akustisch zu markieren. Zwar konnte der Rollstuhl nur von einem besonders kräftigen Mann in Bewegung gesetzt werden, aber wenn er erst einmal rollte, zeichnete er sich durch eine Art schwerfälliger Unaufhaltsamkeit aus – vielleicht verfügte er über Bremsen, doch Windle Poons hatte nie versucht, sie zu benutzen. Das Lehrpersonal sowie die Studenten wußten: Wenn sie in der Nähe lautes Hupen hörten, so konnten sie sich nur dann eine Überlebenschance erhoffen, wenn sie sich so dicht wie möglich an die Wand preßten, während das gräßliche Etwas vorbeidonnerte.

»Wir kriegen den Apparat nie auf die andere Seite«, sagte der Dekan fest. »Wiegt mindestens eine Tonne. Wir sollten Poons ohnehin hierlassen. Er ist zu alt für so etwas.«

»Als junger Bursche bin ich jeden Abend über die Mauer, ähm, geklettert«, erwiderte Windle Poons verärgert. Dann kicherte er.

»Manchmal gerieten wir ganz schön in die Klemme. Häufig hat uns die Nachtwache bis zur Universität, ähm, verfolgt. Wenn ich jeweils, äh, einen Cent dafür bekäme...« Seine Lippen bewegten sich stumm, als er rasch rechnete. »Dann hätte ich fünfeinhalb Cents.«

»Vielleicht könnten wir...«, begann der Professor und unterbrach sich. »Wieso fünf*einhalb* Cents?«

»Einmal gab die Nachtwache auf halbem Wege auf«, erklärte Poons gutgelaunt. »Ach, das waren noch Zeiten... Erinnere mich genau daran. Numeri Riktor, Tudgy Spold und ich sind einmal auf den Tempel der Geringen Götter geklettert, während einer Andacht, und Tudgy hatte ein Ferkel im Sack, und er...«

»Na bitte«, klagte der Dozent für neue Runen. »Jetzt hast du dafür gesorgt, daß er zu *erzählen* anfängt.«

»Wir könnten versuchen, das Ding mit Magie auf die andere Seite zu bringen«, schlug der Professor vor. »Gindels Müheloser Heber sollte dazu in der Lage sein.«

»...und dann drehte sich der Hohepriester um, und sein Gesichtsausdruck – haha! Und dann meinte Numeri...«

»Unter würdevollem Einsatz von Magie stelle ich mir eigentlich etwas anderes vor«, schniefte der Dekan.

»Ich finde es immer noch würdevoller, als den verdammten Rollstuhl mit Muskelkraft über die Mauer zu bringen«, erwiderte der Dozent für neue Runen. Er rollte sich die Ärmel hoch. »Also los, Jungs.«

»...und dann klopfte Pickel an die Tür der Assassinengilde, und der alte Niedertracht arbeitete dort als Pförtner, haha, alle hatten Angst vor ihm, und er trat nach draußen, ähm, und dann kam die Nachtwache um die Ecke...«

»Alles klar? In *Ord*nung!«

»...was mich an jene Gelegenheit erinnert, als Gurke Framer Leim holte, und dann gingen wir...«

»Jetzt bist du dran, Dekan!«

Die Zauberer stöhnten vor Anstrengung.

»...meine Güte, ähm, mir kommt es vor wie gestern, ihr hättet sein Gesicht sehen sollen, als...«

»Und jetzt vorsichtig nach unten!«

Die stählernen Räder berührten das Kopfsteinpflaster der Gasse.

Poons nickte und grinste. »Eine tolle Zeit, eine tolle Zeit«, murmelte er und schlief ein.

Die Zauberer kletterten langsam und unsicher über die Mauer, wobei sich ihre breiten Hinterteile deutlich im Mondlicht abzeichneten. Man hörte lautes Schnaufen und Keuchen, als sie wieder festen Boden unter den Füßen hatten.

Der Dozent lehnte sich an die Wand und hielt inne, um das Zittern in seinen Knien zu beruhigen. »Äh, Dekan... Ist die Mauer während der letzten fünfzig Jahre höher geworden?«

»Ich... glaube... nicht.«

»Komisch. Früher bin ich wie eine Gazelle darüber hinweggehüpft. Ist noch gar nicht so lange her. Nur ein paar Jahre oder so.«

Die Zauberer wischten sich Schweiß von der Stirn und wechselten verlegene Blicke.

»Bin an fast jedem Abend hinübergehuscht, um das eine oder andere Bier zu kippen«, sagte der Professor.

»*Ich* habe jeden Abend damit verbracht, Bücher zu lesen und zu studieren«, betonte der Dekan stolz.

Der Professor kniff die Augen zusammen.

»Ja, stimmt«, bestätigte er. »Ich erinnere mich daran.«

Den Zauberern wurde allmählich klar, daß sie sich zum erstenmal seit Jahrzehnten außerhalb der Universität befanden, in der Nacht und ohne Erlaubnis. Unterdrückte Aufregung knisterte zwischen ihnen. Ein aufmerksamer Beobachter, der die subtilen Hinweise der Körpersprache zu deuten verstand, mußte zu folgendem Schluß gelangen: Nach dem Streifen würde jemand vorschlagen, etwas zu trinken, und dann mochte jemand anders Appetit verspüren, und anschließend gab es noch Platz genug für weitere Drinks, und gegen fünf Uhr morgens mußte man damit rechnen, daß die Nachtwache respektvoll ans Tor der Universität klopfte und den Erzkanzler darum bat, sie zu den Zellen zu begleiten, um dort einige angebliche Zauberer zu identifizieren, die sechsstimmig zotige Lieder sangen. Und ob er etwas Geld mitbringen könnte, um den angerichteten Schaden zu bezahlen?

In jedem alten Menschen wohnt ein junger, der sich fragt, was geschehen ist.

Der Professor hob die Hand zu seinem großen und breiten Hut, desen Krempe schlaff herunterhing.

»Also gut, Jungs«, sagte er. »Weg mit den Hüten.«

Seine Begleiter nahmen ihre Kopfbedeckungen ab, wenn auch widerstrebend. Zauberer hängen an ihren Hüten – weil sie ihnen das Gefühl geben, Zauberer zu sein. Doch der Professor hatte deutlich darauf hingewiesen: Wenn die Leute aufgrund des spitzen Hutes wußten, daß sie es mit einem Zauberer zu tun hatten – dann brauchte man ihn nur abzunehmen, um für einen reichen Kaufmann oder etwas in der Art gehalten zu werden.

Der Dekan schauderte. »Ich komme mir völlig nackt vor.«

»Wir verstauen sie unter Poons Decke«, sagte der Professor. »Dann weiß niemand, daß wir, äh, wir sind.«

»Ja«, entgegnete der Dozent für neue Runen skeptisch. »Hoffentlich vergessen *wir* nicht, wer wir sind.«

»Bestimmt halten uns die Leute für, äh, ganz normale Bürger.«

»So fühle ich mich«, sagte der Dekan. »Wie ein ganz normaler Bürger.« Er schauderte erneut.

»Oder für Kaufleute«, fügte der Professor hinzu und strich sein weißes Haar glatt.

»Denkt immer daran«, ermahnte er die anderen. »Ganz gleich, was jemand sagt: Wir sind *keine* Zauberer, sondern ehrliche, rechtschaffene Kaufleute, die einen angenehmen Abend verbringen wollen. Kapiert?«

»Wie sehen ehrliche, rechtschaffene Kaufleute aus?« fragte jemand.

»Woher soll ich das wissen?« erwiderte der Professor. »Niemand darf Magie beschwören. Ich muß wohl nicht extra darauf hinweisen, was passiert, wenn der Erzkanzler erfährt, daß sein Lehrpersonal dem Laster gewöhnlicher Unterhaltung frönt.«

»Noch schrecklicher wär's, wenn die Studenten dahinterkämen«, brachte der Dekan mit zittriger Stimme hervor.

»Falsche Bärte«, meinte der Dozent für neue Runen triumphierend. »Wir könnten falsche Bärte tragen.«

Der Professor rollte mit den Augen.

»Wir *haben* bereits Bärte«, betonte er. »*Falsche* Bärte wären wohl kaum eine geeignete Verkleidung.«

»Das ist ja gerade das Schlaue daran«, beharrte der Dozent. »Wenn jemand einen falschen Bart trägt... Wer würde vermuten, daß er darunter einen *richtigen* Bart hat?«

Der Professor setzte zu einem Einwand an und zögerte.

»Nun...«, sagte er.

»Aber wo sollen wir uns um diese Zeit falsche Bärte beschaffen?« erkundigte sich ein Zauberer.

Der Dozent strahlte und griff in seine Tasche. »Das ist überhaupt nicht nötig. Hehe, jetzt wird's *noch* schlauer. Ich habe ein wenig Draht mitgebracht. Man braucht nur zwei Stücke davon abzubrechen, zurechtzubiegen, in die Koteletten zu stecken und dann auf eine eher ungeschickte Weise um die Ohren zu schlingen, etwa so.« Er zeigte es seinen Kollegen.

Der Professor starrte ungläubig.

»Unheimlich«, kommentierte er schließlich. »Es stimmt! Jetzt siehst du wie jemand aus, der einen ziemlich schlechten falschen Bart trägt.«

»Erstaunlich, nicht wahr?« meinte der Dozent fröhlich und verteilte den Draht. »Man nennt so was Pschükologie.«

Einige Minuten lang waren die Zauberer damit beschäftigt, Drähte abzubrechen und zu biegen. Gelegentlich erklang leises, schmerzerfülltes Wimmern, wenn sich einer der alten Männer piekste, doch schließlich hatten sich alle echten Bärte in vermeintliche falsche verwandelt. Die Magier musterten sich scheu.

»Wenn wir einen Kopfkissenbezug ohne Kissen drin nehmen und ihn so unter den Umhang des Professors stecken, daß sich oben ein Zipfel zeigt...«, sagte ein Zauberer voller Enthusiasmus. »Dann sähe er wie ein dünner Mann aus, der versucht, mit einem Kissen sehr dick zu wirken.« Er fing den Blick des Professors ein und schwieg.

Zwei Thaumaturgen traten von hinten an Poons gräßlichen Rollstuhl heran und setzten ihn in Bewegung. Das Kopfsteinpflaster unter den Rädern beschwerte sich mit einem lauten Knirschen.

Poons erwachte plötzlich. »Wasnlos? Wo sind wir?«

»Wir spielen die Rolle von ganz normalen Bürgern«, erklärte der Dekan.

»Ein interessantes Spiel«, erwiderte Poons.

»Hörst du mich, alter Knabe?«

Der Quästor öffnete die Augen.

Die Krankenabteilung der Universität war nicht sehr groß und wurde nur selten benutzt – Zauberer waren entweder kerngesund oder tot. Die übliche Behandlungsmethode bestand aus einem Mittel, das gegen Magensäure wirkte, und einem dunklen Zimmer bis zur nächsten Mahlzeit.

»Hab dir was zu lesen mitgebracht«, fügte die Stimme zaghaft hinzu.

Der Quästor starrte auf einen Buchrücken, der ihm folgenden Titel präsentierte: *Abenteuer mit Armbrust und Angel*.

»Hast dir eine scheußliche Beule geholt, Quästor. Bist den ganzen Tag über im Reich der Träume gewesen.«

Der Patient blickte benommen durch den rosaroten und orangefarbenen Dunst, der sich allmählich lichtete, um ihm das rosarote und orangefarbene Gesicht des Erzkanzlers zu zeigen.

Mal überlegen, dachte er. Was ist eigentlich gesch...

Ruckartig setzte er sich auf, griff nach dem Umhang des Erzkanzlers und schrie in das große, rosarote und orangefarbene Gesicht: »Etwas Unheilvolles bahnt sich an!«

Die Zauberer schlenderten durch halbdunkle Straßen. Bisher funktionierte die Verkleidung tadellos. Die Leute rempelten sie sogar an. Niemand hatte es jemals gewagt, einen Zauberer anzurempeln – es handelte sich um eine ganz neue Erfahrung.

Vor dem Eingang des *Odium* wartete eine große Menge, und die Schlange reichte bis auf die Straße. Der Dekan führte seine Kollegen geradewegs zur Tür, woraufhin jemand »He!« rief.

Er sah auf und in das rote Gesicht eines Trolls, der schlecht sitzende und militärisch wirkende Kleidung trug, die unter anderem aus kesselpaukengroßen Epauletten bestand. Eine Hose fehlte.

»Ja?«

»Hier *sein* eine Schlange«, sagte der Troll.

Der Dekan nickte freundlich. In den Warteschlangen Ankh-Morporks standen Zauberer immer ganz vorn. »Ja, ich habe sie gesehen. Eine hübsche Schlange. Wenn du jetzt bitte beiseite treten würdest... Wir möchten zu unseren Plätzen.«

Der Troll bohrte ihm einen dicken Zeigefinger in den Bauch.

»Für was du dich halten?« fragte er. »Etwa für Zauberer oder so?«

Einige Leute in der Nähe lachten.

Der Dekan beugte sich vor.

»Wir sind *tatsächlich* Zauberer«, zischte er.

Der Troll grinste.

»Hältst mich vielleicht für dumme Amöbe? Ich deutlich sehen können falschen Bart!«

»Jetzt hör mal...«, begann der Dekan. Seine Stimme wurde zu einem erschrockenen Quieken, als ihn der Troll am Kragen packte und auf die Straße warf.

»Du dich anstellen müssen wie alle anderen«, sagte er. Höhnisches Gelächter erklang in der Menge.

Der Dekan knurrte. Er hob die Hand. Er spreizte die Finger...

Der Professor drückte seinen Arm nach unten.

»Wir wollen darauf verzichten, Magie zu beschwören, erinnerst du dich?« flüsterte er. »Komm.«

»Wohin?«

»Zum Ende der Schlange!«

»Aber wir sind *Zauberer!* Und Zauberer stellen sich nie für etwas an!«

»Wir sind ehrliche, rechtschaffene Kaufleute«, stellte der Professor fest. Er sah zu den umstehenden Kinobesuchern, in deren Augen Argwohn glänzte. »Wir sind ehrliche, rechtschaffene Kaufleute«, wiederholte er laut und stieß den Dekan in die Rippen. »Na los!« raunte er.

»Na los was?«

»Sag was Kaufmannartiges.«

»Was sagen Kaufleute?« erwiderte der Dekan verwirrt.

»Sag *irgend etwas!* Alle starren uns an!«

»Oh.« Panik bildete tiefe Falten im Gesicht des Dekan, und dann hatte er den rettenden Einfall. »Knackige Äpfel«, verkündete er. »Kauf sie, solange sie noch heiß sind. Leckere knackige Äpfel... Genügt das?«

»Ich glaube schon. Und jetzt begleite mich zum Ende...«

Unruhe kam am Ende der Schlange auf. Wartende drängten nach vorn. Die Leute gaben ihre Plätze auf und stürmten los. Die Kaufleute befanden sich plötzlich mitten im dichtesten Gedränge.

»Ach, auf einmal stellt sich niemand mehr an, wie?« grummelte der ehrliche Kaufmann für neue Runen, als man ihn zur Seite schob.

Der Dekan hielt einen Jungen fest, der sich mit den Ellenbogen Platz zu schaffen versuchte.

»Was ist los, junger Mann?« fragte er.

»Sie kommen!« rief der Knabe.
»Wer?«
»Die Stars!«
Die Zauberer blickten nach oben. »Die Stare?«
»Die Stare fliegen doch immer noch durch die Luft?« fragte der Dekan. Der Junge hörte ihm nicht zu, löste sich aus dem Griff und verschwand in der aufgeregten Menge.
»Primitives Volk«, brummte der Dekan. Die Zauberer reckten den Hals, um zu sehen, was nun geschah. Poons bildete die einzige Ausnahme, keifte und schlug mit seinem Stock um sich.

Der Quästor begegnete dem Erzkanzler im Flur.
»Im Ungemeinschaftsraum hält sich niemand auf!« rief er.
»Die Bibliothek ist leer!« donnerte Ridcully.
»Ich habe von diesem Phänomen gehört«, jammerte der Quästor. »Ein spontanes Soundso. Sie sind spontan verschwunden!«
»Beruhig dich, Mann. Nur weil...«
»Selbst nach den Dienern habe ich vergeblich gesucht! Du weißt sicher, was passiert, wenn Löcher in der Wirklichkeit entstehen! Wahrscheinlich tasten schon jetzt gewaltige Tentakel...«
In der Ferne erklang ein dumpfes *Wumm-wumm*, und Bleikugeln prallten von einer Wand ab.
»Immer die gleiche Richtung«, murmelte der Quästor.
»Und welche?«
»Die Richtung, aus der *sie* kommen werden! Ich glaube, ich verliere den Verstand!«
»Na, na.« Der Erzkanzler klopfte dem Quästor auf die Schulter. »So etwas solltest du nicht sagen. Es klingt verrückt.«

Ginger starrte erschrocken aus dem Fenster der Kutsche.
»Wer sind all die Leute?« fragte sie.
»Fans«, erwiderte Schnapper.
»Das klingt dämonisch.«
»Leute, die euch gern in den Streifen sehen«, erklärte Soll. »Äh. Sie mögen euch *sehr*.«
»Es sind auch Frauen dabei.« Victor winkte vorsichtig, und eine der Damen fiel in Ohnmacht.

»Du bist berühmt«, wandte er sich an Ginger. »Und du wolltest doch immer berühmt sein, oder?«

Ginger sah erneut aus dem Fenster. »So hätte ich mir das nie vorgestellt. Alle rufen unsere Namen!«

»Wir haben überall Plakate an Mauern geklebt, um für *Vom Winde weggeweht* zu werben«, sagte Soll.

»Ja, genau«, bestätigte Schnapper. »Und wir haben immer wieder darauf hingewiesen, es sei der beste Streifen in der ganzen Geschichte von Holy Wood.«

»Aber die beweglichen Bilder gibt es doch erst seit einigen Monaten«, meinte Ginger.

»Na und? Geschichte muß doch nicht unbedingt lang sein, oder?«

Victor bemerkte die Nachdenklichkeit in Gingers Zügen. Wie lang ist die wahre Geschichte von Holy Wood? überlegte er. Vielleicht lag ein uralter Steinkalender auf dem Meeresgrund, zwischen den Hummern. Vielleicht gab es gar keine Möglichkeit, die verstrichene Zeit zu messen. Wie maß man das Alter einer Idee?

»Bestimmt sind auch viele Würdenträger und Honoratioren hier«, sagte Schnapper. »Der Patrizier und der Adel und die Oberhäupter der Gilden und die Hohepriester. Die Zauberer natürlich nicht. Hochnäsige Idioten. Wie dem auch sei: Uns steht ein unvergeßlicher Abend bevor.«

»Wird man uns ihnen allen vorstellen?« erkundigte sich Victor.

»Nein, *sie* werden *euch* vorgestellt«, antwortete Schnapper. »Ein einzigartiges Erlebnis für sie. Die werden noch ihren Enkeln davon erzählen.«

Victor starrte zur Menge.

»Bilde ich es mir nur ein, oder wird's tatsächlich neblig?« fragte er.

Poons Stock traf die Beine des Professors.

»Was geht hier vor?« zeterte er. »Warum jubeln alle?«

»Der Patrizier hat gerade seine Kutsche verlassen«, sagte der Professor.

»Was soll daran so wundervoll sein?« brummte Poons. »Ich bin mindestens hundertmal aus irgendwelchen Kutschen geklettert. Ist überhaupt nicht schwer.«

»Eine seltsame Angelegenheit«, erwiderte der Professor. »Die Leute jubeln auch dem Oberhaupt der Assassinengilde zu. Und dem Hohepriester des Blinden Io. Und jetzt rollt jemand einen roten Teppich aus.«

»Was, auf der Straße? In Ankh-*Morpork*?«

»Ja.«

»*Die* Reinigungsrechnung möchte ich nicht bekommen«, sagte Poons.

Der Dozent für neue Runen stieß den Professor in die Rippen, beziehungsweise dorthin, wo sich Rippen unter jenen Sedimenten verbargen, die sich im Lauf von fünfzig Jahren durch ebenso gute wie üppige Mahlzeiten angesammelt hatten.

»Ruhe!« zischte er. »Da kommen sie!«

»Wer?«

»Wichtige Personen, wie's scheint.«

Jähes Entsetzen zitterte hinter dem falschen Bart des Professors. »Glaubt ihr, man hat vielleicht den Erzkanzler hierher eingeladen?«

Die Zauberer versuchten, sich in ihren Umhängen zu verkriechen.

Die Kutsche war jedoch weitaus eindrucksvoller als ihre altersschwachen Geschwister in der Universität. Die Menge drängte der abschirmenden Reihe aus Trollen und Wächtern entgegen, starrte erwartungsvoll zur Kutschentür. Anspannung knisterte wie statische Elektrizität.

Bezam – er schien vor Aufgeblasenheit zu schweben – trat zu dem Gefährt, um die Tür zu öffnen.

Das Publikum hielt kollektiv den Atem an, abgesehen von einem ziemlich alten Mann, der nichts sah und einen Spazierstock schwang.

»Was passiert? Was geschieht jetzt? Warum sagt mir niemand, was *geschieht*? Ich verlange, daß mir, ähm, jemand sagt, was *geschieht*!«

Die Tür blieb geschlossen. Ginger hielt die Klinke mit solcher Entschlossenheit fest, als hinge ihr Leben davon ab.

»Das sind *Tausende*!« hauchte sie. »Ich... ich bleibe hier drin.«

»Leute, die eure Streifen gesehen haben«, erwiderte Soll. »Euer Publikum.«

»Ich steige trotzdem nicht aus!«

Soll gestikulierte verzweifelt und sah Victor an. »Kannst du sie zur Vernunft bringen?«

»Ich weiß nicht einmal, ob ich in der Lage bin, mich selbst zur Vernunft zu bringen.«

»Aber du hast viele Tage vor diesen Leuten verbracht«, meinte Schnapper.

»Nein, das stimmt nicht«, widersprach Ginger. »Wir haben nur vor dem Bilderkasten gestanden. Dabei war alles anders. Außerdem... In den beweglichen Bildern bin ich gar nicht ich selbst, sondern Delores De Syn.«

Victor schürzte nachdenklich die Lippen.

»Vielleicht solltest du Delores De Syn nach draußen schicken«, schlug er vor.

»Wie denn?« fragte die junge Frau.

»Nun, wenn wir so tun, als wären es Dreharbeiten...«

Onkel und Neffe Schnapper wechselten einen Blick. Soll nickte und wölbte die Hände vor dem Gesicht, formte aus ihnen die imaginäre runde Öffnung eines Bilderkastens. Schnapper zögerte zunächst, legte seinem Neffen dann die Hand auf den Kopf und drehte eine unsichtbare Kurbel am Ohr.

»Action!« sagte er.

Die Kutschentür schwang auf.

Die Menge schnappte nach Luft, wie ein einatmender Berg. Victor trat nach draußen und nahm Gingers Hand...

Ohrenbetäubender Jubel ertönte.

Der Dozent für neue Runen biß sich vor lauter Aufregung in die Finger. Der Professor gab ein seltsames Geräusch von sich; es klang fast wie ein leises Ächzen.

»Du hast einmal gefragt, ob es für einen jungen Mann etwas Erstrebenswerteres gäbe, als Zauberer zu sein, erinnerst du dich?« meinte er.

»Ein wahrer Zauberer sollte nur eins im Sinn haben«, brummte der Dekan. »Das weißt du doch.«

»Oh, ja, ich *weiß* es.«

»Ich meine Magie.«

Der Professor sah zu den näher kommenden Gestalten.

»Das *ist* unser Victor«, sagte er. »Ich bin ganz sicher.«

»Ich verstehe das nicht«, erwiderte der Dekan. »Wieso zieht er die Gesellschaft junger Frauen vor, obgleich er Zauberer sein könnte?«

»Was für ein Narr«, kommentierte der Dozent für neue Runen. Es klang atemlos.

Die Zauberer seufzten leise.

»Sie hat echt was drauf, das muß man zugeben«, stellte der Professor fest.

»Ich bin ein alter Mann«, krächzte eine Stimme hinter ihnen. »Und wenn man mir nicht *bald* die Möglichkeit gibt, etwas zu sehen, so bekommt jemand meinen, ähm, Stock zu spüren, klar?«

Zwei Zauberer wichen beiseite und schoben den Rollstuhl nach vorn. Das Ding rollte direkt bis zum Rand des Teppichs, und bahnte sich dabei den Weg durch diverse Knie und Schienbeine.

Poons Kinnlade klappte nach unten.

Gingers Finger schlossen sich fester um Victors Hand.

»Da drüben stehen einige dicke Alte mit falschen Bärten, und sie winken dir zu«, preßte sie zwischen zusammengebissenen und lächelnden Zähnen hervor.

»Ja.« Victor lächelte ebenfalls. »Ich glaube, es sind Zauberer.«

»Einer von ihnen wackelt in seinem Rollstuhl und ruft etwas, das wie ›He-heh!‹ und ›Hu-huih!‹ und ›Hubba-bubba!‹ klingt.«

»Der älteste aller alten Zauberer«, sagte Victor. Er sah eine wohlbeleibte Frau in der Menge an und lächelte noch strahlender – die Namenlose wurde prompt ohnmächtig.

»Meine Güte! Wie war er vor fünfzig Jahren?«

»Nun, vor fünfzig Jahren hat er seinen achtzigsten Geburtstag gefeiert.* *Wirf ihm bloß keinen Kuß zu!*«

Applaus donnerte.

»Scheint ein netter Kerl zu sein.«

»Denk nur daran, zu winken und zu lächeln.«

»Oh, bei den *Göttern!* Sieh nur, so viele Leute... Und sie alle warten darauf, uns vorgestellt zu werden!«

»Ich sehe sie ganz deutlich«, erwiderte Victor.

»Und sie sind *wichtig!*«

»Wir auch. Nehme ich an.«

»Warum?«

---

* Wenn ein Zauberer der ehrgeizigen Aufmerksamkeit anderer Zauberer entgeht, darf er mit einem recht langen Leben rechnen. Ihm selbst erscheint es sogar noch länger.

»Weil wir wir sind. Erinnerst du dich daran, was du damals gesagt hast, am Strand? Wir sind wir und so groß, wie wir nur sein können. Dein Wunsch geht jetzt in Erfüllung. Wir...«

Victor unterbrach sich.

Der Troll am Eingang des *Odium* grüßte ihn, indem er unsicher salutierte. Die Hand schmetterte ans Ohr, und das laute Krachen übertönte selbst den Jubel aus Tausenden von Kehlen...

Gaspode watschelte mit für ihn recht hoher Geschwindigkeit durch eine Gasse, und hinter ihm lief Laddie im ersten Gang. Niemand hatte auf sie geachtet, als sie aus der Kutsche sprangen oder, wie in Gaspodes Fall, herausplumpsten.

»In einem muffigen Kino zu hocken...«, sagte der kleinere Hund abfällig. »Unter einem angenehmen Abend stelle ich mir etwas anderes vor. Dies ist nicht Holy Wood, sondern eine richtige, große Stadt. Bleib bei mir, Kumpel, wenn du was erleben willst. Unser erstes Ziel: die Hintertür von Hargas Rippenstube. Dort kennt man mich. Alles klar?«

»*Braver Laddie!*«

»Ja«, sagte Gaspode.

»Sieh dir nur die Kleidung des Trolls an!« flüsterte Victor.

»Eine rote Samtjacke mit goldenem Schnurbesatz«, entgegnete Ginger aus dem Mundwinkel. »Na und? Eine Hose wäre keine schlechte Idee gewesen.«

Victor stöhnte.

Sie traten ins hell erleuchtete Foyer des *Odium*.

Bezam hatte keine Kosten gescheut. Trolle und Zwerge hatten rund um die Uhr gearbeitet, um die Vorbereitungen rechtzeitig zu beenden.

Victor sah Vorhänge aus rotem Plüsch, Säulen und Spiegel.

In jeder Ecke zeigten sich dickliche Engelchen und verschiedene Obstsorten, mit goldener Farbe bemalt.

Tugelbend gewann den Eindruck, daß sich eine große Pralinenschachtel vor ihm öffnete.

Oder daß ein Alptraum begann. Er rechnete fast damit, das Rauschen des Meers zu hören und zu beobachten, wie die Vorhänge zu Boden fielen, sich in schwarzen Schleim verwandelten.

»Bei den Göttern«, hauchte er.

»Was ist los mit dir?« fragte Ginger und blickte mit erstarrtem Grinsen zu den Würdenträgern, die darauf warteten, ihnen vorgestellt zu werden.

»Sieh dich um«, erwiderte Victor heiser. »Es ist Holy Wood! Man hat Holy Wood nach Ankh-Morpork gebracht!«

»Ja, aber...«

»Erinnerst du dich nicht? An die Nacht im Hügel? Bevor du aufgewacht bist?«

»Nein. Ich habe dir doch *gesagt,* daß ich mich nicht daran erinnere.«

»Es geht wieder los«, sagte Victor dumpf und blickte zu dem verzierten Schild an der einen Wand.

Darauf stand: »Drei Vorstellungen pro Tag!«

Tugelbend dachte an Dünen, uralte Mythen und Hummer.

Das Zeichnen von Karten ist auf der Scheibenwelt nie eine sehr präzise Kunst gewesen. Die meisten Kartenzeichner begannen mit den besten Absichten, doch dann begeisterten sie sich so sehr für spritzende Wale, Ungeheuer, Wellen und andere kartographische Dekorationen, daß sie die langweiligen Berge und Flüsse ganz vergaßen.

Der Erzkanzler stellte einen gut gefüllten Aschenbecher auf jene Ecke, die das hartnäckige Bestreben zeigte, sich immer wieder einzurollen. Dann strich sein Zeigefinger über fleckiges Pergament.

»Hier steht ›Achtung, Drachen‹«, sagte er. »Direkt im Innern der Stadt. Seltsam.«

»Das ist nur Lady Käsedicks Sonnenscheinheim für kranke Drachen«, erwiderte der Quästor geistesabwesend.

»Und hier heißt es ›Terra incognita‹«, las der Erzkanzler. »Was hat es damit auf sich?«

Der Quästor beugte sich vor. »Nun, das klingt interessanter als ein Hinweis auf weite Kohlfelder.«

»Und ist *erneut* von Drachen die Rede.«

»Wahrscheinlich eine Lüge.«

Ridcullys schwieliger Finger glitt in der zuvor festgestellten Richtung weiter und wischte Fliegenschmutz beiseite.

»Da gibt's überhaupt nichts«, brummte er und sah genauer hin.

»Nur Meer. Und...« Er kniff die Augen zusammen. »Holy Wood. Bedeutet das irgend etwas?«

»So heißt der Ort, an den die Alchimisten gezogen sind, nicht?« fragte der Quästor.

»Ach, die *Alchimisten*.«

»Nun«, sagte der Quästor langsam, »wenn sie sich dort mit Magie beschäftigen...«

»Die Alchimisten? Mit *Magie*?«

»Entschuldigung. Eine absurde Vorstellung, ich weiß. Der Pförtner erzählte mir, daß sie eine neue Art von, äh, Schattenspiel erfunden haben. Oder ein neues Marionettentheater. Etwas in der Art. Hab nicht richtig zugehört. Ich meine... *Alchimisten!* Ich bitte dich! Ich meine, Assassinen... *ja*. Diebe... *ja*. Sogar Kaufleute. Manchmal können Kaufleute richtig verschlagen sein. Aber Alchimisten... Man zeige mir weltfremdere, stümperhaftere und dümmere Leute...«

Seine Stimme verklang, als sich die Ohren mit dem Mund synchronisierten.

»Sie würden es nicht wagen, oder?« fragte er.

»Und wenn doch?«

Der Quästor lachte hohl. »Neinneinnein. Sie würden es gewiß nicht wagen! Weil sie wissen, daß wir ihnen eine ordentliche Abreibung verpassen, wenn sie auch nur auf den Gedanken kämen, mit Magie herumzupfuschen...«

Er zögerte.

»Nein, ausgeschlossen«, fügte er hinzu.

»Ich meine, Holy Wood ist zwar weit entfernt, aber...«, sagte er.

»Sie würden es nicht wagen«, betonte er noch einmal.

»Alchimisten, die mit Magie experimentieren?« fragte er den Rest der Welt. »Unmöglich!«

»Man traue niemals Leuten mit Chemikalienflecken an den Händen«, fuhr er fort. »Das ist meine Meinung. Sie sind nicht wie wir. Sie haben keine Ahnung, was Würde bedeutet!«

Die Menge vor der Kinokasse wurde von Sekunde zu Sekunde ungeduldiger.

»Hast du in *allen* Taschen nachgesehen?« fragte der Professor.

»Ja!« brummte der Dekan.

»Dann sieh noch einmal nach.«

Für gewöhnlich vertraten Zauberer den Standpunkt, daß nur andere Leute für etwas bezahlen mußten. Wer einen spitzen Hut trug, brauchte normalerweise kein Geld.

Der Professor schenkte der jungen Dame, die Eintrittskarten verkaufte, ein gewinnendes Lächeln. »Ich versichere dir, werte Dame: Wir *sind* Zauberer.«

»Ich kann eure falschen Bärte ganz deutlich erkennen«, entgegnete die Frau und schniefte. »Immer wieder versucht jemand, das Eintrittsgeld zu sparen. Woher soll ich wissen, daß nicht drei kleine Jungen im Mantel ihres Vaters vor mir stehen?«

»Madam!«

»Ich habe zwei Dollar und fünfzehn Cents«, sagte der Dekan. Er zog die Münzen zwischen Flaumbüscheln und einem Durcheinander aus diversen okkulten Objekten hervor.

»Zweimal Parkett«, sagte die Frau und löste widerstrebend zwei Karten von der Rolle. Der Professor griff sofort danach.

»Ich nehme Windle mit«, wandte er sich an seine Kollegen. »Ich fürchte, die anderen müssen zu ihrer ehrlichen, rechtschaffenen Kaufmannstätigkeit zu*rück*kehren.« Er hob und senkte die Brauen.

»Ich sehe nicht ein, warum...«, begann der Dekan.

»Sonst geraten wir mit unseren Geschäften in den *Rück*stand«, fuhr der Professor fort und schnitt eine bedeutungsvolle Grimasse. »Wenn ihr nicht zu*rück*kehrt.«

»He, das war mein Geld, und...«, klagte der Dekan. Der Dozent für neue Runen zog an seinem Arm.

»Komm mit.« Er zwinkerte langsam. »Laß uns keine Zeit verlieren. Sonst bleiben wir *hinter* der Konkurrenz anderer ehrlicher Kaufleute *zurück*.«

»Ich verstehe nicht, warum...«, sagte der Dekan. Die anderen zerrten ihn einfach mit sich.

Graue Wolken wogten im magischen Spiegel des Erzkanzlers. Viele Zauberer besaßen solche Spiegel, aber selten benutzte sie jemand. Sie waren unzuverlässig und kaum als Rasierhilfe zu gebrauchen.

Wie sich herausstellte, konnte Ridcully erstaunlich gut damit umgehen.

»Habe das Ding für die Pirsch verwendet«, erklärte er knapp. »Um zu vermeiden, stundenlang im feuchten Gebüsch zu hocken, bei den Göttern. Trink was, Mann. Und ein Glas für mich. Kann jetzt ebenfalls einen ordentlichen Schluck vertragen.«

Es flackerte im Spiegel.

»Überhaupt nichts zu erkennen«, knurrte Ridcully. »Nur Nebel. Komisch: flackernder Nebel.«

Der Erzkanzler hüstelte, und dem Quästor wurde allmählich klar, daß Ridcully entgegen allen Erwartungen ziemlich gescheit war.

»Hast du jemals die beweglichen Schattenspiel- und Marionettentheater-Bilder gesehen?« fragte der Erzkanzler.

»Die Diener sind begeistert davon«, erwiderte der Quästor. Ridcully interpretierte diese Antwort als ein »nein«.

»Ich glaube, wir sollten uns eingehender damit befassen«, sagte er.

»Wie du meinst, Erzkanzler.« Der Quästor seufzte still.

Für Gebäude, in denen bewegliche Bilder gezeigt werden, gilt überall im Multiversum eine heilige, unverletzliche Regel: Die Schauderhaftigkeit der rückwärtigen Architektur ist umgekehrt proportional zur Pracht an der vorderen Seite. Vorn: Säulen, Bögen, Blattgold, helles Licht. Hinten: sonderbare Röhren, geheimnisvolle Rohrleitungen, schmutzige Wände und dunkle Gassen voller Müll.

Und das Fenster der Toilette.

»So etwas ist unser durch und durch unwürdig«, stöhnte der Dekan, als die Zauberer in der Dunkelheit schnauften.

»Sei still und schieb«, brummte der Dozent für neue Runen. Seine Stimme kam von der anderen Seite des Fensters.

»Wir hätten etwas in Geld verwandeln können«, sagte der Dekan. »Mit ein bißchen Magie. Was wäre so schlimm daran gewesen?«

»Damit wird die Währung verwässert«, erklärte der Dozent für neue Runen. »Es fördert die Inflation. Für so etwas wird man in die Skorpiongrube geworfen. Was berührt mein Fuß? Ich möchte wissen, was mein *Fuß* berührt.«

»Es ist alles in Ordnung«, behauptete ein Zauberer. »Du hast es praktisch hinter dir.«

»Oh, oh«, ächzte der Dekan, als man ihn durchs schmale Fenster in die Dunkelheit zog. »Ich bin sicher, dies nimmt ein böses Ende.«

»Paß nur auf, wo du hintrittst. Ach, *sieh* nur! Ich habe dir doch gesagt, du sollst aufpassen, wo du hintrittst. Ach, was soll's, komm jetzt.«

Die Zauberer schlichen – beziehungsweise platschten, was den Dekan betraf – durch einen finsteren Flur und erreichten kurz darauf den Saal, wo Windle Poons einige Plätze für sie freihielt, indem er mit seinem Stock nach allen Leuten schlug, die sich ihm zu nähern wagten. Sie stolperten über ihre eigenen Beine, als sie an dem Rollstuhl vorbeikletterten und sich schließlich setzten.

Eine Zeitlang starrten sie zu dem grauen Rechteck am anderen Ende des Saals.

»Weiß gar nicht, was die Leute so toll daran finden«, murmelte der Professor nach einer Weile.

»Hat schon jemand versucht, ›mißgestaltetes Kaninchen‹ zu zeigen?« erkundigte sich der Dozent für neue Runen.

»Die Vorstellung hat wohl noch nicht begonnen«, flüsterte der Dekan.

»Ich habe Hunger«, jammerte Poons. »Ich bin ein alter Mann, ähm, und ich habe Hunger.«

»Wißt ihr, was er angestellt hat?« ließ sich der Professor vernehmen. »Wißt ihr, was der alte Narr angestellt hat? Eine junge Frau führte uns mit einer Fackel hierher, und er... er kniff sie in den Hin... in den Allerwertesten!«

Poons kicherte. »Hubba-bubba!« gackerte er. »Weiß deine Mutter, daß du dich hier herumtreibst?«

»Es ist einfach zuviel für ihn«, meinte der Professor. »Wir hätten ihn nicht mitnehmen dürfen.«

»Ist euch eigentlich klar, daß wir eine Mahlzeit versäumen?« sagte der Dekan.

Die Zauberer schwiegen nachdenklich. Eine füllige Frau zwängte sich an Poons Rollstuhl vorbei, zuckte plötzlich zusammen und blickte sich mißtrauisch um. Doch sie sah nur einen netten alten Mann, der fest zu schlafen schien.

»Und dienstags gibt's Gänsebraten«, erinnerte sich der Dekan.

Poons öffnete ein Auge und betätigte die Hupe.

»Tröt-tröt, trallala!« triumphierte er leise. »Wann geht deine Oma Seife kaufen?«

»Genau das meine ich«, sagte der Professor. »Er weiß nicht einmal, in welchem Jahrhundert wir sind.«

Poons bedachte ihn mit einem durchdringenden Blick.

»Ich bin alt, ähm, und vielleicht auch verkalkt«, erwiderte er. »Aber ich beabsichtige nicht, auch weiterhin Hunger zu haben.« Er kramte in den unergründlichen Tiefen seines Rollstuhls und holte einen schmierigen schwarzen Beutel hervor. Darin klirrte es. »Im Foyer habe ich eine Frau gesehen, die spezielle Kino-Speisen verkauft«, teilte er den übrigen Zauberern mit.

»Soll das heißen, du hattest die ganze Zeit über Geld dabei?« fragte der Dekan. »Ohne es uns darauf mitzuteilen?«

»Ihr habt mich ja nicht danach gefragt«, verteidigte sich Poons.

Die Magier starrten hungrig auf den Beutel.

»Das hiesige Angebot besteht aus Knallkörpern mit Butter, heißen Würstchen und Schokoladendingern mit Dingern drauf«, sagte Poons. Er warf seinen Kollegen einen zahnlosen und listigen Blick zu. »Ich gebe euch was ab«, versprach er großzügig.

Der Dekan zählte die Anschaffungen. »Wir haben hier sechs Patrizier-Portionen Knallkörner mit extra viel Butter, acht heiße Würstchen, einen Jumbo-Becher mit Prickelwasser und eine Tüte mit schokoladenüberzogenen Rosinen.« Er reichte der Verkäuferin das Geld.

»Stimmt«, sagte der Professor und sammelte alles ein. »Äh. Glaubst du, wir sollten nicht auch etwas für die anderen besorgen?«

Bezam fluchte im Vorführraum, als er die große Spule mit *Vom Winde weggeweht* in den Projektor für die beweglichen Bilder einlegte.

Einige Meter entfernt, in einem mit Seilen abgetrennten Bereich des Balkons, saß Lord Vetinari, Patrizier von Ankh-Morpork. Er empfand vages Unbehagen.

Eigentlich bildeten die beiden jungen Leute ein hübsches Paar. Lord Vetinari wußte nur nicht, warum er neben ihnen saß und weshalb sie so wichtig sein sollten.

Der Patrizier war an den Umgang mit wichtigen Leuten – oder solchen Personen, die sich dafür hielten – gewöhnt. Zauberer wurden wichtig, wenn sie bemerkenswerte magische Leistungen vollbrachten. Diebe wurden aufgrund wagemutiger Diebstähle wichtig, und in gewisser Weise galt das auch für Kaufleute. Krieger wurden wichtig, wenn sie eine Schlacht gewannen und überlebten. Assassinen wurden durch geschickte Inhumierungen wichtig. Viele Straßen führten zur Prominenz, und man konnte sie alle ganz deutlich sehen. Sie ergaben einen *Sinn*.

Doch diese beiden Personen hatten sich nur vor einem der neumodischen Bilderkästen bewegt. Im Vergleich mit ihnen war der schlechteste Theaterschauspieler von Ankh-Morpork ein überaus begabter Thespisjünger, aber es käme der Bevölkerung sicher nicht in den Sinn, an den Straßen auf ihn zu warten und seinen Namen zu rufen.

Lord Vetinari saß nun zum erstenmal in einem Kino. Soweit er wußte, bestand Victor Maraschinos Spezialität darin, mit glühender Leidenschaft in den Augen dreinzuschauen, wodurch Damen in mittleren Jahren, die es eigentlich besser wissen sollten, in Ohnmacht fielen. Delores de Syns Stärke war es, lässig zu wirken, Ohrfeigen zu verteilen und phantastisch auszusehen, wenn sie zwischen seidenen Kissen lag.

Wohingegen *er*, der Patrizier von Ankh-Morpork, die Stadt regierte, die Stadt verwaltete, die Stadt liebte, die Stadt haßte und sein ganzes Leben in den Diensten der Stadt verbracht hatte...

Als die Repräsentanten des gemeinen Volks ihre Plätze im Parkett einnahmen, lauschte Lord Vetinari einem Gespräch, das zwei von ihnen führten:

»Wer ist das da oben?«

»Victor Maraschino und Delores De Syn. Hast du denn *überhaupt* keine Ahnung?«

»Ich meine den großen Burschen in der schwarzen Kleidung.«

»Oh, weiß nicht, wie *er* heißt. Vermutlich irgendein hohes Tier.«

Ja, es war faszinierend. Man konnte berühmt werden, indem man einfach... berühmt war. Der Patrizier hielt dieses Phänomen für außerordentlich gefährlich, und er dachte daran, daß er deswegen vielleicht jemanden umbringen mußte, irgendwann einmal, natürlich nur widerstrebend.* Doch bis dahin... Es gab eine Art Ruhm aus zweiter Hand, den man in der Gesellschaft wahrer Berühmtheiten genießen

---

* Wobei sich das Widerstreben auf ihn selbst bezog. Was die Opfer betrifft, dürfte der Mangel an Begeisterung selbstverständlich sein.

konnte, und zu seinem großen Erstaunen fand Lord Vetinari Gefallen daran.

Darüber hinaus saß er neben Delores De Syn, und der Neid des Publikums, der eine fast greifbare Qualität zu gewinnen schien, schmeckte köstlich. Im Gegensatz zu den seltsamen weißen Dingen, die man ihm in einer Tüte als Imbiß gegeben hatte.

Auf der anderen Seite des Patriziers plapperte ein gewisser Schnapper und erklärte die technischen Hintergründe der beweglichen Bilder, in dem irrigen Glauben, daß ihm Lord Vetinari aufmerksam zuhörte.

Plötzlich toste Applaus.

Der Patrizier neigte den Kopf zur Seite.

»Warum wird jetzt das Licht gelöscht?« fragte er Schnapper.

»Damit man die Bilder besser sehen kann, Herr«, erwiderte Treibe-mich-selbst-in-den-Ruin.

»Ach«, erwiderte Lord Vetinari. »Man sollte eigentlich meinen, daß man Licht braucht, um sie zu erkennen.«

»Bei den *beweglichen* Bildern ist das anders, Herr«, sagte Schnapper.

»Sehr interessant.«

Der Patrizier drehte nun den Kopf, sah zu Ginger und Victor. Es überraschte ihn ein wenig, daß sie angespannt wirkten. Das war ihm bereits aufgefallen, als sie das *Odium* betreten hatten. Der junge Mann starrte so zu den lächerlichen Verzierungen, als fühlte er sich von ihnen bedroht, und was Delores De Syn anging... Lord Vetinari hatte gehört, wie sie nach Luft schnappte, als sie den Saal erreichten.

Beide erweckten den Eindruck, an einem profunden Schock zu leiden.

»Ich schätze, dies alles ist euch längst vertraut«, sagte der Patrizier.

»Nein«, erwiderte Victor. »Eigentlich nicht. Wir sind noch nie zuvor in einem Kino gewesen.«

»Mit einer Ausnahme«, fügte Ginger grimmig hinzu.

»Ja. Mit einer Ausnahme.«

»Nun, ihr tretet doch in den beweglichen Bildern auf«, sagte der Patrizier freundlich.

»Das stimmt«, bestätigte Victor. »Aber wir sehen nie das ganze Werk, nur immer Teile davon, bevor der Kurbeldreher die einzelnen Aufnahmen und Szenen zusammenklebt. Bisher hatte ich nur einmal Gelegenheit, einen vollständigen Streifen zu betrachten, und man zeigte ihn draußen, auf einem zwischen Pfählen gespannten Bettlaken.«

»Dies ist also neu für euch?« vergewisserte sich der Patrizier.

»Nicht unbedingt«, schränkte Victor ein. Sein Gesicht war aschgrau.

»*Faszinierend*«, sagte Lord Vetinari und fuhr damit fort, Schnappers Ausführungen zu ignorieren. Er war nicht deshalb zum Patrizier geworden, weil er herausfand, wie *Dinge* funktionierten. Seiner Ansicht nach kam der Frage, warum sich Leute auf eine ganz bestimmte Weise verhielten, wesentlich größere Bedeutung zu.

Soll saß in der gleichen Sitzreihe, beugte sich zu seinem Onkel vor und legte ihm eine kleine Spule auf den Schoß.

»Das gehört dir«, sagte er zuckersüß.

»Was ist es?« fragte Schnapper.

»Nun, ich dachte mir: Sieh dir den Streifen noch einmal an, bevor er gezeigt wird...«

»Tatsächlich?«

»Und was fand ich dabei, mitten in der Szene der brennenden Stadt? Ein einzelnes Bild, so oft hintereinandergeklebt, daß es *fünf* Minuten lang auf der Leinwand erschienen wäre: ein Teller mit Rippchen in Hargas spezieller Erdnußbuttersoße. Ich weiß natürlich *warum*. Aber ich würde gern wissen: Warum *dies*?«

Schnapper lächelte schuldbewußt. »So wie ich die Sache sehe... Wenn ein schnelles Bild Leute dazu veranlaßt, sich bestimmte Dinge zu wünschen – stell dir vor, was mit ihnen passiert, wenn sie das Bild fünf Minuten lang betrachten.«

Soll starrte ihn an.

»Du hast meine Gefühle verletzt«, sagte Schnapper. »Mit Mißtrauen. Deinem eigenem Onkel gegenüber. Ich habe dir hoch und heilig versprochen, darauf zu verzichten, in diesem Fall für Hargas Rippenstube zu werben, und du *vertraust* mir nicht? Das tut weh, Soll. Sehr weh. Was ist bloß mit der Moral passiert?«

»Vielleicht hast du sie jemandem verkauft, Onkel.«

»Ich bin *zutiefst* verletzt«, behauptete Schnapper.

»Du hast dein Versprechen *nicht gehalten*, Onkel.«

»Was spielt das für eine Rolle? Geschäft ist Geschäft. Wir sprechen hier von einer *Familien*angelegenheit. Du mußt lernen, deinen Verwandten zu vertrauen, Soll. Insbesondere mir.«

Der Neffe zuckte mit den Schultern. »Schon gut. Schon gut.«
»Versprichst du's mir?«
»Ja, Onkel.« Soll lächelte. »Ich verspreche es dir hoch und heilig.«
»Braver Junge!«
Am anderen Ende der Reihe starrten Victor und Ginger entsetzt auf die leere Leinwand.
»Du weißt, was gleich geschehen wird, nicht wahr?« fragte die junge Frau.
»Ja. Sicher erklingt Musik aus einem Loch im Boden.«
»War jene Höhle *wirklich* ein Kino?«
»Ich glaube schon«, erwiderte Victor kummervoll.
»Aber hier ist die Leinwand nur eine Leinwand. Wie eine Art Laken. Und in der Höhle...«
Im vorderen Bereich des Saals dröhnte es. Lautes Klirren folgte, dann das Pfeifen verzweifelt fliehender Luft – eine Plattform trug Bezams Tochter Kalliope nach oben. Sie hämmerte auf die Tasten einer Orgel, offenbarte dabei einen Elan, der auf stundenlanges Üben hinwies. Hinter dem geplagten Musikinstrument arbeiteten zwei Trolle an den Blasebälgen. Kalliope war eine recht kräftig gebaute Frau, und mit welchem Musikstück auch immer sie rang – es verlor.
Im Parkett griff der Dekan nach einer Tüte und reichte sie dem Professor.
»Mit Schokolade überzogene Rosinen gefällig?« fragte er.
»Sieht wie Rattenkot aus«, sagte der Professor.
Der Dekan nahm es näher in Augenschein. Gnädiges Zwielicht verhüllte Einzelheiten.
»Das ist also der Grund«, brummte er. »Eben fiel die Tüte hin, und als ich sie aufhob, schien sie plötzlich voller zu sein.«
»Pscht!« zischte eine Frau hinter ihnen. Windle Poons knochiger Schädel drehte sich wie von einem Magneten angezogen.
»Hutschie-kutschie!« kicherte er. »Soll ich zu dir rüberrutschie?«
Das Licht im Saal trübte sich weiter. Auf der Leinwand flackerte es. Zahlen erschienen dort und begannen mit einem raschen Countdown.
Kalliope spähte auf ihr Notenblatt, rollte die Ärmel hoch, strich sich das Haar aus den Augen und hieb erneut auf die Tasten der Orgel. Eine

Melodie erklang, und mit etwas Phantasie konnte man sie als Hymne von Ankh-Morpork erkennen.*
Dann wurde es dunkel.

Der Himmel flackerte. Der Nebel war gar kein richtiger Nebel. Ein silbriges, schiefergraues Glühen ging von ihm aus, und das Flackern in seinem Innern erschien wie eine Kreuzung zwischen der Aurora Coriolis und dem Wetterleuchten im Sommer.

Etwa dreißig Meilen von Ankh-Morpork entfernt, im Bereich von Holy Wood, gleißte das Firmament. Der Glanz war selbst in der Gasse hinter Sham Hargas Rippenstube zu sehen, wo sich zwei Hunde an einer Alles-was-man-aus-dem-Müll-zerren-kann-und-noch-dazu-gratis-Spezialität erfreuten.

Laddie blickte auf und knurrte.

»Ganz meine Meinung«, pflichtete ihm Gaspode bei. »Ich habe ja *gesagt*, es sei kein gutes Zeichen, nicht wahr? Konnte mich wohl kaum deutlicher ausdrücken, oder?«

Funken stoben ihm vom Fell.

»Komm«, forderte er seinen Begleiter auf. »Wir sollten die Leute warnen. Dafür bist *du* zuständig.«

Klickaklickaklicka ...

Es war das einzige Geräusch im *Odium*. Kalliope spielte nicht mehr, sie starrte zur Leinwand.

Münder standen offen und schlossen sich nur, um auf eine Handvoll Knallkörner zu beißen.

Zuerst versuchte Victor, dagegen anzukämpfen. Er wollte den Blick abwenden. Eine leise Stimme irgendwo in seinem Hinterkopf flüsterte, es sei alles falsch und verkehrt, aber er achtete nicht darauf. Die Dinge schienen *richtig* zu sein. Er seufzte mit dem Publikum, als die Heldin versuchte, das alte Bergwerk der Familie in einer verrückt gewordenen Welt vor dem Ruin zu bewahren. Er schauderte bei den Kriegsszenen. Er beobachtete das Geschehen im Ballsaal durch einen romantischen Schleier. Er ...

---

* »Wir beherrschen en gros.«

... spürte Kälte am Bein, wie von einem halb geschmolzenen Eiswürfel. Er versuchte, dem unangenehmen Gefühl keine Beachtung zu schenken, aber es drängte mit immer mehr Nachdruck ins Zentrum seiner Aufmerksamkeit. Schließlich senkte er den Kopf.

»Tschuldigung«, sagte Gaspode.

Das Trübe verschwand aus Tugelbends Augen, doch einige Sekunden später wanderte sein Blick erneut zur Leinwand zurück, wo ein großer Victor Maraschino eine große Delores De Syn küßte.

Das Empfinden klebriger Kühle wiederholte sich und rief die Wirklichkeit zurück.

»Soll ich dir vielleicht ins Bein beißen?« fragte Gaspode.

»Ich, äh, ich...«, begann Victor.

»Ich kann ganz fest zubeißen«, fügte Gaspode hinzu. »Brauchst es mir nur zu sagen.«

»Nein, äh...«

»Ich habe mehrmals betont, daß es kein gutes Zeichen ist. Mit anderen Worten: Unheil bahnt sich an. Unheil. Unheil. Unheil. Laddie hat gebellt, bis er heiser wurde, aber niemand hört ihn. Deshalb habe ich die Kalte-Nase-Methode verwendet. Funktioniert immer.«

Victor sah sich um. Die übrigen Zuschauer starrten so zur Leinwand, als wollten sie für... für...

... für *immer und ewig* auf ihren Sitzen verweilen.

Als er die Arme hob, lösten sich Funken von den Fingern, und die Luft hatte jene zähe, schmierige Konsistenz, die jeder thaumaturgische Student als Zeichen für ein großes magisches Potential zu deuten weiß. Hinzu kam Nebel. In einem Kino? Lächerlich und absurd. Aber der Nebel kümmerte sich nicht um Lächerliches und Absurdes; er existierte einfach, kroch träge und silbergrau über den Boden.

Victor rüttelte an Gingers Schulter. Er winkte mit einer Hand vor ihren Augen. Er schrie ihr ins Ohr.

Dann wandte er sich an den Patrizier und Schnapper. Sie gaben dem Druck nach, neigten sich jedoch sofort wieder in ihre ursprüngliche Position zurück.

»Der Streifen stellt etwas mit ihnen an«, sagte er. »Ja, es muß an den beweglichen Bildern liegen. Aber *wieso*? Es ist ein ganz normaler Streifen. In Holy Wood benutzen wir keine Magie. Wenigstens keine normale...«

Er kletterte über erstarrte Knie hinweg, erreichte den Mittelgang und eilte dort durch Dunstwolken. Er pochte an die Tür des Vorführraums, und als niemand antwortete, riß er sie auf.

Bezam saß völlig reglos und blickte durch eine kleine quadratische Öffnung in der Wand. Der Projektionskasten klickte munter vor sich hin, und niemand drehte die Kurbel. Zumindest konnte Victor niemanden sehen...

In der Ferne grollte es, und der Boden erzitterte.

Wieder starrte er zur Leinwand und erkannte die Szene. Jetzt dauerte es nicht mehr lange, bis Ankh-Morpork in Flammen aufging.

Seine Gedanken rasten. Was sagten die Leute immer über die Götter? Angeblich existierten sie nur deshalb, weil man an sie glaubte. Das galt auch für alles andere. Wirklichkeit war das, was Leute dafür hielten. Und im Saal saßen Hunderte von Personen, die *ganz fest* an das glaubten, was ihnen die Leinwand zeigte...

Victor wühlte in dem Durcheinander auf Bezams Tisch, suchte vergeblich nach Schere oder Messer. Der Apparat klickte vor sich hin, spulte Wirklichkeit von der Zukunft in die Vergangenheit.

Hinter Tugelbend erklang Gaspodes Stimme. »Ich schätze, ich habe die Welt gerettet, wie?«

Normalerweise beschäftigt sich das Gehirn zu jedem Zeitpunkt mit Dutzenden von belanglosen Gedanken, die alle vom Bewußtsein verlangen, sich eingehender mit ihnen zu befassen. Ein echter Notfall ist nötig, um sie in den mentalen Hintergrund zu verbannen. Das geschah jetzt. Ein klarer Gedanke, der schon seit einer ganzen Weile versuchte, sich Gehör zu verschaffen, erklang nun in plötzlicher geistiger Stille.

Angenommen, es gab einen Ort, wo die Wirklichkeit dünner war als woanders. Und angenommen, dort wurde sie noch weiter geschwächt. Bücher kamen dafür nicht in Frage. Auch kein gewöhnliches Theater – eigentlich wußte man, daß auf der Bühne nur verkleidete Schauspieler standen. Aber Holy Woods Botschaften gelangten vom Auge auf direktem Weg ins Gehirn. Mußte das die Wirklichkeit nicht beeinträchtigen?

Das verbarg sich im Hügel von Holy Wood. Die Bewohner der alten Stadt hatten ein Loch in der Wirklichkeit für *Unterhaltungszwecke* verwendet. Und dann hatten die *Dinge* sie entdeckt...

Jetzt wiederholte sich alles. Ebensogut hätte man versuchen können, mit Fackeln in einer Fabrik für Feuerwerkskörper zu jonglieren. Die *Dinge* warteten...

Aber warum ging das immer noch weiter? Ich habe Ginger daran gehindert, den Schlafenden in der Höhle zu wecken, dachte Victor.

Der Streifen klickte. Nebel schien den Projektionskasten zu umhüllen – seine Konturen wurden undeutlich.

Victor griff nach der sich drehenden Kurbel. Ein oder zwei Sekunden lang leistete sie Widerstand, dann brach sie ab. Er schob Bezam sanft beiseite, hob den Stuhl und schmetterte ihn auf den Kasten. Holzsplitter flogen umher. Er öffnete die rückwärtige Klappe und nahm die Salamander heraus – doch die Bilder flackerten weiter über die Leinwand.

Das Gebäude erbebte.

Man bekommt nur eine Chance, entsann sich Victor. Und dann stirbt man.

Er zog das Hemd aus, wickelte es sich um die Hand, griff nach dem Streifen und zerrte daran.

Die Okto-Zellulose riß, und der Projektionskasten ruckte nach hinten. *Vom Winde weggeweht* glitt in Form einer langen, flachen Schlange daraus hervor, zuckte Victor entgegen und sank dann zu Boden.

Klickaklick ... a ... klick.

Die Spulen drehten sich nicht mehr.

Tugelbend stieß den Streifen vorsichtig mit dem Fuß an. Überraschenderweise formte er kein Maul, das nach ihm schnappte.

»Haben wir die Welt gerettet?« fragte Gaspode. »Ich würde es gern wissen.«

Victor spähte zur Leinwand.

»Nein«, antwortete er.

Noch immer glühten Bilder auf dem weißen Rechteck. Sie waren nicht sehr deutlich, aber er konnte die vagen Gestalten von Ginger und sich selbst erkennen – sie klammerten sich an ihrer Existenz fest. Und die Leinwand geriet nun in Bewegung. Hier und dort wölbte und kräuselte sie sich. Wie Wellen in einem aufrecht stehenden Becken mit Quecksilber. Welch schrecklich vertrauter Anblick ...

»Sie haben uns gefunden«, sagte Victor.

»Wer?« erkundigte sich Gaspode.

»Erinnerst du dich an die gräßlichen Wesen, von denen du mehrmals gesprochen hast?«

Gaspode runzelte die Stirn. »Meinst du die Ungeheuer aus grauer Vorzeit?«

»Nun, in *ihrer* Heimat gibt es gar keine Zeit«, erwiderte Victor. Die Zuschauer rührten sich.

»Wir müssen die Leute nach draußen bringen«, fuhr er fort. »Ohne daß eine Panik entsteht...«

Schreie erklangen. Das Publikum erwachte.

Ginger kam von der Leinwand herunter. Sie war dreimal so groß wie ihr Original und flackerte. Darüber hinaus wirkte sie halb transparent. Aber ganz offensichtlich mangelte es ihr nicht an Gewicht, denn die Bodendielen gaben unter ihr nach und splitterten.

Die Zuschauer hatten es so eilig, den Saal zu verlassen, daß sie übereinander hinwegkletterten. Victor bahnte sich einen Weg durch den Mittelgang, und ein riesiger Rollstuhl rasselte ihm entgegen. Der Greis darin schwang seinen Spazierstock und rief: »He! He! Es wurde gerade interessant!«

Der Professor hielt Tugelbend am Arm fest.

»Gehört das dazu?« fragte er und deutete zur Leinwand.

»Nein!«

»Handelt es sich vielleicht um einen speziellen kinematographischen Effekt?« fragte der Professor hoffnungsvoll.

»Das bezweifle ich«, entgegnete Victor. »Es sei denn, die Tricktechnik hat sich in den vergangenen vierundzwanzig Stunden enorm weiterentwickelt. Ich glaube, wir bekommen es jetzt mit den Kerkerdimensionen zu tun.«

Der Professor maß ihn mit einem durchdringenden Blick.

»Du *bist* der junge Victor, nicht wahr?«

»Ja«, bestätigte Tugelbend. »Entschuldige bitte.« Er hastete an dem erstaunten Zauberer vorbei, stieg über mehrere Sitze und näherte sich Ginger, die noch immer dasaß und wie gebannt ihr Abbild beobachtete. Die riesige Ginger drehte den Kopf und blinzelte so langsam wie eine Eidechse.

»Das bin *ich*?«

»Nein!« widersprach Victor. »Ich meine, ja. Vielleicht. Eigentlich nicht. In gewisser Weise. Komm!«

»Aber sie sieht genauso aus wie ich!« brachte Ginger hervor. Hysterie brachte ihre Stimme zum Vibrieren.

»Weil die *Dinge* auf Holy-Wood-Magie angewiesen sind!« sagte Victor hastig. »Dadurch wird festgelegt, auf welche Weise *sie* erscheinen können. Glaube ich.« Er hob die junge Frau aus ihrem Sessel, trat durch den Dunst und hörte das Knirschen von Knallkörnern unter seinen Füßen. Ginger folgte ihm unsicher und sah sich mehrmals über die Schulter.

»Es versucht noch jemand, sich aus der Leinwand zu lösen«, sagte sie.

»*Komm!*«

»Ich meine *dich*!«

»Ich bin *hier*! Das Etwas ist... etwas anderes! Es benutzt nur meine Gestalt!«

»Und welche Gestalt hat es normalerweise?«

»Das möchtest du bestimmt nicht wissen!«

»Doch! Warum habe ich sonst gefragt?« Sie stolperten durch das Durcheinander aus umgekippten und auseinandergebrochenen Stühlen.

»Es sieht schlimmer aus, als du dir vorstellen kannst!«

»Ich kann mir ziemlich schreckliche Dinge vorstellen!«

»Deshalb habe ich ja gesagt, daß es noch *schlimmer* aussieht!«

»Oh.«

Die riesige geisterhafte Ginger stapfte an ihnen vorbei, flackerte stroboskopartig und schritt geradewegs durch die Wand. Draußen ertönten Schreie.

»Sie scheint noch größer zu werden«, hauchte Ginger.

»Geh hinaus«, sagte Victor. »Zu den Zauberern. Sie sollen irgendwie versuchen, das... Etwas aufzuhalten.«

»Und was hast du vor?«

Victor straffte die Schultern. »Es gibt Dinge, die muß ein Mann allein erledigen«, verkündete er.

Gingers Blick zeigte eine Mischung aus Ärger und Verwirrung.

»Was? *Was?* Willst du auf die Toilette oder so?«

»Geh nach draußen!«

Er schob sie zur Tür, drehte sich dann um und sah zwei erwartungsvolle Hunde.

»Das gilt auch für euch«, sagte Victor.

Laddie bellte.

»Hund muß bei seinem Herrchen bleiben«, übersetzte Gaspode beschämt. »Das meint *er*.«

Tugelbend sah sich verzweifelt um, griff nach einem Stuhlbein, öffnete die Tür und warf das Holzstück so weit wie möglich fort. »Faß!«

Beide Hunde stürmten, vom Instinkt getrieben, los. Gaspode bewahrte sich gerade genug Selbstbeherrschung, um ein »Du Mistkerl!« hervorzustoßen, bevor er nach draußen rannte.

Victor kehrte in den Vorführraum zurück und verließ ihn mit einer Handvoll *Vom Winde weggeweht*.

Dem riesigen Victor Maraschino fiel es offenbar schwer, die Leinwand zu verlassen. Er hatte den Kopf sowie einen Arm daraus befreit, und die beiden Körperteile waren dreidimensional. Der Arm neigte sich träge hin und her, als der echte Victor ihn mit Okto-Zellulose umwickelte. Noch einmal suchte er den Vorführraum auf und holte Spulen mit anderen Filmen, die Bezam entgegen aller Vernunft in einer Vitrine aufbewahrte.

Er arbeitete mit der methodischen Ruhe abgrundtiefen Entsetzens, brachte die Spulen zur Leinwand und stapelte sie dort auf. Das *Ding* entriß einen weiteren Arm der Zweidimensionalität und tastete nach den Streifen, aber was auch immer die Bewegungen kontrollierte: Es fehlte an Koordination. Wahrscheinlich ist es nicht daran gewöhnt, nur zwei Arme zu haben, dachte Victor.

Er warf die letzte Spule auf den Haufen.

»In unserer Welt mußt du dich an unsere Regeln halten«, sagte er. »Und ich schätze, du brennst so gut wie alles andere, nicht wahr?«

Das *Ding* bemühte sich, ein Bein aus der Leinwand zu ziehen.

Victor klopfte auf seine Hosentaschen. Er eilte zum dritten Mal innerhalb kurzer Zeit zum Vorführraum und suchte dort.

Streichhölzer. Er brauchte Streichhölzer!

Er lief ins Foyer und nach draußen, wo die Menge mit fasziniertem Entsetzen eine fünfzehn Meter große Ginger beobachtete – sie streifte gerade die Trümmer eines Gebäudes ab.

Victor vernahm ein Klicken in unmittelbarer Nähe. Der Kurbeldreher Gaffer stand hinter einem Bilderkasten und hielt die Szene fest.

Der Professor und Schnapper schrien sich gegenseitig an.

»Wir *können* keine Magie verwenden! Solche Wesen *verbrauchen* Magie! Sie werden dadurch noch stärker!«

»Aber ihr müßt doch in der Lage sein, *irgend etwas* dagegen zu unternehmen!« ereiferte sich Treibe-mich-selbst-in-den-Ruin.

»Mein lieber Herr, *wir* haben nicht mit Dingen herumgepfuscht, die...« Der Professor unterbrach sein zorniges Knurren. »Mit denen man besser nicht herumpfuschen sollte«, fügte er unbeholfen hinzu.

»Streichhölzer!« rief Victor. »Streichhölzer! Schnell!«

Alle starrten ihn an.

Dann nickte der Professor für unbestimmte Studien. »Gewöhnliches Feuer«, sagte er. »Du hast recht. Es müßte klappen. Gute Idee, Junge.« Er kramte in einer Tasche und holte ein Bündel Streichhölzer hervor – die kettenrauchenden Zauberer hatten immer welche dabei.

»Es wäre sehr dumm, das *Odium* in Brand zu stecken«, wandte Schnapper ein. »Dort drin liegen jede Menge Streifen!«

Victor riß ein Plakat von der Wand, knüllte es zu einer Art Fackel zusammen und entzündete das eine Ende.

»Genau darauf kommt's mir an«, erwiderte er. »Sie sollen alle verbrennen.«

»*Tschuldigung...*«

»Ist denn die ganze Welt verrückt geworden?« fragte Schnapper. »Die beweglichen Bilder brennen *schnell!*«

»*Tschuldigung...*«

»Und wenn schon«, brummte Victor. »Ich wollte ohnehin nicht in der Nähe bleiben.«

»Ich meine wirklich *schnell!*«

»Tschuldigung«, wiederholte Gaspode geduldig. Sie sahen auf ihn hinab.

»Laddie und ich könnten das übernehmen«, sagte der Hund. »Vier Beine sind besser als zwei und so. Wenn's darum geht, die Welt zu retten.«

Victor blickte zu Schnapper und zog die Brauen hoch.

»Vielleicht schaffen sie's tatsächlich«, räumte Treibe-mich-selbst-in-den-Ruin ein. Tugelbend nickte. Laddie sprang elegant, nahm die Papierfackel ins Maul und kehrte ins Gebäude zurück. Gaspode folgte ihm etwas langsamer und wackelte dabei von einer Seite zur anderen.

»Habe ich mir das nur eingebildet, oder kann der kleine Hund wirklich sprechen?« fragte Schnapper.

»Er behauptet, nicht dazu imstande zu sein«, erwiderte Victor.

Schnapper zögerte. Die allgemeine Aufregung verstörte ihn ein wenig. »Nun...«, sagte er schließlich, »ich schätze, er muß es am besten wissen.«

Die Hunde liefen zur Leinwand. Das Victor-Ding hatte sich jetzt fast ganz daraus gelöst und lag zwischen den Spulen.

»Darf ich das Feuer entzünden?« fragte Gaspode. »Eigentlich steht's mir zu.«

Laddie bellte gehorsam und ließ das brennende Papier fallen. Gaspode hob es auf und näherte sich vorsichtig dem *Etwas*.

»Ich rette jetzt die Welt«, sagte er undeutlich und legte die improvisierte Fackel zur Okto-Zellulose. Sie gleißte sofort und brannte weiß wie Magnesium.

»Na schön«, sagte er. »Und jetzt sollten wir diesen Ort verlassen...«

Das *Ding* schrie und verlor jede Ähnlichkeit mit Victor. Zwischen den Flammen geschah etwas, das wie die Explosion in einem Aquarium anmutete. Ein Tentakel zuckte aus der Glut und wickelte sich Gaspode ums Bein.

Er drehte den Kopf und versuchte hineinzubeißen.

Laddie hatte fast den Ausgang erreicht, doch nun raste er durch den Saal zurück und stürzte sich auf den hin und her schlagenden Arm. Er zuckte zur Seite und stieß den größeren Hund fort. Gaspode wurde über den Boden geschleudert.

Er richtete sich auf, trippelte unsicher und fiel.

»Das verdammte Bein ist hin«, knurrte er. Laddie warf ihm einen kummervollen Blick zu. Flammen leckten nach den Spulen.

»Verschwinde von hier, du dummer Köter«, sagte Gaspode. »Hier fliegt gleich alles in die Luft. *Nein!* Pack mich nicht am Nacken! Setz mich ab! Dir bleiben nur noch wenige Sekunden...«

Die Mauern des *Odium* schienen langsam anzuschwellen. Alle Bretter und Steine hielten zusammen, während sie sich nach außen wölbten.

Dann holte die Zeit das Geschehen ein.

Victor warf sich zu Boden und preßte das Gesicht ans Kopfsteinpflaster.

Bumm.

Ein orangefarbener Feuerball hob das Dach und wuchs in den dunstigen Himmel. Halb geschmolzene Ziegelsteine regneten auf die anderen Häuser herab. Eine rotglühende Spule jagte über die liegenden Zauberer hinweg, sang dabei ein drohendes *Fippfippfipp* und explodierte an einer Wand.

Ein lautes, schrilles Pfeifen erklang und verhallte nach einigen Sekunden.

Das Ginger-*Ding* schwankte in der Hitze. Heißer Aufwind erfaßte seinen Rock und ließ ihn an den Hüften flattern. Das Wesen flackerte, während ein Hagel aus Schutt niederging.

Schließlich drehte er sich ungelenk und stapfte weiter.

Victor sah zur Original-Ginger. Sie starrte zu den dünner werdenden Rauchwolken, die dort wogten, wo eben noch das *Odium* gewesen war.

»Es ist falsch«, sagte sie. »So darf es nicht geschehen. So geschieht es *nie*. Wenn man glaubt, es sei schon zu spät, kommen sie plötzlich aus dem Qualm hervor.« Sie blickte Victor aus trüben Augen an. »Das stimmt doch, oder?« fragte sie in einem flehentlichen Tonfall.

»Du meinst die beweglichen Bilder«, erwiderte er. »Dies ist die Wirklichkeit.«

»Wo liegt der Unterschied?«

Der Professor griff nach Victors Schulter und drehte ihn um.

»Das Wesen will zur Bibliothek!« keifte er. »Du mußt es aufhalten! Wenn es sein Ziel erreicht, wird es durch all die Magie unbesiegbar! Dann sind wir ihm hilflos ausgeliefert! Dann holt es noch andere *Dinge* hierher!«

»Ihr seid Zauberer«, betonte Ginger. »Warum unternehmt ihr nichts dagegen?«

Victor schüttelte den Kopf. »Die *Dinge*... Sie *mögen* unsere Magie. Wenn man in ihrer Nähe Gebrauch davon macht, werden sie noch stärker.« Er zögerte kurz und erinnerte sich an die Bemerkungen des Professors. »Wie soll ausgerechnet *ich* es aufhal...?«

Er unterbrach sich, als er die erwartungsvollen Blicke der Menge spürte.

Die Leute sahen ihn nicht so an, als sei er ihre letzte Hoffnung. Sie schienen ihn vielmehr für eine Gewißheit zu halten.

Ein kleines Kind fragte: »Was geschieht jetzt, Mama?«

Die dicke Frau, die den Knaben in ihren Armen hielt, antwortete: »Ganz einfach. Er läuft los und besiegt das Ungeheuer im letzten Augenblick. So ist das immer. Hab' ich schon oft gesehen.«

»Ich bin noch nie losgelaufen, um irgendwelche Ungeheuer im letzten Augenblick zu besiegen!« erwiderte Victor.

»Ich hab's aber *gesehen*«, sagte die Dicke und lächelte zuversichtlich. »In *Söhne der Wüste*. Die junge Dame hier...« Sie knickste vor Ginger. »Sie saß auf einem Pferd, das über den Rand der Klippe springen wollte, und *du* bist zu ihr geritten und hast sie im letzten Augenblick gerettet. Hat mich sehr beeindruckt.«

»Das war nicht in *Söhne der Wüste*«, warf ein älterer, pedantischer Mann ein. Er stopfte seine Pfeife. »Du meinst *Tal der Trolle*.«

»Nein, es handelt sich tatsächlich um eine Szene in *Die Söhne der Wüste*«, ließ sich eine dünne Frau hinter ihm vernehmen. »Ich irre mich bestimmt nicht. Weil ich den Streifen siebenundzwanzigmal gesehen habe.«

»Ja, und es war eine *tolle* Szene«, sagte die erste Frau. »Als sie ihn verläßt, und er sich zu ihr umdreht, und als er ihr dann aus glühenden Augen nachsieht... Dabei breche ich immer in Tränen aus.«

»Entschuldigung, aber mit *Söhne der Wüste* hat das überhaupt nichts zu tun.« Der Pfeifenraucher sprach jetzt sehr langsam. »Du denkst dabei an die berühmte Szene auf dem Platz in *Brennende Leidenschaft*.«

Die Dicke nahm Gingers schlaffe Hand und betatschte sie ausgiebig.

»Du hast einen guten Mann«, sagte sie. »Rettet dich dauernd und so. Wenn wahnsinnige Trolle auf den Gedanken kämen, *mich* zu entführen... Mein Alter würde keinen Finger rühren und höchstens fragen, wohin er die Koffer schicken soll.«

»*Mein* Mann bliebe selbst im Sessel sitzen, wenn hungrige Drachen über mich herfielen«, fügte die dünne Frau hinzu und gab Ginger einen freundlichen Klaps auf die Schulter. »Aber du solltest dich besser anziehen. Wenn du das nächste Mal gerettet werden mußt... Besteh darauf, dir vorher einen warmen Mantel überzustreifen. Wenn ich dich auf der Leinwand sehen, denke ich immer: Sie holt sich bestimmt die Grippe, wenn sie weiterhin so herumläuft.«

»Wo ist sein Schwert?« fragte der Knabe und trat an Mamas Schienbein.

»Sicher holt er es gleich«, sagte die Dicke und bedachte Victor mit einem ermutigenden Lächeln.

»Äh, ja«, entgegnete Tugelbend. »Komm, Ginger.« Er griff nach ihrer Hand.

»Platz für den jungen Mann!« rief der Pfeifenraucher gebieterisch.

»Sie halten uns für Delores De Syn und Victor Maraschino«, stöhnte Ginger. »Alle warten einfach nur ab, weil sie glauben, daß du ein Held bist! Und wir können überhaupt nichts gegen das *Ding* unternehmen! Es ist größer als wir beide zusammen!«

Victor starrte aufs feuchte Kopfsteinpflaster. Ich weiß, wie man Magie beschwört, dachte er. Aber gewöhnliche Zauberei nützt nichts gegen die Kerkerdimensionen. Außerdem: Wahre Helden verplempern ihre Zeit nicht damit, in einer Menge zu stehen und sich von ihren Verehrern bejubeln zu lassen. Sie sind vielmehr damit beschäftigt, Heldentaten zu vollbringen. Wahre Helden gleichen dem armen Gaspode. Man bemerkt sie erst nachher. Das ist die Wirklichkeit.

Zögernd hob er den Kopf.

Oder ist *dies* die Wirklichkeit?

Die Luft knisterte. Es gab auch noch eine andere Art von Magie, und sie zuckte wie ein gerissener Streifen hin und her. Wenn es ihm gelang, sie zu packen...

Die Wirklichkeit mußte nicht unbedingt *wirklich* sein. Unter gewissen Umständen genügte es, wenn die Leute an etwas glaubten...

»Tritt zurück«, flüsterte Victor.

»Was hast du vor?« fragte Ginger.

»Ich versuche jetzt, die Magie von Holy Wood zu verwenden.«

»Holy Wood besitzt gar keine Magie!«

»Vielleicht doch. Eine andere *Art* von Magie. Wir haben sie gespürt. Magie ist dort, wo man sie findet.«

Victor holte mehrmals tief Luft und ließ seine Gedanken treiben. Das war das Geheimnis: Man schlüpfte einfach in eine Rolle, ohne darüber nachzudenken. Man empfing Anweisungen und führte sie aus. Es war nur ein Job. Man sah das Auge des Bilderkastens, und daraufhin veränderte sich die Welt – eine Welt, die nur aus dem Flackern auf einer Leinwand bestand.

Das Geheimnis: Flimmern und Flackern.

Gewöhnliche Magie bewegte die Dinge nur und konnte nichts *erschaffen*, das länger als höchstens eine Sekunde existierte. So etwas erforderte zuviel Energie.

Aber Holy Wood erschuf immer wieder etwas, viele Male innerhalb einer einzigen Sekunde. Holy Woods Dinge brauchten nicht lange zu existieren, nur lange genug.

Doch wenn jene Magie funktionieren sollte, mußte man die Regeln von Holy Wood beachten...

Er streckte eine ruhige Hand gen Himmel.

»Licht!«

Blitze zuckten und erhellten die ganze Stadt...

»Bilderkasten!«

Gaffer drehte energisch die Kurbel.

»Action!«

Niemand sah, woher das Pferd kam. Plötzlich war es einfach *da* und galoppierte über die Menge hinweg: ein weißes Roß mit eindrucksvoll silberbeschlagenem Zaumzeug. Victor schwang sich in den Sattel, und es bäumte sich auf, trat mit den Vorderläufen. Er zog ein Schwert, das bis eben nicht existiert hatte.

Schwert und Pferd flackerten kaum merklich.

Victor lächelte, und Licht reflektierte an einem Zahn. *Ping.* Ein kurzes Aufleuchten, aber ohne Ton. Ton gab es noch nicht bei den beweglichen Bildern.

Daran glauben. Darauf kam es an. Man durfte nicht aufhören, daran zu glauben. Augen und Gehirn einen Streich spielen...

An jubelnden Zuschauern vorbei ritt er zur Universität, zum Schauplatz der großen Szene.

Gaffer entspannte sich. Ginger tippte ihm auf die Schulter.

»Wenn du aufhörst, die Kurbel zu drehen, breche ich dir das verdammte Genick«, sagte sie freundlich.

»Aber er ist schon so weit entfernt, daß man ihn kaum mehr sieht!«

Ginger zerrte ihn zu Windle Poons' Rollstuhl und warf dem Greis darin ein Lächeln zu, das das Schmalz in seinen Ohren verdampfen ließ.

»Entschuldige bitte«, sagte sie mit einer Stimme, die bei den anderen Zauberern dafür sorgte, daß sich die Zehennägel aufrollten. »Könnten wir uns deinen Rollstuhl ausleihen?«

»He-heh! Na klar, Teuerste! Aufsteigen und ab geht's!«

... Wumm ... wumm ...

Ponder Stibbons wußte natürlich von der Vase. Alle Studenten hatten sie sich angesehen.

Er achtete nicht auf das Gefäß, als er durch den Flur schlich, einmal mehr in der Absicht, sich einen Abend in Freiheit zu genehmigen.

... Wumm*wumm*WUMM*WUMM*WUMMMM*wummm*.

Jetzt brauchte er nur noch den Kreuzgang hinter sich zu bringen und...

PLIB.

Alle acht tönernen Elefanten spuckten Bleikugeln. Der Resograph explodierte und verwandelte die Decke in etwas, das einem Pfefferstreuer ähnelte.

Nach einer Weile stand Ponder langsam und vorsichtig auf. Sein Hut war nur noch eine Sammlung von Löchern, die einige dünne Stoffstreifen zusammenhielten. Dem rechten Ohr des jungen Zauberers fehlte ein kleines Stück.

»Ich wollte nur *ein* Bier trinken«, klagte er benommen. »Was ist daran so schlimm?«

Der Bibliothekar hockte auf dem Kuppeldach der Bibliothek und beobachtete, wie ein interessiertes Publikum durch die Straßen eilte, als sich die riesige Gestalt näherte.

Überrascht stellte er fest, daß dem Wesen ein flimmerndes Pferd folgte, dessen Hufe auf den Kopfsteinen gar keine Geräusche verursachten.

Und *da*hinter donnerte ein mit drei Rädern ausgestatteter Rollstuhl, der sich in der Kurve gefährlich weit zur Seite neigte. Funken stoben von seinen Achsen. Zauberer klammerten sich daran fest und schrien aus vollem Hals. Gelegentlich verlor einer von ihnen den Halt und mußte rennen, um zu dem quietschenden Gefährt aufzuholen und wieder an Bord zu springen.

Drei von ihnen hatten es nicht geschafft. Besser gesagt: Einem von ihnen war es gelungen, sich an einem Teil des hin und her flatternden Verdecks festzuhalten, und die beiden anderen gruben ihre Finger tief in den Saum seines Umhangs. Wenn der Rollstuhl durch eine Kurve sauste, schwang hinter ihm ein Schweif »Whaaaah!« rufender Zauberer zur Seite.

Der Bibliothekar bemerkte auch einige Zivilisten, und sie schienen bestrebt zu sein, noch lauter zu schreien als die Zauberer.

In seinem langen Leben hatte er viele seltsame Dinge gesehen, und dieser Anblick kam zweifellos an siebenundfünfzigster Stelle.[*]

Die Stimmen erreichten ihn sogar auf dem hohen Dach der Bibliothek.

»... immer die Kurbel drehen! Es klappt nur, wenn du immerzu die Kurbel drehst! Es ist die Magie von *Holy Wood!* Victor sorgt dafür, daß sie auch in der wirklichen Welt funktioniert!« Diese Worte stammten von einer jungen Frau.

»Na schön, aber die Kobolde werden sauer, wenn...« Die Stimme eines Mannes, der sich erheblichem Streß ausgesetzt sah.

»Die Kobolde sind mir völlig schnurz!«

»Wie ist es ihm gelungen, ein Pferd zu erschaffen?« Der Bibliothekar erkannte das Wimmern des Dekans. »Das ist äußerst komplexe Magie! Nur ein Zauberer der achten Stufe...«

»Es handelt sich nicht um ein echtes Pferd, sondern um ein Roß aus den beweglichen Bildern.« Erneut die junge Frau. »He, du wirst langsamer!«

»Nein, das stimmt nicht! Sieh nur! Ich drehe die Kurbel! Ich drehe die Kurbel!«

»Er kann unmöglich auf einem Pferd reiten, das eigentlich gar nicht existiert!«

»*Das* glaubst du? Obwohl du Magier bist?«

»Ich bin ein *Zauberer*.«

»Nun, was auch immer. Diese Art von Magie ist euch fremd.«

Der Bibliothekar nickte und hörte nicht mehr zu. Etwas anderes erforderte seine Aufmerksamkeit.

Das *Ding* hatte jetzt fast den Kunstturm erreicht, und sicher wandte es sich gleich der Bibliothek zu. Solche Wesen versuchten immer, zur

---

[*] Er hatte einen ausgeprägten Sinn für Ordnung.

nächsten Quelle von Magie zu gelangen. Weil sie thaumaturgische Kraft benötigten.

In einem staubigen Lagerraum hatte der Bibliothekar einen langen eisernen Spieß gefunden. Er hielt ihn nun mit einem Fuß, während er das am Wetterhahn festgebundene Seil löste. Es reichte bis zum oberen Teil des Kunstturms – der Affe hatte die ganze Nacht damit verbracht, diese Vorbereitungen zu treffen.

Er sah auf die Stadt hinab, klopfte sich dann an die Brust und brüllte: »AaaaAAAaaaAAA – hngh, hngh.«

Vielleicht ist es nicht unbedingt notwendig, sich an die eigene Brust zu hämmern, dachte er, als er darauf wartete, daß die blitzenden Lichter verblaßten und das Rauschen in den Ohren nachließ.

Er nahm den Spieß in die eine Hand, das Seil in die andere – und sprang.

Um auf eine möglichst anschauliche Weise zu beschreiben, wie der Bibliothekar über die Gebäude der Unsichtbaren Universität hinwegschwang, sollen hier die dabei entstehenden Geräusche erwähnt werden.

Zunächst einmal: »AaaAAAaaaAAAaaa.« Nun, das war nicht anders zu erwarten. Dieser Ruf bezog sich auf den ersten Teil des Weges durch die Luft, als alles nach Plan zu laufen schien.

Dann: »Aaaarghhh.« Einen solchen Schrei stieß der Bibliothekar aus, als er das *Ding* um mehrere Meter verfehlte und sich folgender Erkenntnis stellte: Wenn man ein Seil an einem sehr hohen sowie ausgesprochen massiven Turm festgebunden hat und ihm entgegenfliegt, so ist es keine besonders gute Idee, unterwegs etwas zu verfehlen. Darüber hinaus bleibt nur wenig Zeit, Reue zu empfinden.

Das Seil trug den Orang-Utan zum Kunstturm, und dort ertönte ein spezielles Geräusch. Es hörte sich genau so an, als klatsche ein mit Butter gefüllter Gummisack an festen Stein. Eine kurze Pause schloß sich an, und ihr folgte ein recht leises »Uuugh«.

Die Lanze klapperte durch tiefe Dunkelheit. Der Bibliothekar streckte alle viere von sich, klebte wie ein Seestern an der Wand, preßte Zehen und Finger in winzige Risse.

Vielleicht wäre er in der Lage gewesen, bis ganz nach unten zu klettern, aber diese Möglichkeit stellte sich ihm nicht zur Auswahl. Das *Ding* streckte eine flackernde Hand aus und pflückte ihn von

Mauer. Es klang wie eine Saugglocke, die einen Schmutzpfropfen aus einem verstopften Abflußrohr zieht.

Die Menge strömte auf den Platz vor der Unsichtbaren Universität. Onkel und Neffe Schnapper standen ganz vorn.

»Sieh nur.« Treibe-mich-selbst-in-den-Ruin seufzte. »Es müssen Tausende sein, und niemand versucht, ihnen was zu verkaufen.«

Der Rollstuhl hielt in einem Funkenregen.

Victor hatte auf ihn gewartet, und das weiße Roß flimmerte unter ihm. Nein, es war kein einzelnes Pferd, sondern viele Pferde, die schnell hintereinander einen Platz in der Wirklichkeit fanden. Es bewegte sich nicht, sondern wechselte von Bild zu Bild.

Erneut zuckten Blitze.

»Was macht er da?« fragte der Professor.

»Er versucht, *es* daran zu hindern, die Bibliothek zu erreichen«, antwortete der Dekan und spähte durch den Regen, der aufs Kopfsteinpflaster zu prasseln begann. »Wenn die *Dinge* in der Wirklichkeit überleben wollen, brauchen sie Magie, um sich zusammenzuhalten. Sie haben kein natürliches morphogenes Feld, und deshalb...«

»Unternimm etwas!« rief Ginger. »Bring *es* mit Magie um! Oh, der arme Affe!«

»Wir dürfen keine Magie einsetzen!« erwiderte der Dekan scharf. »Ebensogut könnte man Öl ins Feuer gießen. Außerdem... Ich weiß nicht, wie man eine fünfzehn Meter große Frau umbringt. Ich hatte noch nie Gelegenheit, diesbezügliche Erfahrungen zu sammeln.«

»Das ist keine Frau, sondern ein... ein Geschöpf aus den beweglichen Bildern, du Idiot!« schrillte Ginger. »Hältst du mich etwa für so groß? Das Ungeheuer benutzt Holy-Wood-Magie! Es ist ein verdammtes Holy-Wood-Monster! Aus dem Reich der beweglichen Bilder.«

»Steuern! Du sollst steuern, verdammt!«

»Wie denn?«

»Indem du dein Gewicht verlagerst!«

Der Quästor schloß die Hände nervös um den Besenstiel. Für dich ist das leicht gesagt, dachte er. Du bist an so was gewöhnt.

Er erinnerte sich...

Als sie aus dem Großen Saal traten, kam eine riesige Frau am Tor vorbei, mit einem schnatternden Affen in der Hand.

Jetzt bemühte sich der Quästor, einen uralten Besen aus dem Museum der Universität zu fliegen, während der Irre hinter ihm fieberhaft danach trachtete, eine Armbrust zu laden.

In die Luft, hatte der Erzkanzler gesagt. Wir müssen unbedingt in die Luft.

»Kannst du den Besen nicht ruhig halten?« fragte Ridcully.

»Er ist nur für einen Passagier bestimmt, Erzkanzler!«

»Wie soll ich zielen, wenn du dauernd Schleifen am Himmel fliegst, Mann?«

Der ansteckende Geist von Holy Wood zuckte wie eine durchtrennte Stahltrosse durch Ankh-Morpork und kratzte erneut an Ridcullys Bewußtsein.

»Wir lassen unsere Jungs nicht im Stich«, brummte er.

»Unsere Affen, Erzkanzler«, sagte der Quästor automatisch.

Das *Ding* wankte heran, torkelte und taumelte, stemmte sich den an ihm zerrenden Kräften der Wirklichkeit entgegen. Es flackerte und versuchte, die Form zu behalten, mit der es in die Wirklichkeit gekommen war. Zwischen den Bildern von Ginger erhaschte Tugelbend dann und wann einen Blick auf etwas, das zitterte, sich hin und her wand.

Das *Etwas* gierte nach Magie.

Es starrte auf Victor und sein Schwert hinab. Wenn es imstande war, Erkenntnisse zu sammeln und sich etwas zu merken, so begriff es nun, daß Unverwundbarkeit nicht zu seinen Fähigkeiten gehörte.

Es drehte sich um, näherte sich Ginger. Und den Zauberern, die in Flammen aufgingen.

Der Dekan brannte in einem prächtigen Blau.

»Keine Sorge, junge Dame«, klang die Stimme des Professors aus dem Feuer. »Es ist nur ein Trugbild. Wir brennen nicht wirklich.«

»Darauf braucht ihr mich nicht extra hinzuweisen«, erwiderte Ginger. »Also los!«

Die Zauberer traten vor.

Ginger hörte Schritte, drehte sich um und sah die beiden Schnappers.

»Warum fürchtet es sich vor den Flammen?« fragte Soll, als das *Ding* zurückwich. »Sie sind doch gar nicht echt. Es müßte doch spüren, daß keine Hitze davon ausgeht.«

Ginger schüttelte den Kopf. Sie wirkte wie jemand, der auf den Wellen der Hysterie reitet. Nun, es geschah natürlich nicht jeden Tag, daß sie auf ein gewaltiges, durch die Stadt trampelndes Abbild ihrer selbst stieß.

»Es benutzt die Magie von Holy Wood«, betonte sie noch einmal. »Und deshalb muß es sich an die Regeln von Holy Wood halten. Es hört nichts und fühlt nichts. Es kann nur sehen. Was es sieht, wird zur Wirklichkeit. Und Okto-Zellulose fürchtet in erster Linie Feuer.«

Die riesige Ginger stand nun mit dem Rücken zum Kunstturm.

»Das wär's«, meinte Schnapper. »Jetzt sitzt das Biest in der Falle.«

Das *Ding* blinzelte und starrte zu den heranrückenden Flammen.

Es drehte sich um. Es hob die freie Hand. Und es kletterte am Turm empor.

Victor stieg ab und konzentrierte sich nicht mehr. Das Pferd verschwand.

Trotz der Panik blieb in seinem emotionalen Kosmos genug Platz für hämische Freude. Wenn sich die Zauberer mehr Streifen angesehen hätten – dann wüßten sie nun, worauf es ankam.

Die minimale Bildfrequenz. Selbst die Wirklichkeit hatte eine. Wenn man etwas erschaffen konnte, das nur für einen Sekundenbruchteil von Bestand blieb, bedeutete das nicht, daß man versagt hatte. Es bedeutete nur, daß man es wieder und immer wieder erschaffen mußte.

Victor huschte an der Mauer des Turms entlang, blickte zum kletternden Ungeheuer hoch – und stolperte über einen Gegenstand aus Metall. Das Objekt stellte sich als der Spieß des Bibliothekars heraus. Einige Metern dahinter lag das Ende eines langen Seils in einer Pfütze.

Tugelbend überlegte kurz, nahm dann die Lanze, schnitt ein Stück vom Seil ab und befestigte es so am Spieß, daß er ihn sich über die Schulter schlingen konnte.

Anschließend griff er nach dem Seil, zog versuchsweise daran und...

Victor spürte einen auffallenden Mangel an Widerstand und wich gerade noch rechtzeitig beiseite. Mehrere Dutzend Meter nasses Seil knallten neben ihm aufs feuchte Pflaster.

Verzweifelt hielt er nach einem anderen Weg zur Turmspitze Ausschau.

Onkel und Neffe Schnapper beobachteten mit offenem Mund, wie das *Ding* kletterte. Es bewegte sich nicht sehr schnell, und gelegentlich klemmte es den Bibliothekar zwischen zwei Streben, um nach dem nächsten Halt zu tasten.

»Oh, ja«, hauchte Soll. »Ja. Ja. Was für ein Streifen! Das nenne ich wahre Kinematographie!«

»Eine riesige Frau, die mit einem schreienden Affen in der Hand an einem großen Gebäude emporkraxelt«, seufzte Schnapper. »Und wir brauchen nicht einmal Honorar für die Schauspieler zu bezahlen!«

»Ja«, bestätigte Soll.

»Ja...«, sagte Schnapper. Ungewißheit schlich sich in seine Stimme. Solls Gesicht offenbarte so etwas wie Sehnsucht.

»Ja«, wiederholte er. »Äh.«

»Ich weiß, was du meinst«, murmelte Schnapper.

»Es ist... Ich meine, es ist großartig, aber... Nun, ich habe das Gefühl...«

»Etwas stimmt nicht«, sagte Schnapper schlicht.

»Nein, nein«, widersprach Soll und ruderte mit den Armen. »Es ist alles in Ordnung. Zumindest in gewisser Weise. Ich meine nur, etwas fehlt...« Er suchte vergeblich nach den richtigen Worten.

Der Neffe seufzte. Der Onkel seufzte ebenfalls.

Donner grollte.

Und vom Himmel raste ein Besen herab, auf dem zwei schreiende Zauberer hockten.

Victor öffnete die Tür des Kunstturms.

Dunkelheit erwartete ihn, und er hörte Regenwasser, das vom hohen Dach tropfte.

Es hieß, der Kunstturm sei das älteste Gebäude der ganzen Scheibenwelt. So sah er auch aus. Er diente längst keinem besonderen Zweck mehr, und die Holzböden der einzelnen Etagen waren verfault und verrottet. Das Innere enthielt praktisch nur noch die Treppe.

Sie formte eine lange Spirale und bestand aus in den Mauern eingelassenen Steinplatten. Einige von ihnen hatten sich dem allgemeinen Schutt im Erdgeschoß hinzugesellt. Der Aufstieg war selbst im hellen Tageslicht gefährlich.

In der Finsternis... Unmöglich.

Hinter Victor ging die Tür auf, und Ginger kam herein, gefolgt vom Kurbeldreher Gaffer.

»Nun?« fragte sie scharf. »Beeil dich. Du mußt das arme Tier retten.«

»Den Affen«, sagte Tugelbend geistesabwesend.

»Meinetwegen.«

»Es ist zu dunkel«, fügte Victor hinzu.

»In den beweglichen Bildern ist es nie zu dunkel«, erwiderte Ginger kategorisch. »Denk darüber nach.«

Sie bohrte dem Kurbeldreher den Ellenbogen in die Rippen, und daraufhin sagte Gaffer hastig: »Sie hat recht. Da ist es nie zu dunkel. Kein Wunder: Man braucht genug Licht, um die Dunkelheit zu sehen.«

Victor starrte in die Finsternis, drehte dann den Kopf und sah Ginger an.

»Wenn mir, äh, was zustößt...«, begann er. »Erzähl den Zauberern von... Du weißt schon. Von dem Höhlen-Kino. Vielleicht versuchen die *Dinge* auch dort, in die Wirklichkeit zu gelangen.«

»Ich kehre nicht in den Hügel zurück!«

Erneut grollte Donner.

»Na los!« rief Ginger. »Licht! Bilderkasten! Action! Und so weiter!«

Victor biß die Zähne zusamen und sprintete. Das Licht reichte gerade aus, um der Dunkelheit Form zu verleihen. Während er von einer Stufe zur nächsten sprang, wiederholte er in Gedanken die Litanei von Holy Wood.

»Das Licht muß genügen, um in der Dunkelheit zu sehen«, schnaufte er.

Er taumelte weiter.

»Und in Holy Wood mangelt es mir nie an Kraft», fügte er hinzu und hoffte, daß ihm seine Beine glaubten.

Damit schaffte er es bis zum nächsten Treppenabsatz.

»Außerdem erfolgt eine richtige Holy-Wood-Rettung immer erst im letzten Augenblick«, keuchte er, lehnte sich an die Wand und schnappte nach Luft.

»Im letzten Augenblick«, murmelte Victor.

Er setzte den Weg nach oben fort.

Die Steinplatten unter seinen Füßen fühlten sich wie ein Traum an, wie einzelne bewegliche Bilder, die durch einen Bilderkasten klickten.

Er kam immer im letzten Augenblick. Tausende von Zuschauern wußten das.

Wenn Helden nicht im letzten Augenblick eintrafen – dann hatten heldenhafte Rettungen überhaupt keinen Sinn. Und...

Vor Victors sich senkendem Fuß fand sich keine Stufe.

Der andere Fuß schickte sich bereits an, die andere Stufe zu verlassen.

Tugelbend sammelte seine ganze Kraft für einen sehnenzerrenden Sprung. Er fühlte, wie seine Zehen an die nächste Platte stießen, warf sich nach vorn und sprang erneut – ihm blieb gar nichts anderes übrig, wenn er sich kein Bein brechen wollte.

»Der reinste Wahnsinn!«

Er lief weiter und versuchte, andere fehlende Stufen rechtzeitig zu erkennen.

»Immer im letzten Augenblick«, brummte er.

Bedeutete das, er konnte für ein oder zwei Minuten verharren und sich ausruhen? Um anschließend genau im letzten Augenblick zu erscheinen? Das war schließlich der Clou der ganzen Sache, oder? Er durfte nicht im *vor*letzten Augenblick eintreffen...

Nein. Er mußte sich an die Regeln halten.

Vor ihm fehlte wieder eine Platte.

Victor starrte ins Leere.

Und die Treppe war noch *lang*.

Er konzentrierte sich kurz und trat auf... nichts. Das Nichts verwandelte sich in eine Stufe, nur für jenen Sekundenbruchteil, den Tugelbend brauchte, um die nächste zu erreichen.

Er lächelte im Dunkeln, und Licht reflektierte von einem Zahn.

Was von der Magie Holy Woods geschaffen wurde, existierte nie lange.

Aber lange genug, um einen Platz in der Wirklichkeit zu finden.

Hurra, Holy Wood.

Das *Ding* flackerte nun langsamer. Es verbrachte weniger Zeit damit, wie eine riesige Version von Ginger auszusehen, wirkte immer mehr wie der Inhalt des Mülleimers im Arbeitszimmer eines Tierpräparators. Es zog seinen nassen Leib auf die Plattform am Ende des Turms und blieb dort liegen. Atem zischte durch seine Luftröhren. Fester Stein zerbröckelte unter Tentakeln, als Magie forttropfte und dem Hunger der Zeit wich.

Ein verwirrter Blick schweifte umher. Wo befanden sich die anderen? Das Wesen war allein an einem seltsamen Ort...

Und es wurde zornig, streckte ein Auge aus und beobachtete den Affen, der in einer ehemaligen Hand zappelte. Lautes Donnern ließ den Turm erzittern. Regen strömte übers Mauerwerk.

Das *Ding* wickelte einen Arm um die Taille des Bibliothekars...

...und bemerkte eine andere, lächerlich kleine Gestalt. Sie kam durch die Tür des Treppenhauses.

Victor streifte den improvisierten Riemen von der Schulter und nahm den Spieß in die Hand. Was jetzt? Wenn man es mit Menschen zu tun hatte, standen einem gewisse Möglichkeiten offen. Man konnte sagen: »He, gib den Affen frei und heb die Greifer.« Man konnte...

Ein mit Klauen ausgerüsteter und armdicker Tentakel schmetterte auf die Steine herab und zermalmte einige von ihnen.

Tugelbend sprang zurück und holte mit der Lanze aus – sie hinterließ einen tiefen gelben Riß im Fleisch des *Dings*. Es heulte und drehte sich erschreckend schnell, um mit weiteren Tentakeln nach dem jungen Mann zu schlagen.

Es mangelt ihnen an Gestalt, dachte Victor. In dieser Welt haben sie keine richtige Form. Dieses *Etwas* hat zuviel Zeit damit verbracht, sich zusammenzuhalten. Je mehr es sich auf mich konzentrieren muß, desto größer wird die Wahrscheinlichkeit, daß es einfach auseinanderfällt.

Ein Durcheinander aus Augen in verschiedenen Größen wölbte sich aus diversen Teilen des *Dings*.

Sie starrten zu Victor, und dünne rote Adern glühten in ihnen.

Na schön, fuhr es ihm durch den Sinn. Ich habe jetzt seine Aufmerksamkeit. Und nun?

Er stach nach einer Klaue und zog die Knie bis dicht unters Kinn, als ein weiterer Tentakel versuchte, ihm die Beine vom Rest seines Körpers zu trennen. Noch ein Tentakel schlich heran.

Ein Pfeil traf ihn und erzielte die gleiche Wirkung wie eine Stahlkugel, die eine mit Vanillesoße gefüllte Socke durchschlug. Das *Ding* heulte.

Ein Besen raste über den Turm hinweg, und hinter dem Quästor versuchte der Erzkanzler, erneut seine Armbrust zu laden.

»Wenn's blutet, können wir es töten!« hörte Victor, und dann: »Was meinst du mit *wir*?«

Victor trat vor und schlug auf alles ein, das ihm verwundbar erschien. Das Wesen wechselte die Gestalt und versuchte, sich dort ein dickes Fell oder einen Panzer wachsen zu lassen, wo es die Lanze spürte, aber es war nicht schnell genug. Die Zauberer auf dem Besen haben recht, dachte Victor. Es kann tatsächlich getötet werden. Vielleicht dauert es Stunden, um dieses Geschöpf umzubringen, aber es ist nicht unbesiegbar.

Und dann stand Ginger vor ihm, zeigte ihm ein Gesicht, das Schmerz und Verzweiflung zum Ausdruck brachte.

Tugelbend zögerte.

Ein Pfeil bohrte sich in den Leib der vermeintlichen Frau.

»Halali! Und noch einmal zum Sturzflug, Quästor!«

Ginger floß auseinander. Das *Ding* kreischte, warf den Bibliothekar wie eine Puppe beiseite und wankte Victor entgegen, alle Tentakel voll ausgestreckt. Einer von ihnen warf ihn zu Boden, und drei andere zerrten ihm den Spieß aus der Hand. Das *Etwas* sah aus wie ein gewaltiger Blutegel, als es sich aufrichtete, die Lanze hob und damit nach dem Besen und seinen beiden Passagieren zielte.

Victor blickte auf und konzentrierte sich.

Lange genug, um einen Platz in der Wirklichkeit zu finden.

Ein Blitz flackerte, zeigte die Konturen des *Dings* in blauweißem Licht. Nach dem lauten Donnern schwankte das Wesen benommen, während dünne Ranken aus Elektrizität knisternd über seinen Körper tasteten. Einige Gliedmaßen qualmten.

Es versuchte, dem inneren Druck Widerstand zu leisten und eine stabile Gestalt zu wahren. Es torkelte über die Plattform, wimmerte und grunzte, starrte Victor aus einem wütend glänzenden Auge an – und kippte ins Leere.

Tugelbend kroch auf Händen und Knien zum Rand.

Das *Ding* gab, auch während es fiel, nicht auf. Es trachtete voller Verzweiflung danach, sich mit einer beschleunigten Evolution zu retten, Flügel, Schwingen und Membranen zu entwickeln, um den Sturz in die Tiefe zu überleben...

Die Zeit verstrich langsamer. Purpurner Dunst erfüllte die Luft. Der Tod schwang seine Sense.

DU GEHÖRST MIR, sagte er.

Dann erklang ein Geräusch wie von nasser Wäsche, die jemand an die Wand schlug, und es stellte sich heraus: Diesen Sturz in die Tiefe konnte man nur als Leiche überleben.

Die Menschenmenge drängte im strömenden Regen nach vorn.

Das *Ding* hatte nun keine Möglichkeit mehr, irgendeine Art von Kontrolle auf die Beschaffenheit seines Körpers auszuüben. Der Leib zerfiel in seine molekularen Komponenten: Sie flossen durch den Rinnstein, erreichten den Fluß und schließlich die kalten Tiefen des Ozeans.

»Es schmilzt«, sagte der Dozent für neue Runen.

»Wußte gar nicht, daß es aus Schnee besteht«, erwiderte der Professor für unbestimmte Studien.

Er stieß das *Ding* mit der Stiefelspitze an.

»Sei vorsichtig«, mahnte der Dekan. »Vielleicht stellt es sich nur tot.«

Der Professor sah genauer hin.

»Kann nirgends eine Spur von Leben erkennen«, meinte er. »He, warte mal! Da bewegt sich was...«

Ein Tentakel rutschte zur Seite.

»Liegt etwas darunter?« fragte der Dekan.

Das war tatsächlich der Fall. Die Zauberer zogen einen zuckenden und leise stöhnenden Ponder Stibbons aus der sich langsam auflösenden Masse. Mehr oder weniger (eher weniger) behutsam patschten sie ihm auf die Wangen, bis er die Augen öffnete.

»Was ist passiert?« fragte er.

»Ein fünfzehn Meter großes Ungeheuer landete auf dir«, erklärte der Dekan. »Wie, äh, fühlst du dich?«

»Ich wollte nur ein Bier trinken«, ächzte Ponder. »Anschließend wäre ich sofort zurückgekommen. Ganz ehrlich.«

»Wovon redest du da, Junge?«
Ponder hörte überhaupt nicht zu. Er stand auf, schwankte, taumelte in Richtung Unsichtbare Universität und verließ sie nie, nie wieder.
»Komischer Kerl«, murmelte der Professor. Sie sahen erneut zum *Ding*, von dem jetzt nur noch einige Reste übrig waren.
»Der Schöne hat die Bestie getötet«, sagte der Dekan. Er mochte solche Bemerkungen.
»Nein«, widersprach der Professor. »Es lag an dem *langen* Sturz in die Tiefe, dem ein *harter* Aufprall folgte.«

Der Bibliothekar setzte sich auf und hob die Hände zum Kopf.
Victor hielt ihm das Buch vor die Augen.
»Lies!« befahl er.
»Ugh.«
»Bitte!«
Der Affe starrte auf Dutzende von Piktogrammen und blinzelte mehrmals. Dann wanderte sein Zeigefinger zur rechten unteren Ecke der Seite und strich von rechts nach links.
Von rechts nach links.
So muß man die Symbole lesen, dachte Victor.
Es bedeutete, daß er alles falsch verstanden hatte.

Der Kurbeldreher Gaffer schwenkte den Bilderkasten erst zu den Zauberern und dann zum Monstrum, das sich immer mehr auflöste.
Nach einer Weile ließ er die Kurbel los, hob den Kopf und lächelte strahlend.
»Etwas dichter zusammen, meine Herren«, sagte er. Die Zauberer kamen der Aufforderung sofort nach. »Das Licht ist hier nicht sehr gut.«
Soll nahm ein Stück Pappe und schrieb: »Zauberer sehen sich den Kadahwa an, Aufnahme 3.«
»Wirklich schade, daß du den Sturz nicht drauf hast«, sagte er, wobei sich seine Stimme überschlug. »Vielleicht können wir ihn mit einer großen Puppe oder so wiederholen.«
Ginger saß im Schatten des Turms und hatte die Arme um ihre zitternden Knie geschlungen. Während des langen Falls in die Tiefe

hatte das *Ding* verschiedene Gestalten angenommen, darunter auch die der jungen Frau.

Sie stand auf, stützte sich an die Mauer und ging mit unsicheren Schritten fort. Ginger wußte nicht, was die Zukunft für sie bereithielt, aber ihrer Meinung nach mußte als nächstes ein starker Kaffee dazugehören.

Sie hörte Schritte, als sie an der Tür des Turms vorbeikam, und Victor wankte nach draußen, gefolgt vom Bibliothekar.

Er öffnete den Mund, um etwas zu sagen, schnappte statt dessen nach Luft. Der Orang-Utan schob ihn beiseite und schloß die eine Hand um Gingers Arm. Es war ein warmer, sanfter Griff, aber er deutete gleichzeitig darauf hin, daß der Bibliothekar jeden beliebigen Arm in eine Tube mit Gelee und Knochensplittern drin verwandeln konnte.

»Ugh!«

»He, wir haben es überstanden«, sagte Ginger. »Das Ungeheuer ist tot. Zum Schluß sterben die Monster immer. Und jetzt möchte ich etwas trinken.«

»Ugh!«

»Ugh dir selbst was.«

Victor sah auf.

»Es ist... noch nicht vorbei«, sagte er.

»Für mich schon. Ich mußte beobachten, wie ich mich in ein... ein DING mit Tentakeln verwandelte. So etwas bleibt nicht ohne Wirkung auf eine sensible junge Frau, weißt du.«

»Das spielt keine Rolle!« stieß Victor hervor. »Wir haben die ganze Zeit das Falsche geglaubt! Wenn wir nicht rasch handeln, kommen noch weitere *Dinge!* Du mußt nach Holy Wood zurückkehren! Dort existiert noch immer ein Loch in der Wirklichkeit!«

»Soll es jemand anders stopfen«, erwiderte Ginger.

»Das ist nicht möglich! Ich meine, selbst wenn es jemand stopft – die *Dinge* gelangen trotzdem in unsere Welt! Nur du kannst sie daran hindern! Ach, sieh mich nicht so an!« Victor gab dem Bibliothekar einen Stoß. »Sag's ihr.«

»Ugh«, erklärte der Affe geduldig. »Ugh.«

»Ich verstehe ihn nicht«, jammerte Ginger.

Tugelbend runzelte die Stirn. »Du verstehst ihn nicht?«

»Ich höre nur das Grunzen eines Tiers!«

Das T-Wort, dachte Victor entsetzt, und sein Blick glitt zur Seite.

»Äh...«

Einige Sekunden lang stand der Bibliothekar so still wie eine prähistorische Statue. Dann nahm er Gingers Hand und tätschelte sie behutsam.

»Ugh«, sagte er gnädig.

»Entschuldigung«, murmelte Ginger.

»Hör zu!« Victor holte tief Luft. »Ich habe nicht begriffen, worum es wirklich geht. Du hast nicht versucht, *ihnen* zu helfen. Ganz im Gegenteil: Du wolltest sie aufhalten! Man muß die Symbole von rechts nach links lesen! Es ist kein Mann hinter der Tür, sondern ein Mann *davor*! Und ein Mann vor der Tür *hält Wache*«, fügte er bedeutungsvoll hinzu.

»Uns trennen dreißig Meilen von Holy Wood«, wandte Ginger ein. »Die Reise dauert Stunden!«

Victor zuckte mit den Schultern. »Kommt darauf an«, sagte er. »Hol den Kurbeldreher.«

Das Land in unmittelbarer Nähe von Ankh-Morpork ist fruchtbar, und man baut dort hauptsächlich Kohl an, was zum charakteristischen Geruch der Stadt beiträgt.

Das erste graue Licht der Morgendämmerung kroch über blaugrüne Felder und erreichte zwei Bauern, die schon früh damit begannen, Spinat zu ernten.

Sie sahen auf und beobachteten erstaunt ein dahinschnellendes Etwas, das keine Geräusche von sich gab, obgleich man sie erwartete.

Folgendes bot sich den verblüfften bäuerlichen Blicken dar: ein Mann und eine Frau, in Gesellschaft einer Gestalt, die einen um mehrere Nummern zu großen rostbraunen Pelzmantel zu tragen schien. Sie saßen in einem Streitwagen, der immerzu flackerte. Das Ding raste über die nach Holy Wood führende Straße und geriet bald außer Sicht.

In einem Abstand von ein oder zwei Minuten folgte ihm ein Rollstuhl, dessen Achsen rot glühten und in dem Männer hockten, die sich gegenseitig anschrien. Einer von ihnen drehte die Kurbel eines Kastens.

Der Rollstuhl war so mit Zauberern überladen, daß gelegentlich jemand herausfiel und hinterherrennen mußte, bis er nahe genug herankam, um wieder aufzuspringen und zu schreien.

Wer auch immer versuchte, das monströse Gefährt zu steuern – er hatte keinen Erfolg. Es sauste auf der Straße hin und her, kam schließlich von ihr ab und donnerte durch die Seitenwand einer Scheune.

Der erste Bauer stieß den zweiten an.

»Das habe ich in den beweglichen Bildern gesehen«, sagte er. »So was geschieht häufig. Die Leute rasen durch eine Scheune, und auf der anderen Seite kommen sie wieder zum Vorschein, in einer Wolke aus gackernden Hühnern.«

Der zweite Bauer stützte sich nachdenklich auf seine Hacke.

»Wäre ein interessanter Anblick«, kommentierte er.

»Und wie.«

»Weil sich da drin nur zwanzig Tonnen Kohl befinden.«

Es krachte. Der Rollstuhl kam hinter der Scheune in einer Wolke aus gackernden Hühnern zum Vorschein und schleuderte zur Straße zurück.

Die beiden Bauern sahen sich an.

»Na da soll mich doch...«, sagte der eine.

Holy Wood glühte am Horizont. Der Boden bebte immer häufiger und stärker.

Ein flackernder Streitwagen rollte an einigen Bäumen vorbei und verharrte an der höchsten Stelle des Abhangs, der sich zum Ort hinabneigte.

Nebel umhüllte Holy Wood. Speere aus Licht stachen daraus hervor und zuckten gen Himmel.

»Kommen wir zu spät?« fragte Ginger hoffnungsvoll.

»Fast«, antwortete Victor.

»Ugh«, fügte der Bibliothekar hinzu. Sein Zeigefinger huschte immer wieder von rechts nach links, als er die uralten Piktogramme las.

»Ich wußte, daß etwas nicht stimmte«, sagte Victor. »Der Schlafende – ein Wächter. Die alten Priester sangen Lieder und hielten ihn mit Zeremonien wach. Sie erinnerten sich an Holy Wood, so gut sie konnten.«

»Aber ich weiß überhaupt nichts von einem Wächter!«

»Da irrst du dich. Du *weißt* über ihn Bescheid, tief in dir drinnen.«
»Ugh«, brummte der Bibliothekar und deutete auf eine Seite.
»Ugh!«
»Er meint, du stammst wahrscheinlich von der ersten Hohepriesterin ab. Er glaubt, alle Leute in Holy Wood stammen von ihr ab. Äh. Ich meine, als die *Dinge* zum erstenmal in diese Welt gelangten, wurde die ganze Stadt zerstört, und die Überlebenden flohen in alle Richtungen, ja, und ihre Nachkommen erinnern sich irgendwie daran, was den Vorfahren widerfuhr, ich meine, man denke dabei an ein Meer, das aus Erinnerungen besteht, und wir sind damit verbunden, und als alles noch einmal begann, wurden wir zum Hügel gerufen, und du hast versucht, die Sache in Ordnung zu bringen, doch du konntest dich nicht *bewußt* erinnern, nur im Schlaf...«

Victor unterbrach sich hilflos.

»›Ugh‹?« fragte Ginger argwöhnisch. »Ein ›ugh‹ genügt, um dir soviel mitzuteilen?«

»Nun, er hat mehrmals ›ugh‹ gesagt«, verteidigte sich Tugelbend.

»Noch nie zuvor habe ich einen solchen Unsinn...«, begann Ginger und verstummte.

Eine Hand, die noch weicher war als das weichste Leder, berührte ihre Finger. Die junge Frau starrte in ein Gesicht, das wie ein verschrumpelter Fußball wirkte.

»Ugh«, sagte der Bibliothekar.

Ginger blickte ihm tief in die Augen.

»Aber ich habe mich nie wie eine Hohepriesterin gefühlt«, wandte sie schließlich ein.

»Der Traum, von dem du mir erzählt hast«, murmelte Victor. »Klang ziemlich hohepriesterlich, wenn du mich fragst. Sehr...«

»Ugh.«

»Sazerdotal, genau«, übersetzte Victor.

»Sa...?« Ginger schüttelte den Kopf. »Es ist nur ein Traum. Ich habe ihn immer wieder geträumt, soweit ich mich zurückerinnern kann.«

»Ugh ugh.«

»Was hat er gesagt?« erkundigte sich Ginger.

»Er meint, vermutlich kannst du dich noch weiter zurückerinnern, als du glaubst.«

Vor ihnen glitzerte Holy Wood wie im Rauhreif, wie eine Stadt aus gefrorenem Sternenlicht.

»Victor?« fragte Ginger.

»Ja?«

»Wo sind die anderen Leute?«

Tugelbend sah über die Straße. Wo sich verzweifelt fliehende Personen befinden sollten, erstreckte sich nur... Leere.

Von Stille und sonderbarem Licht gefülltes Nichts.

»Wo sind sie?« wiederholte Ginger.

Victor bemerkte ihren Gesichtsausdruck.

»Aber der Tunnel ist eingestürzt!« sagte er laut, in der Hoffnung, damit die Wirklichkeit zu überzeugen. »Niemand konnte in die Höhle gelangen!«

»Trollen fiele es bestimmt leicht, sich bis dorthin zu graben«, kam es von Gingers Lippen.

Victor dachte an das... das Cthino im Hügel. An die erste Vorstellung, die schon seit Jahrtausenden andauerte. All jene Leute, die er kannte... Sie hockten nun vor der lebenden Leinwand, und dort würden sie auch weiterhin sitzen, tausend Jahre lang, während weit über ihnen Sterne neue Konstellationen bildeten.

»Es wäre natürlich auch möglich, daß sie, äh, woanders sind«, log Tugelbend.

»Nein«, erwiderte Ginger. »Wir beide wissen, wo sie sich aufhalten.«

Victor blickte hilflos zu den glitzernden Lichtern.

»Warum wir?« fragte er. »Warum muß das ausgerechnet uns passieren?«

»Alles muß *jemandem* passieren«, entgegnete Ginger.

Victor zuckte mit den Achseln. »Und man bekommt nur eine Chance, stimmt's?«

»Seltsam«, sagte die junge Frau. »Wenn man eine Welt braucht, um sie zu retten – plötzlich ist sie da.«

»Ja. Wir haben Glück, nicht wahr?«

Die beiden Bauern spähten durch die Tür der Scheune. Kohl wartete phlegmatisch im Zwielicht.

»Hab dir doch gesagt, dasses hier nur Kohl gibt«, sagte der eine.

»Wußte genau, daß in dieser Scheune keine Hühner nich' herumlaufen. Ich erkenne Kohl, wenn ich welchen sehe, und ich glaube an das, was mir meine Augen zeigen, jawohl.«

Weit oben erklangen Stimmen, die rasch lauter wurden:

»Um Himmels willen, Mann, kannst du nicht steuern?«

»Es fällt mir deshalb so schwer, weil du dauernd zappelst, Erzkanzler!«

»Beidengöttern, wo sind wir eigentlich? In diesem Nebel sieht man überhaupt nichts!«

»Nun, vielleicht gelingt es mir, den Besen... Lehn dich nicht zur Seite! Nein, auch nicht zur anderen! Ich habe gesagt, du sollst dich nicht...«

Die Bauern warfen sich zu Boden, als ein Besen korkenzieherartig durch die offene Tür flog und im Kohl verschwand. Ein lautes Rascheln war zu hören.

Schließlich ertönte eine dumpfe Stimme. »Du hast dich zur Seite gelehnt.«

»Unsinn. Wir haben es allein dir zu verdanken, daß wir jetzt im Schlamassel stecken. Was ist das hier?«

»Kohl, Erzkanzler.«

»Eine Art Gemüse?«

»Ja.«

»Kann Gemüse nicht ausstehen. Verwässert das Blut.«

Kurze Stille folgte, und dann brummte die zweite Stimme: »Es tut mir sehr leid, du blutgieriger, arroganter Haufen Schweineschmalz!«

Erneut blieb es einige Sekunden lang still.

»Kann ich dich entlassen, Quästor?«

»Nein, Erzkanzler. Bekleide mein Amt auf Lebenszeit.«

»Nun, wenn das so ist... Ich schlage vor, wir kriechen jetzt aus diesem Zeug und besorgen uns was zu trinken.«

Die beiden Bauern schlichen fort.

»Na da soll mich doch...«, meinte jener, der nicht an Hühner-in-der-Scheune glaubte. »Es sind Zauberer. Wir mischen uns besser nicht in die Angelegenheiten von Zauberern ein.«

»Da bin ich ganz deiner Meinung«, antwortete der andere Bauer. »Äh... Was soll dich eigentlich?«

Stille.

Nichts bewegte sich in Holy Wood, abgesehen von dem Licht. Es flackerte langsam. Das Licht von Holy Wood, dachte Victor.

Die allgemeine Atmosphäre kündete von erwartungsvoller Anspannung. Wenn Drehorte Träumen gleichkamen, die sich Wirklichkeit erhofften, so beanspruchte die Hüttenstadt einen höheren Platz auf deren Skala: ein wirklicher Ort, der auf etwas Neues wartete, auf etwas, für das es in der gewöhnlichen Sprache keinen geeigneten Ausdruck gab.

» «, sagte Victor und unterbrach sich.
» ?« fragte Ginger.
» ?«
» !«

Sie starrten sich groß an. Dann griff Victor nach Gingers Hand und zog die junge Frau ins nächste Gebäude. Es stellte sich als Borgels Fütterungsfabrik heraus.

Die Szene darin war unbeschreiblich und blieb es auch, bis Victor eine Tafel fand. Normalerweise diente sie dazu, die Gäste auf etwas hinzuweisen, das man großzügig als aktuelles kulinarisches Angebot bezeichnen könnte.

Tugelbend nahm ein Stück Kreide.

»ICH SPRECHE, ABER ICH KANN MICH NICHT HÖREN«, schrieb er und reichte die Kreide Ginger.

»ICH AUCH. WAHRUM?«

Victor warf das Kreidestück nachdenklich hoch, fing es wieder und schrieb: «ICH GLAUBE, ES LIEKT DARAN, DASS WIR NIE BEWEGLICHE TONBILDER ERFUNDEN HABEN. WENN ES KEINE KOBOLDE GÄBE, DIE FARBIG MALEN KÖNNEN... DANN WÄRE JETZT ALLES SCHWARZWAISS.«

Sie blickten sich um. Auf fast jedem Tisch standen nur zum Teil verspeiste Mahlzeiten. Das war nicht unbedingt ungewöhnlich bei Borgel, aber normalerweise saßen Personen vor den Tellern – Leute, die sich bitter beklagten.

Ginger hielt vorsichtig den Finger in eine suppenartige Masse.

Ihr Mund formte lautlose Worte. *»Noch warm.«*

»Gehen wir«, sagte Victor stumm und deutete zur Tür.

Die junge Frau versuchte, ihm etwas Kompliziertes mitzuteilen. Sie verzog das Gesicht, als sie die Verwirrungsfalten in Tugelbends Stirn sah, griff nach der Kreide und schrieb: »WIR SOLLTEN AUF DIE ZAUBERER WAHRTEN.«

Victor erstarrte. Dann deuteten seine Lippen einige Worte an, die Ginger sofort wieder aus ihrem Vokabular strich. Er stürmte nach draußen.

Der Rollstuhl rumpelte über die Straße, und seine Achsen qualmten. Tugelbend verharrte davor und ruderte mit den Armen.

Ein langes stummes Gespräch fand statt, und immer wieder wurde etwas mit Kreide an die nächste Wand gekritzelt. Schließlich konnte sich Ginger nicht länger gedulden und eilte herbei.

»IHR MÜSST OICH VON DIESEM ORT FERNHALTEN. WENN DIE *DINGE* HIERHERGELANGEN, SEID IHR IM WAHRSTEN SINNE DES WORTES EIN GEFUNDENES FRESSEN FÜR SIE.«

»DAS GILT AUCH FÜR EUCH.« Eine recht säuberliche Handschrift – sie stammte vom Dekan.

»ABER ICH WEISS WAS HIER VOR SICH GEHT«, schrieb Victor. »WIE DEM AUCH SEI: WIR BRAUCHEN EUCH WENNS SCHIEFGEHT.«

Er sah den Dekan an und nickte, bevor er zu Ginger und dem Bibliothekar hastete. Dort zögerte er kurz und musterte den Affen besorgt. Als Mensch war der jetzige Orang-Utan ein Zauberer gewesen, und Tugelbend vermutete, daß sich daran nichts geändert hatte. Andererseits: Seine derzeitige Gestalt bot gewisse Vorteile, auf die Victor nicht verzichten wollte.

»*Kommt*«, formten seine Lippen.

Es fiel ihnen nicht schwer, den Weg zum Hügel zu finden. Unübersehbare Spuren zeigten sich auf dem Pfad und ließen allgemeine Eile vermuten: eine Sandale; ein beiseite geworfener Bilderkasten; eine rote Federboa.

Das Portal war aus den Angeln gerissen, und im Tunnel glühte es matt. Victor zuckte mit den Schultern und trat hinein.

Es lagen noch immer Steine und Felsen in der Passage, aber jemand hatte sie zur Seite geschoben. Die Decke war nicht eingestürzt, was keineswegs an irgendwelchen verkanteten Platten lag. Der Grund hieß vielmehr Detritus.

Er stützte sie.

Und offenbar schon seit einer ganzen Welt. Eins seiner beiden massiven Knie berührte den Boden.

Victor und der Bibliothekar zerrten große Felsen heran, bis der Troll nicht mehr das enorme Gewicht der Decke tragen mußte. Er stöhnte – es sah jedenfalls wie ein Stöhnen aus – und kippte nach vorn. Ginger half ihm auf.

»Was ist geschehen?« fragte sie lautlos.

»   ?   ?« Der Mangel an Geräuschen schien Detritus sehr zu verwirren, und er schielte nach seinem Mund.

Victor seufzte. Vor seinem inneren Auge sah er Dutzende von Personen, die blindlings durch den Tunnel stolperten, während weiter vorn Trolle im Geröll wühlten. Detritus war der stärkste von ihnen, und deshalb leistete er den größten Teil der Arbeit. Und da die einzige Funktion seines Gehirns darin bestand, die Schädelplatte daran zu hindern, in den Kopf hineinzufallen... Er blieb zurück, mit dem Gewicht des Hügels auf seinen Schultern. Victor stellte sich vor, wie er immer wieder rief, als Menschen, Zwerge und so weiter an ihm vorbeieilten, ohne daß ihn jemand hörte.

Er überlegte, ob er einige aufmunternde Worte schreiben sollte, aber in Detritus' Fall war das mit ziemlicher Sicherheit Zeitverschwendung. Außerdem: Der Troll hatte sich sofort umgewandt und marschierte mit grimmigem Gesicht fort, einzig und allein darauf konzentriert, ein bestimmtes Ziel zu erreichen. Seine Fingerknöchel hinterließen zwei tiefe Furchen im Sand.

Victor folgte dem Verlauf des Tunnels und gelangte zur ersten Höhle, die er nun als eine Art Foyer des unterirdischen Kinos identifizierte.

Vor Jahrtausenden mochten Bittsteller hierhergekommen sein, um... etwas zu kaufen. Vielleicht heilige heiße Würstchen und sakrale Knallkörner.

Geisterhaftes Licht erstrahlte, und wohin Tugelbend auch blickte: Überall sah er uralte verrottete Gegenstände. Doch aus den Augenwinkeln... Er glaubte, eine palastartige Einrichtung zu erkennen: Vorhänge aus rotem Plüsch, hier und dort barocke Goldverzierungen. Mehrmals drehte er ruckartig den Kopf, um diese kurzlebigen, gespenstischen Eindrücke einzufangen.

Er bemerkte, wie der Bibliothekar besorgt die Stirn runzelte, und daraufhin schrieb er an die Wand: »MITEINANDER VERSCHMELZENDE WIRKLICHKEITEN?«

Der Orang-Utan nickte.

Victor schnitt eine Grimasse und führte seine kleine Gruppe aus Holy-Wood-Guerillas – besser gesagt: zwei Guerillas und ein Orang-Utan über ausgetretene Treppenstufen ins Kino.

Später begriff Tugelbend, daß sie ihre Rettung Detritus verdankten. Sie starrten zu den Bildern auf der lebenden Leinwand, und...

Traum. Realität. Glauben.

Warten...

...und der Troll versuchte, über sie hinwegzustapfen. Bilder, die dazu bestimmt waren, intelligente Wesen in ihren Bann zu schlagen, prallten wirkungslos an Detritus' hartem Kopf ab. Er schenkte ihnen überhaupt keine Beachtung und hatte Wichtigeres zu tun.*

Von einem geistesabwesenden Troll fast zu Tode getrampelt zu werden – das ist ein ideales Heilmittel für Leute, die an akuter Wirklichkeitsentfremdung leiden. Wenn man etwas Schweres auf dem Rücken fühlt, kann es keinen Zweifel mehr daran geben, woraus die Wirklichkeit besteht.

Victor stand wieder auf, zog seine Begleiter näher, deutete zu dem flackernden, sich hier und dort vorwölbenden Rechteck am anderen Ende des Saals und warnte stumm: »Seht nicht hin!«

Die anderen nickten.

Ginger hielt sich an seinem Arm fest, als sie langsam durch den Mittelgang schritten.

Ganz Holy Wood war hier versammelt. Sie sahen viele Bekannte in den Sitzreihen: Doch im flimmernden Licht rührte sich niemand, und die Gesichter wirkten wie festgenagelt.

Victor spürte, wie sich ihm Gingers spitze Fingernägel in die Haut bohrten. Er erkannte Rock und Mory, Fruntkin aus Borgels Freßfabrik, Frau Kosmopilit, Vizepräsidentin der Garderobe. Er erkannte Silberfisch und viele andere Alchimisten. Er erkannte Tischler, Kurbeldreher und all die ungeborenen Stars, Leute, die Pferdezügel gehal-

---

* Die entsprechende Redensart auf Trollisch lautet: »Er mußte andere tollwütige Grizzlybären betäuben.«

ten, Tische abgewischt und in Schlangen auf ihre große Chance gewartet hatten...

Hummer, dachte er. Einst gab es eine große Stadt, und ihre Bürger starben, und jetzt wohnen dort Hummer.

Der Bibliothekar streckte die Hand aus.

Detritus hatte Rubin gefunden, die in der ersten Reihe saß, und er versuchte nun, sie von ihrem Sitz zu ziehen. Ganz gleich, wohin er sie schob – ihr Blick kehrte immer wieder zu den tanzenden Bildern zurück. Als er direkt vor ihr stand, blinzelte sie kurz, und ihre Miene zeigte einen Anflug von Ärger; sie hob den Arm und stieß den Troll beiseite. Dann kehrte die Leere in ihre Züge zurück, und sie starrte wieder zur Leinwand.

Victor legte Detritus die Hand auf die Schulter und versuchte, ihn mit einigen Gesten zu trösten – sein Gesicht war ein Fresko des Kummers.

Die Rüstung lag nach wie vor auf der Steinplatte, hinter der Leinwand und vor der rostigen Scheibe.

Hoffnungslos betrachteten sie die reglose Gestalt.

Victor strich versuchsweise mit dem Finger durch dicken Staub. Darunter zeigte sich golden glänzendes Metall.

Er sah zu Ginger. »Und jetzt?« fragten seine Lippen.

Sie zuckte mit den Schultern: Woher soll ich das wissen? Ich habe diesen Ort nur im Schlaf aufgesucht.

Die Leinwand offenbarte nun größere Auswölbungen. Wie lange dauerte es noch, bis die ersten *Dinge* herauskamen?

Victor bemühte sich, den... nun, den Mann zu schütteln. Es war ein sehr großer Mann, und seine goldene Rüstung schien aus einem Stück zu bestehen. Ebensogut hätte Tugelbend versuchen können, einen Berg wachzurütteln.

Er beugte sich vor und griff nach dem mehr als zwei Meter langen Schwert. Selbst wenn er imstande gewesen wäre, es zu heben – es war mindestens so unhandlich wie ein Frachtkahn.

Das Heft löste sich nicht aus den Fingern des Schlafenden.

Der Bibliothekar las das Buch im Licht der Leinwand und blätterte fieberhaft.

»FÄLLT DIR IRGEND ETWAS WIEDER EIN?« schrieb Victor an die Seite der Steinplatte.

Ginger antwortete: »NEIN! DU HAST MICH GEWECKT!! ICH WEISS NICHT, WIE MAN VORGEHEN MUSS!!! WOBEI AUCH IMMER!!!.«

Das vierte Ausrufezeichen blieb nur deshalb unvollständig, weil die Kreide brach. Ein leises »Ping« erklang, als ein Stück davon auf etwas fiel.

Victor griff nach dem Rest.

»VIELLEICHT SOLLTEST DU DIR DAS BUCH ANSEHEN«, schlug er vor.

Der Bibliothekar nickte und wollte ihr das Buch in die Hände drücken. Die junge Frau winkte erst ab und starrte in die Schatten. Dann nahm sie das Buch.

Ihr Blick wanderte vom Affen zum Troll, dann auch zu dem Mann. Sie holte aus und warf das Buch fort.

Diesmal ertönte kein »Ping«, sondern ein viel deutlicheres, volltönendes »Booonnng«. Irgend etwas verursachte Geräusche an diesem lautlosen Ort.

Victor eilte um die Steinplatte herum.

Die große Scheibe war ein Gong. Er klopfte daran. Rostplacken lösten sich, darunter schimmerte Metall, und es machte »Piong«, als er vorsichtig an die glänzende Fläche pochte. Instinktiv hielt er nach einem bestimmten Gegenstand Ausschau und fand ihn nach kurzer Suche. Es handelte sich um eine mehr als anderthalb Meter lange Stange mit einer gepolsterten Kugel am einen Ende.

Er hob sie von ihrem Gestell – oder versuchte es zumindest. Sie war festgerostet.

Der Bibliothekar trat näher, fing Victors Blick ein und nickte. Sie zerrten gemeinsam an der Stange, und Rostsplitter bohrten sich in Tugelbends Hände.

Das Objekt trotzte ihren Bemühungen. Zeit und salzige Luft hatten Klöppel und Gestell zu einem Ganzen werden lassen.

Plötzlich schienen sich die Sekunden zu dehnen, verwandelten sich im flackernden Licht. Zu einer Reihe von einzelnen Ereignissen – wie bewegliche Bilder, die durch einen Bilderkasten glitten.

Klick.

Detritus griff über Victors Kopf hinweg, packte die Stange in der Mitte, zog und riß das Gestell aus seiner Verankerung im Fels.

Klick.
Victor, Ginger und der Bibliothekar warfen sich zu Boden, als der Troll beide Pranken um den Klöppel schloß, die Muskeln spannte und ausholte.
Klick.
Klick.
Klick.
Klick.
Die einzelnen Bilder zeigten einen Detritus, der sich – *Klick* – ruckartig bewegte und unterschiedliche, aber miteinander in Zusammenhang stehende Haltungen einnahm. Er drehte sich auf einem hornigen Fuß, und die Kugel an der langen Metallstange – *Klick* – beschrieb einen hellen Bogen durch die Finsternis.
Klick.
Der wuchtige Hieb schleuderte die Scheibe so weit nach hinten, daß ihre Kette riß. Sie prallte an die Wand der großen Kaverne.
Die Geräusche kehrten zurück und überfluteten das Kino unter dem Hügel, als wären sie zuvor irgendwo gestaut gewesen und als öffne sich nun ein riesiges Schleusentor. Lärm spülte fröhlich in die Welt, um alle Trommelfelle in Schwingung zu versetzen.
Booonnng.
Klick.

Die Gestalt auf der Steinplatte stemmte sich hoch, und Staub rieselte von ihr herab. Darunter glänzte – selbst nach Jahrtausenden, noch fleckenlos – Gold.
Sie bewegte sich mit langsamer Zielstrebigkeit, wie von einem inneren Mechanismus angetrieben. Eine Hand griff nach dem langen Schwert, die andere nach dem Rand der Steinplatte. Dort stützte sich der Erwachte ab, als er die Beine zur Seite schwang.
Er richtete sich zu seiner vollen Größe von drei Metern auf, umfaßte das Heft des Schwerts mit beiden Händen und zögerte. An seinem Erscheinungsbild hatte sich kaum etwas geändert, doch jetzt umgab ihn eine Aura der Wachsamkeit – Victor hatte das Gefühl, als warte eine gewaltige Kraft darauf, freigesetzt zu werden. Der Goldene schenkte den vier Personen, die ihn geweckt hatten, überhaupt keine Beachtung.
Die Leinwand pulsierte nun nicht mehr. Etwas spürte die Präsenz des

Wächters und rückte ihn ins Zentrum der Aufmerksamkeit – was bedeutete, daß *es* sich um andere Sachen nicht mehr kümmern konnte.

Die Zuschauer saßen jetzt nicht mehr stocksteif da. Sie erwachten. Victor wandte sich an den Bibliothekar und Detritus.

»Führt sie hinaus«, wies er sie an. »Bringt die Leute so *schnell* wie möglich fort von hier!«

»Ugh!«

Es war nicht nötig, das Publikum aufzufordern, den Saal zu räumen. Die Bürger von Holy Wood sahen die Bilder auf der Leinwand nun ganz deutlich, ohne den Filter der Hypnose, und wer auch nur etwas mehr Intelligenz besaß als Detritus, spürte den jähen Wunsch, den Ort rasch zu verlassen. Victor beobachtete, wie sie hastig über die Sitze kletterten, um aus dem Kino herauszukommen.

Ginger wollte ihnen folgen, doch Tugelbend hielt sie fest.

»Noch nicht«, sagte er ruhig. »Wir bleiben hier.«

»Warum?« erwiderte sie.

Victor gestikulierte vage. »Wir können die Höhle erst verlassen, wenn alle anderen fort sind. So verlangt es die Magie von Holy Wood. Wir benutzen sie, aber sie benutzt auch uns. Außerdem: Möchtest du nicht sehen, wie alles endet?«

»Ja. Aber nicht aus unmittelbarer Nähe.«

»Nun, laß es mich anders ausdrücken: Es dauert einige Minuten, bis alle draußen sind. Wenn wir uns bis dahin gedulden, versperrt uns bei der Flucht niemand den Weg.«

Sie hörten Schreie im Foyer, als sich die ehemaligen Zuschauer in den Tunnel drängten.

Victor ging durch den jetzt leeren Mittelgang zur hintersten Sitzreihe und nahm dort Platz.

»Ich hoffe, der gute alte Detritus hat Grips genug, um sich diesmal nicht damit aufzuhalten, die Decke zu stützen.«

Ginger seufzte und setzte sich neben ihn.

Tugelbend legte die Füße auf den Stuhl vor sich und kramte in den Taschen.

»Möchtest du ein paar Knallkörner?« fragte er.

Der Goldene stand unter der Leinwand und hielt den Kopf gesenkt.

»Weißt du, er sieht *tatsächlich* wie mein Onkel Oswald aus«, murmelte Ginger.

Das weiße Rechteck wurde so plötzlich dunkel, daß die heranströmende Finsternis zu rauschen schien.

Auf diese Weise ist es sicher oft geschehen, dachte Victor. In vielen anderen Universen. Die wilde Idee kommt, und dann erwacht der goldene Mann namens Oswald. Um sie unter Kontrolle zu bringen. Oder so. Ganz gleich, wo ein Holy Wood entsteht – Osric ist immer in der Nähe.

Ein Punkt aus purpurnem Licht erschien und dehnte sich aus. Victor glaubte, in einen Strudel zu stürzen.

Die goldene Gestalt hob den Kopf.

Der düstere Glanz zitterte, und es *wogte* darin. Die Leinwand existierte nicht mehr. Etwas versuchte, ins Diesseits zu gelangen. Es war kein Bild am anderen Ende des Saals, sondern ein *Ding,* das sich verzweifelt bemühte, in die Wirklichkeit zu wechseln.

Der Goldene holte mit seinem Schwert aus.

Victor berührte Gingers Schulter.

»Jetzt sollten wir besser gehen«, sagte er.

Die Klinge des Wächters traf das Ziel. Goldenes Gleißen füllte die Höhle.

Victor und seine Begleiterin stürmten bereits die Treppe zum Foyer hinunter, als es zur ersten Erschütterung kam. Sie starrten zur dunklen Tunnelöffnung.

»Dort bringen mich keine zehn Pferde hinein!« sagte Ginger. »Ich möchte nicht noch einmal da drin festsitzen.«

Vor ihnen führten andere Stufen ins Meer. Bestimmt brauchte man nur wenige Meter zurückzulegen, um jenseits des Hügels aufzutauchen, aber das Wasser war schwarz wie Tinte und wirkte ausgesprochen unheimlich.

»Kannst du schwimmen?« erkundigte sich Victor. Hinter ihnen kippte eine Säule und schmetterte auf den Boden. Schrilles Heulen drang aus der Kino-Höhle.

»Nicht sehr gut«, antwortete Ginger.

»Ich auch nicht.« Das Heulen wurde zu einem ohrenbetäubenden Kreischen, und irgendwo donnerte es.

»Wie dem auch sei...« Victor griff nach Gingers Hand. »Dies ist eine gute Gelegenheit, um *schnell* zu lernen, besser zu schwimmen.«

Sie sprangen.

Fünfzig Meter vor dem Strand kehrte Victor an die Wasseroberfläche zurück und schnappte nach Luft. Dicht neben ihm prustete Ginger. Sie schwammen und sahen zum Land.

Die Erde bebte.

Man hatte Holy Woods Gebäude mit Hilfe von nicht abgelagertem Holz und kurzen Nägeln errichtet. Sie stürzten nun wie Kartenhäuser ein. Hier und dort wiesen kleine Explosionen auf Vorräte an Okto-Zellulose hin. Die Städte aus bemaltem Leinen und Berge aus Gips zeigten nur wenig Stabilität, als der Boden unter ihnen zitterte.

In dem Chaos liefen die Bürger von Holy Wood um ihr Leben. Sie wichen Planken aus, sprangen über Balken hinweg und ließen sich durch nichts aufhalten. Kurbeldreher, Schauspieler, Alchimisten, Kobolde, Trolle und Zwerge... Sie rannten wie Ameisen, deren Haufen in Flammen steht, hielten den Kopf gesenkt, während die Beine wie Kolben stampften und der Blick am Horizont festklebte.

Ein Teil des Hügels gab nach.

Zwei oder drei Sekunden lang glaubte Victor, die riesige goldene Gestalt von Osbert zu sehen, so substanzlos wie Staubkörner in einem Lichtstrahl. Der Wächter schwang weitausholend sein Schwert...

Und verschwand.

Victor half Ginger an Land.

Kurze Zeit später erreichten sie die Hauptstraße. Stille herrschte dort, abgesehen von einem gelegentlichen Krachen und Knirschen, wenn lockere Bretter von Gebäuderesten herabfielen.

Sie traten an zerfetzten Kulissen und auseinandergebrochenen Bilderkästen vorbei.

Hinter ihnen polterte es, als das Schild mit der Aufschrift »Studios des Flughund-Jahrhunderts« aus seiner Halterung rutschte und sich in den Sand bohrte.

Sie sahen die Reste von Borgels »Restaurant«, dessen Zerstörung die durchschnittliche Nahrungsqualität auf der Scheibenwelt beträchtlich verbessert hatte.

Sie wateten durch zahlreiche Streifen von beweglichen Bildern, die im Wind flatterten.

Sie kletterten zwischen zerbrochenen Träumen herum.

Am Rand des Trümmerfelds, das einst Holy Wood gewesen war, blieb Victor stehen und blickte noch einmal zurück.

»Nun, jetzt ist es keine leere Drohung mehr«, sagte er. »In *dieser* Stadt arbeiten wir nie wieder.«

Er hörte ein Schluchzen und stellte überrascht fest, daß Ginger weinte.

Er legte ihr den Arm um die Schultern.

»Komm«, fügte er hinzu. »Ich bringe dich nach Hause.«

Holy Woods Magie hatte nun keine Wurzeln mehr. Sie verlor allmählich an Kraft, knisterte über die Landschaft hinweg, hier und dort...

Klick...

Früher Abend. Das rötliche Licht der untergehenden Sonne fiel durch die Fenster von Hargas Rippenstube, in der es um diese Zeit recht ruhig zuging.

Detritus und Rubin saßen steif auf Stühlen, die für Menschen bestimmt waren.

Die einzige andere anwesende Person hieß Sham Harga. Mit einem Lappen wischte er über die Tische, verteilte den Schmutz gleichmäßig auf ihnen und pfiff leise vor sich hin.

»Äh«, sagte Detritus vorsichtig.

»Ja?« fragte Rubin erwartungsvoll.

»Oh, nichts«, knirschte Detritus. Er fühlte sich an diesem Ort nicht sonderlich wohl, aber Rubin hatte darauf bestanden, sich hier mit ihm zu treffen. Immer wieder hatte er den Eindruck, daß sie ihm etwas mitteilen wollte, doch was ihn selbst betraf – er dachte dauernd daran, sie mit einem Ziegelstein zu schlagen.

Harga verstummte plötzlich.

Detritus spürte, wie er den Kopf drehte. Sein Mund klappte auf.

»Pfeif's noch einmal, Sam«, sagte Holy Wood.

Ein lauter Akkord erklang, und die Rückwand der Rippenstube wich zurück, verschwand in einer für Architektur reservierten Dimension. Ein Orchester nahm den Platz ein, der normalerweise von Hargas Küche und der schauderhaften Gasse dahinter beansprucht wurde.

An Rubins Kleid glänzten Hunderte von Pailletten. Die anderen Tische lösten sich in Luft auf.

Detritus rückte die Jacke eines ihn sehr überraschenden Smokings zurecht und räusperte sich.

»Wir rechnen müssen mit Schwierigkeiten...«, begann er. Die Worte kamen von woanders und zupften an seinen Stimmbändern.

Er nahm Rubins Hand. Ein Spazierstock mit goldenem Knauf stieß an sein linkes Ohr. Unmittelbar darauf materialisierte sich ein Hut aus schwarzer Seide, raste heran und prallte an dem Ellenbogen des Trolls ab. Er ignorierte beide Gegenstände.

»Aber während es geben Mondschein und Musik...«

Er zögerte, als die herrlichen Silben fortwichen. Die Wände kehrten zurück, ebenso wie die Tische. Pailletten funkelten ein letztes Mal und verblaßten.

»Äh«, stieß Detritus hervor.

Rubin bedachte ihn mit einem durchdringenden Blick.

»Äh, entschuldige«, fuhr er fort. »Gar nicht wissen, was eben über mich gekommen sein.«

Harga trat an den Tisch heran.

»Was hatte das zu bedeu...« Er konnte den Satz nicht beenden. Rubin sah auch weiterhin den Troll an, als sie einen baumstammdicken Arm ausstreckte, Harga geschickt drehte und ihn durch die nächste Wand schleuderte.

»Küß mich, du verrückter Narr«, sagte sie.

Tiefe Furchen entstanden in Detritus' Stirn. »Was?« erwiderte er.

Rubin seufzte. Die Methode der Menschen funktionierte eben nur bei den Menschen.

Sie hob einen Stuhl, zielte kurz und schmetterte ihn auf Detritus' Kopf. Ihre Lippen verzogen sich zu einem breiten Lächeln, als er nach vorn sank.

Sie griff zu und warf sich den Troll-Mann mühelos über die Schulter. Wenn Rubin in Holy Wood eins gelernt hatte, so dies: Es hatte keinen Sinn, darauf zu warten, daß der Auserwählte mit einem Ziegelstein zuschlug. Man mußte sich seine eigenen Steine besorgen.

Klick...

In einem viele Meilen von Ankh-Morporks Leben entfernten Zwergen-Bergwerk klopfte der verärgerte Vorarbeiter mit seiner Schippe an die Wand und sagte:

»Eins möchte ich klarstellen: Wenn ich von euch blöden Gartenzwergen nur noch ein einziges Mal – und ich meine wirklich *ein einziges Mal,* kapiert? – das Haihihaiho-Lied höre, dann bekommt ihr meine Axt zu spüren! Wir sind *Zwerge,* verdammt. Und deshalb sollten wir uns wie Zwerge benehmen. Das gilt auch für dich, Dösig!«

Klick...

Wagt-es-bloß-nicht-mich-Kuschelweich-zu-nennen hüpfte zur höchsten Stelle der Düne und spähte darüber hinweg. Anschließend kehrte er zurück.

»Alles klar«, berichtete er. »Keine Menschen. Nur Ruinen.«

»Ein Platf nur für unf«, sagte Katze fröhlich. »Ein Platf, wo alle Tiere – ungeachtet ihrer Geftalt und Fpezief – in Frieden fufammenleben können...«

Ente schnatterte.

Wer-mich-Kuschelweich-nennt-kann-was-erleben übersetzte. »Die Ente meint, es sei einen Versuch wert. Wenn wir schon intelligent sind, sollten wir auch etwas mit unserer Intelligenz anfangen. Kommt.«

Das Kaninchen zögerte und schauderte. Es fühlte ein Prickeln, wie von statischer Elektrizität. Die Dünen schienen hinter einem Vorhang aus heißer Luft zu zittern.

Ente quakte erneut.

Nicht-Kuschelweich rümpfte die Nase. Es fiel ihm plötzlich schwer, sich zu konzentrieren.

»Die Ente sagt...« Eine unsichere Pause. »Die Ente sagt... sagt... die Ente... sagt... sagt... quak...?«

Katze blickte zu Maus.

»Miau?« fragte sie.

Maus zuckte mit schmalen Schultern. »Quiek«, antwortete sie.

Das Kaninchen blinzelte verwirrt.

Die Ente blickte zu Katze. Die Katze starrte zum Kaninchen. Die Maus sah zur Ente.

Die Ente raste wie ein Senkrechtstarter gen Himmel. Das Kaninchen wurde zu einer sich schnell entfernenden Wolke aus aufgewirbeltem Sand. Die Maus sauste fort. Die Katze folgte ihr und fühlte sich so glücklich wie nie während der vergangenen Wochen.

Klick...

Ginger und Victor saßen an einem Ecktisch in der Geflickten Trommel. Schließlich sagte die junge Frau: »Es waren gute Hunde.«

»Ja«, murmelte Victor geistesabwesend.

»Mory und Rock haben eine *Ewigkeit* lang im Schutt gegraben. Sie meinten, dort unten gibt's viele Keller und so.«

»Ja.«

»Vielleicht sollten wir ihnen eine Art Denkmal errichten.«

»Ich weiß nicht«, erwiderte Victor. »Ich meine, denk nur daran, was Hunde mit Denkmälern und Statuen anstellen. Möglicherweise gehört es zu Holy Wood, daß Hunde sterben. Keine Ahnung.«

Gingers Zeigefinger folgte den Konturen eines Astlochs im Tisch.

»Jetzt ist alles vorbei«, meinte sie. »Das stimmt doch, oder? Es gibt kein Holy Wood mehr. Es ist alles vorbei.«

»Ja.«

»Der Patrizier und die Zauberer lassen nicht zu, daß weitere Streifen gedreht werden. In dieser Hinsicht hat sich Lord Vetinari ziemlich klar ausgedrückt.«

»Ich bezweifle, ob jetzt noch jemand auf den Gedanken käme, bewegliche Bilder an eine Leinwand zu werfen«, entgegnete Victor. »Wer wird sich nun an Holy Wood erinnern?«

»Wie bitte?«

»Jene alten Priester kleideten die ganze Angelegenheit ins Gewand einer Religion. Sie vergaßen, worum es wirklich ging. Wie dem auch sei: Feuer und Gesänge sind überhaupt nicht nötig. Man muß sich nur an Holy Wood erinnern. Wir brauchen jemanden, der sich *gut* an Holy Wood erinnert.«

»Ja.« Ginger lächelte. »Wir brauchen tausend Elefanten.«

Victor lachte. »Armer alter Schnapper. Er hat sie nie bekommen...«

Ginger schob ein Stück Kartoffel auf ihrem Teller hin und her. Sie dachte an etwas, und ihre Gedanken drehten sich jedenfalls um nichts Kulinarisches.

»Aber es war etwas Großartiges, nicht?« entfuhr es ihr plötzlich. »Waren wir nicht an einer herrlichen Sache beteiligt?«

»Ja.«

»Die Leute fanden Gefallen daran, stimmt's?«

»Oh, ja«, bestätigte Victor ernst.

»Ich meine, wir haben etwas Einzigartiges in die Welt gebracht.«
»Und ob.«

»*Das* meine ich *nicht*«, betonte Ginger. Und: »Eigentlich steckt gar nicht soviel dahinter, eine Leinwandgöttin zu sein. Ich habe es mir immer anders vorgestellt.«

»Ja.«

Ginger seufzte. »Keine Holy-Wood-Magie mehr.«

»Vielleicht ist noch etwas von ihr übrig.«

»Wo?«

»Hier und dort. Sucht vermutlich nach Möglichkeiten, sich zu verbrauchen.«

Ginger starrte in ihr Glas. »Was hast du jetzt vor?« fragte sie.

»Weiß nicht. Und du?«

»Ich schätze, mich erwartet wieder das Leben auf dem Bauernhof.«

»Wieso?«

»Holy Wood war meine große Chance. In Ankh-Morpork gibt es nicht viele Jobs für Frauen. Zumindest keine, die mich interessieren«, fügte sie hinzu. »Nun, ich habe drei Heiratsanträge bekommen. Von ziemlich wichtigen Männern.«

»Tatsächlich? Warum?«

Ginger runzelte die Stirn. »He, ich bin keineswegs unattraktiv...«

»Das wollte ich damit nicht sagen«, versicherte Victor hastig.

»Ich schätze, wenn man ein reicher Kaufmann ist, so möchte man gern eine berühmte Gattin. Um sich mit ihr zu... zu schmücken.«

Ginger senkte den Kopf. »Frau Kosmopilit hat mich gefragt, ob sie einen von denen bekommen kann, die ich nicht möchte. Ich habe mich bereit erklärt, ihr alle drei zu überlassen.«

»Mir ist es auch immer so ergangen, wenn ich eine Wahl treffen mußte«, sagte Victor und wirkte nicht mehr ganz so kummervoll.

»Ja? Nun, wenn ich vor einer solchen Wahl stehe, dann verzichte ich lieber darauf, irgend etwas zu wählen. Was kann man schon sein, nachdem man *alles* gewesen ist, und zwar in maximaler Größe?«

»Nichts«, brummte Victor.

»Werweißschon, was das für ein Gefühl ist?«

»Abgesehen von uns beiden.«

»Ja.«

»Ja.«

Ginger lächelte. Victor musterte sie erstaunt: Zum erstenmal hielt er in ihrem Gesicht vergeblich nach Trotz, Ärger, Sorge oder Holy-Wood-Schminke Ausschau.

»Kopf hoch«, sagte sie. »Morgen beginnt ein neuer Tag.«

Klick...

Dumpfes Donnern in der Ferne weckte Feldwebel Colon von Ankh-Morporks Stadtwache aus seinem friedlichen Schlummer im Wachhaus am Haupttor.

Eine Staubwolke reichte von Horizont zu Horizont, und eine Zeitlang beobachtete er sie nachdenklich. Sie wuchs, und schließlich spie sie einen dunkelhäutigen jungen Mann aus, der auf einem Elefanten ritt.

Das Tier trabte über die Straße zum Tor und verharrte vor der Stadtmauer. Unterdessen stellte Colon fest, daß die Staubwolke am Horizont auch weiterhin anschwoll.

Der Junge auf dem Elefanten hob die Hände trichterförmig vor den Mund und rief: »Kannst du mir den Weg nach Holy Wood zeigen?«

»Holy Wood gibt's nicht mehr, wie ich gehört habe«, antwortete der Feldwebel.

Der Junge überlegte und blickte auf einen Zettel. Dann sagte er: »Kennst du einen gewissen T.M.S.I.D.R. Schnapper?«

Colon wiederholte die Initialen leise.

»Meinst du Ruin?« vergewisserte er sich. »Treibe-mich-selbst-in-den-Ruin Schnapper?«

»Ist er da?«

Feldwebel Colon drehte den Kopf und starrte über die Stadt hinweg. »Ich sehe mal nach«, bot er sich an. »Wen soll ich melden?«

»Wir haben eine Lieferung für ihn. Per Nachnahme.«

»Per Nachnahme?« Colon beobachtete die riesige Wolke. »Bringst du Pakete?«

»Nein, keine Pakete.«

Breite graue Stirnen zeigten sich im wogenden Staub. Darüber hinaus nahm Colon nun jenen charakteristischen Geruch wahr, der entsteht, wenn tausend Elefanten tagelang ihr Futter auf Kohlfeldern gesucht hatten.

»Warte hier«, wandte er sich an den Jungen. »Bin gleich wieder da.«

Colon kehrte ins Wachhaus zurück und rüttelte an Korporal Nobbs' Schulter – derzeit bildete er die zweite Hälfte jener tapferen Streitmacht, die unablässig die Sicherheit der Stadt gewährleistete.

»Wasnlos?«

»Hast du heute morgen schon Ruin Schnapper gesehen, Nobby?«

»Ja, auf der Leichten Straße. Habe eins seiner Jumbo-Überraschungswürstchen probiert.«

»Er verkauft wieder Würstchen?«

»Bleibt ihm wohl keine andere Wahl. Hat sein ganzes Geld verloren. Worum geht's?«

»Wirf mal einen Blick nach draußen«, sagte Colon im Plauderton.

Nobby *warf* einen Blick nach draußen.

»Sieht nach... etwa tausend Elefanten aus, nicht wahr, Feldwebel?«

»Ja. Etwa tausend.«

»Ich habe mich also nicht verschätzt.«

»Der Bursche dort unten meint, Schnapper hat sie bestellt«, sagte Colon.

»Meine Güte! Offenbar will Ruin ganz groß ins Geschäft mit den Jumbo-Würstchen einsteigen.«

Die beiden Stadtwächter sahen sich an. Nobby grinste hämisch.

»Oh, ich *bitte* dich: Darf ich es ihm sagen?«

Klick...

Thomas Silberfisch, Alchimist und gescheiterter Produzent von beweglichen Bildern, rührte im Inhalt eines Schmelztiegels und seufzte wehmütig.

Viel Gold war in Holy Wood zurückgeblieben, für jene, die den Mut hatten, danach zu graben. Wem es an solcher Kühnheit mangelte – und Silberfisch zögerte nicht, sich selbst auf die Liste dieser Personen zu setzen –, mußte zu den üblichen Methoden greifen, um Reichtum anzustreben. Gemeint ist hier das Versuch-und-Irrtum-Verfahren, beziehungsweise die Immer-wieder-ohne-das-erhoffte-Ergebnis-ausprobieren-Technik. Silberfisch war zu Hause und setzte die experimentelle Arbeit an der Stelle fort, wo er sie unterbrochen hatte.

»Nun?« fragte Peavie, der dem Alchimisten verständnisvoll Gesellschaft leistete.

»Das Zeug glänzt silbrig«, sagte Silberfisch skeptisch. »Es ist eine

Art Metall. Und schwerer als Blei. Um es zu erhalten, muß man eine Tonne Erz schmelzen. Komisch. Diesmal dachte ich, auf dem richtigen Weg zu sein. Ich bin davon überzeugt gewesen, daß uns allen eine neue, wundervolle Zukunft bevorsteht...«

»Wie willst du es nennen?« fragte Peavie.

»Keine Ahnung«, erwiderte der Alchimist. »Wahrscheinlich lohnt es sich nicht einmal, diesem Etwas einen Namen zu geben.«

»Ankhmorporkstoff?« schluf Peavie vor. »Silberfischium? Keinbleium?«

»Zunichtsnutzium wäre besser geeignet«, murmelte Silberfisch. »Ich habe bereits beschlossen, die gegenwärtigen Versuche einzustellen und mich mit vernünftigeren Dingen zu befassen.«

Peavie spähte in den Schmelztiegel.

»Es macht doch nicht *Bumm*, oder?« erkundigte er sich.

Silberfisch bedachte ihn mit einem bitterbösen Blick.

»Dies hier? Wie kommst du denn darauf?«

Klick...

Es war stockfinster unter dem Schutt.

Die stockfinstere Finsternis dauerte schon seit einer ganzen Weile.

Gaspode spürte viele Tonnen Gestein über dem kleinen Hohlraum, in dem er sich befand. Er benötigte keine mysteriösen animalischen Sinne, um sie zu fühlen.

Laddie hob mühsam den Kopf, leckte Gaspodes Gesicht ab und brachte ein leises Bellen hervor.

»*Braver Laddie... Braver Gaspode...*«

»Braver Laddie«, flüsterte der kleinere Hund.

Laddies Schwanz schlug ein- oder zweimal gegen die Steine. Dann jaulte er, und die Pausen zwischen seinem Wimmern wurden immer länger. Irgendwann ertönte ein anderes Geräusch. Es klang wie Knochen, die über Granit schabten.

Gaspodes Ohren zuckten. Er beobachtete die näher kommende Gestalt, die selbst in völliger Finsternis sichtbar war – weil es gewöhnlicher Dunkelheit nie gelingen konnte, *so* dunkel zu sein.

Er knurrte. Sein Nackenfell bildete einen steilen Kamm.

»Noch ein Schritt und ich beiße dir das Bein ab, um es irgendwo zu vergraben«, drohte er.

Eine knöchernde Hand senkte sich herab und kraulte ihn hinter den Ohren.

Der Hauch eines Bellens tönte aus der Schwärze.

»Braver Laddie!«

Tränen strömten aus Gaspodes Augen, als er den Tod mit einem verlegenen Grinsen musterte.

»Es ist zum Heulen, nicht wahr?« fragte er heiser.

Keine Ahnung, antworete der Tod. Mit Hunden kenne ich mich nicht besonders gut aus.

»Ach?« Gaspode überlegte. »Da fällt mir ein: Ich hatte nie große Lust, einfach so zu sterben. Wir *sterben* doch, oder?«

Ja.

»Eigentlich kein Wunder«, brummte Gaspode. »Mein ganzes Leben war wie ein langsames Sterben. Allerdings habe ich immer *gedacht,* daß es für Hunde einen besonderen Tod gibt«, fügte er hoffnungsvoll hinzu. »Vielleicht einen großen schwarzen Hund...«

Nein, sagte der Tod.

»Komisch«, fuhr Gaspode fort. »Habe Geschichten gehört, weißt du. Angeblich hat jede Tiergattung ihr eigenes Schreckgespenst. Womit ich dir natürlich nicht zu nahe treten will«, fügte er rasch hinzu. »Ich dachte immer, schließlich kommt ein großer schwarzer Hund und sagt zu mir: ›Na schön, Gaspode, dein Werk ist vollbracht und so. Leg nun die schwere Last des Lebens ab und folge mir in ein Land, wo es dir nie an Steaks und Innereien mangeln wird.‹«

Tut mir leid, entgegnete der Tod. Es gibt nur mich: Ich bin die letzte Grenze.

»Wieso sehe ich dich, obgleich ich noch nicht tot bin?«

Du leidest an Halluzinationen.

Gaspode wirkte plötzlich wachsam. »Tatsächlich? Potzblitz.«

»Braver Laddie!« Diesmal war das Bellen etwas lauter.

Der Tod griff in die geheimnisvollen Tiefen unter seinem Umhang und holte eine kleine Sanduhr hervor. Die obere Hälfte war fast leer. Gaspode sah, wie die letzten Sekunden seines Lebens von der Zukunft in die Vergangenheit rieselten.

Und dann blieben keine mehr übrig.

Der Tod straffte die Schultern.

Komm, Gaspode.

Der kleine Hund vernahm etwas – das akustische Äquivalent eines Glitzerns.

Goldene Funken füllten das Stundenglas.

Der Sand rieselte von unten nach oben.

Der Tod lächelte.

Und verschwand in einem Dreieck aus strahlendem Licht.

»Braver Laddie!«

»Dort er sein!« erklang Rocks Stimme. »Habe doch gesagt, daß ich hören Bellen. Braver Laddie! Wir kommen!«

»Meine Güte, bin ich froh, euch zu sehen...«, begann Gaspode. Die Trolle an der Öffnung schenkten ihm überhaupt keine Beachtung. Rock schob einen Balken beiseite und hob Laddie behutsam hoch.

»Die Zeit heilt alle Wunden«, sagte er bemerkenswert deutlich. »Und diese ganz bestimmt.«

»Können wir jetzt ihn essen?« fragte jemand.

»Du unterentwickelter Troll oder was? Dies heroischer Hund!«

»Tschuldigung...«

»Braver Laddie!«

Rock trug den Hund durchs Loch.

»Tschuldigung...«, krächzte Gaspode.

In der Ferne jubelte eine Menge.

Er wartete eine Zeitlang, doch niemand kam, um ihn zu holen. Nach einer Weile schob er sich über die schief liegende Säule und durch die Öffnung nach draußen.

Gaspode erreichte eine leere Straße.

Er trank aus einer Pfütze.

Er richtete sich auf und belastete vorsichtig das verletzte Bein.

Es trug sein Gewicht.

Dann fluchte er.

»Wuff, wuff, wuff.«

Er zögerte. Irgend etwas stimmte nicht.

Er versuchte es noch einmal.

»Wuff!«

Er sah sich um...

...und die Farbe tropfte aus der Welt, ließ nur gnädige Schwarzweiß-Schattierungen zurück.

Gaspode dachte daran, daß Harga etwa um diese Zeit Eimer mit

Küchenabfällen in die Gasse hinter seiner Rippenstube stellte, und anschließend suchte er sich irgendwo einen warmen Stall. Was brauchte ein kleiner Hund mehr?

Wölfe heulten in den fernen Bergen. In manchen Häusern bückten sich Herrchen, um Hunde hinter den Ohren zu kraulen, die Halsbänder trugen und Näpfe mit ihren Namen hatten.

Gaspode der Wunderhund wußte sich vage zwischen diesen beiden Extremen und empfand deshalb eine seltsame Freude, als er in einen herrlich monochromen Sonnenuntergang hinkte.

Etwa dreißig Meilen drehwärts von Ankh-Morpork donnerte die Brandung an eine windumtoste Landzunge, die nur aus wogendem Seegras und langen Sanddünen zu bestehen schien. Sie erstreckte sich dort, wo das Runde Meer in den Randozean überging.

Meerschwalben sausten dicht über die Wellen hinweg. Die trockenen, verwelkten Blüten von Mohnblumen neigten sich in der ewigen Brise, die Wolken vom Himmel scheuerte und sonderbare Muster im Sand schuf.

Man konnte den Hügel über viele Meilen hinweg sehen. Er war nicht besonders hoch, lag wie ein umgedrehtes Boot oder ein gestrandeter Wal zwischen den Dünen. Büsche und kleine Bäume wuchsen an seinen Hängen. Der Regen vermied es, an dieser Stelle zu fallen.

Der Wind wehte und schob die Dünen näher an das rissige, gebleichte Holz der ehemaligen Hüttenstadt von Holy Wood heran.

Er heulte Hörproben in leeren Hinterhöfen.

Er fegte Papierfetzen durch die zerbröckelten Gipswunder der Welt.

Er zerrte an den Brettern, bis sie in den Sand fielen und darin verschwanden.

Klickaklickaklicka.

Der Wind seufzte an den Resten eines Projektionskastens, der wie betrunken auf einem schiefen Stativ schwankte.

Er zupfte an einem Streifen, zog ihn von der Spule und wie eine glänzende Schlange durch den Staub.

Im gläsernen Auge des Projektors tanzten winzige Gestalten, lebendig nur für einen Augenblick...

Klickaklicka.

Der Streifen löste sich ganz und flatterte über die Dünen.
Klicka... Klick...
Die Kurbel schwang noch einmal vor und zurück, verharrte dann.
Klick.
Holy Wood träumt.

Alles Sense!

Den Moriskentanz kennt man auf allen bewohnten Welten des Multiversums.

Man tanzt ihn unter blauen Himmeln, um den Neubeginn des Lebens zu feiern. Man tanzt ihn unter nackten Sternen, weil es Frühling geworden ist und man hoffen darf, daß der Kohlendioxidschnee bald taut. Auch auf Geschöpfe der Tiefsee, die nie das Licht der Sonne gesehen haben, übt er seinen Reiz aus. Und auf urbane Menschen, deren einzige Beziehung zum Kreislauf der Natur darin besteht, daß ihnen einmal ein Schaf vor den Kühler ihres Wagens gelaufen ist.

Er wird unschuldig getanzt, von jungen Mathematikern mit zotteligen Bärten, zu den eher disharmonischen Klängen einer Akkordeon-Version von »Frau Stubenreins Untermieter«. Und er wird erbarmungslos getanzt, zum Beispiel von den Moriskenninjas in Neu Ankh, die selbst mit Taschentüchern und kleinen Glocken schreckliche Dinge anstellen können.

Aber er wird nie *richtig* getanzt.

Die einzige Ausnahme bildet die Scheibenwelt. Sie ist flach und ruht auf den Rücken von vier Elefanten, die von der Sternenschildkröte Groß-A'Tuin durchs All getragen werden.

Und selbst dort gibt es nur einen Ort, wo man den Dreh wirklich raus hat: ein kleines Dorf hoch oben in den Spitzhornbergen. Dort reicht man das große Geheimnis von einer Generation zur nächsten weiter.

In jenem Dorf tanzen die Männer am ersten Tag des Frühlings. Vor und zurück springen sie, mit Glocken, die an ihren Knien klimpern und läuten, mit wehenden Umhängen. Viele Leute sehen dabei zu. Es gibt Ochsenbraten, und viele Familien nutzen die gute Gelegenheit für einen Ausflug.

Aber das ist nicht das Geheimnis.

Das Geheimnis betrifft den *anderen* Tanz.

Und bis dahin dauert es noch eine Weile.

Ein Ticken erklingt, wie von einer Uhr. Und tatsächlich: Am Himmel schwebt eine Uhr, und dort ticken brandneue Sekunden.

Zumindest sieht das Etwas wie eine Uhr aus. Doch in Wirklichkeit stellt sie das genaue Gegenteil dar – der große Zeiger dreht sich nur einmal.

Unter dem matten Firmament erstreckt sich eine Ebene. Sie ist voller sanfter Rundungen und Wölbungen, die aus der Ferne betrachtet gewisse Vorstellungen wecken könnten. Aber *wenn* man sie aus der Ferne betrachtet, so hat man allen Grund, sich über die große Distanz zu freuen.

Drei graue Gestalten schwebten dicht darüber. Normale Sprache bot kein geeignetes Mittel, um sie zu beschreiben. Manche Leute hätten sie vielleicht als Cherubim bezeichnet, obgleich es ihnen an Pausbäckigkeit mangelte. Sie gehörten zu jenen speziellen Wesen, die dafür sorgen, daß die Schwerkraft funktioniert und die Zeit vom Raum getrennt bleibt. So etwas wie Revisoren. Revisoren der Realität.

Sie unterhielten sich, ohne miteinander zu sprechen. Es bestand gar keine Notwendigkeit, Worte zu formulieren. Sie veränderten einfach die Realität, so daß sie bereits gesprochen hatten.

Einer sagte: So etwas ist noch nie zuvor geschehen. Läßt es sich bewerkstelligen?

Einer sagte: Es muß geschehen. Immerhin handelt es sich um eine *Person*, und Personen finden früher oder später ein Ende. Nur Kräfte überdauern.

Die Nicht-Worte brachten Zufriedenheit zum Ausdruck.

Einer sagte: Außerdem kam es zu... Unregelmäßigkeiten. Wo Personen im Spiel sind, bleiben Unregelmäßigkeiten nicht aus. Das ist eine allgemein bekannte Tatsache.

Einer fragte: Hat er schlechte Arbeit geleistet?

Einer sagte: Nein. In dieser Hinsicht können wir ihn nicht festnageln.

Einer sagte: Genau darum geht's – um das Er und Ihn und so weiter. Wer zu einer Person wird, ist auf dem besten Wege zur Inkompetenz. Wir dürfen nicht zulassen, daß so etwas um sich greift. Angenommen, die Schwerkraft entwickelt eine eigene Persönlichkeit. Angenommen, sie beschließt plötzlich, die Leute zu *mögen*...

Einer fragte: Will sie sich ihnen etwa an den Hals werfen?

Einer sagte mit einer Stimme, die noch kälter geworden wäre, wenn sie nicht schon den absoluten Nullpunkt erreicht hätte: Nein.

Einer sagte: Entschuldigt. Nur ein kleiner Scherz von mir.

Einer sagte: Außerdem denkt er über seine Arbeit nach. Solche Überlegungen könnten gefährlich werden.

Einer sagte: Das stimmt.

Einer fragte: Dann sind wir uns also einig?

Einer hatte über etwas nachgedacht und sagte nun: Moment mal. Hast du eben das Wörtchen »mir« benutzt? Entwickelst du etwa eine Persönlichkeit?

Einer erwiderte erschrocken: Wer? Wir?

Einer sagte: Wo es Persönlichkeit gibt, ist Uneinigkeit nicht weit.

Einer sagte: Wie wahr. Wie wahr.

Einer sagte: Na schön. Aber paß demnächst auf.

Einer wiederholte: Dann sind wir uns also einig?

Sie sahen zu Azrael auf, dessen Gesicht sich am Himmel zeigte. Eigentlich *war* es der Himmel.

Azrael nickte langsam.

Einer fragte: Nun gut. Wie heißt der Ort?

Einer antwortete: Scheibenwelt. Wird auf dem Rücken einer riesigen Schildkröte durchs All getragen.

Einer sagte: Ach, eine Welt von *der* Sorte. Ich verabscheue sie.

Einer stellte fest: Schon wieder. Du hast schon wieder »ich« gesagt.

Einer widersprach: Nein! Nein! Ausgeschlossen! Ich habe nicht »ich« gesagt. Oh, Mist...

Das Wesen wurde zu einer Flamme und verbrannte auf die gleiche Weise wie eine Gaswolke: schnell und ohne häßliche Überbleibsel. Fast sofort nahm ein anderes Geschöpf seinen Platz ein, und es sah genauso aus wie sein Vorgänger.

Einer sagte: Laßt uns das eine Lehre sein. Die Entwicklung einer Persönlichkeit bedeutet das Ende. Und nun... Brechen wir auf.

Azrael beobachtete, wie sie fortflogen.

Man kann kaum die Gedanken einer Entität erraten, die so gewaltig ist, daß man auf der Lichtgeschwindigkeit basierende Maßstäbe nutzen muß, um einen Eindruck von ihrer Größe zu bekommen. Wie dem auch sei: Azrael drehte seine enorme Masse, und mit Augen, die ganze Sterne aufnehmen konnten, hielt er inmitten von Myriaden Welten nach einer flachen Ausschau.

Auf dem Rücken einer Schildkröte. Eine Scheibe – Welt und Spiegel der Welten.

Es klang interessant. Und Azrael langweilte sich in seinem Kerker aus Jahrmilliarden.

In diesem Zimmer fließt die Zukunft zur Vergangenheit und quetscht sich dabei durch das Nadelöhr des Jetzt.

An den Wänden bilden Lebensuhren lange Reihen. Es sind keine Stundengläser, obwohl sie die gleiche Form haben. Es handelt sich auch nicht um Eieruhren von der Art, wie man sie von jedem beliebigen Urlaubsort als Souvenir heimbringen kann. Für gewöhnlich stammen sie von jemandem, der ebensowenig guten Geschmack hat wie ein Pfannkuchen aus Sülze.

Sie enthalten nicht den üblichen Sand, sondern Sekunden, die das *Vielleicht* unablässig ins *War* verwandeln.

Jede Lebensuhr hat einen Namen.

Und das Zimmer ist voll vom leisen Zischen gelebter Leben.

Man stelle sich diese Szene vor...

Und dann denke man sich das langsam näher kommende Klacken von Knochen auf Stein hinzu.

Eine dunkle Gestalt schreitet durchs Blickfeld des Beobachters und geht an den endlosen Regalen mit flüsternden Gläsern vorbei. Klick, klack. Hier steht ein Glas, dessen obere Hälfte fast leer ist. Knochenfinger greifen danach. Und nach einem anderen. Und nach einem weiteren. Und nach vielen mehr. Auswählen, auswählen.

Ein ganz normaler Arbeitstag. Das heißt... Es wäre ein ganz normaler Arbeitstag, wenn es hier Tage gäbe.

Es klickt und klackt, als die dunkle Gestalt ruhig und gelassen an den Regalen entlangwandert.

Und dann bleibt sie stehen.

Und zögert.

Sie bemerkt eine kleine goldene Lebensuhr, die zwischen den übrigen kaum auffällt.

Gestern hat sie noch nicht hier gestanden. Besser gesagt: Gestern hätte sie noch nicht hier gestanden, wenn die Realität dieses Ortes Platz fürs Gestern ließe.

Knöcherne Finger greifen zu und halten die Lebensuhr ins Licht.

Kleine Großbuchstaben kennzeichnen den Gegenstand mit einem Namen.

Der Name lautet *TOD*.

Tod stellte die Lebensuhr beiseite – und nahm sie erneut zur Hand. Der Sand der Zeit rieselte von der oberen Hälfte in die untere. Er drehte das Gefäß, um ganz sicher zu sein. Der Sand rieselte auch weiterhin, jetzt von unten nach oben. Tod hatte es nicht anders erwartet.

Es bedeutete: Selbst wenn es hier Tage gegeben hätte – ihre Anzahl war plötzlich begrenzt.

Weiter hinten bewegte sich etwas in der Luft.

Tod drehte sich langsam zu einem Wesen um, das in der Düsternis undeutliche Konturen offenbarte.

WARUM?

Das Geschöpf antwortete.

ABER ES SCHEINT... NICHT RICHTIG ZU SEIN.

Das Wesen wies darauf hin, eine andere Absicht zu vertreten.

Tods Gesicht blieb völlig unbewegt, ein Umstand, der nicht zuletzt auf die geringe Flexibilität von Knochen zurückzuführen war.

ICH WERDE EINSPRUCH ERHEBEN.

Der Besucher erwiderte: Gerade *er* sollte wissen, daß es in solchen Fällen *nie* irgendeine Art von Berufung gab.

Tod dachte darüber nach und meinte:

ICH HABE MEINE PFLICHT IMMER SO ERFÜLLT, WIE ICH ES FÜR RICHTIG HIELT.

Das Wesen schwebte etwas näher. Es erinnerte vage an einen Mönch in einem grauen Kapuzenmantel.

Das wissen wir, sagte es. Deshalb darfst du das Pferd behalten.

Die Sonne stand dicht über dem Horizont.

Die kurzlebigsten Geschöpfe auf der Scheibenwelt waren Eintagsfliegen: Ihre Existenz dauerte kaum vierundzwanzig Stunden. Zwei der ältesten Exemplare flogen im ziellosen Zickzack über einem Forellenbach und sprachen mit einigen jungen Fliegen aus der Abendbrut.

»Heute ist die Sonne nicht mehr so wie damals«, klagte einer der beiden Alten.

»Das stimmt. In den guten alten Stunden gab's eine richtige Sonne. War ganz gelb und nicht so rot wie jetzt.«

»Und sie stand höher am Himmel.«

»Läßt sich nicht leugnen.«

»Und Nymphen und Larven zeigten einem mehr Respekt.«

»Und ob, und ob«, bestätigte die andere alte Eintagsfliege.

»Wenn sich die jungen Burschen anständig benehmen würden, hätten wir bestimmt eine bessere Sonne.«

Die jungen Eintagsfliegen hörten geduldig zu.

»In meiner Jugend erstreckten sich hier überall Felder, so weit das Auge reichte«, ließ sich eine andere alte Eintagsfliege vernehmen.

Die jüngeren blickten sich um.

»Die Felder existieren noch immer«, erklang es nach einer höflichen Pause.

»Aber früher waren sie *besser*«, betonte die alte Fliege scharf.

»Ja«, summte die zweite Alte. »Und ich erinnere mich an eine Kuh.«

»Stimmt! Stimmt! Ich erinnere mich ebenfalls an sie. Sie fraß dort drüben Gras, und zwar, äh, vierzig Minuten lang. War braun.«

»Solche Kühe gibt es in den jetzigen Stunden nicht mehr.«

»Es gibt überhaupt keine mehr.«

»Was sind Kühe?« fragte eine der jungen Eintagsfliegen.

»Ich wußte es!« triumphierte die älteste Fliege. »Die modernen Ephemeriden haben von nichts eine Ahnung.« Sie zögerte. »Womit haben wir uns vor unserem Gespräch über die Sonne beschäftigt?«

»Wir sind ziellos und im Zickzack überm Wasser herumgeflogen«, erwiderte eins der jungen Exemplare. Diese Antwort war praktisch immer richtig.

»Und *da*vor?«

»Äh... Du hast uns von der Großen Forelle erzählt.«

»Ja. Ja, genau. Die Forelle. Nun, wenn man eine gute Eintagsfliege gewesen ist und immer auf die richtige Weise im Zickzack überm Bach flog...«

»...und wenn man außerdem immer Respekt vor älteren hatte...«

»Ja, und wenn man außerdem immer Respekt vor älteren hatte, dann kommt die Große Forelle und...«

Plitsch.

Platsch.

»Ja?« fragte eine der jungen Eintagsfliegen.

Keine Antwort.

»Dann kommt die Große Forelle und was?« ertönte die nervöse Stimme einer anderen Fliege.

Sie blickten aufs Wasser hinab und sahen mehrere sich ausdehnende konzentrische Kreise.

»Das heilige Zeichen!« entfuhr es einer Eintagsfliege. »Man hat mir davon erzählt! Ein Großer Kreis im Wasser! Es ist das Zeichen der Großen Forelle!«

Die älteste der jungen Eintagsfliegen starrte nachdenklich auf den Bach hinab: Als Senior hatte sie das Recht, besonders dicht an der Wasseroberfläche zu fliegen.

»Wenn man von der Großen Forelle geholt wird...«, begann jene Eintagsfliege, die über allen anderen im Zickzack flog. »Es heißt, sie bringt einen in ein Land, wo... wo...« Eintagsfliegen können mit Milch und Honig nichts anfangen, und deshalb fügte sie unsicher hinzu: »Wo Wasser fließt.«

»Glaubst du?« fragte die älteste Fliege.

»Dort muß es herrlich sein«, sagte die jüngste.

»Ach? Warum denn?«

»Es kehrt nie jemand zurück.«

Die ältesten Lebewesen der Scheibenwelt sind die berühmten Zählenden Kiefern, die an der Schneegrenze in den Spitzhornbergen wachsen.

Sie bieten eins der wenigen bekannten Beispiele für geliehene Evolution.

Die meisten Spezies beschreiten einen eigenen Evolutionspfad und improvisieren unterwegs, womit sie dem Gebot der Natur gerecht werden. So etwas mag mit geheimnisvollen kosmischen Zyklen in Einklang stehen, die der Meinung sind, jahrmillionenlanges Probierverfahren sei bestens geeignet, um moralische Festigkeit und in einigen Fällen sogar Rückgrat zu verleihen.

Wenn man die Sache aus dem Blickwinkel der Spezies betrachtet, gibt es nichts dagegen einzuwenden. Doch ganz anders sieht die Sache aus, sobald man sich die Perspektive der betreffenden Individuen zu eigen macht. Dann kann einem diese ganze Evolutionsgeschichte schon bald zum Halse heraushängen. Oder aus den Wurzeln...

Aus diesem Grund überließen die Zählenden Kiefern ihre Entwicklung anderen Pflanzen. Wenn ein entsprechender Same irgendwo auf der Scheibenwelt auf den Boden fällt, so verwendet er das Mittel der morphischen Resonanz, um den besten genetischen Code in der Nähe zu finden, und anschließend wächst er zu etwas heran, das besonders gut an Boden und Klima angepaßt ist – so gut, daß dieses Etwas die einheimischen Arten schon nach kurzer Zeit verdrängt.

Aber eigentlich sind die Zählenden Kiefern deshalb so bemerkenswert, weil sie... zählen.

Auf eine eher vage Weise waren sie sich bewußt, daß die Menschen die Ringe eines Baums zählten, um das Alter festzustellen, und daraus zogen sie den Schluß: *Aus diesem Grund werden Bäume gefällt.*

Die Zählenden Kiefern nahmen diese Erkenntnis zum Anlaß, sofort den eigenen genetischen Code zu verändern, um in Augenhöhe und gut lesbar ihr exaktes Alter anzugeben. Innerhalb eines Jahres waren sie daraufhin fast ganz ausgestorben, was sie einer Hochkonjunktur in der Industrie für schmuckvolle Hausnummern-Schilder verdankten. Nur in äußerst abgelegenen Regionen gab es einige wenige Überlebende.

Die sechs Zählenden Kiefern lauschten der ältesten Kiefer weit und breit: Der knorrige Stamm verkündete ein Alter von einunddreißigtausendsiebenhundertvierunddreißig Jahren. Das Gespräch dauerte siebzehn Jahre und wird hier im Zeitraffer wiedergegeben.

»Ich kann mich noch an die Zeit erinnern, als es hier nicht nur Felder gab.«

Die Kiefern blickten über die mehr als anderthalbtausend Kilometer freies Land vor ihnen hinweg. Das Firmament flackerte wie der schlechte Spezialeffekt eines Zeitreisefilms. Schnee erschien, verweilte kurz und schien sich einfach in Luft aufzulösen.

»Und was gab es statt dessen?« fragte die nächste Kiefer.

»Eis. Wenn diese Bezeichnung angemessen ist. Damals hatten wir *richtige* Gletscher. Nicht so ein Eis wie heute: plötzlich da und schon wieder weg. Es blieb eine *Ewigkeit* lang.«

»Was ist damit passiert?«

»Es verschwand.«

»Wohin?«

»Was weiß ich? Wohin die Dinge eben verschwinden. Alles hat's so eilig...«

»Potzblitz! Der hatte es in sich.«

»Was meinst du?«

»Den letzten Winter. War ziemlich streng.«

»So etwas hältst du für einen strengen Winter? Als ich ein junger Baum war – da hatten wir richtige Winter. Aber heute...«

Die Kiefer verschwand.

Nach einer schockierten Pause, die mehrere Jahre dauerte, sagte ein anderer Baum der Gruppe: »An einem Tag war er noch da, und am nächsten nicht mehr! Wie ist so etwas möglich?«

Wenn die übrigen Bäume Menschen gewesen wären, hätten sie jetzt mit den Füßen gescharrt.

»So was kommt vor, Junge«, erwiderte einer von ihnen behutsam. »Bestimmt ist er jetzt an einem besseren Ort*. Da kannst du sicher sein. Immerhin war er ein *guter* Baum.«

Der jüngere Baum – er hatte erst fünftausendeinhundertelf Jahre hinter sich – fragte: »Was für ein ›besserer Ort‹?«

»Wir wissen es nicht genau«, entgegnete eine andere Kiefer. Sie zitterte unsicher in einem sieben Tage langen Sturm. »Aber wir glauben, es geht dabei um... Sägemehl.«

Die Bäume konnten keine Ereignisse wahrnehmen, die weniger als vierundzwanzig Stunden dauerten, und deshalb hörten sie nie das Hämmern von Äxten.

Windle Poons, ältester Zauberer aller Fakultäten der Unsichtbaren Universität...

...Heimat von Magie, Zauberei und üppigem Essen...

...erwartete den Tod.

Auf eine gewisse, von Unbehagen geprägte Weise wußte er, daß er bald sterben würde.

Er dachte darüber nach, während er seinen Rollstuhl über die Steinplatten steuerte und Kurs auf das im Erdgeschoß gelegene Arbeitszimmer nahm. Im *Allgemeinen* wußten selbst die gewöhnlichen Leute, daß sie einmal sterben mußten. Vor der Geburt regierte herrliche Unwissenheit, doch wenn man erst einmal zur Welt gekommen war, stellte man schon bald fest, daß einem jemand die Rückfahrkarte mitgegeben hatte.

Zauberer hingegen wußten im *Besonderen* Bescheid, wobei es allerdings Ausnahmen zu berücksichtigen galt. Wenn es um gewaltsamen Tod ging, zum Beispiel um Mord, so versagte der besondere thauma-

---

* Er befand sich sogar an *drei* besseren Orten. Gemeint sind die Tore in der Ulmenstraße 31, 7 und 34, Ankh-Morpork.

turgische Spürsinn. Aber wenn der Tod schlicht erfolgte, weil das Leben endete ... dann ahnte ihn ein Magier rechtzeitig genug voraus, um alle Bücher in die Bibliothek zurückzubringen, den besten Anzug vorzubereiten und sich möglichst viel Geld von seinen Freunden zu leihen.

Windle Poons war hundertdreißig. Ihm fiel ein, daß er den größten Teil seines Lebens als alter Mann verbracht hatte. Es erschien unfair.

Und niemand scherte sich darum. In der vergangenen Woche hatte er im Ungemeinschaftsraum einige Andeutungen fallenlassen, doch niemand reagierte darauf. Und dann die Stille beim heutigen Mittagessen. Selbst seine sogenannten Freunde mieden ihn, obgleich er nicht einmal *versuchte*, sich von ihnen Geld zu leihen.

Es war wie ein vergessener Geburtstag, nur noch schlimmer.

Offenbar mußte er allein sterben, ohne daß sich jemand darum scherte.

Das eine Rad des Rollstuhls stieß gegen die Tür, und der Zauberer streckte die Hand nach dem nahen Tisch mit der Zunderbüchse aus.

Das war noch so eine Sache. Heutzutage benutzte kaum mehr jemand richtige Zunderbüchsen. Alle kauften diese stinkenden gelben Streichhölzer der Alchimisten. Windle Poons hielt überhaupt nichts davon. Feuer hatte große Bedeutung. Man sollte es nicht ganz nach Belieben und ohne die geringste Mühe entzünden können. Es verdiente mehr Respekt. Typisch für die modernen Leute: Alles mußte schnell gehen, und ... Feuer, ja. Damals, in der guten alten Zeit, war es viel wärmer gewesen. Um sich von einem modernen Feuer wärmen zu lassen, mußte man fast zwischen den Flammen sitzen. Vermutlich gab es irgendeinen Zusammenhang mit dem verwendeten Holz. Ja, man benutzte das verkehrte Holz. Heutzutage war alles verkehrt. Irgendwie *dünner*. Und verschwommen. Ohne echtes Leben. Und die Tage wurden immer kürzer. Ähm. Jeder Tag dauerte eine Ewigkeit, aber seltsam: Wenn sie sich im Plural einander Gesellschaft leisteten, vergingen sie wie im Flug. Für einen hundertdreißig Jahre alten Zauberer existierten nur wenige Pflichten, um die er sich kümmern mußte, und Windle hatte es sich zur Angewohnheit gemacht, jeweils zwei Stunden vor einer Mahlzeit am Tisch zu erscheinen – um sich die Zeit zu vertreiben.

Endlose Tage, die sich schnell in Jahre verwandelten. Es ergab keinen Sinn. Ähm. Apropos: Heutzutage wurde alles immer sinnloser...

Und man ließ zu, daß *Kinder* über die Geschicke der Universität bestimmten. In der guten alten Zeit waren die Fakultäten von *richtigen* Zauberern geleitet worden, von Männern, zu denen man aufblicken konnte. Doch ganz plötzlich gingen sie alle fort, und Windle sah sich mit dem herablassenden, gönnerhaften Gebaren von jungen Leuten konfrontiert – manche von ihnen hatten sogar noch ihre eigenen Zähne. Zum Beispiel der Bursche namens Ridcully. Windle erinnerte sich ganz deutlich an ihn: dünn, Segelohren, laufende Nase; während der ersten Nacht im Schlafsaal rief er immer wieder nach seiner Mutter. Nur Unfug im Kopf. Jemand hatte Windle Poons darauf hingewiesen, daß jener Ridcully inzwischen Erzkanzler der Universität geworden war. Ähm. Offenbar glaubten einige Leute, er sei verblödet.

Wo befand sich die verdammte Zunderbüchse? Finger... In der guten alten Zeit hatten einen die Finger nie im Stich gelassen...

Jemand zog die Decke von einer Lampe. Jemand anders drückte Windle ein Glas in die umhertastende Hand.

»Überraschung!«

Im Flur von Tods Haus steht eine große Uhr mit einem Pendel, das wie eine lange Klinge aussieht. Zeiger fehlen: Im Heim des Todes gibt es keine Zeit, nur die Gegenwart, das Jetzt. (Die einzelnen Gegenwarten wichen immer wieder neuen, aber sie wurden dadurch nicht zur Vergangenheit, nur zu einem älteren Jetzt.)

Das Pendel dieser Uhr hätte Edgar Allan Poe dazu veranlaßt, seine berufliche Laufbahn als Autor aufzugeben und statt dessen zu versuchen, sich den Lebensunterhalt als Komiker zu verdienen. Mit leisem, rhythmischem Summen schwingt die Klinge hin und her, schneidet dünne Scheiben der Zeit vom Schinken der Ewigkeit.

Tod stapfte an der Uhr vorbei in die Düsternis seines Arbeitszimmers. Der Diener Albert wartete mit Handtuch und Staublappen auf ihn.

»Guten Morgen, Herr.«

Tod nahm stumm in dem großen Sessel Platz, und Albert legte ihm das Handtuch über die kantigen Schultern.

»Wieder ein prächtiger Tag«, sagte er im Plauderton.
Tod schwieg.
Albert hob das Staubtuch und zog Tods Kapuze zurück.
ALBERT.
»Herr?«
Knochenfinger hoben ein kleines goldenes Gefäß.
SIEHST DU DAS HIER?
»Ja, Herr. Hübsch. Diese Lebensuhr habe ich nie zuvor bemerkt. Wem gehört sie?«
MIR.
Alberts Blick wanderte zur Seite. An der einen Ecke des Schreibtischs stand ein großes schwarzes Stundenglas – es enthielt keinen Sand.
»Ich dachte, das sei deine Lebensuhr, Herr«, sagte er.
DAS WAR SIE. JETZT NIMMT DIESE HIER IHREN PLATZ EIN. SIE IST EIN GESCHENK ZUR PENSIONIERUNG. VON AZRAEL HÖCHSTPERSÖNLICH.
Albert betrachtete den Gegenstand in Tods Hand.
»Aber ... Der Sand, Herr. Er *rieselt*.«
IN DER TAT.
»Das bedeutet ... Ich meine ...«
ES BEDEUTET, DASS SICH DER GANZE SAND IRGENDWANN IN DER UNTEREN HÄLFTE ANSAMMELT.
»Ich weiß, Herr, aber du ... Ich habe die Zeit immer für etwas gehalten, das anderen Leuten zustößt. Nicht *dir*. Oder ...?« Alberts Stimme gewann einen flehentlichen Klang.
Tod strich das Handtuch beiseite und stand auf.
KOMM MIT.
»Aber du bist der *Tod*, Herr«, sagte Albert und folgte der großen Gestalt hastig, als sie das Arbeitszimmer verließ und in Richtung Stall schritt. »Das ist doch kein Scherz, oder?« fragte er hoffnungsvoll.
ICH BIN NICHT FÜR MEINEN HUMOR BEKANNT.
»Äh, nein, natürlich nicht. Entschuldige. Wie dem auch sei ... Du kannst nicht sterben, weil du der Tod bist, du müßtest dich selbst heimsuchen, ich meine, es wäre wie mit der Schlange, die sich in den eigenen Schwanz beißt ...«
TROTZDEM WERDE ICH STERBEN. MIR BLEIBT KEINE ANDERE WAHL, ALS MICH DAMIT ABZUFINDEN.
»Und was wird aus *mir*?« entfuhr es Albert. Entsetzen haftete

an seinen Worten wie winzige Metallsplitter an der Schneide eines Messers.

EIN NEUER TOD WIRD MICH ERSETZEN.

Albert straffte sich und holte tief Luft.

»Ich glaube nicht, daß ich einem anderen Herrn so dienen könnte wie dir«, sagte er.

DANN KEHR IN DIE WELT ZURÜCK. ICH GEBE DIR GELD. DU BIST EIN GUTER DIENER GEWESEN, ALBERT.

»Aber wenn ich zurückkehre...«

JA, sagte Tod. DANN STIRBST DU.

Im warmen Halbdunkel des Stalls sah Tods Pferd vom Hafer auf und wieherte einen Gruß. Es hieß Binky und war ein richtiges Roß. Tod hatte es mit Flammenhengsten und Knochenrappen versucht, doch sie erwiesen sich als unpraktisch, insbesondere die Feuerpferde: Sie neigten dazu, ihre eigene Streu in Brand zu setzen und dann verlegen in der Glut zu stehen.

Tod nahm den Sattel vom Haken und sah zu Albert, der mit sich selbst rang.

Vor einigen tausend Jahren hatte Albert entschieden, dem Tod ein Schnippchen zu schlagen, indem er ihm diente. Dennoch war er nicht wirklich unsterblich. An diesem Ort existierte keine echte Zeit, nur ein sich stets wandelndes *Jetzt*, das ziemlich lange dauern konnte. Und jetzt blieben ihm noch knapp zwei Monate Leben in der realen Welt – Albert hütete seine Tage wie Goldbarren.

»Ich, äh...«, begann er. »Ich meine...«

FÜRCHTEST DU DICH VOR DEM STERBEN?

»Es ist keineswegs so, daß ich nicht sterben *will*... Ich meine, ich habe immer... Äh, weißt du, das Leben ist eine Angewohnheit, von der man sich nicht gerne trennt...«

Tod musterte seinen Diener wie einen Käfer, der auf den Rücken gefallen ist und mit den Beinen zappelt.

Schließlich schwieg Albert.

ICH VERSTEHE, behauptete Tod und griff nach Binkys Zaumzeug.

»Aber du scheinst überhaupt nicht besorgt zu sein! Steht dir wirklich der *Tod* bevor?«

JA. UND ICH HALTE IHN FÜR EIN GROSSES ABENTEUER.

»Tatsächlich? Hast du gar keine Angst?«

Ich habe nie gelernt, Angst zu haben.
»Ich könnte es dir beibringen«, bot sich Albert an.
Nein. Ich möchte es selbst herausfinden. Ich kann jetzt Erfahrungen sammeln. Endlich.
»Wenn du gehst, Herr... Dauert es lange, bis...«
Aus den Geistern der Lebenden erhebt sich bald ein neuer Tod.
»Oh.« Albert wirkte erleichtert. »Du weißt nicht zufällig, wie er sein wird?«
Nein.
»Vielleicht, äh, sollte ich im Haus gründlicher saubermachen und eine Inventarliste oder so vorbereiten.«
Gute Idee, erwiderte Tod möglichst höflich. Wenn ich den neuen Tod sehe, so empfehle ich dich von ganzem Herzen.
»Oh. Du begegnest ihm also, nicht wahr?«
Und ob. Jetzt muss ich los.
»Was? Jetzt sofort?«
Ja. Ich darf keine Zeit verlieren. Tod zurrte den Sattelgurt fest, drehte sich dann um, hob die kleine goldene Lebensuhr und hielt sie direkt vor Alberts krumme Nase.
Sieh nur! Ich habe Zeit! Endlich habe ich *Zeit!*
Albert wich nervös zurück.
»Und was hast du damit vor?« fragte er neugierig.
Tod schwang sich auf Binkys Rücken.
Ich werde sie *verbringen.*

Die Party war in vollem Gang. Das Spruchband mit der Aufschrift »Lebewohl Windle – 130 Tolle Jahre« hatte im allgemeinen Trubel ein wenig gelitten und hing schief. Inzwischen steuerte alles auf die kritische Phase zu, die in der Regel durch folgendes gekennzeichnet ist: Es gibt nur noch Bowle zu trinken, und der Gaumen muß sich mit höchst verdächtig wirkenden Tortillas sowie sonderbar aussehender gelber Tunke begnügen – *aber es macht niemandem etwas aus.* Die Zauberer unterhielten sich so gezwungen fröhlich wie Leute, die den ganzen Tag über zusammen sind und nun auch den Abend miteinander verbringen müssen.

Windle Poons saß mitten in dem Durcheinander, mit einem großen Glas Rum in der Hand und einem bunten Hut auf dem Kopf. Er war den Tränen nahe.

»Eine richtige Abschiedsparty!« murmelte er immer wieder. »Die letzte fand statt, als ›Kratzer‹ Pfandsohle das Zeitliche segnete.« Es klang gerührt. »Damals, im Jahr des, ähm, Einschüchternden Tümmlers. Ähm. Ich dachte, so etwas sei völlig in Vergessenheit geraten.«

»Der Bibliothekar hat für uns in den Büchern nachgesehen«, sagte der Quästor und deutete auf einen großen Orang-Utan, der gerade versuchte, in eine Papiertröte zu blasen. »Von ihm stammt auch die Bananentunke. Hoffentlich läßt sie bald jemand verschwinden.«

Er beugte sich zum Rollstuhl vor.

»Möchtest du noch etwas Kartoffelsalat?« fragte er laut, deutlich und langsam, so wie man mit Schwachsinnigen und Alten sprach.

Windle wölbte eine Hand am Ohr.

»Was? Was?«

»Noch – etwas – Kartoffelsalat – Windle?«

»Nein, danke.«

»Wie wär's mit einem Würstchen?«

»Was?«

»Würstchen!«

»Davon habe ich die ganze Nacht Blähungen«, sagte Windle Poons. Er dachte darüber nach und nahm fünf.

»Äh!« rief der Quästor. »Weißt du zufällig, wann...«

»Was?«

»Ob du weißt! Wann!«

»Halb zehn«, erwiderte Windle mit vollem Mund.

»Nun, freut mich für dich«, meinte der Quästor. »Dann hast du, äh, den Rest des Abends frei.«

Windle kramte in den geheimnisvollen Winkeln und Tiefen des Rollstuhls, der als Friedhof für alte Kissen, Bücher mit Eselsohren und halb gelutschte Bonbons diente. Kurz darauf holte er ein kleines grünes Bändchen hervor.

Der Quästor nahm es entgegen und las folgende Worte auf der Titelseite: *Windle Poons Sein Tagebuch*. Eine alte Speckschwarte markierte den aktuellen Tag.

In der Rubrik »Zu erledigen« stand geschrieben: Sterben.

Der Quästor konnte der Versuchung nicht widerstehen und blätterte um.

Ja. Der nächste Tag offenbarte in der Zu-erledigen-Spalte den Hinweis: Geboren werden.

Sein Blick glitt zu einem kleinen Tisch auf der einen Seite des Raums. Zwar herrschte ein ziemliches Gedränge im Zimmer, aber jene Ecke wurde gemieden, als sei sie ein Tabu, das nicht verletzt werden durfte.

Für den Tisch sahen die Vorschriften der Abschiedszeremonie etwas Besonderes vor. Die Decke mußte schwarz sein, mit einigen aufgestickten magischen Symbolen. Hinzu kamen: ein Teller mit mehreren ausgewählten Appetithäppchen und ein Glas Wein. Nach langer Diskussion hatten die Zauberer auch noch einen bunten Papphut hinzugefügt.

Die Züge der anwesenden Magier verrieten erwartungsvolle Anspannung.

Der Quästor holte seine Uhr hervor und hob den Deckel.

Es handelte sich um eine der neumodischen Taschenuhren, und der Stellung ihrer Zeiger konnte man entnehmen, daß es bereits Viertel nach neun war. Er schüttelte sie. Unter der 12 öffnete sich eine Klappe, und ein winziger Dämon streckte den Kopf heraus. »Hör auf damit! Ich kann kaum fester in die Pedale treten.«

Der Quästor schloß den Deckel wieder und sah sich fast verzweifelt um – alle anderen Zauberer hielten sich von Poons fern. Offenbar kam ihm die Pflicht zu, ein höfliches Gespräch mit dem Todgeweihten zu führen. Er dachte über mögliche Themen nach, doch bei allen ergaben sich gewisse Probleme.

Windle Poons half ihm aus der Klemme.

»Ich habe beschlossen, als Frau wiedergeboren zu werden«, sagte er munter.

Der Quästor öffnete und schloß den Mund mehrmals.

»Ich freue mich schon darauf«, fuhr Poons fort. »Das Leben als Frau könnte, ähm, recht lustig sein.«

In bezug auf Frauen unterlag das Konversationsrepertoire des Quästors starken Beschränkungen. Er suchte nach einer passenden Bemerkung und sprach direkt in Windles runzliges Ohr.

»Geht es dabei nicht darum, eine Menge, äh, Dinge zu waschen?«

entgegnete er versuchsweise. »Und ums Bettenmachen und Kochen und so?«

»Nicht in dem Leben, ähm, an das *ich* gedacht habe«, sagte Poons fest.

Der Quästor klappte den Mund zu, als der Erzkanzler mit einem Löffel auf einen Teller hämmerte.

»Brüder...«, begann er, als es im Zimmer etwas stiller geworden war. Die Zauberer jubelten sofort.

»Wie ihr alle wißt, haben wir uns heute abend hier eingefunden, um unseren alten Freund und Kollegen Windle Poons, äh, in den *Ruhestand* zu geleiten.« Nervöses Gelächter. »Nun, wie es der Zufall will, fällt mir in diesem Zusammenhang die Geschichte von der Kuh mit den drei Holzbeinen ein. Tja, allem Anschein nach gab es da eine Kuh, und sie...«

Der Quästor ließ seine Gedanken treiben. Er kannte die Geschichte. Erzkanzler Ridcully ruinierte immer die Pointe, aber das spielte kaum eine Rolle, da der Witz ohnehin nichts taugte. Der Quästor nutzte die Gelegenheit, an wichtigere Dinge zu denken.

Immer wieder blickte er zu dem kleinen Tisch.

Im Grunde genommen war der Quästor ein freundlicher, wenn auch recht nervöser Mann, und er fand Gefallen an seinem Job. Niemand sonst wollte ihn. Viele Zauberer strebten den Posten des Erzkanzlers an oder wollten Oberhaupt von einem der insgesamt acht magischen Orden werden. Aber niemand legte Wert darauf, in irgendeiner staubigen Kammer zu sitzen, Akten zu wälzen und zu rechnen. Die Schreibarbeiten der Unsichtbaren Universität wiesen die eigentliche Tendenz auf, sich im Arbeitszimmer des Quästors anzusammeln, was bedeutete: Er ging abends müde zu Bett, aber wenigstens schlief er gut und brauchte keine Skorpione in seinem Nachthemd zu erwarten.

Für raschen Aufstieg in den thaumaturgischen Fakultäten galt die Ermordung höherrangiger Zauberer als anerkanntes Mittel. Doch wer konnte es schon auf den Quästor abgesehen haben? Nur jemand, der sich an langen, säuberlich niedergeschriebenen Zahlenkolonnen erfreute, und solche Leute werden normalerweise nicht zum Mörder.*

---

* Bis sie eines Tages nach dem Brieföffner greifen und sich ihren Weg vom betrieblichen Rechnungswesen in die Geschichte großer Kriminalfälle freistechen.

Er erinnerte sich an seine Kindheit in den Spitzhornbergen. Am Silvesterabend hatten seine Schwester und er ein Glas Wein sowie Kuchen für den Schneevater nach draußen gestellt. Damals war alles anders gewesen. Als Knabe hatte er nicht viel gewußt, woraus sich weniger Probleme und mehr Frohsinn ergaben.

Zum Beispiel hatte er nicht geahnt, irgendwann einmal ein Zauberer zu sein, der zusammen mit anderen Zauberern Wein, Kuchen, verdächtig anmutende Hühnchenpastete und einen Papphut als...

... Abschiedsgaben vorbereitete.

Als kleiner Junge hatte der Quästor viele Silvesterfeiern erlebt, und sie alle zeichneten sich durch ein bestimmtes Muster aus. Wenn die Kinder fast vor Aufregung platzten, sagte einer der Erwachsenen: »Ich glaube, wir bekommen besonderen Besuch.« Was sich als erstaunlich zuverlässige Prophezeiung erwies: Schon wenig später läuteten draußen kleine Glocken. Und dann öffnete sich die Tür, und...

... und *jemand* kam herein.

Der Quästor schüttelte den Kopf. Natürlich handelte es sich nicht um den Schneevater, sondern um einen Opa mit angeklebtem Bart. Um einen Alten, der mit Schnee an den Stiefeln eintrat. Und mit einem Sack, der Spielzeug enthielt. Doch dieser Besucher *schenkte* einem etwas.

Doch heute abend...

Nun, vermutlich sah der alte Windle die Sache aus einer anderen Perspektive. Nach hundertdreißig Jahren übte der Tod wahrscheinlich einen gewissen Reiz aus: Vielleicht entwickelte man Interesse daran, was *danach* geschah.

Die mühsame Anekdote des Erzkanzlers ging ihrem wirren Ende entgegen. Die versammelten Zauberer lachten pflichtbewußt und versuchten anschließend, den komplizierten Witz zu verstehen.

Der Quästor warf einen verstohlenen Blick auf die Uhr. Zwanzig Minuten nach neun.

Windle Poons hielt eine Rede. Er sprach über die gute alte Zeit und wies auf den seltsamen Umstand hin, daß er sich offenbar in der Gesellschaft von Personen befand, die schon seit fünfzig Jahren im Grab ruhten. Es war ein zusammenhangloses Gefasel, aber niemand störte sich daran – die Magier hatten es sich längst angewöhnt, dem alten Windle überhaupt nicht zuzuhören.

Der Blick des Quästors kehrte zur Uhr zurück. In ihrem Innern quietschten Pedale, während der Dämon geduldig in Richtung Ewigkeit strampelte.

Fünfundzwanzig Minuten nach neun.

Der Quästor fragte sich, auf welche Weise es passieren mochte. Hörte man – *Ich glaube, wir bekommen besonderen Besuch* – draußen das Pochen von Hufen?

Öffnete sich die Tür, oder schritt Er einfach durch sie hindurch? Dumme Frage. Er war bekannt für seine Fähigkeit, verschlossene Orte zu erreichen. Sie stellten sogar seine besondere Spezialität dar, wenn man genauer darüber nachdachte. Man suche einen vollkommen versiegelten Ort auf – dann dauerte es nicht lange, bis Er kam.

Der Quästor hoffte, daß Er nicht einfach durch die Wand glitt, sondern die Tür öffnete – mit seinen Nerven stand es ohnehin nicht zum besten.

Den anwesenden Zauberern schien allmählich der Gesprächsstoff auszugehen, und mehrere von ihnen schielten zur Tür.

Windles Rollstuhl stand in der Mitte eines taktvoll größer werdenden Kreises. Niemand ging ihm ganz bewußt aus dem Weg; eine Art Brownsche Bewegung sorgte dafür, daß sich alle anderen von Poons entfernten.

Zauberer können den Tod sehen. Und wenn ein Zauberer stirbt, so kommt der Tod höchstpersönlich, um ihn ins Jenseits zu geleiten. Der Quästor überlegte, warum so etwas als Privileg galt...

»Wohin seht ihr alle?« fragte Windle fröhlich.

Der Quästor klappte den Deckel seiner Uhr auf.

Das Türchen unter der 12 öffnete sich.

»Kannst du nicht endlich mit dem Schütteln aufhören?« quiekte der Dämon. »Dadurch verzähle ich mich dauernd.«

»Entschuldigung«, flüsterte der Quästor. Noch eine Minute bis halb zehn.

Der Erzkanzler trat vor.

»Also dann... Mach's gut, Windle«, sagte er und schüttelte die pergamentartige Hand des Alten. »Wir werden dich alle sehr vermissen.«

»Ich weiß gar nicht, wie wir ohne dich zurechtkommen sollen«, fügte der Quästor dankbar hinzu.

»Viel Glück im nächsten Leben«, ließ sich der Dekan vernehmen. »Besuch uns mal, wenn du dich, äh, zufälligerweise an *dieses* Leben erinnerst.«

»Bleib so, wie du bist«, meinte der Erzkanzler.

Windle Poons nickte freundlich. Er hatte kein Wort verstanden und nickte nur, weil es ihm angemessen erschien.

Die Zauberer wandten sich synchron der Tür zu.

Einmal mehr öffnete sich die Klappe unter der 12.

»Bing-bing, Bong-bing«, verkündete der Dämon. »Bingchen-bingchen, Bong-bing-bing.«

Der Quästor zuckte zusammen. »Was?«

»Halb zehn«, sagte der Dämon.

Die Zauberer sahen zu Windle Poons, und in ihren Mienen zeigte sich ein stummer Vorwurf.

»Was starrt ihr mich so an?« erkundigte sich der Alte.

Der Sekundenzeiger kroch mit leisem Quietschen übers Zifferblatt der Uhr.

»Wie fühlst du dich?« fragte der Dekan.

»Habe mich nie besser gefühlt«, antwortete Windle. »Ist noch, ähm, Rum da?«

Ein Zauberer füllte ihm das Glas.

»Zuviel schadet der Gesundheit«, warnte der Dekan nervös.

»Zum Wohl!« sagte Windle.

Die Finger des Erzkanzlers trommelten auf den Tisch.

»Herr Poons...«, begann er. »Bist du *ganz sicher*?«

Doch Windles Gedanken befaßten sich mit einer anderen Angelegenheit. »Sind noch welche von den Tortilla-Dingern da? Ich meine, was Richtiges zu essen ist das ja eigentlich nicht. Irgendwelche Krusten in gelbe Soße zu tunken – was soll daran so toll sein? Ach, ich könnte jetzt eine von Herrn Schnappers Fleischpasteten vertragen...«

Und dann starb er.

Der Erzkanzler blickte zu den übrigen Zauberern, schlich dann zum Rollstuhl und hob eine von blauen Adern durchzogene Hand, um den Puls zu fühlen. Kurze Zeit später schüttelte er den Kopf.

»So möchte ich auch aus dem Leben scheiden«, sagte der Dekan.

»Was, mit Träumen von Schnappers Fleischpasteten?« fragte der Quästor.

»Nein. Spät.«

»He, wartet mal, wartet mal«, brummte der Erzkanzler. »Hier stimmt was nicht. Die Tradition verlangt, daß der Tod *höchstpersönlich* erscheint, wenn ein Zauberer stirbt.«

»Vielleicht war Er beschäftigt«, spekulierte der Quästor hastig.

»Könnte sein«, sagte der Dekan. »Wie ich hörte, ist drüben in Quirm eine Grippe-Epidemie ausgebrochen.«

»Außerdem gab's einen Sturm in der vergangenen Nacht«, meinte der Dozent für neue Runen. »Hat bestimmt einige Schiffe an den Klippen zerschellen lassen.«

»Darüber hinaus ist es Frühling, was bedeutet, daß in den Bergen viele Lawinen möglich sind.«

»Und Seuchen.«

Der Erzkanzler strich sich nachdenklich über den Bart.

»Hmm«, murmelte er.

Von allen Geschöpfen im Multiversum glauben allein Trolle daran, daß alle Lebewesen rückwärts durch die Zeit wandeln. Wenn die Vergangenheit sichtbar ist und die Zukunft verborgen bleibt, so läßt sich daraus nur der Schluß ziehen, daß man in die falsche Richtung sieht. Alles Lebendige geht von hinten nach vorn durchs Leben. Diese Philosophie ist recht interessant, wenn man folgendes berücksichtigt: Sie wurde von Leuten entwickelt, die sich gegenseitig mit Keulen auf den Kopf schlagen.

Was auch immer es mit der Zeit auf sich hat: Sie gehört lebenden Wesen.

Tod ritt durch große schwarze Wolken.

Auch er hatte jetzt Zeit.

Zeit um zu leben.

Windle Poons spähte in die Dunkelheit.

»Hallo?« fragte er. »Hallo? Jemand da?«

In der Ferne rauschte es leise, wie Wind am Ende eines Tunnels.

»Wo auch immer du bist – zeig dich endlich«, sagte Windle. In seiner Stimme vibrierte hysterische Fröhlichkeit. »Keine Sorge. Um ganz ehrlich zu sein: Eigentlich freue ich mich darauf.«

Er klatschte in die substanzlosen Hände und rieb sie mit geheucheltem Enthusiasmus.

»Na los«, drängte er. »Laß dir nicht zuviel Zeit. Einige von uns müssen bald mit einem neuen Leben beginnen.«

Die Finsternis blieb still, und nichts rührte sich in ihr. Poons hielt vergeblich nach irgendeiner Gestalt Ausschau, und er vernahm auch keine Geräusche. Er sah nur formlose, stille Leere.

Der Geist des gestorbenen Zauberers schwebte in Schwärze.

Schließlich schüttelte Windle den Kopf. »Verdammter Mist«, brummte er. »Hier geht irgend etwas nicht mit rechten Dingen zu.«

Er wartete eine Zeitlang und fragte sich, was er unternehmen sollte. Dann traf er eine Entscheidung und beschloß, zu dem einzigen ihm vertrauten Zuhause zurückzukehren.

Hundertdreißig Jahre lang hatte es ihm als Domizil gedient. Es rechnete nicht mit seiner Rückkehr und leistete daher erheblichen Widerstand. Man brauchte entweder eine Menge Entschlossenheit oder viel Willenskraft, um mit einem derartigen Problem fertig zu werden, aber Windle Poons war nicht von ungefähr mehr als ein Jahrhundert lang Zauberer gewesen. Außerdem ähnelte sein Bemühen dem Unterfangen, ins eigene Haus einzubrechen: Man kannte es in- und auswendig und wußte, welches Fenster, metaphorisch gesprochen, nicht richtig schloß.

Mit anderen Worten: Windle Poons wurde wieder zu Windle Poons.

Die meisten Leute halten es nicht für notwendig, religiösen Glauben mit Tischen in Verbindung zu bringen, und die Zauberer empfinden ebenso, auch und insbesondere in Hinsicht auf die Götter. Von Tischen weiß man, daß sie existieren und einem bestimmten Zweck dienen, daß ihnen in einem gut organisierten Universum ein fester Platz gebührt. Dennoch sieht man kaum eine Notwendigkeit darin, an sie zu *glauben* und Bemerkungen wie »O großer Tisch, ohne den wir nichts sind« an ihn zu richten. Nun, entweder gibt es Götter, egal, ob man an sie glaubt oder nicht. Oder ihre Existenz beschränkt sich auf jene Realität, die allein für Gläubige eine Rolle spielt. In beiden Fällen kann man die Sache getrost vergessen und zur Tagesordnung übergehen.

Trotzdem gehört auch eine kleine Kapelle zur Unsichtbaren Universität, und zwar aus gutem Grund: Zwar vertreten Zauberer den oben geschilderten Standpunkt, aber man wird kein Zauberer, indem man die Götter verärgert, selbst wenn sie nur ätherischer und imaginärer Natur sind. Anders ausgedrückt: Zauberer glauben zwar nicht an Götter, aber sie wissen ganz genau, daß *Götter* an Götter glauben.

In dieser Kapelle jedenfalls ruhte Windle Poons Leichnam. Verstorbene Zauberer wurden erst nach vierundzwanzig Stunden begraben – auf diese Weise sollten peinliche Zwischenfälle wie vor dreißig Jahren mit Prissal »Schelm« Teatar vermieden werden.

Windle Poons Leiche öffnete die Augen. Zwei Münzen fielen mit lautem Klirren zu Boden.

Die auf der Brust gefalteten Hände streckten sich.

Windle hob den Kopf. Irgendein Narr hatte ihm eine Lilie auf den Bauch gelegt.

Er blickte zur Seite.

Rechts und links brannten Kerzen.

Er hob den Kopf noch etwas mehr.

Auch neben den Füßen flackerten kleine Kerzenflammen.

Gelobt sei der alte Teatar, dachte Windle. *Ohne ihn sähe ich nun die untere Seite eines Sargdeckels aus billigem Kiefernholz.*

Und dann: *Komisch. Ich denke. Und zwar völlig klar.*

Donnerwetter.

Windle ließ den Kopf wieder sinken und spürte, wie der Geist den Körper füllte, flüssigem Metall gleich, das in eine Gußform floß. Weißglühende Gedanken brannten durch die Dunkelheit des Gehirns und veranlaßten träge Neuronen zu neuer Aktivität.

So hat es sich zu meinen Lebzeiten nie angefühlt.

Aber tot bin ich nicht.

Ich bin weder tot noch lebendig.

Es ist eine Art Nicht-Leben.

Oder Un-Tod.

Ach du lieber *Himmel...*

Er setzte sich auf. Muskeln, die seit siebzig oder achtzig Jahren nicht mehr richtig gearbeitet hatten, entfalteten plötzlich hektische Aktivität. Zum erstenmal in seinem Leben – beziehungsweise zum erstenmal in seiner »Existenzperiode« – unterlag Windle Poons Körper ganz und gar Windle Poons Kontrolle. Und Windle Poons Geist wollte nicht zulassen, daß sich ein paar Muskeln irgendwelche Frechheiten erlaubten.

Der Körper erhob sich nun. Die Kniegelenke widersetzten sich einige Sekunden lang, aber sie konnten der enormen Willenskraft ebensowenig Widerstand leisten wie eine kranke Mücke einer Lötlampe.

Die Tür der Kapelle war abgeschlossen, doch Windle stellte fest, daß schon geringfügiger Druck genügte, um das Schloß aus dem Holz zu lösen. Seine Finger hinterließen Dellen im Metall der Klinke.

»Meine Güte«, sagte er.

Er wankte durch den Korridor. Fernes Klappern von Geschirr und murmelnde Stimmen wiesen darauf hin, daß in der Universität gerade eine der vier täglichen Mahlzeiten stattfand.

Windle fragte sich, ob Tote essen durften. Wahrscheinlich nicht, befürchtete er.

Konnte er überhaupt essen? An Appetit mangelte es ihm nicht, aber... Nun, er wußte, worauf es beim Denken ankam, und das Gehen erforderte nur die Stimulierung einiger bestimmter Nerven. Doch wie funktionierte der Magen?

Windle begann zu ahnen, daß die Funktionen des menschlichen Körpers nicht vom Gehirn gesteuert werden, auch wenn es sich für den Boß hält. Für die Routinearbeit waren Dutzende von automatischen Systemen zuständig, und von ihrem Vorhandensein merkte man erst etwas, wenn es irgendwo einen Störfall gab.

Der alte Zauberer beobachtete sich aus der Zentrale des Schädels. Er sah zur stillen chemischen Fabrik der Leber und fühlte dabei das gleiche Unbehagen wie ein Kanu-Bauer, der die Instrumentenanzeigen eines vollautomatischen Supertankers betrachtet. Die Geheimnisse der Nieren erwarteten von ihm renale Kontrolle. Was hatte es eigentlich mit der Milz auf sich? Welchen Zweck erfüllte sie? Und wie sorgte man dafür, *daß* sie ihn erfüllte?

Das Herz wurde ihm schwer.

Das heißt: Es rührte sich überhaupt nicht.

»Oh, bei den *Göttern*«, brummte Windle und lehnte sich an die Wand. Wie ging man dabei vor? Mit psychischen Händen zupfte er an einigen vielversprechend wirkenden Nerven. *Systolisch... diastolisch... systolisch... diastolisch...?* Und außerdem die Lungen.

Windle Poons setzte sich wieder in Bewegung und stapfte durch den Flur. Man konnte ihn mit einem Jongleur vergleichen, der versucht, achtzehn Teller gleichzeitig in der Luft zu halten. Oder mit jemandem, der seinen neuen Videorecorder programmieren möchte und dabei auf ein Handbuch angewiesen ist, das von einem koreanischen Reisbauern aus dem Japanischen ins Niederländische übersetzt wurde. Windle lernte nun die wahre Bedeutung des Ausdrucks »Selbstbeherrschung« kennen.

Die Zauberer der Unsichtbaren Universität legten großen Wert auf üppige Mahlzeiten. Konnte man denn auch von jemandem anständige Magie erwarten, wenn er vorher nicht Gelegenheit bekam, folgende Dinge zu kosten: Suppe, Fisch, Wildbret, einige Teller mit Braten, die eine oder andere Pastete, etwas Großes und Schwabbeliges mit Sahne drauf, kleine Leckereien auf Toastscheiben, Obst, Nüsse sowie Kaffee und Pfefferminz? Angeblich tat das der Magenschleimhaut gut. Darüber hinaus wurden die Zauberer nicht müde zu betonen, wie wichtig es sei, daß man derartige Mahlzeiten *regelmäßig* servierte. Sie meinten, es gäbe dem Tag Form und Gestalt.

Der Quästor teilte diese Ansicht nicht. Er aß nur wenig und litt an überreizten Nerven. Seiner Meinung nach bestand kein Zweifel, daß er an einer Mischung aus Appetitlosigkeit und Magersucht litt, denn immer, wenn er in den Spiegel blickte, sah er einen übergewichtigen Mann: den brüllenden Erzkanzler, der hinter ihm stand.

Er hatte das Pech, der Tür gegenüberzusitzen, als Windle Poons das Portal einfach in den Speisesaal stieß – das war einfacher, als mit der Klinke zu hantieren.

Der Quästor zerbiß seinen hölzernen Löffel.

Die Zauberer drehten sich um und staunten.

Poons schwankte einige Sekunden lang und unterwarf Stimmbänder, Lippen und Zunge seinem Willen. Vielleicht kann ich den Magen dazu bringen, Alkohol zu verarbeiten.«

Der Erzkanzler erholte sich als erster von der Überraschung.

»Windle!« entfuhr es ihm. »Wir haben dich für tot gehalten!«

Er mußte zugeben, daß es dieser Bemerkung an Originalität mangelte. Man legte niemanden mit Kerzen und Lilien auf eine Steinplatte, nur weil er an Kopfschmerzen litt und etwas ausruhen mußte.

Windle trat einige Schritte vor. Die nächsten Zauberer kletterten übereinander hinweg, um seine Nähe zu meiden.

»Ich *bin* tot, du junger Narr«, brummte Poons. »Glaubst du etwa, daß ich immer so aussehe? Ist das zu fassen...« Er starrte zu den Magiern. »Weiß zufällig jemand, wozu die Milz dient?«

Er erreichte den Tisch, und irgendwie gelang es ihm, Platz zu nehmen.

»Hat vermutlich was mit der Verdauung zu tun«, fuhr er fort. »Komisch: Jahrzehntelang tickt, gurgelt oder was weiß ich das Ding munter vor sich hin, und man hat überhaupt keine Ahnung, welche Art von Arbeit es leistet. Es ist wie mit dem Bauch, wenn man abends im Bett liegt: Man hört ein *Glick-gluck-glack* darin – ohne daran zu denken, daß diese plätschernden Geräusche akustische Begleiterscheinungen außerordentlich komplexer chemischer Vorgänge sind...«

Dem Quästor gelang es schließlich, drei Worte hervorzubringen: »Du bist *untot*?«

»Ich habe nicht darum *gebeten*«, erwiderte der aus dem Leben geschiedene Windle Poons verärgert. Er sah aufs Essen hinab und fragte sich, wie der Magen mit so etwas fertig werden und in einen Teil von Windle Poons verwandeln sollte. »Ich bin nur deshalb zurückgekehrt, weil ich nicht wußte, wohin ich mich sonst wenden sollte. Oder glaubt ihr etwa, ich *möchte* hier sein?«

»Aber...«, begann der Erzkanzler. »Hast du nicht... Ich meine, bist du niemandem begegnet, zum Beispiel einem düster wirkenden Burschen mit Sense?«

»Nein«, sagte Windle schlicht. Sein Interesse galt nach wie vor den Tellern. »Eine anstrengende Sache, das Nicht-Sterben.«

Die Zauberer winkten sich über seinen Kopf hinweg zu. Einige der Gesten wirkten recht verzweifelt.

Windle Poons sah ruckartig auf.

»Ich kann all das Winken ganz deutlich sehen«, sagte er. Und verblüfft stellte er fest, daß es stimmte. Während der vergangenen sechzig Jahre hatte dunstige Gräue die Konturen der Umgebung verschleiert, doch jetzt löste sich dieser Nebel jäh auf, und die Augen verwandelten sich in zwei optische Präzisionsinstrumente.

Zwei Überlegungen bestimmten das Denken der anwesenden Zauberer.

Die meisten Magier der Unsichtbaren Universität dachten: *Wie schrecklich! Der arme Windle Poons steckt in dem Körper, in der* Leiche. *Er war ein netter alter Knabe... Wie können wir ihn loswerden? Himmel, es muß eine Möglichkeit geben, ihn ins Jenseits zurückzuschicken.*

Und im summenden, blitzenden Cockpit seines Gehirns dachte Windle Poons: *Es stimmt tatsächlich: Es gibt ein Leben nach dem Tod. Und es ist das gleiche. So ein Pech!*

»Nun, was habt ihr jetzt vor?« fragte er.

Fünf Minuten später. Sechs der ältesten Zauberer eilten durch den zugigen Flur und folgten dem Erzkanzler, dessen Mantel wie ein Banner wehte.

Das Gespräch unter ihnen lief ungefähr so ab:

»Es *kann* nur der alte Windle sein! Ich habe seine Stimme erkannt.«

»Nein, ausgeschlossen. Der alte Windle war viel älter!«

»Älter? Älter als *tot*?«

»Er will sein früheres Zimmer zurück, und ich sehe nicht ein, warum ich es ihm überlassen muß...«

»Habt ihr seine Augen gesehen? Sie hatten es echt in sich.«

»Wie? Was? Sie hatten es in sich? So wie der Mich-haut's-um-Likör im Feinkostladen des Zwergs? Ich meine das Geschäft in der Ankertaugasse...«

»Und *ich* meine: Sein Blick hatte etwas Durchbohrendes.«

»Vom Fenster aus sieht man weit über den Garten, und ich habe schon alle meine Sachen verstaut, und es ist einfach nicht fair...«

»Gibt es Präzedenzfälle?«

»Nun, zum Beispiel der alte Teatar...«

»Ja, aber er starb nicht wirklich. Er schmierte sich nur grüne Farbe ins Gesicht, schob den Sargdeckel beiseite und rief: ›Überraschung, Überraschung!‹«

»Wir haben es hier noch nie zuvor mit einem Zombie zu tun gehabt.«

»Ist er jetzt ein Zombie?«

»Ich glaube schon...«

»Soll das heißen, er fängt bald an, mit Kesselpauken Lärm zu machen und die ganze Nacht herumzutanzen?«

»Entspricht das dem typischen Gebaren von Zombies?«

»Nun, vielleicht verhalten sich Zombies so, aber ich bezweifle, daß der alte Windle Gefallen an so etwas findet. Zu Lebzeiten hat er nie gern getanzt...«

»Wie dem auch sei: Den Voodoo-Göttern kann man nicht trauen. Man traue nie einem Gott, der die ganze Zeit über grinst und einen Zylinder trägt – so lautet mein Motto.«

»Nein, ich bin nicht bereit, mein Zimmer einem Zombie zu überlassen, nachdem ich *Jahre* darauf gewartet habe...«

»Tatsächlich? Ein seltsames Motto.«

Windle Poons schlenderte einmal mehr durch den inneren Kosmos seines Kopfes.

Eigentlich eine sonderbare Sache: Im Tod – beziehungsweise im Nicht-Leben – fiel ihm das Denken wesentlich leichter.

Inzwischen bereitete es ihm auch weniger Probleme, den Körper zu kontrollieren. Er brauchte kaum einen Gedanken ans Atmen zu verschwenden, und die Milz schien von ganz allein zu wissen, wie sie ihre Pflicht erfüllen mußte. An der Wahrnehmung gab es nichts auszusetzen. Das Verdauungssystem hingegen stellte nach wie vor ein Rätsel dar.

Windle betrachtete sein Spiegelbild in einem silbernen Teller.

Er sah immer noch tot aus: das Gesicht bleich, die Augen blutunterlaufen. Der Körper war ein Leichnam. Oh, er funktionierte, was jedoch nichts daran änderte, daß kein Leben mehr in ihm weilte. Wo blieben da Fairneß und Gerechtigkeit? Wurden hundertdreißig Jahre unerschütterlichen Glaubens an die Reinkarnation damit belohnt, als *Leiche* ins Diesseits zurückzukehren?

Kein Wunder, daß Untote in dem allgemeinen Ruf standen, ziemlich schlecht gelaunt zu sein.

Auf lange Sicht gesehen bahnte sich etwas Wundervolles an.

Aus einer kurz- oder mittelfristigen Perspektive betrachtet, stand etwas Schreckliches bevor.

Es ist der gleiche Unterschied wie zwischen dem wundervollen Glanz eines neuen Sterns am Winterhimmel und dem *nahen* Feuer der Supernova. Um ein anderes Beispiel zu nennen: Die vom Morgentau benetzten Spinnweben sehen recht hübsch aus – wenn man keine darin gefangene Fliege ist.

Normalerweise wäre dies erst in vielen tausend Jahren geschehen. Aber es geschah jetzt.

Und der Ort des Geschehens: ein Schrank im Keller eines baufälligen Hauses in den Schatten, dem verrufensten Viertel von Ankh-Morpork.

Plop.

Es klang so sanft wie der erste Regentropfen auf hundert Jahre alten Staub.

»Vielleicht könnten wir eine schwarze Katze veranlassen, über seinen Sarg zu laufen.«

»Er hat überhaupt keinen Sarg«, heulte der Quästor, dem es selbst unter normalen Umständen recht schwerfiel, sich an der Realität festzuklammern.

»Na schön. Also besorgen wir ihm erst einen hübschen Sarg, und *dann* sorgen wir dafür, daß eine schwarze Katze darüber hinwegläuft.«

»Unsinn. Viel besser wär's, wenn wir ihn dazu bringen, Wasser zu lassen.«

»Wie bitte?«

»Wasser lassen. Untote sind dazu nicht imstande.«

Die im Arbeitszimmer des Erzkanzlers versammelten Zauberer dachten fasziniert über diesen Vorschlag nach.

»Im Ernst?« vergewisserte sich der Dekan.

»Es ist eine allgemein bekannte Tatsache«, erklärte der Dozent für neue Runen.

»Als er noch lebte, hat es ihm überhaupt keine Mühe bereitet, Wasser zu lassen«, sagte der Dekan skeptisch.

»Aber als Toter kann er's nicht.«

»Nun, das ergibt einen gewissen Sinn...«

»*Fließendes* Wasser!« entfuhr es dem Dozent für neue Runen. »Es muß *fließendes* Wasser heißen. Entschuldigung. Tote können kein fließendes Wasser überqueren.«

»Nun, dazu bin auch *ich* nicht imstande«, meinte der Dekan.

»Untoter! Untoter!« Innerlich geriet der Quästor allmählich aus den Fugen.

»Das ist kein Grund, ihn zu verspotten«, mahnte der Dozent und klopfte dem Zitternden auf die Schulter.

»Ich bin tatsächlich nicht dazu in der Lage«, fügte der Dekan hinzu. »Ich würde darin versinken. Im Wasser, meine ich.«

»Untote können fließendes Wasser selbst dann nicht überqueren, wenn sie eine *Brücke* benutzen.«

»Und ist er der einzige, hm?« fragte der Dozent. »Oder gibt es noch andere?«

Die Finger des Erzkanzlers trommelten auf den Tisch.

»Herumlaufende Tote sind unhygienisch«, stellte er fest.

Daraufhin herrschte Stille. An diesen Aspekt hatte bisher niemand gedacht, aber es überraschte die übrigen Zauberer kaum, daß Mustrum Ridcully die Angelegenheit aus einem so speziellen Blickwinkel sah.

Mustrum Ridcully war entweder der beste oder der schlechteste Erzkanzler in der langen Geschichte der Unsichtbaren Universität – es hing ganz davon ab, welche Maßstäbe man anlegte.

Zunächst einmal: Es gab zuviel von ihm. Es lag nicht etwa an seiner Gestalt, sondern an einer gewaltigen Persönlichkeit, die dazu neigte, allen zur Verfügung stehenden Raum auszufüllen. Abends goß er sich ordentlich einen hinter die Binde, und damit wurde er dem charakteristischen Verhaltensmuster eines Zauberers gerecht. Doch wenn er sich in sein Zimmer zurückzog, ging er keineswegs zu Bett: Er spielte die ganze Nacht mit Wurfpfeilen, und um fünf Uhr morgens verließ er die Unsichtbare Universität, um auf Entenjagd zu gehen. Er schrie Leute an. Und er versuchte, sie *aufzumuntern*. Und er trug nur selten anständige Umhänge. Er hatte Frau Reineweiß, die gefürchtete Wirtschafterin der Universität, dazu überredet, ihm einen weiten, blauroten Hosenanzug zu nähen. Zweimal täglich beobachteten verwunderte Zauberer, wie er mit energischer Zielstrebigkeit um die Universitätsgebäude joggte. Bei solchen Gelegenheiten rief er fröhliche Worte – zu den Charaktern von Leuten wie Mustrum Ridcully gehört die unerschütterliche Überzeugung, daß alle anderen ebenfalls Spaß daran fänden, wenn sie es nur einmal versuchten.

»Vielleicht stirbt er bald«, murmelten die Zauberer hoffnungsvoll, als sie ihn eines Morgens bei dem Versuch beobachteten, ein Loch in der Kruste des Flusses zu schaffen – er wollte im Ankh *baden*. »Soviel Gesundheit kann nicht gut für ihn sein.«

Gerüchte fanden ihren Weg zur Universität. Angeblich hatte der Erzkanzler zwei Runden lang mit Detritus geboxt, dem Troll und

Mädchen für alles in der Geflickten Trommel. Er ließ sich sogar auf eine Kraftprobe mit dem Bibliothekar ein: Es ging dabei um eine Wette, die Ridcully natürlich verlor, aber erstaunlicherweise besaß er anschließend noch seinen Arm. Eine der neuesten sportlichen Ideen des Erzkanzlers bestand darin, eine Fußballmannschaft der Universität zusammenzustellen.

In intellektueller Hinsicht war er aus zwei Gründen für seinen Posten bestens geeignet. Erstens: Er änderte *nie* seine Meinung. Zweitens: Er brauchte immer einige Minuten, um neue Konzepte zu verstehen. Das ist eine sehr nützliche Eigenschaft für Personen in leitender Stellung: Wenn sich jemand nach zwei Minuten noch immer bemühte, etwas zu erklären, so handelte es sich vermutlich um etwas Wichtiges; und wenn die Erläuterungsversuche schon nach einer Minute aufgegeben wurden, so lohnte es sicher nicht, der Sache Aufmerksamkeit zu schenken.

Es schien mehr Mustrum Ridcully zu geben, als ein Körper beinhalten konnte.

Plop. Plop.
Im dunklen Innern des Schranks war bereits ein ganzes Regal voll.

Es gab exakt soviel Windle Poons, wie ein Körper aufnehmen konnte, und der untote Zauberer steuerte die Masse seiner Persönlichkeiten durch den Flur.

Damit habe ich nie gerechnet, dachte er. *So etwas habe ich nicht verdient. Irgendwo muß irgend jemandem ein Fehler unterlaufen sein.*

Wind strich ihm übers Gesicht, und daraufhin wurde ihm klar, daß er den zentralen Gebäudekomplex verlassen hatte. Weiter vorn bemerkte er die verschlossenen Tore der Universität.

Windle Poons erlitt einen plötzlichen Anfall von Klaustrophobie. Jahrelang hatte er auf den Tod gewartet, und dann war er endlich gestorben – um sich in einem... einem *Mausoleum* wiederzufinden, in der Gesellschaft von verblödeten Alten. Kein Wunder, daß er den Wunsch verspürte, nach draußen zu gehen und frische Luft zu schnappen...

»Guten Abend, Herr Poons.«
Er drehte sich ganz langsam um und sah Modo, den Gärtner der

Unsichtbaren Universität. Der Zwerg saß im Zwielicht und rauchte seine Pfeife.

»Oh. Hallo, Modo.«

»Du bist tot gewesen, wie ich hörte.«

»Äh. Ja. Das stimmt.«

»Offenbar hast du's hinter dich gebracht.«

Windle nickte und sah kummervoll zu den Toren. Sie wurden jeden Abend bei Sonnenuntergang geschlossen und verriegelt, was Studenten und Professoren zwang, über die Mauer zu klettern. Vermutlich fehlte ihm die notwendige Agilität...

Er ballte die Fäuste und betrachtete sie kurz. Nun...

»Gibt es hier noch ein anderes Tor, Modo?« erkundigte er sich.

»Nein, Herr Poons.«

»Nun, wo sollen wir eins hinzufügen?«

»Ich verstehe nicht ganz, Herr Poons...«

Mauersteine knirschten gequält, und als sich die Staubwolke verzog, kam ein Poons-förmiges Loch zum Vorschein. Windles Hand tastete durch die Öffnung und griff nach dem Hut.

Modo nahm die Pfeife zwischen die Lippen und paffte. Wenn man Gärtner war, bekam man doch viele interessante Sachen zu sehen, fand er.

Schauplatz: eine vorübergehend leere Seitengasse, unbehelligt von Passanten. Ein Toter namens Reg Schuh sah nach rechts und links, holte eine Dose mit Farbe hervor und malte folgende Worte an die Mauer:

TOT JA! FORT NEIN!

Dann lief er weg. Besser gesagt: Er schlurfte hastig davon.

Der Erzkanzler öffnete ein Fenster und blickte in die Nacht.

»Hört euch das an«, sagte er.

Die Zauberer lauschten.

Ein Hund bellte. Irgendwo pfiff ein Dieb, und ein Kollege antwortete vom Dach eines anderen Hauses. In der Ferne hatte ein Ehepaar jene Art von Streit, die fast alle Bewohner der nächsten Straßen veranlaßt, an weit geöffneten Fenstern zu horchen und sich Notizen zu machen. Doch das waren nur wenige kleine Melodien der großen Musik der Stadt. Ankh-Morpork summte durch die Nacht, auf dem Weg zum Morgen sang es wie ein großes lebendes Wesen – was natürlich nur eine Metapher ist.

»Nun?« fragte der Oberste Hirte. »Ich höre nichts Besonderes.«

»Eben. An jedem Tag sterben Dutzende oder Hunderte von Personen in Ankh-Morpork. Wenn sie alle, wie der alte Windle, zurückkämen, so hätten wir inzwischen davon erfahren. Dann ginge es dort draußen drunter und drüber. Ich meine, dann ginge es noch mehr drunter und drüber als sonst.«

»*Einige* Untote lassen sich gar nicht vermeiden«, kommentierte der Dekan skeptisch. »Vampire, Zombies, Banshees beziehungsweise Todesfeen und so weiter.«

»Ja, aber das sind *normale* Untote«, sagte der Erzkanzler. »Sie wissen, worauf es bei einer solchen Existenz ankommt. In gewisser Weise sind sie damit geboren.«

»Man kann nicht als Untoter geboren werden«, wandte der Oberste Hirte ein.*

»Ich meine, es ist Tradition«, erwiderte der Erzkanzler scharf. »In meiner Heimat gab's früher viele ehrbare Vampire. Gehörten seit Jahrhunderten zur Familie.«

»Ja, aber sie trinken Blut«, ließ sich der Oberste Hirte vernehmen. »Und das klingt nicht sehr ehrbar, wenn ihr mich fragt.«

»Ich habe gelesen, daß sie das Blut eigentlich gar nicht brauchen«, sagte der Dekan in dem Bemühen, einen nützlichen Diskussionsbeitrag zu leisten. »Sie benötigen nur etwas *im* Blut. Ein seltsames Etwas, das Hämogoblin oder so ähnlich heißt.«

Die anderen Zauberer sahen ihn an.

Der Dekan zuckte mit den Schultern. »Hämogoblin«, wiederholte er. »Weiß auch nicht, warum man dem Zeug ausgerechnet diesen Namen gegeben hat. Es geht dabei um Eisen im Blut.«

»Ich bin ziemlich sicher, daß *mein* Blut keine eisernen Goblins enthält«, brummte der Oberste Hirte.

---

* Die Stellung des Obersten Hirten war ebenso ungewöhnlich wie die Amtsbezeichnung. Bei manchen Lehrinstituten gilt der Oberste Hirte als geistiger oder geistlicher Vater, während er sich anderenorts um Vieh kümmert. Der Oberste Hirte der Unsichtbaren Universität ist ein Philosoph, der wie ein Pferd aussieht; auf diese Weise wird er allen Definitionen gerecht.

»Vampire sind besser als Zombies«, behauptete der Dekan. »Sogar *viel* besser. Sie wissen, was sich gehört. Schlurfen nicht ständig durch die Gegend.«

»Man kann gewöhnlich Leute in Zombies verwandeln«, sagte der Dozent für neue Runen. »Sogar ohne Magie. Nötig sind nur die Leber eines seltenen Fisches und der Extrakt einer speziellen Wurzel. Ein Löffel davon, und man erwacht am nächsten Morgen als Zombie.«

»Was für eine Art Fisch?« fragte der Oberste Hirte.

»Woher soll ich das wissen?«

»Ja, woher sollst du das wissen?« entgegnete der Oberste Hirte verächtlich. »Kam plötzlich jemand auf den Gedanken: He, da fällt mir ein, wie man Leute in Zombies verwandeln kann; man braucht nur die Leber von einem seltenen Fisch und eine Wurzel... Allerdings kommt's auf die richtige Kombination an, nicht wahr? Man stelle sich die lange Schlange vor der Hütte vor. Nummer vierundneunzig, Leber vom Roten Streifenfisch und Wahnsinnswurzel – hat nicht geklappt. Nummer fünfundneunzig, Leber vom Seglerfisch und Dumdum-Wurzel – hat nicht geklappt. Nummer sechsundneunzig...«

»Wovon redest du da?« fragte der Erzkanzler.

»Ich wollte nur darauf hinweisen, wie extrem unwahrscheinlich...«

»Sei still«, sagte Ridcully ruhig. »Mir scheint... mir scheint... Nun, der Tod kann nicht einfach aufhören, oder? Der Tod muß *sein*. Darum dreht sich schließlich das ganze Leben. Man lebt, und dann stirbt man. Und so muß es weitergehen.«

»Bei Windle hat's nicht geklappt«, gab der Dekan zu bedenken.

Der Erzkanzler schenkte ihm keine Beachtung. »So ist es schon seit einer Ewigkeit. Alles stirbt früher oder später. Sogar Gemüse.«

»Ich bezweifle, ob der Tod jemals zu einer Kartoffel kam«, murmelte der Dekan.

»Der Tod kommt zu allen Lebewesen«, sagte Ridcully fest.

Die Zauberer nickten ernst.

Nach einer Weile sagte der Oberste Hirte: »In irgendeinem Buch stand geschrieben, daß sich die Atome im Körper alle sieben Jahre verändern. Ich meine, jedes einzelne Atom. Neue verdrängen die alten, und zwar die ganze Zeit über. Erstaunlich, nicht wahr?«

Der Oberste Hirte hatte auf ein Gespräch die gleiche Wirkung wie dicker Sirup auf die Pedale einer Präzisionsuhr.

»Ach?« Ridcully fühlte gegen seinen Willen Interesse in sich aufsteigen. »Und was passiert mit den alten?«

»Keine Ahnung. Ich schätze, sie schweben einfach in der Luft, bis sie sich mit jemand anders verbinden.«

Der Erzkanzler runzelte mißbilligend die Stirn.

»Was, selbst mit Zauberern?«

»Ja. Mit allen Leuten. Das ist ein Teil vom allgemeinen Wunder des Lebens.«

»Tatsächlich? Für meine Ohren klingt's unhygienisch. Gibt es keine Möglichkeit, so etwas zu vermeiden?«

»Ich glaube nicht«, erwiderte der Oberste Hirte nachdenklich. »Außerdem wäre es kaum angemessen, Teile aus dem allgemeinen Wunder des Lebens zu entfernen.«

»Aber es bedeutet doch, daß alles aus ... *allem* besteht«, klagte der Erzkanzler.

»Ja. *Faszinierend*, nicht wahr?«

»Es ist abscheulich«, sagte Ridcully mit Nachdruck. »Wie dem auch sei: Ich wollte auf folgendes hinaus ... auf folgendes ...« Er versuchte seinen verlorenen Faden wiederzufinden. »Man kann den Tod nicht einfach abschaffen – *darauf* wollte ich hinaus. Der Tod ist unsterblich. Wer den Tod ins Jenseits verbannen will ... Genausogut könnte man einen Skorpion dazu auffordern, sich selbst zu stechen.«

»Nun ...« Der Oberste Hirte verfügte über ein unerschöpfliches Repertoire aus interessanten Informationen. »Es ist tatsächlich möglich, Skorpione zu überlisten, um ...«

»Sei still«, sagte der Erzkanzler.

»Wir dürfen nicht zulassen, daß ein untoter Zauberer umherwandert«, meinte der Dekan. »Er könnte auf dumme Gedanken kommen. Wir müssen, äh, einen Schlußstrich unter seine Existenz ziehen. Um seiner selbst willen.«

»Genau«, bestätigte Ridcully. »Um seiner selbst willen. Ist bestimmt nicht sehr schwer. Sicher gibt's Dutzende von Mitteln gegen Untote.«

»Knoblauch«, sagte der Oberste Hirte sofort. »Untote verabscheuen Knoblauch.«

»Kann's ihnen nicht verdenken«, erwiderte der Dekan. »Ich *hasse* das Zeug.«

»Untoter! Untoter!« rief der Quästor und richtete seinen Zeigefinger anklagend auf den Dekan. Die anderen Zauberer nahmen ihn nicht zur Kenntnis.

»Ja, und dann heilige Objekte«, fuhr der Oberste Hirte fort. »Normale Untote zerfallen zu Staub, sobald sie einen sakralen Gegenstand sehen. Und sie können kein Tageslicht ertragen. Und schlimmstenfalls begräbt man sie dort, wo sich zwei Wege treffen. Das ist todsicher. Und man stößt einen Stock in sie hinein, damit sie nicht wieder aufstehen.«

»Einen Stock mit Knoblauch«, schlug der Quästor vor.

»Äh, ja, ich glaube, man könnte bei dem Stock auch Knoblauch verwenden«, räumte der Oberste Hirte zögernd ein.

»Meiner Ansicht nach hat Knoblauch nichts bei einem guten Steak zu suchen«, sagte der Dekan. »Öl und Gewürze genügen.«

»Und Paprika«, fügte der Dozent für neue Runen fröhlich hinzu.

»Seid still«, brummte der Erzkanzler.

Plop.

Die Türen hielten dem wachsenden Druck nicht mehr stand und gaben nach. Der Inhalt des Schranks begann das Zimmer zu füllen.

Feldwebel Colon von der Stadtwache Ankh-Morporks war im Dienst. Er bewachte die Messingbrücke, die wichtigste Verbindung zwischen Ankh und Morpork. Es war seine Aufgabe, ihren Diebstahl zu verhindern.

Was die Verhütung von Verbrechen betraf, hielt es Feldwebel Colon für angemessen, in großen Maßstäben zu denken.

Manche Leute vertraten den Standpunkt, daß ein verantwortungsbewußter Hüter des Gesetzes in den Straßen und Gassen patrouillieren sollte, um mit Informanten zu reden, Verdächtigen zu folgen und so weiter.

Feldwebel Colon hatte andere Ansichten. Der Versuch, die Kriminalitätsrate in Ankh-Morpork zu senken, hatte ungefähr die gleichen Aussichten auf Erfolg wie das Bemühen, den Salzgehalt des Meeres herabzusetzen. Hinzu kam: Ein verantwortungsbewußter Hüter des Gesetzes, der ständig irgendwelchen Verdächtigen folgte, mußte irgendwann mit folgenden anerkennenden Worten rechnen: »He, ist das nicht der gute alte Feldwebel Colon dort drüben im Rinnstein?« Aber es gab noch einen anderen Grund, der für Colon die entscheidende Rolle spielte. Seiner Meinung nach mußte ein moderner Polizist dem Verbrecher einen Schritt voraus sein. Irgendwann würde jemand versuchen, die Messingbrücke zu stehlen, und dann war Feldwebel Colon zur Stelle.

Bis dahin bot ihm die Brücke einen Platz, wo er Schutz vor dem Wind und Ruhe finden konnte. Er konnte dort entspannt die eine oder andere Zigarette rauchen und brauchte nicht zu befürchten, irgend etwas Beunruhigendes zu sehen.

Er stützte die Ellenbogen aufs Geländer und dachte über das Leben nach.

Jemand wankte aus dem Dunst, und Feldwebel Colon erkannte den spitzen Hut eines Zauberers.

»Guten Abend, Wachtmeister«, krächzte der Neuankömmling.

»Guten Morgen, Herr Zauberer.«

»Wärst du vielleicht so nett, mir aufs Geländer zu helfen, Wachtmeister?«

Feldwebel Colon zögerte. Es handelte sich *tatsächlich* um einen Zauberer. Und man konnte in erhebliche Schwierigkeiten geraten, wenn man sich weigerte, solchen Leuten zu helfen.

»Möchtest du neue Magie ausprobieren?« fragte er, kam der Bitte nach und half der dürren, aber erstaunlich schweren Gestalt aufs Geländer.

»Nein.«

Windle Poons trat in die Leere. Einige Sekunden später ertönte ein quatschendes Geräusch.*

Feldwebel Colon blickte nach unten und beobachtete, wie sich die kleinen Wellen in der zähflüssigen Masse glätteten.

Zauberer. Komische Typen. Stellten immer irgend etwas Seltsames an.

Eine Zeitlang hielt er Ausschau. Nach einigen Minuten bewegte sich etwas im großen Dreckhaufen an einem der Brückenpfeiler – dort reichten die schmierigen Stufen einer Treppe bis zum »Wasser«.

---

* Untote können tatsächlich kein fließendes Wasser überqueren. Aber die immer recht trüben Fluten des Flusses Ankh tragen nicht nur Schlamm aus der weiten Ebene zum Meer, sondern passieren auch eine Stadt mit einer Million Einwohnern. Im Anschluß daran verdienen sie kaum mehr die Bezeichnung »fließend«, und selbst von »Wasser« kann nur in einem sehr eingeschränkten Maß die Rede sein.

Ein spitzer Hut erschien.

Feldwebel Colon hörte, wie der Zauberer nach oben kletterte und dabei leise vor sich hin fluchte.

Windle Poons gelangte zum oberen Bereich der Brücke. Eine wenig angenehm riechende Flüssigkeit tropfte von seiner Kleidung.

»Du solltest besser nach Hause gehen und dich umziehen«, riet Colon dem Alten. »In deinem jetzigen Zustand holst du dir noch den Tod.«

»Ha!«

»An deiner Stelle würde ich die Füße vor den Kamin legen.«

»Ha!«

Feldwebel Colon musterte Windle Poons, der in einer langsam größer werdenden Pfütze stand.

»Hast du vielleicht besondere Unterwassermagie ausprobiert, Herr Zauberer?«

»Nicht unbedingt, Wachtmeister.«

»Ich habe mich immer gefragt, wie's unter Wasser aussieht«, sagte Colon in einem aufmunternden Tonfall. »Die Geheimnisse der Tiefe. Sonderbare und wundersame Geschöpfe... Meine Mutter hat mir einmal eine Geschichte erzählt, und darin ging's um einen kleinen Jungen, der sich in eine Nixe verwandelte, nun natürlich nicht in eine Nixe, eher in einen Nixerich, und er erlebte viele Abenteuer unter Wasser, und...«

Der Feldwebel hielt mitten im Satz inne, als er Poons durchdringenden Blick spürte.

»Es ist langweilig«, sagte Windle. Er drehte sich um und schlurfte durch die Dunstschwaden davon. »Sehr, sehr, *sehr* langweilig.«

Feldwebel Colon blieb allein auf der Brücke zurück. Mit zitternder Hand zündete er sich eine Zigarette an und ging langsam in Richtung Hauptquartier der Wache.

»Das Gesicht...«, murmelte er. »Und die Augen...Sie erinnern mich an Wieheißternoch, an den Zwerg, dem das Feinkostgeschäft in der Ankertaugasse gehört...«

»Feldwebel!«

Colon erstarrte. Und senkte langsam den Kopf. Von unten sah ein Gesicht zu ihm auf. Er faßte sich wieder und erkannte die markanten Züge eines alten Bekannten namens Treibe-mich-selbst-in-den-Ruin

Schnapper, den wandelnden und sprechenden Beweis für die Theorie, daß der Mensch von einem Nagetier abstammte. T.M.S.I.D.R. Schnapper bezeichnete sich gern als Händler und Abenteurer, doch die meisten anderen Leute hielten ihn für einen Hausierer, dessen Profitpläne immer wieder an diversen Problemen scheiterten: Er versuchte zum Beispiel, Dinge zu verkaufen, die ihm gar nicht gehörten, die nicht funktionierten oder nicht einmal existierten. Elfengold löste sich am nächsten Morgen in Luft auf, aber im Vergleich mit einigen von Schnappers anderen Waren hatte es die Stabilität von Stahlbeton.

Der Händler stand auf der untersten Stufe einer Treppe, die zu einem der zahllosen Keller von Ankh-Morpork führte.

»Hallo, Schnapper.«

»Würdest du bitte herunterkommen, Fred? Ich könnte ein wenig juristische Beratung gebrauchen.«

»Bist du in Schwierigkeiten?«

Schnapper kratzte sich an der Nase.

»Nun, Fred... Ist es ein Verbrechen, etwas zu bekommen? Ohne es zu wissen, meine ich.«

»Hat dir jemand was gegeben, Schnapper?«

Der Händler nickte. »Ich glaube schon. Du weißt doch, daß ich den Raum dort als Lager benutze, nicht wahr?«

»Ja.«

»Tja, ich wollte gerade die Warenbestände überprüfen, und...« Schnapper winkte hilflos. »Sieh's dir selbst an.«

Er öffnete die Kellertür.

In der Dunkelheit erklang ein leises *Plop*.

Windle Poons wankte ohne Ziel durch eine dunkle Gasse in den Schatten. Er hielt die Arme ausgestreckt, und die Hände hingen wie haltlos nach unten – er wußte zwar nicht, warum, aus irgendeinem Grund erschien es ihm aber *richtig*.

Er fragte sich, ob er wohl von einem hohen Gebäude springen sollte. Nein, so etwas würde kaum funktionieren – das Gehen fiel ihm auch ohne gebrochene Beine schwer genug. Gift? Vermutlich bekam er davon nur Magenschmerzen. Erhängen? An einem Strick zu baumeln... Das mochte noch langweiliger sein als eine Wanderung auf dem Grund des Ankh.

Schließlich erreichte er einen schäbigen Hinterhof, wo sich mehrere kleine Gassen trafen. Ratten stoben vor ihm auseinander. Auf dem nächsten Dach fauchte eine Katze und machte sich davon.

Windle Poons verharrte und dachte darüber nach, wo er war, warum er sich an diesem Ort befand und was er unternehmen sollte. Plötzlich spürte er eine Messerspitze im Rücken.

»Na schön, Opa«, ertönte eine Stimme. »Geld oder Leben.«

In der Finsternis verzogen sich Windle Poons Lippen zu einem entsetzenerregenden Grinsen.

»Ich mein's ernst, Alter«, betonte die Stimme.

»Gehörst du zur Diebesgilde?« fragte Windle, ohne sich umzudrehen.

»Nein, wir sind ... Freiberufler. Komm schon, her mit dem Geld.«

»Ich hab keins«, sagte Windle, und jetzt *drehte* er sich um. Zwei Halunken hatten sich an ihn herangeschlichen.

»Lieber Himmel, sieh dir die *Augen* an«, stieß einer von ihnen hervor.

Windle hob die Arme über den Kopf.

»Ooooooouuuuuu«, ächzte er.

Die beiden Gauner wichen zurück. Unglücklicherweise ragte hinter ihnen eine Mauer auf – sie drückten sich dagegen.

»OooOOOOuuuuverziehteuchoooOOOuuu«, sagte Windle, ohne zu begreifen, daß er den Fluchtweg versperrte. Er rollte mit den Augen, um noch eindrucksvoller zu wirken.

Die beiden Räuber gerieten in Panik, stürmten los und duckten sich unter Windles Armen hinweg. Einer von ihnen nahm sich gerade Zeit genug, um das Messer in Poons Hühnerbrust zu stoßen.

Der Untote blickte darauf hinab.

»He, das war mein bester Umhang!« entfuhr es ihm. »Ich wollte darin beerdigt werden. Nun seht euch das an. Wißt ihr eigentlich, wie schwer es ist, Seide zu stopfen? Kommt zurück und seht euch das Loch an...«

Er lauschte und hörte nur die sich rasch entfernenden hastigen Schritte.

Windle Poons zog sich das Messer aus den Rippen.

»Das Ding hätte mich umbringen können«, brummte er und warf die Klinge fort.

Feldwebel Colon hob eins der vielen Objekte vom Boden des Kellers auf.

»Es müssen Tausende sein«, sagte Schnapper hinter ihm. »Und ich würde gern wissen: Wer hat sie hierhergebracht?«*

Colon drehte den Gegenstand hin und her, betrachtete ihn von allen Seiten.

»So etwas sehe ich jetzt zum erstenmal«, murmelte er, schüttelte das Etwas und lächelte. »Hübsch, nicht wahr?«

»Die Tür war abgeschlossen und verriegelt«, fuhr Schnapper fort. »Und außerdem habe ich der Diebesgilde immer pünktlich die Schutzgebühr bezahlt.«

Colon schüttelte das Objekt erneut.

»Wirklich hübsch«, sagte er.

»Fred?«

Der Feldwebel beobachtete die winzigen Schneeflocken in der Glaskugel. »Hm?«

»Was soll ich jetzt *machen*?«

»Keine Ahnung. Ich schätze, die Dinger gehören dir. Obwohl es mir ein Rätsel ist, warum sie jemand loswerden will.«

Er wandte sich der Tür zu. Schnapper trat ihm in den Weg.

»Das macht zwölf Cent«, sagte er.

»Was?«

»Für die Glaskugel in deiner Tasche, Fred.«

Colon holte sie hervor.

»Ich *bitte* dich!« protestierte er. »Du hast sie hier gefunden! Sie haben dich überhaupt nichts gekostet!«

»Ja, aber du vergißt Lagerung, Verpackung, Versand...«

»Zwei Cent«, sagte Colon verzweifelt.

---

* Zwar kommen sie nicht sehr häufig vor, aber auf der Scheibenwelt gibt es auch Anti-Kriminalität, gemäß dem überall im Multiversum gültigen Prinzip, wonach für alles ein Gegenteil existiert. Natürlich sind Anti-Verbrechen ausgesprochen selten. Es genügt nicht, jemandem etwas zu geben, um das Gegenteil von Diebstahl zu schaffen. Zu den unabdingbaren Voraussetzungen gehört es, das Opfer zu verärgern und/oder in Verlegenheit zu bringen. In diese Kategorie fallen unter anderem: Einbruch-und-Tapezieren, Peinlichkeitsgaben (zum Beispiel gewisse Pensionierungsgeschenke) und Entpressung (etwa die Drohung, den Rivalen eines Gangsters zu verraten, daß er eine Menge Geld für wohltätige Stiftungen und dergleichen ausgab). Aus irgendeinem Grund haben Anti-Verbrechen nie einen festen Halt in der Realität gefunden.

»Zehn.«
»Drei.«
»Sieben – und damit treibe ich mich selbst in den Ruin.«
Der Feldwebel nickte widerstrebend. »Einverstanden.« Er schüttelte die Kugel noch einmal. »Man kann sich gar nicht daran satt sehen, oder?«
»Diese Ware ist ihren Preis wert, und zwar jeden einzelnen Cent«, sagte Schnapper und rieb sich die Hände. »Müßte reißenden Absatz finden.« Er verstaute einige Glaskugeln in einem Karton.
Als sie den Keller verließen, schloß er sorgfältig die Tür ab.
In der Dunkelheit ertönte ein leises *Plop*.

In Ankh-Morpork gab es immer die Tradition, alle Fremden willkommen zu heißen, wobei Rassenzugehörigkeit, Hautfarbe und Gestalt keine Rolle spielten. Wichtig war nur, daß sie mit genug Geld kamen und die Stadt später wieder verließen.
In einer bereits oft nachgedruckten Publikation der Kaufmannsgilde – ihr Titel lautet *Willkommigt in Ankh-Morpork, Statte der tausend Ühberraschungen* – heißt es: »Den Besucher erwartiget ein härzlicher Empfang in den zahllosen Härbärgen und Wirtshäusern der Altstatte, wo sich der kulinarisch interessierte Gast an fielen Schpezialitäten erfreuigen kann. Ob Mensch, Troll, Zwerg, Kobold oder Gnom... Ankh-Morpork hebet zum freundlichen Gruß das Glas: Prost! Hoch die Tassen, die Luft rauslassen!«
Windle Poons wußte nicht, wo sich Untote vergnügten. Nur in einem Punkt war er ganz sicher: *Falls* sich Untote irgendwo amüsierten, so kam nur Ankh-Morpork dafür in Frage.
Er wanderte tiefer in die Schatten – und staunte.
Mehr als ein Jahrhundert lang hatte Windle Poons in den Kammern der Unsichtbaren Universität verbracht. Was die Anzahl der Jahre betrifft, konnte er durchaus als sehr alt bezeichnet werden, doch in Hinsicht auf Lebenserfahrung war er höchstens zwölf oder dreizehn Jahre alt.
Er sah, hörte und roch Dinge, die er nie zuvor gesehen, gehört oder gerochen hatte.
Die Schatten bildeten den ältesten Teil der Stadt. Man stelle sich vor, eine Reliefkarte der Sünde, Verdorbenheit und Unmoral zu zeichnen,

dabei die graphischen Darstellungen des Gravitationsfelds eines schwarzen Lochs als Beispiel zu verwenden: Auch die Schatten würden bemerkenswerte Ähnlichkeit mit einem Schacht aufweisen. Der Vergleich mit dem eben erwähnten astronomischen Phänomen ist durchaus angebracht: Jener Teil von Ankh-Morpork hatte eine starke Anziehungskraft, und es ging kein Licht davon aus; darüber hinaus konnte er zum Tor werden, das in eine andere Welt führte – ins Jenseits.

Die Schatten kamen einer Stadt in der Stadt gleich.

Auf den Straßen herrschte reger Verkehr. Vermummte Gestalten eilten umher und gingen geheimnisvollen Angelegenheiten nach. Seltsame Musik erklang aus tiefen Kellern, begleitet von scharfen und aufregenden Aromen.

Poons schritt an Feinkostläden vorbei, in denen Kobolde besondere Delikatessen feilboten. Er sah Zwergenkneipen, aus denen Gesang und Waffengeklirre ertönte – Zwerge vergnügten sich auf ihre eigene Art und Weise. Und dann die Trolle. Sie bewegten sich wie... wie große Leute inmitten von sehr kleinen Leuten. Und sie schwankten nicht, gingen mit verblüffender Zielstrebigkeit.

Bisher hatte Windle Trolle nur in den besseren Vierteln der Stadt* gesehen: Sie achteten immer darauf, sehr vorsichtig zu sein – damit sie niemanden mit dem Knüppel erschlugen und verspeisten. In den Schatten marschierten sie stolz und furchtlos, den Kopf so hoch erhoben, daß er fast über die Schultern ragte.

Windle Poons stapfte durch die Menge, verhielt sich dabei wie eine außer Kontrolle geratene Flipperkugel. Hier stieß ihn die laute Qualmwolke aus einer Bar auf die Straße zurück, und dort lockte ihn eine Tür an, deren Schild ungewöhnliche und verbotene Freuden in Aussicht stellte. Windle wußte nicht, was es damit auf sich hatte – in seiner Lebenserfahrung fehlten selbst die meisten gewöhnlichen und erlaubten Freuden. Neben einem Eingang betrachtete er mehrere Skizzen im Schein einer rosarot glühenden Lampe: Sie verwirrten ihn, weckten jedoch gleichzeitig die Entschlossenheit und Bereitschaft, soviel wie möglich zu lernen.

Immer wieder sah er sich fasziniert um.

Was für ein Ort! Nur zehn Minuten von der Universität entfernt –

---

* Das heißt: alle Bereiche außerhalb der Schatten.

fünfzehn, wenn man schlurfte! Und bis jetzt hatte er überhaupt nichts davon gewußt! So viele Leute! So viele Geräusche! Soviel *Leben!*

Die verschiedensten Leute stießen mit ihm zusammen. Einige von ihnen setzten zu einer scharfen Bemerkung an, überlegten es sich dann anders und eilten wortlos fort.

Denn ein Blick in Windles Augen genügte, und die Worte blieben ihnen im Hals stecken.

Und dann gurrte es aus der Finsternis: »Hallo, Großer. Möchtest du ein wenig Spaß?«

»O *ja!*« antwortete Poons. »Oh, ja, *bitte!*«

Er drehte sich um.

»Lieber Himmel!« Und jemand lief davon.

Windle verharrte enttäuscht.

Offenbar blieb das Leben allein den Lebenden vorbehalten. Vielleicht war die Zurück-zum-Fleisch-Sache ein Fehler – wie dumm von ihm, etwas anderes angenommen zu haben.

Er gab sich kaum Mühe, sein Herz schlagen zu lassen, als er zur Universität zurückkehrte.

Windle wankte über den Hof zum Großen Saal. Der Erzkanzler wußte bestimmt einen Rat...

»Da ist er!«

»Er ist es!«

»Schnappt ihn euch!«

Windle fühlte sich von neuerlicher Verwirrung erfaßt. Er sah in fünf rote, besorgte und vertraute Gesichter.

»Oh, hallo, Dekan«, sagte er unglücklich. »Und ist das nicht der Oberste Hirte? Und der Erzkanzler...«

»Schnappt euch seinen Arm!«

»Seht ihm nicht in die Augen!«

»Schnappt euch den anderen Arm!«

»Wir wollen dir nur helfen, Windle!«

»Das ist nicht Windle, sondern ein Geschöpf der Nacht!«

»Ich versichere dir...«

»Habt ihr seine Beine?«

»Schnappt euch sein Bein!«

»Schnappt euch das andere Bein!«

»Habt ihr euch alles geschnappt?« donnerte der Erzkanzler.

Die Zauberer nickten.

Mustrum Ridcully griff in eine der großen Taschen seines Umhangs.

»Na schön, Dämon in Menschengestalt«, knurrte er. »Was hältst du *davon*, hm? Ah-*ha*!«

Windle blickte auf das kleine Objekt, das man ihm triumphierend vor die Nase hielt.

»Nun, äh...«, begann er unsicher. »Ich glaube... ähm... ja, ich bin ziemlich sicher... ähm, der Geruch ist unverkennbar. Ja. *Allium sativum*. Ganz gewöhnlicher Knoblauch, nicht wahr?«

Die Zauberer starrten ihn groß an. Sie betrachteten die Knoblauchzehe. Sie sahen wieder zu Windle.

»Es stimmt doch, oder?« fragte Poons und rang sich ein Lächeln ab.

»Äh«, sagte der Erzkanzler. »Ja. Ja, es stimmt.« Er zögerte nervös und fügte hinzu: »Gut gemacht.«

»Danke«, erwiderte Windle. »Ihr nehmt Anteil, und das weiß ich zu schätzen.« Er setzte sich wieder in Bewegung – ebensogut hätten die Zauberer versuchen können, einen Gletscher aufzuhalten.

»Ich lege mich jetzt hin«, sagte er. »Es war ein langer Tag.«

Er schlurfte ins Gebäude und knarrte durch die Flure zu seinem Zimmer. Jemand anders schien seine Sachen darin untergebracht zu haben, aber Windle löste dieses Problem, indem er einfach alle fremden Gegenstände nahm und sie in den Korridor verbannte.

Dann streckte er sich auf dem Bett aus.

Schlafen. Nun, er fühlte Müdigkeit – wenigstens ein Anfang. Aber wenn er schlief, konnte er nicht mehr alle Körperfunktionen unter Kontrolle halten, und zuviel Freiheit mochte den einzelnen Organen schaden.

Außerdem: Mußte er eigentlich schlafen? Immerhin lebte er nicht mehr. Der Tod sollte wie besonders tiefer Schlaf sein. Manche Leute verglichen das Sterben mit dem Einschlafen. Angeblich gab es nur einen wichtigen Unterschied: Wenn man starb und nicht aufpaßte, konnten einzelne Körperteile verfaulen und abfallen.

Und wozu diente der Schlaf? Zum Träumen. Und wozu diente das Träumen? Zum Sortieren von Erinnerungen. Wie sortierte man den Inhalt des Gedächtnisses?

Windle Poons starrte an die Decke.

»Ich hätte nicht gedacht, daß Tote so viele Probleme haben«, sagte er.

Nach einer Weile hörte er leises, beharrliches Quietschen und sah zur Seite.

Über dem Kamin steckte ein zur Zierde dienender Kerzenhalter in der Wand. Es handelte sich um einen so vertrauten Gegenstand, daß Windle ihn seit fünfzig Jahren nicht mehr bewußt zur Kenntnis genommen hatte.

Jetzt löste er sich langsam aus dem Mauerwerk. Er drehte sich langsam – daher das Quietschen. Mörtel rieselte, und schließlich fiel der Kerzenhalter mit lautem Klappern zu Boden.

Auf der Scheibenwelt kam es recht häufig zu unerklärlichen Phänomenen*. Allerdings waren die meisten von ihnen interessanter und zeichneten sich durch mehr Sinn aus.

Nichts anderes schien in Bewegung zu geraten. Windle entspannte sich wieder und setzte das Bemühen fort, seine Erinnerungen zu sortieren. Erstaunlich: Das Gedächtnis enthielt Dinge, die er völlig vergessen hatte.

Im Korridor flüsterten Stimmen, und plötzlich sprang die Tür auf...

»Schnappt euch die Beine! Schnappt euch die Beine!«

»Haltet die Arme fest!«

Windle setzte sich auf. »Oh, hallo«, sagte er. »Was ist los?«

Der Erzkanzler stand am Fußende des Bettes, griff in den mitgebrachten Sack und holte ein großes, schweres Objekt daraus hervor.

Er hob es hoch.

»Ah-*hah*!« rief er.

Windle beäugte den Gegenstand.

»Ja?« fragte er.

»Ah-*ha*«, wiederholte Mustrum Ridcully, und diesmal klang es nicht mehr ganz so triumphierend.

---

* Zum Beispiel der Fischregen in Fichtenschrank. Jener kleine Ort hat keinen Zugang zum Meer, aber es fallen so häufig und regelmäßig Fische vom Himmel, daß sich eine florierende Räucherhering- und Bücklinge-in-Dosen-Industrie entwickeln konnte. Oder die Berge von Syrrit: Viele Schafe, die dort des Nachts auf den Weiden bleiben, sehen am nächsten Morgen *in die andere Richtung*, ohne daß Menschen irgendeinen erkennbaren Einfluß auf sie nahmen.

»Es ist eine doppelhändige Axt vom Kult des Blinden Io«, sagte Windle. »Hat große symbolische Bedeutung.«

Der Erzkanzler blinzelte.

»Äh, ja«, gab er zu. »Du hast recht.« Er warf das Beil über die Schulter – der Dekan blieb nur mit viel Glück Besitzer seines linken Ohrs – und kramte erneut im Sack.

»Ah-*ha*!«

»Das ist ein gutes Beispiel für den Mystischen Zahn des Krokodilgottes Offler«, meinte Windle.

»Ah-ha!«

»Und das... Laß mich mal sehen... Ja, das sind die kunstvoll verzierten Enten des Geschmacklosen Ordpor. He, dieses Ratespiel macht Spaß.«

»Ah-ha.«

»Was haben wir denn da? Nein, verratet es mir nicht... Es ist das heilige *Linglong* der berüchtigten Sootee-Sekte, stimmt's?«

»Ah-ha?«

»Ich glaube, du hältst da ein Abbild des dreiköpfigen Fischgottes aus dem Wiewunderland in der Hand.«

»Das ist doch *verrückt*«, sagte der Erzkanzler und ließ den Fisch fallen.

Die Zauberer wußten nicht recht, was sie von der Sache halten sollten. Allem Anschein nach erzielten religiöse Objekte nicht die erhoffte Wirkung.

»Es tut mir sehr leid, daß ich euch solche Mühe bereite«, meinte Windle.

Die Miene des Dekans erhellte sich plötzlich.

»Tageslicht!« rief er aufgeregt. »Helles Tageslicht versagt bestimmt nicht!«

»Schnappt euch den Vorhang!«

»Schnappt euch den anderen Vorhang!«

»Eins, zwei, drei... *jetzt*!«

Sonnenschein strahlte ins Zimmer. Windle kniff geblendet die Augen zu.

Die Zauberer hielten gespannt den Atem an.

»Tut mir leid«, sagte Poons. »Es scheint nicht zu klappen.«

Die Zauberer ließen den angehaltenen Atem enttäuscht entweichen.

»Spürst du denn *überhaupt nichts?*« fragte Ridcully.

»Fühlst du vielleicht ansatzweise das Bestreben, dich aufzulösen und in Staub zu verwandeln?« erkundigte sich der Oberste Hirte hoffnungsvoll.

»Meine Nase pellt, wenn ich zu lange in der Sonne bleibe«, antwortete Windle. »Falls euch das was nützt...« Er lächelte schief.

Die Magier sahen sich an und zuckten mit den Schultern.

»Verlaßt das Zimmer«, sagte der Erzkanzler, und daraufhin kehrten die Zauberer hastig in den Flur zurück.

Ridcully folgte ihnen, und in der Tür blieb er noch einmal stehen, blickte zu Windle und hob einen mahnenden Zeigefinger.

»Deine sture Haltung wird dir *nicht* zum Vorteil gereichen«, sagte er und ließ die Tür hinter sich ins Schloß fallen.

Nach einigen Sekunden lösten sich die vier Schrauben an der Klinke langsam aus dem Holz, stiegen auf und schwebten eine Zeitlang dicht unter der Decke, bevor sie sich der Schwerkraft entsannen und zu Boden fielen.

Windle dachte eine Weile darüber nach.

Erinnerungen. Er hatte eine Menge davon. Hundertdreißig Jahre Erinnerungen. Als Lebender hatte er sich nicht einmal an ein Prozent davon erinnert, aber jetzt, als Toter, herrschte in seinem Kopf nicht mehr das übliche Durcheinander. Das Ich war von allem Ballast befreit, und deshalb konnte er selbst längst vergessen geglaubte Reminiszenzen ganz deutlich spüren. Was er jemals irgendwo gelesen oder gesehen hatte – alles da, in langen Reihen, wohlgeordnet. Alles an seinem Platz.

Drei unerklärliche Phänomene an einem Tag. Sogar vier, wenn man auch seine fortgesetzte Existenz berücksichtigte. Das war wirklich unerklärlich.

Jemand mußte eine Erklärung dafür finden.

Jemand, ja. Besser gesagt: jemand anders. Derartige Probleme fielen nicht in Windle Poons Zuständigkeitsbereich.

Die Zauberer kauerten vor der Tür des Untoten.

»Habt ihr alles?« fragte Ridcully.

»Warum überlassen wir es nicht den Bediensteten?« murmelte der Oberste Hirte. »Es ist würdelos.«

»Weil ich möchte, daß es auf die richtige Weise geschieht, mit Würde«, erwiderte der Erzkanzler. »Wenn es darum geht, einen Zauberer dort zu begraben, wo sich zwei Wege treffen, und wenn ihm außerdem auch noch ein Stock in den Leib gehämmert werden soll... Dann sollten sich Zauberer darum kümmern. Außerdem sind wir seine Freunde.«

»Was hat es mit diesem Ding auf sich?« fragte der Dekan und betrachtete den langen Gegenstand in seinen Händen.

»Man bezeichnet es als Schaufel«, entgegnete der Oberste Hirte. »Ich habe gesehen, wie Gärtner solche Werkzeuge benutzten. Man stößt das spitze Ende in den Boden, und dann... Und dann wird's kompliziert.«

Ridcully spähte durchs Schlüsselloch.

»Er liegt wieder im Bett.« Der Erzkanzler richtete sich auf, klopfte Staub von den Knien und griff nach der Klinke. »In Ordnung«, brummte er. »Auf mein Kommando. Eins... zwei...«

Der Gärtner Modo hatte gerade die Hecke gestutzt und rollte die mit Gartenabfällen gefüllte Schubkarre zum Feuer, das hinter den Forschungslaboratorien für hochenergetische Magie brannte. Plötzlich bemerkte er sechs Zauberer, die mit einer für Thaumaturgen relativ hohen Geschwindigkeit über den Platz eilten und Windle Poons zwischen sich trugen.

Modo hörte ihn fragen: »Bist du wirklich sicher, daß es diesmal klappt, Erzkanzler?«

»Wir wollen nur dein Bestes«, sagte Ridcully.

»Ja, ich weiß, aber...«

»Bald bist du wieder ganz der alte«, versicherte der Quästor.

»Eben *nicht*«, flüsterte der Dekan. »Das ist ja gerade Sinn der Sache.«

»Bald bist du nicht wieder ganz der alte, und das ist Sinn der Sache«, wiederholte der Quästor, als sie um die Ecke eilten.

Modo dirigierte die Schubkarre nachdenklich zu der abgelegenen Stelle des großen Gartens, wo das Feuer brannte. Unweit davon hatte er mehrere Komposthaufen angelegt, und daneben stand die Hütte, in der er saß, wenn's regnete.

Früher hatte er als Gärtner im Park des Patrizierpalastes gearbeitet, aber dieser Job war weitaus interessanter. Hier spielten sich die erstaunlichsten Dinge ab.

In Ankh-Morpork findet das Leben größtenteils auf den Straßen statt, und ständig passiert etwas. Derzeit spielte sich folgendes ab: Der Kutscher eines von zwei Pferden gezogenen und mit Obst beladenen Karrens hatte den Dekan am Kragen seines Umhangs gepackt und hob ihn hoch, bis der Abstand zwischen Stiefelsohlen und Boden etwa zwanzig Zentimeter betrug; gleichzeitig kündigte er an, das Gesicht des Dekans bis zum Hinterkopf zu rammen.

»Es sind Pfirsiche, klar?« brüllte er. »Und weißt du, was mit Pfirsichen geschieht, die zu lange herumliegen? Sie bekommen Druckstellen oder verfaulen gar. Und wenn meine Pfirsiche Druckstellen bekommen oder verfaulen, so geht es einigen der hier anwesenden Leute verdammt dreckig.«

»He, ich bin Zauberer«, erwiderte der Dekan und zappelte. »Du kannst von Glück sagen, daß die Vorschriften von mir verlangen, Magie nur zur Selbstverteidigung zu verwenden. Andernfalls wärst du jetzt in erheblichen Schwierigkeiten.«

»Was macht ihr hier eigentlich?« fragte der Kutscher, ließ den Dekan ein wenig sinken und sah ihm über die Schulter.

»Ja, was ist hier los?« fragte ein Mann, der versuchte, das nervöse Gespann eines mit Bauholz beladenen Wagens zu beruhigen. »Ist euch klar, daß hier einige Leute nach Stunden bezahlt werden?«

»He, ihr da vorn – haltet nicht den ganzen Verkehr auf!«

Der Mann auf dem Kutschbock des Bauholzwagens drehte sich um und beobachtete die lange Schlange aus Dutzenden von Karren. »Wenn's nach mir ginge, wären wir längst wieder unterwegs!« rief er. »Es ist nicht meine Schuld. Einige Zauberer graben hier in der verdammten *Straße*!«

Das schmutzige Gesicht des Erzkanzlers erschien am Rand des Loches.

»Um Himmels willen, Dekan...«, brummte er. »Du wolltest dich doch um alles kümmern.«

»Ich habe die Herren gebeten, zurückzuweichen und einen anderen Weg zu nehmen«, erwiderte der Dekan und litt an Erstickungsängsten.

Der Obsthändler drehte ihn, daß er den Weg überblicken konnte. »Siehst du das? Es sind über sechzig Karren, und es ist sehr schwer, sie alle gleichzeitig zurückweichen zu lassen. Unter anderem auch deshalb, weil ihr dafür gesorgt habt, daß die Schlange um den ganzen Block reicht. Niemand kann sich bewegen, weil jeder jeden behindert. Hast du das kapiert, Freundchen?«

Der Dekan versuchte zu nicken. Inzwischen stellte er die Weisheit in Frage, das Loch ausgerechnet dort zu graben, wo sich die Straße der Geringen Götter und der Breite Weg trafen – die beiden wichtigsten Verkehrsadern von Ankh-Morpork. Zunächst erschien eine entsprechende Entscheidung logisch. Unter soviel Verkehr würde selbst der beharrlichste Tote begraben bleiben. Allerdings: Niemand hatte daran gedacht, welche Konsequenzen sich ergaben, wenn man am hellichten Tag auf der Kreuzung zu graben begann.

»Platz machen, Platz machen«, ertönte eine Stimme. Und: »Na schön, was ist hier los?«

In der Menge des Publikums bildete sich eine Schneise, und Feldwebel Colon von der Stadtwache kam näher. Unaufhaltsam schob er sich durch die Menge, wobei der Bauch als Keil diente. Dann sah er das Loch mit den Zauberern, und sein großes, gerötetes Gesicht hellte sich auf.

»Wen haben wir denn da?« fragte er. »Vielleicht eine Bande internationaler Kreuzungsdiebe?«

Was für ein Glück! Seine langfristig angelegte Verbrechensbekämpfungsstrategie zahlte sich endlich aus!

Der Erzkanzler kippte ihm eine Schaufel Ankh-Morpork-Lehm über die Stiefel.

»Unsinn, Mann!« erwiderte er scharf. »Dies ist eine sehr wichtige Angelegenheit.«

»Oh, natürlich, das behaupten sie alle«, meinte Feldwebel Colon. Er ließ sich kaum von einem gedanklichen Kurs abbringen, wenn er erst einmal eine gewisse mentale Geschwindigkeit erreicht hatte. »In unzivilisierten Ländern wie Klatsch gibt's bestimmt Hunderte von Orten, wo man bereit wäre, für eine gute Straßenkreuzung mit hohem Prestigewert eine Menge Geld zu bezahlen.«

Ridcully sah mit offenem Mund zu ihm auf.

»Was faselst du da, Wachtmeister?« fragte er und deutete auf seinen spitzen Hut. »Hast du nicht zugehört? Wir sind Zauberer. Dies ist eine Zauberer-Angelegenheit. Wenn du so nett wärst, den Verkehr umzuleiten, so daß die Karren an uns vorbeirollen...«

»Die Pfirsiche bekommen schon Druckstellen, wenn man sie nur *ansieht*«, grollte es hinter Colon.

»Die alten Narren halten uns schon seit einer halben Stunde auf«, sagte ein Viehtreiber, der schon vor einer ganzen Weile die Kontrolle über vierzig Ochsen verloren hatte. Die Tiere wanderten nun ziellos durch nahe Straßen. »Sie gehören verhaftet.«

Dem Feldwebel dämmerte es allmählich, daß er unbeabsichtigt in die Hauptrolle eines Dramas geschlüpft war, bei dem es um Hunderte von Personen ging; unter ihnen befanden sich auch einige Zauberer, und in allen brodelte Ärger.

»Was stellt ihr hier an?« fragte er. Es klang nicht mehr ganz so energisch.

»Wir begraben einen Kollegen«, antwortete Ridcully. »Wonach sieht's denn sonst aus?«

Colons Blick glitt zu einem offenen Sarg neben der Straße. Windle Poons winkte ihm zu.

»Aber, äh... Er ist nicht tot, oder?« Auf seiner Stirn bildeten sich tiefe Falten, als er versuchte, die Situation zu verstehen.

»Manchmal trügt der Schein«, sagte der Erzkanzler.

»Aber er hat gerade gewinkt«, entgegnete Feldwebel Colon verzweifelt.

»Na und?«

»Ist es etwa normal, daß Tote...«

»Schon gut, Wachtmeister«, ließ sich Windle vernehmen.

Colon schob sich näher an den Sarg heran.

»Habe ich dich gestern abend nicht dabei beobachtet, wie du in den Fluß gesprungen bist?« fragte er.

»Ja«, bestätigte Windle. »Und du warst sehr hilfsbereit.«

»Und dann bist du die Treppe am Brückenpfeiler hochgeklettert«, fügte der Feldwebel hinzu.

»Leider ja.«

»Obgleich du eine *Ewigkeit* lang unter Wasser – im Fluß, meine ich – gewesen bist.«

»Nun, dort unten war's ziemlich finster. Es dauerte eine Weile, bis ich die Treppe fand.«

Colon glaubte, aus diesen Worten eine gewisse Logik herauszuhören.

»Nun, ich schätze, du mußt tot sein«, sagte er. »Ein Lebender kann wohl kaum so lange am Grund des Ankh verweilen.«

»Eben.« Windle nickte.

»Andererseits... Warum bewegst du dich noch immer? Und warum sprichst du?«

Der Oberste Hirte sah aus dem Loch.

»Es ist durchaus nicht unüblich, daß sich Leichen bewegen und Geräusche verursachen«, teilte er dem Feldwebel mit. »Es liegt an Muskelzuckungen und so.«

»Der Oberste Hirte hat recht«, sagte Windle Poons. »Ich habe irgendwo davon gelesen.«

»Oh.« Colon sah sich um. »Nun gut«, kam es unsicher von seinen Lippen. »Dann scheint ja alles klar zu sein...«

»Das wär's, wir sind fertig«, verkündete der Erzkanzler und kletterte aus dem Loch. »Es ist tief genug. Komm, Windle. Ab nach unten.«

»Ich bin wirklich sehr gerührt«, sagte Windle und streckte sich im Sarg aus. Es war ein recht guter Sarg und stammte aus der Leichenhalle in der Ulmenstraße. Mustrum Ridcully hatte Windle Poons erlaubt, ihn selbst auszusuchen.

Der Erzkanzler nahm einen Holzhammer.

Windle setzte sich wieder auf.

»Alle geben sich solche Mühe...«

»Ja, ja, schon gut.« Ridcully sah sich um. »Und nun... Wo ist der Pflock?«

Die Zauberer blickten zum Quästor.

Der Quästor senkte verlegen den Kopf.

Und griff in einen Beutel.

»Ich konnte keinen finden«, gestand er.

Der Erzkanzler bedeckte seine Augen.

»Na schön«, sagte er leise. »Weißt du, ich bin nicht überrascht. Nein, ich bin ganz und gar nicht überrascht. Was *hast* du bekommen? Lammkoteletts? Vielleicht ein hübsches Stück Schweinefleisch?«

»Sellerie«, erwiderte der Quästor.

»Es liegt an seinen Nerven«, warf der Dekan ein.

»Sellerie«, brummte der Erzkanzler. Seine Selbstbeherrschung war so fest, daß man Hufeisen daran verbiegen konnte. »In Ordnung.«

Der Quästor reichte ihm ein gestaltloses grünes Bündel.

»Jetzt hör mal gut zu, Windle«, sagte er. »Bitte stell dir vor, dies sei...«

»Ich bin keineswegs enttäuscht«, meinte Windle.

»Es dürfte sehr schwer sein, das hier in dich hineinzuhämmern...«

»Es macht mir nichts aus.«

»Im Ernst?«

»Im *Prinzip* ist alles bestens«, fuhr Windle Poons fort. »Wenn du mir den Sellerie reichst und daran *denkst*, mir einen Pflock in den Leib zu stoßen... Ich schätze, das genügt.«

»Sehr anständig von dir«, entgegnete Ridcully. »Damit zeigst du wirklich kollegialen Geist.«

»Hochprozentigen Geist?« fragte der Oberste Hirte.

Ridcully bedachte ihn mit einem finsteren Blick, vollführte dann eine recht dramatisch wirkende Geste und gab Windle den Sellerie.

»Nimm das!«

»Danke«, sagte Poons.

»Jetzt den Deckel drauf, und dann können wir uns mit einem ordentlichen Mittagessen stärken«, sagte Mustrum Ridcully. »Keine Sorge, Windle. Es klappt bestimmt. Heute ist der letzte Tag vom Rest deines Lebens.«

Poons lag in der Dunkelheit, lauschte dem Klopfen und Hämmern. Der Sarg kippte plötzlich und stieß auf den Boden; jemand verfluchte den Dekan, weil er losgelassen hatte. Kurze Zeit später klatschte Lehm auf den Deckel, und die entsprechenden Geräusche wurden rasch leiser.

Schließlich deutete dumpfes Poltern darauf hin, daß der Verkehr von Ankh-Morpork wieder rollte. Windle hörte sogar leise Stimmen.

Er klopfte an den Sargdeckel.

»Seid nicht so laut!« rief er. »Hier unten versuchen einige Leute, tot zu sein!«

Die Stimmen verklangen. Hastige Schritte entfernten sich.

Windle Poons blieb ruhig liegen und wußte nicht, wieviel Zeit verstrich. Er versuchte, alle Körperfunktionen zu beenden, aber dadurch wurde es nur ungemütlich. Warum fiel ihm das Sterben so schwer? Andere Leute schienen es mühelos zu schaffen, selbst ohne Übung.

Das eine Bein juckte.

Er streckte die Hand aus, um sich zu kratzen, und dabei ertasteten seine Finger einen kleinen, unregelmäßig geformten Gegenstand. Fühlte sich an wie ein Bündel Streichhölzer...

In einem Sarg? Glaubte vielleicht jemand, daß er hier unten eine Zigarette rauchte, um sich die Zeit zu vertreiben?

Nach einer Weile gelang es ihm, den einen Stiefel abzustreifen und ihn langsam nach oben zu schieben, bis er danach greifen konnte. Dadurch bekam er eine rauhe Oberfläche, um ein Streichholz zu entzünden...

Schwefliges Licht erhellte eine kleine, rechteckige Welt.

An der Innenseite des Deckels klebte ein Zettel.

Windle las die Aufschrift.

Er las sie noch einmal.

Das Streichholz ging aus.

Er entzündete ein zweites, um festzustellen, daß Zettel und Text tatsächlich existierten.

Die Mitteilung erschien auch bei der dritten Lektüre überaus seltsam.

> Tot? Niedergeschlagen?
> Möchtest du noch einmal von vorn
> beginnen?
> Dann besuch den
> KLUB DES NEUEN ANFANGS
> Donnerstags, 24 Uhr
> Ulmenstraße 668
> JEDE LEICHE WILLKOMMEN

Das zweite Streichholz erlosch und nahm den restlichen Sauerstoff mit.

Eine Zeitlang lag Windle in der Finsternis, dachte über seine Situation nach und kaute Sellerie.

Wer hätte das gedacht?

Der verstorbene Windle Poons begriff plötzlich, daß es keine individuellen Zuständigkeitsbereiche für Probleme gab. Noch etwas anderes kam hinzu: Kaum fühlte man sich von der Welt ins Abseits gedrängt, offenbarte die Realität ihre seltsamsten Aspekte. Er wußte aus Erfahrung, daß die Lebenden nicht einmal die Hälfte von dem ahnten, was wirklich geschah. Der Grund dafür: Sie waren einfach zu sehr damit beschäftigt, lebendig zu sein. *Der Zuschauer sieht am meisten vom Spiel*, dachte Windle.

Die Lebenden ignorierten das Seltsame und Wundervolle, weil das Leben voller langweiliger und banaler Dinge steckte. Aber es hielt auch Überraschungen bereit, zum Beispiel Schrauben, die sich von ganz allein lösten, und Mitteilungen für Tote.

Poons beschloß herauszufinden, was das alles zu bedeuten hatte. Und dann... Wenn der Tod nicht zu ihm kam, wollte er nach ihm suchen. Immerhin konnte er gewisse Rechte geltend machen. Ja, genau. Er würde die größte Vermißtensuche in der Geschichte der Scheibenwelt leiten.

Windle lächelte in die Dunkelheit hinein.

Vermißt – wahrscheinlich Tod.

Heute war der *erste* Tag vom Rest seines Lebens.

Und Ankh-Morpork lag ihm zu Füßen. Nun, in metaphorischer Hinsicht. Der einzige Weg führte nach oben.

Poons tastete nach dem Zettel, löste ihn und nahm ihn zwischen die Lippen.

Im Anschluß daran stemmte er die Füße ans Ende des Sargs, schob die Hände am Kopf vorbei und... drückte.

Der Lehm von Ankh-Morpork geriet in Bewegung.

Aus reiner Angewohnheit legte Windle eine Pause ein, um Luft zu holen, und einige Sekunden später wurde ihm klar, daß keine Notwendigkeit mehr dazu bestand. Er drückte erneut. Das Fußende des Sargs splitterte.

Er zog es zu sich heran und zerriß das dicke Kiefernholz so mühelos wie Papier. Kurz darauf hielt er ein kurzes Brett in der Hand, das für jemanden ohne Zombie-Kraft völlig nutzlos gewesen wäre.

Windle drehte sich auf den Bauch, zerrte den improvisierten Spaten durch dicken Lehm und schob gelockerten Boden mit den Füßen nach unten. Auf diese Weise bahnte er sich einen Weg in die Welt der Lebenden, um noch einmal von vorn zu beginnen.

Man stelle sich diese Landschaft vor: eine weite Ebene, hier und dort einige Hügel.

Es ist Hochsommer im oktarinen Grasland unter den hohen Gipfeln der Spitzhornberge, und die vorherrschenden Farben entsprechen Bernstein und Gold. Hitze brütet. Heuschrecken brutzeln wie in der Pfanne. Die Luft verharrt in Reglosigkeit, um nicht zu schwitzen. Die Bewohner dieser Region können sich an keinen so heißen Sommer entsinnen, und ihre Erinnerungen reichen *weit* zurück.

Man stelle sich jemanden vor, der auf dem Rücken eines Pferds sitzt und sein Roß langsam über einen staubigen Weg lenkt. Die Kornfelder rechts und links versprechen eine außerordentlich gute Ernte.

Man stelle sich einen Zaun vor, das Holz gesplittert und ausgedörrt. Daran ist ein Schild befestigt. Die Buchstaben darauf sind im gleißenden Sonnenschein verblichen, aber man kann sie noch entziffern.

Man stelle sich vor, wie ein Schatten auf das Schild fällt: Man hört fast, wie der Schemen die beiden Worte liest.

Ein Pfad zweigt vom breiteren Weg ab und führt zu einigen alten Holzgebäuden.

Man stelle sich schleppende Schritte vor.

Man stelle sich eine offene Tür vor.

Man stelle sich einen dunklen, kühlen Raum vor, sichtbar durch die offene Tür. Es ist ein Zimmer, in dem viele Leute lebten. Es ist ein Zimmer für Personen, die von morgens bis abends draußen tätig sind und das Haus aufsuchen, wenn's dunkel wird. Ein Bierfaß steht neben der Tür. Der Boden besteht aus Fliesen, und für Schinken bestimmte Haken ragen aus den Deckenbalken. Der geschrubbte Tisch bietet dreißig hungrigen Männern Platz.

Jetzt gibt es hier keine Männer. Auch keine Hunde, kein Bier und keinen Schinken.

Stille folgte dem Klopfen, und dann kratzten Pantoffel über die Fliesen. Schließlich öffnete sich die Tür einen Spaltbreit, und eine dürre alte Frau spähte nach draußen. Farbe und Beschaffenheit ihres Gesichts ließen sich mit einer Walnuß vergleichen.

»Ja?« fragte sie.

AUF DEM SCHILD STAND ›AUSHILFE GESUCHT‹.

»Tatsächlich? Tatsächlich? Das Ding hängt seit dem Herbst letzten Jahres draußen.«

BEDEUTET DAS VIELLEICHT, DASS KEINE HILFE MEHR GEBRAUCHT WIRD?

Das faltige Gesicht musterte den Fremden nachdenklich.

»Ich kann nicht mehr als ein paar Cent pro Woche bezahlen«, sagte es.

Die hochgewachsene Gestalt vor der Tür dachte einige Sekunden lang darüber nach.

JA, sagte sie schließlich.

»Und ich weiß nicht einmal, wo du mit der Arbeit beginnen sollst. Seit drei Jahren hatten wir hier keinen richtigen Gehilfen. Wenn ich jemanden brauche, wende ich mich an die Taugenichtse im Ort.«

JA?

»Hier gibt's eine Menge zu tun.«

ICH HABE EIN PFERD.

Die Alte blickte am Besucher vorbei – auf dem Hof stand das prächtigste Roß, das sie jemals gesehen hatte. Argwöhnisch kniff sie die Augen zusammen.

»Und das ist wirklich *dein* Pferd?«

JA.

»Und du bist bereit, für einige Cent in der Woche zu arbeiten?«

JA.

Die Alte überlegte. Sie starrte vom Fremden zum Pferd, und dann glitt ihr Blick über die schäbige, heruntergekommene Farm. Schließlich traf sie eine Entscheidung, bei der sie vermutlich folgenden Umstand berücksichtigte: Wer keine Pferde besaß, hatte von einem Pferdedieb nichts zu befürchten.

»Du schläfst in der Scheune, klar?«

SCHLAFEN? JA. NATÜRLICH. JA, ICH MUSS SCHLAFEN.

»Ich kann dich unmöglich im Haus unterbringen. Weil es sich nicht gehört.«

ICH VERSICHERE DIR: GEGEN DIE SCHEUNE ALS QUARTIER GIBT ES NICHTS EINZUWENDEN.

»Aber du darfst die Mahlzeiten im Haus einnehmen.«

DANKE.

»Ich bin Frau Flinkwert.«

JA.

Die Alte wartete.

»Ich nehme an, du hast ebenfalls einen Namen«, sagte sie.

JA, DAS STIMMT.

Sie wartete erneut.

»Nun?«

VERZEIHUNG?

»Wie lautet dein Name?«

Der Fremde musterte die Frau, bevor er sich nervös umsah.

»Heraus damit«, sagte Frau Flinkwert. »Ich stelle niemanden ein, der keinen Namen hat. Du bist Herr...?«

Die Gestalt sah nach oben.

HERR HIMMEL?

»Niemand heißt Herr Himmel.«

VIELLEICHT HERR... TÜR?

Die Frau nickte.

»Möglich. Ja, Herr Tür klingt schon besser. Ich habe mal jemanden namens Türig gekannt. Na schön. Herr Tür. Und dein Vorname? Jetzt behaupte bloß nicht, du hast keinen Vornamen. Typische Vornamen lauten Bill, Tom, Jim oder so.«

JA.

»Ja was?«

EINER VON JENEN VORNAMEN.

»Und welcher?«

ÄH. DER ERSTE?

»Du heißt Bill?«

JA?

Frau Flinkwert rollte mit den Augen.

»Na schön, Bill Himmel...«, sagte sie.

TÜR.

»Oh, ja, entschuldige. Bill Tür...«

NENN MICH BILL.

»Und für dich bin ich Frau Flinkwert. Du möchtest sicher etwas zu essen, oder?«

MÖCHTE ICH DAS? OH, JA. ES IST ABEND. ZEIT FÜR DIE, ÄH, DRITTE MAHLZEIT DES TAGES.

»Du siehst halb verhungert aus, um ganz ehrlich zu sein. Sogar mehr als nur *halb* verhungert.« Frau Flinkwert versuchte, Einzelheiten zu erkennen. Aus irgendeinem Grund konnte man kaum feststellen, wie Bill Tür aussah, und was seine Stimme betraf... Es fiel schwer, sich an ihren Klang zu erinnern. Andererseits: Herr Tür existierte; daran bestand überhaupt kein Zweifel. Und er *hatte* etwas gesagt. Andernfalls würde man sich an *gar nichts* erinnern, oder?

»In dieser Gegend gibt's viele Leute, die nicht den Namen benutzen, mit dem sie zur Welt kamen«, sagte Frau Flinkwert. »Nun, meiner Ansicht nach hat es kaum einen Sinn, persönliche Fragen zu stellen. Ich hoffe, du willst dich hier nicht auf die faule Haut legen, Herr Bill Tür. Das Heu muß eingebracht werden, und bei der Ernte mangelt's gewiß nicht an Arbeit. Weißt du, wie man mit der Sense umgeht?«

Bill Tür zögerte und dachte nach. ICH GLAUBE, DIESE FRAGE KANN ICH MIT EINEM UNEINGESCHRÄNKTEN JA BEANTWORTEN, FRAU FLINKWERT, antwortete er.

Auch Treibe-mich-selbst-in-den-Ruin Schnapper hielt nichts von persönlichen Fragen, erst recht nicht, wenn man dabei Formulierungen wie »Gehören diese Dinge wirklich dir?« verwendete. Diesmal kam niemand, um ihm vorzuwerfen, sich an fremdem Eigentum zu vergreifen, was ihn mit Erleichterung erfüllte. Allein am Morgen hatte er mehr als tausend kleine Glaskugeln verkauft, und er mußte einen Troll einstellen, um Nachschub aus der geheimnisvollen Quelle im Keller herbeizuschaffen.

Die Leute waren davon begeistert.

Das Funktionsprinzip war geradezu lächerlich einfach, und der durchschnittliche Bürger von Ankh-Morpork konnte es schon nach einigen gescheiterten Versuchen verstehen.

Wenn man die Kugel schüttelte, bildete sich in der Flüssigkeit eine Wolke aus winzigen Schneeflocken, die langsam auf ein charakteristisches Merkmal der Stadt hinabsanken. Bei manchen Versionen überzogen sie die Universität oder den Kunstturm mit einer weißen Schicht, bei anderen die Messingbrücke oder den Palast des Patriziers. Die Darstellungen zeichneten sich durch einen verblüffenden Detailreichtum aus.

Und dann gab es plötzlich keine Glaskugeln mehr. *Welch ein Pech*, dachte Schnapper. Da sie ihm eigentlich gar nicht gehörten – nur in *moralischer* Hinsicht; ja, in *moralischer* Hinsicht waren sie zweifellos sein Eigentum –, konnte er sich kaum beklagen. Nun, niemand *hinderte* ihn daran, sich zu beklagen, aber er zog es vor, dabei leise zu sein und möglichst allgemeine Vorwürfe zu erheben, um niemandem im besonderen zu nahe zu treten. Vielleicht war's letztendlich besser so. Bei heißer Ware bestand das Risiko, sich die Finger zu verbrennen, und deshalb mußte man sie so schnell wie möglich unter die Leute bringen, auch auf die Gefahr hin, einen relativ geringen Preis pro Stück zu erzielen. Anschließend fiel es um so leichter, ganz verletzte Unschuld zu sein, wenn jemand Anklage erhob.

Die Glaskugeln waren wirklich hübsch. Im Gegensatz zu ihrer Beschriftung. Unter jedem Exemplar zeigten sich krakelige Zeichen: Sie schienen von jemandem zu stammen, der nie zuvor geschrieben hatte und noch eine Menge Übung brauchte. Nun, unter den schneebedeckten Miniaturgebäuden entdeckte der Neugierige folgende Worte:

> Ein Suenir aus
> Ankh-Morpork

Mustrum Ridcully, Erzkanzler der Unsichtbaren Universität, war ein schamloser Selbstwürzer*, der bei jeder Mahlzeit einen eigenen Gewürzständer benutzte: Er enthielt Salz, drei Sorten Pfeffer, vier Sorten Senf, vier Sorten Essig und fünfzehn Sorten Chutney. Hinzu kam etwas, an dem er besonderen Gefallen fand: Potzblitz-Soße, eine Mischung aus Curry, Paprika, eingelegten Gurken, Kapern, Mostrich, Mango, Feigen, gemahlenen Wahoni-Nüssen, Sardellenextrakt, Asafötida sowie Schwefel und Salpeter, um Extra-Schärfe hinzuzufügen. Das Rezept stammte von Ridcullys Onkel, der einmal mehrere Eßlöffel davon bei einem besonders üppigen Abendessen verwendet hatte. Anschließend schluckte er ein Stück Holzkohle, um den Magen zu beruhigen, zündete seine Pfeife an und *verschwand unter mysteriösen Umständen*. Im nächsten Sommer fand man seine Schuhe auf dem Dach.

---

* Damit ist jemand gemeint, der immer Salz und Pfeffer auf sein Essen streut, und zwar *ganz gleich, was der Teller enthält, ob die Speise bereits gewürzt ist und wie sie schmeckt*. Von Schnellimbiß-Unternehmen beauftragte Verhaltensforscher haben es ihren Arbeitgebern überall im Multiversum ermöglicht, Milliarden zu sparen, indem sie das Selbstwürz-Phänomen erkannten und den Küchenchefs rieten, bei der Zubereitung auf Gewürze irgendeiner Art zu verzichten. Dies ist tatsächlich wahr.

Es gab kalten Hammelbraten zum Mittagessen. Hammelbraten und Potzblitz-Soße paßten wunderbar zueinander, was sie an jenem Abend bewiesen hatten, als Ridcullys Onkel starb: Sie blieben auch während eines fünf Kilometer weiten Flugs zusammen.

Mustrum band sich die Serviette um den Hals, rieb sich die Hände und griff nach dem Gewürzständer.

Das Ding wich fort.

Er versuchte erneut, danach zu greifen. Wieder rutschte der Ständer zur Seite.

Ridcully seufzte.

»Na schön«, sagte er. »Keine Magie bei den Mahlzeiten. Ihr kennt die Regeln. Wer spielt hier den Narren?«

Die anderen Zauberer starrten ihn an.

»Ich ich ich glaube nicht, daß wir ›Narren‹ spielen können«, sagte der Quästor, dessen Selbst gelegentlich über den Zaun des Wahnsinns spähte. »Ich ich ich glaube, wir haben einige Spielfiguren verloren...«

Er sah sich um, kicherte und versuchte, das Hammelfleisch auf seinem Teller mit dem Löffel zu schneiden. Die anderen Zauberer hielten es derzeit nicht für ratsam, ihm ein Messer zu geben.

Der Gewürzständer stieg auf, drehte sich langsam um die eigene Achse – und explodierte.

Essig und Potzblitz-Soße spritzten auf die verblüfften Magier herab.

»Wahrscheinlich liegt's an der Soße«, spekulierte der Dekan. »Sie hat schon öfter zu seltsamen Zwischenfällen geführt.«

Etwas fiel ihm auf den Kopf und landete in seinem Teller: eine schwarze, eiserne Schraube, fast zehn Zentimeter lang.

Eine andere traf den Schädel des Quästors.

Nach einigen Sekunden sauste eine dritte herab und bohrte sich mit der Spitze in den Tisch, direkt neben der Hand des Erzkanzlers.

Die Zauberer sahen nach oben.

Abends wurde der Große Saal von einem gewaltigen Kronleuchter erhellt, obgleich diese Bezeichnung vielleicht falsche Vorstellung weckt. Den Platz von glitzerndem Glas nahm in diesem Fall dunkles, talgverkrustetes Gußeisen ein, dessen Masse vollkommen zu Recht auf ein enormes Gewicht hinwies. Die Vorrichtung an der Decke konnte tausend Kerzen aufnehmen. Und sie hing genau über dem Tisch.

Eine weitere Schraube klackte auf den Boden.

Der Erzkanzler räusperte sich.

»Ich glaube, wir sollten besser aufstehen und...«

Der Kronleuchter fiel.

Teile des Tisches und Geschirrsplitter wurden an die Wand geschmettert. Tödliche, kopfgroße Talgbrocken sausten durch die Fenster. Eine Kerze raste mit anomaler Geschwindigkeit aus den Trümmern und bohrte sich mehrere Zentimeter tief in die Tür.

Der Erzkanzler kroch aus den Resten seines Stuhls.

»Quästor!« rief er.

Man zog den Quästor aus dem Kamin.

»Äh, ja, Erzkanzler?« erwiderte er mit zitternder Stimme.

»Was hat das zu *bedeuten*?«

Ridcullys Hut löste sich von seinem Kopf.

Im Grunde genommen handelte es sich um einen normalen Zaubererhut: hoch, spitz, eine breite, nach unten geneigte Krempe. Aber beim Modell des Erzkanzlers gab es einige Erweiterungen, die seinem Lebensstil entsprachen: Als Angelköder bestimmte künstliche Fliegen klebte daran, und hinter dem Hutband steckte eine kleine Armbrust – falls Ridcully beim Jogging etwas entdeckte, auf das es zu schießen lohnte. Außerdem hatte er festgestellt, daß sich die lange Hutspitze bestens dafür eignete, eine kleine Flasche von Bentincks Sehr Altem Besonderen Brandy aufzunehmen. Mustrum Ridcully hing sehr an seinem Hut.

Und nun verlor er ihn.

Die mehrfach modifizierte Kopfbedeckung flog langsam umher, und es gluckerte leise.

Der Erzkanzler sprang auf. »Das geht zu weit!« donnerte er. »Meine Güte, das Zeug kostet neun Dollar fünfzig die Flasche!« Er hechtete nach dem Hut, verfehlte ihn – und schwebte etwa einen halben Meter über dem Boden.

Der Quästor hob nervös die Hand.

»Liegt's vielleicht an Holzwürmern?« fragte er.

»Wenn das nicht aufhört...«, grollte Ridcully, »wenn das nicht *sofort* aufhört, werde ich verdammt sauer!«

Er fiel zu Boden, und im gleichen Augenblick schwang die große Tür auf. Ein Universitätsbediensteter hastete herein, gefolgt von mehreren Soldaten der Palastwache des Patriziers.

Ihr Anführer, ein Hauptmann, musterte den Erzkanzler von Kopf bis Fuß, und zwar mit dem Gesichtsausdruck eines Mannes, für den das Wort »Zivilist« ähnlich ausgesprochen wird wie »Mistkäfer«.

»Bist du hier der Obermacker?« fragte er.

Mustrum Ridcully rückte seinen Mantel zurecht und versuchte, den Bart glattzustreichen.

»Ich bin der Erzkanzler dieser Universität«, stellte er sich vor.

Der Hauptmann sah sich neugierig im Saal um. Die Studenten kauerten in einer Ecke. Essen klebte an den Wänden, fast bis zur hohen Decke empor. Möbelteile lagen in der Nähe des heruntergestürzten Kronleuchters wie zerfetzte Bäume am Rand eines Meteoritenkraters.

Als die Stimme des Gardisten erklang, vibrierte darin die Verachtung eines Mannes, dessen Bildung seit dem neunten Lebensjahr kaum mehr Fortschritte erzielt hat, dem jedoch Geschichten zu Ohren gekommen sind...

»Ihr seid hier ein bißchen temperamentvoll gewesen, wie?« fragte er. »Habt mit den Tellern und Schüsseln gespielt, was?«

»Darf ich fragen, was du hier zu suchen hast?« erkundigte sich Ridcully kühl.

Der Hauptmann stützte sich auf seinen Speer.

»Nun, es geht um folgendes. Der Patrizier hat sich in seinem Zimmer verbarrikadiert, weil das Mobiliar im Palast verrückt spielt, und die Köche halten sich von der Küche fern, weil's dort nicht mehr mit rechten Dingen zugeht...«

Die Zauberer bemühten sich, nicht auf die Spitze des Speers zu achten – sie schraubte sich allmählich ab.

»Wie dem auch sei...«, fuhr der Gardist fort und überhörte das leise Quietschen. »Der Patrizier rief mich zu sich, tja, und durchs Schlüsselloch teilte er mir mit: ›Douglas, sei so nett und geh mal auf einen Sprung zur Universität. Bitte den Oberzauberer, mir einen Besuch abzustatten, wenn er nicht zu beschäftigt ist.‹ Aber wie ich sehe, habt ihr jede Menge zu tun. Vielleicht sollte ich zurückkehren und dem Patrizier ausrichten, daß es der Universitätsobermacker und seine Untermacker für viel wichtiger halten, ihre *gefüllten* Teller an die Wände zu klatschen. Hm?«

Die Speerspitze hatte sich jetzt fast ganz vom Schaft gelöst.

»Hast du das verstanden?« brummte der Hauptmann.

»Wie? Was?« entgegnete der Erzkanzler und wandte den Blick nur mit Mühe vom drehenden Metall ab. »Oh. Ja. Nun, guter Mann, ich versichere dir, daß wir für die Vorgänge im Palast nicht die geringste Verantwortung tragen...«

»Au!«

»Bitte?«

»Die *Speerspitze* ist mir auf den *Fuß* gefallen!«

»Tatsächlich?« fragte Ridcully unschuldig.

Der Hauptmann hüpfte umher.

»Kommt ihr Hokuspokus-Typen nun mit oder nicht?« brachte er zwischen den einzelnen Sprüngen hervor. »Der Boß ist überhaupt nicht glücklich, nein, ganz und gar nicht.«

Eine große, formlose Wolke aus Leben schwebte über der Scheibenwelt und verhielt sich so wie Wasser nach dem Schließen der Schleusentore eines Staudamms. Immer mehr Lebenskraft sammelte sich an, weil es keinen Tod mehr gab, der Teile davon fortbrachte.

Hier und dort entlud sie sich in Form von zufälliger Poltergeist-Aktivität, vergleichbar mit den ersten Blitzen vor einem Gewitter.

Alles Existierende sehnt sich nach Leben. Gerade diese Tendenz bestimmt den großen Zyklus des Lebens: Sie ist der Motor, der die gewaltigen biologischen Pumpen der Evolution antreibt. Alles klettert am Baum der Entwicklung nach oben, kriecht mit Klauen, Tentakeln oder anderen Gliedmaßen über Rinde, Äste und Zweige, bis es schließlich den Wipfel erreicht – der dann oft den Eindruck erweckt, soviel Mühe überhaupt nicht wert zu sein.

Alles Existierende sehnt sich nach Leben. Auch Dinge, die gar nicht lebendig sind. Dinge mit einer Art Sub-Leben, einem metaphorischen Leben, einem *Fast*-Leben. Nun, eine plötzliche Hitzewelle kann ausgesprochen seltsame und ungewöhnliche Blüten hervorbringen, und so etwas gilt auch für...

Den kleinen Glaskugeln haftete etwas Sonderbares an. Aus irgendeinem Grund mußte man sie in die Hand nehmen, schütteln und die glitzernden Schneeflocken in ihrem Innern beobachten. Man nahm sie nach Hause mit und stellte sie auf den Kaminsims.

Und dann vergaß man sie.

Der Patrizier gebot als absoluter Herrscher und manchmal gutmütiger Diktator über Ankh-Morpork. Die Beziehungen zwischen ihm und der Unsichtbaren Universität waren ebenso komplexer wie subtiler Natur.

Die Zauberer meinten: Wir dienen höherer Wahrheit, und deshalb sind wir nicht an die weltlichen Gesetze der Stadt gebunden.

Der Patrizier meinte: Ja, ihr habt recht, aber trotzdem bezahlt ihr Steuern, so wie alle anderen.

Die Zauberer meinten: Wir sind Jünger des Lichts der Weisheit, ohne Verpflichtungen den Sterblichen gegenüber.

Der Patrizier meinte: Das mag durchaus stimmen, aber es ändert nichts daran, daß ihr Steuern zahlt, und zwar zweihundert Ankh-Morpork-Dollar pro Kopf, in vierteljährlichen Raten.

Die Zauberer meinten: Die Universität steht auf magischem Grund und kann daher nicht besteuert werden. Außerdem ist es absurd, Steuern für Wissen zu erheben.

Der Patrizier meinte: Man kann. Und es ist *nicht* absurd, Steuern für Wissen zu erheben. Wenn zweihundert Dollar pro Kopf ein Problem sind, so wird geköpft.

Die Zauberer meinten: Die Universität hat nie irgendwelche Steuern bezahlt.

Der Patrizier meinte: Es gibt für alles ein erstes Mal, und für die Universität ist es jetzt soweit.

Die Zauberer meinten: Vielleicht läßt sich ein Kompromiß schließen.

Der Patrizier meinte: Ich habe euch einen Kompromiß angeboten. Er lautet: zweihundert Dollar pro Kopf, und mehr nicht.

Die Zauberer meinten: Es gab einmal einen Herrscher – damals, im Jahrhundert der Libelle –, der versuchte, uns Vorschriften zu machen. Du kannst kommen und dir ansehen, was aus ihm geworden ist.

Der Patrizier meinte: Dieses Angebot nehme ich gern an.

Letztendlich traf man folgende Übereinkunft. Die Zauberer zahlten zwar keine Steuern, aber sie erklärten sich zu freiwilligen Spenden bereit, und zwar in Höhe von, äh, zweihundert Dollar pro Kopf, ohne Obligo und Bedingungen, *mutatis mutandis*, zu verwenden einzig und allein für nichtmilitärische und ökologisch unbedenkliche Zwecke.

Diese dynamischen Wechselwirkungen zwischen den Machtblöcken machten Ankh-Morpork zu einem solch interessanten, stimulierenden und vor allem gefährlichen Ort.*

Alte Zauberer waren nicht oft in jenen Vierteln der Stadt unterwegs, die in *Willkommigt in Ankh-Morpork* als »malerische Straßen und pittoreskige Gassen« beschrieben wurden, aber selbst ihnen fiel sofort auf, daß etwas anders war. Zwar kam es auch sonst ab und zu vor, daß Steine aus dem Kopfsteinpflaster durch die Luft flogen, doch für gewöhnlich wurden sie von jemandem geworfen: Sie schwebten nicht von ganz allein umher.

Eine Tür flog auf, und ein Anzug trat über die Schwelle, gefolgt von einer leeren Hose, über der sich ein Hut von einer Seite zur anderen neigte. Eine Sekunde später erschien ein dürrer Mann, der versuchte, mit einem kleinen Handtuch das zu bewerkstelligen, was normalerweise eine Hose leistete.

»Kommt sofort zurück!« heulte er, als seine Sachen hinter der nächsten Ecke verschwanden. »Ich muß noch sieben Dollar für euch bezahlen!«

Eine weitere Hose hastete auf die Straße und beeilte sich, um ihre Artgenossen einzuholen.

Die Zauberer drängten sich zusammen, wirkten wie ein ängstliches Tier mit fünf spitzen Hüten und zehn Beinen. Jeder von ihnen fragte sich, wer als erster einen Kommentar abgeben würde.

»Wirklich erstaunlich«, brummte der Erzkanzler.

»Hm?« erwiderte der Dekan, womit er andeutete, daß er schon viel erstaunlichere Dinge gesehen hatte und nicht verstand, warum jemand wie der Erzkanzler Aufmerksamkeit an wandelnde Kleidung vergeudete.

»Oh, ich *bitte* dich«, sagte Ridcully. »Ich kenne nicht viele Schneider, die für sieben Dollar einem Anzug auch noch eine zweite Hose beifügen.«

»Oh«, entgegnete der Dekan.

---

* Über die quicklebendige Metropole sind viele Lieder geschrieben worden, und das berühmteste heißt: »Ankh-Morpork! Ankh-Morpork! Wie gut, daß du Ankh-Morpork heißt!« Aber es gibt auch andere Songs mit Titeln wie »Bring mich fort von Ankh-Morpork« und »Ich fürchte, ich muß nach Ankh-Morpork zurück!« und der bekannte Schlager »Ankh-Morpork, kranke Stadt«.

»Wenn das Ding noch einmal vorbeikommt... Stell ihm ein Bein, damit es fällt und ich einen Blick aufs Etikett werfen kann.«

Im ersten Stock schob sich ein Bettlaken durchs Fenster, flatterte fort und segelte über die Dächer hinweg.

»Wißt ihr...« Der Dozent für neue Runen trachtete danach, ganz ruhig und gelassen zu sprechen. »Ich glaube, das ist keine Magie. Zumindest fühlte es sich nicht wie Magie an.«

Der Oberste Hirte griff in eine tiefe Tasche seines Umhangs. Es klapperte und knirschte, und einmal quietschte auch etwas. Nach einer Weile kam die Hand wieder zum Vorschein, und zwar mit einem dunkelblauen Glaswürfel, der vorn eine Skala aufwies.

»*So* etwas trägst du in der Tasche herum?« fragte der Dekan. »Ein derart wertvolles Instrument?«

»Was ist das, bei allen Dämonen?« fragte Ridcully.

»Ein hochempfindliches magisches Meßinstrument«, erklärte der Dekan. »Es mißt die Dichte eines magischen Kraftfelds, ein sogenanntes Thaumometer.«

Der Oberste Hirte fingerte mit sichtlichem Stolz an dem Würfel herum und drückte einen Knopf an der Seite.

Ein Zeiger zitterte kurz über die Skala und rührte sich dann nicht mehr.

»Na bitte«, sagte der Oberste Hirte. »Wie ich's mir dachte. Nichts weiter als natürliche magische Hintergrundstrahlung. Völlig ungefährlich.«

»Sprich lauter!« rief der Erzkanzler. »In dem Lärm kann ich dich kaum verstehen!«

In den Häusern zu beiden Seiten der Straße krachte es, und mehrere Schreie erklangen.

Frau Evadne Kuchen war ein Medium und dabei ziemlich klein.

Ihre Arbeit stellte keine besonders hohen Ansprüche. Nur wenige Leute, die in Ankh-Morpork starben, wünschten sich Gespräche mit ihren Hinterbliebenen. Ihr Motto lautete vielmehr: Man schaffe einen möglichst großen Abstand aus möglichst vielen mystischen Dimensionen. Frau Kuchen fand genug Zeit zum Schneidern und für Gemeindearbeit, wobei sie sich nicht auf eine bestimmte Kirche beschränkte. Sie hielt eine Menge von Religion.

Evadne Kuchen gehörte nicht zu jenen Medien, die Perlenschnurvorhänge und Weihrauch verwendeten, und dafür gab es zwei Gründe: Sie konnte Weihrauch nicht ausstehen, und sie war recht gut bei ihrer Arbeit. Ein guter Zauberkünstler kann den Zuschauer mit einer Schachtel Streichhölzer und einem ganz normalen Kartenspiel verblüffen – er benötigt weder Hüte mit versteckten Fächern noch Klapptische, bei denen man riskiert, sich die Finger einzuklemmen. Und deshalb brauchte Frau Kuchen keine Requisiten. Selbst die hübsche Kristallkugel diente nur dazu, ihre Kunden zu beeindrucken. Frau Kuchen war imstande, die Zukunft in einem Haferbreinapf zu lesen.*
Sie sah Offenbarungen in einer Bratpfanne mit Schinken. Schon seit vielen Jahren unternahm sie Streifzüge durch die Geisterwelt, obgleich die Bezeichnung »Streifzüge« nicht ausreiche, um ihre Aktivitäten genau zu beschreiben. Frau Kuchen lehnte Zurückhaltung ab. Sie neigte eher dazu, mit den Füßen zu stampfen, energisch an die Tür zu klopfen und zu verlangen, vom Verwalter empfangen zu werden.

Sie bereitete das Frühstück vor und schnitt das Hundefutter für Ludmilla, als sie plötzlich Stimmen hörte.

Sie kamen einem *sehr* leisen Flüstern gleich. Man konnte nicht von ihnen behaupten, daß sie wie aus weiter Ferne an ihre Ohren drangen, denn für normale Ohren waren sie überhaupt nicht zu hören. Sie ertönten in Frau Kuchens Kopf.

... paß doch auf ... he, das ist mein platz ... drängelt nicht so ...
Stille folgte.

Kurz darauf quiekte es im Nebenzimmer. Evadne Kuchen schob das gekochte Ei beiseite und wankte durch die Tür.

Der Ursprung des Geräuschs verbarg sich unter dem dicken Sackleinen, das die Kristallkugel bedeckte.

Frau Kuchen kehrte in die Küche zurück, nahm dort eine schwere Pfanne und holte versuchsweise damit aus. Dann schlich sie zur Kristallkugel.

Sie hob die Pfanne, dazu entschlossen, sie auf alles Unangenehme und Gräßliche hinabsausen zu lassen. Und dann zog sie das Sackleinen beiseite.

---

* Zum Beispiel erkannte sie dort oft Hinweise auf eine unmittelbar bevorstehende Magenverstimmung.

Die Kugel drehte sich langsam auf ihrem Ständer.
Evadne beobachtete sie eine Zeitlang. Schließlich zog sie den Vorhang zu, ließ ihre nicht unerhebliche Masse auf einen Stuhl sinken, holte tief Luft und fragte: »Ist da jemand?«
Ein großer Teil der Decke stürzte ein.
In dem Schutthaufen bewegte sich etwas, und nach einigen Minuten ragte Frau Kuchens Kopf aus dem Durcheinander.
»Ludmilla!«
Leise Schritte im Durchgang – und dann kam etwas vom Hinterhof herein. Es handelte sich eindeutig um ein weibliches Wesen, dem es nicht an einer gewissen Attraktivität mangelte und das gewöhnliche Kleidung trug. Allerdings hatten die Haare beschlossen, nicht nur auf dem Kopf zu wachsen, und die Mode schien derzeit besonders lange Fingernägel und Zähne zu verlangen. Man hätte ein Knurren von diesem Geschöpf erwartet, doch es sprach mit einer angenehmen Stimme.
»Mutter?«
»Isch liege hier drunter.«
Die eindrucksvolle Ludmilla hob einen langen, schweren Balken an und schob ihn mühelos beiseite. »Was ist passiert? Hat deine Vorahnung nicht funktioniert?«
»Isch habe sie ausgeschaltet, um mit dem Bäcker zu reden. Meine Güte, das war eine echte Überraschung...«
»Soll ich dir Tee kochen?«
»Du weißt doch, daß du immer die Teetassen zerbrichst, wenn es bei dir losgeht.«
»Ich habe inzwischen gelernt, vorsichtiger zu sein«, erwiderte Ludmilla.
»Braves Mädchen. Aber ich kümmere mich besser selbst darum, danke.«
Frau Kuchen stand auf und klopfte sich den Mörtelstaub von der Schürze. »Sie haben gerufen!« sagte sie plötzlich. »Richtig gerufen! Und zwar alle zusammen!«

Der Universitätsgärtner Modo jätete Unkraut im Rosenbeet, als auf dem alten, samtartigen Rasen daneben ein Buckel wuchs. Ein hartnäckig am Pseudo-Leben hängender Windle Poons steckte den Kopf daraus hervor und blinzelte im hellen Licht.

»Bist du das, Modo?«

»Ja, Herr Poons«, sagte der Zwerg. »Brauchst du Hilfe?«

»Nein. Ich glaube, ich komme allein zurecht.«

»Ich habe eine Schaufel im Schuppen, falls du eine brauchst...«

»Nein, es ist alles in bester Ordnung.« Windle kletterte aus dem Loch und strich Lehmbrocken von den Resten seines Umhangs. »Das mit dem Rasen tut mir leid«, sagte er und blickte auf die Tunnelöffnung im Boden.

»Schon gut, Herr Poons.«

»Hat es lange gedauert, bis er so aussah?«

»Etwa fünfhundert Jahre.«

»Donnerwetter! Dann tut's mir noch mehr leid. Ich wollte zum Keller, doch irgendwann habe ich die Orientierung verloren.«

»Mach dir deshalb keine Sorgen, Herr Poons«, sagte der Zwerg fröhlich. »Es wächst ohnehin alles wie verrückt. Heute nachmittag fülle ich das Loch und säe. Die nächsten fünfhundert Jahre vergehen bestimmt wie im Flug, du wirst sehen.«

»Wenn's so weitergeht wie bisher, werde ich es *tatsächlich* noch sehen«, entgegnete Windle kummervoll. Er blickte sich um. »Ist der Erzkanzler da?«

»Er und die anderen sind zum Palast gegangen«, antwortete Modo.

»Nun, ich möchte niemanden stören. Am besten, ich wasche mich jetzt und ziehe saubere Sachen an.«

»Wie ich hörte, bist du tot und auch begraben gewesen«, sagte der Gärtner, als Windle davonschlurfte.

»Ja, das stimmt.«

»Offenbar zieht's dich immer wieder ins Diesseits, wie?«

Windle drehte sich um.

»Übrigens... Wo befindet sich die Ulmenstraße?«

Modo kratzte sich am Ohr. »Zweigt sie nicht von der Sirupzechenallee ab?«

»Oh, ja, jetzt erinnere ich mich.«

Der Gärtner setzte das Unkrautjäten fort.

Die seltsamen und vor allem wenig dauerhaften Umstände von Windle Poons Tod beunruhigten ihn keineswegs. Auch die Bäume schienen im Winter tot zu sein, doch im Frühling wuchsen ihnen wieder Blätter. Ausgetrocknete alte Samenkörner verschwanden im

Boden, und meistens dauerte es nicht lange, bis ganz neue Pflanzen aus ihnen hervorgingen. Praktisch nichts blieb lange tot. Man nehme Kompost als Beispiel.

Modo glaubte mit der gleichen inneren Hingabe an Kompost wie andere Leute an Götter. Seine Komposthaufen erbebten manchmal, gärten und glühten in der Dunkelheit, was vermutlich an den geheimnisvollen und vielleicht auch verbotenen Zutaten lag, die Modo ihnen hinzufügte. Obwohl in diesem Zusammenhang betont werden muß, daß ihm nie etwas nachgewiesen wurde. Außerdem brauchte er kaum zu befürchten, in dieser Hinsicht überführt zu werden: Niemand würde es wagen, einen seiner Komposthaufen zu öffnen, um darin nachzusehen.

Alles tote Materialien – und doch irgendwie lebendig. Und das Zeug ließ Rosen wachsen. Der Oberste Hirte hatte einmal darauf hingewiesen, Modos Rosen verdankten ihr prächtiges Wachstum einem Wunder der Natur, aber insgeheim vertrat der Gärtner eine andere Ansicht. Er nahm an, daß seine Rosen deshalb so gut wuchsen, weil sie dem Kompost zu entfliehen versuchten.

Heute abend bekamen die Haufen Nachschub aus neuem Unkraut. Es war wirklich bemerkenswert: Nie zuvor hatte Modo beobachtet, daß Pflanzen so schnell und mit solcher Pracht gediehen. *Sicher liegt's am Kompost,* dachte er.

Als die Zauberer den Palast erreichten, ging es dort drunter und drüber. Einzelne Möbelstücke glitten unter den Zimmerdecken hin und her. Ein Schwarm aus Messer und Gabeln schwebte mitten in der Luft wie Elritzen im Wasser, sauste plötzlich am Erzkanzler vorbei und verschwand im Flur. Ein selektiver Orkan schien hier zu wüten und zu versuchen, seine eigenen Vorstellungen von Ordnung durchzusetzen.

Es waren bereits andere Leute eingetroffen, unter ihnen eine Gruppe aus Personen, die ähnliche Kleidung trugen wie die Zauberer. Der aufmerksame Beobachter bemerkte allerdings bestimmte Unterschiede.

»Priester?« brachte der Dekan hervor. »Und sie kamen *vor uns* hierher?«

In den beiden Gruppen wurden subtile Veränderungen erkennbar: Instinktiv nahmen Zauberer und Priester eine Haltung ein, die auf offensive Verteidigungsbereitschaft hindeutete.

»Was wollen sie hier?« fragte der Oberste Hirte.

Die Temperatur sank um mehrere Grad – metaphorisch gesehen.

Ein Teppich segelte vorbei.

Der Erzkanzler begegnete dem Blick des gewichtigen Hohepriesters des Blinden Io. Als oberster Priester des obersten Gottes im ziemlich großen Pantheon der Scheibenwelt war er in Ankh-Morpork fast so etwas wie ein offzieller religiöser Sprecher.

»Gläubige Narren«, brummte der Oberste Hirte.

»Gottlose Pfuscher«, sagte ein kleiner Akolyth und spähte hinter der Körpermasse des Hohepriesters hervor.

»Naive Narren!«

»Atheistische Idioten!«

»Unterwürfige Schwachköpfe!«

»Kindische Gaukler!«

»Priester gieren nach Opferblut!«

»Zauberer mischen sich in alles ein!«

Ridcully wölbte eine Braue, und der Hohepriester deutete ein Nikken an.

Sie überließen es den beiden Gruppen, ihr jeweiliges Vokabular an Flüchen und Verwünschungen unter Beweis zu stellen, wandten sich von ihnen ab und schlenderten in einen vergleichsweise ruhigen Teil des großen Raums. Neben einer Statue, die einen Vorgänger des Patriziers zeigte, blieben sie stehen.

»Nun, wie läuft das Pfaffen-Geschäft?« fragte Ridcully.

»Wir geben uns demütige Mühe. Und welche Fortschritte erzielt ihr bei der gefährlichen Spielerei mit Dingen, die nicht für Menschen bestimmt sind?«

»Oh, ich kann nicht klagen.« Der Erzkanzler nahm den Hut ab, streckte die Hand hinein und tastete nach der Spitze. »Was hältst du von einem guten Tropfen?«

»Alkohol ist ein Fallstrick für die Seele. Möchtest du eine Zigarette? Ihr Zauberer raucht doch gern, oder?«

»Ich nicht. Wenn ich dir in allen Einzelheiten beschreiben würde, wie sich Zigaretten auf die Lungen auswirken...«

Ridcully schraubte die Spitze seines Huts ab und füllte sie mit Brandy.

»Was ist eigentlich los?« erkundigte er sich.

»Ein Altar schwebte empor und fiel auf uns herab.«

»Und bei uns lösten sich die Schrauben eines Kronleuchters, und das verdammte Ding zerschmetterte den Tisch in unserem Großen Saal. *Überall* lösen sich Schrauben. Auf dem Weg hierher lief ein Anzug an uns vorbei. Zwei Hosen für sieben Dollar!«

»Hm. Hast du das Etikett gesehen?«

»Und dann das Klopfen und Hämmern. Überall klopft's und hämmert's.«

»Wir dachten, ihr steckt dahinter.«

»Magie hat damit nichts zu tun. Sind die Götter vielleicht noch verärgerter als sonst?«

»Nein, ich glaube nicht.«

Hinter ihnen brüllten Priester und Zauberer Kinn an Kinn.

Der Hohepriester trat etwas näher.

»Ich bin sicher stark genug, um mit einem kleinen Fallstrick für die Seele fertig zu werden«, sagte er. »Aber so habe ich mich nicht mehr gefühlt, seit Frau Kuchen zu meiner Gemeinde gehörte.«

»Kuchen? Was für ein Kuchen?«

»Bei euch gibt es ... scheußliche Dinge in den Kerkerdimensionen, nicht wahr?« spekulierte der Hohepriester des Blinden Io. »Die schrecklichen Gefahren eines gottlosen Berufs und so weiter?«

»Ja.«

»Nun, wir haben jemanden namens Evadne Kuchen.«

Ridcully bedachte sein Gegenüber mit einem neugierigen Blick.

»Frag bloß nicht.« Der Priester schauderte. »Sei dankbar, daß du nie mehr über sie herausfinden mußt.«

Der Erzkanzler reichte ihm die Hutspitze mit dem Brandy.

»Unter uns ...«, sagte der Hohepriester. »Hast du irgendeine Erklärung? Die Palastwächter versuchen gerade, Seine Exzellenz auszugraben, und bestimmt will er die richtigen Antworten von uns. Ich bin mir nicht einmal sicher, ob ich die richtigen Fragen kenne.«

»Keine Magie und keine Götter«, brummte Ridcully. »Gibst du mir bitte den Fallstrick zurück? Danke. Keine Magie und keine Götter. Da bleibt nicht viel übrig, oder?«

»Gibt es vielleicht eine Art Magie, von der du nichts weißt?«

»Wenn es sie gäbe, dann wüßte ich nichts von ihr.«

»Klingt logisch«, sagte der Hohepriester.

»Bist du sicher, daß sich die Götter nicht ein wenig Gottlosigkeit erlauben?« fragte Ridcully und griff damit nach dem letzten Strohhalm. »Vielleicht kam es zwischen zwei von ihnen zu einem Krach. Oder jemand spielt mit goldenen Äpfeln herum oder so...«

»Bei den Göttern ist derzeit alles ruhig«, erwiderte der Hohepriester. Seine Augen trübten sich, als er eine innere Liste verlas. »Hyperopie, Göttin der Schuhe, hält Sandelfon, Gott der Flure, für den seit langer Zeit vermißten Zwillingsbruder von Gruni, Gott des unreifen Obstes. Wer hat die Ziege in das Bett des Krokodilgottes Offler gelegt? Schließt Offler ein Bündnis mit dem Siebenhändigen Sek? Unterdessen trifft Hoki der Schelm Vorbereitungen für neue Streiche und...«

»Ja, ja, schon gut«, sagte Ridcully. »Ich habe mich eigentlich nie für diesen ganzen Kram interessiert.«

Hinter ihnen versuchte der Dekan, den Dozenten für neue Runen daran zu hindern, den Priester des Krokodilgottes Offler in zwei hübsche Koffer zu verwandeln. Die Nase des Quästors blutete – ein kleines Weihrauchfaß hatte ihn rein zufällig getroffen.

»Wir müssen hier eine geschlossene Front bilden«, sagte Ridcully. »Was meinst du?«

»Ich bin ganz deiner Ansicht«, pflichtete ihm der Hohepriester bei.

»Dann sind wir uns also einig. Vorübergehend.«

Ein kleinerer Teppich schwebte in Augenhöhe und mit wellenförmigen Bewegungen vorbei. Der Hohepriester reichte die Brandyflasche zurück.

»Übrigens...«, sagte er. »Mutter hat mir erzählt, daß du ihr schon seit einer ganzen Weile nicht mehr geschrieben hast.«

»Äh...« Die zerknirschte Verlegenheit in den Zügen des Erzkanzlers hätte die anderen Zauberer sicher verblüfft. »Ich bin sehr beschäftigt gewesen. Du weißt ja, wie das ist.«

»Sie wies deutlich darauf hin, daß sie uns beide beim nächsten Silvester zum Mittagessen erwartet.«

»Ich hab's nicht vergessen«, murmelte Ridcully bedrückt. »Und ich freue mich schon darauf.« Er wandte sich dem Chaos hinter ihnen zu.

»Hört auf, Kameraden«, sagte er.

»Brüder!« donnerte der Hohepriester. »Laßt ab von der Gewalt!«

Der Oberste Hirte nahm die Hände von der Kehle des Priesters vom Hinki-Kult. Zwei Kuraten, die den Quästor getreten hatten, wichen beiseite. Die Männer strichen ihre Kleidung glatt, suchten ihre Hüte und hüstelten unsicher.

»Schon besser«, brummte Ridcully. »Und nun... Seine Eminenz der Hohepriester und ich haben beschlossen...«

Der Dekan starrte einen ziemlich kleinen Bischof an.

»Er hat mich getreten! Du hast mich getreten!«

»O nein, mein Sohn! Das würde ich mir nie erlauben.«

»Doch, du hast mich getreten«, beharrte der Dekan wütend. »Von der Seite, damit's niemand sieht!«

»...*haben beschlossen*...«, wiederholte Ridcully und bedachte den Dekan mit einem finsteren Blick, »... gemeinsam nach einer Lösung für das gegenwärtige Problem zu suchen, im Geiste der Brüderlichkeit und des guten Willens, *und das gilt auch für dich, Oberster Hirte.*«

»Ich konnte nicht anders! Er hat mich *gestoßen*.«

»Oh, mögen dir die Götter verzeihen«, sagte der Erzdiakon von Thrume.

Es krachte. Ein Liegesofa galoppierte die Treppe hinunter und schmetterte durch die Flurtür.

»Vermutlich sind die Gardisten noch immer damit beschäftigt, den Patrizier zu befreien«, sagte der Hohepriester. »Vielleicht sind auch die Geheimgänge blockiert.«

»Sie *alle*?« fragte Ridcully. »Ich dachte, der schlaue Bursche hätte jede Menge davon.«

»Alle blockiert«, meinte der Hohepriester. »Ohne irgendeine Ausnahme.«

»Mit nur *wenigen* Ausnahmen«, erklang eine Stimme hinter ihnen.

Ridcullys Tonfall veränderte sich kaum – es kam nur etwas Zucker hinzu.

Er drehte sich um und sah eine Gestalt, die einfach aus der Wand getreten zu sein schien. Sie wirkte einigermaßen menschlich, zumindest auf den ersten Blick betrachtet. Der Patrizier war dünn, blaß und immer in staubiges Schwarz gekleidet. Er erinnerte Ridcully an einen Flamingo, der sich in ein Raubtier verwandelt hatte – falls es Flamingos mit schwarzem Gefieder und der Geduld von Granit gab.

»Oh, Lord Vetinari«, sagte er. »Es freut mich sehr, dich unverletzt zu sehen.«

»Begeben wir uns ins Rechteckige Büro«, meinte der Patrizier. Hinter ihm schob sich ein Teil der Wand geräuschlos beiseite.

»Ich, äh, im ersten Stock versuchen einige Palastwächter, dich zu befreien...«, begann der Hohepriester.

Der Patrizier winkte ab. »Es käme mir nie in den Sinn, sie daran zu hindern. Derzeit haben sie etwas zu tun. Normalerweise stehen sie nur den ganzen Tag herum und versuchen, sowohl streng zu wirken als auch ihre Blase zu kontrollieren. Hier entlang.«

Die Oberhäupter der einzelnen Gilden von Ankh-Morpork trafen einzeln oder zu zweit ein, und allmählich füllte sich der Raum.

Der Patrizier saß an seinem Schreibtisch, starrte mißmutig auf diverse Unterlagen und hörte zu.

»Es ist nicht unsere Schuld«, sagte der oberste Alchimist.

»Es kracht dauernd, wenn ihr in der Nähe seid«, betonte Ridcully.

»Mag sein, aber das liegt an unvorhergesehenen exothermischen Reaktionen.«

»Immer wieder fliegt irgend etwas in die Luft«, übersetzte der stellvertretende oberste Alchimist, ohne dabei aufzusehen.

»Ja, Dinge fliegen in die Luft«, bestätigte sein Boß. »Aber für gewöhnlich kommen sie wieder herunter. Sie flattern nicht umher oder schrauben sich irgendwo ab. Nun, warum sollten wir uns selbst so etwas antun? Ich sage euch, in meinem Laboratorium ist der Teufel los! Ständig schwirrt was durch die Gegend! Bevor ich mich auf den Weg machte, zerbrach ein großes und sehr teures Glasinstrument!«

»Fürwahr, eine scharfe Retorte«, ertönte es fast verzweifelt.

Einige Leute wichen auseinander, und zwischen ihnen kam eine kleine Gestalt zum Vorschein: Generalsekretär und Chefzielscheibe der Gilde der Narren und Witzbolde. Die jähe Aufmerksamkeit ließ ihn zusammenzucken, aber er zuckte ohnehin die meiste Zeit über. Er wirkte wie ein Mann, dessen Gesicht einmal zu oft von einer Sahnetorte getroffen worden ist, dessen Hose mit zuviel Bleichmittel behandelt wurde und der einen fatalen Nervenzusammenbruch erleidet, wenn er noch einmal einen Lachsack hört. Die anderen Gildenoberhäupter begegneten ihm mit der gleichen zuvorkommenden Freundlichkeit wie jemandem, der im zwanzigsten Stock aus dem Fenster geklettert ist und auf einem sehr schmalen Sims steht.

»Wie meinst du das, Geoffrey?« fragte Ridcully und bemühte sich, möglichst nett zu klingen.

Der Narr schluckte. »Nun, äh, wir haben ›scharf‹ wie in ›zerbrach‹ und ›Retorte‹ wie in ›teures Glasinstrument‹. Woraus sich das Wortspiel ›scharfe Retorte‹ ergibt. Dabei wird ›Retorte‹ als Synonym für ›Antwort‹ verwendet. Retorte, Retorsion, Zurückgabe bzw. Erwiderung. Hier ein teures Glasinstrument, das zerbrochen ist – dort eine scharfe Antwort.«

Der Erzkanzler blickte ihm in die Augen, die wie zwei nicht richtig gebratene Spiegeleier aussahen.

»Oh, ein *Wortspiel*«, erwiderte er. »Natürlich. Hohoho.« Er winkte den übrigen Anwesenden zu.

»Hohoho«, sagte der Hohepriester des Blinden Io.

»Hohoho«, sagte das Oberhaupt der Assassinengilde.

»Hohoho«, sagte der oberste Alchimist. »Es wird alles noch komischer, weil gar keine Retorte zu Bruch ging, sondern ein Destillierkolben.«

»Es läuft also auf folgendes hinaus...«, meinte der Patrizier, als behutsame Hände den Narren fortführten. »Niemand von euch ist für die gegenwärtigen Ereignisse verantwortlich.«

Er musterte den Erzkanzler und wartete.

Ridcully wollte gerade antworten, als er eine Bewegung auf dem Schreibtisch des Patriziers bemerkte.

Dort stand eine Glaskugel, die ein kleines Modell des Palastes enthielt. Daneben lag ein Brieföffner.

Der sich jetzt langsam verbog.

»Nun?«

»Uns trifft keine Schuld«, sagte Ridcully mit hohler Stimme. Der Patrizier folgte seinem Blick.

Inzwischen war der Brieföffner so krumm wie ein Flitzebogen.

Lord Vetinari sah die Anwesenden der Reihe nach an, bis er Hauptmann Doxie von der Stadtwache (Tagesschicht) erkannte.

»Kannst du nicht was *unternehmen*?« fragte er.

»Äh. Zum Beispiel, Herr? Meinst du den Brieföffner? Äh. Soll ich ihn verhaften, weil er krumm ist?«

Der Patrizier vollführte eine ungeduldige Geste.

»Na schön. Magie steckt nicht dahinter. Ebensowenig Götter und normale Leute. Was *ist* die Ursache? Und wie können wir das Chaos beenden? Wen sollen wir um Hilfe bitten?«

Eine halbe Stunde später verschwand die kleine Glaskugel. Niemandem fiel etwas auf. Typisch.

Frau Kuchen kannte jemanden, der vielleicht helfen konnte.

»Hallo?« fragte sie. »Bist du da, Ein-Mann-Kübel?«

Dann duckte sie sich, nur für den Fall.

Eine näselnde, verdrießliche Stimme erklang aus dem Nichts.

wo bist du gewesen? kann mich hier drin nicht rühren!

Frau Kuchen biß sich auf die Lippe. Eine so direkte Antwort wies darauf hin, daß ihr Kontaktgeist besorgt war. Wenn ihn nichts belastete, plauderte er fünf Minuten lang über Büffel und große weiße Geister, obgleich es ein Rätsel blieb, was er zu seinen Lebzeiten mit dem einen oder anderen angestellt hatte. Außerdem lockerte er seine Rhetorik des öfteren mit einem herzhaften »Hugh!« auf.

»Wie meinst du das?«

kam es zu einer katastrophe oder so? vielleicht zu einer ganz plötzlichen epidemie?

»Nein, ich glaube nicht.«

hier geht's echt rund. der platz wird immer knapper. was hält all die seelen auf?

»Ich verstehe nicht...«

seid endlich still verdammtundzugenäht, ich versuche, mit dieser dame zu reden! he, ihr da drüben, könnt ihr freundlicherweise etwas leiser sein? ach? na so eine frechheit...

Frau Kuchen hörte andere Stimmen, die versuchten, ihren Kontaktgeist zu übertönen.

»Ein-Mann-Kübel!«

ich bin also ein heidnischer wilder, wie? und weißt du, was dir der heidnische wilde zu sagen hat, hm? möchtest du's hören? ich bin seit mehr als hundert jahren hier, jawohl! ich brauche mir solche dummen bemerkungen nicht gefallen zu lassen, erst recht nicht von jemandem, dessen körper noch warm ist! so, das reicht jetzt, du...

Die Stimme verklang.

Frau Kuchen schob das Kinn vor.

Die Stimme kehrte zurück.

tatsächlich? tatsächlich? nun, vielleicht warst du ein hohes tier, als noch leben in dir steckte, aber jetzt bist du nur noch ein laken mit löchern drin! ach das gefällt dir also nicht, freundchen ...

»Es steht ein Kampf bevor, Mama«, sagte Ludmilla, die sich am Ofen in der Küche zusammengerollt hatte. »Er nennt die Leute immer ›Freundchen‹, bevor er ausholt und jemanden schlägt.«

Frau Kuchen seufzte.

»Außerdem deutet einiges darauf hin, daß er diesmal gegen *viele* Leute kämpfen wird«, fügte Ludmilla hinzu.

»Na schön. Hol mir eine Vase. Eine billige, wenn's geht.«

Den meisten Leuten fehlt zwar die *Gewißheit*, aber sie *ahnen* zumindest, daß alles eine Art Geistkörper hat, der nach dem individuellen Tod für kurze Zeit in der zugigen Lücke zwischen Diesseits und Jenseits verweilt. Diesem Punkt kommt große Bedeutung zu.

»Nein, die nicht. Sie gehörte deiner Oma.«

Ohne ein stabilisierendes Bewußtsein bleibt der ätherische Korpus nicht lange von Bestand, aber vielleicht lange genug – es kommt ganz auf Zweck und Absicht an.

»Ja, mit der ist alles in Ordnung. Habe das Muster nie gemocht.«

Frau Kuchen nahm eine orangefarbene Vase mit rosaroten Päonien aus den Pfoten ihrer Tochter.

»Bist du noch da, Ein-Mann-Kübel?« fragte sie.

... ich werde dafür sorgen, daß du den tag bedauerst, an dem du gestorben bist, du mieser...

»Fang.«

Evadne Kuchen warf die Vase zum Herd, und dort zerbrach sie.

Eine Sekunde später erklang ein Geräusch von der anderen Seite. Es hörte sich an wie ... wie ein körperloser Geist, der einem anderen körperlosen Geist eine substanzlose Vase auf den Kopf schlug.

na bitte, brummte Ein-Mann-Kübel. *und ich kann jederzeit nachschub bekommen, stimmt's?*

Die Kuchens – Mutter und ihre haarige Tochter – nickten.

In Ein-Mann-Kübels Stimme vibrierte Selbstgefälligkeit, als er fortfuhr:

nur eine kleine auseinandersetzung, um zu bestimmen, wer hier das sagen hat, meinte er. *um gewisse grenzen abzustecken. hier gibt's einige probleme, Frau Kuchen. dieser ort ähnelt immer mehr einem wartezimmer...*

Andere Stimmen kreischten und heulten.

... habe ich eine mitteilung, und zwar für Herrn ...

... liegt ein beutel mit münzen auf dem inneren kaminsims ...

... nach dem, was Agnes über unsere Molly gesagt hat, soll sie nicht das tafelsilber bekommen ...

... mir blieb keine zeit, um die katze zu füttern, könnte vielleicht jemand...

seidendlichstill! rief Ein-Mann-Kübel. *ihr habt überhaupt keine ahnung, oder? reden so vielleicht geister? die katze füttern? hat niemand lust, »ich bin hier sehr glücklich und warte drauf, daß ihr zu mir kommt« zu sagen?*

... hör mal, wenn noch mehr leute kommen, stehen wir uns hier bald gegenseitig auf den füßen ...

darum geht's nicht. worum's hier geht, ist folgendes: als geist muß man bestimmten erwartungen gerecht werden. Frau Kuchen?

»Ja?«

du solltest jemanden auf die hiesigen zustände hinweisen.

Evadne Kuchen nickte.

»Laßt mich jetzt allein«, sagte sie. »Ich glaube, ich bekomme meine Migräne.«

Das Glühen in der Kristallkugel erlosch.

»Nun?« fragte Ludmilla.

»Ich wende mich *nicht* an die Priester«, verkündete Frau Kuchen entschlossen.

Damit hier kein falscher Eindruck entsteht: Frau Kuchen war durchaus religiös. Sie kann sogar als *sehr* religiöse Frau bezeichnet werden. In der ganzen Stadt gab es keinen Tempel, keine Kirche, keine Moschee und keine sakrale Monolithengruppe, die sie *nicht* irgendwann einmal besucht hatte. Aus diesem Grund fürchtete man sie mehr als ein Zeitalter der Aufklärung. Allein der Anblick der kleinen, dicken Frau Kuchen genügte, um den meisten Priestern einen gehörigen Schrecken einzujagen.

Nun, in allen Religionen gab es strenge Prinzipien in Hinsicht auf Gespräche mit den Toten: So etwas galt als Sünde. Frau Kuchen hingegen hielt derartige Konversationen für ein Gebot der Höflichkeit.

Dieser Umstand führte oft zu einer heftigen ekklesiastischen Debatte, die Frau Kuchen nutzte, um dem betreffenden Priester »den

Kopf zu waschen«, wie sie sich ausdrückte. Inzwischen hatte sie schon vielen Leuten »den Kopf gewaschen«, und es grenzte an ein Wunder, daß die Friseursalons in Ankh-Morpork nicht längst Pleite gemacht hatten.

Was Ludmilla anging... Nun, Ludmilla war ein Problem. Der verstorbene Herr Kuchen – diegötterseienseinerseelegnädig – hatte bei Vollmond nie auch nur gepfiffen, und Evadne ahnte, daß ihre Tochter eine Rückentwicklung zur fernen Familienvergangenheit in den Bergen darstellte. Oder... Vielleicht hatte sie sich als Kind mit Genetik angesteckt. Frau Kuchen glaubte, sich an gewisse Anspielungen ihrer Mutter zu erinnern: Angeblich hatte Großonkel Erasmus seine Mahlzeiten ab und zu unter dem Tisch einnehmen müssen. Wie dem auch sei: In drei von vier Wochen war Ludmilla eine ganz normale junge Frau, und den Rest der Zeit verbrachte sie als wohlerzogener Wolf.

Priester neigten häufig dazu, die Sache aus einem anderen Blickwinkel zu sehen. Ganz gleich, welche Geistlichen* zwischen ihr und den Göttern zu vermitteln versuchten – früher oder später kam es zu einer Auseinandersetzung. Da Frau Kuchen aufgrund ihrer starken Persönlichkeit schon nach kurzer Zeit alle religiösen Routineaufgaben übernahm – sie sorgte immer für frische Blumen, wischte den Staub vom Altar, fegte den Tempel, kratzte den Opferstein sauber, hielt Jungfernwache, stopfte das Betkissen und so weiter –, verursachte ihre plötzliche Abwesenheit immer ein ziemliches Durcheinander.

Nun knöpfte sie ihren Mantel zu.

»Es klappt nicht«, meinte Ludmilla.

»Ich versuch's bei den Zauberern – sie sollten Bescheid wissen«, erwiderte Frau Kuchen. Sie fühlte sich sehr wichtig und zitterte vor Aufregung, wirkte dadurch wie ein nervöser Fußball.

»Du hast doch gesagt, die Zauberer hören nie zu«, wandte Ludmilla ein.

»Trotzdem, ich muß es versuchen. Da fällt mir ein: Warum bist du nicht in deinem Zimmer?«

---

* Frau Kuchen wußte, daß es in einigen Religionen auch Priesterinnen gab. Was Frau Kuchen über die Ordination von Frauen dachte, ist nicht druckfähig. Die Priesterinnen-Religionen in Ankh-Morpork lockten viele in Zivil gekleidete Priester von anderen Konfessionen an – viele von ihnen wollten sich einige Stunden lang an einem Ort entspannen, wo sie nicht damit rechnen mußten, Frau Kuchen zu begegnen.

»Ach, Mutter. Du weißt doch, daß ich den Raum verabscheue. Es ist nicht nötig, daß ich...«

»Man kann nie vorsichtig genug sein. Angenommen, es käme dir plötzlich in den Sinn, nach draußen zu gehen und irgendwelchen Hühnern nachzujagen... Was würden die Nachbarn sagen?«

»Ich habe nie den Drang verspürt, Hühner zu jagen, Mutter«, entgegnete Ludmilla geduldig.

»Oder Karren nachzulaufen oder zu bellen.«

»Du meinst *Hunde*, Mutter.«

»Du gehst jetzt in dein Zimmer, schließt dich ein und nähst, wie es sich für ein braves Mädchen gehört.«

»Du weißt doch, daß ich die Nadeln mit den Pfoten nicht richtig halten kann.«

»Versuch's deiner Mutter zuliebe.«

»*Ja*, Mutter«, sagte Ludmilla.

»Und halte dich vom Fenster fern. Wir wollen doch nicht, daß jemand einen Schreck bekommt.«

»Ja. Mutter. Und du achte darauf, daß deine Vorahnung eingeschaltet ist. Du weißt ja, daß du nicht mehr so gut siehst wie früher.«

Frau Kuchen wartete, bis ihre Tochter die Treppe hochgegangen war. Dann schloß sie die Haustür ab und schritt in Richtung Unsichtbare Universität, wo angeblich eine Menge Unfug geschah.

Wer sie unterwegs beobachtete, bemerkte einige seltsame Dinge. Zwar schwankte sie gelegentlich und wandte sich manchmal ohne ersichtlichen Grund nach rechts oder links, aber nie stieß jemand gegen sie. Die Passanten gingen ihr nicht in dem Sinne aus dem Weg – Frau Kuchen hielt sich einfach nicht dort auf, wo sie waren. Einmal zögerte sie und trat in eine Gasse. Zwei oder drei Sekunden später rollte ein großes Faß von einem Wagen und prallte dort auf den Boden, wo Evadne eben noch gestanden hatte. Sie trat aus der Gasse, stieg über das gesplitterte Holz hinweg und grummelte leise vor sich hin.

Frau Kuchen grummelte recht oft. Ihr Mund blieb immerzu in Bewegung, als sei sie dauernd bestrebt, den Kern irgendeiner gräßlichen Frucht aus einem hohlen Zahn zu entfernen.

Nach einer Weile erreichte sie das hohe, schwarze Tor der Universität, verharrte dort und schien einer inneren Stimme zu lauschen.

Dann trat sie beiseite und wartete.

Bill Tür lag in der Dunkelheit des Heubodens und wartete ebenfalls. Weiter unten erklangen typische, von Binky verursachte Pferdegeräusche: Schnauben, das Knistern von Stroh, verhaltenes, leises Kauen.

Bill Tür. Jetzt hatte er also einen Namen. Natürlich war er nie namenlos gewesen, doch die frühere Bezeichnung bezog sich auf seine Funktion, nicht auf ihn als Individuum. Bill Tür. Es klang gut. Herr Bill Tür. William Tür. Billy... Nein, nicht Billy.

Er rutschte etwas tiefer ins Heu, griff in eine Tasche seines Umhangs und holte die goldene Lebensuhr hervor. Die obere Hälfte enthielt eindeutig weniger Sand als vorher. Er verstaute das Gefäß wieder.

Und dann das »Schlafen«. Er wußte natürlich, was es damit auf sich hatte. Normalsterbliche schliefen häufig und sogar ziemlich lange. Sie legten sich hin, und dann geschah der Schlaf einfach. Vermutlich diente dieses Phänomen einem bestimmten Zweck. Bill Tür wartete gespannt darauf, bereit zu einer gründlichen Analyse.

Nacht glitt über die Welt, und ihr folgte sofort ein neuer Tag.

Im Hühnerstall auf der anderen Seite des Hofs bewegte sich etwas.

»Kicke...krr.«

Bill Tür blickte nach oben.

»Kickerie...krr.«

Graues Licht fiel durch die Spalten zwischen den Brettern.

Aber eben hatte er noch das rote Licht des Sonnenuntergangs gesehen!

Sechs Stunden waren verschwunden.

Bill holte die Lebensuhr hervor. Ja, die obere Hälfte enthielt jetzt noch etwas weniger Sand. Während er auf die Erfahrung des Schlafens gewartet hatte, war *etwas* gekommen, um ihm einen Teil seines... seines *Lebens* zu stehlen – ohne daß er etwas davon merkte.

»Kickerie...krr.«

Er kletterte vom Heuboden herunter und trat nach draußen, in den vagen Dunst der Morgendämmerung.

Die älteren Hühner richteten argwöhnische Blicke auf ihn, als er in den Stall sah. Ein greiser und recht verlegen wirkender Hahn starrte ihn kurz an, senkte dann den Kopf und zuckte mit den Schultern.

Beim Haus klapperte etwas. Neben der Tür hing ein alter Eisenring, der von einem Faß stammte, und Frau Flinkwert schlug hingebungsvoll mit einer Schöpfkelle darauf ein. Bill Tür ging los, um sich die Sache aus der Nähe anzusehen.

Warum machst du einen solchen Lärm, Frau Flinkwert?

Sie wirbelte herum, die Schöpfkelle halb erhoben.

»Meine Güte, mußt du wie eine Katze gehen?« entfuhr es der Frau.

Muss ich das?

»Ich meine, ich habe dich nicht kommen gehört.« Frau Flinkwert trat zurück und musterte die hochgewachsene Gestalt von Kopf bis Fuß.

»Irgend etwas an dir kommt mir noch immer seltsam vor, Bill Tür«, sagte sie. »Aber ich weiß einfach nicht, was es ist.«

Das mehr als zwei Meter große Skelett musterte sie mit unerschütterlicher Gelassenheit und schwieg. Ein Kommentar erübrigte sich.

»Was möchtest du zum Frühstück?« fragte die Alte. »Obgleich deine Wünsche eigentlich gar keine Rolle spielen: Es gibt nur Haferbrei.«

Später dachte sie: *Er muß das Zeug gegessen haben, denn der Teller ist leer. Aber warum erinnere ich mich nicht daran?*

Und dann die Sache mit der Sense. Zuerst erweckte er den Anschein, nie zuvor eine gesehen zu haben. Sie zeigte ihm, wie man damit umging, und er sah ihr mit höflichem Interesse zu.

Wie schärfst du die Sense, Frau Flinkwert?

»Meine Güte, sie ist scharf genug.«

Wie kann man sie noch schärfer machen?

»Scharf ist scharf. Schärfer als scharf geht nicht.«

Er holte versuchsweise damit aus und murmelte enttäuscht etwas. Und dann das Gras...

Die Heuwiese befand sich oben am Hang des Hügels hinter der Farm, und von dort aus hatte man einen weiten Blick übers Kornfeld. Frau Flinkwert beobachtete ihren neuen Gehilfen eine Zeitlang.

Eine solche Methode hatte sie nie zuvor gesehen. Sie wäre nicht einmal bereit gewesen, so etwas für möglich zu halten.

Schließlich sagte sie: »Gut. Du schwingst die Sense richtig und so.«

Danke, Frau Flinkwert.

»Aber warum immer nur einen Grashalm?«

Bill Tür betrachtete das Gras eine Zeitlang.

Gibt es auch eine andere Möglichkeit?

»Man kann gleich mehrere auf einmal schneiden.«

Nein. Nein. Jeweils ein Halm. Nur immer einer.

»Auf diese Weise schaffst du nicht viel«, gab Frau Flinkwert zu bedenken.

OH, ICH SCHAFFE SIE ALLE. BIS ZUM LETZTEN HALM. GLAUB MIR.

»Bist du sicher?«

JA. VERTRAU MIR.

Frau Flinkwert überließ ihn der Arbeit und kehrte zum Haus zurück. Von Küchenfenster aus blickte sie zu der fernen, dunklen Gestalt und sah, wie Bill Tür langsam über den Hang wanderte.

Was mag er ausgefressen haben? überlegte sie. *Bestimmt hat er etwas auf dem Kerbholz. Ja, er gehört zu den Männern, die ein Geheimnis haben. Vielleicht hat er einen Raubüberfall begangen und beschlossen, hier bei mir ›unterzutauchen‹.*

Schon eine ganze Reihe hat er geschnitten. Jeweils nur ein Halm. Und doch ist er irgendwie schneller als jemand, der Bahn für Bahn schneidet . . .

Frau Flinkwerts einzige Lektüre bestand aus einer Publikation namens *Almanach und Saatkatalog für den Farmer*. Wenn niemand krank wurde, reichte das Ding für ein ganzes Jahr im Abort. Es bot nicht nur Informationen über Mondphasen und geeignete Saatzeiten, sondern berichtete auch detailliert über Massenmörder, blutige Überfälle und diverse Naturkatastrophen. Entsprechende Hinweise lauteten zum Beispiel: 15. Juni, Jahr des improvisierten Wiesels; an diesem Tag sind hundertfünfzig Jahre vergangen, seit in Quirm ein Mann durch einen plötzlichen Gulasch-Schauer ums Leben kam.« Oder: »Chume, der berüchtigte Heringswerfer, brachte 14 Personen um.«

Wichtig war in diesem Zusammenhang, daß alles sehr weit entfernt geschah – vermutlich steckte so etwas wie göttliche Vorsehung dahinter. Hier passierte nur wenig. Gelegentlich wurde ein Huhn gestohlen. Und manchmal sichtete man einen stur dahinstapfenden Troll. Natürlich gab es Räuber und Gauner in den Bergen, aber sie unterhielten gute Beziehungen zu den Bewohnern der Gegend und leisteten sogar wichtige Beiträge für die einheimische Ökonomie. Trotzdem: In Gesellschaft fühlte sich Frau Flinkwert auf ihrer Farm sicherer.

Die dunkle Gestalt am Hang des Hügels war fast mit der zweiten Reihe fertig, und hinter ihr verdorrte das Gras in der Sonne.

ICH BIN FERTIG, FRAU FLINKWERT.

»Dann geh und füttere das Schwein. Es heißt Nancy.«

Nancy, wiederholte Bill und drehte das Wort im Mund hin und her, als wollte er es von allen Seiten betrachten.

»Nach meiner Mutter.«

Ich gehe und füttere das Schwein namens Nancy, Frau Flinkwert.

Nur Sekunden schienen zu verstreichen.

Ich bin fertig, Frau Flinkwert.

Sie musterte ihren Gehilfen, wischte sich ganz langsam die Hände an der Schürze ab, trat auf den Hof und ging zum Schweinestall.

Es mangelte der Sau nicht an Futter: Nancy fraß fröhlich vor sich hin.

Frau Flinkwert fragte sich, was sie sagen sollte. »Gut«, meinte sie schließlich. »Ausgezeichnet. Du, äh, arbeitest schnell.«

Warum kräht der Hahn nicht richtig, Frau Flinkwert?

»Ach, der alte Cyril. Hat kein besonders gutes Gedächtnis. Lächerlich, nicht wahr? Ich wünschte, er würde sich besser daran erinnern.«

In der alten Schmiede nebenan fand Bill Tür ein Stück Kreide, nahm ein Brett und verbrachte einige Zeit damit, ganz sorgfältig zu schreiben. Dann stellte er das Brett einem Schild gleich vor dem Hühnerstall auf und wandte sich an Cyril.

Lies das, sagte er.

Der alte Cyril spähte kurzsichtig zu einem »Kiekeri-Kieh« in großen gotischen Buchstaben. Irgendwo in seiner kleinen und plötzlich sehr eingeschüchterten Hühnerseele regte sich die zitternde, von profundem Unbehagen bestimmte Erkenntnis, daß er besser *schleunigst* lesen lernte.

Bill Tür lehnte sich im Heu zurück und dachte über den vergangenen Tag nach. Er schien recht ereignisreich gewesen zu sein. Er hatte Gras gemäht, die Tiere gefüttert und ein Fenster repariert. Im Schuppen hatte er einige alte Overalls gefunden, und für Bill Tür schienen sie geeigneter zu sein als ein Umhang aus absoluter Dunkelheit. Aus diesem Grund streifte er einen davon über. Und Frau Flinkwert gab ihm einen Strohhut mit breiter Krempe.

Außerdem war er fast einen Kilometer weit zum Ort gewandert. Er hielt es für besser, Binky auf der Farm zu lassen – die Leute erweckten den Eindruck, als seien sie bereit, ein Pferd einfach sofort aufzuessen.

Ihren Lebensunterhalt schienen sie damit zu verdienen, sich gegenseitig die Wäsche zu klauen.

Es gab einen »Platz« – eigentlich kaum mehr als eine größere Straßenkreuzung mit einem Uhrenturm. Und dort existierte eine Taverne. Bill Tür betrat sie.

Die Leute darin zögerten zunächst, während ihre Selbstsphären den Wahrnehmungsfokus veränderten, um dem Neuankömmling geistigen Platz zu gewähren. Anschließend begegneten sie ihm mit vorsichtiger Höflichkeit – hier sprachen sich Neuigkeiten noch schneller herum als bei einem Kaffeekränzchen.

»Ich nehme an, du bist der neue Gehilfe von Frau Flinkwert«, sagte der Wirt. »Ein gewisser Herr Tür, wie ich hörte.

Nenn mich Bill.

»Ah? 's war mal 'ne hübsche kleine Farm. Früher. Wir hätten nicht gedacht, daß die alte Dame so lange durchhält.«

»Ah«, bestätigten zwei Alte am Kamin.

Ah.

»Bist neu in dieser Gegend, oder?« erkundigte sich der Wirt.

Die plötzliche Stille in der Taverne war wie ein schwarzes Loch.

Nicht unbedingt.

»Schon mal hiergewesen?«

Gelegentlich.

»Es heißt, die alte Frau Flinkwert sei plemplem«, meinte eine der Gestalten, die auf Sitzbänken an rußgeschwärzten Wänden saßen.

»Aber schlau und gerissen«, fügte ein anderer Gast hinzu.

»O ja. Gerissen ist sie, kein Zweifel. Aber auch plemplem.«

»Und angeblich hat sie gut gefüllte Schatzkisten in ihrem Haus versteckt.«

»Eins steht fest: Sie ist immer verdammt geizig gewesen.«

»Das beweist es. Reiche Leute gehen nie großzügig mit ihrem Geld um.«

»Na schön. Gerissen *und* reich. Was jedoch nichts daran ändert, daß sie auch plemplem ist.«

»Man kann nicht plemplem und reich sein. Reiche sind höchstens exzentrisch.«

Die Stille kehrte zurück und wartete. Bill Tür suchte fast verzweifelt nach geeigneten Worten. Was Konversation betraf, war er nie sehr talentiert gewesen. Er hatte kaum Gelegenheit gefunden zu lernen, wobei es darauf ankam.

Was sagten Normalsterbliche unter solchen Umständen? Oh, ja...

ICH GEBE EINEN AUS, verkündete er.

Später zeigten ihm die Leute ein Spiel, das an einem speziellen Tisch gespielt wurde: Am Rand wies er mit Netzen ausgestattete Löcher auf. Geschickt aus Holz geschnitzte Kugeln mußten voneinander abprallen und in die Löcher fallen. Das Spiel hieß Billard, und Bill Tür kam gut damit zurecht. Sogar noch viel besser als gut. Zuerst wußte er gar nicht, wie man schlecht spielte. Doch als die Männer einige Male verblüfft nach Luft geschnappt hatten, begann er mit sorgfältigen Fehlern. In dieser Hinsicht hatte er den Dreh schnell raus, als sich die allgemeine Aufmerksamkeit dem Pfeilwerfen zuwandte. Je mehr Fehler ihm unterliefen, desto mehr mochten ihn die Leute. Aus diesem Grund achtete er darauf, daß die kleinen, mit Federn ausgestatteten Wurfgeschosse sich immer mindestens dreißig Zentimeter vom Ziel entfernt in die Wand bohrten. Einmal traf er einen Nagel, und der Pfeil prallte erst davon ab und dann auch noch von einer Lampe, landete schließlich in einem Bierkrug. Woraufhin ein Alter so sehr lachte, daß man ihn nach draußen an die frische Luft bringen mußte.

Man nannte ihn Guter Alter Bill.

So hatte ihn noch niemand genannt.

Was für ein seltsamer Abend.

Nur einmal war's unangenehm geworden. Plötzlich hörte Bill Tür eine piepsige Stimme: »Der Mann ist ein Skelätt.« Er drehte sich um und sah ein kleines Mädchen, das ein Nachthemd trug und ihn über den Rand des Tresens hinweg beobachtete. Im kindlichen Gesicht zeigte sich keine Angst, nur so etwas wie fasziniertes Entsetzen.

Der Wirt – er hieß Lifton – lachte nervös und entschuldigte sich.

»Manchmal geht die Phantasie mit ihr durch«, sagte er. »Tja, so sind Kinder eben. Geh wieder ins Bett, Sal. Und sag Herrn Tür, daß es dir leid tut.«

»Er ist ein Skelätt, das einen Overall trägt«, beharrte das Mädchen. »Wieso kann er was trinken, ohne daß die Flüssigkeit sofort zu Boden tropft?«

Bill Tür geriet fast in Panik. Ließen seine besonderen Kräfte nach? Normalerweise konnten ihn die Lebenden nicht sehen: In bezug auf ihre Sinne nahm er den Platz eines blinden Flecks ein, und jeder Beobachter füllte die leere Stelle mit eigenen Vorstellungen. Doch die Unfähigkeit der Erwachsenen, ihn visuell wahrzunehmen, bot keinen zuverlässigen Schutz vor so hartnäckigen Behauptungen, und Bill spürte, wie sich die Verwirrung um ihn herum verdichtete. Gerade noch rechtzeitig kam die Mutter aus dem Hinterzimmer und führte das Kind fort. Aus dem Treppenhaus hörte er leise Worte wie »ein Skelätt aus lauter Knochen«, und dann war Ruhe.

Die ganze Zeit über hatte die alte Uhr über dem Kamin getickt und Sekunden von Bills Leben abgeschnitten. Gestern schienen es noch so viele gewesen zu sein, aber heute waren es bereits weniger...

Unter dem Heuboden der Scheune klopfte es an die Tür, und kurz darauf öffnete sie sich.

»Bist du angezogen, Bill Tür?« erklang Frau Flinkwerts Stimme in der Dunkelheit.

Bill Tür versuchte, in dieser Frage irgendeine Bedeutung zu erkennen.

JA? erwiderte er.

»Ich habe dir ein Glas mit heißer Milch gebracht.«

JA?

»Komm, beeil dich. Sonst wird die Milch kalt.«

Bill Tür kletterte behutsam über die Holzleiter nach unten. Frau Flinkwert hielt eine Laterne in der einen Hand und hatte sich ein besticktes Tuch um die Schultern geworfen.

»Es ist Zimt drin. Mein Ralph hat Zimt sehr gern gemocht.« Sie seufzte.

Bill Tür erkannte Untertöne auf die gleiche Weise wie ein Astronaut die Wettermuster in der Atmosphäre: Sie sind ganz deutlich zu erkennen, können beobachtet und analysiert werden; aber in der aktuellen Erfahrungswelt gibt es keinen Platz für sie.

DANKE, sagte er.

Frau Flinkwert sah sich um.

»Offenbar hast du es dir hier gemütlich gemacht«, sagte sie munter.

JA.

Sie zog sich das Tuch etwas enger um die Schultern.

»Ich kehre jetzt besser zum Haus zurück. Du kannst mir das Glas morgen früh bringen.«

Abrupt drehte sie sich um und eilte durch die Nacht.

Bill Tür nahm das Glas zum Heuboden mit, stellte es dort auf einen Balken und betrachtete es noch immer, als die Milch darin längst kalt geworden war.

Nach einer Weile vernahm er ein beharrliches Zischen. Er holte die goldene Lebensuhr hervor, trug sie zum anderen Ende des Heubodens und verstaute sie unter einem Heuballen.

Doch es zischte auch weiterhin.

Windle Poons schielte zu den Hausnummern – allein für diese Straße hatten hundert Zählende Kiefern ihr Leben lassen müssen –, und dann fiel ihm ein, daß er gar nicht mehr schielen mußte. Er war rein aus Angewohnheit kurzsichtig. Ein leichtes geistiges Zupfen an den zuständigen Nerven genügte, um allen Konturen Schärfe zu geben.

Trotzdem dauerte es noch eine ganze Weile, bis er Nummer 668 fand. Die Adresse war ein Zimmer im ersten Stock, über dem Laden eines Schneiders. Zugang erlaubte eine Tür am Ende einer Gasse. Der Anstrich blätterte ab, und jemand hatte ein Schild ans morsche Holz gehämmert. Die optimistisch anmutende Aufschrift lautete:

> Komm herein! Komm herein!!
> Der Klub des neuen Anfangs
> Tot zu sein ist erst der Beginn!!!

Hinter der Tür führte eine Treppe nach oben – sie roch nach alter Farbe und toten Fliegen. Die Stufen knarrten noch lauter als Windle Poons Knie.

Jemand hatte Worte an die Wände gemalt. Einerseits waren die Formulierungen seltsam, aber andererseits klangen sie irgendwie vertraut: *Gespenster aller Länder, vereinigt euch – ihr habt nichts zu verlieren als eure Ketten!* Und: *Die schweigende Mehrheit verlangt Rechte für die Toten!* Und: *Kampf dem Vitalismus!!!*

Die Treppe endete an einer Tür, und darüber hing eine Öllampe an der Decke – sie erweckte den Eindruck, schon seit tausend Jahren nicht mehr gebrannt zu haben. Eine uralte Spinne hockte dort (vermutlich ernährte sie sich von den Ölresten) und beobachtete Windle argwöhnisch.

Er zögerte, sah noch einmal auf den Zettel und gab einer anderen Angewohnheit nach, als er tief Luft holte. Dann hob er die Hand und klopfte an.

Der Erzkanzler kehrte wütend zur Unsichtbaren Universität zurück, gefolgt von den anderen Magiern.

»Daß man uns einfach so ignoriert! *Wir* sind hier die Zauberer!«

»Ja, aber wir kennen nicht die Ursache des Durcheinanders, oder?« erwiderte der Dekan.

»Dann *werden* wir sie eben herausfinden!« knurrte Ridcully. »Ich habe keine Ahnung, an wen sich der Patrizier wenden will, aber ich weiß, an wen *wir* uns wenden können.«

Er blieb abrupt stehen. Die anderen Zauberer liefen in ihn hinein.

»O nein ... «, ächzte der Oberste Hirte. »Bitte nicht!«

»Es besteht überhaupt keine Gefahr«, sagte der Erzkanzler. »Es gibt nichts zu befürchten. Erst gestern abend habe ich davon gelesen. Man braucht nur drei Holzstücke und ... «

»Und vier Kubikzentimeter Mausblut«, stöhnte der Oberste Hirte.

»Es handelt sich nicht um notwendige Ingredienzen. Zwei Holzstücke und ein Ei genügen. Allerdings muß es ein frisches Ei sein.«

»Warum?«

»Ich schätze, dann fühlt sich die Maus besser.«

»Nein, ich meine das Ei.«

»Oh. Wer weiß, wie sich ein Ei fühlt?«

»*Nun...* «, sagte der Dekan. »Es *ist* gefährlich. Oft glaube ich, daß er nur im Oktagramm bleibt, weil man es von ihm erwartet. Ich verabscheue es, wenn er uns ansieht und dabei zu zählen scheint.«

»Ja«, brummte der Oberste Hirte. »Wir brauchen nicht zum letzten Mittel zu greifen. Immerhin sind wir schon mit ganz anderen Dingen fertig geworden. Mit Drachen, Ungeheuern ... Und mit Ratten. Erinnert ihr euch an die Ratten im letzten Jahr? Überall wimmelte es von ihnen. Lord Vetinari wollte nicht auf uns hören, o nein. Er bezahlte dem zungenfertigen Burschen in der rot und gelb gemusterten Strumpfhose tausend Goldstücke, damit er die Biester vertreibt.«

»Es hat geklappt«, meinte der Dozent für neue Runen.

»Natürlich hat's geklappt«, entgegnete der Dekan. »Ebenso wie in Quirm und Sto Lat. Auch in Pseudopolis wäre der Kerl damit beinahe durchgekommen, wenn ihn nicht jemand erkannt hätte. Der sogenannte Herr Wunder Maurice und seine Gehorsamen Nagetiere!«

»Es hat keinen Sinn, das Thema zu wechseln«, ließ sich der Erzkanzler vernehmen. »Wir führen den Ritus von AshkEnte durch, klar?«

»Den Tod beschwören...«, kommentierte der Dekan. »Meine Güte!«

Sie erreichten das Tor. Frau Kuchen trat vor und versperrte Ridcully den Weg.

Der Erzkanzler gehörte nicht zu den Leuten, die Gefallen daran finden, Frauen gegenüber unhöflich zu sein. Anders ausgedrückt: Er neigte dazu, *allen* Leuten gegenüber unhöflich zu sein, ungeachtet ihres Geschlechts – er zog niemanden vor. Das folgende Gespräch fand statt zwischen Personen, von denen eine mehrere Sekunden vorher wußte, was ihr Gesprächspartner sagen würde, und die andere hörte nie richtig zu. Wenn der Wortwechsel tatsächlich dazu gedient hätte, Informationen auszutauschen, so wäre der ganze Rest möglicherweise überhaupt nicht geschehen. Oder vielleicht doch.

Frau Kuchen begann mit einer Antwort.

»Ich bin nicht deine gute Frau!« sagte sie scharf.

»Und wer bist du, meine gute Frau?« fragte der Erzkanzler.

»So spricht man nicht mit einer ehrenwerten Dame«, proklamierte Evadne.

»Es gibt keinen Grund, beleidigt zu sein«, brummte Ridcully.

»Oh, verdammt, das mache ich tatsächlich?«

»Warum antwortest du mir, noch bevor ich etwas sage?«

»Was?«

»Wie bitte?«

»Was meinst du?«

»Wie?«

Sie starrten sich an, und einige Sekunden lang hielten sie sich gegenseitig in einem rhetorischen Würgegriff. Dann ließ Frau Kuchen endlich los.

»Ach, es liegt an der Vorahnung«, erklärte sie. Sie stopfte sich einen Finger ins Ohr und drehte ihn mehrmals hin und her, wobei ein

Geräusch erklang, das an feuchtes Quietschen erinnerte. »Jetzt ist alles in Ordnung. Nun, ich wollte dir mitteilen...«

Aber Ridcully hatte genug.

»Quästor, gib der Frau einen Cent und schick sie fort, ja?«

»Was?« brachte Frau Kuchen hervor. Tief in ihr entflammte ein heißes Feuer aus Zorn und Empörung.

»In letzter Zeit häuft sich so etwas«, wandte sich Ridcully an den Dekan, als sie den Weg fortsetzten.

»Es liegt am Streß des Lebens in einer großen Stadt«, erklärte der Oberste Hirte. »Das habe ich irgendwo gelesen. Manche Leute reagieren seltsam darauf.«

Sie traten durch die kleine Pforte im einen großen Torflügel, und der Dekan schloß sie direkt vor Frau Kuchens Nase.

»Vielleicht kommt er nicht«, fügte der Oberste Hirte hinzu, als sie den Hof überquerten. »Immerhin hat er auch bei der Abschiedsparty des armen alten Windle gefehlt.«

»Dem Ritus von AshkEnte *muß* er Beachtung schenken«, sagte Ridcully fest. »Wir schicken ihm gewissermaßen ein Einschreiben – *mit Rückschein.*«

»Noch mehr Scheine für meinen Schreibtisch?« klagte der Quästor.

»Sei still, Quästor.«

Es geschah in einer Gasse, irgendwo in den Schatten, dem gassenreichsten Viertel einer gassenreichen Stadt.

Ein kleiner und glänzender Gegenstand rollte dort übers Pflaster und verschwand in der Dunkelheit.

Nach einer Weile ertönten leise, metallisch klingende Geräusche.

Die Atmosphäre im Arbeitszimmer des Erzkanzlers kühlte sich immer mehr ab.

Schließlich brachte der Quästor mit zittriger Stimme hervor: »Vielleicht ist er beschäftigt.«

»Sei still«, sagten die übrigen Zauberer wie aus einem Mund.

Es bahnte sich *etwas* an. Auf dem Boden im Innern des Oktogramms entstand glitzernder Rauhreif.

»Das ist noch nie passiert«, bemerkte der Oberste Hirte besorgt.

»Wir gehen völlig falsch vor«, meinte der Dekan. »Wir sollten Kerzen, Kessel, blubberndes Zeug in Schmelztiegeln, Glitzerstaub und bunten Rauch verwenden, um...«

»Solche Dinge sind für den Ritus von AshkEnte nicht notwendig«, sagte Ridcully scharf.

»Für den Ritus vielleicht nicht, aber für *mich*«, nörgelte der Dekan. »Ein magisches Ritual ohne das richtige Drum und Dran...Genausogut könnte man vor einem Bad die Kleidung ablegen.«

»Genau das mache ich«, betonte Ridcully.

»Grmph. Nun, jedem das Seine, äh, aber manche von uns sind bemüht, einen gewissen Standard zu wahren.«

»Vielleicht ist er in Urlaub«, spekulierte der Quästor.

»Oh, natürlich«, höhnte der Dekan. »Liegt irgendwo am Strand, nicht wahr? Mit einem eisgekühlten Drink in der Hand und einem Strohhut auf dem Kopf?«

»Seht nur, seht nur«, zischte der Oberste Hirte. »Da rührt sich was.«

Über dem Oktagramm bildeten sich die undeutlichen Umrisse einer Gestalt, die einen Kapuzenmantel trug. Sie zitterte wie hinter einem flirrenden Vorhang aus heißer Luft.

»Das ist er«, sagte der Dekan.

»Nein, das ist er nicht«, widersprach der Dozent für neue Runen. »Es handelt sich nur um einen dunklen und *leeren* Mantel...«

Der Umhang drehte sich langsam. Er erweckte den Eindruck, von einem Körper gefüllt zu sein, von jemandem getragen zu werden, aber er deutete nur Umrisse für eine Gestalt an, die gar keine Gestalt hatte. Die Kapuze enthielt...nichts.

Das Nichts beobachtete die Zauberer einige Sekunden lang und konzentrierte sich dann auf den Erzkanzler.

Wer bist du? fragte es.

Ridcully schluckte. »Äh. Mustrum Ridcully. Erzkanzler.«

Die Kapuze nickte. Der Dekan stopfte sich den Finger ins Ohr und drehte ihn mehrmals. Der Umhang sprach nicht – man konnte kein einziges Wort hören, keine einzige Silbe. Und doch... Nachher erinnerte man sich plötzlich an das, was *nicht* gesagt worden war – ohne zu wissen, woher die Erinnerungen stammten.

Bist du eine dominante Person in deiner Welt? fragte die Kapuze.

Ridcully musterte die anderen Zauberer. Der Dekan bedachte ihn mit einem durchdringenden Blick.

»Nun... weißt du... ja... äh... der Erste unter Gleichen und so... ja...«, antwortete Ridcully unsicher.

Man teilte ihm mit: Wir haben gute Nachrichten.

»Gute Nachrichten? Gute Nachrichten?« Der Erzkanzler versuchte, dem blicklosen Blick auszuweichen. »Oh, *gut*. Das *sind* gute Nachrichten.«

Man teilte ihm mit: Tod hat sich in den Ruhestand zurückgezogen.

»Wie bitte?«

Man teilte ihm mit: Tod hat sich in den Ruhestand zurückgezogen.

»Ach?« erwiderte Ridcully verdattert. »Das sind... gute Nachrichten. Äh. Und wie? Ich meine... wie...«

Man teilte ihm mit: Wir bedauern, daß der normale Standard gelitten hat.

»Standard?« wiederholte der Erzkanzler vollkommen verwirrt. »Gelitten? Nun, äh, ich bin sicher, es... Ich meine, der Bursche war immer unterwegs, aber wir haben ihn kaum...«

Man teilte ihm mit: Alles ist recht unstatthaft gewesen.

»Tatsächlich? Im Ernst?« Der Erzkanzler suchte nach den richtigen Worten. »Nun, Unstatthaftigkeiten dürfen wir nicht zulassen, oder?«

Man teilte ihm mit: Es muß schrecklich gewesen sein.

»Nun, ich... ich meine, wir... Äh, ich bin mir nicht ganz sicher. *Muß* es schrecklich gewesen sein?«

Man teilte ihm mit: Aber jetzt ist die Last von euch genommen. Ihr habt allen Grund, euch zu freuen. Das wär's. Es folgt eine kurze Übergangsphase, während der sich ein geeigneter Nachfolger vorstellt, und sofort im Anschluß daran wird der normale Dienst wieder aufgenommen. Bis dahin entschuldigen wir uns für unvermeidliche Unannehmlichkeiten, die durch akkumulierte Lebenseffekte verursacht werden.

Die Gestalt zitterte und löste sich allmählich auf.

Der Erzkanzler winkte verzweifelt.

»Warte!« rief er. »Du kannst nicht einfach so verschwinden! Ich befehle dir, noch eine Weile zu bleiben! Welchen ›Dienst‹ meinst du? Was hat das alles zu bedeuten? Wer bist du?«

Der Mantel drehte sich noch einmal um, und die leere Kapuze sagte: Wir sind nichts.

»Das hilft mir kaum weiter! Wie lautet dein Name?«

Wir sind das absolute Vergessen.

Das Etwas verflüchtigte sich.

Die Zauberer schweigen. Der Rauhreif im Oktagramm taute langsam und verdunstete.

»Oh-oh«, kommentierte der Quästor.

»»Kurze Übergangsphase?«« fragte der Dekan? »*Das* ist es also?«

Der Boden bebte.

»Oh-oh«, sagte der Quästor noch einmal.

»Es erklärt nicht, warum plötzlich alles ein rätselhaftes Eigenleben führt«, meinte der Oberste Hirte.

»Einen Augenblick... einen Augenblick...«, brummte Ridcully. »Wenn die Leute das Ende ihres Lebens erreichen, den Körper und so verlassen, ohne daß der Tod sie fortbringt...«

»Dann bildet sich eine ziemlich lange Schlange«, sagte der Dekan.

»Aus Wartenden, die nicht wissen, wohin sie sich wenden sollen.«

»Und es warten nicht nur *Leute*«, warf der Oberste Hirte ein. »Auch alles andere. Alles Lebendige, das irgendwann stirbt.«

»Und dadurch füllt sich die Welt immer mehr mit Lebenskraft«, überlegte Ridcully. Die einzelnen Zauberer führten Monologe, während individuelle Schlußfolgerungen ein schreckliches Bild von der Situation malten.

»Sie warten und warten, ohne irgendeine Beschäftigung«, sagte der Dozent für neue Runen.

»Phantome.«

»Poltergeist-Aktivität.«

»Lieber Himmel.«

»Wartet mal...« Dem Quästor war es unterdessen gelungen, ebenfalls eine Vorstellung von der Lage zu gewinnen. »Warum sollten wir uns deshalb Sorgen machen? Wir haben doch nichts von den Toten zu befürchten, oder? Schließlich sind es einfach nur tote Personen – ganz normale Leute, so wie wir.«

Die Zauberer dachten darüber nach. Sie sahen sich an. Und sie schrien alle gleichzeitig.

Niemand dachte an den Hinweis auf einen geeigneten Nachfolger.

Der Glaube gehört zu den mächtigsten und wichtigsten Kräften im Multiversum. Zwar ist er nicht direkt imstande, Berge zu versetzen, aber er kann jemanden mit den dafür erforderlichen Voraussetzungen schaffen.

Viele Leute geben sich völlig falschen Vorstellungen hin. Sie vermuten, daß der Glauben von hinten nach vorn funktioniert. Anders ausgedrückt: Ihrer Meinung nach kommt zuerst das Objekt und dann der Glaube. In Wirklichkeit ist es genau anders herum.

Der Glaube zieht über den Himmel wie Tonklumpen auf der Scheibe des Töpfers. Auf diese Weise entstehen die Götter, um nur ein Beispiel zu nennen. Sie werden ganz offensichtlich von ihren eigenen Gläubigen geschaffen, denn ihr Lebenslauf deutet darauf hin, daß sie unmöglich sakralen Ursprungs sein können. Sie verhalten sich genauso wie Menschen, die über göttliche Macht gebieten könnten, insbesondere in Hinsicht auf Nymphen, goldene Badezimmer und die erbarmungslose Vernichtung ihrer Feinde.

Der Glaube verleiht auch anderen Dingen Realität.

Er schuf den Tod. Nicht den Tod an sich, womit ein Zustand gemeint ist, der sich durch längere Abwesenheit von Leben auszeichnet, sondern Tod als *Persönlichkeit*. Er entwickelte sich zusammen mit dem Leben. Als das erste Geschöpf auch nur zu *ahnen* begann, daß es irgendwann vielleicht nicht mehr lebte... Da gab es den Tod. Als die Menschen über ihn nachzudenken begannen, existierte er schon seit Äonen. Sie statteten ihn nur mit Sense und Umhang aus, mit Gestalt und Charakter.

Und jetzt war er fort. Doch der Glaube hört nicht einfach auf. Nein, der Glaube glaubt auch weiterhin. Allerdings fehlte ihm jetzt ein Fokus, und deshalb wanderte er umher, suchte andere Punkte, an denen er sich vergegenständlichen konnte. Hier und dort nahm er eine improvisierte Gestalt an, die erst noch wachsen und stabil werden mußte: Der Tod im allgemeinen wurde zum Tod im besonderen, zum Tod jeder einzelnen Spezies.

Mit dunklen Schuppen ausgestattet, schwamm der neue Tod der Eintagsfliegen im Bach. In den Wäldern blieb der Tod für die Bäume unsichtbar, bestand allein aus Geräuschen: dem Hämmern von Äxten.

Ein dunkler, leerer Panzer glitt zielstrebig einen Zentimeter über dem Wüstenboden dahin: der Tod der Schildkröten.

Der menschliche Tod mußte erst noch Details bekommen – die menschliche Phantasie kann sehr komplexe Dinge ersinnen.

Es ist wie mit dem Unterschied zwischen von der Stange und maßgeschneidert.

Die metallischen Geräusche in der Gasse verklangen.

Stille folgte. Es war jene besonders wachsame Art von Stille, die darauf achtet, möglichst leise zu sein.

Und dann ertönte ein gedämpftes Klimpern, das rasch in der Ferne verklang.

»Bleib nicht in der Tür stehen, Freund. Dadurch versperrst du den Weg. Komm herein.«

Windle Poons blinzelte in der Düsternis.

Als sich seine Augen ans Halbdunkel gewöhnt hatten, bemerkte er Stühle, die einen Halbkreis bildeten. Der Rest des Zimmers wirkte leer und staubig.

Fast alle Plätze waren besetzt.

Vor dem Halbkreis befand sich ein kleiner Tisch, der ganz offensichtlich den Bedeutungsmittelpunkt des Raums bildete. Jene Gestalt, die bis eben dort gesessen hatte, trat nun dem Besucher entgegen, streckte die Hand aus und lächelte.

»Oh, sag es mir nicht, laß mich raten«, begann er. »Du bist ein Zombie, stimmt's?«

»Äh.« Windle Poons hatte nie zuvor jemanden mit so blasser Haut gesehen – soweit es die sichtbaren Teile davon betraf. Und dann die Kleidung... Sie erweckte den Eindruck, zusammen mit tausend Rasierklingen gewaschen worden zu sein, und sie roch so, als werde sie schon seit einer ganzen Weile von einer Leiche getragen. Hinzu kam eine Plakette mit der Aufschrift »Ich bin gern grau«.

»Ich, äh...«, begann Windle unsicher. »Nein, ich glaube nicht. Man hat mich begraben, und dann fand ich einen Zettel an der Innenseite des Sargdeckels...« Er hob ihn wie einen Schild.

»Natürlich hast du einen Zettel gefunden«, sagte die Gestalt. »*Natürlich.*«

Gleich reicht er mir die Hand, dachte Windle. *Und wenn ich zugreife, habe ich nachher mehr Finger als vorher. Lieber Himmel... Ergeht es mir irgendwann so wie ihm?*

»Ich bin untot«, sagte er vorsichtig.

»Und du hast es satt, herumgeschubst zu werden«, sagte der Mann mit der weißgrünen Haut. Windle schüttelte ihm sehr vorsichtig die Hand.

»Nun, ›satt‹ bin ich eigentlich nicht...«

»Ich heiße Schuh. Reg Schuh.«

»Poons, Windle Poons«, sagte Poons. »Äh...«

»Ja, so ist es immer«, fuhr Schuh bitter fort. »Wenn man tot ist, wollen die Leute plötzlich nichts mehr von einem wissen, stimmt's? Sie verhalten sich so, als hätte man eine schreckliche Krankheit. Dabei kann das mit dem Tod jedem passieren, oder?«

»Davon bin ich immer überzeugt gewesen«, erwiderte Windle. »Äh, ich...«

»Ja, ich weiß, wie man sich fühlt«, fuhr Herr Schuh fort. »Man teilt jemandem mit, daß man tot ist – und die Leute starren einen so an, als hätten sie ein Gespenst vor sich.«

Das Gespräch erinnerte Windle an Konversation mit dem Erzkanzler. Es spielte überhaupt keine Rolle, was er sagte, denn Reg Schuh hörte gar nicht zu. Bei Mustrum Ridcully hieß der Grund schlicht und einfach Gleichgültigkeit; Reg Schuh hingegen schaffte es, sich irgendwo im Kopf den fehlenden Teil der Unterhaltung selbst zu liefern.

Windle gab nach. »Ja, genau«, sagte er.

»Wir sind gerade fertig geworden«, meinte Reg Schuh. »Was mir Gelegenheit gibt, dich vorzustellen.« Er wandte sich halb den anderen zu. »Das ist...«

»Poons. Windle Poons.«

»Bruder Windle«, sagte Herr Schuh. »Heißt ihn herzlich willkommen.«

Ein vielstimmiges, verlegenes »Hallo« erklang. Ein hochgewachsener und recht behaarter junger Mann am Ende der Sitzreihe fiel Windle in die Augen. Er rollte voller Anteilnahme mit den gelben Augen.

»Das ist Bruder Arthur Winkings...«

»*Graf Notfaroutoe*«, ertönte die scharfe Stimme einer Frau.

»Und Schwester Doreen – ich meine natürlich Gräfin Notfaroutoe...«

»Ich bin entzückt.« Die kleine pummelige Frau neben dem kleinen pummeligen Grafen streckte eine mit mehreren großen Ringen beladene Hand aus. Der Graf beschränkte sich auf ein besorgtes Lächeln.

Er trug einen für die Oper angemessenen Anzug, der jedoch ursprünglich für einen größeren Mann bestimmt zu sein schien.

»Und Bruder Schleppel...«

Der entsprechende Stuhl war leer, doch in der Dunkelheit darunter grollte es: »Guten Abend.«

»Und Bruder Lupine.« Der muskulöse, haarige junge Mann mit den langen Eckzähnen und spitz zulaufenden Ohren drückte Windle fest die Hand.

»Und Schwester Drull. Und Bruder Gorper. Und Bruder Ixolite.« Windle schüttelte mehrere Exemplare der Spezies Hand.

Bruder Ixolite reichte ihm einen kleinen gelben Zettel, und darauf stand ein recht langes Wort: UuuuIiiiOoooIiiiUuuu.

»Ich bedaure, daß heute abend nicht mehr gekommen sind«, sagte Herr Schuh. »Ich gebe mir alle Mühe, aber einige Leute sind offenbar noch nicht dazu bereit, sich zu engagieren.«

»Meinst du, äh... Tote?« vergewisserte sich Windle und starrte noch immer auf den Zettel.

»Ich nenne so etwas Apathie«, sagte Herr Schuh bitter. »Wie soll die Bewegung vorankommen, wenn die Leute nur immerzu herumliegen?«

Lupine stand hinter Reg Schuh und vollführte einige hastige Gesten, die Windle folgende Botschaft vermitteln sollten: »Bitte ihn jetzt bloß nicht um eine Erklärung – dann legt er wieder los.« Aber die Neugier des verstorbenen Zauberers erwies sich als stärker.

»Was für eine Bewegung?« fragte er.

»Die Rechte der Toten«, lautete die Antwort. »Ich gebe dir eine meiner Broschüren.«

»Aber, äh, Tote haben doch gar keine Rechte, oder?« erkundigte sich Windle. Aus den Augenwinkeln sah er, wie Lupine sich die Hand vor die Augen schlug.

»Totrichtig getippt«, entgegnete Lupine, ohne die Miene zu verziehen. Herr Schuh bedachte ihn mit einem finsteren Blick.

»Apathie«, wiederholte er. »Darauf läuft es immer wieder hinaus. Nur das Beste für die Leute hat man im Sinn, aber sie schenken einem trotzdem keine Beachtung. Ist dir eigentlich klar, daß die Lebenden über einen Toten sagen können, was sie wollen? Und *außerdem* nehmen sie ihm auch noch sein Eigentum weg. Nur weil der Tote tot ist. Und...«

»Ich dachte, wenn man stirbt, so, äh... *stirbt* man«, sagte Windle zaghaft.

»An der Faulheit liegt's«, verkündete Herr Schuh. »Kaum jemand will sich anstrengen.«

Reg Schuh war die personifizierte Niedergeschlagenheit. Er schien sogar um einige Zentimeter zu schrumpfen.

»Seit wann bist du schon untot, Windle?« fragte Doreen mit spröder Fröhlichkeit.

»Erst seit kurzer Zeit«, antwortete Poons. Er nahm den Wechsel von Thema und Ton mit Erleichterung zur Kenntnis. »Es ist völlig anders, als ich es mir vorgestellt habe.«

»Du gewöhnst dich daran«, meinte Arthur Winkings alias Graf Notfaroutoe bedrückt. »Das gehört zu den Vorteilen der Existenz als Untoter. Es ist so einfach wie der Sturz von einer Klippe. Wir alle hier sind untot.«

Lupine hüstelte.

»Bis auf Lupine«, fügte Arthur hinzu.

»Ich bin eine Art ehrenamtlicher Untoter«, erklärte der haarige junge Mann.

»Weil er ein Werwolf ist«, erläuterte Arthur.

Windle nickte. »Ich habe ihn auf den ersten Blick als Werwolf erkannt.«

»Immer bei Vollmond«, sagte Lupine. »Ich kann nicht anders.«

»Die Verwandlung, ich weiß. Dir wachsen Haare, und du beginnst zu heulen.«

Alle Anwesenden schüttelten den Kopf.

»Äh, nein«, widersprach Lupine. »Es ist eher so, daß ich *nicht* mehr heule und mir das Haar ausfällt. Eine ziemlich peinliche Angelegenheit.«

»Aber ich dachte, daß bei Vollmond ein normaler Werwolf...«, begann Windle.

Doreen unterbrach ihn. »Lupines Problem besteht darin, daß es bei ihm genau umgekehrt passiert.«

»Im Grunde genommen bin ich ein Wolf«, sagte der junge Mann. »Lächerlich, nicht wahr? Immer bei Vollmond werde ich zu einem Wolfsmenschen. Die restliche Zeit verbringe ich als gewöhnlicher Wolf.«

»Meine Güte!« entfuhr es Windle. »Muß ein ziemlich großes Problem sein.«

»Ja«, bestätigte Lupine. »Am schlimmsten ist die Sache mit der Hose.«

»Äh, tatsächlich?«

»Und ob. Menschliche Werwölfe haben es da viel leichter. Sie behalten einfach ihre Kleidung. Ich meine, sie zerreißt hier und dort, aber zumindest ein Teil von ihr bleibt am Körper. Was mich betrifft... In der einen Sekunde sehe ich den Vollmond, und in der nächsten gehe und spreche ich plötzlich und bin in Schwierigkeiten, weil's mir an einer Hose fehlt. Deshalb muß ich dauernd irgendwo geeignete Kleidungsstücke bereitliegen haben. Herr Schuh...«

»Nenn mich Reg...«

»...hat immer eine Hose für mich versteckt, und zwar dort, wo er arbeitet.«

»Ich arbeite in einer Leichenhalle unweit der Ulmenstraße«, sagte Herr Schuh. »Und ich schäme mich deshalb keineswegs. Es ist die Mühe wert, einen Bruder oder eine Schwester zu retten.«

»Bitte?« fragte Windle. »Retten?«

»Ich bin es, der die Zettel an der Innenseite von Sargdeckeln befestigt. Man kann nie wissen. Ich vertrete den Standpunkt, daß sich der Versuch immer lohnt.«

»Klappt es oft?« Windle sah sich in dem Zimmer um. Es war ein recht großer Raum, und acht Personen hielten sich darin auf – neun, wenn man die Stimme unter dem leeren Stuhl einer Person zurechnete.

Doreen und Arthur wechselten einen Blick.

»Bei Artore hat es geklappt«, sagte Doreen.

»Entschuldigt bitte.« Windle zögerte kurz und überwand dann seine Verlegenheit. »Ich habe mich gefragt, äh... Seid ihr vielleicht Vampire?«

»Stimmt«, erwiderte Arthur. »Leider.«

»Ha!« Doreen fauchte fast. »So solltest du nicht reden. Deine noble Abstammung ferdient es, schtolz darauf zu sein.«

Arthur runzelte andeutungsweise die Stirn. »Sie ferdient Schtolz?«

»Bist du von einer Fledermaus oder so gebissen worden?« fragte Windle hastig, um einem Familienstreit vorzubeugen.

»Nein«, antwortete Arthur. »Von einem Anwalt. Tja, ich bekam da so einen Brief. Mit protzigem Siegelwachs drauf und so weiter. Blablabla... Urgroßonkel... blablabla... der einzige noch lebende Verwandte... blablabla... möchten wir unser herzliches Beileid aussprechen... blablabla. Im einen Augenblick bin ich Arthur Winkins, ein Aufsteiger im Obst- und Gemüse-Großhandel. Und im nächsten bin ich Arthur, Graf Notfaroutoe, Besitzer von über fünfzig Morgen Klippen, die selbst für Gemsen zu steil sind, sowie Eigentümer eines Schlosses, das sogar von den Küchenschaben aufgegeben wurde. Darüber hinaus lädt mich der Bürgermeister zu einem Gespräch über seit dreihundert Jahren fällige Steuern ein.«

»Ich hasse Anwälte«, sagte die Stimme unter dem leeren Stuhl. Es klang traurig und hohl. Windle zog die Beine näher zum eigenen Stuhl.

»Es far ein gutes Schloß«, meinte Doreen.

»Es war eine verdammte Ruine«, betonte Arthur.

»Die ein hervorragendes Panorama bot.«

»Ja, und zwar durch jede Mauer.« Arthur ließ ein Fallgatter auf den Pfad der Konversation herab. »Ich hätte es schon wissen sollen, noch bevor wir das Anwesen erreichten. Nun, als die Kutsche wendete, dachte ich: ›Damit hast du vier Tage vergeudet, noch dazu während der Hochsaison.‹ Tja, dann denke ich nicht mehr daran. Und erwache plötzlich im Dunkeln. Ich liege in einer Kiste, entdecke Streichhölzer, entzünde eins und sehe einen Zettel am Deckel. Darauf steht...«

»Niemand kann von einer Leiche verlangen, tot zu sein«, sagte Herr Schuh stolz. »So lautete einer meiner ersten Slogans.«

»Mich trifft keine Schuld«, behauptete Doreen steif. »Drei Tage lang hast du föllig reglos dagelegen.«

»Für den Priester war's ein ziemlicher Schock«, meinte Arthur.

»Ach, Priester!« entfuhr es Herrn Schuh. »Die sind alle gleich. Dauernd erzählen sie einem, daß es ein Leben nach dem Tod gibt, aber wenn man sie beim Wort nimmt... Dann sind sie plötzlich entsetzt.«

»Ich mag auch keine Priester«, ertönte die Stimme unter dem Stuhl. Windle fragte sich, ob nur er sie hörte.

»Pfarrer Welegares Gesichtsausdruck werde ich nie vergessen«, sagte Arthur kummervoll. »Dreißig Jahre lang habe ich regelmäßig den Tempel besucht. Die Gemeinde respektierte mich. Meine Güte, mir tun die Beine weh, wenn ich jetzt auch nur daran *denke*, jemals wieder ein religiösen Zwecken dienendes Gebäude zu betreten.«

»Als du den Sargdeckel beiseite geschoben hast...«, sagte Doreen. »Der Priester hätte nicht fluchen dürfen. Solche Formulierungen dürften in seinem Wortschatz gar keinen Platz haben.«

»Der Tempel hat mir immer gut gefallen«, fuhr Arthur sehnsüchtig fort. »Er gab einem etwas für den Mittwoch.«

Windle begriff erst mit einigen Sekunden Verzögerung, daß Doreen doch in der Lage zu sein schien, ein W wie ein W auszusprechen.

»Bist du ebenfalls ein Vampir, Frau Win...« Poons verbesserte sich hastig. »Ich meine, *Gräfin* Notfaroutoe?«

Die Gräfin lächelte. »Darauf gebe ich dir mein Fort.«

»Sie ist durch Heirat Vampir geworden«, erklärte Arthur.

»Ach?« erwiderte Windle erstaunt. »Ich dachte immer, man müßte gebissen werden.«

Die Stimme unter dem Stuhl kicherte.

»Ich weiß nicht, warum nach dreißig Jahren Ehe jemand meine Frau beißen sollte«, sagte der Graf.

»Esch gehört sich für jede Frau, die Hobbys ihres Mannes zu teilen«, entgegnete Doreen. »Dadurch bleibt die Ehe intereschant.«

»Wer will eine interessante Ehe? Ich habe nie darauf hingewiesen, daß ich eine interessante Ehe möchte. Das ist das Problem mit den Leuten von heute: Sie erwarten Dinge wie interessante Ehen. Außerdem ist es kein *Hobby*.« Arthur stöhnte. »Das Leben als Vampir hat erhebliche Nachteile. Man kann nicht ins Tageslicht. Man muß Knoblauch meiden. Das Rasieren fällt einem schwer...«

»Warum fällt einem das...«, begann Windle.

»Weil es unmöglich ist, einen *Spiegel* zu benutzen«, antwortete Arthur sofort. »Ich dachte, wenigstens das Verwandeln in eine Fledermaus böte gelegentlich ein wenig Abwechslung, aber die Eulen in dieser Gegend haben immer Hunger. Was die Sache mit dem Blut betrifft...« Er sprach nicht weiter.

»Artore ischt nie sehr geschellig gefesen«, sagte Doreen. »Esch fällt ihm schfer, unter Leute zu gehen.«

»Und dann muß man die ganze Zeit über Abendkleidung tragen«, fügte Arthur hinzu. Er wechselte einen kurzen Blick mit Doreen. »Ich bin sicher, es ist nicht obligatorisch.«

»Esch gilt, ein gefisses Nifeau zu halten«, meinte die Gräfin. Abgesehen von ihrem Akzent, der offenbar ganz nach Belieben kam und ging, hatte sie offenbar beschlossen, ihr Erscheinungsbild den eigenen Vorstellungen von einer Vampirin anzupassen. Ihre Aufmachung bestand aus einem hautengen schwarzen Gewand, langem dunklem Haar mit einem mitten in der Stirn spitz zulaufenden Ansatz und sehr hellem Make-up. Von der Natur war sie mit einer kleinen, dicklichen Statur, krausem Haar und rötlicher Haut ausgestattet worden. Was bedeutete: Es gab gewisse Anzeichen für einen Konflikt.

»Ich hätte im Sarg bleiben sollen«, sagte Arthur.

»O nein«, widersprach Herr Schuh. »Damit macht man es sich zu leicht. Die Bewegung braucht Leute wie dich, Arthur. Wir müssen ein Beispiel geben. Denk an unser Motto.«

»Welches Motto meinst du, Reg?« fragte Lupine resigniert. »Wir haben so viele ...«

»Untot ja – Unperson nein!« zitierte Herr Schuh.

»Nun, er meint es nur gut«, sagte Lupine nach der Versammlung.

Er und Windle wanderten durch die graue Morgendämmerung. Die Notfaroutoes waren schon früher aufgebrochen, um zu Hause zu sein, bevor das Tageslicht dem armen Arthur zusätzliche Probleme bereitete. Herr Schuh hatte sich mit dem Hinweis verabschiedet, daß noch wichtige Pflichten auf ihn warteten.

»Er sucht den Friedhof hinter dem Tempel der Geringen Götter auf und schreit dort«, sagte Lupine. »Angeblich dienen seine Schreie dazu, Brüder und Schwestern zu wecken, aber ich glaube, da sitzt eine Schraube bei ihm locker.« Er tippte sich an die Stirn.

»Was hat es mit der Stimme unter dem leeren Stuhl auf sich?« fragte Windle.

»Oh, du meinst Schleppel«, erwiderte Lupine. »Wir halten ihn für einen Schwarzen Mann.«

»Sind Schwarze Männer untot?«

»Darüber gibt er keine Auskunft.«

»Habt ihr ihn noch nie gesehen? Ich dachte immer, Schwarze Männer verstecken sich unter und, äh, hinter Dingen. Um bei günstigen Gelegenheiten vorzuspringen und unschuldige Opfer anzugreifen.«

»Nun, das Verstecken gefällt ihm, aber vom Hervorspringen scheint er nicht viel zu halten«, sagte Lupine.

Windle dachte darüber nach. Ein Schwarzer Mann, der an Agoraphobie litt... Das paßte irgendwie zum Rest der Gruppe.

»Na so was...«, kommentierte Poons.

»Wir machen nur deshalb beim Klub mit, um Reg nicht zu enttäuschen. Doreen meint, es würde ihm das Herz brechen, wenn wir plötzlich aufhörten. Weißt du, was das Schlimmste ist?«

»Nein«, antwortete Windle.

»Manchmal bringt er eine Gitarre mit, und dann singen wir Lieder wie ›Die Straßen von Ankh-Morpork‹ und ›Wir werden siegen‹*.« Lupine schüttelte sich. »Schrecklich.«

»Er kann nicht singen, wie?« vermutete Windle.

»Singen? Oh, das Singen spielt kaum eine Rolle. Hast du jemals einen Zombie gesehen, der versucht, Gitarre zu spielen? Anschließend muß ich ihm immer helfen, seine Finger wiederzufinden.« Der Wolfsmensch seufzte. »Übrigens: Schwester Drull ist ein Ghul. Du solltest besser ablehnen, wenn sie dir eine von ihren Fleischpastetchen anbietet.«

Windle erinnerte sich vage an eine recht scheue alte Dame in einem formlosen grauen Kleid.

»Lieber Himmel... Bestehen die Dinger etwa aus Menschenfleisch?«

»Was? Oh. Nein. Schwester Drull kann nur nicht gut kochen.«

»Oh.«

»Und wahrscheinlich gibt es außer Bruder Ixolite keinen anderen Banshee mit einem Sprachfehler. Deshalb hockt er nicht auf Dächern und heult, wenn Leute sterben. Statt dessen schreibt er eine kurze Botschaft und schiebt den Zettel unter der Tür durch.«

Windle entsann sich an eine langes, trauriges Gesicht. »Er hat mir auch einen gegeben.«

»Wir ermutigen ihn dazu«, sagte Lupine. »Er ist sehr schüchtern.«

Plötzlich hob er den Arm und stieß den verstorbenen Zauberer an die Wand.

»Pscht!«

»Was?«

Lupines Ohren zuckten mehrmals, und ein dumpfes Grollen entrang sich seiner Kehle.

Ein kurzer Wink bedeutete Windle, an Ort und Stelle zu verharren.

---

* Ein Lied, das in verschiedenen Sprachen (zum Beispiel »We Shall Overcome«) auf allen bekannten Welten des Multiversums gesungen wird, und zwar immer von den gleichen Personen: Wenn sie erwachsen sind, wechseln sie auf rätselhafte Weise *zur anderen Seite* des Lieds und verwandeln sich dort in jene Leute, die es zu besiegen gilt.

Dann schlich der Wolfsmensch lautlos an der Mauer entlang, bis er zu einer anderen, noch schmaleren und scheußlicheren Gasse kam. An der Ecke zögerte er kurz, bevor er die behaarte Hand ausstreckte.

Jemand gab einen überraschten Schrei von sich, und dann geriet die Hand wieder in Sichtweite des Zauberers. Sie hielt einen Mann. Unter Lupines zerrissenem Hemd spannten sich enorme Muskeln, als er den Unbekannten in die Luft hob und ihn dicht vor seine Schnauze brachte.

»Du wolltest uns überfallen, nicht wahr?« fragte er.

»Wer, ich...?«

»Ich habe dich gerochen«, sagte der Wolfsmensch ruhig.

»Es war nie meine Absicht...«

Lupine seufzte. »Wölfe machen so etwas nicht«, meinte er.

Der Mann baumelte hin und her.

»Ach, tatsächlich?« brachte er hervor.

»Bei uns wird ganz offen gekämpft«, fuhr Lupine fort. »Reißzahn gegen Reißzahn, Kralle gegen Kralle. Wölfe lauern nicht hinter Felsen, um einen vorbeikommenden Dachs niederzuschlagen.«

»Nein?«

»Möchtest du vielleicht, daß ich dir die Kehle zerfetze?«

Der Mann starrte in gelbe Augen und fragte sich, welche Chancen er gegen einen zwei Meter großen Wolf mit *langen* Zähnen hatte. Die Antwort lautete: sehr geringe.

»Habe ich eine Wahl?«

»Mein Freund hier ist Zombie«, sagte Lupine und deutete zu Windle.

»Nun, eigentlich bin ich kein *richtiger* Zombie«, erwiderte Poons. »Um ein *richtiger* Zombie zu werden, muß man die Leber von irgendeinem seltenen Fisch und eine besondere Wurzel essen...«

»...und du weißt doch, was Zombies mit Leuten anstellen, nicht wahr?«

Der Mann versuchte zu nicken, obwohl Lupines Faust direkt unter seinem Kinn ruhte.

»Ja-argh.«

»Inzwischen hat er sich dein Gesicht eingeprägt, und wenn er dich hier noch einmal sieht...«

»He, warte mal«, warf Windle ein.

»...dann kommt er, um dich zu holen. Habe ich recht, Windle?«

»Und ob«, bestätigte Windle unglücklich. »Dann bin ich wie der Blitz hinter ihm her. Sei ein guter Junge und verschwinde jetzt, klar?«

»Kla-ahr«, entgegnete der verhinderte Straßenräuber. Er dachte: *Diese Augen! Sie erinnern mich an den Zwerg in der Ankertaugasse...*

Lupine ließ ihn los. Der Mann prallte auf das Kopfsteinpflaster, erhob sich rasch, warf Windle einen letzten entsetzten Blick zu und stob davon.

»Äh, was *stellen* Zombies mit Leuten an«, fragte Windle. »Ich schätze, darüber sollte ich besser Bescheid wissen.«

»Sie zerreißen sie wie trockenes Papier«, sagte Lupine.

»Ach? Na schön.« Sie setzten den Weg schweigend fort, und Windle dachte: *Warum ausgerechnet ich? In dieser Stadt sterben bestimmt jeden Tag Hunderte von Personen, und ich wette, niemand von ihnen gerät in Schwierigkeiten. Sie schließen einfach nur die Augen und erwachen wiedergeboren oder in irgendeinem Himmel beziehungsweise in irgendeiner Hölle. Oder sie leisten den Göttern bei einem Festmahl Gesellschaft, was ich nie für eine besonders gute Idee gehalten habe – mit Göttern ist soweit alles in Ordnung, aber warum sollte jemand den Wunsch verspüren, mit ihnen zu essen? Die Yen-Buddhisten glauben, nach dem Tod wird man sehr reich. Einige klatschianische Religionen stellen einen prächtigen Garten mit vielen jungen Frauen in Aussicht, was eigentlich nicht sehr religiös klingt...*

Windle überlegte, wie man nach dem Tod die klatschianische Staatsbürgerschaft beantragte.

Eine Sekunde später kamen ihm die Pflastersteine entgegen.

Für gewöhnlich wird mit diesen Worten darauf hingewiesen, daß jemand mit dem Gesicht nach unten zu Boden fällt. Doch in diesem Fall sausten die Pflastersteine tatsächlich empor. Von einem Augenblick zum anderen rasten sie gen Himmel, schwebten eine Zeitlang über der Gasse – um dann wie schwere Steine herabzustürzen.

Windle riß die Augen auf, und Lupine folgte seinem Beispiel.

»So was sieht man nicht oft«, sagte der Wolfsmensch schließlich. »Zum erstenmal in meinem Leben sind mir fliegende Steine begegnet.«

»Fliegende Steine, die wie schwere Steine fielen«, fügte Windle hinzu. Er stieß einen davon mit der Stiefelspitze an. Der Pflasterstein schien durchaus zufrieden zu sein mit der Rolle, die er von der Schwerkraft bekommen hatte.

»Du bist Zauberer...«

»Ich *war* Zauberer«, sagte Windle.

»Du warst Zauberer. Was hat all das zu bedeuten?«

»Ich glaube, es steckt ein sogenanntes ›unerklärliches Phänomen‹ dahinter«, spekulierte Poons. »Aus irgendeinem Grund gibt's eine Menge davon. Ich wünschte, ich wüßte mehr darüber.«

Erneut stieß er den Stein an. Das Objekt schien nicht geneigt zu sein, sich aus eigenem Antrieb zu bewegen.

»Ich muß mich beeilen«, sagte Lupine. »Habe schon genug Zeit vergeudet.«

»Wie ist es eigentlich, ein Wolfsmensch zu sein?« fragte Windle.

Lupine zuckte mit den Schultern. »Man fühlt sich einsam.«

»Wieso?«

»Weil man keine wahre Heimat hat. Zum Beispiel... Ich meine, manchmal, wenn ich als Wolf in den Bergen unterwegs bin, während des Winters... Wenn ich dann die Mondsichel am Himmel sehe, wenn sich auf dem Schnee eine Eiskruste gebildet hat und die Berge endlos zu sein scheinen... Und die anderen Wölfe, ich meine, sie *fühlen*, wie es ist, aber sie *wissen* es nicht, so wie ich. Es zu fühlen und gleichzeitig zu wissen... Dazu bin nur ich imstande. Niemand sonst auf der ganzen weiten Welt kann sich in meine Lage versetzen. Das ist das Schlimme daran. Zu wissen, ganz allein zu sein...«

Windle wähnte sich am Rand einer tiefen Grube aus Leid und Kummer. Bei solchen Gelegenheiten fehlten ihm immer die Worte.

Kurz darauf erhellte sich Lupines Miene. »Da wir gerade dabei sind... Wie ist es, ein Zombie zu sein?«

»Oh, eigentlich gar nicht so schlecht.«

Der Wolfsmensch nickte.

»Bis dann«, sagte er und schlenderte davon.

Der Verkehr auf den Straßen nahm allmählich zu, als es in Ankh-Morpork zum inoffiziellen Schichtwechsel kam: Die Bürger der Nacht wichen denen des Tages. Alle gingen Windle aus dem Weg. Niemand rempelte einen Zombie an, wenn es sich vermeiden ließ.

Er erreichte das Tor der Unsichtbaren Universität – es stand offen – und schlurfte zu seinem Zimmer.

Wenn er weiterhin unterwegs sein wollte, brauchte er Geld. Im Lauf der Zeit hatte er ziemlich viel gespart. *Habe ich denn eigentlich die*

Erbschaftsangelegenheit anständig geregelt, mit einem Testament? fragte er sich nun. Während der letzten zehn Jahre war er ziemlich durcheinander gewesen. Vielleicht hatte er tatsächlich ein Testament verfaßt. *Bin ich konfus genug gewesen, um mir das Geld selbst zu vererben?* Er hoffte es. Er kannte kein einziges Beispiel dafür, daß jemand mit Erfolg sein eigenes Testament angefochten hatte...

Windle hob die Diele am Ende des Bettes und holte einen Beutel mit Münzen darunter hervor. Jetzt fiel es ihm wieder ein: Er hatte fürs Alter gespart.

Auch sein Tagebuch lag hier. Es bezog sich auf einen Zeitraum von fünf Jahren, und das bedeutete... Poons rechnete rasch. Ja: Er hatte ungefähr drei Fünftel seines Gelds vergeudet.

Oder sogar noch mehr, wenn man genauer darüber nachdachte. Immerhin stand nicht viel auf den Seiten. Über Jahre hinweg war nichts geschehen, das es lohnte, auf geduldigem Papier niedergeschrieben zu werden. Jedenfalls hatte sich Windle abends nur selten an entsprechende Ereignisse erinnert. Die Seiten enthielten Angaben zu den verschiedenen Mondphasen, Listen religiöser Feste und gelegentlich ein vergessenes Bonbon.

Der Hohlraum unter der Diele enthielt auch noch etwas anderes. Windles Hand tastete durch das staubige Loch und entdeckte zwei Glaskugeln. Verwirrt griff er danach und betrachtete sie. Als er sie schüttelte, schneite es in ihrem Innern. Er las die gekritzelten Worte, die an den Versuch erinnerten, Schrift zu zeichnen. Anschließend bückte er sich und nahm ein drittes Objekt, einen kleinen verbogenen Metallring. Nur ein kleiner verbogener Metallring und daneben eine gesplitterte Glaskugel...

Windle starrte auf die Gegenstände.

Während der letzten dreißig Jahre war er nicht so ganz beieinander gewesen. Vielleicht hatte er seine Unterwäsche gelegentlich über der anderen Wäsche getragen und gesabbert, aber... *Habe ich Souvenirs gesammelt? Und Metallringe?*

Hinter ihm hüstelte jemand.

Windle stopfte die seltsamen Dinge ins Loch zurück und drehte sich um. Er sah ein leeres Zimmer, doch hinter der offenen Tür schien sich ein Schatten zu verdichten.

»Hallo?« fragte er.

Eine dumpfe, grollende und gleichzeitig sehr zaghaft klingende Stimme erwiderte: »Ich bin's nur, Herr Poons.«

Windle runzelte die Stirn, als er sich zu erinnern versuchte.

»Schleppel?« fragte er.

»Ja.«

»Der Schwarze Mann?«

»Stimmt genau.«

»Hinter *meiner* Tür?«

»Genau.«

»Warum?«

»Es ist eine freundliche Tür.«

Windle ging zur Tür und schloß sie behutsam. Es befand sich nichts hinter ihr, nur alter Putz. Er glaubte jedoch, einen Lufthauch zu spüren.

»Ich bin jetzt unter dem Bett, Herr Poons.« Genau dort erklang Schleppels Stimme: unter dem Bett. »Du hast doch nicht nichts dagegen, oder?«

»Nein, äh, ich glaube nicht. Aber... Ein Schrank müßte dir eigentlich lieber sein, oder? Ich meine, Schwarze Männer verstecken sich doch immer in Schränken, oder?«

»Ein guter Schrank ist heutzutage schwer zu finden, Herr Poons.«

Windle seufzte. »Na schön. Die Unterseite des Bettes gehört dir. Fühl dich ganz wie zu Hause. Äh.«

»Ich würde es vorziehen, wieder hinter der Tür zu lauern, wenn es dir recht ist, Herr Poons.«

»Oh, meinetwegen.«

»Darf ich dich bitten, die Augen zu schließen? Nur für einige Sekunden...«

Windle schloß die Augen.

»Jetzt kannst du sie wieder öffnen, Herr Poons.«

Der verstorbene Zauberer hob die Lider.

»Donnerwetter«, sagte Schleppel. »Hier gibt's sogar einen Kleiderhaken und so weiter.«

Windle beobachtete, wie sich die Messingknöpfe am Ende des Bettgestells abschraubten.

Der Boden zitterte.

»Was geht hier vor, Schleppel?« fragte er.

»Lebenskraft sammelt sich an, Herr Poons.«
»Soll das heißen, du weißt *Bescheid*?«
»Ja. He, was sehe ich denn hier? Ein richtiges Schloß, eine richtige Klinke und richtige Beschläge aus richtigem Messing...«
»›Lebenskraft sammelt sich an‹... Was soll das heißen?«
»... und die Angeln... Meine Güte, auf eine Tür mit so guten Angeln mußte ich lange verzichten...«
»Schleppel!«
»Lebenskraft, Herr Poons. Du weißt schon. Eine solche Kraft steckt in lebendigen Dingen. Ich dachte, ihr Zauberer kennt euch mit diesen Sachen aus.«

Windle öffnete den Mund, um »Natürlich kennen wir uns mit diesen Sachen aus«, zu sagen, bevor er unauffällig versuchte, den Sinn in der Bemerkung des Schwarzen Manns zu entschleiern. Dann begriff er, daß derartige Verhaltensweisen überhaupt nicht mehr nötig waren. So hätte er als Lebender reagiert, und ganz gleich, was Reg Schuh behauptete und glaubte: Stolz zu sein fiel einem Toten schwer. Leichen mochten ein wenig steif sein, aber nicht stolz.

»Hab nie was davon gehört«, entgegnete er. »Warum sammelt sich die Lebenskraft an?«
»Keine Ahnung«, sagte Schleppel. »Sehr ungewöhnlich für die Jahreszeit. Inzwischen müßte es eigentlich ruhiger werden.«

Einmal mehr erbebte der Boden. Die gelockerte Diele, unter der sich Windles Ersparnisse verborgen hatten, knarrte laut und entwickelte Triebe.

»Ungewöhnlich für die Jahreszeit?« wiederholte er verwundert.
»Im Frühling ballt sich besonders viel Lebenskraft zusammen«, erklärte Schleppel. »Sie treibt die Narzissen aus dem Boden und so.«
»Davon höre ich jetzt zum erstenmal«, sagte Windle fasziniert.
»Ich dachte, ihr Zauberer wißt immer über alles Bescheid.«

Poons betrachtete seinen Zaubererhut. Die Beerdigung und das Tunnelgraben waren nicht ohne Folgen für ihn geblieben, aber das Objekt erfüllte bereits seit mehr als einem Jahrhundert den Zweck einer Kopfbedeckung, und schon ganz zu Anfang hatte es nur geringsten ästhetischen Ansprüchen genügt.

»Nun, man lernt nie aus«, erwiderte er.

Ein neuer Tag begann. Der Hahn Cyril erwachte aus seinem Schlummer.
Die mit Kreide geschriebenen Worte glühten im Morgengrauen.
Cyril konzentrierte sich.
Er holte tief Luft.
»Grieglega-Lah!«
Das Problem mit dem schlechten Gedächtnis war zwar gelöst, aber jetzt hatte er gewisse legasthenische Schwierigkeiten.

Oben am Hang wehte der Wind mit mehr Begeisterung, und die Sonne brannte heißer. Bill Tür schritt durch das leidgeprüfte Gras, pflügte wie ein Boot durch grüne Wellen.
Er fragte sich, ob er Wind und Sonne auch zuvor gefühlt hatte. Ja, das war zweifellos der Fall gewesen. Aber er hatte diese Phänomene nie auf diese Weise zur Kenntnis genommen, er hatte sie nie *erlebt*. Jetzt zerrten die Böen an seiner Gestalt, und im Gleißen der Sonne schien es immer wärmer zu werden. Man konnte spüren, wie die Zeit verstrich.
Wie sie einen mit sich trug.

Jemand klopfte leise und zurückhaltend an die Scheunentür.
JA?
»Komm herunter, Bill.«
Er kletterte durch Finsternis und öffnete vorsichtig die Tür.
Frau Flinkwert stand draußen, und mit der einen Hand schirmte sie eine Kerzenflamme ab.
»Äh«, sagte sie.
WIE BITTE?
»Du kannst ins Haus kommen, wenn du möchtest. Für den Abend. Natürlich *nicht* für die Nacht. Ich meine, wenn ich daran denke, daß du hier allein bist, während ich es im Haus am Kaminfeuer gemütlich habe und so...«
Bill Tür verstand sich nicht besonders gut darauf, Gesichtsausdrücke zu deuten – diese Fähigkeit hatte er nie gebraucht. Ein schiefes Lächeln zeigte sich in Frau Flinkwerts erstarrten Zügen, und er betrachtete es wie ein Pavian, der den Stein von Rosette zu lesen versucht.
DANKE, sagte er schließlich.
Die alte Dame eilte fort.

Als Bill kurze Zeit später das Haus betrat, traf er in der Küche niemanden an. Er vernehm leises Knistern und Knacken, folgte diesem Geräusch durch einen schmalen Flur und bückte sich durch eine für ihn zu niedrige Tür. Frau Flinkwert hockte auf Händen und Knien, versuchte ganz offensichtlich, ein Feuer im Kamin zu entzünden.

Sie sah verlegen auf, als er an den Türrahmen klopfte.

»Für einen allein lohnt sich die Mühe mit dem Feuer nicht«, erklärte sie unsicher. »Setz dich. Ich koche uns Tee.«

Bill Tür hockte sich auf einen schmalen Stuhl neben dem Kamin und ließ den Blick durchs Zimmer schweifen.

Es handelte sich um einen ungewöhnlichen Raum. Wozu auch immer er diente: Er schien kaum dafür bestimmt zu sein, daß sich jemand längere Zeit in ihm aufhielt. Die Küche war eine Art überdachtes Draußen und das Zentrum aller Aktivitäten auf der Farm, doch diese Kammer ähnelte einem Mausoleum.

Es mag überraschen, aber Bill Tür war keineswegs mit dem üblichen Trauerdekor vertraut. Normalerweise starb niemand *in* einem Grab, von wenigen tragischen Ausnahmen abgesehen. Am unteren Ende von Klippen, am Grund von Flüssen, auf halbem Wege zum Magen eines Hais, diverse Schlafzimmer, ja – Gräber, nein.

Seine Aufgabe bestand darin, den Weizen der Seele von der Spreu des Körpers zu trennen. Für gewöhnlich war diese Sache erledigt, bevor damit in Zusammenhang stehende Zeremonien begannen – Rituale, die als eine ehrfürchtige Form der Abfallbeseitigung bezeichnet werden können.

Dieses Zimmer hingegen wirkte wie das Grab eines jener Könige, die alles ins Jenseits mitnehmen wollten.

Bill Tür saß mit den Händen auf den Knien und sah sich um.

Zuerst einmal die Schmuckgegenstände: mehr Teekannen, als man es für möglich hielt; Porzellanhunde mit großen, starrenden Augen; seltsame Kuchenschalen; zahllose Statuetten und bunte Teller mit fröhlichen Botschaften wie zum Beispiel *Ein Souvenir aus Quirm, Glück und langes Leben*. Diese Objekte standen auf allen ebenen Flächen, und zwar in einer Ordnung uneingeschränkter Demokratie: Ein alter und recht wertvoller silberner Kerzenhalter fand direkt neben einem von mehreren Porzellanhunden Platz – dieses Exemplar hatte einen Knochen im

Maul, und seine Miene brachte so etwas wie schuldige Dummheit zum Ausdruck.

Bilder verbargen die Wände. Die meisten von ihnen zeigten graubraune Töne und deprimiert wirkendes Vieh in nebligen Moorlandschaften.

Auch die Möbel waren fast versteckt – unter den vielen Schmuckgegenständen. Zwei Stühle ächzten unter dem Gewicht der Sofaschoner, die sich dort im Lauf der Jahre angesammelt hatten, und die übrigen Einrichtungsgegenstände schienen allein den Zweck zu erfüllen, Zierobjekte zu tragen. Hier und dort standen kleine Tischchen. Auf dem Boden lagen winzige Läufer – allem Anschein nach hatte jemand großen Gefallen daran gefunden, winzige Läufer zu knüpfen. Und dann der Geruch...

Es roch nach endlos langweiligen Nachmittagen.

Auf einer Anrichte bemerkte Bill zwei kleine Holztruhen neben einer großen – vielleicht die Schatzkisten, von denen die Leute in der Taverne gesprochen hatten.

Etwas tickte.

Eine Uhr hing an der Wand. Irgend jemand mußte einmal geglaubt haben, es sei lustig, eine Uhr so zu konstruieren, daß sie einer Eule ähnelte. Wenn das Pendel von einer Seite zur anderen schwang, bewegten sich die Augen der Eule – wer an akutem Unterhaltungsmangel litt, mochte so etwas für amüsant halten. Wenn man zu lange den Blick darauf richtete, bekamen die eigenen Augen Mitleid und schwenkten ebenfalls hin und her.

Frau Flinkwert schlurfte mit einem Tablett herein und entfaltete hektische Aktivität. Sie begann mit der alchimistisch anmutenden Zeremonie des Teeservierens: Man gieße heißes Wasser in die Tassen; man lege Gebäck und Plätzchen auf Teller; man rücke die Zuckerzange zurecht...

Die alte Dame lehnte sich zurück. »Nun...«, verkündete sie so, als hätte sie sich bereits zwanzig Minuten lang entspannt. »Ist das nicht nett?« Sie klang ein wenig atemlos.

JA, FRAU FLINKWERT.

»In der letzten Zeit habe ich selten Gelegenheit, den Salon zu benutzen.«

JA?

»Ich habe dieses Zimmer praktisch nicht mehr betreten, seit ich meinen Vater verloren habe.«

Einige Sekunden lang fragte sich Bill Tür, ob Frau Flinkwert Herrn Flinkwert im Salon verloren hatte, vielleicht irgendwo zwischen den vielen Schmuckgegenständen. Dann entsann er sich an die manchmal recht eigenartige Ausdrucksweise der Menschen.

AH.

»Er saß immer dort, wo du jetzt sitzt. Und die meiste Zeit über las er im Almanach.«

Bill Tür suchte in seinem Gedächtnis.

EIN HOCHGEWACHSENER MANN? vermutete er. MIT SCHNURRBART? FEHLTE IHM DIE SPITZE DES KLEINEN FINGERS DER LINKEN HAND?

Frau Flinkwert starrte ihn über den Rand ihrer Tasse hinweg an.

»Du kanntest ihn?« fragte sie.

ICH GLAUBE, ICH BIN IHM EINMAL BEGEGNET.

»Er hat dich nie erwähnt«, betonte Frau Flinkwert. »Zumindest deinen Namen nicht. Er hat nie von einem Bill Tür gesprochen.«

DAS ÜBERRASCHT MICH NICHT, sagte Bill Tür langsam.

»Schon gut. Auch mein Vater hat ab und zu ein bißchen geschmuggelt. Tja, dies ist keine sehr große Farm. Ich meine, von einem ›Anwesen‹ kann wohl kaum die Rede sein. Man braucht schon einen Nebenverdienst. Mein Vater meinte immer, günstige Gelegenheiten seien dazu da, um genutzt zu werden. Ich habe dich beobachtet. Und ich nehme an, du bist in der gleichen Branche wie er tätig gewesen.«

Bill Tür dachte angestrengt nach.

ALLGEMEINER TRANSPORT, sagte er.

»Das klingt richtig, ja. Hast du eine Familie, Bill?«

ICH HABE EINE TOCHTER.

»Das freut mich.«

LEIDER PFLEGEN WIR KEINEN KONTAKT MEHR MITEINANDER.

»Wie schade«, kommentierte Frau Flinkwert. Es schien von Herzen zu kommen. »Früher hatten wir hier viel Spaß. Ich meine, als mein junger Mann noch lebte.«

Bill verlor allmählich den Überblick. DU HAST EINEN SOHN?

Frau Flinkwert starrte ihn durchdringend an.

»Man nennt mich zwar ›Frau‹, aber ich bin ›Fräulein‹«, sagte sie. »Das ist ein wichtiger Unterschied.«

ICH BITTE UM ENTSCHULDIGUNG.

»Rufus hieß er. Und er arbeitete als Schmuggler, wie mein Vater. Allerdings schmuggelte er nicht so gut, das muß ich zugeben. Er war mehr... künstlerisch veranlagt. Wenn er von seinen Reisen heimkehrte, brachte er mir immer interessante Sachen mit. Schmuck und so. Und wir waren oft tanzen. Er hatte gute Waden. Ich mag hübsche Beine bei Männern.«

Frau Flinkwert starrte eine Zeitlang ins Feuer.

»Und dann... Eines Tages kehrte er nicht zurück. Kurz vor unserer Hochzeit. Vater meinte, er hätte nicht versuchen sollen, die Berge zu Beginn des Winters zu überqueren. Ich weiß, warum er ein solches Risiko eingegangen ist – um ein Geschenk für mich zu besorgen. Außerdem wollte er Geld verdienen und Vater beeindrucken, denn der stand ihm sehr skeptisch gegenüber...«

Sie griff nach dem Schürhaken und stocherte weitaus energischer in der Glut, als es eigentlich nötig war.

»*Nun*, einige Leute meinen, er seit fortgelaufen, nach Farferee oder Ankh-Morpork, aber ich weiß, daß sie sich irren.«

Sie bedachte Bill Tür mit einem Blick, der ihn an den Stuhl nagelte.

»Was meinst du, Bill Tür?« kam es scharf von ihren Lippen.

Er war stolz auf sich selbst, weil es ihm gelang, die Frage in der Frage zu erkennen.

IM WINTER KÖNNEN DIE BERGE SEHR GEFÄHRLICH SEIN, FRAU FLINKWERT.

Sie nickte erleichtert. »Das finde ich auch«, sagte sie. »Und weißt du was, Bill Tür? Weißt du, was ich dachte?«

NEIN, FRAU FLINKWERT.

»Es geschah am Tag vor der geplanten Hochzeit... Eins seiner Packtiere kehrte ganz allein heim, und mehrere Männer brachen auf, und sie fanden eine Lawine... Und weißt du, was ich dachte? Ich dachte: Das ist lächerlich; es ist *dumm* und *schrecklich*. Oh, nachher dachte ich natürlich noch andere Dinge, aber das war mein erster Gedanke: Ich fragte mich, warum sich die Welt unbedingt so verhalten mußte, als sei sie ein Roman. Ist es nicht furchtbar, ausgerechnet so etwas zu denken?«

ICH HABE DEM DRAMA NIE GETRAUT, FRAU FLINKWERT.

Sie hörte gar nicht zu.

»Und ich dachte: Jetzt erwartet man bestimmt von mir, jahrelang im Hochzeitskleid umherzuwandern, mich ganz dem Kummer hinzugeben und allmählich den Verstand zu verlieren. Ja, ich dachte: Genau das verlangt die Welt von dir. Und *dann* dachte ich: Ha! Von wegen! Ich stopfte das weiße Kleid in den Lumpensack, und wir luden trotzdem alle Leute zum Hochzeitsmahl ein – weil es Sünde ist, gutes Essen verkommen zulassen.«

Erneut bohrte sie den Schürhaken in die Glut und richtete den nächsten Megawatt-Blick auf Bill Tür.

»Ich habe es immer für wichtig gehalten, genau zu unterscheiden: hier die tatsächlich existierenden Dinge, und dort all das, was man sich einbildet.«

FRAU FLINKWERT?

»Ja?«

HAST DU WAS DAGEGEN, WENN ICH DIE UHR ANHALTE?

Sie sah zur hölzernen Eule.

»Wie? Oh. Warum?«

SIE GEHT MIR AUF DIE NERVEN.

»Aber sie ist doch nicht sehr laut, oder?«

Bill Tür hätte am liebsten geantwortet: Jedes Ticken ist wie ein Schlag mit eisernen Keulen an bronzene Säulen.

TROTZDEM FÜHLE ICH MICH DADURCH... GESTÖRT, FRAU FLINKWERT.

»Nun, dann halte die Uhr an, wenn du möchtest. Ich lasse sie nur ticken, um ein wenig Gesellschaft zu haben.«

Bill Tür stand dankbar auf, trat vorsichtig durch den Wald aus Schmuckgegenständen und griff nach dem Pendel, das wie ein Kiefernzapfen geformt war. Die Eule starrte ihn vorwurfsvoll an, doch das Ticken verklang – zumindest in der gewöhnlichen Sphäre des Geräuschs. Woanders tickte die *Zeit* auch weiterhin, leise und unaufhörlich. Wie wurden die Menschen damit fertig? Sie gaben der *Zeit* einen Platz in ihren Häusern, als sei sie ein *Freund*.

Er setzte sich wieder.

Frau Flinkwert strickte mit großer Entschlossenheit.

Das Feuer knisterte und knackte im Kamin.

Bill Tür lehnte sich zurück und blickte zur Decke.

»Geht es deinem Pferd gut?«

Wie bitte?

»Dein Pferd«, sagte Frau Flinkwert. »Die Wiesen scheinen ihm zu gefallen.«

Oh. Ja.

»Läuft so herum, als hätte es noch nie zuvor Gras gesehen.«

Es mag Gras.

»Und du magst Tiere. Das sieht man sofort.«

Bill Tür nickte. Sein Vorrat an Smalltalk war nie besonders groß, und nun erschöpfte er sich.

Während der nächsten beiden Stunden gab er keinen Ton von sich und saß wie erstarrt, die Hände um die Armlehnen des Stuhls geschlossen – bis Frau Flinkwert verkündete, sie ginge nun zu Bett. Daraufhin kehrte er in die Scheune zurück und schlief.

Bill Tür merkte nicht, daß sich ihm jemand näherte, doch plötzlich schwebte eine graue Gestalt in der Dunkelheit.

Irgendwie hatte sie seine goldene Lebensuhr an sich gebracht.

Das Wesen teilte ihm mit: Bill Tür, es ist ein Fehler passiert.

Das Glas zerbrach. Körnige goldene Sekunden glitzerten in der Luft und sanken dann zu Boden.

Das Wesen teile ihm mit: Wende dich ab von diesem Ort. Arbeit wartet auf dich. *Es ist ein Fehler passiert.*

Die Gestalt verblaßte.

Bill Tür nickte. Natürlich war ein Fehler passiert. Es konnte gar kein Zweifel daran bestehen, daß ein Fehler passiert war. Er hatte die ganze Zeit über gewußt, daß jemandem ein Fehler unterlaufen sein mußte.

Er streifte den Overall ab, warf ihn in eine Ecke des Heubodens und griff nach seinem Umhang aus absoluter Schwärze.

Nun, einige interessante Erfahrungen lagen hinter ihm. Ja, doch obwohl seine Erlebnisse sicher die Bezeichnung »interessant« verdienten, wollte er sie trotzdem nicht wiederholen. Er fühlte sich so, als hätte man ein schweres Gewicht von seiner Brust genommen.

Erging es allen Lebenden so? Spürten sie, wie Finsternis an ihnen zerrte?

Wie wurden die Menschen damit fertig? Seltsam: Sie schienen sogar Gefallen am Leben zu finden, obwohl sie allen Grund hatten, sich der Verzweiflung hinzugeben. Zu wissen, ein winziges lebendes Etwas zu sein, eingequetscht zwischen zwei hoch aufragenden Klippen aus Dunkelheit... Wie konnte man da *nicht* verzweifeln?

Man brauchte Zuversicht. Vermutlich mußte man mit ihr geboren werden.

Tod sattelte sein Pferd und ritt über die weiten Felder. Das Korn wogte unter ihm, einem Meer gleich. Frau Flinkwert mußte sich von jemand anders bei der Ernte helfen lassen.

Seltsam. In diesem Zusammenhang regte sich etwas in ihm. Bedauern? Reue? Doch jene Empfindungen gehörten Bill Tür, und Bill Tür... lebte nicht mehr. Er hatte nie gelebt. Tod war wieder sein altes Selbst, vor Gefühlen aller Art geschützt.

Für Bedauern und Reue gab es in seiner Existenz keinen Platz.

Und jetzt saß er in seinem Arbeitszimmer, was ihm sonderbar erschien, denn er erinnerte sich nicht daran, auf welche Weise er diesen Ort erreicht hatte. Im einen Augenblick auf Binkys Rücken, im nächsten das dunkle Zimmer mit den großen Büchern und Lebensuhren und diversen Instrumenten.

Sein Gedächtnis zeigte ihm ein kleineres Zimmer. Dieser Raum war viel größer – seine Wände verloren sich irgendwo in gestaltlosem Schwarz.

Offenbar neigte er noch immer dazu, die Dinge aus Bill Türs Perspektive zu sehen, und um sich von dieser Angewohnheit zu befreien, mußte er beschäftigt bleiben, sich ganz auf die Arbeit konzentrieren.

Es standen bereits einige Lebensuhren auf dem Schreibtisch. Er entsann sich nicht daran, sie ausgewählt zu haben, aber das spielte keine Rolle. Die Arbeit... Nur darauf kam es jetzt an...

Tod nahm die erste Lebensuhr und las den Namen.

»Kickelock-krack!«

Frau Flinkwert setzte sich im Bett auf. Sie glaubte, ein seltsames Geräusch gehört zu haben, noch seltener als der Hahnenschrei.

Sie tastete nach den Streichhölzern, entzündete eine Kerze und tastete unterm Bett nach dem langen Entermesser, das Herr Flinkwert während seiner Geschäftsreisen durch die Berge häufig benutzt hatte.

Kurz darauf eilte sie die Treppe hinunter und trat in den kühlen Morgen. An der Scheune zögerte sie kurz, bevor sie die Tür einen Spaltbreit öffnete.

»Herr Tür?«

Es raschelte im Heu, und dann herrschte wachsame Stille.

Frau Flinkwert?

»Hast du gerufen? Ich glaube, jemand rief meinen Namen.«

Es raschelte erneut, und dann erschien Bill Türs Kopf am Rand des Heubodens.

Frau Flinkwert?

»Ja. Wen hast du sonst erwartet? Ist alles in Ordnung mit dir?«

Äh. Ja. Ja, ich glaube schon.

»Ist *bestimmt* alles in Ordnung mit dir? Du hast Cyril geweckt.«

Ja. Ja. Es war nur ... Ich dachte ... Ja.

Frau Flinkwert blies die Kerze aus. Das erste blasse Röte der Morgendämmerung begann, die Nacht zu verdrängen.

»Nun, wenn du ganz sicher bist ... Da ich schon mal auf bin, bereite ich das Frühstück vor. Es gibt Haferbrei.«

Bill Tür blieb im Heu liegen, bis er spürte, wie die Schwäche aus den Beinen wich. Dann erhob er sich, kletterte nach unten und schritt über den Hof zum Haus.

Er sagte nichts, als die alte Dame seinen Teller mit Haferbrei füllte und Sahne hinzugab. Aber schließlich gab er der Neugier nach: Er wußte nicht recht, wie er die Fragen formulieren sollte, doch er brauchte dringend Antworten.

Frau Flinkwert?

»Ja?«

Was ist das, in der Nacht, wenn man Dinge sieht, die gar nicht existieren?

Sie blieb stehen, den Haferbreitopf in der einen Hand, die Schöpfkelle in der anderen.

»Meinst du das Träumen?« erwiderte sie.

Habe ich geträumt?

»Geschieht das bei dir zum erstenmal? Ich dachte immer, alle Leute träumen.«

Von Dingen, die sich ereignen werden?

»Das sind Vorahnungen. Ich habe nie an sie geglaubt. Wie dem auch sei: Willst du etwa behaupten, daß du nicht weißt, was Träume sind?«

Nein. Nein, das liegt mir fern. Ich weiss, was Träume sind. Es ist nur ...

»Was besorgt dich so sehr, Bill?«

MIR IST PLÖTZLICH KLARGEWORDEN, DASS WIR STERBEN WERDEN.

Frau Flinkwert musterte ihren Gehilfen nachdenklich.

»Nun, jeder stirbt irgendwann«, sagte sie. »Davon hast du geträumt? Oh, dann kann ich mir vorstellen, wie du dich fühlst. Irgendwann einmal spüren wir es alle. An deiner Stelle würde ich mir deshalb keine Sorgen machen. Es ist am besten, zu arbeiten und sich zu freuen – so lautet mein Motto.«

ABER UNS STEHT EIN ENDE BEVOR!

»Oh, ich weiß nicht«, sagte Frau Flinkwert. »Ich schätze, es kommt ganz darauf an, was für ein Leben man geführt hat.«

WIE BITTE?

»Bist du religiös?«

MEINST DU ETWA, NACH DEM TOD GESCHIEHT DAS, WORAN MAN IMMER *GEGLAUBT HAT?*

»Das wäre doch nicht schlecht, oder?« erwiderte Frau Flinkwert heiter.

ABER WENN MAN WIE ICH AN ... AN *NICHTS* glaubt?

»Wir sind heute morgen ein wenig niedergeschlagen, wie?« fragte Frau Flinkwert. »Ich schlage vor, du ißt jetzt deinen Haferbrei. Tut dir bestimmt gut. Es heißt, der ist gut für den Knochenwuchs.«

Bill Tür sah auf seinen Teller hinab.

KANN ICH NOCH ETWAS MEHR HABEN?

Bill Tür verbrachte den Morgen damit, Holz zu hacken. Es war eine herrlich monotone Tätigkeit.

Müde werden – darauf kam es an. In der vergangenen Nacht hatte er nicht zum erstenmal geschlafen, aber bisher war er immer so müde gewesen, daß Träume ausblieben. Er wollte nicht mehr träumen, und deshalb ... Die Axt hob und senkte sich in einem beständigen Rhythmus wie das Pendel einer Uhr.

Nein, nicht ausgerechnet *dieser* Vergleich ...

Als Bill die Küche betrat, blubberte es in mehreren Töpfen auf dem Herd.

ES RIECHT GUT, sagte er und streckte die Hand nach dem ersten zitternden Deckel aus.

Frau Flinkwert wirbelte herum.

»Nein! Rühr das Zeug nicht an! Es ist für die Ratten bestimmt.«

MÜSSEN RATTEN GEFÜTTERT WERDEN?

»Oh, sie sind durchaus in der Lage, selbst Futter zu finden. Genau aus diesem Grund geben wir ihnen etwas vor der Ernte. Ein paar Tropfen hiervon – und die Ratten stellen kein Problem mehr dar.«

Es dauerte eine Weile, bis Bill Tür zwei und zwei zusammenzählte, doch als es geschah, erfolgte die Addition mit der gleichen Wucht wie die Paarung von Megalithen.

DAS IST GIFT?

»Spickel-Essenz, mit Hafermehl gemischt. Ein todsicheres Mittel.«

UND ES SORGT DAFÜR, DASS DIE RATTEN STERBEN?

»Und ob. Die Biester fallen sofort um und strecken alle viere von sich.« Frau Flinkwert fügte hinzu: »Für uns gibt es Brot und Käse. Ich möchte nicht mehrmals am Tag kochen, und heute abend gibt's dann Hühnchen. Apropos... Komm mit.«

Sie nahm ein Hackbeil, verließ die Küche und schritt über den Hof. Der Hahn Cyril stand auf dem Misthaufen und beobachtete die alte Dame argwöhnisch. Sein Harem aus dicken und schon recht betagten Hühnern ließ das Scharren im Staub sein und lief Frau Flinkwert entgegen. Einige von ihnen schwankten hin und her und schienen ihre Bewegungen den Gänsen abgeschaut zu haben.

Frau Flinkwert bückte sich und griff nach einem ordentlichen Exemplar. Es beobachtete Bill aus glänzenden, dumm starrenden Augen.

»Weißt du, wie man ein Huhn rupft?«

Bills Blick glitt von der Frau zur Henne..

ABER WIR FÜTTERN SIE, wandte er hilflos ein.

»Und später geben sie uns zu essen. So ist das eben in der Hühnerwelt. Herr Flinkwert hat ihnen immer den Hals umgedreht, aber ich habe nie herausgefunden, wie man's richtig anstellt. Deshalb benutze ich das Beil. Es ist eine recht blutige Angelegenheit, und die Hühner laufen noch eine Zeitlang durch die Gegend, aber sie sind sofort tot, und das wissen sie auch.«

Bill Tür überlegte. Das Huhn sah ihn noch immer aus seinen Knopfaugen an. Hühner sind viel dümmer als Menschen und verfügen nicht über komplizierte geistige Filter, die ihnen ein selektives Bild der Wirklichkeit zeigen. Anders ausgedrückt: Dieses Huhn wußte genau, wo es sich befand und wen es ansah.

Die Gestalt neben Frau Flinkwert blickte in das kleine, einfache Leben und beobachtete, wie die letzten Sekunden verrannen.

Bill Tür hatte nie zuvor getötet. Oh, er hatte Leben genommen, aber nur dann, wenn es damit fertig war, lebendig zu sein. Es gab einen Unterschied zwischen Stehlen und Finden.

DAS BEIL BRAUCHEN WIR NICHT, sagte er. GIB MIR DAS HUHN.

Er wandte der alten Dame den Rücken zu, und kurz darauf reichte er ihr den erschlafften Leib.

»Gut gemacht«, sagte sie und kehrte in die Küche zurück.

Bill Tür spürte Cyrils vorwurfsvollen Blick auf sich ruhen.

Er öffnete die Hand. Eine winzige Kugel aus Licht schwebte über den knöchernen Fingern.

Er pustete, und daraufhin verblaßte das Leuchten.

Nach dem Essen verteilten sie das Rattengift. Bill kam sich wie ein Mörder vor.

Viele Ratten starben.

In den Tunneln unter der Scheune – im tiefsten, vor Äonen von längst vergessenen Vorfahren gegraben – manifestierte sich etwas in der Dunkelheit.

Offenbar wußte es nicht genau, welche Gestalt es annehmen sollte.

Das Etwas begann als ein höchst verdächtig anmutender Käseklumpen, aber das schien nicht ganz richtig zu sein.

Der zweite Versuch wurde ein kleiner, hungrig aussehender Terrier. Auch dieses Erscheinungsbild stellte das Wesen nicht zufrieden.

Mehrere Sekunden lang existierte es in Form einer stählernen Falle, um dann wieder zu verschwinden.

Es hielt nach neuen Ideen Ausschau, und zu seiner großen Überraschung brauchte es nicht lange zu suchen. Ein guter Einfall kam, legte gar keinen weiten Weg zurück. Es handelte sich nicht in dem Sinne um eine Gestalt, eher um eine Erinnerung daran.

Die Entität prüfte das neue Konzept. Einerseits war es ganz und gar ungeeignet, doch andererseits vermittelte es den Eindruck, daß überhaupt nichts anderes in Frage kam.

Das Wesen machte sich an die Arbeit.

An jenem Abend versammelten sich die Männer zu einem Wettbewerb im Bogenschießen. Bill Tür hatte sich mit großer Sorgfalt den Ruf als schlechtester Bogenschütze weit und breit erworben. Bisher war niemand auf den Gedanken gekommen, daß es weitaus mehr Geschick erforderte, Pfeile durch die Hüte der *hinter* dem Schützen stehenden Zuschauer zu schicken anstatt durch einen recht großen und nur fünfzig Meter entfernten Ring.

Bill fand es erstaunlich, wie viele Freunde man gewinnen konnte, wenn man sich bei gewissen Dingen dumm anstellte. Vorausgesetzt, man stellte sich dumm genug an, um lustig zu wirken.

Er durfte auf der Sitzbank vor der Taverne Platz nehmen, bei den anderen Männern.

Nebenan stoben Funken aus dem Schornstein der Dorfschmiede, und hinter der geschlossenen Tür hämmerte es laut. Bill Tür fragte sich, warum die Tür dieser Schmiede immer geschlossen blieb. Bei anderen stand sie offen, und dadurch wurde die Werkstatt zum inoffiziellen Versammlungssaal des Ortes. Hier dachte der Schmied offenbar in erster Linie an seine Arbeit...

»Hallo, Skelätt.«

Bill drehte den Kopf.

Er kannte das Mädchen bereits – nun richtete es den durchdringendsten Blick auf ihn, den er jemals gesehen hatte.

»Du bist ein Skelätt, nicht wahr?« sagte es. »Ich weiß es, wegen der Knochen.«

DU IRRST DICH, LIEBES KIND.

»Nein, ich irre mich nicht. Leute verwandeln sich in Skelätte, wenn sie tot sind. Und man erwartet nicht von ihnen, daß sie aufstehen und herumlaufen.«

HA. HA. HA. MAN HÖRE SICH DIESES KIND AN.

»Warum läufst du herum?«

Bill Tür sah kurz zu den Alten. Deren Interesse galt allein dem Bogenschießen.

ICH SCHLAGE DIR FOLGENDES VOR, sagte er fast verzweifelt. WENN DU WEGGEHST, GEBE ICH DIR EINEN HALBEN CENT.

»Ich habe eine Skelättmaske für den Seelenkuchenabend«, sagte das Mädchen. »Sie ist aus Papier. Wir gehen von Tür zu Tür und bekommen Bonbons.«

Bill Tür machte den gleichen Fehler wie Millionen von Normalsterblichen, die es unter ähnlichen Umständen mit kleinen Kindern zu tun bekommen hatten: Er appellierte an Logik und Verstand.

Hör mal... Wenn ich ein Skelett wäre, liebes Mädchen, so sässen diese Herren bestimmt nicht kommentarlos neben mir.

Das Mädchen spähte zu den Alten am anderen Ende der Sitzbank. »Es dauert nicht mehr lange, bis sie ebenfalls Skelätte sind. Ich schätze, deshalb weigern sich ihre Augen, dich richtig zu sehen.«

Bill Tür gab nach.

Ich muss zugeben: Zumindest in diesem Punkt hast du recht.

»Warum fällst du nicht auseinander?«

Keine Ahnung. Hab's nie gelernt.

»Ich kenne Skelätte von Vögeln und Tieren und so. Sie fallen alle auseinander.«

Vielleicht deshalb, weil sie von etwas übrig sind, das war, während ich etwas bin, das ist.

»Drüben in Chambly gibt's einen Apotheker mit Medizin und so«, sagte das Mädchen. Sein Tonfall deutete darauf hin, daß es nun Informationen preisgab, die das Ergebnis eifriger Nachforschungen waren. »Bei ihm hängt ein Skelätt am Haken, mit Drähten, um die Knochen zusammenzuhalten.«

Ich habe keine Drähte.

»Unterscheiden sich lebende Skelätte von toten?«

Ja.

»Dann hat der Apotheker also ein totes Skelätt?«

Ja.

»Und es befand sich einmal *in* jemandem?«

Ja.

»Oh.« Und nach einer kurzen Pause: »Bäh.«

Das Kind betrachtete eine Zeitlang die Landschaft. »Ich habe neue Socken«, sagte es nach einer Weile.

Tatsächlich?

»Du kannst sie dir ansehen, wenn du möchtest.«

Ein schmutziger Fuß streckte sich Bill Tür entgegen.

Denk mal an. Neue Socken.

»Meine Mutter strickt sie aus Schafen.«

Bemerkenswert.

Erneut glitt der Blick des Mädchens zum Horizont.
»Weißt du...«, sagte es. »Weißt du... Es ist Freitag.«
JA.
»Ich habe einen Löffel gefunden.«
Bill Tür wartete gespannt. Er war nicht an den Umgang mit Personen gewöhnt, deren Aufmerksamkeit sich nach drei Sekunden anderen Dingen zuwandte.
»Du arbeitest bei Frau Flinkwert, nicht wahr?«
JA.
»Mein Papa sagt, dort hast du die Füße richtig unterm Tisch.«
Darauf konnte Bill Tür keine Antwort geben, weil er nicht wußte, was die Worte bedeuteten. Menschen verwendeten häufig Anspielungen irgendeiner Art, und um sie zu enträtseln, mußte man den jeweiligen Tonfall in Betracht ziehen. Manchmal gab auch ein Zwinkern Aufschluß. Das Mädchen hingegen lieferte einfach nur die Silben und bot ihm keine weitere Möglichkeit, die Bedeutung zu verstehen.
»Mein Papa sagt, Frau Flinkwert hat Schatzkisten.«
IM ERNST?
»Ich habe zwei Cent.«
DONNERWETTER.
»Sal!«
Bill Tür und das Mädchen sahen auf, als Frau Lifton in der Tür erschien.
»Wird Zeit fürs Bett. Hör auf, Herrn Tür zu stören.«
OH, ICH FÜHLE MICH KEINESWEGS GESTÖRT...
»Sag ihm jetzt gute Nacht.«
»Wie schlafen Skelätte? Sie können doch gar nicht die Augen schließen, weil...«
Die Stimmen klangen leise und gedämpft aus der Taverne.
»Du solltest Herrn Tür nicht ›Skelett‹ nennen, nur weil er...weil er... so dünn ist.«
»Schon gut, Mama. Ich weiß jetzt, daß er nicht zur toten Sorte gehört.«
In Frau Liftons Stimme kam die Besorgnis von jemandem zum Ausdruck, der es ablehnt, den eigenen Augen zu trauen. »Vielleicht ist er mal sehr krank gewesen.«
»Kränker kann man gar nicht werden.«

Bill Tür kehrte nachdenklich heim.

In der Küche brannte Licht, aber er ging geradewegs zur Scheune, kletterte die Leiter zum Heuboden hoch und streckte sich dort aus.

Den Träumen konnte er entkommen, aber nicht den Erinnerungen. Er starrte in die Dunkelheit.

Nach einer Weile vernahm er leise Schritte und drehte den Kopf.

Bleiche, rattenförmige Phantome wanderten über einen nahen Balken und verblaßten immer mehr, bis nur noch dumpfes Trippeln zu hören war.

Den Geistern folgte eine... Gestalt.

Sie mochte etwa fünfzehn Zentimeter groß sein und trug einen dunklen Umhang. In der rechten knöchernen Pfote hielt sie eine Sense, und eine knochenweiße Schnauze mit langen grauen Schnurrhaaren ragte unter der Kapuze hervor.

Bill Tür streckte die Hand aus und griff nach der kleinen Gestalt. Sie leistete keinen Widerstand, blieb auf seiner Handfläche stehen und musterte ihn wie einen Kollegen.

DU BIST..., begann Bill.

Der Tod der Ratten nickte.

QUIEK.

ICH ERINNERE MICH, sagte Bill Tür. DU BIST EIN TEIL VON MIR GEWESEN.

Der Tod der Ratten quiekte erneut.

Bill suchte in den Taschen seines Overalls – dort hatte er etwas vom Mittagessen verstaut. Ah, ja...

MAGST DU ETWAS KÄSE?

Der Tod der Ratten nahm den Brocken würdevoll entgegen.

Bill Tür erinnerte sich daran, einen Greis besucht zu haben, der fast sein ganzes Leben in einer Zelle verbracht hatte, weil man ihm irgendein Verbrechen zur Last legte. Im Lauf der Jahre hatte er mit kleinen Vögeln Freundschaft geschlossen. Sie hüpften auf seinem Bett umher und fraßen von seinem Essen. Er sah ihnen ruhig dabei zu und beobachtete lächelnd, wie sie durchs hohe vergitterte Fenster fortflogen. Damals hatte sich Tod nach dem Grund für das Lächeln gefragt.

ICH MÖCHTE DICH NICHT AUFHALTEN, sagte er nun. BESTIMMT HAST DU VIEL ZU TUN, MUSST RATTEN INS JENSEITS GELEITEN UND SO. ICH WEISS, WIE DAS IST.

Und jetzt verstand er.

Bill Tür setzte die Gestalt auf den Balken und ließ sich ins Heu sinken.

SCHAU MAL HEREIN, WENN DU IN DER NÄHE BIST.

Einmal mehr starrte er in die Dunkelheit.

Schlaf. Ganz deutlich spürte er, daß der Schlaf auf ihn lauerte, mit Träumen bewaffnet.

Bill Tür lag in der Dunkelheit und wehrte sich.

Frau Flinkwerts Schrei zerrte ihn abrupt in die Realität zurück, und unmittelbar darauf erklang ihre Stimme noch einmal, was ihn mit einer gewissen Erleichterung erfüllte.

Die Scheunentür schwang auf.

»Bill! Komm runter, schnell!«

Er hastete zur Leiter.

WAS IST PASSIERT, FRAU FLINKWERT?

»Etwas brennt!«

Sie liefen über den Hof zur Straße. Der Himmel über dem Dorf glühte rot.

»Komm!«

ABER ES IST NICHT UNSER FEUER.

»Es könnte *allen* gehören! Es hat lange nicht geregnet – die Strohdächer brennen wie Zunder!«

Kurze Zeit später gelangten sie zu jener Kreuzung, die als Dorfplatz diente. Die Taverne stand bereits in Flammen, und von ihrem Reetdach stoben Myriaden Funken in die Luft.

»Ach, die Leute stehen einfach nur herum!« ereiferte sich Frau Flinkwert. Dort ist der Brunnen, und Eimer sind auch genug da. Warum *unternimmt* niemand etwas?«

Es kam zu einem kurzen Handgemenge, als einige Männer Lifton daran hinderten, ins brennende Gebäude zu stürmen. Er schrie sie an.

»Hat er gesagt, das Mädchen sei noch drin?« fragte Frau Flinkwert.

JA.

Flammen loderten hinter allen Fenstern des Obergeschosses.

»Bestimmt gibt es eine Möglichkeit, das Kind zu retten«, sagte Frau Flinkwert fest. »Wenn wir eine Leiter besorgen...«

NEIN.

»Was? Wir müssen versuchen, das Mädchen vor dem Tod zu bewahren.«

DU VERSTEHST NICHT, sagte Bill Tür. WENN MAN VERSUCHT, DAS SCHICKSAL EINES INDIVIDUUMS ZU BEEINFLUSSEN, SO RISKIERT MAN DAMIT, EINE GANZE WELT ZU ZERSTÖREN.

Frau Flinkwert sah ihn so an, als sei er gerade übergeschnappt.

»Was ist das für ein Unsinn?«

MIT ANDEREN WORTEN: FÜR JEDEN KOMMT IRGENDWANN DER AUGENBLICK DES TODES.

Die alte Dame starrten ihren Gehilfen groß an. Dann holte sie aus und versetzte ihm eine schallende Ohrfeige.

Sie hatte nicht mit einem so harten Gesicht gerechnet, gab ein gedämpftes »Autsch!« von sich und saugte an ihren Fingerknöcheln.

»Noch *heute nacht* verläßt du meine Farm, Bill Tür!« befahl sie. »Verstanden?« Dann drehte sie sich um und lief zum Brunnen.

Einige Männer holten Stangen mit Haken, um das brennende Stroh vom Dach zu ziehen. Frau Flinkwert organisierte eine Gruppe, und es dauerte nicht lange, bis eine Leiter an der Seite des Gebäudes stand. Jemand ließ sich dazu überreden, unter einer nassen Decke emporzuklettern, aber bevor er Gelegenheit bekam, das Ziel – ein Schlafzimmerfenster – zu erreichen, verkohlten die oberen Sprossen der Leiter.

Bill Tür beobachtete die Flammen.

Er griff in die Tasche und holte seine goldene Lebensuhr hervor. Der Schein des Feuers schuf rötliche Reflexe am Glas. Nach wenigen Sekunden verstaute er das Gefäß wieder.

Ein Teil des Daches stürzte ein.

QUIEK.

Bill Tür sah nach unten. Eine kleine, in einen dunklen Umhang gehüllte Gestalt huschte zwischen seinen Beinen hindurch und marschierte zur Taverne. Dem Feuer schenkte sie überhaupt keine Beachtung.

Jemand wies mit lauter Stimme auf Fässer hin, die hochprozentigen Brandy enthielten.

Bill Tür holte noch einmal seine Lebensuhr hervor – ihr Zischen übertönte das Fauchen der Flammen. Die Zukunft rieselte in Richtung Vergangenheit, und es gab wesentlich mehr Vergangenheit als Zukunft. Aber dazwischen, so begriff Bill Tür nun, existierte das *Jetzt*.

Er steckte die Lebensuhr ein.

Tod wußte, daß man die Zerstörung einer ganzen Welt riskierte, wenn man mit dem Schicksal eines Individuums herumpfuschte. Dieses Wissen begleitete ihn seit einer Ewigkeit; es bildete einen integralen Bestandteil seines Selbst.

Doch Bill Tür scherte sich nicht darum.

ACH, WAS SOLL'S? brummte er.

Und er trat ins brennende Gebäude.

»Ähm, ich bin's, Bibliothekar«, sagte Windle. Er versuchte, durchs Schlüsselloch zu rufen. »Windle Poons.«

Er klopfte und hämmerte.

»Warum antwortet er nicht?«

»Keine Ahnung«, erklang eine Stimme hinter ihm.

»Schleppel?«

»Ja, Herr Poons.«

»Weshalb bist du hinter mir?«

»Ich muß hinter *etwas* sein, Herr Poons. So gehört es sich für einen Schwarzen Mann.«

»Bibliothekar?« fragte Windle und hämmerte erneut an die Tür.

»Ugh.«

»Warum läßt du mich nicht herein?«

»Ugh.«

»Aber ich brauche die Hilfe der Bücher. Ich muß etwas nachschlagen.«

»Ugh ugh!«

»Nun, ja, das bin ich tatsächlich. Aber was hat das damit zu tun?«

»Ugh!«

»He, das ist unfair!«

»Was sagt der Bibliothekar, Herr Poons?«

»Er will mich nicht eintreten lassen, weil ich tot bin!«

»Typisch. Genau das ist es, was Reg Schuh dauernd beklagt.«

»Wo könnten wir uns sonst Informationen über Lebenskraft besorgen?«

»Nun, vielleicht bei Frau Kuchen. Allerdings ist sie ein wenig seltsam.«

»Frau Kuchen?« wiederholte Windle verwirrt. Und: »*Du* bezeichnest jemanden als seltsam? Obwohl du ein Schwarzer Mann bist?«

Schleppel ignorierte die Frage. »Hast du nie etwas von Frau Kuchen gehört?«

»Nein.«

»Nun, wahrscheinlich ist sie nicht an Magie interessiert. Wie dem auch sei: Herr Schuh meint, wir sollten ihr aus dem Weg gehen. Angeblich beutet sie Tote aus.«

»Wie?«

»Sie ist ein Medium. Besser gesagt: ein *kleines* Medium.«

»Ach? Na schön, statten wir ihr einen Besuch ab. Übrigens, Schleppel...«

»Ja?«

»Es bereitet mir Unbehagen, dich die ganze Zeit über hinter mir zu wissen.«

»Aber ich werde nervös, wenn ich mich nicht hinter etwas verbergen kann, Herr Poons.«

»Könntest du dich vielleicht hinter etwas anderem verstecken?«

»Was schlägst du vor, Herr Poons?«

Windle überlegte. »Ja, warum nicht?« murmelte er. »Wir brauchen nur einen Schraubenzieher.«

Der Gärtner Modo bedeckte die Dahlien mit Laub, als er plötzlich ein rhythmisches Kratzen und Pochen hörte. Es klang nach dem Bemühen, ein schweres Objekt zu bewegen.

Er drehte sich um.

»Guten Abend, Herr Poons. Bist noch immer tot, wie ich sehe.«

»Guten Abend, Modo. Dein Garten ist wirklich eine Pracht.«

»Hinter dir schleppt jemand eine Tür, Herr Poons.«

»Ja, ich weiß.«

Die Tür kroch vorsichtig über den Pfad. Als sie an Modo vorbeikam, neigte sie sich zur Seite – die Gestalt dahinter war offenbar sehr bestrebt, auch weiterhin *dahinter* zu bleiben.

»Es ist eine Art Sicherheitstür«, erklärte Windle.

Er zögerte. Irgend etwas schien nicht mit rechten Dingen zuzugehen. Er sah sich außerstande festzustellen, was es war, doch er wußte ganz genau: Etwas war verkehrt. Windle verglich seine Wahrnehmung damit, einen falschen Ton in den Klängen eines Orchesters zu hören. Aufmerksam prüfte er die einzelnen Aspekte der Umgebung.

»Worin verstaust du das Unkraut?« fragte er schließlich.

Modo blickte zu dem betreffenden Objekt.

»Toll, nicht wahr?« entgegnete er. »Hab's bei den Komposthaufen gefunden. Die Schubkarre ist kaputt, und als ich mich umsah, entdeckte ich das hier...«

»So etwas ist mir noch nie zuvor unter die Augen gekommen«, sagte Windle. »Wem sollte daran gelegen sein, einen Korb aus Drähten herzustellen? Und dann die kleinen Räder...«

»Aber das Ding läßt sich gut schieben«, meinte der Zwerg. »Es erstaunt mich, daß jemand so etwas weggeworfen hat. Warum sollte jemand so etwas wegwerfen, Herr Poons?«

Windle starrte den Einkaufswagen an und gewann dabei den unangenehmen Eindruck, von dem Etwas beobachtet zu werden.

»Vielleicht kam es von ganz allein hierher«, hörte er sich sagen.

»Oh, natürlich! Vermutlich wollte sich das Ding hier ausruhen!« Er lächelte. »Immer zum Scherzen aufgelegt, nicht wahr, Herr Poons?«

»Zum Scherzen? Oh, ja...«

Er wanderte durch die Stadt, hörte dabei das Kratzen und Pochen der Tür.

Und er dachte: *Wenn mir jemand vor einem Monat erzählt hätte, daß ich einige Tage nach meinem Tod durch Ankh-Morpork unterwegs bin, gefolgt von einem schüchternen Schwarzen Mann, der sich hinter einer Tür versteckt... Ich hätte laut gelacht.*

Nein, stimmt gar nicht. Ich hätte »Wie?« und »Was?« und »Sprich lauter!« gesagt, ohne ein Wort zu verstehen.

Neben ihm bellte es.

Ein Hund sah zu Windle auf. Es war ein recht großer Hund. Eigentlich konnte man das Geschöpf nur deshalb als Hund bezeichnen, weil man wußte, daß sich in Städten keine Wölfe herumtrieben.

Ein Auge zwinkerte, und Windle dachte: *Gestern nacht war nicht Vollmond.*

»Lupine?« fragte er.

Der Hund nickte.

»Kannst du sprechen?«

Der Hund schüttelte den Kopf.

»Was hast du jetzt vor?«

Lupine zuckte mit den Schultern.

»Möchtest du mich begleiten?«

Ein neuerliches Schulterzucken gab zu verstehen: Warum nicht? Was habe ich sonst zu tun?

Und Windle dachte: *Wenn mir jemand vor einem Monat erzählt hätte, daß ich einige Tage nach meinem Tod durch Ankh-Morpork unterwegs bin, gefolgt von einem schüchternen Schwarzen Mann, der sich hinter einer Tür versteckt, und begleitet von der umgekehrten Version eines Werwolfs... Nun, wahrscheinlich hätte ich tatsächlich laut gelacht. Vorausgesetzt, der Erzähler wäre bereit gewesen, die Schilderungen mehrmals zu wiederholen. Mit lauter Stimme.*

Der Rattentod trieb seine letzten Kunden zusammen – die meisten stammten vom Dachboden – und führte sie durch die Flammen, in Richtung... Nun, dorthin, wo sich gute Ratten nach ihrem Tod Entspannung erhofften.

Unterwegs erwartete ihn eine Überraschung: Er begegnete einer brennenden Gestalt, die durch das Chaos aus glühenden Balken und Bohlen stapfte. Als sie die in Flammen stehende Treppe erreichte, holte sie etwas aus der Tasche des Overalls, der sich ziemlich rasch in Asche verwandelte, und nahm den entsprechenden Gegenstand zwischen die Zähne.

Der Rattentod legte keinen Wert darauf, Augenzeuge der nächsten Ereignisse zu werden. In gewisser Hinsicht existierte er seit dem Leben der ersten Proto-Ratte, aber gleichzeitig war er erst einen Tag alt und mußte sich noch an die Pflichten des Todes gewöhnen. Ein dumpfes, blubberndes Pochen grollte durchs Haus, und vielleicht wußte er, daß dieses spezielle Geräusch von in Fässern kochendem Brandy verursacht wurde.

Das Problem bei kochendem Brandy besteht darin, daß er nicht lange kocht.

Der Feuerball trug Teile der Taverne fast einen Kilometer weit. Rote und weiße Flammen wuchsen aus Löchern, die dort entstanden waren, wo sich früher Türen und Fenster befunden hatten. Dachsparren wirbelten durch die Luft. Einige von ihnen bohrten sich in andere Dächer, und dadurch entstanden weitere Feuer.

Es folgten mattes Glühen sowie Tränen in den Augen der Zuschauer. Und dann formten sich kleine dunkle Lachen in dem Glimmen.

Sie bewegten sich, verschmolzen miteinander und bildeten eine hochgewachsene Gestalt, die aus den Trümmern kam und etwas trug.

Der Schemen eilte an verblüfften Männern und Frauen vorbei, über den kühlen dunklen Weg zur Farm. Die Leute erwachten aus ihrer Starrheit und folgten dem Schatten wie der Schweif eines finsteren Kometen.

Bill Tür trat die Treppe hoch, erreichte Frau Flinkwerts Schlafzimmer und legte das Kind aufs Bett.

ANGEBLICH GIBT ES HIER IRGENDWO EINEN APOTHEKER.

Frau Flinkwert bahnte sich einen Weg durch die Menge am Ende der Treppe.

»Du meinst den in Chambly«, sagte sie. »Aber ich kenne auch eine Hexe in Lancre.«

KEINE HEXEN. KEINE MAGIE. SORG DAFÜR, DASS DER APOTHEKER KOMMT. UND DIE ANDEREN LEUTE SOLLEN FORTGEHEN.

Es war keine Bitte oder Aufforderung. Es klang vielmehr wie eine Feststellung.

Frau Flinkwert wandte sich an die Zuschauer, hob die dürren Arme und winkte.

»Es ist vorbei. Husch-husch! Ihr seid hier in meinem Schlafzimmer. Raus mit euch!«

»Wie hat er das fertiggebracht?« fragte jemand. »Niemand konnte das Haus lebend verlassen! Wir haben gesehen, wie es explodierte!«

Bill drehte sich langsam um.

WIR HABEN DEN KELLER AUFGESUCHT, sagte er.

»Na bitte«, fügte Frau Flinkwert hinzu. »Sie haben den Keller aufgesucht. Ist doch ganz klar.«

»Aber die Taverne hatte doch gar keinen...«, begann der Skeptiker und unterbrach sich, als Bill Tür ihn anstarrte.

»Der Keller«, wiederholte er. »Ja. Natürlich. Klug von ihnen.«

»Sogar *sehr* klug«, betonte Frau Flinkwert. »Und jetzt geh zusammen mit den anderen.«

Bill Tür hörte, wie sie die Leute nach draußen in die Nacht

scheuchte. Das Geräusch ihrer Schritte, als sie mit einer Wasserschüssel und einem Handtuch zurückkehrte, vernahm er nicht – auch Frau Flinkwert konnte recht leise sein, wenn sie wollte.

Sie kam herein und schloß die Tür hinter sich.

»Die Eltern wollen bestimmt zu ihr«, sagte sie. »Ihre Mutter ist in Ohnmacht gefallen. Der Große Henry von der Mühle hat den Vater mit einem gut gezielten Fausthieb zur Vernunft gebracht, als er ins brennende Gebäude laufen wollte. Trotzdem dauert es bestimmt nicht lange, bis beide hier aufkreuzen.«

Frau Flinkwert beugte sich vor und tupfte die Stirn des Mädchens mit dem Handtuch ab.

»Wo hast du sie entdeckt?«

Sie versteckte sich im Schrank.

»Und dort hoffte sie, vor dem Feuer geschützt zu sein?«

Bill Tür zuckte mit den Schultern.

»Wie hast du sie in dem Durcheinander aus Flammen und Rauch gefunden?«

Vielleicht kann man in diesem Zusammenhang von einer besonderen Fähigkeit sprechen.

»Und sie hat nicht einmal einen Kratzer.«

Bill Tür ignorierte den fragenden Ton in Frau Flinkwerts Stimme.

Hast du jemanden geschickt, um den Apotheker zu holen?

»Ja.«

Er darf nichts wegnehmen.

»Wie meinst du das?«

Bleib hier, wenn er kommt. Aus diesem Zimmer darf kein Objekt entfernt werden.

»Das ist doch Unsinn. Warum sollte dem Apotheker daran gelegen sein, irgend etwas mitzunehmen? Hier gibt es doch nichts von Interesse für ihn, oder?«

Es ist sehr wichtig. Und jetzt muss ich gehen.

»Wohin?«

Zur Scheune. Es gilt, gewisse Dinge zu erledigen. Es bleibt nicht mehr viel Zeit.

Frau Flinkwert sah zu dem Mädchen, das reglos auf ihrem Bett lag. Sie hatte das Gefühl, den Boden unter den Füßen zu verlieren, geistig mitten im Nichts zu schweben.

»Das Kind scheint zu schlafen«, sagte sie. »Und doch... Irgend etwas stimmt nicht.«
Bill Tür blieb vor der Treppe stehen.
Es lebt von geliehener Zeit, erklärte er.

Hinter der Scheune stand eine alte Schmiede, die seit Jahren nicht mehr benutzt worden war. Doch jetzt strömte rotes und gelbes Licht auf den Hof, pulsierte wie ein Herz.
Der Vergleich mit dem Herzen erschien durchaus angemessen, denn es ertönte auch rhythmisches Hämmern. Und bei jedem Hämmern blitzte es blau.
Frau Flinkwert trat durch die geöffnete Tür. Wenn sie bereit gewesen wäre, in irgendeiner Hinsicht Eide abzulegen, so hätte sie nun geschworen, daß sie überhaupt keine Geräusche verursachte – zumindest keine Geräusche, die trotz des prasselnden Feuers und des lauten Klopfens gehört werden konnten. Trotzdem wirbelte Bill Tür herum, duckte sich und hob eine gewölbte Klinge.
»Ich bin's!«
Er entspannte sich. Besser gesagt: Er war ein wenig weniger angespannt.
»Was machst du hier?«
Er blickte so auf die Klinge in seinen Händen, als sähe er sie jetzt zum erstenmal.
Ich möchte diese Sense schärfen, Frau Flinkwert.
»Um ein Uhr früh?«
Er starrte auf das Metall.
Ob früh oder spät – das Ding bleibt stumpf.
Plötzlich schmetterte er die Sense auf den Amboß.
Ich kann sie einfach nicht genug schärfen!
»Ich fürchte, die Hitze ist dir zu Kopf gestiegen«, sagte Frau Flinkwert und griff nach dem Arm ihres Gehilfen.
»Mir scheint, die Sense ist scharf genug...«, begann sie – und zögerte. Ihre Finger tasteten über den Arm, wichen kurz zurück und faßten dann wieder zu.
Bill Tür schauderte.
Frau Flinkwert zögerte nicht lange. In den vergangenen fünfundsiebzig Jahren hatte sie es mit Kriegen, Hungersnöten, zahllosen kran-

ken Tieren, einigen Epidemien und Tausenden von alltäglichen Tragödien zu tun bekommen. Ein deprimiertes Skelett belegte nicht einmal einen der ersten zehn Plätze auf ihrer Liste schlimmer Dinge.

»*Du* bist es also«, meinte sie.

FRAU FLINKWERT, ICH...

»Ich habe immer gewußt, daß du eines Tages kommen würdest.«

ICH GLAUBE, VIELLEICHT...

»Weißt du, ich habe jahrelang auf einen Ritter mit weißem Roß gewartet.« Die alte Dame lächelte. »Wer hätte gedacht, daß mein Wunsch ausgerechnet auf diese Weise in Erfüllung geht?«

Bill Tür setzte sich auf den Amboß.

»Der Apotheker hat das Mädchen inzwischen untersucht«, fuhr Frau Flinkwert fort. »Er meinte, mit Sal sei soweit alles in Ordnung. Er konnte ihr nicht helfen, war nicht einmal imstande, sie zu wecken. Meine Güte, es hat eine Ewigkeit gedauert, bis es uns gelang, ihre verkrampfte Hand zu öffnen.

ICH HABE EXTRA DARAUF HINGEWIESEN, DASS NICHTS ENTFERNT WERDEN DARF!

»Keine Sorge. Wir haben ihr das Ding nicht weggenommen. Ihre Finger sind nach wie vor fest darum geschlossen.«

GUT.

»Was hat es damit auf sich?«

ES IST MEINE ZEIT.

»Wie bitte?«

MEINE ZEIT. DIE ZEIT MEINES LEBENS.

»Das Etwas sieht aus wie eine Uhr für sehr teure Eier.«

Bill Tür wirkte überrascht. JA. SO KÖNNTE MAN ES BESCHREIBEN. ICH HABE DEM MÄDCHEN EINEN TEIL MEINER ZEIT GEGEBEN.

»Wieso brauchst ausgerechnet *du* Zeit?«

JEDES LEBENDE WESEN BRAUCHT ZEIT. UND WENN DIE ZEIT ZU ENDE GEHT, SO KOMMT DER TOD. DAS MÄDCHEN STIRBT, WENN SEINE ZEIT VERSTRICHEN IST. UND DAS GILT AUCH FÜR MICH. WIR STERBEN ZUSAMMEN, IN EINIGEN STUNDEN.

»Aber *du* kannst doch nicht sterben...«

DOCH, ICH KANN. ES IST SCHWER ZU ERKLÄREN.

»Rutsch zur Seite.«

WAS?

»Rutsch zur Seite. Ich möchte mich ebenfalls setzen.«

Bill Tür rückte zur Kante des Ambosses, und Frau Flinkwert nahm Platz.

»Dich erwartet also der Tod«, sagte sie.

JA.

»Und du willst nicht sterben.«

NEIN.

»Warum nicht?«

Bill Tür bedachte die Frau an seiner Seite mit einem verdutzten Blick.

WEIL ES DANN NICHTS MEHR GIBT. WEIL ICH DANN NICHT MEHR EXISTIERE.

»So etwas steht auch Menschen bevor?«

ICH BEZWEIFLE ES. ICH MEINE, BEI EUCH IST DAS ANDERS. IHR HABT DIESE ANGELEGENHEIT BESSER ORGANISIERT.

Eine Zeitlang schwiegen sie und beobachteten das verblassende Glühen des Feuers in der Esse.

»Warum wolltest du die Sense schärfen?« fragte Frau Flinkwert nach einer Weile.

UM... MICH ZUR WEHR ZU SETZEN...

»Hat so etwas jemals geklappt? Bei dir, meine ich?«

NEIN. MANCHMAL SCHLAGEN MIR DIE LEUTE EIN SPIEL VOR. BEI DEM ES UM IHR LEBEN GEHT.

»Und hast du dabei jemals eine Niederlage hinnehmen müssen?«

NEIN. IM VERGANGENEN JAHR BEKAM JEMAND DREI STRASSEN UND ALLE VERSORGUNGSWIRTSCHAFTLICHEN EINRICHTUNGEN.

»Was? Von welchem Spiel erzählst du da?«

AN DEN TITEL ERINNERE ICH MICH NICHT, ABER ES HAT IRGEND ETWAS MIT MONOPOLEN ODER SO ZU TUN. ZU ANFANG WAR ICH IM NACHTEIL, ABER LETZTENDLICH HABE ICH DOCH GEWONNEN.

»Einen Augenblick«, sagte Frau Flinkwert. »Wenn du *du* bist... Wer kommt dann, um dich ins Jenseits zu geleiten?«

DER TOD. GESTERN NACHT SCHOB JEMAND DIES HIER UNTER DER SCHEUNENTÜR DURCH.

Tod öffnete die Hand, und zum Vorschein kam ein fleckiger, zerknitterter Zettel. Nicht ohne Mühe las Frau Flinkwert ein langes Wort: UuuuuIIiiUUUuuuIIiiiUUUuuuIIiii.

Es handelt sich um die schriftliche Mitteilung eines Banshees.

Frau Flinkwert musterte ihn und neigte den Kopf ein wenig zur Seite.

»Aber wenn ich mich nicht *sehr* irre...«

Ich meine den *neuen* Tod.

Bill Tür griff nach der Klinge.

Er wird schrecklich sein.

Knöchernde Hände neigten die Sense hin und her. Bläuliches Licht glitzerte an der Schneide.

Ich bin der erste, den er holt.

Frau Flinkwert beobachtete das blaue Licht fasziniert.

»Hast du eine Ahnung, *wie* schrecklich der neue Tod sein wird?«

Wie schrecklich kannst du ihn dir vorstellen?

»Oh.«

So schrecklich.

Die Klinge kippte nach rechts und links.

»Und er holt nicht nur dich, sondern auch das Kind?« fragte Frau Flinkwert.

Ja.

»Ich glaube nicht, daß ich dir irgendeinen Gefallen schulde, Herr Tür. Ich schätze, niemand ist dir in irgendeiner Weise verpflichtet.«

Vielleicht hast du recht.

»Manchmal spielt einem das Leben die seltsamsten Streiche, nicht wahr?«

Darüber weiss ich kaum Bescheid.

Frau Flinkwert sah Bill Tür versonnen an.

»Dort drüben in der Ecke liegt ein guter Schleifstein«, sagte sie.

Ich habe ihn bereits benutzt.

»Und im Schrank ist ein geölter Wetzstein.«

Auch den habe ich schon versucht.

Frau Flinkwert glaubte, ein Geräusch zu hören, als sich die Sense bewegte: Es summte leise – Luft teilte sich an der Schneide.

»Und die Klinge ist immer noch nicht scharf genug?«

Bill Tür seufzte. Vielleicht wird sie nie scharf genug.

»Kopf hoch, Mann«, sagte Frau Flinkwert. »Man darf nicht aufgeben. Wo es Leben gibt und so...«

Wo es Leben gibt und so was?
»... da gibt es auch Hoffnung?«
Tatsächlich?
»Ich denke schon.«
Bill Tür strich mit einem Knochenfinger über die Schneide.
Hoffnung?
»Bleibt dir etwas anderes übrig?«
Bill schüttelte den Kopf. Er hatte verschiedene Gefühle ausprobiert, doch dies war neu für ihn.
Könntest du mir Wetzstahl besorgen?

Eine Stunde später.
Frau Flinkwert kramte in ihrem Lumpensack.
»Und jetzt?« fragte sie.
Womit haben wir es bisher versucht?
»Mal sehen... Sackzeug, Kattun, Leinen... Wie wär's mit Satin? Hier, nimm.«
Bill Tür griff nach dem Lappen und strich damit vorsichtig über die Klinge.
Frau Flinkwert arbeitete sich jetzt durch die unteren Bereiche des Flickensacks und holte ein weißes Gewand hervor.
Was ist das?
»Seide«, sagte die alte Dame leise. »Erstklassige weiße Seide. Bessere gibt's nicht. Mein Hochzeitskleid, das ich nie getragen habe...«
Sie setzte sich und starrte auf das Gewand.
Nach einer Weile zog Bill Tür ihr den weißen Stoff behutsam aus den Händen.
Danke.
»Gern geschehen.« Frau Flinkwert fand ins Hier und Jetzt zurück. »Genau richtig, nicht wahr?«
Die Sense drehte sich, und ein dumpfes *Womm* ertönte. Die Kohlen in der Esse glühten kaum mehr, doch helles Licht funkelte über die Klinge.
»Mit Seide geschärft«, hauchte Frau Flinkwert. »Wer hätte das gedacht?«
Und noch immer stumpf.
Bill Tür sah sich in der dunklen Schmiede um und eilte in eine Ecke.

»Was hast du gefunden?«

SPINNWEBEN.

Irgend etwas pfiff leise – es klang nach gequälten Ameisen.

»Nun?«

NACH WIE VOR ZU STUMPF.

Frau Flinkwert beobachtete, wie Bill Tür die Schmiede verließ, und sie folgte ihm rasch. Draußen blieb er mitten auf dem Hof stehen und hielt die Sense mit der Schneide in die sanfte Brise.

Es summte.

»Wie scharf kann eine Klinge werden, um Himmels willen?«

NOCH VIEL SCHÄRFER.

Im Hühnerstall erwachte der Hahn Cyril, blickte müde zum Schild und versuchte, die mit Kreide geschriebenen Buchstaben zu entziffern. Er holte tief Luft.

»Fliegelieh-gah!«

Bill Tür sah erst zum Horizont und dann zu dem Hügel hinterm Haus.

Abrupt setzte er sich in Bewegung, und seine Füße klickerten über den Boden.

Das Licht des neuen Tages überflutete die Welt. Eigentlich war das Licht der Scheibenwelt alt, langsam und schwer. Doch mit dem Donnern angreifender Kavallerie kroch es jetzt über die Landschaft und ließ sich hier und dort von einem Tal aufhalten, das es zu füllen galt. Es staute sich an hohen Bergen, bis es über die Gipfel hinwegströmte.

Es glitt übers Meer, hastete über den Strand und wurde schneller, als es die weiten Ebenen erreichte – die Peitsche der Sonne trieb es an.

Auf dem sagenhaften verborgenen Kontinent Xxxx, irgendwo in der Nähe des Rands, gibt es eine verlorene Kolonie von Zauberern, die Korken an ihren spitzen Hüten tragen und sich nur von Garnelen ernähren. Dort rollt wildes und frisches Licht vom Weltraum herein, und die Magier reiten auf der brodelnden Woge zwischen Nacht und Tag.

Wenn einer von ihnen auf einer Welle aus unermüdlichem Licht Tausende von Kilometern landeinwärts getragen worden wäre, so hätte er schließlich beobachten können, wie eine große, dürre Gestalt über den Hang eines Hügels kletterte.

Sie erreichte den Gipfel vor dem Glanz des Morgens, atmete tief durch, hockte sich nieder und grinste.

In den ausgestreckten Armen hielt sie eine Klinge.

Licht traf die Schneide und ... teilte sich.

Nun, es muß bezweifelt werden, ob der Zauberer bereit gewesen wäre, diesen Vorgängen mehr als nur beiläufige Aufmerksamkeit zu schenken. Wahrscheinlich hätte er vor allem an den achttausend Kilometer langen Rückweg nach Hause gedacht.

Frau Flinkwert schnappte nach Luft, als der neue Tag vorbeiglitt. Bill Tür verharrte in absoluter Reglosigkeit; nur die Sense bewegte sich, neigte die Schneide ins Licht.

Schließlich schien er zufrieden zu sein.

Er drehte sich um und holte versuchsweise mit der Klinge aus.

Frau Flinkwert stemmte die Hände an die Hüften. »Oh, ich *bitte* dich«, sagte sie. »Man kann

Man kann	mit	licht
nichts	Tages	schärfen.

«

Sie zögerte.

Bill Tür schwang erneut die Sense.

»

Mei	Gü
ne	te!

«

Im Hühnerstall reckte Cyril den Hals, um einen neuerlichen Versuch zu wagen. Bill Tür lächelte und streckte die Sense dem Geräusch entgegen.

»

Glie	lieh
ge	Glah!

«

Dann ließ er die Klinge sinken.

Das ist Schärfe.

Das Grinsen wich aus seinem Gesicht – soweit das möglich war.

Frau Flinkwert drehte sich um und folgte Bill Türs Blick bis zu einer seltsamen Dunstwolke über dem Kornfeld.

Etwas Graues schwebte dort, wie ein leerer Umhang, der die Konturen eines Unsichtbaren andeutete. Frau Flinkwert dachte an Kleidungsstücke, die an der Wäscheleine hingen und sich im Wind bewegten – so ungefähr sah es jedenfalls aus.

Der Umhang zitterte mehrmals hin und her, bevor er verschwand.

»Ich habe ihn gesehen.«

DAS WAR NICHT DER NEUE TOD, SONDERN *SIE*.
»Wer *sie*?«
NUN, SIE SIND WIE... Bill Tür gestikulierte vage. WIE DIENER. BEOBACHTER. REVISOREN. INSPEKTOREN.
Frau Flinkwert kniff die Augen zusammen.
»Inspektoren?« wiederholte sie. »Etwa so wie Steuerbeamte?«
JA, ICH GLAUBE SCHON...
Frau Flinkwert strahlte.
»Warum hast du das nicht *sofort* gesagt?«
WIE BITTE?
»Mein Vater hat mir des öfteren das Versprechen abgenommen, *nie* den Steuerbeamten zu helfen. Er meinte immer, allein der Gedanke daran mache ihn bereits wütend. Er meinte, die Steuern seien schlimmer als der Tod, weil der Tod einen nicht jedes Jahr heimsuche. Wir mußten das Zimmer verlassen, wenn sich Vater richtig über die Steuerbeamten aufzuregen begann. Sie sind *abscheulich*. Schnüffeln überall herum und fragen, was man unterm Holzstapel und in den geheimen Kellernischen versteckt hat. Obwohl das niemanden etwas angeht.«
Ein empörtes Schniefen beendete den Vortrag.
Bill Tür war beeindruckt. Frau Flinkwert sprach »Steuerbeamter« ungefähr so aus wie »Abschaum«.
»Du hättest gleich zu Anfang darauf hinweisen sollen, daß es solche Leute auf dich abgesehen haben«, fuhr die alte Dame fort. »Weißt du, die Steuerbeamten sind in dieser Gegend alles andere als beliebt. Damals, als mein Vater noch lebte... Wenn ein Steuerbeamter so dumm war, allein hierherzukommen, banden wir ihm Gewichte an die Füße und warfen ihn in den Teich.«
DER TEICH IST DOCH NUR EINIGE WENIGE ZENTIMETER TIEF.
»Ja, aber das mußten die Burschen erst einmal herausfinden, und es machte eine Menge Spaß, ihnen dabei zuzusehen. Oh, du hättest es mir sofort mitteilen sollen. Alle argwöhnten einen Zusammenhang zwischen dir und den Steuern.«
NEIN. MIT STEUERN HABE ICH NICHTS ZU TUN.
»Na so was... Ich hatte keine Ahnung, daß es auch *da oben* Steuerbeamte gibt.«
STEUERBEAMTE, JA. IN GEWISSER WEISE.
Frau Flinkwert schob sich etwas näher an ihn heran.

»Wann kommt er?«

Heute nacht. Den genauen Zeitpunkt kenne ich nicht. Zwei Personen leben von der gleichen Zeit – dadurch bekommen die Ereignisse eine gewisse Unbestimmtheit.

»Ich wußte gar nicht, daß man anderen Leuten einen Teil des eigenen Lebens abgeben kann.«

Es geschieht dauernd.

»Und du bist ganz sicher in Hinsicht auf heute nacht?«

Ja.

»Und das mit der Sense klappt?«

Kommt darauf an. Die Chancen stehen eins zu einer Million.

»Oh.« Frau Flinkwert dachte nach. »Also hast du den Rest des Tages frei, oder?«

Ja?

»Dann kannst du damit beginnen, die Ernte einzubringen.«

Was?

»Dann bist du wenigstens beschäftigt. Die Arbeit bringt dich auf andere Gedanken. Außerdem bezahle ich dir sechs Cent die Woche. Und sechs Cent sind sechs Cent.«

Zufälligerweise wohnte Frau Kuchen in der Ulmenstraße. Windle klopfte an.

Nach einer Weile erklang eine dumpfe Stimme: »Ist da jemand?«

»Klopf einmal für ›ja‹«, schlug Schleppel vor.

Windle öffnete die Klappe des Briefschlitzes.

»Hallo? Frau Kuchen?«

Die Tür flog auf.

Und Windle stellte fest, daß er sich Frau Kuchen anders vorgestellt hatte. Sie war ... üppig, aber nicht in dem Sinne von dick. Bei ihrer Gestalt mußte man nur etwas großzügigere Maßstäbe anlegen: Solche Leute gehen gebückt durchs Leben und haben immer eine Entschuldigung auf den Lippen, falls sie einmal unbeabsichtigt aufragen. Außerdem hatte Frau Kuchen prächtiges Haar. Es krönte ihr Haupt und fiel einem Umhang gleich über die Schultern. Hinzu kamen spitz zulaufende Ohren und Zähne, die zwar weiß und makellos waren, doch das Licht auf eine irgendwie beunruhigende Weise reflektierten. Es erstaunte Windle, wie schnell seine weitaus sensibleren Zombie-Sinne zu einem bestimmten Schluß gelangten. Er senkte den Blick.

Lupine saß kerzengerade und war viel zu aufgeregt, um auch nur mit dem Schwanz zu wedeln.

»Ich glaube nicht, daß *du* Frau Kuchen bist«, sagte Windle.

»Du möchtest sicherlich zu meiner Mutter«, erwiderte die hochgewachsene junge Frau. »Mutter! Besuch für dich!«

Aus fernem Gemurmel wurde nahes Gemurmel, und dann erschien Frau Kuchen neben ihrer Tochter, wie ein kleiner Mond, der aus dem Schatten des Planeten glitt.

»Was willst du?« fragte sie.

Windle wich einen Schritt zurück. Im Gegensatz zu ihrer Tochter war Frau Kuchen recht klein und fast völlig rund. Da gab es noch einen weiteren Unterschied: Fräulein Kuchen versuchte immerzu, kleiner zu wirken, und Frau Kuchen bemühte sich um das exakte Gegenteil. Sie trachtete energisch danach, größer zu sein. Zum Beispiel trug sie mit der gleichen Hingabe wie ein Zauberer einen enormen Hut. Daran waren diverse Dinge befestigt: Vogelfedern, wächserne Kirschen und Hutnadeln – Carmen Miranda hätte einen solchen Hut bei der Bestattung eines Kontinents tragen können. Frau Kuchen hing darunter wie der Korb unter einem Heißluftballon. Viele Leute neigten dazu, bei Gesprächen mit Frau Kuchen ihre Worte an den Hut zu richten.

»Frau Kuchen?« fragte Windle fasziniert.

»Hich bin hier unten«, erklang eine Stimme, die sich offenbar bemühte, gleichzeitig würde- und vorwurfsvoll zu klingen.

Windle senkte den Kopf.

»Ja, das bin hich«, sagte Frau Kuchen.

»Spreche ich mit Frau Kuchen?« fragte Windle.

»Ja, hich weiß.«

»Mein Name lautet Windle Poons.«

»Auch das ist mir klar.«

»Ich bin Zauberer...«

»Meinetwegen, aber tritt vorher die Schuhe ab.«

»Darf ich hereinkommen?«

Windle Poons zögerte. Im klickenden Kontrollraum des Gehirns wiederholte er den Wortwechsel. Nach einigen Sekunden lächelte er.

»Genau«, sagte Frau Kuchen.

»Bist du vielleicht Hellseherin?!«

»Für gewöhnlich etwa zehn Sekunden, Herr Poons.«

Windle zögerte.

»Du mußt die Frage stellen«, erklärte Frau Kuchen rasch. »Ich bekomme Migräne, wenn die Leute ganz bewußt darauf verzichten, eine Frage zu formulieren, die ich vorausgesehen und schon beantwortet habe.«

»Wie weit reicht dein Blick in die Zukunft, Frau Kuchen?«

Sie nickte.

»In Ordnung«, sagte sie beschwichtigt und führte den verstorbenen Zauberer durch den Flur zum kleinen Wohnzimmer. »Auch der Schwarze Mann ist mir willkommen – wenn er die Tür draußen läßt und sich in den Keller begibt. Ich mag es nicht, wenn Schwarze Männer in meinem Haus herumwandern.«

»Potzblitz, es ist eine Ewigkeit her, seit ich zum letztenmal in einem richtigen Keller gewesen bin«, sagte Schleppel.

»Es gibt auch Spinnen darin.«

»Donnerwetter!«

»Und du möchtest eine Tasse Tee«, wandte sich Frau Kuchen an Windle. Jemand anders hätte vielleicht gesagt: »Ich nehme an, du möchtest eine Tasse Tee«, oder »Möchtest du eine Tasse Tee?« Evadne Kuchen stellte schlicht und einfach eine Tatsache fest.

»Ja, danke«, bestätigte Windle. »Eine Tasse Tee wäre nicht übel.«

»Davon rate ich ab«, sagte Frau Kuchen. »Das Zeug läßt die Zähne verfaulen.«

Windle versuchte, sich eine passende Bemerkung einfallen zu lassen.

»Mit zwei Löffeln Zucker, bitte«, meinte er.

»Nun, es ist kein Schloß, aber hier läßt sich's leben.«

»Ein hübsches Haus«, sagte Windle. Seine Gedanken rasten. Frau Kuchens Angewohnheit, Fragen zu beantworten, noch bevor man sie gestellt hatte, verlangte vom Gehirn enorm viel rhetorische Kreativität.

»Er ist seit zehn Jahren tot«, sagte sie gerade.

»Äh«, erwiderte Windle, und einen Sekundenbruchteil später erreichte die Frage seinen Kehlkopf. »Wie geht es Herrn Kuchen?«

»Schon gut. Gelegentlich spreche ich mich ihm.«

»Tut mir leid, das zu hören«, sagte Windle.

»Nun, wenn du dich dadurch besser fühlst...«

»Äh, Frau Kuchen? Ich finde das ein wenig verwirrend. Könntest du vielleicht auf die, äh, Hellseherei verzichten, während wir uns unterhalten?«

Sie nickte.

»Entschuldigung. Bin zu sehr daran gewöhnt, die Vorahnung eingeschaltet zu lassen. Immerhin sind wir hier fast immer unter uns: nur Ludmilla, Ein-Mann-Kübel und ich. Ein-Mann-Kübel ist ein Geist«, fügte Frau Kuchen hinzu. »Ich wußte, daß du danach fragen würdest.«

»Ja«, sagte Windle. »Ich habe davon gehört, daß Medien auf die Hilfe von Kontaktgeistern zurückgreifen.«

»Oh, er ist kein Kontaktgeist, sondern eine Art Mädchen-für-alles-Phantom. Wie dem auch sei: Hich halte nichts von dem Unsinn mit Karten, Sprechtrichtern und Alphabettafeln. Außerdem finde hich Ektoplasma abscheulich. Es kommt mir nicht ins Haus. Nein, auf keinen Fall! Immer bleiben Flecken im Teppich, und man kriegt sie nicht einmal mit Essig weg.«

»Ach?« warf Windle Poons ein.

»Und das Heulen und Jammern. Kann's ebensowenig ausstehen wie das Herumpfuschen mit dem Übernatürlichen. Es ist unnatürlich, das Übernatürliche. In meinem Haus lasse ich so etwas nicht zu.«

»Äh«, begann Windle vorsichtig, »manche Leute sind der Ansicht, daß sich ein Medium mit dem, äh, Übernatürlichen beschäftigt.«

»Was? *Was*? Tote haben überhaupt nichts Übernatürliches an sich. Wer so etwas behauptet, hat keine Ahnung. Jeder stirbt früher oder später.«

»Das hoffe ich, Frau Kuchen.«

»Nun, was führt dich hierher, Herr Poons? Meine Vorahnung ist jetzt ausgeschaltet, und deshalb mußt du es mir schon mitteilen.«

»Ich möchte wissen, was die jüngsten Ereignisse bedeuten, Frau Kuchen.«

Unter ihren Füßen polterte es leise, und dann hörten sie Schleppels glückliche Stimme.

»Und es gibt hier auch Ratten! Toll!«

»Ich habe versucht, die Zauberer darauf hinzuweisen«, sagte Evadne Kuchen pikiert. »Woraufhin man mir nahelegte, ich sollte mich um meine eigenen Angelegenheiten kümmern. Hich sehe nicht ein, warum ich Zauberern helfen soll, die mich ›gute Frau‹ nennen, nur weil ich ihnen helfen wollte.«

»Ich fürchte, Zauberer hören nur selten zu«, ließ sich Windle vernehmen. »Ich habe hundertdreißig Jahre lang nicht zugehört.«

»Warum denn nicht?«

»Vielleicht wollte ich vermeiden, dauernd Unsinn von mir selbst zu hören. Was geschieht derzeit, Frau Kuchen? Du kannst es mir ruhig sagen. Ich bin zwar ein Zauberer, aber ein toter.«

»Nun...«

»Schleppel meinte, es läge alles an der Lebenskraft.«

»Sie staut sich an.«

»Und welche Folgen ergeben sich daraus?«

»Inzwischen existiert mehr Lebenskraft, als es eigentlich der Fall sein sollte, und dadurch entsteht...« Frau Kuchen suchte nach den richtigen Worten. »Es ist wie mit einer Waage; allerdings enthalten die beiden Schalen nicht das gleiche Gewicht...«

»Unausgeglichenheit?«

Frau Kuchen nickte und erweckte den Eindruck, von einem fernen Manuskript zu lesen.

»So was in der Art, ja... Manchmal gerät die Sache nur ein wenig aus dem Gleichgewicht, und dann bekommt man Geister – das Leben steckt nicht mehr im Körper, doch es existiert nach wie vor. Im Winter passiert so etwas eher selten, weil die Lebenskraft irgendwie ›versikkert‹. Im Frühling kehrt sie zurück, und manche Dinge ziehen sie an...«

Das Universitätsgärtner Modo summte eine fröhliche Melodie, als er das seltsame Drahtgebilde in seinen kleinen, privaten Bereich zwischen der Bibliothek und dem Gebäude für hochenergetische Magie* rollte.

---

* Das einzige *weniger* als tausend Jahre alte Gebäude der Unsichtbaren Universität. Die älteren Zauberer haben sich nie darum gekümmert, was ihre jüngeren, schlankeren und häufig bebrillten Kollegen in jenem Teil des Campus anstellen. Die wiederholten Finanzierungsanträge in bezug auf thaumische Partikelbeschleuniger und Strahlenschilde stoßen auf das gleiche Interesse wie Bitten um Erhöhung des Taschengelds, und aufgeregte Berichte über die Suche nach den Elementarteilchen der Magie bewirken nicht mehr als amüsiertes Lächeln. Diese Einstellung mag den alten Zauberern eines Tages zum Nachteil gereichen, insbesondere dann, wenn sie den jungen Zauberern erlauben, ihren Forschungsdrang völlig frei und unbeaufsichtigt zu entfalten.

Der sonderbare Karren enthielt für die Komposthaufen bestimmtes Unkraut.

Derzeit herrschte eine Menge Aufregung. Es war zweifellos interessant, für die Zauberer zu arbeiten.

Zusammenarbeit und Kooperation – darauf kam's an. Die Magier kümmerten sich um Dinge wie kosmische Balance, universelle Harmonie und dimensionales Gleichgewicht. Modo sorgte dafür, daß sich die Blattläuse von den Rosen fernhielten.

Etwas klimperte und klirrte. Der Gärtner spähte übers Unkraut hinweg.

»Noch einer?«

Auf dem Weg stand ein glänzender Drahtkorb, ausgestattet mit kleinen Rädern.

Vielleicht ein Geschenk der Zauberer? Der erste Karren dieser Art hatte sich als sehr nützlich erwiesen, obgleich das Steuern ein gewisses Geschick erforderte – die Räder konnten sich nur selten darauf einigen, alle in die gleiche Richtung zu weisen. Vermutlich gab's bei der Sache irgendeinen Trick.

Nun, Modo konnte das zweite Exemplar für den Transport von Saatgut verwenden. Als er die Hand nach dem anderen Karren ausstreckte, hörte er hinter sich ein eigentümliches Geräusch. Wenn der Gärtner auf die Idee gekommen wäre, es aufzuschreiben, so hätte es vermutlich folgendermaßen ausgesehen: Glop.

Er drehte sich um und beobachtete, wie der größte Komposthaufen in der Dunkelheit pulsierte. »Sieh nur, was ich dir mitgebracht habe«, sagte Modo und deutete aufs Unkraut.

Der Haufen näherte sich ihm.

Die alten Zauberer wissen: Magie erfüllt ihren Zweck, wenn sie zu einer gut ausgeprägten Hierarchie führt, mit den alten Zauberern und vier guten Mahlzeiten pro Tag an der Spitze. In diesem Zusammenhang ist anzumerken, daß der Trakt für hochenergetische Magie eine der seltensten kulinarischen Spezialitäten des ganzen Multiversums geschaffen hat: Antinudeln. Gewöhnliche Nudeln werden vor dem Essen zubereitet, doch Antinudeln entstehen einige Stunden *nachher* und existieren *rückwärts in der Zeit*. Die richtige Zubereitung sorgt dafür, daß sie genau dann den Gaumen berühren, wenn es der Speisende erwartet, und sie führen zu einer wahren Geschmacksexplosion. Fünfzehn Gramm Antinudeln kosten fünftausend Ank-Morpork-Dollar – und nur wenig mehr, wenn man auch die Reinigungskosten für Wände berücksichtigt, an denen Tomatensoße zahllose Flecken bildet.

»Und nicht nur manche Dinge, sondern auch manche Orte...«, fügte Frau Kuchen hinzu.

»Aber warum staut sich die Lebenskraft an?« fragte Windle.

»Es ist wie bei einem Gewitter. Hast du schon mal ein Prickeln gespürt, bevor die Blitze zucken und der Donner kracht? Etwas in der Art geschieht jetzt.«

»Und *warum*, Frau Kuchen?«

»Nun... Ein-Mann-Kübel meint, derzeit stirbt einfach nichts.«

»Was?«

»Klingt komisch, nicht wahr? Er meint, viele Leben gehen zu Ende – ohne zu verschwinden. Sie bleiben einfach da.«

»So wie Geister?«

»Es geht um mehr als nur Geister. Stell dir... Pfützen vor. Wenn man viele Pfützen vereint, so bekommt man ein Meer. Außerdem: Geister stammen von Personen, nicht von Pflanzen und Gemüse.«

Windle Poons lehnte sich auf dem Stuhl zurück. Er dachte an eine aus Lebenskraft bestehende Pfütze, die immer mehr anschwoll und zu einem See wurde, gespeist von Millionen Bächen und Flüssen: zu Ende gehendes Leben. Der Druck wuchs, und dadurch bildeten sich erste Lecks, aus denen Lebenskraft hervorquoll...

»Wenn ich einige Fragen direkt an Ein-Mann...«, begann der tote Zauberer – und unterbrach sich abrupt.

Mit einem Satz sprang er auf und eilte zum Kaminsims.

»Seit wann hast du das hier, Frau Kuchen?« erkundigte er sich und griff nach einem vertraut anmutenden Objekt aus Glas.

»Das da? Hab's gestern gekauft. Hübsch, nicht wahr?«

Windle schüttelte die Kugel. Diese Glaskugel wies große Ähnlichkeit mit der auf, die er im Loch unter der lockeren Diele gefunden hatte. Winzige Schneeflocken wirbelten herum und rieselten auf eine detaillierte Darstellung der Unsichtbaren Universität hinab.

Der Anblick erinnerte ihn an etwas. Nun, das Gebäude erinnerte ihn natürlich an die Universität, aber die allgemeine Form weckte Assoziationen an, an...

Frühstück?

»Warum passiert so etwas?« murmelte er. »Diese Gegenstände tauchen überall auf. Weshalb?«

Die Zauberer eilten durch den Flur.

»Wie tötet man Geister?«

»Woher soll ich das wissen? Normalerweise ist es gar nicht nötig, irgendwelche Geister umzubringen.«

»Ich glaube, man exorziert sie.«

»Was? Indem man umherspringt, auf der Stelle läuft und so weiter?«

Der Dekan hatte mit einer solchen Frage gerechnet. »Nicht exerzieren, sondern exorzieren, Erzkanzler. Ich bezweifle, ob Leibesübungen bei körperlosen Phänomenen einen Sinn hätten.«

»Da hast du völlig recht. Uns kann wohl kaum etwas daran gelegen sein, daß es hier von gesunden Geistern wimmelt.«

Ein markerschütternder Schrei ertönte, hallte durch das Labyrinth aus Säulen, Torbögen und Kreuzgängen. Nach einigen Sekunden machte er jäher Stille Platz.

Der Erzkanzler blieb ruckartig stehen, und die anderen Zauberer liefen in ihn hinein.

»Ein markerschütternder Schrei«, brummte er. »Folgt mir.«

Er rannte um die Ecke.

Es schepperte und klapperte. Jemand fluchte hingebungsvoll.

Ein kleines, gestreiftes, rotgelbes Etwas mit winzigen Reißzähnen und drei Flügelpaaren flog um die Ecke, sauste über den Kopf des Dekans hinweg und surrte dabei wie eine Miniatur-Kreissäge.

»Hat jemand eine Ahnung, was das war?« fragte der Quästor. Das Wesen umkreiste die Zauberer einmal, stieg auf und verschwand in der Dunkelheit unter der hohen Decke. »Außerdem ertrage ich es nicht, wenn er so flucht.«

»Komm«, sagte der Dekan. »Wir sollten besser nach ihm sehen.«

»Müssen wir?« erkundigte sich der Oberste Hirte.

Sie spähten um die Ecke. Der Erzkanzler saß auf dem Boden und rieb sich den Knöchel.

»Welcher Idiot hat das hier herumstehen lassen?« knurrte er.

»Was denn?« fragte der Dekan.

»Das verdammte Drahtkorbding mit Rädern«, antwortete Ridcully. Neben ihm materialisierte eine winzige purpurne Spinne aus dem Nichts und krabbelte hastig in eine Ritze. Die Zauberer übersahen sie.

»Was für ein Drahtkorbding mit Rädern?« erwiderten die Magier wie aus einem Mund.

Der Erzkanzler blickte sich um.

»Ich hätte schwören können...«, begann er.

Wieder erklang ein Schrei.

Ridcully sprang auf.

»Kommt, Kameraden!« forderte er seine Kollegen auf und hinkte tapfer durch den Flur.

»Warum muß man unbedingt dorthin laufen, wo ein markerschütternder Schrei erklingt?« grummelte der Oberste Hirte. »Das widerspricht doch aller Vernunft.«

Kurze Zeit später erreichten sie den Hof.

Ein rundes Gebilde hockte in der Mitte des uralten Rasens. Mit einem gelegentlichen Zischen drang Dampf aus der Spitze.

»Was ist das?«

»Steht da etwa ein Komposthaufen in der Mitte des uralten Rasens?«

»Das wird Modo ganz und gar nicht gefallen.«

Der Dekan sah genauer hin. »Äh... vor allem deshalb nicht, weil seine Beine darunter hervorragen...«

Der Haufen erzitterte mehrmals und gab dabei Geräusche von sich, die wie *Glop, glop* klangen.

Dann setzte er sich in Bewegung.

»Na schön.« Ridcully rieb sich hoffnungsvoll die Hände. »Wer von euch hat zufälligerweise einen Zauberspruch dabei?«

Die Magier klopften verlegen auf ihre Taschen.

»Dann lenke ich das Ding ab, während der Quästor und der Dekan versuchen, Modo herauszuziehen«, beschloß der Erzkanzler.

»Oh, gut«, ächzte der Dekan.

»Wie lenkt man einen Komposthaufen ab?« fragte der Oberste Hirte. »Um ihn abzulenken, müßte er doch mit einem Phänomen namens Aufmerksamkeit ausgestattet sein, oder?«

Ridcully nahm den Hut ab und trat langsam vor.

»He, du Ansammlung aus Müll!« donnerte er.

Der Oberste Hirte legte die Hand vor die Augen.

Ridcully winkte mit dem Hut.

»Biologisch abbaubarer Abfall!«

»Armseliger grüner Dreck?« fragte der Dozent für neue Runen.

»So ist es richtig«, lobte der Erzkanzler. »Wir müssen versuchen,

Zorn in dem verdammten Ding zu wecken.« (Hinter ihm erschien ein wespenartiges Wesen und summte fort.)

Dampfender Kompost neigte sich dem Hut entgegen.

»Stinkender Kehricht!« rief Ridcully.

»*Meine* Güte!« entfuhr es dem Dozenten für neue Runen schockiert.

Dekan und Quästor krochen vor, packten jeweils nach einem Bein des Gärtners und zogen. Modo glitt aus dem Haufen.

»Das Zeug hat sich durch die Kleidung gefressen!« brachte der Dekan hervor.

»Ist alles in Ordnung mit ihm?«

»Er atmet noch«, stellte der Quästor fest.

»Und wenn er Glück hat, kann er nichts mehr riechen«, sagte der Dekan.

Der Haufen schnappte nach Ridcullys Hut. Erneut machte es *Glop*, und die Spitze des Hutes verschwand.

»He, die Flasche darin war noch fast halb voll!« platzte Ridcully heraus. Die Hand des Obersten Hirten schloß sich ihm um den Arm.

»Komm, Erzkanzler!«

Der Haufen drehte sich und griff den Quästor an.

Die Zauberer wichen zurück.

»Er ist doch nicht intelligent, oder?« fragte der Quästor.

»Er bewegt sich relativ langsam und verschlingt Dinge«, erwiderte der Dekan.

»Mit einem spitzen Hut oben drauf könnte er zu einem Fakultätsmitglied werden«, meinte der Erzkanzler.

Der Haufen hielt direkt auf ihn zu.

»Ich schätze, er ist gar nicht so langsam«, sagte der Dekan.

Erwartungsvolle Blicke glitten zum Erzkanzler.

»Fort von hier!«

Die meisten alten Zauberer waren dick, aber es gelang ihnen trotzdem, in den Kreuzgängen auf eine recht hohe Geschwindigkeit zu beschleunigen. Am Eingang kam es zu kurzem Gerangel, bis die Zauberer begriffen, daß es besser war, *nacheinander* durch die Tür zu treten. Anschließend warfen sie das Portal zu und lehnten sich dagegen.

Auf der anderen Seite ertönte ein feucht klingendes Pochen.

»Hier sind wir sicher«, sagte der Quästor.

Der Dekan sah nach unten.

»Ich glaube, das Ding kommt durch die Tür, Erzkanzler«, flüsterte er.

»Sei nicht dumm, Mann. Immerhin *lehnen* wir an der Tür.«

»Ich meinte nicht ›durch‹, sondern... *durch*.«

Ridcully schnupperte.

»Irgendwas brennt hier!«

»Deine Stiefel...«, sagte der Dekan.

Der Erzkanzler sah nach unten. Unter der Tür breitete sich eine gelbgrüne Lache aus. Das Holz verkohlte. Die Steinplatten zischten. Und Ridcullys Ledersohlen waren in erheblichen Schwierigkeiten. Er spürte, wie er immer kleiner wurde.

Er zerrte an den Schnürsenkeln, ging in die Höhe, stieß sich ab und landete auf trockenem Boden.

»Quästor!«

»Ja, Erzkanzler!«

»Gib mir deine Stiefel!«

»Was?«

»Verdammt, Mann, ich befehle dir hiermit, mir deine dreimal verfluchten Stiefel zu geben!«

Diesmal erschien ein recht großes Geschöpf. Es hatte vier Flügelpaare – zwei vorn, zwei hinten – und drei Augen, materialisierte direkt über Ridcullys Kopf und fiel ihm auf den Hut.

»Aber...«

»Ich bin der Erzkanzler!«

»Ja, aber...«

»Die Angeln geben nach«, sagte der Dozent für neue Runen.

Ridcully sah sich erschrocken um.

»Wir gruppieren uns neu, und zwar im Großen Saal«, sagte er. »Wir... leiten einen strategischen Rückzug ein, zu vorbereiteten Ausweichstellen.«

»Wer hat sie vorbereitet?« fragte der Dekan.

»Das erledigen wir, wenn wir sie erreichen«, preßte der Erzkanzler hervor. »Quästor! Deine Stiefel! Jetzt sofort!«

Sie erreichten die Doppeltür des Großen Saales, als das kleinere Portal hinter ihnen umstürzte und sich zur Hälfte auflöste. Zum Glück war die Tür des Großen Saals ein ganzes Stück massiver. Nervöse Zaubererhände schoben hastig mehrere Riegel vor.

»Die Tische abräumen und vor den Eingang schieben!« ordnete Ridcully an.

»Aber das Ding frißt sich durch Holz«, wandte der Dekan ein.

Der kleine Modo lehnte an einem Stuhl, stöhnte leise und öffnete die Augen.

»Wie bringt man einen Komposthaufen um?« fragte Ridcully. »Antworte, schnell!«

»Äh«, sagte der Gärtner. »Ich glaube, das geht leider nicht, Herr Ridcully.«

»Wie wär's mit Feuer?« schlug der Dekan vor. »Ich könnte vielleicht einen kleinen Feuerball beschwören.«

»Hat keinen Zweck«, brummte der Erzkanzler. »Der Komposthaufen ist zu feucht.«

»Er steht draußen!« heulte der Dozent für neue Runen. »Und er frißt die Tür! Er frißt die *Tür*!«

Die Zauberer wichen noch etwas weiter zurück.

»Ich hoffe, er verspeist nicht *zuviel* Holz«, sagte Modo benommen, und in seiner Miene zeigte sich echte Besorgnis. »Die Dinger können ziemlich ungemütlich werden, wenn sie zuviel Kohlenstoff bekommen. Dadurch entsteht eine zu hohe Temperatur in ihnen.«

»Weißt du, Modo, dies ist wirklich *genau* der richtige Zeitpunkt, um uns die Dynamik von Komposthaufen zu erklären«, ließ sich der Dekan vernehmen.

Zwerge kennen die Bedeutung des Worte »Ironie« nicht.

»Äh, wie du meinst. Nun, man muß darauf achten, daß die Anteile der verschiedenen Materialien im richtigen Verhältnis zueinander stehen, und was die einzelnen Schichten betrifft...«

»Die Tür ist hin«, berichtete der Dekan und walzte seinen Kollegen entgegen.

Der Berg aus Tischen und Stühlen geriet in Bewegung.

Der Erzkanzler sah sich verzweifelt im Großen Saal um und wußte nicht mehr weiter. Sein Blick wanderte zu einer Anrichte – und dort bemerkte er einen vertrauten Gegenstand.

»Kohlenstoff«, wiederholte er. »Wie zum Beispiel Holzkohle, nicht wahr?«

»Woher soll ich das wissen?« Der Dekan schniefte. »Ich bin doch kein Alchimist.«

Der Komposthaufen kroch unter dem Durcheinander aus Möbeln hervor. Dampf zischte aus ihm heraus.

Ridcully richtete einen wehmütigen Blick auf die Flasche mit der Potzblitz-Soße. Er zog den Korken heraus und schnupperte daran.

»Die hiesigen Köche können sie einfach nicht richtig mischen«, sagte er. »Es dauert Wochen, um Nachschub von zu Hause kommen zu lassen.«

Er warf die Flasche dem angreifenden Komposthaufen entgegen. Sie verschwand in der pulsierenden Masse.

»Brennesseln sind immer nützlich«, verkündete Modo hinter Ridcully. »Wegen des Eisens. Und dann Schwarzwurz. Man kann gar nicht genug Schwarzwurz haben. Reine Mineralien. Ich persönlich bin immer der Ansicht gewesen, daß ein wenig Schafgarbe...«

Die Zauberer spähten über den Rand eines umgekippten Tisches.

Der Komposthaufen war stehengeblieben.

»Bilde ich es mir nur ein, oder wird er tatsächlich größer?« fragte der Oberste Hirte.

»Und er sieht glücklicher aus«, sagte der Dekan.

»Und er riecht *schrecklich*«, fügte der Quästor hinzu.

»Er hat fast eine volle Flasche mit der Soße geschluckt«, sagte der Erzkanzler. »Habe sie erst kürzlich aufgemacht.«

»Die Natur ist wundervoll, wenn man mal genauer darüber nachdenkt«, meinte der Oberste Hirte. »He, ihr braucht mich gar nicht so anzustarren. Es war nur so eine beiläufige Bemerkung.«

»Manchmal glaube ich«, begann Ridcully – und unterbrach sich, als der Komposthaufen explodierte.

Es krachte und donnerte nicht. Es war die feuchteste und korpulenteste Explosion in der Geschichte kritischer Flatulenz. Dunkelrote Flammen mit schwarzen Fransenrändern leckten nach der Decke. Einzelne Teile des Haufens rasten durch den Saal und klatschten an die Wände.

Die Zauberer sahen hinter ihrer Barrikade hervor, an der sich eine dicke Schicht aus halb verfaulten Teeblättern gesammelt hatte.

Ein Kohlstrunk traf den Kopf des Dekans.

Er sah zu den Steinplatten und beobachtete eine kleine blubbernde Stelle.

Ein Grinsen zog sich über sein Gesicht.

»Donnerwetter«, sagte er.

Die anderen Zauberer kamen allmählich wieder auf die Beine, und der Adrenalinschub hatte die seltsamsten Nachwirkungen. Die Männer lächelten und klopften sich gegenseitig auf die Schulter.

»Friß die scharfe Soße!« donnerte der Erzkanzler.

»Da hat's einmal zuviel gegärt, fermentierter Müll!«

»Haben wir das Ding in den Hintern getreten, oder haben wir das Ding in den Hintern getreten?« fragte der Dekan glücklich.

»Beim zweitenmal muß es ›nicht‹ heißen«, wandte der Oberste Hirte ein. »Außerdem bin ich ziemlich sicher, daß ein Komposthaufen gar keinen ›Hintern‹ hat...« Er unterbrach sich – selbst ihm fiel es schwer, sich an der allgemeinen Aufregung nicht zu infizieren.

»Dieser Komposthaufen wird es nie wieder wagen, sich mit *Zauberern* anzulegen«, sagte der Dekan – er hielt die Zügel der Selbstbeherrschung jetzt nicht mehr so straff gespannt. »Wir sind gefährlich und erbarmungslos...«

»Modo meint, da wären noch drei weitere im Garten«, warf der Quästor ein.

Daraufhin herrschte Stille.

»Nun, wir könnten gehen und unsere Zauberstäbe holen, oder?« sagte der Dekan.

Der Erzkanzler stieß mit der Stiefelspitze den explodierenden Haufen an.

»Totes wird plötzlich lebendig«, murmelte er. »Das gefällt mir nicht. Was steht uns als nächstes bevor? Umherwandernde Statuen?«

Die Zauberer sahen zu den Statuen ehemaliger Erzkanzler. Sie standen nicht nur im Großen Saal, sondern auch in den meisten Korridoren und Fluren. Die Universität existierte seit Tausenden von Jahren, und der durchschnittliche Erzkanzler blieb etwa elf Monate im Amt. Daher gab es ziemlich viele Statuen.

»Oh, das hättest du nicht sagen sollen«, stöhnte der Dozent für neue Runen.

»War nur so ein Gedanke«, entgegnete Ridcully. »Kommt jetzt. Wir sehen uns die anderen Haufen an.«

»Ja!« knurrte der Dekan, der einen ebenso jähen wie für Zauberer völlig untypischen Anfall von Machismo erlitt. »Wir sind gefährlich und erbarmungslos! Ja-ah! Sind wir gefährlich und erbarmungslos?«

Der Erzkanzler hob die Brauen und wandte sich an die übrigen Zauberer.

»*Sind* wir gefährlich und erbarmungslos?« fragte er.

»Äh«, sagte der Dozent für neue Runen. »Es kommt ganz darauf an, mit wem wir es zu tun haben.«

»*Ich* glaube, daß ich inzwischen gefährlich und erbarmungslos geworden bin«, sagte der Quästor. »Weil ich mich von meinen Stiefeln trennen mußte.«

»Ich bin bereit, gefährlich und erbarmungslos zu sein, wenn die anderen auch gefährlich und erbarmungslos sind«, bot der Oberste Hirte an.

Der Erzkanzler blickte zum Dekan.

»Ja«, brummte er. »Offenbar sind wir alle gefährlich und erbarmungslos.

»Yo!« sagte der Dekan.

»Yo was?« erkundigte sich Ridcully.

»Es heißt nicht ›yo was‹, sondern einfach nur ›yo‹«, erklärte der Oberste Hirte. »Es handelt sich um einen umgangssprachlichen Gruß, der insbesondere in einem militärischen Kontext gebräuchlich ist und von Soldaten verwendet wird, um auf Kameradschaftsbeziehungen hinzuweisen.«

»Wie?« fragte Ridcully. »Was? So wie ›Hallo, Kumpel‹?«

»Nun, äh, *vielleicht*«, räumte der Oberste Hirte widerstrebend ein.

Ridcully nickte zufrieden. Was die Jagd betraf, hatte Ankh-Morpork nicht viel zu bieten, doch jetzt stellte ausgerechnet die Unsichtbare Universität unerwartete Abwechslung in Aussicht.

»Na schön«, sagte er. »Wir schnappen uns die Komposthaufen!«

»Yo!«

»Yo!«

»Yo!«

»Yo-yo!«

Ridcully seufzte. »Quästor?«

»Ja, Erzkanzler?«

»*Versuch doch wenigstens, es zu verstehen, in Ordnung?*«

An den Gipfeln der Berge ballten sich Wolken zusammen. Bill Tür schritt übers erste Feld und benutzte eine ganz gewöhnliche Sense. Das geschärfte Exemplar ruhte vorübergehend in der Scheune, damit es nicht durch Luftkonvektion stumpf wurde. Einige von Frau Flinkwerts Helfern folgten ihm, banden Garben und bildeten Haufen aus ihnen. Inzwischen wußte Bill, daß Frau Flinkwert nie mehr als einen festen Gehilfen hatte. Wenn mehr Arbeit anfiel, stellte sie Tagelöhner ein. Auf diese Weise sparte sie Geld.

»Habe nie gesehen, wie jemand Korn mit 'ner Sense schneidet«, sagte einer der Männer. »Normalerweise benutzt man dazu eine Sichel.«

Während der Mittagspause saßen sie im Schatten der Hecke.

Bill Tür hatte Namen und Gesichtern nie große Aufmerksamkeit geschenkt, sah man einmal von den Erfordernissen seiner beruflichen Pflichten ab. Ein Kornfeld reichte über den Hang des Hügels, und dort wuchsen einzelne Getreidehalme. Nun, aus der Perspektive eines Halms gesehen mochten sich andere Halme durch ihr Aussehen und ihr mehr oder weniger amüsantes Gebaren unterscheiden. Doch für den Schnitter waren es einfach nur ... Halme.

Jetzt begann Bill damit, die Unterschiede zu erkennen.

Er leistete William Spund, Plappermaul Räder und Herzog Unten Gesellschaft. Es waren alte Männer, und ihre Haut wirkte wie Leder. Es gab auch junge Männer und Frauen im Ort, aber wenn sie ein bestimmtes Alter erreichten, schienen sie ganz plötzlich alt zu werden, ohne irgendein Zwischenstadium. Und anschließend blieben sie alt, für lange Zeit. Frau Flinkwert hatte einmal gesagt, daß man in dieser Gegend erst dann einen Friedhof anlegen könnte, wenn man den Leuten die Schaufel auf den Kopf schmetterte.

William Spund sang immer bei der Arbeit, und sein nasales Heulen drohte den Zuhörern weitere verstümmelte Volkslieder an. Plappermaul Räder schwieg immer – deshalb nannte man ihn Plappermaul, meinte Spund. Diese Art von Logik konnte Bill Tür nicht nachvollziehen, obwohl sie den anderen sofort verständlich schien. Was Herzog Unten betraf ... Seine Eltern hatten wohl ziemlich klare und banale Vorstellungen von Klassenstruktur und dergleichen gehabt: Herzogs Brüder hießen Junker, Graf und König.

Jetzt saßen sie im Schatten der Hecke und ruhten sich aus, bevor die Arbeit des Nachmittags begann. Am einen Ende der Reihe gluckerte es.

»Es ist kein übler Sommer«, sagte Spund. »Endlich mal gutes Erntewetter.«

»Aber sicher bleibt's nicht so«, wandte Herzog ein. »Gestern abend habe ich eine Spinne beobachtet, die ihr Netz rückwärts spann. Sicheres Zeichen für ein schlimmes Unwetter...«

»Woher sollen Spinnen von solchen Dingen wissen.«

Plappermaul Räder reichte Bill Tür einen großen Krug. Darin plätscherte es.

WAS IST DAS?

»Apfelsaft«, sagte Spund. Die anderen lachten.

AH, erwiderte Bill Tür. HOCHPROZENTIGER, SELBSTGEBRANNTER SCHNAPS, DER UNTER HUMORVOLLEN UMSTÄNDEN DEM NICHTSAHNENDEN GEGEBEN WIRD, DAMIT SEIN RAUSCH ZU ALLGEMEINER ERHEITERUNG FÜHRT.

»Dunnerschlach«, kommentierte Spund. Bill Tür trank einen großen Schluck.

»Und ich habe sehr tief fliegende Schwalben gesehen«, meinte Herzog. »Und die Rebhühner sind in Richtung Wald unterwegs. Und überall gibt's große Schnecken. Und...«

»Klar, und die Biester wissen natürlich über Metereologie Bescheid, oder?« brummte Spund. »Tja, da läuft jemand durch die Gegend und sagt ihnen, ob's morgen regnet oder so. He, Herr Spinne, Frau Schnecke... Bald beginnt ein Gewitter, und eure Aufgabe besteht darin, die Leute zu warnen, indem ihr irgend etwas Seltsames anstellt, klar?«

Bill nahm noch einen Schluck.

WIE HEISST DER SCHMIED IM ORT?

»Du meinst sicher Ned Simnel«, antwortete Spund. »Direkt neben der Taverne. Natürlich ist er derzeit sehr beschäftigt. Wegen der Ernte und so.«

ICH HABE NOCH MEHR ARBEIT FÜR IHN.

Bill Tür erhob sich und schritt zum Tor.

»Bill?«

Er blieb stehen. JA?

»Den Brandy kannst du ruhig hierlassen.«

In der Dorfschmiede war es dunkel und heiß. Aber Bill Tür konnte selbst in völliger Finsternis sehen.

In einem sehr kompliziert anmutenden Haufen von Metall bewegte sich etwas – die untere Hälfte eines Mannes, wie sich kurz darauf herausstellte. Der Oberkörper steckte irgendwo in dem Apparat. Gelegentlich brummte eine Stimme.

Als Bill Tür nähertrat, streckte sich ihm eine Hand entgegen.

»He, gib mir den Drei-Achter.«

Der Besucher sah sich um. Dutzende von Werkzeugen lagen in der Schmiede verstreut.

»Na los, na *los*«, drängte die Stimme in dem Apparat.

Bill wählte aufs Geratewohl ein Metallstück und drückte es in die Hand, die daraufhin zurückgezogen wurde. Es klickte und klackte. Und dann brummte es erneut.

»Ich habe einen *Drei-Achter* verlangt. Dies ist kein...« Es quietschte, als irgend etwas nachgab. »Oh, mein *Daumen*, mein *Daumen*. Durch deine Schuld...« Etwas pochte. »Autsch! Das war mein *Kopf*. Alles deine Schuld. Ist dir klar, daß sich die Sperradfeder schon wieder vom Drehzapfen gelöst hat?«

Nein. Tut mir leid.

Einige Sekunden lang blieb es still.

»Bist du das, junger Egbert?«

Nein. Ich bin's, der alte Bill Tür.

Es klickte, klackte, pochte und quietschte, als sich die obere Hälfte des Menschen aus dem Apparat wand. Sie gehörte einem jungen Mann mit lockigem schwarzen Haar und schwarzem Gesicht. Er trug ein schwarzes Hemd und eine schwarze Schürze und versuchte nun, sich mit einem Tuch eine dicke Schmutzschicht von den Wangen zu wischen. Gleichzeitig zwinkerte er mehrmals, um den Schweiß aus seinen Augen zu verbannen.

»Wer bist du?«

Der gute alte Bill Tür. Arbeitet bei Frau Flinkwert.

»Oh, ja. Der Mann im Feuer, nicht wahr? Ein wahrer Held, wie ich hörte. Her damit.«

Er streckte eine schwarze Hand aus. Bill Tür starrte verwirrt darauf hinab.

Entschuldigt bitte, aber ich weiss noch immer nicht, was ein Drei-Achter ist.

»Ich meine deine Hand, Bill.«

Bill Tür zögerte unsicher, bevor er dem jungen Mann die Hand reichte. Die von Öl gesäumten Augen blinzelten, als sich das Gehirn weigerte, die Botschaft des Tastsinns zur Kenntnis zu nehmen. Dann lächelte der Schmied.

»Mein Name lautet Simnel. Was hältst du davon, hm?«

EIN GUTER NAME.

»Nein, ich meine die Maschine. Raffiniert, nicht wahr?«

Bill Tür betrachtete die Apparatur mit höflicher Verwunderung. Man konnte sie für eine tragbare Windmühle halten, die von einem ziemlich großen Insekt angegriffen worden war. Phantasievollere Beobachter mochten zu dem Schluß gelangen, daß es sich um eine mobile Folterkammer handelte, verwendet von einer Inquisition, die gern ein wenig herumkam und den Aufenthalt an der frischen Luft vorzog. Geheimnisvolle mehrgelenkige Arme ragten in verschiedenen Winkeln aus dem Ding. Überall gab es Riemen und lange Federn. Die ganze Vorrichtung ruhte auf Metallrädern mit Dornen.

»Nun, wenn sich die Maschine nicht bewegt, wirkt sie kaum sehr eindrucksvoll«, sagte Simmel. »Sie muß von einem Pferd gezogen werden. Zumindest jetzt noch. Doch auch in dieser Hinsicht habe ich die eine oder andere radikale Idee«, fügte er verträumt hinzu.

DIENT DAS ETWAS EINEM BESTIMMTEN ZWECK?

Simnel holte tief Luft.

»*Natürlich*«, sagte er. »Deshalb habe ich eben von einer ›Maschine‹ gesprochen. Sie wird die Landwirtschaft revolutionieren und uns alle ins Jahrhundert des Flughunds katapultieren. Seit dreihundert Jahren befindet sich diese Schmiede im Besitz meiner Familie, aber Ned Simnel hat nicht vor, den Rest *seines* Lebens damit zu verbringen, krummes Metall an die Hufe von Pferden zu nageln.«

Bill musterte ihn, bevor er sich bückte und einen Blick unter den Apparat warf. Mehr als zehn Sicheln waren an einem großen horizontalen Rad befestigt. Verschiedene Rollen sorgten für die Kraftübertragung, und die komplexen Verbindungen reichten bis hin zu metallenen Armen, die den Eindruck vermittelten, sich recht schnell bewegen zu können.

Profundes Unbehagen regte sich in Bill Tür, aber trotzdem erlag er der Neugier und erkundigte sich nach der Funktionsweise.

»Nun, diese Nockenwelle ist gewissermaßen das Herz«, sagte Simnel und freute sich über das Interesse des Besuchers. »Diese Rolle *hier* überträgt die Kraft weiter, und die Nockenwelle dreht sich, und dann schwingen die Schneidearme hin und her womit *das* gemeint ist. Gleichzeitig wird auch das Filtergitter *dort* betätigt, und zwar durch eine Kolbenvorrichtung, wodurch die Verarbeitungskomponente aktiv wird, *hier*, du erkennst sicher die beiden Mahlkugeln, ja, sie rollen hin und her, und das Stroh wird von dem Gurt fortgetragen, während ein Schüttelblech das Korn mit Hilfe der Schwerkraft zum Sammeltrichter befördert. Eigentlich ist alles ganz einfach.«

Und der Drei-Achter?

»Gut, daß du mich daran erinnerst.« Simnel tastete durch das Chaos auf dem Boden, fand ein kleines, gerändeltes Objekt und schraubte es auf einen für Bill Tür rätselhaften Teil der Apparatur. »Er verhindert, daß sich die elliptische Nockenwelle durch das Lagergehäuse schiebt, bis hin zum Flanschstutzen – was krasse Konsequenzen hätte.«

Der junge Mann trat zurück und wischte sich die Hände an einem Lappen ab, wodurch sie noch ein wenig öliger wurden.

»Ich nenne die Maschine Mäherunddrescher«, sagte er stolz.

Bill Tür fühlte sich plötzlich sehr alt. Nun, er *war* sehr alt, aber er hatte sich nie so *gefühlt*. Irgendwo in den Schatten seiner Seele ahnte er, wozu der Mäherunddrescher diente.

Oh.

»Heute nachmittag probieren wir ihn aus, auf dem Feld des alten Pietburg. Hier siehst du die Zukunft vor dir, Bill.«

Ja.

Bill Tür berührte den Apparat.

Und die Ernte?

»Was soll damit sein?«

Was wird sie davon halten? Weiss sie Bescheid?

Simnel rümpfte die Nase. »Ob sie darüber *Bescheid weiß*? Keine Ahnung. Spielt's eine Rolle? Korn ist Korn.«

Und sechs Cent sind sechs Cent.

»Genau.« Simnel zögerte. »Bist du aus einem bestimmten Grund gekommen?«

Der Besucher strich kummervoll über die ölige Maschine.

»Bill? Bill Tür?«

Bitte? Oh. Ja. Ich habe etwas mitgebracht...

Er verließ die Schmiede und kehrte fast sofort mit einem in Seide gehüllten Gegenstand zurück. Vorsichtig packte er ihn aus.

Er hatte eine neue Stange für die Sense angefertigt: Sie war nicht gerade, so wie in den Bergen üblich, sondern gleich zweimal gebogen. Es handelte sich um eine weitaus strapazierfähigere Stangen-Version, wie man sie in den weiten Ebenen verwendete.

»Soll sie ausgehämmert werden? Oder möchtest du vielleicht eine neue Klinge?«

Bill Tür schüttelte den Kopf.

ICH BITTE DICH, SIE ZU TÖTEN.

»Töten?«

JA. SIE MUSS GANZ UND GAR ZERSTÖRT WERDEN. SO DASS SIE ABSOLUT TOT IST.

»Eine gute Sense«, murmelte Simnel. »Es wäre schade drum. Die Sense scheint recht scharf zu sein...«

FASS SIE NICHT AN!

Simnel saugte an seinem Daumen. »Ich hätte schwören können, daß ich sie überhaupt nicht berührt habe. Meine Hand war noch einige Zentimeter davon entfernt. Nun, eins steht fest: Die Klinge *ist* scharf.«

Er ließ sie versuchsweise durch die Luft sausen.

»Ja, wirk | sehr |
| lich | scharf.«

Der junge Mann zögerte, schob sich den kleinen Finger ins Ohr und drehte ihn mehrmals.

»Und du willst diese Sense wirklich zerstören lassen?« fragte er.

Bill Tür wiederholte sein Anliegen mit ernsten Worten.

Simnel zuckte mit den Schultern. »Nun, ich könnte die Klinge einschmelzen und die Holzstange verbrennen.«

JA.

»Na schön. Die Sense gehört dir. Und im Grunde genommen hast du recht. Dies ist eine alte Technik, längst vollkommen überholt.«

ICH FÜRCHTE, DAMIT HAST DU SOGAR RECHT.

Simnel deutete mit einem schmutzigen Daumen auf den Mährunddrescher. Bill Tür wußte, daß der Apparat aus Metall und Leinen bestand – vermutlich konnte er nicht grinsen. Trotzdem grinste er. Und damit nicht genug: Er grinste mit gnadenloser, metallener Selbstgefälligkeit.

»Du solltest Frau Flinkwert davon überzeugen, eine solche Maschine zu kaufen. Gerade für Ein-Mann-Betriebe – beziehungsweise Ein-Frau-Betriebe – ist der Mäherunddrescher bestens geeignet. Wenn ich mir vorstelle, daß du oben am Hang neben der Maschine gehst und beobachtest, wie sie die schwere Arbeit für dich erledigt...«

NEIN.

»Ein finanzielles Problem wäre es bestimmt nicht. Es heißt, Frau Flinkwert hat in ihrem Haus viele mit Schätzen gefüllte Kisten.

NEIN!

»Äh...« Simnel zögerte. Beim zweitenmal hatte das NEIN! drohender geklungen als das Knirschen der dünnen Eisdecke auf einem tiefen Fluß. Es wies ihn darauf hin, daß es ein großer Fehler sein könnte, in diese Richtung weiterzureden.

»Nun, du weißt das sicher besser als ich«, sagte er.

JA.

»Tja, äh...«, stammelte Simnel. »Das mit der Sense macht einen halben Cent. Bitte entschuldige den hohen Preis, aber fürs Einschmelzen brauche ich viel Kohle, und die Zwerge verlangen dauernd mehr Geld dafür...«

HIER. DU MUSST ES BIS HEUTE ABEND ERLEDIGT HABEN.

Simnel widersprach nicht. Wenn er widersprochen hätte, wäre Bill Tür noch länger in der Schmiede geblieben, und das galt es unter allen Umständen zu vermeiden.

»Gut, in Ordnung.«

VERSTEHST DU?

»Ja, natürlich, alles klar.«

LEB WOHL, sagte Bill Tür fast feierlich und ging.

Hinter ihm schloß der Schmied die Tür und lehnte sich dagegen. Puh... netter Kerl, kein Zweifel. Alle sprachen über ihn. Allerdings... In seiner Gegenwart spürte man ein sonderbares Kribbeln. So als... So als schritte jemand über sein Grab, das noch gar nicht ausgehoben war.

Simnel wanderte über den öligen Boden, füllte den Kessel mit Teewasser und setzte ihn auf den Rand des Ofens. Als er nach dem Schraubenschlüssel griff, um wieder an dem Mäherunddrescher zu arbeiten, bemerkte er die an der Wand lehnende Sense.

Auf Zehenspitzen schlich er zu ihr hin – und kam sich deshalb ziemlich dumm vor. Immerhin steckte kein Leben in dem Ding. Es hörte nichts. Es *sah* nur sehr scharf aus.

Er hob den Schraubenschlüssel, und gleichzeitig regten sich Gewissensbisse in ihm. Bill Türs Warnung... Nun, er hatte einige seltsame Worte benutzt, wenn man berücksichtigte, daß sie einem solchen Werkzeug galten. Doch gegen so etwas konnte er wohl kaum Einwände erheben.

Simnel schlug entschlossen mit dem Schraubenschlüssel zu.

Er spürte keinen Widerstand, und erneut hätte er etwas schwören können. Diesmal betraf der Eid den Umstand, daß sich der Schraubenschlüssel schon einige Zentimeter *vor* der Klinge wie ein Laib Brot teilte.

Er fragte sich, ob etwas so scharf sein konnte, daß es nicht nur eine scharfe Schneide bekam, sondern daß die *Essenz* der Schärfe wie eine Art Kraftfeld über die letzten Atome des Metalls hinwegreichte.

»Da | ich |
| bin | | platt!«

Und dann dachte Simnel daran, daß eine so metaphysische und abergläubische Denkweise nicht zu jemandem paßte, der wußte, was es mit Drei-Achtern auf sich hatte. Bei Zahnrädern und dergleichen wußte man: Entweder funktionieren sie, oder sie funktionieren nicht. Zahnräder hatten nichts *Mystisches*.

Er bedachte den Mäherunddrescher mit einem stolzen Blick. Natürlich mußte man ihn von einem Pferd ziehen lassen. Das trübte den hellen Glanz des Triumphes ein wenig. Pferde gehörten zum Gestern. Das Morgen gehörte dem Mäherunddrescher sowie seinen Nachkommen, die dafür sorgen würden, daß die Welt besser und sauberer wurde. Es ging einfach nur darum, den Faktor Pferd aus der Gleichung zu tilgen. Er hatte es mit einem Aufziehmechanismus versucht, aber auf diese Weise ließ sich nicht genug Kraft speichern. Wenn er statt dessen...

Hinter dem jungen Mann erreichte der Druck im Kessel ein kritisches Maß. Der Deckel flog davon, heißes Wasser spritzte heraus und löschte das Feuer im Ofen.

Simnel tastete sich durch den Dampf. Typisch: Dauernd wurde er abgelenkt, wenn er mal versuchte, konzentriert nachzudenken.

Frau Kuchen zog die Vorhänge zu.

»Wer ist Ein-Mann-Kübel?« fragte Windle.

Das Medium zündete zwei Kerzen an und setzte sich.

»Er gehörte zu einem der heidnischen Wiewunderland-Stämme«, lautete die knappe Erklärung.

»Ein-Mann-Kübel«, wiederholte der verstorbene Zauberer. »Ein seltsamer Name.«

»Es ist nicht sein vollständiger Name«, sagte Frau Kuchen. »So, und jetzt müssen wir uns an den Händen halten.« Nachdenklich sah sie Windle an. »Wir brauchen noch jemanden.«

»Ich könnte Schleppel rufen.«

»Nein, ich mag keine Schwarzen Männer, die unter meinem Tisch hocken und versuchen, einen Blick in die Schubladen zu werfen.« Frau Kuchen holte Luft. »Ludmilla!« rief sie. Nach einigen Sekunden wurde einer der Vorhänge beiseite gezogen, und die hochgewachsene junge Frau kam herein.

»Ja, Mutter.«

»Setz dich, Kind. Wir brauchen noch jemanden für die Séance.«

»Ja, Mutter.«

Die junge Frau wandte sich an Windle und lächelte.

»Das ist Ludmilla«, sagte Frau Kuchen.

»Freut mich sehr«, erwiderte Windle. Ludmilla schenkte ihm das strahlende, kristallklare Lächeln einer Person, die schon vor einer ganzen Zeit gelernt hat, ihre wirklichen Gefühle zu verbergen.

»Wir sind uns bereits begegnet«, meinte Windle. Und er dachte: *Seit dem letzten Vollmond sind fast vierundzwanzig Stunden vergangen. Es ist kaum mehr etwas zu sehen. Kaum mehr. Interessant...*

»Sie ist eine Schande für mich«, verkündete Frau Kuchen.

»Komm zur Sache, Mutter«, entgegnete Ludmilla gelassen.

»Also gut. Fassen wir uns an den Händen.«

Sie saßen im Halbdunkel, und nach einer Weile spürte Windle, wie Frau Kuchen die Hand zurückzog.

»Hich habe das Glas vergessen«, sagte sie.

»Ich dachte, du hältst nichts von Alphabettafeln und solchen Sachen...«, begann Windle und unterbrach sich, als er leises Gluckern von einer Anrichte hörte. Frau Kuchen stellte ein gefülltes Glas auf den Tisch und nahm wieder Platz.

»Das schtimmt auch«, betonte sie.

Wieder wurde es still. Windle räusperte sich nervös.

Schließlich sagte das Medium: »Also gut, Ein-Mann-Kübel. Ich weiß, daß du hier bist.«

Das Glas bewegte sich. Die bernsteinfarbene Flüssigkeit darin schwappte.

Eine körperlose Stimme vibrierte: *bleichgesicht, ich grüße dich aus den ewigen jagdgründen...*

»Spar dir das«, zischte Frau Kuchen. »Alle wissen, daß du auf der Sirupstraße von einem Karren überfahren worden bist, Ein-Mann-Kübel. Weil du betrunken warst.«

ist nicht meine schuld. nein, nicht meine schuld. ist es etwa meine schuld, daß mein urgroßvater hierher umzog? normalerweise hätte ich von einem puma zerfetzt oder von einem mammut zerstampft werden sollen. man hat mich um meine rechtmäßige todesart gebracht.

»Herr Poons möchte dich etwas fragen, Ein-Mann-Kübel«, sagte Frau Kuchen.

sie ist hier glücklich und wartet auf dich, sagte Ein-Mann-Kübel.

»Wer?« erkundigte sich Windle.

Diese Reaktion schien den Geist zu überraschen. Offenbar geschah es nicht sehr oft, daß man nach seiner Standardauskunft zusätzliche Informationen von ihm verlangte.

von wem möchtest du, daß sie hier glücklich ist und auf dich wartet? fragte er argwöhnisch. *bekomme ich jetzt den drink?*

»Noch nicht«, sagte Frau Kuchen.

meine güte, ich brauche ihn dringend. hier wird's immer enger.

»Wer beansprucht den ganzen Platz?« fragte Windle rasch. »Geister?«

hier gibt's hunderte davon, sagte Ein-Mann-Kübel.

Dieser Hinweis enttäuschte Windle.

»Hunderte?« vergewisserte er sich. »Das scheinen nicht viele zu sein.«

»Nur wenige Leute werden zu Geistern«, meinte Frau Kuchen. »Um ein Geist zu sein, muß man, äh, sehr wichtige unerledigte Dinge im Leben zurücklassen, schreckliche Rache geschworen haben oder an einer Mission von kosmischer Bedeutung beteiligt sein, wobei man selbst nur die Rolle einer Schachfigur spielt.«

die vierte möglichkeit heißt gräßlicher durst, fügte Ein-Mann-Kübel hinzu.

»Unfug«, kommentierte Frau Kuchen.

ich mag spiritismus und spirituosen. selbst wein und bier gefallen mir. hngh. hngh. hngh.

»Was geschieht mit der Lebenskraft, wenn Dinge nicht mehr leben?« fragte Windle. »Liegt dort die Ursache für das derzeitige Durcheinander?«

»Antworte«, sagte Frau Kuchen, als Ein-Mann-Kübel schwieg.

was für ein durcheinander meinst du?

»Dinge, die sich selbst abschrauben. Hosen, die von ganz allein umhermarschieren. Alles fühlt sich lebendiger als vorher. *So* ein Durcheinander meine ich.«

oh, damit hat es nichts weiter auf sich. zu solchen phänomenen kommt es, weil die lebenskraft jede gelegenheit nutzt, um durch ein leck zu sickern. deshalb braucht ihr euch keine sorgen zu machen.

Windle hielt die Hand übers Glas.

»Aber es gibt etwas anderes, das besorgniserregend ist, nicht wahr?« brummte er. »Es hat etwas mit kleinen gläsernen Souvenirs zu tun.«

ich spreche nicht gern darüber . . .

»Bitte erklär uns alles«, sagte Ludmilla.

Sie hatte eine tiefe und alles andere als unattraktive Stimme. Lupines Blick klebte an der jungen Frau. Windle lächelte. Es brachte Vorteile mit sich, tot zu sein: Man konnte Dinge beobachten, die den Lebenden verborgen bleiben.

Ein-Mann-Kübel hörte sich jetzt schrill und trotzig an.

und was macht er, wenn ich alles erkläre? ich könnte dadurch in große schwierigkeiten geraten.

»Nun, bist du wenigstens bereit, meine Vermutungen zu bestätigen?« fragte Windle.

j-ja. vielleicht.

»Du brauchst gar nichts zu sagen«, meinte Frau Kuchen. »Wir machen's wie in der guten alten Zeit: Zweimal klopfen bedeutet ›ja‹, einmal ›nein‹.«

na gut.

»Du kannst jetzt beginnen, Herr Poons«, wandte sich Ludmilla an den Zauberer. Ihre Stimme streichelte Windle sanft.

Er räusperte sich.

»Ich glaube... ich glaube, die gläsernen Souvenirs sind... Eier. Sie haben mich ans Frühstück erinnert, und ich dachte: He, warum erinnern sie dich ans Frühstück? Und dann fielen mir Eier ein.«

Klopf.

»Oh. Nun, offenbar habe ich mich geirrt. Eier. Eine dumme Vorstellung...«

entschuldigung. wie oft wird für »ja« geklopft, einmal oder zweimal?«

»Zweimal!« erwiderte das Medium streng.

KLOPF. KLOPF.

»Ah«, hauchte Windle. »Und aus den Eiern schlüpft etwas mit Rädern dran?«

zweimal für »ja«, stimmt's?

»Du hast es erfaßt!«

KLOPF. KLOPF.

»Das *dachte* ich mir. Ja, ich habe es mir *gedacht*. In meinem Zimmer versuchte etwas, unter den Bodendielen auszuschlüpfen, aber da gab's nicht genug Platz.« Windle zögerte und runzelte die Stirn.

»Aber *was* wollte ausschlüpfen?«

Mustrum Ridcully erreichte sein Arbeitszimmer und nahm den Zauberstab aus dem Gestell überm Kamin. Er befeuchtete den Finger und berührte vorsichtig die Spitze des Stabs. Ein kleiner oktariner Funken stob davon, und es roch nach heißem, schmierigem Blech.

Er eilte zur Tür zurück.

Und dann drehte er sich langsam um – sein Gehirn fand erst jetzt die Zeit, die visuellen Eindrücke vom Raum zu verarbeiten und etwas Seltsames zu bemerken.

»Was ist das denn?« fragte der Erzkanzler.

Er stieß das Etwas mit dem Zauberstab an. Es klimperte leise und rollte einige Zentimeter weit.

Das Gebilde wies eine gewisse, wenn auch keine besonders große Ähnlichkeit mit den Vorrichtungen auf, in denen Dienstmädchen Reinigungsutensilien, frische Laken und andere Dinge transportierten. Ridcully nahm sich vor, mit der Wirtschafterin zu reden. Nach dieser gedanklichen Notiz vergaß er die Angelegenheit.

»Überall stehen diese verdammten Dinger rum«, brummte er.

Noch während er sprach, erschien ein häßliches Geschöpf: Es sah aus wie eine zu groß geratene Schmeißfliege mit langen Zähnen. Das Biest flatterte hin und her, orientierte sich und folgte dem Erzkanzler, der es nicht zur Kenntnis nahm.

Die Worte von Zauberern haben Macht. Das gilt auch für Flüche. Und die Lebenskraft suchte *überall* nach Möglichkeiten, Gestalt zu gewinnen.

städte, sagte Ein-Mann-Kübel. *ich glaube, es sind die eier von städten.*

Die alten Zauberer versammelten sich wieder im Großen Saal. Diesmal blieb nicht einmal der Oberste Hirte von der Aufregung verschont. Es galt als unziemlich, Magie gegen Kollegen zu benutzen, und ihre Verwendung bei Zivilisten war schlicht und einfach unsportlich. Jetzt bot sich endlich einmal Gelegenheit, gerechten thaumaturgischen Zorn zu entfalten.

Ridcully musterte seine Truppe.

»Warum hast du Streifen im Gesicht, Dekan?« fragte er.

»Zur Tarnung, Erzkanzler.«

»Tarnung?«

»Yo, Erzkanzler.«

»Na gut. Wenn du dich dadurch besser fühlst ... Nur darauf kommt es an.«

Sie schlichen nach draußen, zu dem Teil des Parks, der Modos privates Territorium gewesen war. Nun, nicht alle Zauberer schlichen: Der Dekan sprang hin und her, preßte sich immer wieder an Mauern und gab dabei leise Geräusche von sich, die wie »Hott-hott-hott«, klangen.

Eine große Enttäuschung erwartete ihn: Die anderen Komposthaufen standen noch immer dort, wo der Gärtner sie zurückgelassen hatte. Modo – unterwegs war er immer wieder gezwungen gewesen, hastig auszuweichen, um nicht unter dem Dekan zerquetscht zu werden – trat näher und betrachtete sie von allen Seiten.

»Sie verstellen sich«, behauptete der Dekan. »Sie versuchen, uns zu täuschen. Ich meine, wir sollten ihnen sofort eine Lektion erteilen ...«

»Sie sind nicht einmal warm«, erwiderte Modo. »Der andere Haufen muß der älteste gewesen sein.«

»Soll das heißen, es gibt hier überhaupt nichts, gegen das wir kämpfen müssen?« vergewisserte sich der Erzkanzler.

Der Boden zitterte. Dann schepperte es von den Kreuzgängen her. Falten bildeten sich in Ridcullys Stirn.

»Jemand schiebt schon wieder diese blöden Drahtdinger durch die Gegend«, sagte er. »Ein Exemplar stand sogar in meinem Arbeitszimmer.«

»Ach?« meinte der Oberste Hirte. »Ich habe eins in meinem *Schlafzimmer* gefunden. Öffnete den Kleiderschrank – und da stand's.«

»In deinem Kleiderschrank?« fragte Ridcully erstaunt. »Warum hast du ein Drahtding darin untergebracht?«

»Ich wußte überhaupt nichts davon. Wahrscheinlich stecken die Studenten dahinter. Typisch für ihren Humor. Einer von ihnen hat mir mal eine Haarbürste ins Bett gelegt.«

»Ich bin in dem Flur über ein Drahtding gestolpert und hingefallen«, brummte der Erzkanzler. »Als ich mich dann umdrehte, war das Etwas nicht mehr da – jemand muß es fortgebracht haben.«

Das Scheppern kam näher.

»Na schön, junger Herr Ich-spiele-anderen-Leuten-so-gern-einen-Streich«, knurrte Ridcully. Er schlug den oberen Teil seines Zauberstabes mehrmals bedeutungsvoll auf die Handfläche.

Die Zauberer wichen zur Wand zurück.

Das Scheppern hatte sie jetzt fast erreicht.

Ridcully zischte und sprang aus seinem Versteck.

»Aha, du junger ... *Hölle und Verdammnis*!«

»Willst uns wohl auf den Arm nehmen, wie?« fragte Frau Kuchen. »Städte leben nicht. Ich weiß, manche Leute behaupten das Gegenteil, aber sie meinen kein *echtes* Leben.«

Windle Poons hielt eine der Glaskugeln in der Hand. Langsam und nachdenklich drehte er sie hin und her. »Vermutlich sind Tausende von solchen Eiern gelegt worden«, sagte er. »Aber nicht alle können die Brutphase überstehen. Sonst würden wir hier in Städten ersticken.«

»Soll das heißen, aus diesen kleinen Kugeln werden *große Orte*?« fragte Ludmilla.

nicht sofort. zuerst gibt es das mobile stadium.

»Etwas mit Rädern«, sagte Windle.

ja. offenbar weißt du schon bescheid.
»Ich habe es geahnt«, erwiderte der verstorbene Zauberer. »Ohne es zu verstehen. Und was passiert nach der mobilen Phase?«
das weiß ich nicht.
Windle stand auf.
»Dann wird's Zeit, es herauszufinden«, sagte er.
Sein Blick wanderte zu Ludmilla und Lupine. Ah, ja. Warum nicht? Wenn man jemand helfen konnte, glücklich zu werden, so hatte man nicht umsonst... gelebt oder was auch immer.
Er machte den Rücken krumm, und seine Stimme metamorphierte zu einem Krächzen.
»Allerdings bin ich nicht mehr so kräftig wie früher«, brachte er hervor. »Ich wäre für jede Hilfe sehr dankbar. Könntest du mich vielleicht zur Universität begleiten, junge Dame?«
»Ludmilla bleibt die meiste Zeit über im Haus«, warf Frau Kuchen rasch ein. »Wegen ihrer prekären, äh, Gesundheit....«
»Ich fühle mich bestens, Mutter«, sagte die junge Frau. »Seit dem Vollmond ist ein Tag vergangen...«
»Ludmilla!«
»Nun, es stimmt.«
»Heutzutage ist es auf den Straßen dieser Stadt für ein Mädchen wie dich zu gefährlich«, betonte Frau Kuchen.
»Oh, ich bin sicher, Herr Poons wundervoller Hund würde selbst den *gefährlichsten* Räuber verjagen«, sagte Ludmilla.
Lupine bellte und machte Männchen. Frau Kuchen maß ihn mit einem kritischen Blick.
»Zweifellos ein sehr gehorsames Tier«, stellte sie widerstrebend fest.
»Dann ist ja alles klar«, meinte Ludmilla. »Ich hole nur rasch meinen Umhang.«
Lupine rollte sich auf die Seite. Windle stieß ihn mit dem Fuß an.
»Sei brav«, mahnte er.
Ein-Mann-Kübel hüstelte demonstrativ.
»Na schön, na schön«, sagte Frau Kuchen. Sie holte eine Schachtel aus der Schublade, entnahm ihr ein Streichholz, zündete es geistesabwesend mit dem Fingernagel an und ließ es ins Whiskyglas fallen. Die bernsteinfarbene Flüssigkeit verwandelte sich in eine Flamme, und irgendwo in der Geisterwelt entstand das Phantom eines Doppelten.

Als Windle Poons das Haus verließ, glaubte er zu hören, wie eine körperlose Stimme zu singen begann.

Der Einkaufswagen verharrte. Er neigte sich von einer Seite zur anderen und schien die Zauberer zu beobachten. Dann wendete er abrupt auf drei Rädern und jagte davon.

»Wir schnappen uns das Ding!« donnerte der Erzkanzler.

Er zielte mit dem Zauberstab, und ein Feuerball raste fort, verwandelte einen Teil des Kopfsteinpflasters in etwas Gelbes und Blubberndes. Der Karren erzitterte heftig, setzte jedoch die Flucht fort. Ein Rad rasselte und quietschte.

»Das Ding kommt aus den Kerkerdimensionen!« rief der Dekan. »Wir müssen es erledigen!«

Der Erzkanzler legte ihm eine beruhigende Hand auf die Schulter. »Sei nicht dumm. Geschöpfe aus den Kerkerdimensionen haben Tentakel und so etwas. Und sie sehen nicht aus wie...«

Sie drehten sich um, als es erneut scheppperte. Ein anderer Drahtkarren rollte durch einen Seitengang und blieb stehen, als er die Zauberer sah oder jedenfalls irgendwie wahrnahm. Daraufhin gab er sich alle Mühe, wie etwas zu wirken, das jemand zufällig zurückgelassen hatte.

Der Quästor schlich sich heran.

»Du brauchst gar nicht so... so unschuldig zu tun«, sagte er. »Wir wissen, daß du dich bewegen kannst.«

»Wir haben es genau gesehen«, meinte der Dekan.

Das Gebilde rührte sich nicht von der Stelle.

»Es kann unmöglich denken«, sagte der Dozent für neue Runen. »Weil es gar kein Gehirn hat.«

»Wer hat behauptet, daß es denkt?« erwiderte der Erzkanzler. »Es bewegt sich nur. Wer braucht dazu ein Gehirn? Selbst *Garnelen* bewegen sich.«

Er strich mit den Fingern über die dünnen Metallstangen.

»Eigentlich sind Garnelen recht intel...«, begann der Oberste Hirte. Ridcully unterbrach ihn. »Sei still. *Sind* diese Dinger hergestellt?«

»Sie bestehen aus einer Art Draht«, sagte der Oberste Hirte. »Und Draht wächst nicht. Hinzu kommen die Räder. Bisher hat die Natur darauf verzichtet, irgendwelche Geschöpfe mit Rädern auszustatten.«

»Wenn man's aus der Nähe sieht...«

»... scheint alles aus einem Stück zu bestehen.« Der Dozent für neue Runen ging in die Hocke, um Details zu betrachten. »Wie ein Etwas, das nicht aus einzelnen Komponenten zusammengefügt wurde. Einer *gewachsenen* Maschine gleich. Aber das ist natürlich absurd.«

»Vielleicht«, murmelte der Quästor. »Vielleicht auch nicht. In den Spitzhornbergen lebt ein Kuckuck, der Uhren konstruiert, um darin zu nisten, oder?«

»Ja, aber dabei handelt es sich nur um ein Paarungsritual«, entgegnete der Dozent für neue Runen abfällig. »Außerdem: Die Uhren gehen immer nach.«

Das Drahtding entdeckte eine Lücke zwischen den Zauberern und sprang darauf zu. Vielleicht wäre ihm tatsächlich die Flucht gelungen – wenn nicht ausgerechnet der Quästor beschlossen hätte, einen Schritt nach vorn zu treten und die Lücke dadurch zu schließen. Die Kollision raubte ihm das Gleichgewicht, und er plumpste in den Korb des Einkaufswagens – der nicht etwa innehielt, sondern in Richtung Tor rollte und beschleunigte.

Der Dekan hob seinen Zauberstab. Ridcully griff danach und hielt ihn fest.

»Du könntest den Quästor treffen«, warnte er.

»Erlaubst du mir nicht einmal einen *kleinen* Feuerball?«

»Ich weiß, die Versuchung ist groß, aber du mußt ihr widerstehen. Kommt. Wir verfolgen das Ding.«

»Yo!«

»Wie du meinst.«

Die Zauberer rannten los. Besser gesagt: Sie stapften ziemlich schnell. Hinter ihnen, bisher noch unbemerkt, flatterte und summte ein Schwarm aus lebendig gewordenen Flüchen des Erzkanzlers.

Und Windle Poons führte seine kleine Abordnung zur Bibliothek.

Der Bibliothekar der Unsichtbaren Universität wankte hastig durchs Halbdunkel, als die Tür erbebte. Donnerndes Pochen erklang.

»Ich weiß, daß du da drin bist«, ertönte die Stimme von Windle Poons. »Laß uns herein. Es ist *sehr* wichtig.«

»Ugh.«

»Du willst die Tür nicht öffnen?«

»Ugh.«

»Dann läßt du mir keine Wahl...«

Uralte Mauersteine knirschten und schoben sich langsam beiseite. Mörtel zerkrümelte. Dann stürzte ein Teil der Wand ein, und Windle Poons stand in einem Loch, das die vagen Konturen von Windle Poons hatte. Er hustete in einer dichten Staubwolke.

»Ich verabscheue so etwas«, sagte er. »Dabei habe ich immer das Gefühl, die Öffentlichkeit in ihren Vorurteilen zu bestärken.«

Der Bibliothekar landete auf seinen Schultern. Was zur großen Überraschung des Orang-Utans kaum einen Unterschied machte. Normalerweise hatte ein dreihundert Pfund schwerer Affe erhebliche Auswirkungen auf die Beweglichkeit einer Person, aber Windle trug ihn wie einen Kragen.

»Ich glaube, die richtige Kategorie heißt ›Geschichte‹«, sagte er. »Äh, könntest du vielleicht aufhören zu versuchen, mir den Kopf abzuschrauben?«

Der Bibliothekar war verblüfft – bisher hatte diese Methode immer funktioniert. Fast verzweifelt sah er sich um.

Und schnappte nach Luft.

Der Bibliothekar war nicht immer ein Affe gewesen. Die Arbeit in einer magischen Bibliothek ist sehr gefährlich, und eine thaumaturgische Explosion hatte den Verwalter der Bücher in einen Orang-Utan verwandelt. Inzwischen war er so sehr an sein neues Dasein gewöhnt, daß er sich nur noch vage an seine Existenz als Mensch erinnerte. Nun, mit der Verwandlung einer ging das Erwachen gewisser Instinkte, und die elementarsten von ihnen – jene mit den tiefsten Wurzeln – betrafen Gestalten. Ihr Ursprung reichte bis zum Beginn der Weisheit zurück. Gestalten mit Schnauzen, Zähnen und vier Beinen sorgten dafür, daß in jedem Affen-Ich eine warnende Stimme erklang und rief: *Achtung, aufpassen!*

Ein ziemlich großer Wolf schob sich durch das Loch in der Wand, gefolgt von einer attraktiven jungen Frau. Verwirrung erfaßte den Bibliothekar, als ihm seine Sinne widersprüchliche Signale übermittelten.

»Wenn du nicht aufhörst, lasse ich mich vielleicht dazu hinreißen, dir die Arme auf den Rücken zu knoten«, sagte Windle.

»Iiek!«

»Glaub mir, er ist kein gewöhnlicher Wolf.«

»Ugh?«

»Und sie ist keine Frau in dem Sinn«, flüsterte Windle.

Der Bibliothekar sah zu Ludmilla. Er schnaubte. Falten fraßen sich in seine Stirn.

»*Ugh?*«

»Na schön, vielleicht habe ich mich ein bißchen zu umständlich ausgedrückt. Bitte laß mich jetzt los, in Ordnung?«

Der Bibliothekar ließ tatsächlich los, wenn auch zögernd und sehr langsam, sprang zu Boden und bewegte sich so, daß Windle immer zwischen ihm und Lupine blieb.

Der verstorbene Zauberer klopfte sich Mörtelreste vom zerrissenen Umhang.

»Wir brauchen Informationen über das Leben von Städten«, sagte er. »Insbesondere geht es uns um...«

Es schepperte leise.

Ein Drahtkorb rollte lässig und unbekümmert um das Gebirge eines weit emporragenden Regalgestells. Der Karren enthielt Bücher und hielt sofort an, als er die Blicke auf sich spürte. Auf geheimnisvolle Art und Weise gelang es ihm, so auszusehen, als hätte er sich nie bewegt.

»Das mobile Stadium«, hauchte Windle Poons.

Der Drahtwagen versuchte, nach hinten zurückzuweichen, ohne daß es jemand auffiel. Lupine knurrte.

»Hat Ein-Mann-Kübel so etwas gemeint?« fragte Ludmilla. Das Drahtgebilde verschwand. Der Bibliothekar grollte und folgte ihm.

»Ja. Etwas, das sehr nützlich zu sein scheint.« In Windles Stimme zitterte so etwas wie fröhliche Hysterie. »Darin besteht der Trick. Eben etwas, das man zuerst haben und irgendwo hinstellen möchte. Bestimmt gibt es nicht für *alle* ideale Brutbedingungen, aber angesichts der großen Anzahl spielt das gar keine Rolle. Und die nächste Phase... Etwas Praktisches. Etwas, das verschiedene Orte aufsuchen kann, ohne daß jemand Verdacht schöpft.« Und: »Es geschieht alles jetzt, zur falschen Zeit!«

»Aber wie kann eine Stadt lebendig sein?« erkundigte sich Ludmilla. »Sie besteht doch nur aus toten Teilen.«

»So wie wir. Glaub mir – ich weiß Bescheid. Wie dem auch sei: Ich nehme an, du hast recht. Vermutlich sollte es nicht auf diese Weise passieren. Bestimmt liegt's an der sich stauenden Lebenskraft. Sie ... sie bringt die Dinge aus dem Gleichgewicht. Sie verwandelt etwas, das eigentlich nicht ganz real ist, in reale Realität. Und es geschieht zu früh: Und es geschieht zu schnell...«

Ein Schrei ertönte; er stammte vom Bibliothekar. Der Einkaufswagen raste zwischen zwei geradezu gewaltigen Bücherschränken hervor. Seine Räder verschwammen vor Geschwindigkeit, als er Kurs auf das Loch in der Wand nahm. Der Orang-Utan flatterte wie eine ziemlich korpulente Fahne hinter dem Wagen her.

Der Wolf sprang los.

»Lupine!« rief Windle.

Auch in Wölfen gibt es tief verwurzelte Instinkte. Seit der erste Höhlenmensch eine Baumscheibe einen Hang hinunterrollte, verspürten alle Exemplare der Gattung *Canidae* den Drang, Dinge auf Rädern zu verfolgen. Lupine schnappte bereits nach dem Drahtkorb.

Er versuchte, in ein Rad zu beißen, und zu seinem Heulen gesellte sich das Kreischen des Bibliothekars. Affe, Wolf und Einkaufswagen prallten gegen die Wand.

»Oh, armer Hund! Sieh nur!«

Ludmilla eilte zu dem am Boden liegenden Wolf und kniete neben ihm.

»Das Etwas ist ihm über die Pfoten gerollt!«

»Außerdem hat er wahrscheinlich den einen oder anderen Zahn verloren«, fügte Windle hinzu und half dem Bibliothekar auf. Ein rotes Glühen zeigte sich in den Augen des Affen. Der rollende Drahtkorb hatte versucht, seine Bücher zu stehlen. Kein Zauberer konnte sich einen besseren Beweis dafür wünschen, daß es dem Karren an Intelligenz mangelte.

Der Orang-Utan beugte sich vor, griff nach den Rädern und riß sie ab.

»Olé«, kommentierte Windle.

»Ugh?«

»Nein, mit Milch hat das nichts zu tun. Du meinst ›au lait‹.«

Lupine legte den Kopf in Ludmillas Schoß und ließ sich streicheln. Er hatte einen Zahn verloren, und sein Fell war völlig zerzaust. Nach einigen Sekunden öffnete er das eine gelbe Auge und warf Windle einen verschwörerischen Blick zu, während ihn die junge Frau hinter den

Ohren kraulte. *Da haben wir einen glücklich gemacht*, dachte Poons. *Er könnte es noch weiter treiben, wenn er die Pfote hebt und jault.*

Windle wandte sich an den Affen. »Bibliothekar... Ich glaube, du wolltest uns helfen.«

»Armer, tapferer Hund«, sagte Ludmilla.

Lupine hob die Pfote und jaulte.

Der zweite Karren trug die Last des schreienden Quästors, und daher war er nicht so schnell wie sein entkommener Artgenosse. Hinzu kam: Ein Rad drehte sich nicht mehr und kratzte dauernd über den Boden. Das Gebilde kippte tollkühn von einer Seite zur anderen und stürzte fast um, als es durchs Tor schleuderte.

»Ich sehe den Drahtkorb ganz deutlich!« heulte der Dekan. »Ganz deutlich sehe ich ihn!«

»Nein, du könntest den Quästor treffen!« erwiderte Ridcully scharf. »Es besteht die Gefahr, daß du Eigentum der Universität beschädigst!«

Doch der Dekan hörte ihn gar nicht im lauten Rauschen des völlig ungewohnten Testosterons. Eine zischende Kugel aus grünem Feuer traf den dahinrasenden Karren. Räder flogen durch die Luft.

Ridcully atmete tief durch.

»Du blöder...!« brüllte er.

Er formulierte ein Wort, das nur jene Leute kannten, die mit den subtileren Aspekten der Landwirtschaft und Viehzucht vertraut waren – seine Zuhörer wußten überhaupt nicht, was er meinte. Dennoch gewannen die Silben wenige Zentimeter vor seinem Gesicht Substanz, formten ein dickes, rundes und glänzendes Etwas mit gräßlichen Augenbrauen. Es schnaubte verächtlich, stieg auf und schloß sich dem Schwarm aus Flüchen an.

»Was war das denn, zum Teufel?«

Ein kleineres Wesen materialisierte neben dem Ohr des Erzkanzlers.

Ridcully griff nach seinem Hut.

»Verdammt!« Der Schwarm bekam erneut Zuwachs. »Mich hat was gestochen!«

Einige Repräsentanten der Spezies »Verdammt und zugenäht!« flatterten und surrten umher. Der Erzkanzler schlug vergeblich nach ihnen.

»Verschwindet, ihr...«, begann er.

»Sprich es nicht aus!« warf der Oberste Hirte hastig ein. »Sei still!«
Niemand forderte den Erzkanzler auf, still zu sein. Derartige Anweisungen galten immer nur anderen Leuten. Aber Ridcully war so verblüfft, daß er von selbst schwieg.

»Ich meine, durch jeden Fluch von dir wird etwas lebendig«, erklärte der Oberste Hirte rasch. »Dauernd macht's *Plop*, und dann erscheinen irgendwelche schauderhaften Wesen.«

»Tatsächlich? Mist und verdammt!«

Plop. Plop.

Der Quästor kroch benommen aus den Resten des Karrens. Er fand seinen Hut, setzte ihn auf, nahm den Hut wieder ab und entdeckte ein Rad darin. Seine Kollegen beachteten ihn nicht weiter.

Er hörte folgende Worte vom Erzkanzler: »Aber ich habe immer geflucht! An einem anständigen Fluch gibt's nichts auszusetzen – das ist meine Meinung. Bringt den Kreislauf in Schwung. Paß auf, Dekan, einer der verd...«

»Kannst du nichts anderes sagen?« rief der Oberste Hirte, um das immer lauter werdende Summen und Surren zu übertönen.

»Zum Beispiel?«

»Oh, zum Beispiel... verflixt.«

»Verflixt?«

»Ja. Oder... zum Kuckuck.«

»Zum Kuckuck? Du möchtest, daß ich *zum Kuckuck* sage?«

Der Quästor taumelte seinen Gefährten entgegen. Das ganze Universum und seine Dimensionen gerieten aus den Fugen, aber die Zauberer stritten über Banalitäten – diese Verhaltensweise war herrlich vertraut.

»Unsere Wirtschafterin Frau Reineweiß ruft immer ›Zucker!‹, wenn ihr was aus der Hand fällt und zerbricht«, meinte er.

Der Erzkanzler drehte sich zum Quästor um.

»Sie ruft ›Zucker!‹, aber eigentlich meint sie ›Sch...‹«

Die Zauberer duckten sich, doch Ridcully brachte im letzten Moment seine Zunge unter Kontrolle.

»Oh, verflixt«, brummte er kummervoll. Die Flüche sanken auf seinen Hut herab und schienen es dort recht gemütlich zu finden.

»Sie mögen dich«, stellte der Dekan fest.

»Du bist wie ein Vater für sie«, fügte der Dozent für neue Runen hinzu.

Ridcully schnitt eine finstere Minen. »Ihr ver . . . Ihr Zauberer solltet damit aufhören, euch über euren Erzkanzler lustig zu machen. Findet statt dessen lieber heraus, was zum . . . zum Kuckuck hier vor sich geht.«

Die Magier sahen sich erwartungsvoll um. Nichts geschah.

»Gut, ausgezeichnet«, lobte der Dozent für neue Runen. »Weiter so.«

»Verflixt, verflixt, verflixt«, sagte der Erzkanzler. »Zuckerzuckerzucker. Zumkuckuckzumkuckuck.« Er schüttelte den Kopf. »Nein, es hat keinen Sinn. Auf diese Weise kommen meine Empfindungen nicht richtig zum Ausdruck.«

»Aber wenigstens flattern keine weiteren Gräßlichkeiten durch die Gegend«, ließ sich der Quästor vernehmen.

Die anderen Zauberer bemerkten ihn erst jetzt.

Sie sahen zu den Überbleibseln des Karrens.

»Umherfliegende Dinge«, sagte Ridcully. »Lebendig werdende Dinge.«

Sie hörten ein fast schon vertraut klingendes Quietschen und Scheppern. Zwei weitere Drahtgebilde rollten über den Platz vorm Tor. Eines enthielt Obst, das andere etwas weniger Obst und ein schreiendes Kind.

Die Zauberer staunten mit offenem Mund. Dutzende von Leuten liefen den beiden Karren hinterher. An der Spitze der Verfolgerschar sprintete eine sehr entschlossene Frau; ihre Ellbogen stießen Löcher in die Luft.

Der Erzkanzler hielt einen untersetzten Mann fest, der weiter hinten wankte.

»Was ist los?«

»Ich habe einige Pfirsiche in den Karren gelegt, und plötzlich macht sich das Ding auf und davon!«

»Und das Kind?«

»Keine Ahnung. Die Frau hatte ebenfalls einen solchen Wagen, und sie kaufte einige Pfirsiche bei mir, und dann . . .«

Sie drehten sich um. Ein Drahtkorb rasselte aus einer Gasse, sah sie, drehte und sauste über den Platz.

»Aber warum?« fragte Ridcully.

»Ich schätze, sie eignen sich gut dafür, Dinge hineinzulegen«, spekulierte der Mann. »Ich muß die Pfirsiche in Sicherheit bringen. Sie bekommen so leicht Druckstellen...«

»Ihnen nach!« rief der Dekan. Die anderen Zauberer waren viel zu baff, um zu widersprechen. Gehorsam setzten sie sich in Bewegung.

»Nein...«, begann Ridcully, und dann begriff er, daß es keinen Zweck hatte. Eine zweite Erkenntnis regte sich in ihm: Er verlor die Initiative. Vorsichtig formulierte er einen Kampfschrei, gegen den selbst die strengste Zensur keine Einwände erheben konnte.

»Verflixt und zum Kuckuck!« donnerte er und stürmte los.

Bill Tür arbeitete sich durch einen langen, schwülen Nachmittag, an der Spitze von Garbenbindern und Aufstaplern.

Bis schließlich ein Schrei ertönte und die Männer zur Hecke liefen.

Iago Pietburgs großes Feld erstreckte sich auf der anderen Seite. Seine Landarbeiter rollten den Mähercunddrescher durchs Tor.

Bill gesellte sich den anderen hinzu, die an der Hecke standen und das Geschehen beobachteten. In der Ferne sah er den jungen Simnel, der Anweisungen erteilte. Ein nervöses Pferd wurde vor die Maschine gespannt. Der Schmied nahm auf dem kleinen Metallsitz vorn an der Apparatur Platz und griff nach den Zügeln.

Das Pferd setzte einen Huf vor den anderen. Die Schneidarme entfalteten sich. Mehrere Riemen gerieten in Bewegung, was wahrscheinlich auch für diverse Zahnräder und den ganzen Rest galt. Aber das spielte kaum eine Rolle, denn irgendwo machte etwas »Klonk«, und der Mähunddrescher blieb stehen.

Einige der Zuschauer riefen überaus geistreiche Bemerkungen wie »Vielleicht muß das Ding gestreichelt werden!« und »Red ihm gut zu!« und »Kann ein Schrotthaufen bockig werden?«

Simnel stieg ab, um leise mit Pietburg und seinen Männern zu sprechen, bevor er in die Maschine hineinkroch.

»Das Ding fliegt nie!«

»Wenn du das Metall einschmilzt, kannst du Hunderte von guten Hufeisen daraus herstellen!«

Diesmal kam der Mähercunddrescher fast zwei Meter weit, bevor einer der Riemen riß.

Einige der Beobachter an der Hecke krümmten sich vor Lachen.

»Wer braucht altes Eisen? Nur sechs Cent die Ladung!«

»Offenbar hat sich der eine oder andere Konstruktionsfehler eingeschlichen, wie?«

Simnel kletterte erneut von der Apparatur herunter. Er hörte die spöttischen Pfiffe in der Ferne, ignorierte sie und ersetzte den gerissenen Riemen.

Bill Tür wandte den Blick nicht von der Maschine ab, als er einen Wetzstein hervorholte und damit begann, seine Sense zu schärfen.

Die Werkzeuge des Schmieds klingelten, und sonst hörte man nur das Kratzen von Stein auf Metall.

Nach einer Weile nahm Simnel zum drittenmal auf dem Sitz Platz und nickte dem Mann zu, der das Pferd führte.

»Los geht's!«

»Auf zum nächsten Reinfall!«

»Willst einfach nicht aufgeben, was...?«

Die Rufe verstummten.

Sechs Blicke folgten dem Mäherunddrescher übers Feld und beobachteten, wie er am Rain drehte und zurückkehrte.

Er klickte, schnitt und *blieb in Bewegung.*

Am anderen Ende des Felds drehte er wieder mühelos.

Er rasselte durchs Korn.

Schließlich sagte einer der Zuschauer: »Solche Apparate setzen sich nie durch, verlaßt euch drauf.«

»Genau«, bestätigte jemand anders. »Wer will schon ein solches Ungetüm?«

»Klar. Ist wie eine besonders große Uhr. Kann nur übers Feld rollen...«

»...erstaunlich schnell...«

»...und dabei mähen und dreschen...«

»Er hat schon drei Reihen geschafft.«

»Donnerwetter!«

»Man kann kaum mehr sehen, wie sich die einzelnen Teile bewegen! Was hältst du davon, Bill? Bill?«

Die Alten sahen sich um.

Bill Tür hatte die Hälfte der zweiten Reihe erreicht, wurde aber noch schneller.

Frau Flinkwert öfnete die Tür einen Spaltbreit.

»Ja?« fragte sie mißtrauisch.

»Es geht um Bill, Frau Flinkwert. Wir haben ihn nach Hause gebracht.«

Sie schob die Tür etwas weiter auf.

»Was ist mit ihm passiert?«

Zwei Männer wankten umständlich herein und versuchten, jemanden zu stützen, der mehr als dreißig Zentimeter größer war als sie. Die Gestalt hob den Kopf und richtete einen benommenen Blick auf Frau Flinkwert.

»Muß plötzlich ausgerastet sein«, sagte Herzog Unten.

»Hat wie ein Pferd geackert«, fügte William Spund hinzu. »Eins steht fest: Bei ihm ist dein Geld gut angelegt, Frau Flinkwert.«

»Was man von gewissen anderen Leuten nicht behaupten kann«, erwiderte die alte Dame bissig.

»Lief wie ein Irrer das Feld hoch und runter. Wollte schneller sein als Ned Simnels Apparat. Vier von uns waren fürs Binden nötig. Fast hätte er die Maschine geschlagen.«

»Legt ihn aufs Sofa.«

»Wir haben ihn davor *gewarnt*, in der prallen Sonne so hart zu arbeiten...« Herzog reckte den Hals, sah zur Küche und hielt nach Schatzkisten Ausschau.

Frau Flinkwert versperrte ihm den Blick.

»Ja, daran zweifle ich nicht. Danke. Jetzt wollt ihr sicher nach Hause.«

»Wenn wir irgendwie helfen können.«

»Oh, ich weiß, wo ihr wohnt. Auf Wiedersehen.«

Frau Flinkwert scheuchte die beiden Männer nach draußen und schloß die Tür.

»Was hast du angestellt, Herr Sogenannter Bill Tür?«

Ich bin müde geworden, doch die Maschine rollte weiter und immer weiter.

Er griff sich an den Kopf.

Ausserdem hat mir Spund wegen der Hitze humorvollen fermentierten Apfelsaft gegeben, und jetzt fühle ich mich krank.

»Das überrascht mich kaum. Er brennt das Zeug im Wald. Und er verwendet dabei nicht nur Äpfel.«

ICH HABE MICH NIE ZUVOR KRANK GEFÜHLT. UND ICH BIN AUCH NOCH NIE MÜDE GEWESEN.

»Das gehört zum Leben.«

WIE WERDEN MENSCHEN DAMIT FERTIG?

»Nun, fermentierter Apfelsaft hilft ab und zu.«

Bill Tür starrte betrübt zu Boden.

ABER WIR SIND MIT DEM FELD FERTIG, sagte er triumphierend. ALLE GARBEN SIND GESTAPELT UND GEBUNDEN, BEZIEHUNGSWEISE GEBUNDEN UND GESTAPELT.

Erneut faßte er sich an die Stirn.

AAAH.

Frau Flinkwert verschwand in der Waschküche. Eine Pumpe knarrte, und kurz darauf kehrte die alte Frau mit einem feuchten Handtuch sowie einem Glas Wasser zurück.

DA SCHWIMMT EIN MOLCH DRIN!

»Ein Beweis für gutes, frisches Wasser«, behauptete Frau Flinkwert*, zog die Amphibie aus dem Glas und setzte sie auf den Boden. Der Molch huschte davon.

Bill Tür versuchte aufzustehen.

JETZT VERSTEHE ICH FAST, WARUM MANCHE LEUTE STERBEN MÖCHTEN, sagte er. ICH HABE VON LEID, SCHMERZ UND ELEND GEHÖRT, OHNE JEMALS ZU BEGREIFEN, WELCHE BEDEUTUNG SICH HINTER DIESEN WORTEN VERBIRGT.

Frau Flinkwert blickte durch ein staubiges Fenster. Während des Nachmittags hatten sich Wolken an den Berggipfeln zusammengeballt. Grau schwebten sie nun über den Hängen; hier und dort zeigte sich drohendes Gelb in ihnen. Die Hitze war ein gewaltiger Schraubstock, der langsam alles zermalmte.

»Es wird ein Unwetter geben.«

BRINGT ES MEINE ERNTE IN GEFAHR?

»Nein. Später trocknen die Garben wieder.«

WIE GEHT ES DEM KIND?

Bill Tür öffnete die Hand, und Frau Flinkwert wölbte die Brauen. Zwischen den Fingern ihres Gehilfen ruhte ein goldenes Stundenglas,

---

* Seit Jahrhunderten glaubt man, daß Molche in Brunnen ein Zeichen für gutes, frisches Wasser sind, aber während all dieser Jahre hat sich *nie* jemand gefragt, ob Molche an Land kriechen, um auf Toilette zu gehen.

und die obere Hälfte war fast leer. Das Gefäß schimmerte auf eine Weise, die es menschlichen Augen nicht erlaubte, Einzelheiten zu erkennen.

»Wieso kannst du das in der Hand halten? Es befindet sich oben. Ich meine, es *befand* sich... Das Mädchen hielt den Gegenstand fest wie...« Sie gestikulierte. »Wie etwas, das man sehr fest hält.«

ES HAT DIE LEBENSUHR NACH WIE VOR. UND GLEICHZEITIG IST SIE HIER. UND ÜBERALL. SIE STELLT DOCH NUR EINE METAPHER DAR.

»Das Ding in Sals Hand scheint tatsächlich zu existieren.«

WENN MAN ETWAS ALS METAPHER BEZEICHNET, SO BEKOMMT ES DADURCH KEINE GERINGERE REALITÄT.

Frau Flinkwert hörte ein leises Echo in der Stimme: Zwei verschiedene Personen schienen die Worte *fast* synchron zu sprechen.

»Wieviel Zeit bleibt dir noch?«

EINIGE STUNDEN.

»Und die Sense?«

ICH HABE DEM SCHMIED STRIKTE ANWEISUNGEN GEGEBEN.

Frau Flinkwert runzelte die Stirn. »Nun, der junge Simnel ist kein übler Bursche, aber bist du sicher, daß er sich an deine Instruktion hält?«

MIR BLIEB KEINE WAHL. DER KLEINE OFEN HIER GENÜGT NICHT.

»Die Sense ist enorm scharf.«

ABER VIELLEICHT NICHT SCHARF GENUG.

»Und mit so einem Trick hat man es nie *dir* gegenüber versucht?«

BEI DEN MENSCHEN GIBT ES EINE REDENSART: MAN KANN NICHTS INS JENSEITS MITNEHMEN.

»Ja, das stimmt.«

WIE VIELE LEUTE HABEN WIRKLICH DARAN GEGLAUBT?

»Ich habe einmal von heidnischen Königen in der Wüste gelesen«, entsann sich Frau Flinkwert. »Sie bauten Pyramiden und brachten allerlei Kram in ihnen unter. Sogar Boote. Und den einen oder anderen Kochtopfdeckel. Willst du etwa sagen, daß sich all jene Leute falsche Vorstellungen vom, äh, Leben nach dem Tod machten?«

ICH WEISS NICHT GENAU, WAS RICHTIG ODER FALSCH IST, erwiderte Bill Tür. ICH WEISS NICHT EINMAL, OB ES SO ETWAS WIE »RICHTIG« UND »FALSCH« GIBT. ICH KENNE NUR STANDPUNKTE.

»Oh, es gibt Richtiges und Falsches«, sagte Frau Flinkwert in einem

Tonfall, der jeden Zweifel ausschloß. »Bei meiner Erziehung hat man sehr darauf geachtet, daß ich den Unterschied erkenne.«

Hat dir dein Vater beigebracht, zwischen richtig und falsch zu unterscheiden?

»Ja.«

Aber dein Vater handelte mit Konterbande.

»Wie bitte?«

Er schmuggelte.

»Der Schmuggel ist ein durchaus ehrenwertes Geschäft!«

Ich wollte nur darauf hinweisen, dass manche Leute anders darüber denken.

»Und wenn schon. Auf jene Leute kommt es nicht an.«

Aber...

Über dem Hügel zuckte ein Blitz, und lautes Donnern ließ das Haus erzittern. Ziegelsteinsplitter vom Schornstein fielen in den Kamin. Etwas hämmerte an die Fenster.

Bill schritt zur Tür und öffnete sie.

Hühnereigroße Hagelkörner tanzten über die Schwelle.

Oh. Drama.

»Zum Teufel auch!«

Frau Flinkwert duckte sich unter dem Arm ihres Gehilfen.

»Woher kommt nur der Wind?«

Vom Himmel? fragte Bill und wunderte sich über seine Aufregung.

»Komm!« Die alte Dame eilte in die Küche zurück, tastete auf der Kommode nach Laterne und Streichhölzern.

Du hast doch gesagt, dass die Garben wieder trocknen.

»Ja, nach einem *normalen* Gewitter. Aber dies Gewitter ist alles andere als normal. Es könnte die Ernte ruinieren und sie über den ganzen Hügel verteilen!«

Frau Flinkwert entzündete die Kerze in der Laterne und hastete zur Tür.

Bill starrte nach draußen. Stroh wirbelte vorbei, von den Böen fortgezerrt.

Meine Ernte könnte ruiniert werden? Er straffte sich. Das lasse ich nicht zu.

Der Hagel trommelte aufs Dach der Schmiede.

Ned Simnel betätigte den Blasebalg des Ofens, bis die Kohlen weiß und nur noch mit der Andeutung von Gelb glühten.

Hinter ihm lag ein guter Tag. Der Mährunddrescher hatte noch besser als erwartet funktioniert, und der alte Pietburg bestand darauf, die Maschine zu behalten, um sie am nächsten Tag auf einem anderen Feld auszuprobieren. Sie stand neben dem Schuppen, unter einer sorgfältig festgezurrten Plane. Morgen wollte Simnel jemandem zeigen, wie man mit dem Apparat umging, um anschließend mit der Arbeit an einem verbesserten Modell zu beginnen. Der Erfolg stand bereits fest. Ja, die Zukunft begann *jetzt*.

Und dann die Sache mit der Sense... Sie hing jetzt an der Wand, und Ned näherte sich ihr. Seltsam. Nie zuvor war ihm ein besseres Instrument dieser Art unter die Augen gekommen. Man konnte die Klinge nicht einmal stumpf werden lassen. Ihre Schärfe reichte über das Metall hinaus. Und doch sollte er sie zerstören. Welchen Sinn machte das?

Ned Simnel glaubte fest daran, daß Dinge eine spezielle Art von Sinn haben mußten.

Vielleicht wollte Bill Tür die Sense einfach nur loswerden, was durchaus verständlich erschien: Selbst jetzt, während sie unschuldig und harmlos an der Wand hing, blieb sie in eine Aura der *Schärfe* gehüllt. Eine blasse violette Aura flackerte um die Schneide, hervorgerufen von Luftmolekülen, die sich zu nahe an die Klinge heranwagten und dort... zerschnitten wurden.

Ned Simnel nahm die Sense mit großer Vorsicht vom Haken.

Ein sonderbarer Bursche, jener Bill Tür. Seine Sense sollte absolut tot sein. Als sei es möglich, ein *Objekt* zu töten.

Und wie konnte man sie zerstören? Nun, der hölzerne Griff ließ sich verbrennen, das Metall der Klinge einschmelzen. Wenn man hart genug arbeitete, blieb nichts anderes übrig als ein Haufen Staub und Asche. Was den Vorstellungen des Kunden entsprach.

Andererseits... *Vermutlich* konnte man das Ding auch zerstören, indem man den Griff wegnahm. Immerhin: Dann handelte es sich nicht mehr um eine Sense. Dann bestand es nur noch aus... Teilen. Sicher, mit Hilfe der einzelnen Teile war es möglich, eine Sense zu konstruieren, aber das galt auch für den Haufen Staub und Asche. Man wußte nur wissen, worauf es dabei ankam.

Ned Simnel nickte, zufrieden mit seiner ganz persönlichen Logik. Bill Tür hatte nicht um einen Beweis dafür gebeten, daß seine Sense, äh, tot war.

Der Schmied zielte sorgfältig, schwang die Klinge und schnitt ein Stück vom Amboß. Unheimlich.

Völlige Schärfe.

Er gab auf. Es war einfach unfair. Jemanden wie ihn durfte man nicht bitten, so etwas zu zerstören. Die Sense stellte ein Kunstwerk dar.

Mehr noch: ein Artefakt der Handwerkskunst.

Er durchquerte den Raum, trat zu einem Holzhaufen und warf die Klinge dahinter. Irgendwo in der Dunkelheit quiekte es kurz.

Simnel beugte einem schlechten Gewissen vor, indem er sich vornahm, Bill Tür morgen den halben Cent zurückzugeben.

Der Rattentod erschien hinter dem Holzhaufen in der Schmiede und trat zu dem kleinen pelzigen Etwas, das unglücklicherweise versucht hatte, den gleichen Platz einzunehmen wie eine gewisse Sense.

Der Geist des pelzigen Etwas stand daneben und wirkte verunsichert. Offenbar freute er sich nicht sehr über diesen Besuch.

»Quiek? Quiek?«

QUIEK, erklärte der Rattentod.

»*Quiek?*«

QUIEK, bestätigte der Rattentod.

»(Schnurrhaare putzen) (Nase rümpfen)?«

Der Rattentod schüttelte den Kopf.

QUIEK.

Die Ratte war sehr enttäuscht, und der Besucher klopfte ihr tröstend auf die Schulter.

QUIEK.

Die Ratte nickte traurig. In der Schmiede hatte sie ein gutes Leben geführt. Ned Simnel nahm es mit der Ordnung nicht sehr ernst, und er neigte dazu, halb verspeiste Brote irgendwo zu vergessen – in dieser Hinsicht konnte es kaum jemand mit ihm aufnehmen. Die Ratte zuckte mit den Schultern und folgte der in einen dunklen Umhang gehüllten Gestalt. Ihr blieb keine andere Wahl.

Leute eilten durch die Straßen, und viele von ihnen verfolgten Karren, die sie zuvor selbst mit Dingen gefüllt hatten. Dutzende von Drahtgebilden enthielten Feuerholz, Kinder, Obst und so weiter.

Die Drahtdinger wichen jetzt niemandem mehr aus, sondern rollten blindlings drauflos, und zwar alle in die gleiche Richtung.

Man konnte einen Karren aufhalten, indem man ihn kippte, so daß sich die Räder in der Luft drehten. Die Zauberer beobachteten, wie einige enthusiastische Individuen versuchten, mehrere Einkaufswagen zu zerschmettern, aber sie waren praktisch unzerstörbar: Ihr Metall zerbrach nicht, wurde nur krumm. Und wenn ihnen auch nur ein einziges Rad blieb, so versuchten sie auch weiterhin, ein geheimnisvolles Ziel zu erreichen.

»Seht euch den an!« rief der Erzkanzler. »Meine Wäsche liegt darin! *Meine Wäsche!* Potzblitz und Donnerwetter!«

Er bahnte sich den Weg durch die Menge und rammte seinen Zauberstab zwischen die Räder – der Karren stürzte zur Seite.

»Es sind zu viele Zivilisten in der Nähe«, klagte der Dekan. »Man kann überhaupt nicht richtig zielen.«

»Es müssen Hunderte von Karren sein!« staunte der Dozent für neue Runen. »Es ist wie mit Geziefer!* Verschwinde, du... du *Korb*!«

Er hob den Stab und schlug nach einem hartnäckigen Einkaufswagen.

Die Flutwelle aus Karren wogte zum Stadtrand. Zahlreiche Verfolger gaben auf, und andere gerieten unter die sich unermüdlich drehenden Räder. Die Zauberer wichen nicht zurück, schrien immer wieder und griffen den silbergrauen Schwarm mit ihren Zauberstäben an. Oh, ihre Magie funktionierte durchaus. Eine ordentliche thaumaturgische Entladung konnte ein Drahtgebilde in tausend kleine Drahtstücke

---

* Geziefer sind kleine Nagetiere mit schwarz und weiß gemustertem Fell. Sie leben in den Spitzhornbergen und gelten als Vorfahren der Lemminge, die es sich zur Angewohnheit gemacht haben, regelmäßig über den Rand hoher Klippen zu springen und in Seen zu ertrinken. Früher teilten Geziefer dieses Verhaltensmuster. Allerdings: Tote Tiere können keinen Nachwuchs zeugen. Im Lauf der Jahrtausende gab es immer mehr Geziefer, die zu einer anderen Spezies gehörten. Sie stammten von jenen Exemplaren ab, die am Rand von Klippen ein »Warum sollte ich so blöd sein, da runterzuspringen?« quieken. Die modernen Geziefer seilen sich an hohen Felswänden ab und bauen kleine Boote, um Seen zu überqueren. Wenn irgendwo ein rätselhafter Drang sie zum Strand treibt, so warten sie dort ab, bis er nachläßt, um anschließend in aller Ruhe heimzukehren.

verwandeln. Aber was nützte es? Zwei andere Karren nahmen praktisch sofort den Platz des außer Gefecht gesetzten Artgenossen ein.

In der Nähe des Dekans verwandelten sich Karren in Metallfetzen.

»Es scheint ihm richtig Spaß zu machen, nicht wahr?« meinte der Oberste Hirte, als er und der Quästor einen weiteren rollenden Korb auf den Rücken legten.

»Er sagt ziemlich oft ›Yo‹«, stellte der Quästor fest.

Der Dekan fühlte sich so glücklich wie selten zuvor. Sechzig Jahre lang hatte er die Disziplin gebietenden Regeln und Vorschriften der Zauberei beachtet, und jetzt vergnügte er sich prächtig. Er fand plötzlich heraus, daß er sich die ganze Zeit über gewünscht hatte, es einmal ordentlich krachen zu lassen.

Magische Glut raste von der Spitze seines Zauberstabs, und um ihn herum regnete es Teile von Griffen, geborstene Führungsstangen und Räder, die sich noch immer drehten. Das Schönste war: Es herrschte kein Mangel an Zielen. Eine zweite Welle aus Karren versuchte, sich über jene Einkaufswagen hinwegzuwälzen, die noch immer Bodenkontakt hatten. Das Bemühen der Neuankömmlinge blieb weitgehend erfolglos, aber sie gaben nicht auf – weil hinter ihnen bereits die dritte Welle kam und mehr und mehr Druck ausübte. Eigentlich dürfte man in diesem Zusammenhang Wörter wie »versuchen« und »bemühen« nicht verwenden, um das Verhalten der Karren zu beschreiben, denn so etwas deutet auf bewußte Absicht hin, auf die Möglichkeit, daß auch die Option »*nicht* versuchen« existierte. Doch die erbarmungslosen Bewegungen und häufigen Kollisionen zwischen einzelnen Wagen ließen nur einen Schluß zu: Bei dem Bestreben, die Stadt zu verlasen, blieb den Drahtgebilden ebensowenig eine Wahl wie dem Wasser, wenn es darum ging, an einem Hang *nach unten* zu fließen.

»Yo!« rief der Dekan. Pure Magie kroch in das Durcheinander aus Metall. Erneut regnete es Räder.

»Freßt heiße Thaumaturgie, ihr...«, begann der Dekan.

»Nicht fluchen! Nicht fluchen!« brüllte Ridcully, um den Lärm zu übertönen. Er schlug nach einem Wesen der Gattung Mist-und-verdammt, das seinen Hut umkreiste. »Wer weiß, was du dadurch beschwörst!«

»Zum Kuckuck!« heulte der Dekan.

»Es hat keinen Zweck«, sagte der Oberste Hirte. »Genausogut können wir versuchen, das Meer zurückzudrängen. Ich schlage vor, wir kehren zur Universität zurück und besorgen uns dort einige Zauberformeln, die es wirklich in sich haben.«

»Gute Idee«, erwiderte Ridcully. Sein Blick glitt über eine hohe Barriere aus heranrückendem Metall. »Und *wie* sollen wir zur Universität zurückkehren?«

»Yo, ihr Schlingel!« ließ sich der Dekan vernehmen und zielte erneut. Der Zauberstab gab ein seltsames Geräusch von sich. Niedergeschrieben hätte es folgendermaßen ausgesehen: *Pfffft*. Ein blasser Funken löste sich träge von der Spitze und fiel zu Boden.

Windle Poons schloß das nächste Buch. Besser gesagt: Er *knallte* es zu. Der Bibliothekar zuckte zusammen.

»Nichts! Vulkane, Überflutungen, zornige Götter, herumpfuschende Zauberer... Ich lege keinen Wert darauf zu erfahren, wie Städte *getötet* wurden. Ich möchte wissen, wie sie endeten...«

Der Bibliothekar trug noch einen Stapel Bücher zum Lesetisch. Windle wußte inzwischen, daß man als Toter noch einen Vorteil hatte: Er konnte den *Sinn* eines Wortes erfassen, ohne die Bedeutung zu kennen. Der Tod war gar nicht wie ein langer Schlaf. Ganz im Gegenteil: Er kam einem Erwachen gleich.

Er sah sich in der Bibliothek um und entdeckte Lupine, der sich die Pfote verbinden ließ.

»Bibliothekar?« fragte er leise.

»Ugh?«

»Du hast Gestalt und Spezies gewechselt, äh... Wie würdest du dich verhalten, wenn du, um ein Beispiel zu nennen, zwei jungen Leuten begegnest, die... Nun, stell dir einen Wolf vor, der sich bei Vollmond in einen, äh, Wolfsmann verwandelt. Stell dir außerdem eine Frau vor, die sich bei Vollmond in eine Wolfsfrau verwandelt. Zwei Personen, die gewissermaßen aus verschiedenen Richtungen zur gleichen Gestalt finden... Und sie lernen sich kennen. Was würdest du ihnen sagen? Oder hältst du es für besser, daß sie alles von ganz allein herausfinden?«

»Ugh«, antwortete der Bibliothekar sofort.

»Die Versuchung ist groß.«

»Ugh.«

»Frau Kuchen wäre bestimmt nicht begeistert.«

»Iek ugh.«

»Du hast recht. Man hätte es taktvoller ausdrücken können, aber du hast recht. Jeder muß mit seinen eigenen Angelegenheiten selbst fertig werden.«

Windle seufzte und blätterte und riß die Augen auf.

»Die Stadt Kahn Li«, sagte er. »Jemals davon gehört? Wie heißt dieses Buch? ›Streifenzupfers Ob-du's-glaubst-oder-nicht-Grimoire‹. Und was steht hier geschrieben? ›Kleine Karren... niemand wußte, woher sie kamen... Von großem Nutzen... Viele Männer trieben sie zusammen zu einer Herde, um sie zu geleiten in die Stadt... Und es geschah, daß es über die Menschen kam wie ein seltsamer Wahn. Sie folgten den Karren, und siehe: Eine neue Stadt erhob sich jenseits der Wälle, eine Stadt wie ein großer Basar, und dorthin rollten die Drahtkörbe mit Rädern...«

Windle blätterte weiter.

»Das bedeutet offenbar...« Er verstummte und überlegte.

Ich habe es noch immer nicht richtig verstanden, fuhr es ihm durch den Sinn. *Ein-Mann-Kübel glaubt, es geht dabei um die Fortpflanzung von Städten, aber aus irgendeinem Grund habe ich da meine Zweifel.*

Eine Stadt lebt. Man versetze sich in die Lage eines ebenso riesigen wie langsamen Wesens – die Zählenden Kiefern sind ein gutes Beispiel – und beobachte die Stadt aus seiner Perspektive. Man sieht, wie Gebäude wachsen, Angreifer abgewehrt und Feuer gelöscht werden. Ja, man sieht, daß die Stadt lebt, aber die Bewohner bleiben einem verborgen, weil sie sich zu schnell bewegen. Der vitale Faktor einer Stadt präsentiert sich als eine geheimnisvolle Kraft. Das Leben einer Stadt besteht aus... Leuten.

Poons nahm sich die nächste Seite vor, doch seine Aufmerksamkeit galt in erster Linie den eigenen Gedanken.

Wir haben also Städte: große, träge Geschöpfe, die an einer Stelle wachsen und sich in Tausenden von Jahren kaum bewegen. Wesen dieser Art pflanzen sich fort, indem sie Bewohner ausschicken, damit sie Kolonien gründen. Sie selbst rühren sich nicht von der Stelle. Ja, Städte leben, doch sie sind auf die gleiche Weise lebendig wie eine Qualle. Oder wie nicht ganz so dummes Gemüse. Immerhin bezeichnet man Ankh-Morpork als Große Wahooni...

Nun, wo es große Lebewesen gibt, da existieren auch kleine, die sich von ihnen ernähren...

Windle Poons vermeinte zu spüren, wie die Zellen seines Gehirns immer hektischere Aktivitäten entfalteten. Zusätzliche Verbindungen wurden hergestellt, und die Überlegungen rasten durch ganz neue Kanäle. Hatte er als Lebender jemals so klar gedacht? Er bezweifelte es. Er war nichts weiter gewesen als eine Marionette, die auf diverse Nervenreize reagierte und deren geistiger Horizont bis zur nächsten Mahlzeit reichte. Vage Erinnerungen hatten ihn ständig daran gehindert, konzentriert nachzudenken.

Das Etwas wächst in einer Stadt, wo es warme Geborgenheit genießt. Und dann ... verläßt es sein Nest und baut außerhalb der Stadt eine Art ... falsche Stadt. Jener Köder lockt die Bewohner an, lockt das Leben aus der echten Stadt ...

Mit anderen Worten: Das Etwas stellt eine Falle, um zu fressen.

Der Dekan starrte fassungslos auf seinen Zauberstab. Er schüttelte ihn und zielte erneut.

Diesmal sah das niedergeschriebene Geräusch so aus: *Pfwt*.

Er blickte auf. Eine Woge aus Karren ragte bis zu den Dächern der nächsten Häuser, und der Wellenkamm neigte sich nach vorn ...

»Oh ... verflixt«, sagte er und hob die Arme über den Kopf.

Jemand packte den Dekan am Umhang und zog ihn fort, als die ersten Karren herunterkrachten.

»*Komm!*« drängte Ridcully. »Wenn wir laufen, entkommen wir ihnen vielleicht.«

»Ich habe keine Magie mehr!« ächzte der Dekan. »Ich habe keine Magie mehr!«

»Wenn du dich nicht beeilst, hast du gleich auch kein Leben mehr«, erwiderte der Erzkanzler.

Die Zauberer versuchten, sich nicht voneinander trennen zu lassen, als sie zur Universität wankten. Hinter ihnen donnerten zahllose Karren herunter, rollten aus der Stadt und rasten über die Felder hinweg.

»Wißt ihr, an was mich das erinnert?« schnaufte Ridcully, während sie die Flucht fortsetzten.

»Nein, aber bestimmt erfahren wir es gleich von dir«, antwortete der Oberste Hirte.

»An Lachse«, sagte der Erzkanzler.

»Was?«

»Natürlich nicht im Ankh«, fügte Ridcully hinzu. »In *unserem* Fluß wäre sicher kein Lachs imstande, stromaufwärts zu schwimmen.«

»Er müßte *gehen*, meinte der Oberste Hirte.

»Aber ich habe sie in anderen Flüssen gesehen«, sagte Ridcully. »Dort hat's regelrecht von ihnen gewimmelt. Es schien mehr Fische zu geben als Wasser, und alle drängelten sich stromaufwärts.«

»Ach«, brachte der Oberste Hirte skeptisch hervor. »Und warum?«

»Nun... Es hat was mit der Fortpflanzung zu tun.«

»Abscheulich.« Der Oberste Hirte schauderte. »Wenn man daran denkt, daß wir Wasser trinken *müssen*...«

»So, jetzt befinden wir uns in offenem Gelände«, stellte der Erzkanzler fest. »Hier weichen wir zur Seite aus und...«

»Ich fürchte, das ist nicht ganz so einfach«, sagte der Dekan für neue Runen.

Aus allen Richtungen kamen Lawinen aus rasselnden, quietschenden und scheppernden Karren.

»Sie haben es auf uns *abgesehen*!« kreischte der Quästor. »Sie haben es auf uns *abgesehen*!«

Der Dekan schnappte sich seinen Zauberstab.

»He, das ist meiner!«

Der Dekan stieß ihn beiseite und zielte. Die erste magische Entladung raubte einem nahen Karren die Räder.

»Das ist mein Zauberstab!«

Die Zauberer standen Rücken an Rücken in einem sich zusammenziehenden Kreis aus Metall.

»Sie passen nicht in diese Stadt«, brummte der Dozent für neue Runen.

»Ich weiß, was du meinst«, sagte Ridcully. »Sie sind... *fremd*artig.«

»Kennt jemand einen Zauberspruch, der Zauberer fliegen läßt?« fragte der Oberste Hirte.

Der Dekan legte an, und ein Karren verwandelte sich in Schlacke.

»He, du benutzt meinen Stab.«

»Sei still, Quästor«, sagte der Erzkanzler. »Hör mal, Dekan. Es nützt nichts, die Dinger einzeln unter Beschuß zu nehmen. Seid ihr bereit, Jungs? Es geht uns darum, bei den Karren möglichst großen Schaden anzurichten. Denkt daran: wilde, unkontrollierte Entladungen...«

Die Einkaufswagen kamen näher.

Klick. Klack.

Frau Flinkwert stapfte durch die nasse, laute Düsternis. Hagelkörner knirschten unter ihren Schuhen. Donner hallte vom Himmel herab.

»Der Hagel sticht wie mit Nadeln, nicht wahr?« meinte sie.

ER VERURSACHT EIN ECHO.

Bill Tür griff nach einer vom Wind fortgewehten Garbe und packte sie auf einen Haufen. Frau Flinkwert hastete an ihm vorbei, der Rücken krumm unter der schweren Last des Kornes.* Sie arbeiteten schnell und eilten kreuz und quer übers Feld, um die Ernte in Sicherheit zu bringen, bevor sie den Böen und dem Hagel zum Opfer fielen. Blitze zuckten. Es war kein normales Gewitter, sondern eine Kriegserklärung.

»Bestimmt regnet's gleich!« rief Frau Flinkwert. »Wir können das ganze Getreide nicht rechtzeitig zur Scheune bringen! Hol eine Plane! Damit decken wir die Garben zu!«

Bill Tür nickte und lief durch die stürmische Finsternis zu den Farmgebäuden. Es blitzte jetzt so häufig, daß die Luft zu brutzeln schien. Eine koronaartige Leuchterscheinung glühte über der Hecke.

Und dann manifestierte sich der Tod.

Bill sah ihn weiter vorn: eine knochige Gestalt, wie zum Sprung geduckt – ihr Umhang wehte einem Banner des Unheils gleich.

Eine sonderbare Anspannung erfaßte Bill Tür. Einerseits weckte sie den Wunsch in ihm, die Flucht zu ergreifen, und andererseits ließ sie ihn an Ort und Stelle erstarren. Sie drang in sein Selbst vor und lähmte dort die Gedanken, verschonte nur eine leise innere Stimme, die nun flüsterte: DAS IST ALSO ANGST.

Der Tod verschwand, als das Gleißen des Blitzes verblaßte. Und erschien einmal mehr, als es wieder vom Firmament herabzuckte.

Nach einigen Sekunden fügte die leise innere Stimme hinzu: ABER WARUM BEWEGT ER SICH NICHT?

Bill Tür trat behutsam einen Schritt vor. Die geduckte Gestalt offenbarte keine Reaktion.

Dann begriff er: Das Ding jenseits der Hecke war tatsächlich eine

---

* Die Fähigkeit alter, dürrer Frauen, schwere Lasten zu tragen, ist phänomenal. Bei Untersuchungen hat sich herausgestellt: Ameisen können das Hundertfache ihres eigenen Gewichts tragen, aber in Hinsicht auf mindestens achtzig alte spanische Großmütter gibt es keine Beschränkungen ihrer Belastungsfähigkeit.

Gestalt aus Rippen, Oberschenkelbeinen und anderen Knochen, wenn man sie aus einem bestimmten Blickwinkel betrachtete. Doch eine geringfügige Verschiebung der Perspektive genügte, um sie in ein Gebilde aus Schneidarmen, Riemen und Zahnrädern zu verwandeln. Was den wehenden Umhang betraf... Er erwies sich als eine vom Wind losgerissene Plane.

Der Mäherunddrescher stand hinter der Hecke.

Bill Tür grinste, als ihm Gedanken durch den Kopf gingen, die für Bill Tür ganz und gar nicht typisch waren.

Er ging weiter.

Einkaufswagen umzingelten die Zauberer.

Die letzte magische Entladung schuf eine Lücke, die sofort von anderen Karren geschlossen wurde.

Ridcully wandte sich seinen Kollegen zu. Ihre Gesichter waren gerötet, die Mäntel zerrissen. Einige schlecht gezielte thaumaturgische Schüsse hatten angesengte Bärte und Hüte zur Folge gehabt.

»Kennt denn *niemand* einen geeigneten Zauberspruch?« fragte er.

Die Magier überlegten fieberhaft.

»Ich glaube, ich erinnere mich an einen«, sagte der Quästor zaghaft.

»Na los, Mann. Unter den derzeitigen Umständen ist alles einen Versuch wert.«

Der Quästor streckte die Hand aus, schloß die Augen und murmelte einige Silben.

Oktarines Licht flackerte kurz, und dann...

»Oh«, brummte der Erzkanzler. »Und das ist alles?«

»Eringyas Überraschendes Bukett«, erklärte der Quästor. Er lächelte, und seine Augen leuchteten. »Aus irgendeinem Grund bin ich immer zu diesem Zauber imstande – vermutlich ein besonderes Talent von mir.«

Ridcully betrachtete den großen Blumenstrauß in der Faust des Quästors.

»Allerdings nützt es uns nicht viel, oder?« erwiderte er.

Der Quästor sah zu den Wällen aus Karren, und das Lächeln wich ihm von den Lippen.

»Nein, nicht viel«, bestätigte er kleinlaut.

»Hat sonst noch jemand eine Idee?« fragte Ridcully.
Niemand meldete sich.
»Hübsche Rosen«, kommentierte der Dekan.

»Das ging schnell«, meinte Frau Flinkwert, als Bill Tür mit einer Plane zurückkehrte.
Ich habe mich beeilt, erwiderte er schlicht. Gemeinsam zogen sie die Plane über mehrere Garbenhaufen und beschwerten sie anschließend mit Steinen. Der Wind trachtete danach, sie erneut fortzuziehen, aber ebensogut hätte er versuchen können, einen Berg zu bewegen.
Regentropfen prasselten auf die Felder, und es entstanden Dunstwolken, in denen blaue Elektrizität glühte.
»Eine solche Nacht habe ich noch nicht erlebt!« sagte Frau Flinkwert.
Wieder donnerte es. Am Horizont wuchsen den Blitzen Myriaden Verästelungen.
Die alte Dame griff nach Bill Türs Arm.
»Ist das nicht... eine Gestalt auf dem Hügel?« fragte sie. »Ich bin ziemlich sicher, dort... etwas gesehen zu haben.«
Es handelt sich nur um eine Maschine.
Es gleißte.
»Und sie sitzt auf einem Pferd?« fügte Frau Flinkwert hinzu.
Wieder fraß sich ein Blitz durch den Himmel, und sein Licht räumte jeden Zweifel aus. Die Kuppe des nächsten Hügels präsentierte einen Reiter. Der einen Kapuzenmantel trug. Und eine Sense in der Hand hielt, so stolz, als sei es eine Lanze.
Er *posiert*. Bill wandte sich an Frau Flinkwert. Er *posiert*. Ich habe mich nie auf diese Weise verhalten. Was für einen Sinn hat das posieren? Welchem Zweck dient es?
Er öffnete die Hand, eine goldene Lebensuhr erschien darin.
»Wieviel Zeit hast du noch?«
Vielleicht eine Stunde. Vielleicht nur wenige Minuten.
»Dann komm!«
Bill Tür blieb an Ort und Stelle stehen. Sein Blick klebte an der Lebensuhr.
»Komm!« wiederholte Frau Flinkwert.

Es klappte nicht. Und es war dumm von mir, etwas anderes zu glauben. Nein, unmöglich. Mit gewissen Dingen muss man sich abfinden. Man kann nicht ewig leben.
»Warum nicht?«
Bill Tür wirkte verwirrt. Wie meinst du das?
»Warum kann man nicht ewig leben?«
Keine Ahnung. Wegen der kosmischen Weisheit?
»Was hat kosmische Weisheit damit zu tun? Kommst du jetzt?«
Die Gestalt auf dem Hügel rührte sich nicht.

Der Regen hatte den Staub in glitschigen Schlamm verwandelt. Frau Flinkwert und Bill Tür rutschten den Hang hinunter, eilten über den Hof und betraten das Haus.

Ich hätte mich besser vorbereiten sollen. Aber ich bekam keine Gelegenheit dazu.
»Wegen der Ernte?«
Ja.
»Können wir uns irgendwie im Haus verbarrikadieren?«
Glaubst du wirklich, damit etwas gegen den Tod auszurichten?
»Nun, laß dir was einfallen! Hat bei dir denn nie irgendein Trick funktioniert?«
Nein, erwiderte Bill Tür nicht ohne Stolz.

Frau Flinkwert blickte aus dem Fenster – und schnappte unwillkürlich nach Luft. Rasch trat sie zur Seite und drückte sich an die Wand.
»Er ist weg!«
Es, verbesserte Bill Tür. Es ist noch kein Er. Das Sterben wird erst später zum Tod.
»*Es ist weg.* Jetzt könnte es überall sein.«
Es ist auch imstande, durch eine massive Wand zu gehen.

Frau Flinkwert sprang instinktiv vor. Unmittelbar darauf warf sie Bill Tür einen finsteren Blick zu.

Nun gut. Hol das Kind. Wir sollten das Haus verlassen. Ihm fiel etwas ein, und seine Stimme klang etwas zuversichtlicher, als er sagte: Wir haben noch etwas Zeit. Wie spät ist es jetzt?
»Keine Ahnung. Du hältst ja dauernd die Uhren an.«
Es ist noch nicht Mitternacht, oder?
»Nein. Es kann höchstens viertel nach elf sein.«

DANN BLEIBEN UNS NOCH FÜNFUNDVIERZIG MINUTEN.

»Warum bist du da so sicher?«

WEGEN DES DRAMAS, FRAU FLINKWERT, entgegnete Bill Tür in einem tadelnden, mißfallenden Tonfall. EIN TOD, DER AUF EINEM HÜGEL POSIERT, VOR DEM HINTERGRUND VON BLITZEN, KOMMT NICHT UM DREIUNDZWANZIG UHR FÜNFUNDZWANZIG, WENN ER'S VERMEIDEN KANN. ER WIRD UM PUNKT MITTERNACHT ERSCHEINEN.

Die alte Frau nickte und ging rasch nach oben. Nach ein oder zwei Minuten kehrte sie mit Sal zurück. Das Mädchen war in eine Decke gehüllt.

»Es schläft noch immer«, sagte Frau Flinkwert.

DAS IST KEIN SCHLAF.

Es regnete nicht mehr, doch das Gewitter wütete nach wie vor. Blitze zuckten; Donner krachte. Und die Luft knisterte. Drückende Hitze hatte sich verbreitet.

Bill Tür wanderte mit langen Schritten am Hühnerstall vorbei. Cyril und sein Harem aus alten Hennen hockten dort in der Dunkelheit und drängten sich aneinander.

Es schimmerte hellgrün über dem Schornstein des Farmhauses.

»Wir nennen das Mütterchen Mummels Feuer«, sagte Frau Flinkwert. »Es ist ein Omen.«

EIN OMEN WOFÜR?

»Wie? Oh, keine Ahnung. Ich schätze, es ist einfach nur ein Omen. Übrigens: Wohin wollen wir?«

ZUM ORT.

»Um der Sense nahe zu sein?«

JA.

Bill Tür verschwand in der Scheune.

Kurz darauf führte er den Hengst Binky nach draußen. Er schwang sich in den Sattel und hob Frau Flinkwert sowie das Mädchen vor sich aufs Pferd.

WENN ICH KEINEN ERFOLG HABE..., sagte er. BINKY BRINGT DICH, WOHIN DU MÖCHTEST.

»Ich möchte nirgendwo hin, außer nach Hause!«

WOHIN DU MÖCHTEST.

Binky fiel in leichten Trab, als sie die zum Ort führende Straße erreichten. Der Wind riß Blätter von den Bäumen, trieb sie an Bill Tür und seinen Begleitern vorbei. Noch immer knackten und knisterten gelegentlich Blitze über den Himmel.

Frau Flinkwert sah zum Hügel jenseits der Farm.

»Bill...«

ICH WEISS.

»Er ist wieder da. Ich meine, *es* ist wieder da.«

ICH WEISS.

»Warum verfolgt es uns nicht?«

WIR SIND SICHER, BIS DIE OBERE HÄLFTE DER LEBENSUHR KEINEN SAND MEHR ENTHÄLT.

»Und dann stirbst du?«

NEIN. DANN *SOLLTE* ICH STERBEN. DANN BEFINDE ICH MICH IN DER SCHMALEN LÜCKE ZWISCHEN DIESSEITS UND JENSEITS.

»Bill, das, äh, Pferd, auf dem er sitzt... Ich meine, ich hab's zunächst für ein richtiges Pferd gehalten, das nur ziemlich dünn ist, aber...«

EIN KNOCHENROSS. EINDRUCKSVOLL – UND UNPRAKTISCH. ICH HATTE MAL EINS, DOCH IHM FIEL DAUERND DER KOPF AB.

»Ein kopfloses Pferd ist sicher nicht leicht zu reiten.«

DABEI KÖNNEN SICH DURCHAUS EINIGE PROBLEME ERGEBEN, FRAU FLINKWERT.

»Ich glaube, unter den gegebenen Umständen kannst du damit aufhören, mich Frau Flinkwert zu nennen«, sagte Frau Flinkwert.

RENATA?

Die alte Dame drehte überrascht den Kopf. »Woher kennst du meinen Vornamen? Du hast ihn gelesen, nehme ich an.«

IN FORM EINER GRAVUR.

»Und zwar an einer Lebensuhr, stimmt's?«

JA.

»An einer Lebensuhr, in der Sand von der oberen Hälfte in die untere rieselte?«

JA.

»Jeder hat eine?«

JA.

»Und du weißt, wie lange ich...«

JA.

»Es muß sehr seltsam sein, über so etwas Bescheid zu wissen...«

Bitte verzichte darauf, mich zu fragen.
»Aber das ist nicht fair. Wenn wir Menschen wüßten, wann wir sterben, würden wir ein besseres Leben führen.«
Wenn die Leute wüßten, wann sie sterben, würden sie gar nicht mehr leben.
»Oh, ja, das klingt sehr weise. Aber was weißt du schon davon, Bill Tür?«
Alles.
Binky trabte über eine der wenigen Straßen des Ortes und erreichte das Kopfsteinpflaster des sogenannten Platzes. Weit und breit war niemand zu sehen. In Städten wie Ankh-Morpork hatte Mitternacht nur die Bedeutung des späten Abends; dort gab es gar keine Nächte in dem Sinne, nur Abende, die mit dem Morgengrauen endeten. Aber hier ließen die Leute ihr Leben vom Sonnenuntergang und konfusen Hahnenschreien bestimmen.

Das Gewitter stapfte mit Beinen aus Blitzen zwischen den Hügeln, doch auf dem Platz herrschte gespenstische Stille. Tagsüber konnte man das Ticken im Uhrenturm kaum hören; jetzt schien es von den Häusern widerzuhallen.

Als sie sich näherten, rasselte ein alter Mechanismus hinter dem hohen Ziffernblatt, und der Minutenzeiger setzte sich widerstrebend in Bewegung, kroch zur 9. Eine Luke schwang auf, und zwei metallene Figuren schoben sich daraus hervor. Sie erweckten den Eindruck, sich selbst sehr wichtig zu nehmen, und mit übertriebener Mühe hoben sie ihre Hämmer an eine kleine Glocke.

Ting-ting-ting.

Die beiden Figuren drehten sich um und kehrten durch die Luke ins Innere des Turms zurück.

»Zum erstenmal habe ich sie als kleines Mädchen gesehen«, sagte Frau Flinkwert. »Ned Simnels Urgroßvater hat sie gemacht. Damals habe ich mich oft gefragt, was sie tun, wenn sie nicht an die Glocke klopfen. Ich dachte immer, daß sie hinter dem Ziffernblatt in einem kleinen Haus wohnen oder so.«

Das bezweifle ich. Es sind nur Dinge. Und Dinge sind nicht lebendig.

»Hmm. Nun, die Figuren sind schon seit einigen Jahrhunderten hier. Vielleicht ist Leben eine Frage der Geduld.«

JA.

Sie warteten stumm. Gelegentlich hörte man das Geräusch des vorrückenden Minutenzeigers.

»Deine Gesellschaft war mir... recht angenehm, Bill Tür.«

Er antwortete nicht.

»Und ich weiß deine Hilfe bei der Ernte sehr zu schätzen.«

DIE TÄTIGKEIT AUF DER FARM WAR EINE INTERESSANTE ERFAHRUNG FÜR MICH.

»Ich hätte nicht soviel von deiner Zeit beanspruchen dürfen. Nur für ein wenig Getreide...«

NEIN. DIE ERNTE IST WICHTIG.

Bill Tür öffnete die Hand, und erneut erschien die Lebensuhr.

»Ich weiß noch immer nicht, wie du das anstellst.«

ES IST NICHT SCHWER.

Das Zischen des rieselnden Sands wurde immer lauter, bis es den ganzen Platz zu füllen schien.

»Du hast jetzt noch die Möglichkeit, einige letzte Worte zu sprechen.«

JA. UND SIE LAUTEN: ICH MÖCHTE NICHT STERBEN.

»Nun, das ist ziemlich klar ausgedrückt.«

Bill Tür stellte erstaunt fest, daß die alte Frau seine Hand hielt.

Am Uhrenturm trafen sich Minuten- und Stundenzeiger. Wieder rasselte es, noch lauter als vorher. Die Luke schwang auf, und einmal mehr glitten die beiden Figuren nach draußen. Sie verbeugten sich voreinander, hoben ihre Hämmer...

Dong.

Hufe klackten übers Kopfsteinpflaster.

Am Rand ihres Blickfelds beobachtete Frau Flinkwert purpurne und blaue Flecken, wie das unstete Glühen eines Nachbilds ohne Bild.

Wenn sie den Kopf schnell von einer Seite zur anderen neigte, konnte sie schemenhafte graue Gestalten erkennen, die über der Mauer schwebten.

Die Inspektoren, dachte sie. *Sind hier, um sich zu vergewissern, daß alles nach Plan läuft.*

»Bill?« fragte sie.

Er schloß die Hand ums goldene Gefäß der Lebensuhr.

JETZT GEHT ES LOS.

Das Klacken der Hufe schwoll zu einem unheilvollen Donnern an.
DENK DARAN: DU BIST NICHT IN GEFAHR.
Bill Tür wich in die Finsternis zurück.
Kurz darauf trat er noch einmal vor.
GLAUBE ICH, fügte er hinzu und verschwand in der Dunkelheit.
Frau Flinkwert setzte sich auf die Treppe des Uhrenturms und hielt das schlafende Mädchen in den Armen.
»Bill?« flüsterte sie.
Eine Gestalt ritt über den Platz.
Es handelte sich tatsächlich um das Skelett eines Pferds. Bei jeder Bewegung leckten blaue Flammen über die Knochen. Frau Flinkwert fragte sich, ob es die Überreste eines echten Rosses waren, das einst wirklich gelebt hatte. Oder sah sie ein Skelettwesen? Sie erkannte die Absurdität ihrer Überlegungen und klammerte sich trotzdem an ihnen fest – um so wenig wie möglich an jene grauenhafte Realität zu denken, die sich ihr nun näherte.

Striegelte man ein solches Pferd? Oder polierte man es auf Hochglanz?

Der Reiter stieg ab. Er war ein ganzes Stück größer als Bill Tür, doch angesichts des Kapuzenumhangs ließen sich keine Details erkennen. Die Gestalt trug etwas, das nicht ganz eine Sense war, obwohl es eine gewisse Verwandtschaft mit derartigen landwirtschaftlichen Werkzeugen kaum leugnen konnte; ebensowenig kann ein modernes chirurgisches Werkzeug über den Stock als Urahn hinwegtäuschen. Eines stand jedoch fest: Diese Sense hatte nie einen Grashalm berührt.

Die Gestalt trat Frau Flinkwert entgegen, das Sensen-Äquivalent an die Schulter geneigt.

Wo ist Er?

»Weiß überhaupt nicht, wen du meinst«, erwiderte Frau Flinkwert. »Und an deiner Stelle würde ich dem Pferd mehr Futter geben.«

Die Gestalt schien nicht recht zu wissen, was sie mit dieser Antwort anfangen sollte. Schließlich traf sie eine Entscheidung, nahm die Sense und blickte auf das Kind herab.

Ich finde Ihn, sagte sie. *Doch zuerst...*

Der neue Tod unterbrach sich und erstarrte.

Hinter ihm erklang eine Stimme.

LASS DIE SENSE FALLEN UND DREH DICH LANGSAM UM.

Etwas in der Stadt, dachte Windle. *In Städten gibt es nicht nur Bewohner, sondern auch Handel, Geschäfte, Religionen...*

Was für ein Unsinn! rief er sich innerlich zur Ordnung. *Städte sind* Dinge. *Sie leben nicht.*

Aber vielleicht ist das Leben nur eine Frage der Geduld. Vielleicht wird selbst das Tote lebendig, wenn es lange genug wartet.

Parasiten und räuberische Wesen, aber nicht von jener Art, die Tiere und Pflanzen heimsuchte. In diesem Fall handelte es sich um eine größere, langsamere und metaphorische Lebensform, deren Nahrung aus Städten bestand. Gleichzeitig reifte sie in ihnen heran, so wie die Brut... einer bestimmten Wespengattung? Windle erinnerte sich daran, als Student von Geschöpfen gelesen zu haben, die ihre Eier in anderen Geschöpfen unterbrachten. Monatelang hatte er darauf verzichtet, Omeletts und Kaviar zu essen, nur um auf Nummer Sicher zu gehen.

Und die Eier... Sie mußten harmlos und sogar attraktiv aussehen, damit die Bewohner sie mit nach Hause nahmen. Wie Kuckuckseier.

Wie viele Städte sind wohl bereits gestorben? fragte sich Windle. *Von Parasiten langsam zerfressen, so wie ein Korallenriff von Seesternen.* Er stellte sich vor, wie große Metropolen leer wurden, ihr Leben verloren.

Nach einer Weile stand er auf.

»Wo sind die anderen, Bibliothekar?«

»Ugh ugh.«

»Typisch. So hätte ich mich jedenfalls verhalten: Einfach loslaufen, ohne vorher nachzudenken. Mögen ihnen die Götter beistehen – wenn sie trotz ihres ewigen göttlichen Zanks Zeit genug finden, armen Zauberern zu helfen.«

Und dann dachte Windle Poons: *Und was nun? Ich habe nachgedacht, und mit welchem Ergebnis?*

Ich laufe ebenfalls los. Allerdings langsamer.

Das Zentrum des großen Karrenhaufens war nicht mehr zu sehen. Irgend etwas bahnte sich an. Ein blasses blaues Glühen hing über der gewaltigen Pyramide aus ineinander verkeiltem Metall, und in ihrem Innern zuckten gelegentlich Blitze. Weitere Drahtgebilde trafen ein und rammten sich selbst in den Haufen, wie Asteroiden, die es gar nicht abwarten konnten, sich mit dem Kern eines neu entstehenden Planeten zu vereinen. Doch manche Neuankömmlinge offenbarten ein ganz anderes Verhalten: Sie verschwanden in Tunnels, die sich extra für sie öffneten.

An der Spitze des Berges bewegte sich etwas. Dort entstand eine Lücke im metallenen Chaos, und ein glänzender Dorn ragte daraus empor, stützte eine etwa zwei Meter durchmessende Kugel. Ein oder zwei Minuten lang geschah nichts, während das runde Etwas im Wind trocknete und... platzte.

Weiße Objekte strömten daraus hervor, wurden von der Brise erfaßt und über Ankh-Morpork verteilt.

Einer jener Gegenstände flog im Zickzack über die Dächer und landete vor Windle Poons Füßen, als der verstorbene Zauberer die Bibliothek verließ.

Das Etwas war noch feucht und wies Schriftzeichen auf – beziehungsweise Striche, die Schriftzeichen formen sollten. Sie ähnelten den krakeligen Hinweisen auf den hübschen Glaskugeln: Worte, von jemandem niedergeschrieben, der mit Worten nicht sonderlich vertraut war.

Verkauf! Verkauf!! Verkauf!!!
Morgen geht es los!!!

Windle erreichte das Tor der Universität. Viele Leute eilten vorbei.

Windle Poons kannte die Bewohner von Ankh-Morpork. Sie waren immer neugierig. Und sie fielen auf alles Niedergeschriebene herein, das mehr als ein Ausrufezeichen aufwies.

Der untote Zauberer spürte einen Blick auf sich ruhen und drehte den Kopf: Ein Karren beobachtete ihn von einer Gasse her. Das Ding wich zurück und sauste davon.

»Was geht hier vor, Herr Poons?« fragte Ludmilla.

Die Mienen der Passanten waren irgendwie seltsam, sie verrieten so etwas wie freudige Erwartung.

Man brauchte keine Magie, um festzustellen, daß etwas nicht mit rechten Dingen zuging. Windles Sinne summten wie ein Dynamo.

Lupine schnappte nach einem umherflatternden Stück Papier und brachte es ihm.

Viele Sonderangebote!!!!!

Windle schüttelte kummervoll den Kopf. Fünf Ausrufezeichen – sicherer Hinweis auf geistige Umnachtung.

Und dann hörte er die Musik.

Lupine reckte die Schnauze gen Himmel und heulte.

Im Keller von Frau Kuchens Haus genehmigte sich der Schwarze Mann Schleppel gerade die dritte Ratte. Als die Musik erklang, hielt er inne und lauschte.

Dann beendete er die Mahlzeit und griff nach der Türklinke.

Graf Arthur Winkings Notfaroutoe arbeitete in der Krypta.

Er persönlich wäre in der Lage gewesen, auch ohne ein Krypta zu leben. Aber Doreen vertrat den Standpunkt, daß ein anständiger Vampir unbedingt eine Krypta haben mußte. Daran ginge überhaupt kein Weg vorbei, wenn man Wert auf *Eleganz* lege. Ja, um elegant zu sein, benötigte man eine Krypta *und* eine Gruft. Sonst galt man nichts in der Gesellschaft der Vampire.

Davon erfuhr man natürlich nichts, bevor man damit begann, ein Vampir zu sein. Nein, niemand wies darauf hin, daß man seine eigene Krypta bauen mußte, noch dazu mit billigen Ziegelsteinen aus dem Baubedarf-Großhandel des Trolls Kreidig. Arthur war ziemlich sicher, daß es anderen Vampiren nicht so erging. *Richtige* Vampire mußten nicht auch noch die Rolle des Maurers übernehmen. Man stelle sich den typischen Grafen Halsschlagader vor. So ein feiner Pinkel *ließ* sich eine Krypta bauen. Wenn die Dorfbewohner kamen, um sein Schloß niederzubrennen, eilte er nicht selbst zum Tor, um die Zugbrücke zu senken. O nein. Er sagte einfach: »Igor . . .« – falls sein Diener Igor hieß – »Igor, kümmere dich darum, hopp-hopp.«

Die Winkings hatten eine Annonce aufgegeben, die nun schon seit Monaten in Herrn Kiebels Publikation »Hier gibt's Arbeit« erschien. Das Angebot lautete: Bett, drei Mahlzeiten pro Tag und ein kostenloser Buckel, falls notwendig. Aber niemand meldete sich. Und das, obwohl die Leute dauernd von Arbeitslosigkeit sprachen. Grund genug, um fuchsteufelswild zu werden.

Arthur griff nach einem Stück Holz und maß es ab. Er schnitt eine Grimasse, als er den Zollstock aufklappte.

Sein Rücken schmerzte noch immer vom Ausheben des Wassergrabens. Auch darüber brauchten sich normale vornehme Vampire keine Gedanken zu machen: Sie hatten einfach einen Burggraben. Und er umgab ihr ganzes Heim. Richtige Vampire brauchten keinerlei Rücksicht auf die Straße zu nehmen. Bei *richtigen* Vampiren beschwerte sich keine Frau Piewieh auf der einen Seite und einige Trolle, mit denen Doreen nicht sprach, auf der anderen, was dazu führte, daß sich der Wassergraben auf den Hinterhof beschränkte. Arthur plumpste immer wieder hinein.

Und dann das Beißen von jungen Frauen. Besser gesagt: der Umstand, daß er dazu keine Gelegenheit bekam. Arthur war immer bereit, die Meinungen anderer Personen zu berücksichtigen, aber in dieser Hinsicht konnte Doreen behaupten, was sie wollte: Er zweifelte kaum daran, daß die Existenz als Vampir mit jungen Frauen zu tun hatte. In dünnen, durchsichtigen Negligés. Arthur wußte nicht genau, was Negligés waren, doch er hatte davon gelesen, und verspürte den Wunsch, eins zu sehen, bevor er, äh, starb.

Außerdem: Bei anderen Vampiren begannen die Ehefrauen nicht damit, beim Sprechen alle Ws durch ein übertrieben betontes F oder gar ein V zu ersetzen. Bei ihnen war es eine ganz *natürliche* Ausdrucksweise.

Arthur seufzte.

Das Leben beziehungsweise untote Dasein eines Obst- und Gemüsehändlers, der zum Mittelstand gehörte und voller Verzweiflung einen Platz in der oberen Klasse anstrebte, brachte schon gewisse Probleme mit sich.

Und dann klang Musik durch das Loch in der Wand, das ein vergittertes Fenster aufnehmen sollte.

»He...« Er rieb sich das Kinn. »Doreen?«

Reg Schuh klopfte auf sein tragbares Rednerpult.

»Und deshalb sage ich: Wir dürfen uns nicht einfach hinlegen und dem Gras über unseren Köpfen beim Wachsen zuhören«, proklamierte er. »Oh, ich sollte fragen: Wie lautet unser sieben Punkte umfassender Plan, der Gleichberechtigung mit dem Leben vorsieht?«

Wind bewegte das trockene Gras auf dem Friedhof. Das einzige Geschöpf, das Reg Schuh zumindest beiläufige Beachtung schenkte, war ein Rabe.

Reg Schuh zuckte mit den Schultern und senkte die Stimme. »Ihr könntet euch ruhig etwas mehr Mühe geben«, wandte er sich an die Welt im großen und ganzen. »Ich schufte mir Schwielen an die Hände...« – er hob sie, um es deutlich zu zeigen –, »...und bekomme ich vielleicht irgendeinen Dank?«

Er legte eine Pause ein, nur für den Fall.

Der Rabe – es handelte sich um eins jener besonders großen Exemplare, die häufig auf den Dächern der Unsichtbaren Universität hockten – neigte den Kopf zur Seite und bedachte Reg nachdenklich.

»Wißt ihr...«, brummte der Redner, »manchmal möchte ich am liebsten alles hinschmeißen...«

Der Rabe räusperte sich.

Reg Schuh wirbelte um die eigene Achse.

»Nur noch ein Wort von dir...«, drohte er, »nur noch ein verdammtes *Wort*...«

Und dann hörte er die Musik.

Ludmilla riskierte es, die Hände von den Ohren zu nehmen.

»Das klingt schrecklich! Was ist es, Herr Poons?«

Windle versuchte, sich die Reste des Huts über die Ohren zu ziehen.

»Keine Ahnung«, erwiderte er. »Es *könnte* Musik sein. Wenn man noch nie zuvor Musik gehört hat.«

Eine Melodie ließ sich nicht erkennen. Die Klänge bestanden aus einzelnen Geräuschen, die jemand einfach aneinandergereiht hatte – genausogut konnte man versuchen, die Karte eines Lands zu zeichnen, von dem man überhaupt nichts wußte.

Hnjip. Jnjip. Hwjomp.

»Es hat seinen Ursprung außerhalb der Stadt«, sagte Ludmilla. »Wohin gehen... all... die... Leute? Sie *mögen* die Musik doch nicht etwa, oder?«

»Ich kann es mir kaum vorstellen«, entgegnete Windle.

»Andererseits... Erinnerst du dich an die Probleme mit den Ratten im letzten Jahr? Ein Mann kam mit einer Flöte und meinte, er könnte die Ratten mit besonderen Klängen fortlocken.«

»Ja, aber die ganze Sache war ein Schwindel. Später entlarvte man Herrn Wunder Maurice und seine Gehorsamen Nagetiere...«

»Und wenn so etwas *rein theoretisch* möglich wäre?«

Windle schüttelte den Kopf.

»Musik, um Menschen anzulocken? Willst du *darauf* hinaus? Nein, unmöglich. *Wir* fühlen uns doch auch nicht davon angezogen. Mir scheint, das Gegenteil ist der Fall.«

»Ja, aber du bist kein Mensch mehr, zumindest kein lebender«, sagte Ludmilla. »Und ich...« Sie unterbrach sich und errötete.

Windle klopfte ihr auf die Schulter.

»Guter Hinweis«, sagte er. »Leuchtet mir ein.«

»Du hast es gewußt, nicht wahr?« fragte die junge Frau, ohne zu dem untoten Zauberer aufzusehen.

»Ja. Und falls es dich tröstet: Ich glaube nicht, daß man sich wegen so etwas schämen muß.«

»Meine Mutter ist anderer Ansicht. Sie sagt immer, es wäre schrecklich, wenn jemand dahinterkäme!«

»Ich schätze, es hängt davon ab, *wer* dahinterkommt«, erwiderte Windle und sah zu Lupine.

»Warum starrt mich dein Hund so an?« erkundigte sich Ludmilla.

»Er ist sehr intelligent.«

Windle griff in die Tasche, holte mehrere Handvoll Erde daraus hervor und entdeckte schließlich sein Tagebuch. Zwanzig Tage bis zum nächsten Vollmond. Der sehr interessant zu werden versprach.

Es kam Bewegung in den großen Metallhaufen. Karren rasselten hin und her. Hunderte, vielleicht sogar Tausende von Ankh-Morpork-Bürgern bildeten einen großen Kreis und beobachteten das Geschehen aufmerksam. Die alles andere als melodische Musik erklang auch weiterhin.

»Da ist Herr Schnapper«, sagte Ludmilla, als sie sich einen Weg durch die Menge bahnten. Die Leute um sie herum leisteten keinen Widerstand, wirkten wie hypnotisiert.

»Was verkauft er diesmal?«

»Ich glaube nicht, daß er irgend etwas verkaufen will, Herr Poons.«

»So schlimm ist es? Dann stecken wir in ziemlich großen Schwierigkeiten.«

Blaues Licht schimmerte aus einem der vielen Löcher im Haufen. Teile geborstener Einkaufswagen klimperten wie metallene Blätter herab.

Windle bückte sich und hob einen spitzen Hut auf. Er machte einen recht mitgenommenen Eindruck – offenbar waren mehrere Drahtgebilde darüber hinweggerollt –, aber er ließ sich noch immer als etwas erkennen, das auf den Kopf einer Person gehörte.

»Es befinden sich Zauberer da drin«, sagte Poons.

Silbriges Licht glitzerte auf dem Metall, schien sich dabei wie Öl zu bewegen. Windle streckte die Hand danach aus, und ein dicker Funken zuckte zu seinen Fingern.

»Hmm«, murmelte er. »Ein großes thaumaturgisches Potential...«

Dann hörte er die Stimmen der Vampire.

»Halliieh-hallooh, Herr Poons!«

Er drehte sich um. Die Notfaroutoes hielten auf ihn zu.

»Wir... Ich meine, vir fären schon eher gekommen, aber...«

»Ich konnte den verdammten Kragenknopf nirgends finden«, brummte Arthur ungehalten und schnappte kurzatmig nach Luft. Er trug einen zusammenfaltbaren Zylinder. Nun, in Hinsicht auf die Zusammenfaltbarkeit war mit dem Klappzylinder alles in bester Ordnung, aber es mangelte ihm an typischen Huteigenschaften, was dazu führte, daß eine Art schwarze Ziehharmonika auf Arthurs Kopf zu ruhen schien.

»Oh, hallo«, sagte Windle. Die Entschlossenheit der Winkings, allen Erfordernissen der vampirischen Existenz gerecht zu werden, hatte etwas Faszinierendes.

»Und fer ischt diesche junge Dahme?« fragte Doreen und bedachte Ludmilla mit einem strahlenden Lächeln.

»Wie bitte?« erwiderte Windle.

»Vas?«

»Doreen, ich meine, die *Gräfin* hat gefragt, wer die junge Dame ist«, übersetzte Arthur und seufzte.

»*Ich* habe mich verstanden«, sagte Doreen scharf. Jetzt wies ihr Tonfall deutlich darauf hin, daß sie in Ankh-Morpork aufgewachsen war und nicht in irgendeiner transsilvanischen Feste. »Ach, wenn ich alles dir überlassen würde, gäb's überhaupt kein Niveau mehr...«

»Ich heiße Ludmilla«, stellte sich Ludmilla vor.

»Bin entzückt«, sagte Gräfin Notfaroutoe würdevoll und streckte eine Hand aus, die in einer von Imagination geprägten Welt lang und blaß sein mochte. Aber im Reich der Realität blieb sie klein, rosarot und pummelig. »Esch froit uns immer, frisches Blut kennenzulernen. Venn esch sofeit ist und du etvas Hundekuchen möchtest... Du bischt uns immer herzlich fillkommen.«

Ludmilla wandte sich an Poons.

»Steht es auf meiner Stirn geschrieben?«

»Dies sind keine gewöhnlichen Leute«, meinte Windle freundlich.

»Das dachte ich mir schon«, sagte Ludmilla. »Ich kenne kaum jemanden, der ständig einen Opernmantel trägt.«

»Ich kann leider nicht darauf verzichten«, sagte Arthur. »Wegen der Flügel.«

Er vollführte eine dramatisch wirkende Geste und breitete den Umhang aus. Das typische Geräusch einer Implosion erklang, und unmittelbar darauf flatterte eine kleine, dicke Fledermaus durch die Luft. Sie blickte nach unten, quiekte verärgert, fiel und bohrte sich mit der Schnauze in den Boden. Doreen zog sie an den Beinen aus der Erde.

»Ich kann es nicht ausstehen, die ganze Nacht mit offenem Fenster zu schlafen«, sagte sie geistesabwesend. »Meine Güte, wenn die Musik nicht bald aufhört, bekomme ich meine Migräne.«

Etwas machte *Wommmpf*. Arthur erschien verkehrt herum auf dem Kopf.

»Die Höhe bereitet ihm echte Probleme«, fuhr Doreen fort. »Es ist wie mit einem Anlauf. Er braucht mindestens eine Etage, um auf die richtige Fluggeschwindigkeit zu kommen.«

»Ja, das mit der richtigen Fluggeschwindigkeit fällt mir nicht leicht«, bestätigte Arthur und stand mühsam auf.

»Entschuldigt bitte«, sagte Windle. »Berührt euch die Musik überhaupt nicht?«

»Sie geht mir durch und durch, jawohl«, meinte Arthur. »Und Vampire mögen keine Dinge, die ihnen durch und durch gehen.«

»Herr Poons glaubt, sie stellt irgend etwas mit den normalen Leuten an«, warf Ludmilla ein.

»Werden sie davon, äh, durchdrungen?« fragte Arthur.

Windle beobachtete die Menge. Niemand schenkte der sonderbaren Gruppe Beachtung.

»Sie scheinen auf etwas zu warten«, vermutete Doreen. »Auf etfas zu varten, meine ich.«

»Es ist unheimlich«, sagte Ludmilla.

»Oh, am Unheimlichen gibt's nichts auszusetzen«, kommentierte Doreen. »*Wir* sind unheimlich.«

»Herr Poons möchte das Innere des Haufens aufsuchen«, verkündete Ludmilla.

»Gute Idee«, lobte Arthur. »Vielleicht können wir dort die gräßliche Musik beenden.«

»Aber ihr könntet *sterben*!« warnte Ludmilla.

Windle klatschte in die Hände und rieb sie nachdenklich.

»Nun... Ich glaube, da haben wir einen kleinen Vorteil.«

Er trat in den Glanz hinein.

Nie zuvor hatte er so helles Licht gesehen. Es schien aus allen Richtungen zu kommen, jagte erbarmungslos selbst die kleinsten Schatten. Es strahlte heller und auf eine ganz andere Art als gewöhnliches Tageslicht – irgendwo in dem Gleißen verbarg sich bläuliche Schärfe, die wie ein Messer durchs Blickfeld schnitt.

»Alles in Ordnung mit dir, Graf?« fragte Windle.

»Ja, alles bestens«, erwiderte Arthur.

Lupine knurrte.

Ludmilla zog an einem Durcheinander aus Metall.

»Da ist was drunter. Sieht aus wie... wie Marmor. Wie orangefarbener Marmor.« Sie strich mit der Hand darüber. »Warm. Marmor sollte doch nicht warm sein, oder?«

»Nein, unmöglich«, sagte Doreen. »Auf der ganzen Welt – äh, Velt – gibt es nicht soviel Marmor. Vir haben fersucht, Marmor für die Krypta zu bekommen...« Sie untersuchte die beiden Silben des Wortes Krypta, fand jedoch kein W, das sie durch ein V oder F ersetzen konnte. »Ja, für die Krypta. Man sollte die Zwerge in den Kerker schtecken und sie dort fergessen. Die Vucherpreise, die sie ferlangen... Eine Schande.«

»Ich glaube nicht, daß dies hier von Zwergen gebaut wurde«, sagte Windle. Er sank auf die Knie und sah sich den Boden aus der Nähe an.

»Vas mich keinesfegs vundert. Die faulen kleinen Schtrolche. Vollten fast siebzig Dollar für den Bau unserer Krypta. Schtimmt's, Arthur?«

»Fast siebzig Dollar«, bestätigte Arthur.
»Wahrscheinlich ist dies hier gar nicht im eigentlichen Sinne *gebaut* worden«, sagte Windle leise. *Risse*, dachte er. *Es sollten sich kleine Risse und Fugen finden lassen, zwischen den einzelnen Platten. Es sollte nicht alles aus einem Stück sein. Und ein wenig klebrig.*
»Deshalb hat Arthur die Sache selbst in die Hand genommen.«
»Ja, ich habe mich selbst darum gekümmert.«
Windle entdeckte eine Kante. Nun, eigentlich war es keine Kante. Der Marmor wurde durchsichtig, formte eine Art Fenster, durch das man in einen anderen hell erleuchteten Bereich sehen konnte. Poons bemerkte... Dinge. Sie blieben undeutlich, wirkten wie halb zerlaufen, und es gab keine Möglichkeit, zu ihnen zu gelangen.

Die Stimmen der Winkings folgten ihm, als er nach vorn kroch.
»...eigentlich ist die Krypta ziemlich *klein*. Aber er hat ein Verlies eingebaut. Allerdings muß man immer erst in den Flur gehen, um die Tür richtig zu schließen...«
Für Vornehmheit gab es verschiedene Ausdrucksformen, stellte Windle fest. Für manche Leute bestand sie daran, *kein* Vampir zu sein. Für andere bedeutete sie zwei Fledermäuse aus Gips an der Wand.
Er strich mit den Fingern über die klare Substanz. Diese Welt schien nur Rechteckiges zu enthalten. Wohin er auch blickte: Überall gab es Kanten. Durchsichtige Flächen säumten den Flur zu beiden Seiten, und ständig erklang die Nicht-Musik.
Dieses Etwas konnte doch nicht *lebendig* sein, oder? Das Leben war... runder.
»Was hältst du davon, Lupine?« fragte Windle.
Lupine bellte.
»Hmm. Mit einem solchen Kommentar kann ich kaum etwas anfangen.«
Ludmilla ging in die Hocke und legte die eine Hand auf Windles Schulter.
»Dies ist nicht im eigentlichen Sinne gebaut worden?« wiederholte sie. »Wie hast du das gemeint?«
Windle kratzte sich am Kopf.
»Ich bin mir nicht sicher. Vielleicht wurde dies hier... abgesondert.«
»Abgesondert? Aber von *was*?«

Sie sahen auf. Ein Karren sauste aus einem Nebenkorridor und verschwand in einem anderen strahlenden Tunnel.

»Etwa von den *Drahtgebilden*?« fragte Ludmilla.

»Nein, vermutlich nicht. Ich halte sie eher für Diener oder so. Wie Ameisen. Oder Bienen.«

»Und der Honig?«

»Keine Ahnung. *Es* ist noch nicht reif. Es dauert noch etwas, bis alles fertig ist. Äh, wir sollten darauf verzichten, hier etwas anzurühren.«

Sie setzten den Weg fort, und nach einer Weile führte der breite Flur in einen großen Saal, über dem sich eine Kuppel wölbte. Treppen reichten zu verschiedenen Stockwerken empor, und das Wasser eines Springbrunnens plätscherte. Dort wuchsen Topfpflanzen und wirkten viel zu gesund, um echt zu sein.

»Hübsch, nicht wahr?« ließ sich Doreen vernehmen.

»Man hat dauernd den Eindruck, daß es hier von Leuten wimmeln sollte«, sagte Ludmilla. »Von *vielen* Leuten.«

»Zumindest einige Zauberer müßten sich hier aufhalten«, meinte Windle. »Magier verschwinden nicht einfach so, wenn sie's vermeiden können.«

Poons und seine vier Begleiter schritten weiter. Die Korridore waren breit und hoch genug, um mehreren *nebeneinander* gehenden Elefanten ausreichend Platz zu bieten.

»Haltet ihr es nicht für eine gute Idee, nach draußen zurückzukehren?« fragte Doreen.

»Warum sollten wir das für eine gute Idee halten?« entgegnete Windle.

»Weil wir dann nicht mehr hier drin sind.«

Poons drehte sich und zählte. Fünf Flure zweigten wie die Speichen eines Rads von dem Saal mit der Kuppel ab.

»Und ich nehme an, oben und unten wiederholt sich diese Struktur«, dachte er laut.

»Es ist sehr sauber hier«, sagte Doreen nervös. »Ist es nicht sauber hier, Arthur?«

»Sehr.«

»Was hat es mit dem Geräusch auf sich?« fragte Ludmilla.

»Mit was für einem Geräusch?«

»Es klingt so, als sauge jemand etwas an.«

Arthur sah sich mit gewissem Interesse um.

»Ich bin's nicht.«

»Es sind die Treppen«, sagte Windle.

»So ein Unsinn. Treppen saugen nicht, Herr Poons.«

Windle blickte nach unten.

»Diese schon.«

Sie waren schwarz, und der untote Zauberer verglich sie mit einem schrägen Fluß. Dunkle Substanz quoll unter dem Boden hervor und metamorphierte zu etwas, das bemerkenswerte Ähnlichkeit mit Stufen aufwies und emporglitt, um sich weiter oben vom Boden aufnehmen zu lassen. Unten kam es mit einem rhythmischen Slupp-slapp zum Vorschein – das Geräusch schien von einer gewaltigen Zunge zu stammen, die nach einem hohlen Zahn tastete.

»Ich schätze, ich habe nie zuvor etwas Abscheulicheres gesehen«, sagte Ludmilla.

»Ich kenne Schlimmeres«, erwiderte Windle. »Aber ich muß zugeben: Es ist wirklich ziemlich abscheulich. Sollen wir nach oben oder nach unten gehen?«

»Willst du etwa auf so einem Ding *stehen*?«

»Nein. Aber die Zauberer befinden sich nicht in dieser Etage, was für uns bedeutet: Entweder benutzen wir die Treppe, oder wir rutschen übers Geländer. Habt ihr euch das Geländer angesehen?«

Sie sahen es sich an.

»Ich schätze, wir sollten uns besser den Stufen anvertrauen«, schlug Doreen vor.

Stumm ließen sie sich nach unten tragen. Arthur fiel, als die dahingleitenden Stufen wieder im Boden verschwanden.

»Ich hatte das schreckliche Gefühl, von ihnen mitgezerrt zu werden«, sagte er in einem entschuldigenden Tonfall und sah sich um.

»Ein großer Raum«, fügte er hinzu. »Äh, sozusagen geräumig. Hier könnte ich wahre Wunder vollbringen mit einer Tapete, die die Wände wie grob behauener Fels aussehen läßt.«

Ludmilla wanderte zur nächsten Wand.

»Ich habe nie zuvor soviel Glas gesehen«, sagte sie. »Und dann diese ... durchsichtigen Stellen. Es scheint sich um Läden zu handeln, aber ergibt das einen Sinn? Viele kleine Läden im Innern eines großen Ladens?«

»Noch nicht reif«, murmelte Windle.
»Bitte?«
»Oh, nichts weiter. Erkennst du irgendwelche Waren?«
Ludmilla beschattete sich die Augen.
»Es glänzt nur alles bunt.«
»Sag mir Bescheid, wenn du einen Zauberer siehst.«
Jemand schrie.
»Oder einen hörst«, meinte Windle. Lupine lief durch einen Korridor, und Poons folgte ihm, schlurfte so schnell wie möglich.

Jemand lag auf dem Rücken und setzte sich verzweifelt gegen zwei Karren zur Wehr. Sie waren größer als die übrigen Drahtkörbe, und ein goldenes Schimmern haftete ihnen an.

»He!« rief Windle.

Die Karren wandten sich von dem Liegenden ab und Poons zu.

»Oh«, sagte er, als sie beschleunigten.

Der erste wich Lupines Zähnen aus, rammte Windles Knie und stieß ihn zu Boden. Als der zweite über ihn hinwegraste, griff er blindlings nach dem Metall und zerrte daran. Ein Rad löste sich, und der goldene Einkaufswagen schleuderte gegen die Wand.

Windle stand auf und beobachtete Arthur: Der Vampir hielt sich am anderen Karren fest und tanzte mit ihm eine Art Zentrifugalwalzer.

»Laß los! Laß los!« heulte Doreen.

»Ich kann nicht! Ich kann nicht!«

»Sei doch nicht so *passiv*!«

Es zischte, als ob Luft ein plötzlich entstehendes Vakuum füllte. Von einem Augenblick zum anderen hatte es der Karren nicht mehr mit dem Gewicht eines dicklichen Obst- und Gemüsehändlers zu tun, sondern nur noch mit einer kleinen, erschrockenen Fledermaus. Er schmetterte an eine Metallsäule, prallte ab, traf die nächste Wand, kippte und blieb liegen. Die Räder drehten sich mit verhaltenem Surren.

»Die Räder!« rief Ludmilla. »Reißt die Räder ab!«

»Das übernehme ich«, sagte Windle. »Kümmer du dich um Reg.«

»Ist das da drüben etwa *Reg Schuh*?« fragte Doreen.

Windle deutete mit dem Daumen zur gegenüberliegenden Wand: Der Schriftzug »Auch Tote wollen le« endete in einem verzweifelt anmutenden Strich.

»Man zeige ihm eine Wand und gebe ihm einen Topf mit Farbe – dann verliert er den Verstand«, sagte Doreen.

»Ich fürchte, da ist nicht viel zu verlieren«, entgegnete Windle und warf das abgerissene Rad fort. »Lupine, halt Ausschau und gib uns rechtzeitig Bescheid, wenn sich weitere Karren nähern.«

Seltam: In diesem Fall spitzten sich die Räder zu, wie die Lauffläche von Schlittschuhen. Für die Knie des untoten Zauberers war das nicht ohne Folgen geblieben. *Heilung*, dachte er. *Wie geht man dabei vor?*

Man half Reg Schuh in eine sitzende Position.

»Was ist los?« ächzte er. »Alle starrten nur, und ich bin weitergegangen, um festzustellen, woher die Musik kommt, und dann griffen mich plötzlich gräßliche *Räder* an...«

Graf Arthur nahm wieder (mehr oder weniger) menschliche Gestalt an, blickte sich stolz um und stellte betrübt fest, daß niemand auf ihn achtete. Traurig ließ er die Schultern hängen.

»Die goldenen Karren scheinen ein ganzes Stück gefährlicher zu sein als die anderen«, sagte Ludmilla. »Sie sind größer und aggressiver. Außerdem haben sie mehr scharfe Kanten.«

»Soldaten«, meinte Windle. »Die Arbeiter kennen wir bereits. Und nun sind wir auch den Soldaten begegnet. Es ist wie bei den Ameisen.«

»Als Junge hatte ich eine kleine Ameisenfarm«, warf Arthur ein. Er war ziemlich hart auf den Boden gestürzt, und deshalb fiel es ihm schwer, in die Wirklichkeit zurückzufinden.

»Einen Augenblick«, sagte Ludmilla. »Ameisen sind mir vertraut. Bei uns im Hinterhof sind oft welche. Wenn es Arbeiter und Soldaten gibt, dann muß es auch eine...«

»Ich weiß, ich weiß«, brummte Windle.

»...ich meine, ich hab's eine ›Farm‹ genannt, obwohl die Ameisen keineswegs damit begannen, das Land zu bestellen oder so...«

Ludmilla lehnte sich an die Wand.

»Eine Königin«, hauchte sie. »Und zwar irgendwo in der Nähe.«

»Ja«, sagte Windle.

»Wie mag sie aussehen?«

»...man nimmt zwei Glasscherben und ein paar Ameisen, und dann...«

»Keine Ahnung. Woher soll ich das wissen? Aber bestimmt sind die Zauberer nicht weit davon entfernt.«

»Varum ist dir überhaupt etfas an ihnen gelegen?« fragte Doreen, die sich nun wieder an ihren Akzent erinnerte. »Immerhin haben sie dich lebendig begraben, nur veil du tot bist.«

Windle sah auf, als er das Surren von Rädern hörte. Mehr als zehn Soldaten-Karren rollten um die Ecke und formierten sich.

»Sie glaubten, mir dadurch zu helfen«, erwiderte Windle. »Das Verhalten der meisten Leute basiert auf guten Absichten. Es ist erstaunlich, wie viele Dinge zunächst als gute Idee erscheinen.«

Der neue Tod straffte sich.
Oder?
OH.
ÄH.
Bill Tür trat zurück, drehte sich um und lief los.

Womit er das Unvermeidliche nur hinauszögerte – niemand wußte das besser als er. Aber galt das nicht fürs ganze Leben?

Nach dem Tod war niemand mehr vor ihm weggelaufen. Viele Leute flohen, *bevor* sie starben, und manche bewiesen bei der Flucht eine gehörige Portion Einfallsreichtum. Die normale Reaktion eines Geistes, der sich plötzlich im Jenseits wiederfand, bestand darin, hoffnungsvoll abzuwarten. Warum weglaufen? Und *wohin?*

Der Geist namens Bill Tür mochte mehrere Probleme haben, aber Ziellosigkeit gehörte nicht dazu.

Ned Simnels Schmiede war abgeschlossen, was jedoch kaum eine Rolle spielte. Bill Tür, weder tot noch lebendig, warf sich einfach durch die Wand.

Nur noch ein mattes Glühen erinnerte an das Feuer im Ofen. Warme Dunkelheit füllte den Raum.

Das Phantom einer Sense fehlte.

Bill Tür sah sich verzweifelt um.

QUIEK?

Auf dem Balken über ihm hockte eine kleine, in einen schwarzen Umhang gehüllte Gestalt. Sie deutete immer wieder in eine Ecke der Schmiede.

ER HAT VERSPROCHEN, SIE ZU ZERSTÖREN!

Der Rattentod zuckte voller Anteilnahme mit den Schultern.

Der neue Tod trat durch das Loch in der Wand und hielt seine Sense in beiden Händen.

Er näherte sich Bill Tür.

Es raschelte. Graue Schemen glitten in die Schmiede.

Bill Tür grinste entsetzt.

Der neue Tod verharrte und posierte im blassen Schein der glühenden Kohlen.

Er holte aus.

Er verlor fast das Gleichgewicht.

Du sollst dich nicht ducken!

Bill Tür sprang erneut durch die Wand und stürmte mit gesenktem Kopf über den Platz. Seine substanzlosen Füße verursachten kein Geräusch auf dem Kopfsteinpflaster.

Er erreichte die beiden am Glockenturm.

Aufs Pferd! Verlasst diesen Ort!

»Was ist passiert? Was ist *passiert*?«

Es hat nicht geklappt!

Frau Flinkwert warf ihm einen besorgten Blick zu, hob das reglose Kind auf Binkys Rücken und kletterte in den Sattel. Bill Tür klopfte dem Roß auf die Flanke, und es erfolgte tatsächlich ein Kontakt – Binky existierte in allen Welten.

Los!

Er sah sich nicht um, als er über die Straße zur Farm hastete.

Eine Waffe!

Etwas, das er anfassen konnte!

Die einzige Waffe im Kosmos der Untoten ruhte in den Händen des neuen Todes.

Während Bill Tür lief, hörte er ein leises, rasendes Klicken. Er blickte nach unten. Der Rattentod folgte ihm.

Die kleine Gestalt quiekte ermutigend.

Er sauste durchs Tor und drückte sich an eine Wand.

Der Donner des Gewitters grollte in der Ferne. Abgesehen davon herrschte Stille.

Bill Tür entspannte sich ein wenig und kroch an der Wand entlang zur rückwärtigen Seite des Farmerhauses.

Glänzendes Metall fiel ihm auf: eine Sense, mitgebracht von den Männern, die ihn nach der Arbeit auf dem Feld hierhergetragen hatten.

Nicht jene Sense, die sorgfältig vorbereitet worden war, sondern eine andere, die für die Ernte bestimmt war. Ihre Schärfe stammte nur von Wetzsteinen und genügte, um Getreidehalme zu schneiden. Aber sie bot etwas Vertrautes, und Bill Tür griff danach – seine Hand durchdrang den langen Griff.

Je weiter du läufst, desto näher bist du mir.

Der neue Tod trat gelassen aus den Schatten.

Das solltest du eigentlich wissen, fügte er hinzu.

Bill Tür straffte sich.

Bestimmt finden wir Freude daran.

FREUDE?

Der neue Tod kam näher. Bill Tür wich zurück.

Ja. Einen Tod ins Jenseits zu geleiten ... Es dürfte ebenso viel wert sein wie das Ende von Milliarden geringerer Leben.

GERINGERER LEBEN? DIES IST KEIN SPIEL!

Der neue Tod zögerte. *Was ist ein Spiel?*

Bill Tür spürte, wie sich Hoffnung in ihm regte.

ICH KÖNNTE ES DIR ZEIGEN ...

Der Griff der Sense traf ihn am Kinn und schleuderte ihn an die Wand. Langsam sank er zu Boden.

Wir entdecken einen Trick. Wir hören nicht zu. Der Schnitter achtet nicht auf die Stimmen des Getreides.

Bill Tür versuchte sich aufzusetzen.

Erneut traf ihn der Griff.

Wir wiederholen keinen Fehler.

Bill sah auf. Der neue Tod hielt nun die goldene Lebensuhr in der Hand – ihre obere Hälfte enthielt keinen Sand mehr. Um sie beide herum veränderte sich die Landschaft. Ein rötliches Glühen ging von ihr aus, und sie gewann ein unwirkliches Erscheinunsbild: die Realität von der anderen Seite her gesehen ...

Deine Zeit ist abgelaufen, Bill Tür.

Der neue Tod zog die Kapuze zurück.

Darunter zeigte sich kein Gesicht, nicht einmal ein Schädel. Rauch wallte formlos zwischen dem Umhang und einer goldenen Krone.

Bill Tür stemmte sich auf den Ellenbogen hoch.

EINE KRONE? Zorn vibrierte in seiner Stimme. ICH HABE NIE EINE KRONE GETRAGEN!

Du wolltest nie herrschen.
Die Gestalt holte mit der Sense aus.
Dann begriff der alte und neue Tod, daß die Zeit keineswegs stehengeblieben war. Sie verstrich auch weiterhin mit einem leisen Zischen.
Der neue Tod zögerte und holte erneut die goldene Lebensuhr hervor.
Er schüttelte sie.
Bill Tür blickte ins leere Gesicht unter der Krone. Verwirrung zeichnete sich dort ab, obgleich gar keine Züge existierten, die einem solchen Empfinden Ausdruck verleihen konnten. Der Rauch schien sich einfach vor Verwunderung zu verdichten.
Die Krone drehte sich.
Frau Flinkwert stand mit geschlossenen Augen in der Nähe und hielt die Hände etwa dreißig Zentimeter weit auseinander. Dazwischen zeigten sich die vagen Konturen einer Lebensuhr, in der Sand schneller rieselte als sonst.
Die beiden Manifestationen des Todes lasen den Namen der imaginären Uhr: Renata Flinkwert.
Die Verwirrung des neuen Todes wuchs. Er wandte sich Bill Tür zu.
Für DICH?
Bill Tür stand auf, und das Feuer des Zorns brannte immer heißer in ihm. Er lebte nun von geliehener Zeit, streckte die Hände aus und griff nach der Ernte-Sense.
Der gekrönte Tod sah sie kommen und hob seine eigene Waffe, aber vermutlich gab es im ganzen Universum nichts, das die zerkratzte Klinge aufhalten konnte. Wut und Entrüstung verliehen ihr eine Schärfe, die über alle Definitionen des Begriffs »Schärfe« hinausging. Sie schnitt durch das Metall, ohne langsamer zu werden.
KEINE KRONE, sagte Bill Tür und starrte direkt in den Rauch. KEINE KRONE. NUR DIE ERNTE.
Der Umhang faltete sich unter der Klinge zusamen. Irgend etwas heulte hinterm Horizont des Hörens, und eine schwarze Säule – wie das Negativ eines Blitzes – raste vom Boden gen Himmel.
Tod wartete eine Zeitlang, bevor er den Umhang vorsichtig mit dem Fuß anstieß. Die ein wenig verbogene Krone rollte einen Meter weit, bevor sie sich in Rauch auflöste und verschwand.
OH, sagte der Tod. Es klang geringschätzig. DRAMA.

Er ging zu Frau Flinkwert und drückte sanft ihre Hände zusammen. Das Abbild der Lebensuhr verflüchtigte sich. Der blaue und violette Dunst am Rande des Blickfelds wich wieder der üblichen, mit Substanz ausgestatteten Realität.

Im Ort schlug die Glocke des Uhrenturms Mitternacht.

Die alte Dame zitterte. Tod schnippte mit den Fingern.

FRAU FLINKWERT? RENATA?

»Ich... ich wußte nicht, was ich unternehmen sollte, und du meintest, es sei nicht schwierig...«

Tod schritt in die Scheune. Als er wieder nach draußen trat, trug er seinen Mantel aus absoluter Schwärze.

Frau Flinkwert stand noch immer wie erstarrt.

»Ich wußte nicht, was ich tun sollte«, sagte sie wie zu sich selbst. »Was ist geschehen? Haben wir's überstanden?«

Tod sah sich um. Graue Gestalten schwebten über den Hof.

VIELLEICHT NOCH NICHT, sagte er.

Weitere Karren erschienen hinter den Soldaten. Sie sahen aus wie die kleineren, silbrig glänzenden Arbeiter; hier und dort zeigte sich das goldene Schimmern eines Kriegers.

»Ziehen wir uns zur Treppe zurück«, schlug Doreen vor.

»Ich glaube, genau dorthin wollen sie uns treiben«, sagte Windle.

»Von mir aus... Beschtimmt kommen die Räder nicht mit Treppenstufen zurecht, oder?«

»Außerdem kann man wohl kaum einen Kampf auf Leben und Tod gegen sie führen«, meinte Ludmilla. Lupine hielt sich dicht neben ihr und beobachtete die Räder.

»Wie man's nimmt«, murmelte Windle. Sie erreichten die unermüdlich dahingleitende Treppe, und der untote Zauberer sah auf. Karren standen an den nach oben hastenden Stufen, doch der Weg nach unten schien frei zu sein.

»Gibt es vielleicht noch eine andere Möglichkeit, nach oben zu gelangen?« fragte Ludmilla hoffnungsvoll.

Sie traten auf die Treppe und ließen sich forttragen. Hinten rollten die Karren vor, um ihnen den Rückweg abzuschneiden.

Die Zauberer befanden sich in der unteren Etage. Sie standen so still in der Anlage aus Springbrunnen und Topfpflanzen, daß Windle sie zuerst für Statuen oder esoterische Einrichtungsgegenstände hielt.

Eine rote Pappnase ragte aus dem Gesicht des Erzkanzlers, und er hielt Luftballons in den Händen. Neben ihm jonglierte der Quästor mit bunten Bällen, doch seine Arme bewegten sich mechanisch, wie von allein. Die Augen blickten ins Leere.

Der Obere Hirte stand etwas abseits und trug Reklametafeln. Die Schrift auf ihnen war noch nicht richtig gereift, aber in Hinsicht auf die Bedeutung der undeutlichen Zeichen war Windle so sicher, daß er sein Leben nach dem Tod gewettet hätte. Die Botschaft lautete VERKAUF!!! und SONDERANGEBOTE!!!!

Die übrigen Zauberer drängten sich zusammen wie Puppen, die darauf warteten, wieder aufgezogen zu werden. Jeder von ihnen trug ein langes, rechteckiges Abzeichen am Umhang, und darauf bildeten sich nun die bereits vertrauten krakeligen Schriftzeichen. Sie formten ein Wort, das etwa so aussah:

Aufsicht

Die Bedeutung dieses Hinweises blieb Windle ein Rätsel. Suchten seine Kollegen vielleicht jemanden, der sie beaufsichtigte?

Vor den trüben grünen Augen des Dekans schnippte er mit den Fingern, doch es erfolgte keine Reaktion.

»Er ist nicht tot«, sagte Reg.

»Er ruht«, stellte Windle fest. »Man könnte meinen, irgend etwas hätte ihn einfach... ausgeschaltet.«

Reg stieß den Dekan an. Der Zauberer taumelte einige Schritte, blieb stehen, schwankte mehrmals und verharrte in neuerlicher Reglosigkeit.

»Wir können sie nicht nach draußen bringen«, sagte Arthur. »Nicht in diesem Zustand. Wir müssen sie irgendwie wecken.«

»Man verbrenne eine Feder unter ihren Nasen«, warf Doreen ein.

»Ich bezweifle, ob das klappt.« Windles Skepsis basierte auf folgendem Umstand: Reg Schuh befand sich in unmittelbarer Nähe der Zauberer, und Nasen, die nicht auf Reg Schuh reagierten, konnten wohl kaum an einer brennenden Feder Anstoß nehmen. Nicht einmal ein *schweres* Gewicht, das aus *großer* Höhe herabfiel, konnte eine so nachhaltige Wirkung entfalten wie der von Reg ausgehende Geruch.

»Herr Poons...«, sagte Ludmilla zaghaft.

»Ich kannte mal einen Golem, der genauso aussah«, behauptete Reg Schuh. »Könnte sein Zwillingsbruder gewesen sein. Großer Bursche aus Ton. Ja, ein gewöhnlicher Golem besteht aus gewöhnlichem Ton. Man muß ein spezielles heiliges Wort auf Golems schreiben, um ihnen Leben zu geben.«

»Zum Beispiel ›Aufsicht‹?«

»Vielleicht.«

Windle musterte den Dekan. »Nein«, sagte er schließlich. »*Soviel* Ton gibt's überhaupt nicht.« Er sah sich um. »Laßt uns herausfinden, woher die verdammte Musik kommt.«

»Du meinst, wo sich die Musikanten verstecken, nicht wahr?«

»Ich glaube nicht, daß es hier irgendwelche Musikanten gibt.«

»Natürlich gibt es hier irgendwo Musikanten«, widersprach Reg. »Deshalb nennt man's *Musik*.«

»Zunächst einmal: Diese Klänge haben keine Ähnlichkeit mit irgendeiner mir vertrauten Musik«, sagte Windle. »Und zweitens: Ich dachte immer, daß man Öllampen oder Kerzen fürs Licht braucht, aber hier habe ich noch nichts dergleichen gesehen, und es ist trotzdem hell.«

»Herr Poons...«, wiederholte Ludmilla.

»Ja?«

»Da kommen einige Karren.«

Die Drahtgebilde blockierten alle fünf Korridore, die vom zentralen Bereich abzweigten.

»Es führt keine Treppe mehr nach unten«, stellte Windle fest.

»Vielleicht ist sie – die Königin – in einer der gläsernen Kammern«, spekulierte Ludmilla. »In einem der... Läden?«

»Das kann ich mir kaum vorstellen. Jene Räume sehen noch... unfertig aus. Außerdem: Aus irgendeinem Grund fühlt es sich nicht richtig an...«

Lupine knurrte. Spitze Dorne blitzten an den vorderen Karren auf, doch es erfolgte kein Angriff.

»Vermutlich haben sie gesehen, wie wir mit den anderen fertig geworden sind«, sagte Arthur.

»Ja, aber wie?« Windle überlegte. »Immerhin geschah es in einer anderen Etage.«

»Nun, vielleicht reden die Wagen miteinander.«

»Wie denn?« erwiderte Ludmilla. »Wie sollen sie sprechen und denken können? Die Drahthaufen haben doch gar kein Gehirn.«

»Auch Ameisen und Bienen denken nicht«, meinte Windle. »Ihr Verhalten wird kontrolliert von...«

Er hob den Kopf.

Seine Begleiter sahen ebenfalls nach oben.

»Etwas in der Decke«, sagte er. »Wir müssen es so schnell wie möglich finden!«

»Da oben gibt es nur leuchtende Flächen«, beobachtete Ludmilla.

»Bestimmt enthält die Decke noch etwas anderes! Etwas, das uns *sieht*!«

»Eine Decke kann doch nicht *sehen*!«

»Ich weiß nicht, was ihr sucht«, sagte Doreen und vergaß einmal mehr ihren Akzent. »Aber hoffentlich entdeckt ihr es bald.« Sie griff nach einer Topfpflanze und hielt das Ding wie eine Keule.

»Was hat es mit dem runden schwarzen Etwas dort oben auf sich?« fragte Arthur.

»Wo?«

»Da.« Der Vampir deutete in die entsprechende Richtung.

»Na schön. Reg und ich helfen dir hoch...«

»Mir? Aber mir wird so leicht schwindlig!«

»Du kannst dich doch in eine Fledermaus verwandeln, oder?«

»Ja, aber nur in eine sehr nervöse!«

»Und wenn schon. Nur Mut, einen Fuß hier, die Hand *hier*, den anderen Fuß auf Regs Schulter...«

»Reiß sie mir nicht ab«, sagte Reg Schuh.

»Die Sache gefällt mir ganz und gar nicht!« stöhnte Arthur, als der Abstand zum Boden wuchs.

Doreen wandte sich von den langsam näher kommenden Karren ab.

»Artor! Nobleß Oblidsch.«

»Wie bitte?« hauchte Reg. »Ist das ein geheimer Vampir-Ausdruck?«

»Nein«, erwiderte Windle. »Es bedeutet soviel wie: Ein Graf ist zu bestimmten Dingen verpflichtet.«

»Graf!« keifte Arthur und schwankte gefährlich weit von einer Seite zur anderen. »Ich hätte nicht auf den Anwalt hören sollen! Von Anfang an hätte mir klar sein müssen, daß man von langen braunen Briefumschlägen nichts Gutes zu erwarten hat!« Er schnaufte und streckte die Hände aus. »Es hat keinen Zweck. Komme nicht an das Ding heran.«

»Kannst du nicht springen?« fragte Windle.

»Kannst du nicht tot umfallen?«

»Nein.«

»Und ich springe nicht!«

»Dann flieg. Verwandle dich in eine Fledermaus und flieg.«

»Ich käme nicht auf die erforderliche Geschwindigkeit!«

Ludmilla hatte eine Idee. »Und wenn man dich wirft? Du weißt schon... Wie einen Pfeil.«

»Wo bleibt da die Würde? Ich bin ein Graf!«

»Ein Graf, der kein Graf sein möchte«, erinnerte ihn Windle.

»*Normalerweise* liegt mir nichts daran, ein Graf zu sein. Aber wenn es darum geht, herumgeworfen zu werden...«

»Arthur! Du wirst dich Herrn Poons Wünschen fügen!«

»Ich sehe nicht ein, warum...«

»Arthur!«

Als Fledermaus war der Graf erstaunlich schwer. Windle hielt ihn an den Ohren, wie eine Bowlingkugel, der die Löcher fehlten. Anschließend zielte er.

»Denk daran – ich gehöre zu einer vom Aussterben bedrohten Spezies!« quiekte es, als Windle ausholte.

Der Wurf erwies sich als recht genau. Arthur sauste zu der Scheibe in der Decke und klammerte sich mit den Klauen daran fest.

»Kannst du sie bewegen?«

»Nein!«

»Dann halt dich gut fest und nimm wieder menschliche Gestalt an.«

»Nein!«

»Wir fangen dich auf.«

»Nein!«

»Arthur!« sagte Doreen scharf und stieß ihre improvisierte Keule gegen einen Karren, der zu nahe herankam.

»Na schön, wie ihr wollt.«

Eine Sekunde lang schien Arthur Winkings an der Decke zu kleben, und dann fiel er auf Windle und Reg herab. Seine verkrampften Hände preßten die Scheibe auf die Brust.

Von einem Augenblick zum anderen verklang die Musik. Rosarote, schlauchartige Gebilde schlängelten sich durch das Loch in der Decke und tasteten nach Arthur, wodurch der Graf aussah wie ... wie eine Portion Spaghetti mit einer dicken Frikadelle drin. Der Springbrunnen schien sich am eigenen Wasser zu verschlucken und trat in den Streik.

Die Karren hielten an. Weiter hinten befindliche Exemplare stießen gegen ihre Artgenossen; es schepperte und rasselte mitleiderweckend.

Noch immer krochen »Schläuche« durch das Loch in der Decke. Windle berührte einen. Das Ding war klebrig, auf eine besonders unangenehme Weise.

»Für was hältst du das?« fragte Ludmilla.

»Ich glaube, äh, wir sollten möglichst rasch von hier verschwinden«, antwortete Windle.

Der Boden bebte. Dampf fauchte aus dem Springbrunnen.

»Vielleicht sogar noch etwas schneller«, fügte Windle hinzu.

Der Erzkanzler stöhnte. Der Dekan taumelte und fiel. Die anderen Zauberer hielten sich auf den Beinen, wobei der Faktor Glück eine erhebliche Rolle spielte.

»Sie erwachen«, sagte Ludmilla. »Aber ob sie in ihrem derzeitigen Zustand die Treppe bewältigen können...«

»Ich glaube, von der Treppe halten wir uns besser fern«, meinte Windle. »Sieh sie dir nur an.«

Die dahingleitenden Stufen glitten nicht mehr dahin und glänzten feucht im schattenlosen Licht.

»Ich verstehe, was du meinst«, entgegnete Ludmilla. »Eher würde ich über Treibsand gehen.«

»Dabei hättest du sicher weniger zu befürchten«, kommentierte Windle.

»Vielleicht gibt es irgendwo eine Rampe. Eine Möglichkeit für die Karren, von einer Etage zur nächsten zu gelangen.«

»Gute Idee.«

Ludmilla betrachtete die ziellos hin und her rollenden Einkaufswagen. »Vielleicht habe ich noch eine bessere...« Sie griff nach einer Führungsstange.

Der Karren bockte einige Sekunden lang, gab jedoch den Widerstand auf, als er keine anderslautenden Anweisungen erhielt.

»Wer aus eigener Kraft gehen kann, geht aus eigener Kraft«, verkündete Ludmilla. »Die übrigen werden geschoben. Komm, Opa.« Sie meinte den Quästor, der gehorsam in den Karren sank. Er murmelte ein »Yo« und schloß die Augen.

Der Dekan wurde auf ihn draufgelegt.*

»Und jetzt wohin?« fragte Doreen.

Einige Bodenplatten wölbten sich nach oben. Dichter grauer Dampf wogte aus den Öffnungen.

»Wenn es eine Rampe gibt, so am Ende des Flurs«, sagte Ludmilla. »Kommt.«

Arthur blickte auf die nebelartigen Schwaden hinab.

»Ich frage mich, wie man so etwas bewerkstelligt«, murmelte er. »Es ist alles andere als einfach. Wir haben versucht, so etwas für unsere Krypta zu bekommen, um sie, äh, kryptahafter zu gestalten. Aber der Rauch beschränkte sich nicht nur auf den Boden, und außerdem gerieten immer wieder die Gardinen in Brand ... «

»*Komm* jetzt, Arthur. Wir *gehen*.«

»Wir haben doch nicht zuviel Schaden angerichtet, oder? Sollten wir vielleicht einen Zettel mit unserer Adresse hinterlassen... ?«

»Wenn du möchtest, schreibe ich was an die Wand«, bot sich Reg Schuh an.

Er packte einen verunsichert zitternden Arbeiter-Karren, grinste boshaft und schmetterte das Ding mehrmals an die nächste Säule, bis die Räder abfielen.

Windle beobachtete, wie der Klub des neuen Anfangs durch den nächsten Flur stapfte und eine ganze Reihe von Zauberern vor sich her schob.

»Sieh mal einer an«, brummte er. »So einfach ist das. Mehr war gar nicht nötig. Von Drama kann kaum die Rede sein.«

Er trat einen Schritt vor – und blieb stehen.

Rosarote Schläuche krochen aus dem Boden und wickelten sich um seine Beine.

---

* So verlangt es die Tradition: Wenn man einen Einkaufswagen mit Dingen füllt, so kommen die zerbrechlichsten Gegenstände nach unten.

Weitere Platten lösten sich vom Boden. Treppen barsten und offenbarten dunkles, gezacktes und vor allem *lebendiges* Gewebe. Wände pulsierten und wölbten sich nach innen. Im Marmor bildeten sich Risse, und darunter kam eine purpurne Masse zum Vorschein.

Ein kleiner Teil von Windles Selbst dachte: *Dies ist natürlich nicht die reale Realität. Gebäude können nicht wirklich leben. Es handelt sich nur um eine Metapher. Allerdings: Derzeit sind Metaphern wie Kerzen in einer Fabrik für Feuerwerkskörper.*

Nach dieser Feststellung setzte Windle seine Überlegungen in folgender Richtung fort: *Was für eine Art von Geschöpf mag die Königin sein? Wie die Königin eines Bienenvolkes. Doch in diesem besonderen Fall ist sie auch der Bienenstock. Vielleicht ähnelt sie einer Köcherfliege, die – wenn ich mich nicht irre – ein Gehäuse aus kleinen Steinen und so baut, um sich zu tarnen. Oder sie ist wie ein Nautilus, der seine Schale während des eigenen Wachstums vergrößert? So wie die Königin den Boden aufreißt...*
Sie könnte auch ein sehr wütender Seestern sein.

Wie schützen sich die Städte vor so etwas? Potentielle Opfer entwickeln räuberischen Wesen gegenüber Schutzmechanismen: Gift, Stacheln und so weiter.

Vermutlich muß ich mich um die Verteidigung kümmern: der gute alte stachelige Windle Poons.

Wenigstens kann ich dafür sorgen, daß die anderen nach draußen gelangen. Und dann muß ich die Königin auf meine Gegenwart hinweisen.

Er bückte sich, griff nach einigen pulsierenden Schläuchen und zerrte an ihnen.

Das wütende Kreischen der Königin hallte bis zur Universität.

Die Gewitterwolken zogen zum Hügel, ballten sich dort innerhalb kurzer Zeit zusammen. Irgendwo in der finsteren Masse zuckten helle Blitze.

ES HAT SICH ZUVIEL LEBENSKRAFT ANGESAMMELT, sagte der Tod. WOMIT ICH MICH NICHT BEKLAGEN WILL. WO IST DAS MÄDCHEN?

»Ich habe es zu Bett gebracht. Sal schläft jetzt. Und zwar einen richtigen Schlaf.«

Ein Blitz traf auf den Hügel, doch ihm folgte kein Donner, sondern dumpfes Knirschen.

Tod seufzte.

ACH, NOCH MEHR DRAMA.

Er trat um die Scheune herum und blickte über die dunklen Felder. Frau Flinkwert hielt sich dicht hinter ihm, benutzte die finstere Gestalt wie einen Schild, der sie von neuerlichem Unheil abschirmte.

Hinter einer Hecke flackerte und glühte etwas bläulich und bewegte sich.

»Was ist das?«

DAS WAR DER MÄHERUNDDRESCHER.

»Er *war* es? Und was ist er jetzt?«

EIN SCHLECHTER VERLIERER.

Die Maschine rumpelte mit wirbelnden Schneidarmen übers nasse Feld. Hebel klickten und klackten im blauen Nimbus. Die leeren Deichseln hoben und senkten sich, ohne einen Zweck zu erfüllen.

»Wie kann das Ding ohne Pferd übers Feld rollen? Gestern mußte es gezogen werden.«

JETZT BRAUCHT ES KEIN PFERD.

Tod drehte den Kopf und sah graue Schemen. Inzwischen hatten sich recht viele Zuschauer eingefunden.

»Binky wartet auf dem Hof. Komm!«

NEIN.

Der Mäherunddrescher beschleunigte, und aus dem *Schnippschnapp* der Schneidarme wurde ein lautes Surren.

»Ist er wütend, weil du ihm die Plane gestohlen hast?«

ICH HABE IHM NOCH MEHR GESTOHLEN.

Tod beobachtete das Publikum und grinste. Er griff nach der Sense, drehte sie mehrmals... Und ließ sie fallen, als er die Blicke der Zuschauer auf sich ruhen spürte.

Anschließend verschränkte er die Arme.

Frau Flinkwert zupfte an seinem Ärmel.

»Was soll das bedeuten?«

DRAMA.

Die Maschine erreichte das Tor zum Hof und passierte es in einer Wolke aus Sägemehl.

»Und du weißt bestimmt, auf was du dich einläßt?«

Tod nickte.

»Nun, wie du meinst.«

Die Räder des Mäherunddreschers waren nur mehr Schemen.
Ich glaube es wenigstens.
Und dann...
Irgendwo in der Maschine machte es *Klonk*.
Die Apparatur bewegte sich noch immer, aber gleichzeitig fiel sie auseinander. Funken stoben von den Achsen. Einigen Wellen und Lagern gelang es, auch weiterhin eine Einheit zu bilden, ohne dabei Rücksicht auf die übrigen Komponenten des Mechanismus zu nehmen – was in dem wachsenden Chaos zu noch größerer Verwirrung führte. Die Schneidarme rissen sich los, rasten durch den Rest der Vorrichtung und sausten übers Feld.

Es schepperte, und nach einer Weile erklang ein letztes, klagendes *Boing* – das akustische Äquivalent der berühmten qualmenden Stiefel.

Stille folgte.

Tod bückte sich ruhig und griff nach einem kompliziert anmutenden Achsenteil, das seinen Füßen entgegenrollte. Es wies jetzt einen rechten Winkel auf.

Frau Flinkwert spähte an ihm vorbei.

»Was ist passiert?«

Ich nehme an, die elliptische Nockenwelle hat sich durch das Lagergehäuse geschoben, bis hin zum Flanschstutzen. Was krasse Konsequenzen zur Folge hatte.

Tod bedachte die grauen Zuschauer mit einem herausfordernden Blick. Sie verschwanden nacheinander.

Er nahm seine Sense.

Jetzt muss ich gehen, sagte er.

Frau Flinkwert riß erschrocken die Augen auf. »Was? Einfach so?«

Ja. Einfach so. Eine Menge Arbeit wartet auf mich.

»Und wir sehen uns nicht wieder? Ich meine...«

Oh, doch, wir sehen uns wieder. Bald. Er suchte nach den richtigen Worten und gab dann auf. Das verspreche ich dir.

Tod hob den Umhang und griff in eine Tasche von Bill Türs Overall, den er noch immer unterm schwarzen Mantel trug.

Wenn Herr Simnel morgen früh kommt, um die verschiedenen Teile des Mäherunddreschers einzusammeln, so sucht er bestimmt dies hier. Er drückte der alten Frau ein kleines, konisch geformtes Objekt in die Hand.

»Was ist das?«

EIN DREI-ACHTER.

Tod schritt zum Pferd und zögerte kurz.

AUSSERDEM SCHULDET ER MIR EINEN HALBEN CENT.

Ridcully öffnete ein Auge. Überall waren Leute unterwegs. Hinzu kamen Licht, Aufregung und zahllose Stimmen.

Offenbar saß er in einem bequemen Kinderwagen, und sonderbare Insekten summten um ihn herum.

Er hörte das Jammern des Dekans und ein Stöhnen, das nur vom Quästor stammen konnte. Gelegentlich sprach eine junge Frau. Jemand kümmerte sich um jemanden, aber niemand kümmerte sich um *ihn*. Das konnte er nicht zulassen; immerhin war er der Erzkanzler.

Ridcully hüstelte demonstrativ.

»Warum versucht niemand, mir ein Glas Brandy anzubieten?« wandte er sich an die Welt im großen und ganzen.

Ein Etwas erschien und hielt ihm eine Lampe über den Kopf. In ihrem Schein zeigte sich ein breites Gesicht, gehüllt in eine mehrere Nummern zu große Haut. »Ugh?« fragte das Wesen besorgt.

»Oh, du bist's«, sagte Ridcully und setzte sich rasch auf. Er wollte vermeiden, daß der Bibliothekar auf die Idee kam, es mit der Mund-zu-Mund-Beatmung zu versuchen.

Wirre Erinnerungen suchten ihn heim. Er entsann sich an einen Berg aus scheppendem Metall, an rosaroten Glanz, an ... Musik. Unaufhörliche Musik, dazu bestimmt, das menschliche Gehirn in Schmelzkäse zu verwandeln.

Er drehte sich um. Hinter ihnen stand ein von zahllosen Personen umgebenes Gebäude. Es handelte sich um ein flaches, gedrungenes Bauwerk, und es erweckte den Eindruck, wie ein Tier am Boden zu hocken. Ridcully stellte sich eine riesige Hand vor, die das Haus-Wesen packte und anhob, und seine Phantasie zeigte ihm Dutzende von Saugnäpfen, die sich nur sehr widerwillig vom Boden lösten. Licht ging von dem Gebäude aus, und Dampf wogte aus den Fenstern.

»Ridcully ist wach!«

Mehr Gesichter erschienen, und der Erzkanzler dachte: *Es ist nicht Seelenkuchenabend, was bedeutet: Das sind keine Masken. Oh, Himmel!*

Hinter ihm sagte der Dekan: »Ich schlage vor, wir setzen Herpettys Seismischen Reorganisator ein und werfen ihn durch die Tür. Anschließend gibt's kein Problem mehr.«

»Nein! Wir sind der Stadt zu nahe! Wenn wir Quondums Attraktiven Stich an der richtigen Stelle verwenden...«

»Oder vielleicht Sumpfspringers Brandwunder?« warf der Quästor ein. »Einfach alle in Flammen aufgehen lassen – das wäre am besten.«

»Ach, meinst du? Und was verstehst *du* von militärischer Taktik, hm? Kannst nicht mal richtig ›Yo‹ sagen!«

Ridcully griff nach den Seiten des Karrens.

»Würde mir bitte jemand erklären, was zum T... was zum Kuckuck hier los ist?« brummte er.

Ludmilla schob sich an den anderen Klubmitgliedern vorbei.

»Du mußt sie aufhalten, Erzkanzler!« entfuhr es ihr. »Sie wollen den großen Laden zerstören!«

Einige besonders abscheuliche Erinnerungsbilder zogen an Ridcullys innerem Auge vorbei.

»Gute Idee«, erwiderte er.

»Aber Herr Poons ist noch immer da drin!«

Ridcully versuchte, sich auf das glänzende Gebäude zu konzentrieren.

»Was, der *tote* Windle Poons?«

»Arthur flog zurück, als wir merkten, daß er fehlte. Er meinte, Windle kämpft gegen etwas, das aus den Wänden kam! Wir haben viele Karren gesehen, aber sie griffen nicht an! Das verdanken wir *ihm*. Er ermöglichte uns die Flucht!«

»Was, der tote Windle *Poons*?«

»Du darfst keine magische Zerstörung des großen Ladens zulassen, solange sich ein Zauberer darin aufhält!«

»Was, der tote *Windle* Poons?«

»Ja!«

»Aber er ist tot«, meinte Ridcully. »Oder? Er hat es selbst gesagt.«

»Ha!« zischte jemand, der weitaus weniger Haut hatte, als für ihn gut sein konnte. »Typisch! Das ist purer Vitalismus, jawohl. Betimmt würdest du einen Rettungsversuch unternehmen, wenn sich zufälligerweise einige *Lebende* da drin befänden.«

»Aber er wollte... Er war nie... Er...« Der Erzkanzler verstand nur wenig – praktisch nichts –, aber das spielte keine Rolle. In Ridcullys Denken gab es immer nur Platz für eine Sache. Was man nicht mit Dummheit verwechseln darf. Um es anders auszudrücken: Wenn Ridcully über Dinge nachdachte, so neigte er dazu, sie zunächst von allen komplizierten Begleiterscheinungen zu befreien.

Er rückte nun eine ganz bestimmte Sache in den Fokus seiner Aufmerksamkeit: Ein Zauberer war in Schwierigkeiten. Dieser Satz vermittelte eine klare Botschaft, die etwas im Erzkanzler berührte. Das Tod-oder-lebendig-Problem konnte warten.

Allerdings gab es da noch eine verwirrende Nebensache.

»Arthur? Und er ist, äh, geflogen?«

»Hallo.«

Ridcully drehte den Kopf. Und blinzelte.

»Tolle Zähne.«

»Danke«, sagte Arthur Winkings.

»Und sie sind alle echt?«

»Ja.«

»Bemerkenswert. Ich nehme an, du putzt sie regelmäßig.«

»Ja.«

»Hygiene. Darauf kommt es an.«

»Was hast du jetzt vor?« drängelte Ludmilla.

»Nun, wir holen Windle Poons da raus«, antwortete Ridcully. Irgend etwas an der jungen Frau kam ihm seltsam vor; er fühlte sich ständig versuchte, sie hinter den Ohren zu kraulen. »Wir besorgen uns Magie und holen ihn da raus. Ja. Dekan!«

»Yo!«

»Wir retten den alten Windle.«

»Yo!«

»*Was?*« entfuhr es dem Obersten Hirten. »Bist du übergeschnappt?«

Ridcully versuchte, trotz der Umstände möglichst würdevoll auszusehen.

»Denk daran, daß ich der Erzkanzler bin«, knurrte er.

»Bist du übergeschnappt, Erzkanzler?« fragte der Oberste Hirte. Etwas leiser fügte er hinzu: »Der alte Windle ist untot, und Untote kann man nicht retten. Die beiden Begriffe schließen einander aus. Es handelt sich um ... um ...«

»Um eine Dichotomie«, sagte der Quästor.

»Oh, ich glaube nicht, daß ein chirurgischer Eingriff notwendig wird.«

»Wir haben ihn doch begraben, oder?« fragte der Dozent für neue Runen.

»Und jetzt entgraben wir ihn«, betonte der Erzkanzler. »Vermutlich gehört das zu den Wundern der Existenz.«

»Wie Essiggurken und sauer eingelegtes Gemüse«, sagte der Quästor glücklich.

Dieser Kommentar verwirrte alle Zuhörer, auch die anwesenden Klubmitglieder.

»Das sind Spezialitäten aus dem Wiewunderland«, erklärte der Quästor. »Dort füllt man große Krüge mit Essiggurken und sauer eingelegtem Gemüse, und dann vergräbt man die Krüge und gibt dem Inhalt einige Monate Zeit, um ordentlich zu fermentieren, was für ein herrlich pikantes Aroma sorgt, und dann . . .«

Ludmilla wandte sich an Ridcully. »Entspricht dies dem üblichen Gebaren von Zauberern?« flüsterte sie.

»Der Oberste Hirte ist ein gutes Beispiel dafür, wie ein ordentlicher Magier sein sollte«, sagte der Erzkanzler. »Hat einen so scharfen Verstand, daß er sich manchmal selbst dran schneidet. Bin stolz, daß er zum Team gehört.« Er rieb sich die Hände. »Also gut, Jungs. Wer meldet sich freiwillig?«

»Yo! Hott!« sagte der Dekan, der inzwischen in einer völlig anderen Welt weilte.

»Ein Bruder ist in Not, und es käme einer groben Vernachlässigung meiner Pflicht gleich, ihm nicht zu helfen«, meinte Reg Schuh.

»Ugh.«

»Du?« Der Dekan bedachte den Bibliothekar mit einem finsteren Blick. »Wir können nicht auch *dich* mitnehmen. Du hast überhaupt keine Ahnung vom Guerillakrieg.«

»Ugh!« betonte der Bibliothekar und wies mit einer verblüffend vielsagenden Geste auf folgendes hin: Es mochte ihm tatsächlich an Informationen über den Guerillakrieg mangeln, aber was er nicht über guten, anständigen Orang-Utan-Kampf wußte, ließ sich auf den *wenigen* zusammengekehrten Resten des zerfetzten Dekans notieren.

»Vier von uns sollten genügen«, meinte der Erzkanzler.

»Ich habe ihn nie ›Yo‹ sagen hören«, brummte der Dekan.

Er nahm den Hut ab, was erstaunlich genug war: Normalerweise entblößte ein Zauberer nur dann sein Haupt, wenn es darum ging, der Kopfbedeckung etwas zu entnehmen. Doch in diesem besonderen Fall... Der Dekan riß einen Streifen vom Saum seines Umhangs und hielt ihn wie feierlich in beiden Händen, bevor er sich das Ding um die Stirn band. »Das gehört zum Ethos«, erläuterte er, als mehrere durchdringende Blicke eine stumme Frage stellten. »So verhalten sich die Krieger auf dem Gegengewicht-Kontinent, ehe sie in den Kampf ziehen. Außerdem muß man...« Er versuchte, sich etwas ins Gedächtnis zu rufen, das er vor langer Zeit gelesen hatte: »...muß man, äh, Bonsai rufen. Ja, genau: Bonsai!«

»*Ich* dachte immer, dieses Wort bezieht sich darauf, Stücke von großen Bäumen zu schneiden, um kleine Bäume daraus herzustellen«, erwiderte der Oberste Hirte.

Der Dekan zögerte. Er war nicht ganz sicher, doch diese Unsicherheit störte ihn kaum: Ein guter Zauberer lernte als erstes, dem Phänomen der Ungewißheit keine Beachtung zu schenken.

»Da irrst du dich«, behauptete er. »Der richtige Kampfschrei lautet zweifellos Bonsai.« Er überlegte erneut, und seine Miene erhellte sich. »Weil... Es ist alles Teil des Buschido. Kleine Bäume, verstehst du? Busch-i-do. Ja. Ergibt durchaus einen Sinn, wenn man darüber nachdenkt.«

»Aber *hier* kann man nicht ›Bonsai!‹ rufen«, wandte der Dozent für neue Runen ein. »Wir haben hier einen ganz anderen kulturellen Hintergrund. Ein solcher Ruf wäre völlig sinnlos, weil ihn niemand versteht.«

»Vielleicht sollte man ihm eine, äh, kurze Erklärung hinzufügen«, schlug der Dekan vor.

Er stellte fest, daß ihn Ludmilla mit offenem Mund anstarrte.

»So reden Zauberer«, sagte er.

»Tatsächlich?« entgegnete Ludmilla. »Das hätte ich nie erraten.«

Unterdessen war der Erzkanzler aus seinem Karren geklettert und schob ihn versuchsweise hin und her. Für gewöhnlich dauerte es eine Weile, bis es einer neuen Idee gelang, in Ridcullys Denken Wurzeln zu schlagen, aber diesmal regte sich fast sofort die instinktive Erkenntnis in ihm, daß es für einen mit vier Rädern ausgestatteten Drahtkorb zahlreiche Verwendungsmöglichkeiten gab.

»Wollen wir die ganze Nacht damit verbringen, uns irgendwelche Streifen um den Kopf zu binden, oder brechen wir jetzt auf?« fragte er.
»Yo!« rief der Dekan.
»Yo?« ließ sich Reg Schuh vernehmen.
»Ugh!«
»War das ein ›Yo‹?« fragte der Dekan argwöhnisch.
»Ugh.«
»Na schön.«

Tod saß auf dem Gipfel eines Berges. Es handelte sich nicht um einen besonders hohen Berg. Er war auch nicht kahl oder düster. Hexen hatten bisher darauf verzichtet, dort nackt zu tanzen und ihren Sabbat zu feiern – Scheibenwelt-Hexen wiesen ohnehin die Tendenz auf, unter allen Umständen bekleidet zu bleiben. An diesem Ort jedenfalls fehlten unheilvolle Phantome. Es saßen keine kleinen nackten Männer auf dem Boden, um Weisheit zu verteilen, denn ein wirklich weiser Mann findet schon nach kurzer Zeit heraus: Wer nackt auf einem Berggipfel sitzt, bekommt nicht nur Hämorrhoiden, sondern auch Frostbeulen.

Gelegentlich erkletterten irgendwelche Leute die steilen Hänge, um dem Steinhaufen am Gipfel ein oder zwei Steine hinzufügen. Was einmal mehr beweist, wie dumm Menschen sein können.

Tod hockte nun auf dem Boden, griff nach einem Stein und strich damit ebenso langsam wie entschlossen über die Sensenklinge.

Irgend etwas bewegte sich. Drei graue Diener erschienen.

Einer sagte: Glaubst du etwa, du hättest gewonnen?

Einer sagte: Glaubst du etwa, du könntest jetzt triumphieren?

Tod drehte den Stein und ließ die andere Seite über die Klinge kratzen.

Einer sagte: Wir geben Azrael Bescheid.

Einer sagte: Immerhin bist du nur ein *kleiner* Tod.

Tod hielt die Sense in den Mondschein, drehte sie einige Male hin und her. Er beobachtete, wie die Schneide im Licht glitzerte.

Abrupt stand er auf, und die Diener wichen zurück.

Tods Hand schoß so plötzlich vor wie der Kopf einer zubeißenden Schlange. Er packte einen Umhang und zog die leere Kapuze bis wenige Zentimeter vor seine Augenhöhlen heran.

Weisst du, warum der Gefangene im Turm den Vögeln zusieht? fragte er.
Die Entität erwiderte: Nimm die Hände von mir... Oh, Mist.
Blaue Flammen züngelten kurz.
Tod ließ die Arme sinken und sah zu den beiden anderen Wesen.
Eins sagte: Damit ist die Sache nicht erledigt.
Beide verschwanden.
Tod klopfte eine kleine Ascheflocke vom Ärmel und hielt die Sense mit beiden Händen hoch über den Kopf. Er rief nun alle geringeren Tode, die während seiner Abwesenheit Gestalt angenommen hatten.
Nach einer Weile kamen sie und wogten wie eine schwarze Flutwelle an den Flanken des Berges empor.
Um sich auf dem Gipfel schwarzem Quecksilber gleich zu vereinen.
Es dauerte eine Weile, bis dieser Vorgang beendet war.
Tod ließ die Sense sinken und horchte in sich hinein. Ja, alles da. Jetzt war er wieder *der* Tod und vereinte in sich alle Tode der Scheibenwelt. Abgesehen von...
Er zögerte. Irgendwo in seinem Innern gab es eine winzige leere Stelle: Ein Bruchstück des ursprünglichen Selbst fehlte, war nicht zusammen mit den vielen anderen Ich-Faktoren zurückgekehrt...
Es ließ sich nicht feststellen, woran es ihm mangelte.
Er zuckte mit den Schultern. Früher oder später würde er es erfahren. Und bis dahin... Es gab viel zu tun.
Er ritt fort.
Weit entfernt von dem Berg, unter einer Scheune, ließ der Rattentod einen Balken los und seufzte erleichtert.

Windle Poons stampfte mit beiden Füßen auf einen Tentakel, der unter der Bodenplatte hervorkroch, und anschließend schlurfte er durch Dampf. Eine Marmorplatte schmetterte auf den Boden und überschüttete ihn mit Splittern. Verärgert trat er nach der Wand.
Wahrscheinlich gab es keinen Ausgang, und selbst wenn einer existierte – er fand ihn nicht. Wie auch immer: Er befand sich im *Innern* des Wesens, und es ließ seine eigenen Wände einstürzen, um ihn zu erledigen. Windle war entschlossen, für einen akuten Fall von Verdauungsstörung zu sorgen.

Er näherte sich einer Öffnung, die einst als Eingang zu einem breiten Korridor gedient hatte. Rasch schob er sich hindurch, und hinter ihm schloß sich das Loch. Hier und dort tasteten Ranken aus silbrigem Feuer umher. Jede Menge Lebenskraft hatte sich hier angesammelt, und sie suchte nun nach Ventilen.

Weiter vorn standen einige Karren und rollten über den bebenden Boden. Sie wirkten ebenso orientierungslos wie Windle.

Er stapfte durch einen vielversprechend wirkenden Flur, wobei jedoch betont werden muß: Während der letzten hundertdreißig Jahre hatte er keine Flure gesehen, die pulsierten und klebrige Flüssigkeit absonderten.

Ein Tentakel ragte plötzlich aus der Wand und brachte Windle zu Fall.

Das Wesen konnte ihn natürlich nicht töten. Aber es war imstande, seinen Körper zu zerstören und ihn zu einer substanzlosen Existenz zu verurteilen. Poons dachte in diesem Zusammenhang an Ein-Mann-Kübel, dessen Schicksal schlimmer sein mochte als der Tod.

Er stand wieder auf. Wenige Sekunden später fiel die Decke herab und drückte ihn zu Boden.

Windle zählte leise, stemmte sich hoch und wankte weiter. Dampf zischte über ihn hinweg.

Er rutschte, verlor das Gleichgewicht und streckte die Hände aus.

Allmählich verlor er die Kontrolle. Er spürte es ganz deutlich. Zu viele organische Funktionen mußten überwacht und gesteuert werden. Die Milz spielte dabei nur eine untergeordnete Rolle: Es war schon schwer genug, Herz und Lungen arbeiten zu lassen.

»*Formbäume!*«

»Was zum Kuckuck soll das denn bedeuten?«

»Formbäume! Bonsai – die Kunst des Bäumeschneidens. Alles klar? Yo!«

»Ugh!«

Windle sah auf und bemühte sich, Einzelheiten zu erkennen.

Offenbar verlor er auch die Kontrolle über sein Gehirn.

Ein Karren schob sich aus dem Dampf, und mehrere Gestalten hielten sich an der Seite fest. Ein haariger Arm und ein anderer, der kaum mehr ein Arm zu sein schien, neigten sich Windle entgegen, hoben ihn hoch und legten ihn in den Einkaufswagen. Vier kleine Räder rollten über den Boden – der Karren stieß gegen eine Wand, erzitterte mehrmals und rasselte weiter.

Windle war sich vage der Tatsache bewußt, daß um ihn herum Stimmen erklangen.

»Also los, Dekan«, sagte der Erzkanzler. »Bestimmt hast du dich die ganze Zeit über darauf gefreut.«

»Yo!«

»Du willst das Wesen umbringen, es ganz und gar töten? Hältst du das für eine gute Idee? Ich meine, wir sollten vermeiden, daß es sich dem Klub des neuen Anfangs anschließt. Ich fürchte, es eignet sich nicht fürs Vereinsleben.« Zweifellos Reg Schuh.

»Ugh!« Der Bibliothekar.

»Keine Sorge, Windle«, sagte Ridcully. »Der Dekan unternimmt jetzt was Militärisches.«

»Yo! Hott!«

»Oh, *lieber* Himmel!«

Windle sah, wie der Dekan ausholte: In seiner Hand glitzerte etwas.

»Was willst du einsetzen?« fragte Ridcully, während der Karren durch den Dampf raste. »Den Seismischen Reorganisator, den Attraktiven Strich oder das Brandwunder?«

»Yo«, sagte der Dekan zufrieden.

»Was, alle drei gleichzeitig?«

»Yo!«

»Ist das nicht ein bißchen happig? Da fällt mir ein, Dekan: Wenn du noch einmal ›Yo‹ sagst, sorge ich dafür, daß du aus der Universität verstoßen und von den scheußlichsten beschwörbaren Dämonen bis zum Rand der Scheibenwelt gejagt wirst. Dort sollen sie dich in kleine Stücke reißen, durch den Fleischwolf drehen und zu Frikadellen verarbeiten, die im Napf eines hungrigen Hunds enden.«

»Y...« Der Dekan bemerkte das Blitzen in Ridcullys Augen. »Ja. Ja? Oh, ich bitte dich, Erzkanzler. Was hat es für einen Sinn, das kosmische Gleichgewicht zu beherrschen und die Geheimnisse des Schicksals zu kennen, wenn man nicht gelegentlich was in die Luft jagen kann? Bitte? Ich habe die Zaubersprüche schon vorbereitet. Und du weißt ja, daß Zaubersprüche ganz außer sich geraten können, wenn man sie nach der Vorbereitung ungenutzt beiseite legt.«

Der Karren sauste einen zitternden Hang empor und nahm die nächste Kurve auf zwei Rädern.

»Na schön«, brummte Ridcully. »Wenn's dir soviel bedeutet...«

»Y... Entschuldigung.«

Der Dekan murmelte etwas – und schrie.

»Ich bin erblindet!«

»Das Bonsai-Band ist dir über die Augen gerutscht, Dekan.«

Windle stöhnte.

»Wie fühlst du dich, Bruder Poons?« Das arg zerschundene Gesicht von Reg Schuh erschien in Windles Blickfeld.

»Oh, du weißt ja, wie das ist«, erwiderte er. »Könnte besser sein. Aber auch schlimmer.«

Der Karren prallte von einer Wand ab und rollte in eine andere Richtung.

»Was ist mit den Zaubersprüchen, Dekan?« brachte Ridcully zwischen zusammengebissenen Zähnen hervor. »Es fällt mir immer schwerer, dieses Ding zu kontrollieren.«

Der Dekan murmelte erneut etwas und vollführte dann eine dramatisch anmutende Geste. Oktarine Entladungen gleißten und stoben durch den Dampf davon.

»Ju-heh!« heulte er.

»Dekan?«

»Ja, Erzkanzler?«

»Was meinen Hinweis auf das Y-Wort betrifft...«

»Ja? Ja?«

»›Ju-heh‹ fällt in die gleiche Kategorie.«

Der Dekan ließ den Kopf hängen.

»Oh. Ja, Erzkanzler.«

»Übrigens: Warum hat's noch nicht gekracht?«

»Ich habe einen Verzögerungszauber hinzugefügt. Dachte mir, daß es eine gute Idee ist, zuerst von hier zu verschwinden.«

»Das ist *tatsächlich* eine gute Idee.«

»Bald bist du in Sicherheit«, sagte Reg Schuh. »Wir lassen unsere Klubkameraden nicht im Stich. Nein, wir...«

Vor ihnen platzte der Boden auf.

Hinter ihnen ebenfalls.

Ein Etwas schob sich zwischen den geborstenen Platten hervor. Es war entweder gestaltlos oder vereinte viele Gestalten in sich. Zornig wand es sich hin und her, schlug mit Tentakeln.

Der Karren bremste, und die Räder blockierten.

»Hast du noch mehr einsatzbereite Magie, Dekan?«

»Äh, nein, Erzkanzler.«

»Und die Zaubersprüche von vorhin entfalten ihre Wirkung *wann*?«

»Jeden Augenblick, Erzkanzler.«

»Mit anderen Worten: Was auch immer geschehen wird... wir stecken mittendrin?«

»*Ja*, Erzkanzler.«

Ridcully klopfte Windle auf den Kopf.

»Tut mir leid«, sagte er.

Poons drehte sich schwerfällig um und blickte durch den Korridor.

Hinter der Königin bewegte sich etwas. Das Ding sah aus wie eine ganz gewöhnliche Schlafzimmertür, die sich rhythmisch von einer Seite zur anderen neigte – alles deutete darauf hin, daß sie jemand näher schob.

»Was ist das denn?« fragte Reg.

Windle richtete sich so weit wie möglich auf.

»Schleppel!«

»Oh, ich *bitte* dich«, sagte Reg Schuh.

»Es ist Schleppel!« rief Windle. »*Schleppel!* Wir sind's! Kannst du uns nach draußen helfen?«

Die Tür zögerte. Und dann wurde sie beiseite geschleudert.

Schleppel baute sich zu voller Größe auf.

»Hallo, Herr Poons«, grüßte er. »Hallo, Reg.«

Sie starrten die haarige Gestalt an, die fast den ganzen Korridor füllte.

»Äh, Schleppel... äh....«, begann Windle verblüfft. »Könntest du den Weg für uns freiräumen?«

»*Kein* Problem, Herr Poons. Ich bin immer zur Stelle, um einem Freund zu helfen.«

Eine schubkarrengroße Hand glitt durch den Dampf, packte das Durcheinander aus eingestürzter Decke und gekippten Wänden... und riß es mühelos fort.

»He, sieh nur, Herr Poons!« rief Schleppel. »Du hattest recht. Ein Schwarzer Mann braucht gar keine Tür. Ebenso sinnlos wäre es für einen Fisch, sich ein Fahrrad zu wünschen. Ich sage es hier und jetzt, laut und unmißverständlich...«

»Könntest du jetzt bitte beiseite treten?«

»Oh. Ja. Natürlich. Potzblitz!« Schleppel schlug noch einmal nach der Königin.

Der Karren setzte sich wieder in Bewegung.

»Du solltest mit uns kommen!« rief Windle, als Schleppel im wogenden Dunst verschwand.

»Nein, das sollte er nicht«, widersprach der Erzkanzler, als der Einkaufswagen schneller wurde. »Auf solche Gesellschaft lege ich keinen besonders großen Wert. Wer und was *war* das überhaupt?«

»Ein Schwarzer Mann«, erklärte Windle.

»Ich dachte, sie verstecken sich immer in Schränken oder so«, erwiderte Ridcully.

»Er hat seinen Schrank verlassen«, sagte Reg Schuh stolz. »Und er hat sich selbst gefunden.«

»Was mir durchaus recht ist, solange *wir* ihn verlieren...«

»Wir können ihn nicht einfach so zurücklassen...«

»Und ob wir das können«, sagte Ridcully scharf.

Hinter ihnen erklang ein Geräusch – es hörte sich an wie eine Sumpfgas-Explosion. Grünes Licht blitzte auf.

»Die Zaubersprüche!« entfuhr es dem Dekan. »Sie gehen los! Bewegung, Bewegung!«

Der Karren raste mit heulenden Rädern durch ein breites Portal und erreichte die kühle Nacht.

»Yo!« donnerte Ridcully, als sich die Menge der Zuschauer vor ihnen teilte.

»Darf ich ebenfalls ›Yo‹ sagen?« fragte der Dekan zaghaft.

»Na schön. Einmal. Alle können einmal ›Yo‹ sagen, wenn sie möchten.«

»Yo!«

»Yo!« wiederholte Reg Schuh.

»Ugh!«

»Yo!« meinte Windle Poons.

»Yo!« grollte der Schleppel.

(Irgendwo in der Dunkelheit, dort, wo die Masse des Publikums finsterer Leere entwich, schlich sich Herr Ixolite – letzter Banshee der

Scheibenwelt – zum bebenden Gebäude und schob einen Zettel unter der Tür durch.

Die Aufschrift lautete: UUUUiiiUUUUiiiUUUUiii.)

Der Karren blieb einmal mehr stehen und gab irgendwie zu verstehen, daß er für immer verharren wollte. Niemand drehte sich um, und Reg sagte langsam: »Du bist hinter uns, nicht wahr?«

»Ja, das stimmt, Herr Schuh«, antwortete Schleppel fröhlich.

»Sollten wir uns Sorgen machen, wenn er sich vor uns befindet?« fragte Ridcully. »Oder ist es schlimmer, weil wir wissen, daß er hinter uns steht?«

»Ha!« rief Schleppel. »*Dieser* schwarze Mann versteckt sich nicht mehr in Schränken oder Kellern.«

»Schade«, sagte Windle Poons hastig. »Weil wir in der Universität ziemlich *große* Keller haben.«

Schleppel schwieg eine Zeitlang. Dann fragte er versuchsweise: »Wie groß sind sie?«

»Man kann sie als *gewaltig* bezeichnen.«

»Ach? Und, gibt's da auch Ratten?«

»Ratten sind erst der Anfang. In den tiefen Gewölben verbergen sich auch geflohene Dämonen und so weiter. Es *wimmelt* dort von Ungeziefer aller Art.«

»Was soll das?« zischte Ridcully leise. »Du redest da von *unseren* Kellern?«

»Wäre es dir lieber, wenn Schleppel unter deinem Bett liegt?« erwiderte Windle. »Oder wenn er dauernd hinter dir geht?«

»Äh...« Ridcully überlegte.

»Ja, die Ratten in den Kellern der Universität sind eine echte Plage«, sagte er laut. »Einige von ihnen werden bis zu sechzig Zentimeter groß, nicht wahr, Dekan?«

»Bis zu einem Meter«, meinte der Dekan sofort. »Mindestens.«

»Sind fett wie Butter, die Biester«, fügte Windle hinzu.

Schleppel dachte darüber nach. »Na schön«, entgegnete er widerstrebend. »Ich könnte mir die Keller ja mal ansehen.«

Der große Laden explodierte und implodierte. Dabei handelte es sich um ein Phänomen, das nur mit enorm teuren Spezialeffekten bewerkstelligt werden konnte – oder mit drei Zaubersprüchen, die zusammen aktiv wurden. Eine große Wolke schien sich auszudehnen, und gleichzeitig entfernte sie sich rasch, wodurch man den Eindruck gewann, einen schrumpfenden Punkt zu beobachten. Wände zerbrachen und wurden ins Nichts gesaugt. Boden löste sich von den Äckern, neigte sich spiralförmig dem Strudel entgegen. Schrille Nicht-Musik ertönte zum letztenmal und verklang fast sofort.

Dann gab es nur noch ein schlammiges Feld.

Und Tausende von weißen Flocken, die vom Himmel des frühen Morgens herabrieselten. Still glitten sie durch die Luft und landeten sanft auf der Menge.

»Das sind doch keine Samen, oder?« fragte Reg Schuh.

Windle griff nach einer Flocke, die sich als Zettel entpuppte. Mit ein wenig Phantasie konnte man darauf krakelige Wörter entziffern:

Schulsverkuaf
Allse musse weg!

»Nein«, sagte Windle. »Wahrscheinlich nicht.«

Er sank zurück und lächelte. Es war nie zu spät, ein gutes Leben zu beginnen.

Als niemand hinsah, rollte der letzte Einkaufswagen der Scheibenwelt fort und verschwand traurig in dunkler Nacht.*

»Diederieh-dah!«

Frau Flinkwert saß in der Küche.

Draußen scheppterte es niedergeschlagen und kummervoll, als Ned Simnel und sein Lehrling die Reste des Mäherunddreschers einsammelten. Einige andere Leute waren angeblich gekommen, um zu hel-

---

* Auf jenen Welten, wo die Lebensform namens Supermarkt Gelegenheit hatte, zu wachsen und zu gedeihen, glaubt man folgendes: Sogenannte Kunden rollen Karren fort, damit gruppenweise junge Männer eingestellt und damit beauftragt werden müssen, sie zusammenzutreiben und zurückzubringen. Dies ist das genaue Gegenteil der Wahrheit. In Wirklichkeit sind die jungen Männer Jäger. Sie halten überall Ausschau nach scheppernder Beute, pirschen sich heran, nehmen die Einkaufswagen und zähmen sie, um sie anschließend in Sklaven der Lebensform Supermarkt zu verwandeln.

fen, aber eigentlich ging es ihnen nur darum, sich auf der Farm umzusehen. Renate Flinkwert hatte ein Tablett mit Tee nach draußen getragen und war anschließend ins Haus zurückgekehrt.

Sie stützte das Kinn auf die Hände und starrte ins Nichts.

Jemand klopfte an die offene Tür. William Spund spähte mit rotem Gesicht herein.

»Frau Flinkwert...«

»Hmm?«

»Äh, Frau Flinkwert, in der Scheune steht ein nur aus Knochen bestehendes Pferd! Es frißt Heu!«

»Ach?«

»Und das Heu fällt dauernd durch die Rippen!«

»Im Ernst? Dann behalten wir das Pferd. Es braucht kein Futter, und dadurch sparen wir Geld.«

Spund zögerte. Er hielt seinen Hut in den Händen und drehte ihn hin und her.

»Ist alles in Ordnung mit dir, Frau Flinkwert?«

»Ist alles in Ordnung mit dir, Herr Poons?«

Windle blickte ins Leere.

»Windle?« fragte Reg Schuh.

»Hmm?«

»Der Erzkanzler hat sich gerade danach erkundigt, ob du etwas zu trinken wünschst.«

»Er möchte ein Glas destilliertes Wasser«, sagte Frau Kuchen.

»Wie bitte, nur Wasser?« entfuhr es Ridcully verdattert.

»Genau«, bestätigte Frau Kuchen.

»Ich möchte ein Glas destilliertes Wasser«, sagte Windle.

Frau Kuchen wirkte selbstgefällig. Das galt zumindest für den sichtbaren Teil von ihr, der sich zwischen Hut und Handtasche erstreckte. Bei der Handtasche handelt es sich in gewisser Weise um ein Pendant des Hutes, sofern es die Ausmaße betraf: Wenn das riesige Gebilde auf Frau Kuchens Schoß ruhte, mußte sie die Arme heben, um die Griffe zu erreichen. Als sie erfahren hatte, daß man ihre Tochter in die Unsichtbare Universität eingeladen hatte, war sie ebenfalls dorthin aufgebrochen. Frau Kuchen ging immer von der Annahme aus, daß an

Ludmillas Adresse gerichtete Einladungen auch ihr selbst galten. Mütter wie sie gibt es überall; sie bilden eine Spezies, die auf rätselhafte Weise vor dem Aussterben geschützt ist.

Die Mitglieder des von Reg Schuh gegründeten Klubs waren bei den Zauberern zu Gast und versuchten, den Anschein zu erwecken, Gefallen daran zu finden. Ihr Enthusiasmus kam sehr deutlich zum Ausdruck, in Form von langem Schweigen, gelegentlichem Hüsteln und sporadischen Bemerkungen wie »Ist das nicht nett?«

»Mir scheint, du bist ein wenig geistesabwesend, Windle«, sagte Ridcully.

»Bin nur müde, Erzkanzler.«

»Ich dachte, Zombies schlafen nie.«

»Trotzdem bin ich müde«, stellte Windle fest.

»Sollen wir nicht noch einmal versuchen, dich ordentlich zu begraben? Vielleicht klappt's diesmal.«

»Danke, nein. Ich schätze, ich eigne mich einfach nicht für das Leben als Untoter.« Windle sah zu Reg Schuh. »Tut mir leid. Es ist mir ein Rätsel, wie du damit zurechtkommst.« Er lächelte entschuldigend.

»Jeder hat das Recht, nach eigener Wahl lebendig oder tot zu sein«, erwiderte Reg streng.

»Ein-Mann-Kübel meint, die Leute sterben jetzt wieder richtig«, warf Frau Kuchen ein. »Vielleicht könntest auch du einen Weg ins Jenseits finden.«

Windle sah sich um.

»Sie führt deinen Hund aus«, sagte Frau Kuchen.

»Wo ist Ludmilla?« fragte er.

Windle lächelte schief. Frau Kuchens Vorahnungen konnten recht anstrengend sein.

»Es würde mich sehr beruhigen zu wissen, daß man sich gut um Lupine kümmert, nachdem ich, äh, gestorben bin«, meinte er. »Könntest du ihn bei dir aufnehmen?«

»Nun...« Frau Kuchen zögerte unsicher.

»Aber er ist...«, begann Reg Schuh und biß sich auf die Zunge, als er Windles Gesichtsausdruck bemerkte.

»Es wäre sicher nicht schlecht, einen wachsamen Hund im Haus zu haben«, meinte Frau Kuchen. »Ich bin immer so besorgt wegen Ludmilla. Es treiben sich so viele seltsame Gestalten herum...«

»Aber deine Tochter ... «, begann Reg einmal mehr.
»Sei still«, wies ihn Doreen an.
»Dann ist ja alles klar«, sagte Windle. »Hast du zufällig die eine oder andere Hose?«
»Was?«
»Ich meine, hast du Hosen im Haus?«
»Nun, vielleicht habe ich noch einige, die dem verstorbenen Herrn Kuchen gehörten, aber warum... «
»t'schuldigung«, murmelte Windle. »War ganz in Gedanken. Weiß manchmal gar nicht, was ich sage.«
»Ah! « entfuhr es Reg. Er strahlte: »Ich verstehe. Du willst auf folgendes hinaus: Wenn er... «
Doreens Ellenbogen brachte ihn zum Schweigen.
»Oh«, ächzte Reg. »Bitte um Verzeihung. Achtet einfach nicht auf mich. Ich würde sogar meinen Kopf vergessen, wenn er nicht festgenäht wäre.«
Windle lehnte sich zurück, schloß die Augen und lauschte einzelnen Gesprächsfetzen. Arthur Winkings fragte den Erzkanzler, wer für die Innenausstattung der Universität verantwortlich zeichnete und woher die Universitätsküche Obst und Gemüse bezog. Der Quästor klagte leise darüber, wie teuer es sei, all die lebendig gewordenen Flüche zu beseitigen: Irgendwie hatten sie die jüngsten Veränderungen überlebt und in der Dunkelheit unterm Dach eine neue Heimat gefunden. Und wenn Windle aufmerksam hinhörte, vernahm er sogar Schleppels Jauchzen im fernen Keller.

Man brauchte ihn nicht mehr. Von jetzt an kam die Welt auch ohne Windle Poons zurecht.

Wortlos stand er auf und schlurfte zur Tür.

»Ich vertrete mir ein wenig die Beine«, sagte er. »Vielleicht dauert's eine Weile.«

Ridcully nickte halbherzig und konzentrierte sich sofort wieder auf Arthur, der ihm gerade mitteilte, daß der Große Saal ein völlig anderes Erscheinungsbild bekäme, wenn man ihn mit Kiefernholz nachempfundenen Tapeten ausstattete.

Windle trat nach draußen, schloß die Tür und lehnte sich an die kühle Wand.

Oh, ja. Eine Sache wollte er noch klären, bevor...

»Bist du da, Ein-Mann-Kübel?« fragte er leise.
wieso hast du vermutet, daß ich in der Nähe bin?
»Weil du praktisch immer in der Nähe bist.«
he-he, das hast du wirklich gut arrangiert. kannst du dir vorstellen, was beim nächsten vollmond passiert?
»Ja, das kann ich. Und ich schätze, in dieser Hinsicht mangelt es auch *ihnen* nicht an Phantasie.«
er verwandelt sich dann in einen wolfsmann.
»Ja. Und sie wird zu einer Wolfsfrau.«
na schön, aber was für eine beziehung sollen leute führen, denen pro monat nur eine woche zur verfügung steht?
Vielleicht bekommen sie dadurch eine echte Chance, glücklich zu werden. Wie dem auch sei: Das Leben ist eben nicht perfekt, Ein-Mann-Kübel.«
wem sagst du das?
»Darf ich dir eine persönliche Frage stellen?« fuhr Windle fort. »Ich kann meine Neugier einfach nicht länger bezähmen...«
hmm...
»Immerhin hast du die astrale Sphäre jetzt wieder für dich allein. Ich meine, niemand hört zu...«
na schön.
»Warum heißt du Ein...«
ist das alles? ich hab gedacht, früher oder später kämst du von ganz allein dahinter. immerhin bist du nicht auf den kopf gefallen, oder? in meinem stamm benennt man die kinder nach dem, was die mutter sieht, wenn sie nach der geburt aus dem wigwam blickt. Ein-Mann-Kübel ist die kurzform von Ein-Mann-Gießt-Einen-Kübel-Wasser-ÜberZwei-Hunde.
»Kein besonders hübscher Name«, stellte Windle fest. »Tut mir leid für dich.«
oh, eigentlich kann ich mich nicht beklagen, erwiderte Ein-Mann-Kübel. *mein zwillingsbruder hat dein mitleid mehr verdient als ich. mutter blickte zehn sekunden früher nach draußen, um einen namen für ihn zu finden.*
»Laß mich raten«, sagte Windle. »Zwei-Kämpfende-Hunde?«
Zwei Kämpfende-Hunde? wiederholte Ein-Mann-Kübel. *Zwei-Kämpfende-Hunde? meine güte, er hätte seinen rechten arm dafür gegeben, Zwei ›Kämpfende‹-Hunde zu heißen.*

Erst später ging die Geschichte von Windle Poons wirklich zu Ende – wenn sich »Geschichte« auf das bezieht, was er getan, verursacht und in Bewegung gesetzt hat. In den Spitzhornbergen – dort, wo man den echten Moriskentanz tanzt – glaubt man zum Beispiel, daß niemand wirklich tot ist, bis sich die von ihm erzeugten »Wellen« in der Welt glätten: bis die von ihm aufgezogene Uhr nicht mehr tickt, bis der von ihm angesetzte Wein die Gärung vollendet hat, bis das gemeinsam gesäte Korn geerntet ist. Die eigentliche Lebensspanne, so heißt es in jenen Regionen, bezieht sich nur auf den zentralen Kern der Existenz.

Windle wanderte durch eine neblige Stadt und schickte sich an, einen Termin wahrzunehmen, der bei seiner Geburt vereinbart worden war. Er glaubte, das Ende seiner Existenz voraussehen zu können.

In einigen Wochen war es soweit. Wenn der nächste Vollmond Licht in die Nacht brachte, um eine Art Nachtrag oder Anhang für das Leben von Windle Poons zu bilden – geboren im Jahr des Bedeutsamen Dreiecks, im Jahrhundert der Drei Läuse (er hatte immer den alten Kalender mit all den traditionellen Namen vorgezogen; die Zahlen des neuen Kalenders vergaß man so leicht), gestorben im Jahr der Symbolischen Schlange, im Jahrhundert des Flughunds, mehr oder weniger.

Er dachte an zwei Gestalten, die im Schein des Vollmonds durchs Moor liefen. Nicht ganz Wölfe, nicht ganz Menschen. Mit ein wenig Glück vereinten sich in ihnen die besten Aspekte beider Welten. Nicht nur Gefühl, sondern auch... Wissen.

Es kann nie schaden, beide Welten zu kennen.

Tod saß in seinem dunklen Arbeitszimmer, lehnte sich im Sessel zurück und preßte seine knöchernen Fingerspitzen aneinander.

Manchmal kippte er den Sessel ein wenig nach vorn oder hinten.

Mit diplomatischer Lautlosigkeit brachte ihm Albert eine Tasse Tee.

Auf Tods Schreibtisch stand eine Lebensuhr. Er betrachtete sie nachdenklich.

Unter ihm knarrte leise der Sessel: nach vorn kippen, und zurück; nach vorn kippen, und zurück.

Im finsteren Korridor tickte die große Uhr und tötete kleine Abschnitte der Zeit.

Tod trommelte mit den Knochenfingern auf das zerkratzte abgewetzte Holz des Schreibtischs. Vor ihm lagen einige Bücher mit improvisierten Lesezeichen. Sie berichteten vom Leben berühmter Liebhaber der Scheibenwelt*, doch gewisse Umstände und Szenen in den entsprechenden Berichten wiederholten sich immer wieder und boten Tod kaum Hilfe.

Er stand auf, trat zum Fenster und blickte über seine dunkle Domäne. Die auf den Rücken gelegten Hände öffneten und schlossen sich mehrmals.

Schließlich griff er nach der Lebensuhr und verließ das Arbeitszimmer.

Binky wartete im warmen Mief des Stalls. Tod sattelte den Hengst, führte ihn über den Hof und schwang sich auf den Rücken des Rosses. Er ritt durch die Nacht, in Richtung der fernen Scheibenwelt, die wie ein verlorenes Juwel glitzerte.

Bei Sonnenuntergang traf er dort ein und landete sanft auf einer Farm.

Er glitt durch eine Wand.

Er erreichte das untere Ende einer Treppe.

Er hob das Stundenglas und beobachtete das Rieseln der Zeit.

Und dann zögerte er. Es gab etwas, über das er sich Klarheit verschaffen mußte. In Hinsicht auf einige Dinge war Bill Tür recht neugierig gewesen, und Tod erinnerte sich in allen Einzelheiten an seine Existenz als Sterblicher. Er betrachtete Bill Türs Gefühle wie Schmetterlinge, die unter Glas auf Kork steckten.

Bill Tür lebte nicht mehr. Besser gesagt: Seine kurze Existenz war beendet. Aber... Hieß es nicht irgendwo, das Leben bilde nur den zentralen Kern der Existenz? Es gab keinen Bill Tür mehr, aber er hatte Echos hinterlassen. Hier und dort verharrten noch Erinnerungen an ihn.

Tod hatte sich oft gefragt, warum Leute Blumen auf Gräber legten. Es war ihm immer sinnlos erschienen, Tote konnten nicht mehr an den angenehm duftenden Blüten schnuppern. Doch jetzt... Er verstand es nicht im eigentlichen Sinne, aber er ahnte, daß ein solches Verständnis in den Bereich des Möglichen rückte.

---

* Viele Schilderungen dieser Art betrafen eine recht kleine Gestalt, die sich jedoch durch ein erstaunliches Maß an Beharrlichkeit auszeichnete. Ganz gleich, wo sich die Besitzer von Stehleitern trafen: Sie nutzten jede Gelegenheit, um voller Ehrfurcht und Respekt über den Zwerg Casanunder zu sprechen.

In der Dunkelheit von Frau Flinkwerts Wohnzimmer glitt ein besonders finsterer Schatten durch die Schwärze und näherte sich den drei Truhen auf der Anrichte.

Tod öffnete die kleinste – sie enthielt unberührt wirkende Goldmünzen. Auch in der zweiten Truhe glänzte es golden.

Er hatte mehr von Frau Flinkwert erwartet. Allerdings... Vermutlich wäre nicht einmal Bill Tür imstande gewesen, diese Erwartung in Worte zu kleiden.

Er öffnete die große Truhe.

Sein Blick fiel auf dünnes, weiches Papier. Darunter lag etwas aus weißer Seide, eine Art Schleier, im Lauf der Jahre vergilbt und fast spröde geworden. Einige Sekunden lang betrachtete Tod den Gegenstand verwirrt, legte ihn dann beiseite und entdeckte weiße Schuhe. Ziemlich unpraktisch für die Arbeit auf einer Farm, fand er. Kein Wunder, daß man sie weggelegt hatte.

Noch mehr Papier, anschließend ein Bündel Briefe. Aber es war sinnlos, Mitteilungen von Menschen zu lesen – ihre Sprache diente nur dazu, über das hinwegzutäuschen, was sie dachten.

Ganz unten fand er eine kleine Schachtel. Tod holte sie hervor und drehte sie mehrmals hin und her. Nach kurzem Zögern schob er einen winzigen Riegel beiseite und hob den Deckel.

Ein Mechanismus surrte und klickte.

Die Melodie klang nicht sehr gut. Tod kannte jede Musik, die irgendwo und irgendwann komponiert worden war, und der weitaus größte Teil von ihr brauchte eine derartige Konkurrenz nicht zu fürchten. Diese Klänge hatten etwas Blechernes und zeichneten sich durch einen einfallslosen Eins-zwei-drei-Rhythmus aus.

Im Innern der Schachtel, über einigen sich fleißig drehenden Zahnrädern, tanzten zwei Holzfigürchen Walzer.

Tod sah ihnen zu, bis sie sich nicht mehr bewegten. Dann las er die Inschrift.

Es handelte sich um ein Geschenk.

Neben ihm rutschten Sandkörner von der oberen Hälfte der Lebensuhr in die untere. Er achtete nicht darauf.

Er zog den Mechanismus wieder auf, und die beiden Holzfiguren setzten sich erneut in Bewegung und tanzten durch die Zeit. Wenn die Musik verstummte, brauchte man nur den Schlüssel zu drehen.

Als die Musik verstummte, nahm Tod Platz, starrte in die Dunkelheit und traf eine Entscheidung.

Es blieben nur noch wenige Sekunden übrig. Sekunden hatten für Bill Tür viel bedeutet, da sein Vorrat an Zeit begrenzt gewesen war. Tod sah die Sache aus einer ganz anderen Perspektive, weil er außerhalb der Zeit stand.

Er verließ das schlafende Haus, stieg auf und ritt fort.

Für ihn dauerte die Reise weniger als einen Sekundenbruchteil, obgleich das Licht dreihundert Millionen Jahre gebraucht hätte, um die gleiche Strecke zurückzulegen. Tod war innerhalb eines Raums *ohne* Zeit unterwegs. Das Licht glaubte zwar, schneller als alles andere zu sein, aber da irrte es sich. Ganz gleich, wie schnell es dahinraste: Die Dunkelheit erreichte das Ziel immer eher und wartete dort bereits.

Tod hatte Gesellschaft bei dem gleichzeitig langen und kurzen Ritt: Galaxien, Sterne, Streifen aus schimmernder Materie; alles strömte, wogte und wand sich schließlich in Spiralen dem Ende entgegen.

Tod glitt auf seinem weißgrauen Roß durch die Finsternis, wie eine Luftblase auf einem Fluß.

Und jeder Fluß fließt irgendwohin.

Und dann... Unten erstreckte sich eine Ebene. Entfernung war hier ebenso bedeutungslos wie Zeit, aber trotzdem vermittelte die Ebene den Eindruck von Größe und Weite. Sie hätte einen Kilometer entfernt sein können, oder auch eine Million. Lange Täler durchfurchten sie und flogen unter ihnen dahin, als er sich näherte.

Er landete. Und stieg ab. Zunächst stand er reglos und still, doch dann sank er auf ein Knie.

Man verändere die Perspektive. Die von Furchen durchzogene Landschaft weicht immer weiter fort, wölbt sich am Rand und wird zu einer Fingerkuppe.

Azrael hob den Finger vor das Gesicht, das den ganzen Himmel füllte, ein Firmament, an dem sterbende Galaxien glühten.

Es gibt zahllose verschiedene Tode, aber sie alle sind Teile des *einen Todes* namens Azrael: Er ist die Anziehungskraft, die dafür sorgt, daß sich der Kosmos nicht endlos ausdehnt; er ist der Tod des Universums, Anfang und Ende der Zeit.

Der größte Teil des Universums besteht aus dunkler Materie, und nur Azrael kennt sie.

Seine Augen sind so gewaltig, daß selbst Supernovae nur *kleine* Lichtflecken auf der Iris wären. Sie gerieten nun in Bewegung und richteten den Blick auf die winzige Gestalt, die inmitten der Rillen einer Fingerspitze stand. Neben Azrael hing die *Uhr* in der Mitte eines Geflechts aus Dimensionen und tickte mit ruhiger Gelassenheit vor sich hin. Sterne funkelten in Azraels Pupillen.

Der Scheibenwelt-Tod hob den Kopf.

HERR, ICH BITTE UM...

Drei Diener des Vergessens erschienen.

Einer sagte: Hör nicht auf ihn. Einmischung muß ihm zur Last gelegt werden.

Einer sagte: Und die Ermordung eines Todes.

Einer sagte: Und Stolz. Außerdem hat er mit Überlebensabsicht gelebt.

Einer sagte: Und er hat sich mit dem Chaos gegen die Ordnung verbündet.

Azrael zog eine Braue hoch.

Die Diener wichen erwartungsvoll vom Tod fort.

HERR, WIR WISSEN, DASS NUR JENE ORDNUNG GUT SEIN KANN, DIE WIR SCHAFFEN...

Azraels Gesichtsausdruck veränderte sich nicht.

WIR SIND DIE EINZIGE HOFFNUNG. WIR SIND DIE EINZIGE GNADE. ES EXISTIERT KEINE GERECHTIGKEIT. ES GIBT NUR UNS.

Das dunkle, traurige Gesicht füllte den Himmel.

ALLES SEIN GEHT AUF UNS ZURÜCK, UND DAS BEDEUTET: WIR MÜSSEN ANTEIL NEHMEN. DENN WENN WIR UNS GLEICHGÜLTIGKEIT ZU EIGEN MACHEN, EXISTIEREN WIR GAR NICHT. UND WENN WIR GAR NICHT EXISTIEREN, SO LIEFERN WIR ALLES DER LEERE AUS, DEM ABSOLUTEN VERGESSEN.

UND SELBST DIE LEERE UND DAS VERGESSEN MÜSSEN IRGENDWANN EIN ENDE FINDEN. HERR, ICH BITTE DICH UM ETWAS ZEIT. UM DIE DINGE INS GLEICHGEWICHT ZU BRINGEN. UM EINE SCHULD ZU BEGLEICHEN. IM NAMEN ALLER GEFANGENEN, DIE VÖGEL ZÄHMEN.

Tod trat einen Schritt zurück.

Es war völlig unmöglich, in Azraels Gesicht eine Regung zu erkennen.

Tod sah kurz zu den Dienern.

HERR, WAS SOLL SICH DIE ERNTE ERHOFFEN, WENN NICHT DAS INTERESSE DES SCHNITTERS?

Er wartete.

HERR? fragte Tod.

Während Azrael überlegte, bildeten sich mehrere Galaxien, umflatterten ihn wie Luftschlangen, kollidierten und verschwanden.

Schließlich sagte die riesige Gestalt:

Ja.

Ein Finger streckte sich durch die Dunkelheit der *Uhr* entgegen.

Die drei Diener keiften zornig, und aus dem wütenden Heulen wurde ein entsetztes Heulen, als sie plötzlich begriffen, was sich anbahnte. Unmittelbar darauf züngelten drei blaue Flammen, und ihrem kurzen Knistern folgte Stille.

Alle Uhren – selbst jenes Modell ohne Zeiger, das Tod gehörte – waren Spiegelbilder der *Uhr*. Dieser Umstand fand auch Niederschlag in ihrer Funktion. Sie teilten dem Universum mit, wie spät es war. Aber die *Uhr* gab auch der *Zeit* die Zeit an. Sie stellte die Quelle dar, aus der die Zeit entsprang.

Die *Uhr* unterlag gewissen Beschränkungen: Ihr größter Zeiger kroch nur einmal übers Zifferblatt.

Der kleine Zeiger eilte über einen runden Pfad, lang genug, um dem Licht einige Tage Reisezeit abzuverlangen. Ständig wurde er von Minuten, Stunden, Tagen, Monaten, Jahren, Jahrhunderten und Äonen verfolgt. Doch für den Universumszeiger blieb die erste Runde die letzte.

Es sei denn, jemand zog die *Uhr* auf.

Tod kehrte mit einer Handvoll Zeit heim.

Eine Ladenklingel bimmelte.

Druto Stock, Florist, blickte über einen Strauß *Floribunda Frau Wunder*. Jemand stand zwischen den großen Vasen, eine Gestalt, die seltsam undeutlich blieb. Das eher vage Erscheinungsbild war nicht der einzige sonderbare Aspekt dieses Kunden; Nach dem Gespräch mit ihm konnte sich Druto kaum daran erinnern, wer sein Geschäft betreten und was der Fremde gesagt hatte.

Er flog der Gestalt entgegen und rieb sich die Hände.

»Wie kann ich zu Dien...«

BLUMEN.

Druto zögerte nur kurz.

»Und für, äh, wen sind die Blumen be...«

EINE DAME.

»Und hast du besondere Wü...«

LILIEN.

»Ach? Und du bist sicher, daß Lilien...«

ICH MAG LILIEN.

»Tja, es gilt allerdings zu bedenken, daß Lilien recht düster...«
Ich mag düste...
Die Gestalt unterbrach sich und überlegte.
Was empfiehlst du?
Druto legte sofort los: »Rosen sind sehr beliebt«, sagte er. »Oder Orchideen. Ich höre immer wieder, daß die heutigen Damen eine einzige Orchidee selbst einem Strauß Rosen vorziehen...«
Jede Menge davon.
»Orchideen oder Rosen?«
Sowohl als auch.
Drutos Finger verhakten sich, wirkten wie Aale in Sülze.
»Wenn ich dir außerdem diese wundervollen Beispiele von *Nervousa Gloriosa* zeigen darf...«
Haufenweise.
»Und wenn es dein Budget zuläßt, Herr, so schlage ich ein Exemplar der extrem seltenen...«
Ja.
»Und vielleicht auch noch...«
Ja. Alles. Mit einer Schleife drum.
Die Ladenklingel läutete erneut und verkündete, daß der Kunde nach draußen gegangen war. Druto blickte auf die Münzen in seiner Hand. Einige von ihnen waren korrodiert; alle waren jedoch sehr seltsam. Unter der einen oder anderen Kruste glänzte allerdings Gold.
»Ähm«, sagte er. »Ich glaube, das genügt...«
Er hörte ein leises Klopfen, das sich immer wiederholte.
Um ihn herum fielen Blütenblätter wie Regentropfen zu Boden.

Und das hier?
»Unsere De-Luxe-Auswahl«, antwortete die Frau im Süßwarenladen. Es handelte sich um einen so vornehmen Laden, daß man dort nicht etwa Bonbons, Schokolade und Pralinen verkaufte, sondern Konfekt. Die in glitzerndes Papier eingewickelten Spezialitäten konnten in einem Bankkonto noch größere Löcher hinterlassen als in Zähnen.
Der hochgewachsene, dunkel gekleidete Kunde griff nach der etwa vierzig Zentimeter langen Schachtel. Der Deckel war wie ein Satinkissen, und die Abbildung darauf zeigte zwei hoffnungslos schielende kleine Katzen, die aus einem Stiefel blickten.

Warum ist die Schachtel gepolstert? Damit man sich auf sie setzen kann? Und schmeckt der Inhalt vielleicht nach Katze? fügte er hinzu. Bei den letzten Worten bekam seine Stimme einen drohenden Klang. Besser gesagt: Bei den letzten Worten klang sie noch drohender als vorher.

»Äh, nein. Das ist eine besondere Auswahl.«

Der Kunde schüttelte den Kopf.

Nein.

Die Ladeninhaberin sah nach rechts und links, bückte sich und zog eine Schublade auf. Ihre Stimme wurde zu einem verschwörerischen Flüstern. »Nun, für einen ganz *speziellen* Anlaß ... «

Sie holte eine recht kleine Schachtel hervor. Sie war ebenfalls schwarz, abgesehen von winzigen weißen Buchstaben, die auf den Inhalt hinwiesen. Selbst die niedlichsten aller niedlichen Katzen durften nicht einmal bis auf tausend Meter an so eine Schachtel heran. Um eine derartige Pralinenschachtel zu überbringen, sprangen geheimnisvolle Fremde aus einem Sessellift und seilten sich an hohen Gebäuden ab.

Der Kunde starrte auf die Beschriftung.

»Dunkler Zauber, las er. *Das* gefällt mir.

»Für ausgesprochen intime Momente«, betonte die Frau.

Der große Fremde dachte einige Sekunden lang über die Bedeutung dieser Worte nach.

Ja. Das erscheint mir angemessen.

Die Ladeninhaberin strahlte.

»Soll ich die Schachtel einpacken?«

Ja. Mit einer Schleife.

»Darf es sonst noch etwas sein?«

Der Kunde wirkte erschrocken.

Und sonst? Habe ich etwas vergessen? Ist noch mehr erforderlich? Worauf kommt es an?

»Wie bitte, Herr?«

Ich suche ein Geschenk. Für eine Dame.

Der plötzliche Themawechsel verwirrte die Ladeninhaberin, und sie suchte Zuflucht bei einem erprobten Klischee.

»Nun, es heißt, Diamanten sind die besten Freunde einer Dame, nicht wahr?« erwiderte sie fröhlich.

Diamanten? Oh. Diamanten. Tatsächlich?

Sie glitzerten wie Sternenlichtsplitter an einem samtschwarzen Himmel.

»Dies hier ist ein besonders schöner Stein«, sagte der Mann hinterm Tresen. »Man beachte, wie eindrucksvoll er funkelt...«

Wie freundlich ist er?

Der Mann zögerte. Er kannte sich mit Karat und Glanz aus, mit »Wasser« und »Feuer« eines Edelsteins, aber bisher hatte er in diesem Zusammenhang nie den Faktor Umgänglichkeit berücksichtigt.

Er suchte nach geeigneten Worten: »Nun, äh, vielleicht ist er... recht wohlgesinnt?«

Nein.

Die Finger des Mannes tasteten nach einem weiteren Fragment erstarrten Sternenlichts.

»Nun, *dieses* Exemplar hier stammt aus der berühmten Kurzbeinmine«, sagte er, und Zuversicht kehrte in seine Stimme zurück. »Er zeichnet sich aus durch eine exquisite...«

Er unterbrach sich und spürte einen stechenden Blick, der ihm bis zur Innenseite des Hinterkopfes drang.

»Äh, ich fürchte allerdings, daß auch dieser Stein nicht für seine Freundlichkeit bekannt ist«, fügte er unsicher hinzu.

Die dunkle Gestalt vor dem Tresen sah sich mißbilligend im Laden um. Hinter dicken Scheiben, die selbst den Fausthieben eines Trolls standhalten konnten, glühten Kristalle wie die Augen von Drachen in finsteren Höhlen.

Hast du keine freundlichen Edelsteine? fragte der Kunde.

»Herr, ich werde mir wohl kaum widersprechen, wenn ich darauf hinweise, daß wir bei dem Ankauf von Steinen nicht den Maßstab der Liebenswürdigkeit anlegen«, sagte der Händler. Unbehagen regte sich in ihm, als es ihm auch weiterhin nicht gelang, die Situation unter Kontrolle zu bringen. Irgendwo tief in ihm verriet eine flüsternde Stimme die Lösung des Problems, aber so sehr er auch horchte: Er verstand keine einzige Silbe. Ein Umstand, der seine Nerven immer mehr belastete.

Wo befindet sich der grösste Diamant auf der ganzen Scheibenwelt?

»Der größte? Oh, diese Frage ist leicht zu beantworten. Du meinst Offlers Träne, im innersten Sanktuarium des Verlorenen Tempels, geweiht dem Krokodilgott Offler. Jene heilige Stätte verbirgt sich im unzugänglichsten Bereich des Wiewunderlands, und was den Diamanten betrifft: Er wiegt achthundertfünfzig Karat. Um deiner nächsten Frage zuvorzukommen, Herr: Ich persönlich wäre bereit, mit ihm ins Bett zu gehen.«

Es hatte gewisse Vorteile, als Priester im Verlorenen Tempel des Krokodilgottes Offler zu arbeiten. Zum Beispiel konnte man fast jeden Nachmittag früh Feierabend machen und nach Hause gehen. Der Grund war einfach: Es handelte sich um einen *verlorenen* Tempel. Die meisten Gläubigen fanden ihn nicht. Wofür sie eigentlich dankbar sein sollten.

Die Tradition verlangte, daß sich höchstens zwei Personen im innersten Sanktuarium aufhielten: der Hohepriester und ein anderer, der nicht ganz so hoch war. Schon seit Jahren erfüllten sie hier ihre heilige Pflicht und wechselten sich damit ab, Hohepriester zu sein. Ihr Dienst stellte keine hohen Ansprüche. Der Grund dafür war ebenfalls einfach: Jene wenigen Gläubigen, die den verlorenen Tempel fanden, gerieten in sorgfältig vorbereitete Fallen und wurden aufgespießt, zermalmt, vergiftet oder schlicht und einfach in Stücke geschnitten. Kaum jemand schaffte es bis zur Sammelbüchse und der groben Zeichnung eines Thermometers* vor der Sakristei.

Die beiden Priester saßen am hohen Altar, im Schatten der edelsteinbesetzten Offler-Statue. Sie spielten Leg-Herrn-Zwiebel-rein, als sie in der Ferne das Knarren des Hauptportals hörten.

Der Hohepriester sah nicht auf.

»Tja, wieder jemand für die große rollende Kugel«, sagte er.

Ein dumpfes Donnern erklang, gefolgt von unheilverkündendem Knirschen. Schließlich pochte es, und dann herrschte wieder Stille.

»Na bitte«, murmelte der Hohepriester. »Äh, wie hoch ist der Einsatz?«

»Zwei Kiesel«, erwiderte der untere Priester.

»Hm.« Der Hohepriester betrachtete seine Karten. »Also gut. Deine zwei Kiesel und ...«

Er unterbrach sich, als er das Geräusch von Schritten hörte.

---

* Unter dem Bild befand sich folgender Hinweis: »Spenden für die Reparatur des Daches! Nur 6000 Goldstücke, um den Verlorenen Tempel vor dem Regen zu schützen!! Beweist eure Großzügigkeit!! Danke!!!«

»Dieser Bursche mit der Peitsche«, sagte der untere Priester. »Kam in der letzten Woche bis zum Bereich mit den vielen Spitzen.«

In der Ferne schien eine sehr alte und trockene Toilette zu spülen. Die Schritte verharrten.

Der Hohepriester lächelte.

»Nun...«, murmelte er. »Deine zwei Kiesel – und noch einmal zwei.«

Der untere Priester ließ die Karten sinken. »Hab ein Zwiebelpärchen.«

Der Hohepriester warf einen mißtrauischen Blick auf das Blatt.

Der untere Priester griff nach einem Zettel.

»Inzwischen schuldest du mir dreihunderttausendneunhundertvierundsechzig Kiesel«, sagte er.

Schritte.

Die beiden Priester sahen sich an.

»Schon seit einer ganzen Weile kam niemand mehr bis zum Tunnel mit den vergifteten Pfeilen«, meinte der Hohepriester.

»Ich wette fünf Kiesel, daß er überlebt«, entgegnete der untere Priester.

»Einverstanden.«

In der Ferne klickten metallene Pfeilspitzen über Felsen.

»Du solltest mit deinen Wetten vorsichtiger sein. So leicht verdiente fünf Kiesel...«

Schritte.

»Na schön, aber jetzt bekommt er es mit...« – etwas platschte –, »...mit dem Krokodilteich zu tun.«

Schritte.

»*Niemand* hat *jemals* den gefürchteten Hüter der Pforten passiert...«

Die beiden wechselten einen erschrockenen Blick.

»Äh...«, begann der niedrigere Priester. »Du glaubst doch nicht etwa...«

»Was, hier? Ich *bitte* dich. Immerhin sind wir hier mitten in einem verdammten *Dschungel*.« Der Hohepriester lächelte schief. »Nein, das ist völlig ausgeschlossen...«

Die Schritte kamen näher.

Die Priester klammerten sich entsetzt aneinander.

»*Frau Kuchen!*«

Das Portal flog auf. Kalter Wind wehte herein, blies die Kerzen aus und wirbelte die Karten wie Schneeflocken davon.

Die Priester hörten, daß ein sehr großer Diamant aus seiner Einfassung gelöst wurde.

DANKE.

Einige Minuten später, als nichts weiter zu passieren schien, tastete der untere Priester nach einer Zunderbüchse. Nach einigen Versuchen gelang es ihm, eine Kerze zu entzünden.

Die beiden Priester spähten durch unstet tanzende Schatten zur Statue und sahen ein Loch, dort, wo eigentlich ein ziemlich großer Diamant glänzen sollte.

Schließlich sagte der Hohepriester: »Nun, sehen wir die Sache mal von dieser Seite: Wer außer uns wird je davon erfahren?«

»Ja. Stimmt. Da hast du völlig recht. He, darf ich morgen Hohepriester sein?«

»Du bist erst Donnerstag dran.«

»Ach, komm schon...«

Der Hohepriester zuckte mit den Schultern und nahm den Hohepriesterhut ab.

»Es ist wirklich deprimierend«, sagte er und sah zur beschädigten Statue auf. »Manche Leute wissen einfach nicht, wie man sich an einem sakralen Ort benimmt.«

Tod ritt über der Scheibenwelt und landete erneut auf dem Hof einer Farm. Die Sonne berührte den Horizont, als er an die Küchentür klopfte.

Frau Flinkwert öffnete und wischte sich die Hände an der Schürze ab. Sie schielte ihren Besucher kurzsichtig an und wich verblüfft einen Schritt zurück.

»Bill Tür! Du hast mir einen ganz schönen Schreck eingejagt...«

ICH HABE DIR BLUMEN MITGEBRACHT.

Die alte Frau starrte auf blatt- und blütenlose Stiele.

AUCH EINIGE PRALINEN, VON DER SORTE, DIE DAMEN GEFÄLLT.

Frau Flinkwert blickte auf eine schwarze Schachtel.

UND DAS HIER IST EIN DIAMANT, DER DEIN FREUND SEIN KANN.

Der Kristall fing die letzten Strahlen der untergehenden Sonne ein und funkelte.

Schließlich fand Frau Flinkwert die Sprache wieder.

»Was soll das alles, Bill Tür?«

ICH BIN GEKOMMEN, UM DICH ABZUHOLEN.

»Ach, tatsächlich? Und wohin willst du mich bringen?«

Daran hatte der Tod bisher noch keinen Gedanken vergeudet.

WOHIN MÖCHTEST DU GEBRACHT WERDEN?

»Heute abend kommt nur der Tanz in Frage«, sagte Frau Flinkwert fest.

Auch darauf war der Tod nicht vorbereitet.

WAS HAT ES MIT DEM TANZ AUF SICH?

»Er ist Tradition. Wenn die Ernte eingebracht ist, findet ein Fest statt, bei dem getanzt wird. Um zu danken.«

UND WEM WIRD GEDANKT?

»Keine Ahnung. Der Dank richtet sich nicht an eine bestimmte Adresse. Ich nehme an, es ist nur *allgemeine* Dankbarkeit.«

MEINE ABSICHT BESTAND DARIN, DIR WUNDERVOLLES ZU ZEIGEN. PRÄCHTIGE STÄDTE. WAS AUCH IMMER DU DIR WÜNSCHST.

»Was auch immer ich mir wünsche?«

JA.

»Dann gehen wir zum Tanz, Bill Tür. Ich besuche ihn jedes Jahr. Ich werde dort erwartet. Du weißt ja, wie das ist.«

JA, FRAU FLINKWERT.

Er beugte sich vor und griff nach ihrer Hand.

»Was, jetzt sofort?« fragte sie verblüfft. »Aber ich bin doch gar nicht richtig gekl...«

SIEH NUR.

Sie blickte an sich herab.

»Das kann unmöglich mein Kleid sein. Überall kleben schimmernde Dinge dran.«

Tod seufzte. Die berühmten historischen Liebhaber waren nie Frau Flinkwert begegnet. In diesem Fall hätte Casanunder seine Stehleiter zurückgegeben.

ES SIND DIAMANTEN, WERTVOLL GENUG, UM EIN GANZES KÖNIGREICH ZU KAUFEN.

»*Wessen* Königreich?«

EINES BELIEBIGEN KÖNIGS.

»Donnerwetter.«

Binky trabte gelassen über die Straße zum Ort. Nach der Unendlichkeit bot ihm ein mehrere Kilometer kurzer staubiger Weg ein wenig Entspannung.

Frau Flinkwert ritt im Damensitz hinter Tod und erforschte den knisternden Inhalt der Schachtel »Dunkler Zauber«.

»Jemand hat die Rum-Pralinen genascht«, klagte sie. Es raschelte erneut. »Sie fehlen *auch* in der unteren Lage. Oh, ich *hasse* es, wenn sich jemand die untere Lage vornimmt, bevor die obere leer ist. Woher ich weiß, daß was fehlt? Weil's auf der Innenseite des Deckels steht, was in der Schachtel sein soll, jawohl. *Deshalb* weiß ich, daß die Schachtel eigentlich auch Rum-Pralinen enthalten sollte. Bill Tür?«

TUT MIR LEID, FRAU FLINKWERT.

»Der große Diamant ist ziemlich schwer. Sieht aber nicht schlecht aus«, fügte sie widerstrebend hinzu. »Woher hast du ihn?«

VON LEUTEN, DIE IHN FÜR DIE TRÄNE EINES GOTTES HIELTEN.

»Haben sie recht?«

NEIN. GÖTTER WEINEN NICHT. ES HANDELT SICH UM KOHLENSTOFF: HOHE TEMPERATUR UND GROSSER DRUCK HABEN DER SUBSTANZ IHR DERZEITIGES ERSCHEINUNGSBILD GEGEBEN.

»Mit anderen Worten: In jedem Stück Kohle wartet ein Diamant auf seine Geburt?«

JA, FRAU FLINKWERT.

Eine Zeitlang blieb es still, abgesehen vom regelmäßigen Klippklapp, das Binkys Hufe verursachten. Dann sagte Frau Flinkwert laut und deutlich:

»Ich weiß, was los ist. Ich erinnere mich daran, daß die obere Hälfte der Lebensuhr nur noch wenig Sand enthielt. Du hast dir gedacht: ›Sie ist mir sympathisch, und deshalb gönne ich ihr noch einige Stunden Spaß. Und dann, wenn sie überhaupt nicht damit rechnet... Hoch die Sense und Rübe runter.‹ Na, stimmt's?«

Tod schwieg.

»Habe ich recht oder nicht?«

ICH KANN NICHTS VOR DIR VERBERGEN, FRAU FLINKWERT.

»Hm, vermutlich sollte ich mich geschmeichelt fühlen, oder? Daß du dir soviel Zeit für mich nimmst... Bestimmt wartet viel Arbeit auf dich.«

NOCH VIEL MEHR, ALS DU AHNST.

»Nun, wenn die Sache so ist, solltest du mich wieder Renata nennen.«

Auf der Wiese hinter dem Gelände fürs Bogenschießen brannte ein großes Feuer, und Tod beobachtete mehrere Gestalten, die sich davor bewegten. Gelegentlich deutete ein Quietschen darauf hin, daß jemand eine Fiedel stimmte.

»Ich komme immer zum Erntetanz«, sagte Frau Flinkwert im Plauderton. »Natürlich tanze ich nie. Ich kümmere mich um das Essen und so.«

WARUM?

»Nun, jemand muß sich ums Essen kümmern.«

ICH MEINE, WARUM TANZT DU NIE?

»Weil ich zu alt bin.«

DU BIST SO ALT, WIE DU GLAUBST.

»Ach? Tatsächlich? So *dumme* Bemerkungen hört man immer wieder von den Leuten. Sie sagen: He, du siehst wirklich gut aus. Oder: Es steckt noch Leben in den alten Knochen. Oder: Diese alte Fiedel bringt noch immer gute Musik hervor. Solche Sachen. Was für ein Unsinn! Als sollte man sich freuen, alt zu sein! Als hätte philosophische Gelassenheit in dieser Hinsicht irgendwelche Vorteile. Mein Kopf weiß, wie man jung denkt, aber für die Knie ergeben sich in diesem Zusammenhang einige Probleme. Und für den Rücken. Und auch für die Zähne. Wenn du meinen Knien sagst, sie seien so alt, wie sie glauben... Dadurch werden sie nicht jünger.«

VIELLEICHT WÄRE ES EINEN VERSUCH WERT.

Noch mehr Gestalten bewegten sich vor dem Feuer. Tod bemerkte gestreifte Pfähle, an denen bunte Fähnchen hingen.

»Meistens bringen die Männer mehrere Scheunentore hierher und nageln sie zusammen«, erklärte Frau Flinkwert. »Auf diese Weise entsteht der Tanzboden.«

ICH VERSTEHE. FOLKLORISTISCHE SITTEN.

»Wir haben hier *gute* Sitten«, betonte Frau Flinkwert sicherheitshalber.

DARAN ZWEIFLE ICH NICHT.

»He, das ist doch Bill Tür, nicht wahr?« fragte eine der Gestalten.

»Der gute alte Bill!«

»He, Bill!«

Tod musterte offene, arglose Gesichter.

HALLO, FREUNDE.

»Wir haben gehört, daß du fortgeritten bist«, sagte Herzog Unten. Er sah zu Frau Flinkwert, als Tod ihr vom Pferd half. Einige Sekunden blieb er still, während er versuchte, die Situation zu analysieren.

»Heute abend, äh, strahlst und funkelst du regelrecht, Frau Flinkwert«, sagte er schließlich.

Die Luft roch nach warmem und feuchtem Gras. Unter der Plane traf ein Amateur-Orchester letzte Vorbereitungen.

Auf langen Tischen stand jene Art von Nahrung, die man getrost »üppig« nennen konnte: Schweinepasteten, die aussahen wie glasierte Festungen; große Töpfe mit teuflisch anmutenden eingelegten Zwiebeln; gebackene Kartoffeln, die in einem Cholesterinozean aus geschmolzener Butter schwammen. Einige der Alten aus dem Ort hatten bereits auf den Sitzbänken Platz genommen, kauten sich zahnlos durchs Menü und schienen entschlossen zu sein, die ganze Nacht auszuharren, wenn es unbedingt sein mußte.

»Freut mich zu sehen, daß die alten Leute Spaß haben«, sagte Frau Flinkwert.

Tod beobachtete die Speisenden – viele von ihnen waren jünger als Renata.

Irgendwo in der aromatisch duftenden Dunkelheit jenseits des Feuers kicherte jemand.

»Die jungen Leute nicht zu vergessen«, fuhr Frau Flinkwert fort. »Damals hatten wir eine Redensart für diese Zeit des Jahres. Wie hieß sie noch...? ›Das Korn ist reif, die Nüsse sind braun, hoch die Röcke, um drunter zu... und so weiter.« Sie seufzte. »Die Zeit vergeht viel zu schnell, nicht wahr?«

JA.

»Weißt du, Bill Tür, vielleicht hattest du recht mit deinem Hinweis auf die Kraft des positiven Denkens. Ich fühle mich schon viel besser.«

JA?

Frau Flinkwert sah nachdenklich zum Tanzboden. »Als Mädchen konnte ich gut tanzen. Hatte mehr Ausdauer als alle anderen. Mit meinem Tanz war ich imstande, den Mond unter- und die Sonne aufgehen zu lassen.«

Sie hob die Hände, löste den Knoten am Hinterkopf und schüttelte weißes Haar frei.

»Du tanzt doch, Bill Tür, nicht wahr?«

Ich bin berühmt dafür, Frau Flinkwert.

Unter der Plane nickte der erste Fiedler den anderen Musikanten zu, preßte sich die Fiedel unters Kinn und stampfte mit dem Fuß auf.

»Undeins! Undzwei! Undeins-zwei-drei-vier...«

Man stelle sich eine Landschaft vor, über der die orangefarbene Sichel des Mondes glüht. Tief unten brennt ein Feuer in der Nacht.

Es begann mit besonders lebhaften Tänzen: Quadrille, Reel und Karussell. Wenn die Tänzer Fackeln getragen hätten, so wären ihre Leuchtspuren in der Lage gewesen, die Konturen überaus komplexer topographischer Phänomene zu bilden. Solche Tänze veranlassen selbst völlig normale Leute, Bemerkungen wie »Heißa-juchuh!« und »Dum-didel-dum!« zu rufen, ohne deshalb verlegen zu werden.

Als man die ersten Opfer fortgetragen hatte, gingen die Überlebenden zu Polka, Mazurka, Foxtrott und anderen Verrenkungsmethoden über. Leute bildeten eine Gasse, und andere Leute sprangen hindurch – folkloristische Erinnerungen an Exekutionen. Bei manchen Tänzen formte man einen Kreis, und darin kamen folkloristische Erinnerungen an Epidemien zum Ausdruck.

Die ganze Zeit über schwebte ein Paar über den Tanzboden, als gäbe es keinen Morgen.

Der erste Fiedler rang sich allmählich zu folgender Erkenntnis durch: Wenn er eine Pause einlegte, um Luft zu holen, löste sich ein Schemen aus dem allgemeinen Durcheinander, und kurz darauf erklang eine Stimme dicht neben seinem Ohr:

Du wirst weiterspielen, und zwar sofort.

Als er einmal mehr ermüdete und nach Luft schnappte, landete ein faustgroßer Diamant dicht vor ihm auf dem Boden. Eine kleine Gestalt wankte auf ihn zu und verkündete:

»Wenn deine Jungs nicht weiterspielen, William Spund, so sorge ich persönlich dafür, daß ihr diesen Abend für den Rest eures Lebens bedauert.«

Und die kleine Person kehrte ins Gedränge hinab – mit einem so großen Diamanten konnte man nicht nur ein Königreich kaufen, sondern gleich mehrere. Der Musiker trat einen halben Schritt vor und schob den Kristall möglichst unauffällig nach hinten.

»Brauchst wohl mehr Ellenbogenfreiheit, wie?« fragte der Trommler.

»Sei still und spiel!«

Der Fiedler merkte: Am Ende seiner Finger entstanden Töne, von denen sein Gehirn gar nichts ahnte. Der Trommler und der Flötenspieler spürten es ebenfalls. Musik strömte von irgendwo heran. Sie spielten nicht, sondern wurden gespielt.

ES WIRD ZEIT, EINEN TANZ ZU BEGINNEN.

»Darrr*umm*-ta-tumm-tumm«, murmelte der Fiedler. Schweiß tropfte ihm vom Kinn, als seine Finger eine ihm unbekannte Melodie schufen.

Die Tänzer waren unsicher und wußten nicht recht, welche Schritte der neue Takt verlangte. Doch ein Paar bewegte sich mit energischer Entschlossenheit, duckte sich wie zum Sprung und streckte die Arme nach vorn, dem Bugspriet einer zornigen Galeone gleich. Am Ende der Tanzfläche drehten sich die beiden Gestalten in einem jähen Chaos aus Gliedmaßen, das einer Herausforderung für normale Anatomie gleichkam. Erneut streckten sie die Arme und beugten sich vor, pflügten einmal mehr durch die Menge.

»Wie nennt man diesen Tanz?«

TANGO.

»Kann man dafür ins Gefängnis kommen?«

ICH GLAUBE NICHT.

»Erstaunlich.«

Die Musik wechselte.

»Den kenne ich: der Stierkampftanz aus Quirm! Oläh!«

MIT MILCH? übersetzte Tod.

Plötzlich ertönte ein rasendes Klappern, und zwar genau im Takt der Musik.

»Wer hat die Rumbakugeln besorgt?«

Tod lächelte.

RUMBAKUGELN? SO ETWAS BRAUCHE ICH NICHT.

Und dann war es jetzt.

Der Mond hing als geisterhaftes Abbild seiner selbst am einen Horizont. Am anderen zeichnete sich bereits das ferne Glühen eines heranrückenden Tages ab.

Sie verließen die Tanzfläche.

Was auch immer dem Orchester während der vergangenen Stunden Kraft gegeben hatte – jetzt verebbte der Nachschub allmählich. Die Musikanten sahen sich an. Der Fiedler namens Spund drehte langsam den Kopf und sah zum Diamanten – er war nach wie vor da.

Der Trommler versuchte, sich etwas Leben in die Handgelenke zu massieren.

Spund blickte hilflos zu den erschöpften Tänzern.

»Na schön...«, murmelte er und hob noch einmal die Fiedel.

Frau Flinkwert und ihr Begleiter standen im Dunst, der das Morgengrauen über die Felder begleitete.

Tod lauschte den Klängen vom Festplatz. Sie erschienen vertraut und erinnerten ihn an zwei Holzfiguren, die durch die Zeit tanzten – bis der Mechanismus wieder aufgezogen werden mußte.

WIE NENNT MAN DIESE MUSIK?

»Es ist der letzte Walzer.«

UND MAN SPIELT IHN ZUM ABSCHLUSS. ERSTAUNLICH.

»Weißt du...«, begann Frau Flinkwert. »Den ganzen Abend über habe ich mich gefragt, wie es passieren wird. Wie du es anstellst. Ich meine, die Leute müssen doch an *irgend etwas* sterben, oder? Zunächst vermutete ich Erschöpfung, aber um ganz ehrlich zu sein: Ich habe mich nie besser gefühlt. Es war eine herrliche Nacht – sie hat mir nicht etwa Kraft genommen, sondern *gegeben*. Ich bin nicht einmal außer Atem. Außerdem...«

Sie unterbrach sich.

»Ich atme gar nicht«, stellte sie fest, hob die Hand vor den Mund und pustete versuchsweise.

NEIN.

»Ich *verstehe*. In meinem ganzen Leben habe ich mich nicht so prächtig vergnügt... In meinem ganzen *Leben* – ha! Wann...?«

DU HAST GESAGT, ICH HÄTTE DIR EINEN SCHRECK EINGEJAGT, ERINNERST DU DICH?

»Ja?«

NUN, DU BIST ZU TODE ERSCHROCKEN.

Frau Flinkwert schien die Worte gar nicht zu hören. Sie betrachtete ihre Hand, drehte sie fasziniert hin und her.

»Offenbar hast du einige Veränderungen vorgenommen, Bill Tür«, sagte sie.

NEIN. DAS LEBEN IST DER VERÄNDERNDE FAKTOR.

»Ich meine... Ich habe den Eindruck, jünger zu sein.«

DAS MEINE ICH AUCH.

»Nun...« Frau Flinkwert überlegte. »Ich habe oft gedacht, daß es für jeden eine Art *natürliches* Alter gibt. Zum Beispiel zehnjährige Kinder, die sich so benehmen, als hätten sie bereits ihren fünfunddreißigsten Geburtstag hinter sich. Oder Leute, die bereits als Fünfzigjährige geboren werden. Ich stelle mir gern vor, mein ganzes Leben lang...« – sie sah an sich herab –, »...achtzehn gewesen zu sein. Innerlich.«

Tod schwieg und half seiner Begleiterin aufs Pferd.

»Ich weiß, was einem das Leben antun kann«, fügte Frau Flinkwert hinzu. »Im Vergleich dazu bist du gar nicht so übel.«

Tod klickte mit den Zähnen, und Binky setzte sich in Bewegung.

»Bist du irgendwann einmal dem Leben begegnet?«

DAS KANN ICH NICHT BEHAUPTEN.

»Wahrscheinlich ist es was Weißes und Knisterndes, wie ein elektrischer Sturm in Hosen«, vermutete Frau Flinkwert.

DAS BEZWEIFLE ICH.

Binky glitt dem Morgenhimmel entgegen.

»Wie dem auch sei...«, sagte Frau Flinkwert. »Tod allen Tyrannen.«

JA.

»Wohin reiten wir?

Binky galoppierte nun, aber die Landschaft verharrte in Reglosigkeit.

»Du hast da ein wirklich gutes Pferd«, sagte Frau Flinkwert mit zitternder Stimme.

JA.

»Äh, was *macht* es jetzt?«

ES BESCHLEUNIGT.

»Aber wir rühren uns doch gar nicht von der Stelle...«

Sie verschwanden.

Sie erschienen wieder.

Die Landschaft bestand aus Schnee und grünem Eis an felsigen Hängen. Dies waren keine alten Berge, von Zeit und Wetter geglättet, um dem Rest der Welt sanft geneigte Skipisten darzubieten. Nein, es handelte sich um junge, verdrießliche Berge. Sie enthielten verborgene Schluchten und gnadenlose Spalten. Wer hier am falschen Ort jodelte, bekam kein Echo, sondern fünfzig Tonnen Schnee per Expreß geliefert.

Das Pferd landete auf einer Schneewehe, die eigentlich gar nicht imstande sein konnte, es zu tragen.

Tod stieg ab und half Frau Flinkwert vom Rücken des Rosses.

Sie wanderten über den Schnee zu einem eisverkrusteten Pfad an der Flanke des steilen Hanges.

»Warum sind wir hier?« fragte der Geist von Frau Flinkwert.

ICH SPEKULIERE NICHT ÜBER KOSMISCHE ANGELEGENHEITEN.

»Ich meine diesen Ort«, erklärte Frau Flinkwert. »Diesen Berg, diese spezielle Geographie.«

DIES IST KEINE GEOGRAPHIE.

»Was dann?«

GESCHICHTE.

Sie folgten dem Pfad um eine Kurve. Weiter vorn stand ein mit Packtaschen beladenes Pony und knabberte an Gestrüpp. Der Pfad endete an einer Wand aus verdächtig sauberem Schnee.

Tod holte eine Lebensuhr unter dem schwarzen Umhang hervor.

JETZT, sagte er und trat ins Weiß.

Frau Flinkwert zögerte und fragte sich, ob sie ebenfalls dazu in der Lage war. Es fiel ihr schwer, sich von der Angewohnheit des Körperlichen zu befreien.

Sie brauchte gar nicht in die Masse aus Schnee und Eis zu treten.

Jemand kam heraus.

Tod rückte Binkys Zaum zurecht, hielt kurz inne und beobachtete die beiden Gestalten bei der Lawine. Sie verblaßten immer mehr, verloren sich allmählich in der Sphäre des Unsichtbaren. Ihre Stimmen waren kaum mehr als bewegte Luft.

»Er sagte nur: ›WOHIN IHR AUCH IMMER GEHT – IHR BLEIBT ZUSAMMEN.‹ Ich habe ihn gefragt, wohin wir gehen sollen, doch darauf wußte er keine Antwort. Was ist passiert?«

»Rufus, du wirst es mir kaum glauben, Liebster...«
»Und wer war der Maskierte?«
Sie sahen sich beide um.
Und hielten vergeblich nach anderen Personen Ausschau.

Es gibt ein Dorf in den Spitzhornbergen, wo man weiß, was es mit dem Moriskentanz auf sich hat. Dort tanzt man ihn nur einmal, wenn der Morgen des ersten Frühlingstages dämmert. Anschließend wird er nicht noch einmal getanzt, auch nicht im Sommer. Schließlich hat es auch gar keinen Sinn, oder?

Doch an einem bestimmten Tag, wenn sich die Dunkelheit des Abends ankündigt, beenden die Bewohner jenes Dorfes ihre Arbeit früher als sonst. Dann holen sie das *andere* Kostüm von Dachböden und aus Schränken, das schwarze mit den *anderen* Glocken. Auf verschiedenen Wegen begeben sie sich zu einem Tal mit blattlosen Bäumen. Sie sprechen kein Wort, und es erklingt keine Musik. Eine geeignete Melodie ist kaum vorstellbar.

Die kleinen Glocken läuten nicht. Sie bestehen aus Oktiron, einem magischen Metall. Aber es sind keine völlig lautlosen Glocken. Die Lautlosigkeit ist nur ein Zustand, der sich durch das Fehlen von Geräuschen auszeichnet. Diese speziellen Glocken erzeugen das Gegenteil von Geräuschen, eine schwere, dicht strukturierte Stille.

Am Ende des kalten Nachmittags, wenn das Licht vom Himmel tropft, wird inmitten verwelkender Blätter der *andere* Moriskentanz getanzt. Damit die Dinge im Gleichgewicht bleiben.

Man muß beide Arten tanzen, meinen die Dorfbewohner. Sonst bleibt einem sowohl die eine als auch die andere verwehrt.

Windle Poons schlurfte über die Messingbrücke. Es war ein ganz besonderer Zeitpunkt des langen Tages von Ankh-Morpork: Wer die Nacht vorzog, ging gerade zu Bett; und wer sich mit dem Tag begnügen mußte, kroch nun aus den Federn. Deshalb herrschte nur wenig Verkehr.

Aus irgendeinem Grund fühlte sich Windle verpflichtet, gerade jetzt diesen Ort aufzusuchen. Er hatte kaum das Gefühl, daß er bald sterben würde. Vielmehr kam er sich wie das winzige Zahnrad im Mechanismus einer Uhr vor: Noch drehte sich alles, aber die Feder verlor allmählich an Spannung, und es konnte nicht mehr lange dauern, bis...

Er blieb stehen und beugte sich übers Geländer. Dunkles Wasser – beziehungsweise einigermaßen flüssiger Schlamm – saugte an den Pfeilern. Es gab eine alte Legende... Worum ging es dabei? Ah, ja: Wenn man von der Messingbrücke eine Münze in den Ankh warf, so kehrte man ins Leben zurück. Oder mußte man sich übergeben, und dem Ankh seinen Mageninhalt anvertrauen? Nein, die erste Möglichkeit erschien Windle wahrscheinlicher. Die meisten Leute wären allein deshalb ins Leben zurückgekehrt, um nach der Münze zu suchen.

Eine Gestalt näherte sich durch den Dunst. Windle versteifte sich unwillkürlich.

»Guten Morgen, Herr Poons.«

Er entspannte sich wieder.

»Oh. Wachtmeister Colon? Ich habe mit jemand anders gerechnet.«

»Ich bin's nur, Herr Zauberer«, sagte der Stadtwächter gut gelaunt. »Wie gewohnt im Dienst.«

»Anscheinend hat die Messingbrücke eine weitere Nacht überstanden, ohne gestohlen zu werden, Wachtmeister. Gut gemacht.«

»Man kann nicht vorsichtig genug sein – so lautet mein Motto.«

»Die Bürger dieser Stadt können ruhig schlafen, weil sie wissen, daß du den Diebstahl einer fünftausend Tonnen schweren Brücke verhinderst«, sagte Windle.

Im Gegensatz zum Zwerg Modo kannte Colon die Bedeutung von »Ironie«. Er hielt dieses Wort für ein Synonym von »Wahrheit«.

Der Feldwebel sah Windle an und lächelte respektvoll.

»Heutzutage muß man vorausdenken, wenn man dem internationalen Verbrechen gewappnet sein will, Herr Poons.«

»Wofür du zweifellos ein Lob verdienst. Äh. Du hast nicht zufällig, äh, jemanden in der Nähe gesehen?«

»Ist totenstill heute nacht«, erwiderte Colon. Dann fiel ihm etwas Bestimmtes ein, und er fügte rasch hinzu: »Nichts für ungut.«

»Oh.«

»Tja, ich sollte besser meine Runde fortsetzen«, sagte der Feldwebel.

»Gut, gut.«

»Ist alles in Ordnung mit dir, Herr Poons?«
»Wie? Ja, ja, alles bestens.«
»Hast du vielleicht vor, noch einmal in den Fluß zu springen?«
»Nein.«
»Bist du ganz sicher?«
»Ja.«
»Na schön. Bis dann.« Er zögerte. »Oh, fast hätte ich's vergessen. Der Bursche dort drüben bat mich, dir dies hier zu geben.« Er reichte dem Zauberer einen schmierigen Zettel.

Windle spähte in den Dunst.
»Welcher Bursche?«
»Der da hin... Oh, er ist weg. War recht groß. Und sah ein wenig seltsam aus.«

Windle entfaltete den Zettel und las: UUuuuIiiiUuuIiiiUUUiii.
»Ah«, sagte er.
»Schlechte Nachrichten?« fragte Colon.
»Es hängt davon ab, aus welchem Blickwinkel man die Sache sieht«, erwiderte Windle.
»Oh. Gut. Dann wünsche ich dir noch eine gute Nacht. Oder einen guten Morgen.«
»Leb wohl.«

Feldwebel Colon zögerte kurz, zuckte dann mit den Schultern und ging weiter.

Als er fortschritt, bewegte sich der Schatten hinter ihm und grinste.
WINDLE POONS?
Windle sah sich nicht um.
»Ja?«

Aus den Augenwinkeln beobachtete er, wie sich eine dunkle Gestalt mit knöchernen Armen an das Geländer lehnte. Es raschelte und knisterte leise, als der Schemen sein Gewicht verlagerte, um eine bequeme Position zu finden. Friedliche Stille folgte.

»Äh«, sagte Windle nach einer Weile. »Vermutlich hast du noch andere Dinge zu erledigen.«
ES IST KEINE EILE NÖTIG.
»Ich dachte immer, du legst großen Wert auf Pünktlichkeit.«
ANGESICHTS DER BESONDEREN UMSTÄNDE SPIELEN EINIGE MINUTEN MEHR ODER WENIGER KEINE ROLLE.

Windle nickte. Schweigend standen sie nebeneinander, während um sie herum die Geräusche der Stadt erklangen.

»Ach, das Leben nach dem Tod ist wundervoll«, sagte Poons. »Wo bist du gewesen?«

ICH HATTE ZU TUN.

Windle hörte gar nicht richtig zu. »Ich habe Leute kennengelernt, von deren Existenz ich gar nichts wußte. Und ich konnte herausfinden, wer Windle Poons eigentlich *ist*.«

WER IST ER?

»Windle Poons.«

DIESE ERKENNTNIS MUSS WIE EIN SCHOCK GEWESEN SEIN.

»Ja.«

SO VIELE JAHRE, OHNE JEMALS ETWAS ZU AHNEN...

Windle Poons wußte ganz genau, was Ironie bedeutete. Und er war auch in der Lage, Sarkasmus zu erkennen.

»Du hast gut reden«, murmelte er.

VIELLEICHT.

Windle starrte wieder zum Fluß hinab.

»Es war großartig«, sagte er. »Nach so langer Zeit... Es ist wichtig, gebraucht zu werden.«

JA. ABER WARUM?

Windle wirkte überrascht.

»Ich weiß es nicht. Woher soll ich das wissen? Vielleicht ist es deshalb wichtig, weil wir alle eine Gemeinschaft bilden. Weil wir niemanden im Stich lassen. Weil wir am Leben hängen. Weil alles besser ist als allein zu sein. Weil Menschen Menschen sind.«

UND SECHS CENT SIND SECHS CENT. ABER KORN IST NICHT EINFACH NUR KORN.

»Nein?«

NEIN.

Windle wich ein wenig zurück. Die Steine der Brücke waren noch immer warm; sie schienen den Sonnenschein des vergangenen Tages gespeichert zu haben.

Auch Tod richtete sich auf.

WEIL IHR NUR EUCH SELBST HABT, sagte er.

»Was? Oh. Ja. Mag sein. Das Universum da draußen ist groß und kalt.«

Du würdest staunen, wie gross und kalt es ist.
»Ein Leben reicht kaum aus.«
Oh, ich weiss nicht.
»Hmm?«
Windle Poons?
»Ja?«
Das war dein Leben.
Erleichterung und Zuversicht durchströmten Windle Poons. Er starb mit dem Gefühl, daß alles viel schlimmer hätte sein können.

Irgendwo in der Dunkelheit blickte Reg Schuh in beide Richtungen, holte Pinsel und Farbtopf hervor und malte folgende Botschaft an die Mauer: *In jedem Lebenden wartet ein Toter auf Freiheit...*
Und dann war es vorbei. Ende.

Tod stand am Fenster seines düsteren Arbeitszimmers und sah in den Garten hinaus. Nichts rührte sich in der stillen Domäne. Dunkle Lilien blühten am Forellenteich, wo kleine Gipsskelette angelten. In der Ferne wuchsen Berge empor.
Diese Welt gehörte allein ihm. Sie erschien auf keiner Karte.
Doch jetzt fehlte ihr etwas.
Tod verließ sein Arbeitszimmer, trat zum Gestell mit den Sensen und wählte ein Exemplar. Er schritt an der großen Uhr ohne Zeiger vorbei, ging nach draußen und wanderte durch den schwarzen Obstgarten, in dem Albert bei den Bienenstöcken arbeitete. Jenseits davon erkletterte er einen kleinen Hügel, hinter dem sich gestaltloses Land erstreckte: Es konnte Gewicht tragen und existierte in gewisser Weise, aber es hatte nie einen Grund gegeben, es genauer zu definieren.
Bis jetzt.
Albert näherte sich, noch immer von einigen Bienen umschwirrt.
»Was machst du hier, Herr?« fragte er.
Ich erinnere mich.
»Ach?«
Früher existierten hier nur Sterne.
Wie stellte man es an? Oh, ja...
Er schnippte mit den Fingern. Felder erschienen, schmiegten sich an die sanften Wölbungen des Landes.

»Goldbraun«, sagte Albert. »Hübsch. Ich bin immer der Meinung gewesen, daß wir hier etwas mehr Farbe vertragen könnten.«

Tod schüttelte den Kopf. Es fehlte noch immer etwas. Und dann fiel es ihm ein. Die Lebensuhren... Jene große Kammer, gefüllt mit dem Rauschen verstreichender Leben, diente einem notwendigen Zweck; man brauchte so etwas, um Ordnung zu gewährleisten. Aber...

Erneut schnippte er mit den Fingern, und Wind kam auf. Die Kornfelder gerieten in Bewegung. Myriaden Getreidehalme neigten sich wellenförmig hin und her.

ALBERT?

»Ja, Herr?«

HAST DU NICHTS ZU TUN? GIBT ES NICHTS, DAS DEINE AUFMERKSAMKEIT ERFORDERT?

»Die übliche Arbeit ist erledigt«, erwiderte Albert.

ABER VIELLEICHT VERSPÜRST DU DEN WUNSCH, EINEN ANDEREN ORT AUFZUSUCHEN.

»Oh, ich verstehe. Du möchtest allein sein.«

ICH BIN IMMER ALLEIN. ABER DERZEIT MÖCHTE ICH MIT MIR SELBST ALLEIN SEIN.

»Na schön«, sagte Albert. »Ich gehe ins Haus. Dort finde ich sicher etwas, womit ich mich beschäftigen kann.«

JA.

Tod stand allein und beobachtete, wie der Weizen im Wind tanzte. Nur eine Metapher – Personen waren mehr als Korn. Sie hasteten durch ihr kurzes, überfülltes Leben, ließen es in den meisten Fällen von der Uhr bestimmen. Bis zum Rand füllten sie jeden Tag allein mit dem Bemühen, lebendig zu sein. Alle Leben waren genau gleich lang. Das galt auch für die sehr langen und sehr kurzen – zumindest aus der Perspektive der Ewigkeit betrachtet.

Irgendwo flüsterte Bill Türs Stimme: *Aus der Perspektive des betreffenden Individuums gesehen sind lange Leben am besten.*

QUIEK.

Tod sah nach unten.

Eine kleine Gestalt stand neben seinen Füßen.

Er bückte sich, griff nach ihr und hielt sie vor seine Augenhöhlen.

ICH WUSSTE, DASS NICHT ALLE ZURÜCKGEKEHRT SIND.

Der Rattentod nickte.

Quiek?

Tod schüttelte den Kopf.

Nein, ich kann nicht zulassen, dass du auch weiterhin getrennt von mir existierst, sagte er. Glaubst du etwa, ich verteile Konzessionen oder so?

Quiek?

Bist nur du übrig?

Der Rattentod öffnete eine kleine Knochenpfote. Ein winziger, für Flöhe zuständiger Tod richtete sich verlegen und gleichzeitig hoffnungsvoll auf.

Nein, das kommt *überhaupt nicht in Frage. Ich bin unerbittlich. Allein mir steht es zu, der Tod zu sein*...

Er musterte den Rattentod.

Er erinnerte sich an Azrael in seinem Kerker aus Einsamkeit.

Allein...

Der Rattentod sah zu ihm auf.

Quiek?

Man stelle sich eine große, dunkle Gestalt vor, von Kornfeldern umgeben...

Nein, du kannst keine Katzen reiten. Wer hat behauptet, dass der Rattentod auf einer Katze reitet? Nein, wenn du unbedingt reiten willst, solltest du einen Hund wählen.

Man stelle sich noch mehr Felder vor: Bis zum fernen Horizont reichen sie, und der Wind streicht darüber hinweg, läßt das Korn wogen wie die Wellen des Meeres...

Warum fragst du *mich*? Woher soll ich das wissen? Vielleicht ein Terrier.

...Kornfelder, lebendig. Und sie flüstern in der Brise...

Ja, und der Flohtod kann ihn ebenfalls reiten. Auf diese Weise schlagt ihr zwei Fliegen mit einer Klappe.

...warten auf die Uhr der Jahreszeiten.

Bildlich gesprochen.

Und am Ende aller Geschichten dachte Azrael, der das Geheimnis kannte: ICH ERINNERE MICH DARAN, WANN DIES ALLES VON VORN BEGINNT.

MARK CHILDRESS

»Childress ist ein begnadeter Fabulierer mit Umblättergarantie, ein wunderbarer Geschichtenspinner mit einem großen Herz für seine Figuren.«
stern

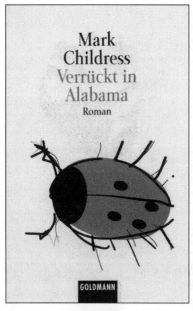

43207

GOLDMANN

BILL BRYSON

»Wer die Briten und ihr Land liebt,
muß dieses Buch lesen, und wer sie
erstmals kennenlernt, auch.«
Bücherpick

MARLO MORGAN

»Ein überwältigendes Buch.
Eine wunderbare Geschichte über die
mystische Reise einer Frau.«
Marianne Williamson

43740

GOLDMANN

DIANA GABALDON

Eine geheimnisvolle Reise ins schottische Hochland des 18. Jahrhunderts. Und eine wild-romantische Liebe, stärker als Zeit und Raum...

»Prall, üppig, lustvoll, kühn, historisch korrekt – und absolut süchtigmachend!«
Berliner Zeitung

ELIZABETH GEORGE

Verratene Liebe und enttäuschte
Hoffnung entfachen einen Schwelbrand
mörderischer Gefühle...

43771

GOLDMANN

MINETTE WALTERS

»Die Geschichte vom bizarren Tod der Mathilda Gillespie fesselt durch eine Atmosphäre überwältigender und unentrinnbarer Spannung. Der englische Kriminalroman ist bei Minette Walters dank ihrer Souveränität und schriftstellerischen Kraft in den denkbar besten Händen.«
The Times

»Minette Walters ist Meisterklasse!«
Daily Telegraph

GOLDMANN

ANN BENSON

Die Archäologin Janie Crowe findet bei ihren Nachforschungen über Alejandro Chances ein ungewöhnliches Tuch aus dem Mittelalter. Sie ahnt dabei nicht, daß ihre Entdeckung eine tödliche Bedrohung für die Menschheit birgt ...

ANNE RICE

»Die betörendste Beschwörung des Bösen, die es je zu lesen gab.«
Publishers Weekly

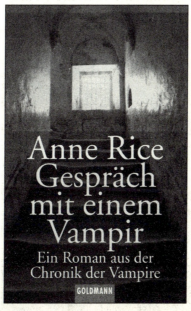

41015

HISTORISCHE ZEITEN
BEI GOLDMANN

Große Persönlichkeiten, gefährliche Abenteuer und farbenprächtige Zeitgemälde – in diesen opulenten Roman erwacht die Vergangenheit zu neuem Leben.

42955

43778

44077

44238

SCHMÖKERSTUNDEN BEI GOLDMANN

9286

43772

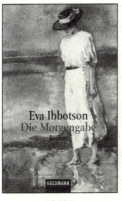

43414

43137

GOLDMANN

RUTH RENDELL

»Ruth Rendell ist für mich die Beste.
Ihre Krimis sind vom ersten Satz an großartig.«
Donna Leon

44664

42454

44566

43812

GOLDMANN

ANNE RICE

Schaurig schöne Romane von der
amerikanischen Kult-Autorin: Anne Rice!

44524

09842

43193

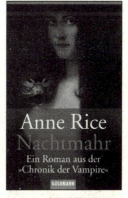

43400

GOLDMANN

*Das Gesamtverzeichnis aller lieferbaren Titel erhalten Sie
im Buchhandel oder direkt beim Verlag.
Nähere Informationen über unser Programm erhalten Sie auch im Internet unter:*
www.goldmann-verlag.de

★

Taschenbuch-Bestseller zu Taschenbuchpreisen
– Monat für Monat interessante und fesselnde Titel –

★

Literatur deutschsprachiger und internationaler Autoren

★

Unterhaltung, Kriminalromane, Thriller
und Historische Romane

★

Aktuelle Sachbücher, Ratgeber, Handbücher und
Nachschlagewerke

★

Bücher zu Politik, Gesellschaft, Naturwissenschaft und Umwelt

★

Das Neueste aus den Bereichen
Esoterik, Persönliches Wachstum und Ganzheitliches Heilen

★

Klassiker mit Anmerkungen, Anthologien und Lesebücher

★

Kalender und Popbiographien

★

Die ganze Welt des Taschenbuchs

★

Goldmann Verlag • Neumarkter Str. 28 • 81673 München

Bitte senden Sie mir das neue kostenlose Gesamtverzeichnis

Name: _____

Straße: _____

PLZ / Ort: _____